MW01483004

Das Buch

Die Gartenarchitektin Sonja befindet sich an einem persönlichen Tief-punkt, als sie nach Florida reist, um das von ihrer Tante geerbte Häus-chen zu verkaufen. Das Licht und die Farben von Dolphin Island tun ihr gut. Sie findet Freunde, probt mit ihnen im Kulturzentrum für einen bunten Abend Motown-Hits der Sechziger – und fasst ei-nen Plan: Sie möchte bleiben und auf der Insel Dünengärten anlegen. Nick Winslow, ein attraktiver Manager, erteilt ihr den ersten Auftrag. Und Sam, ein Philosoph in der Krise, hilft ihr bei den Arbeiten. Im Gegenzug coacht sie ihn mit ihrer neuen Freundin Stormy für den Hemingway-Lookalike-Contest.
Endlich groovt das Leben wieder für Sonja. Nach und nach erfährt sie auch mehr über das Geheimnis ihrer Tante Sandy, die einst zum Wasserballett von Esther Williams gehörte, Delfine liebte und nie ge-heiratet hatte. Doch irgendjemand arbeitet gegen Sonja, und durch eine Intrige stehen plötzlich all ihre Pläne vor dem Aus. Als dann der bunte Abend beginnt, kommen die Beteiligten aus dem Staunen nicht heraus …

Die Autorin

Die freie Journalistin und Autorin Sylvia Lott lebt in Hamburg. Ihre Romane *Die Inselfrauen* und *Die Fliederinsel* standen wochenlang auf der Spiegel-Bestsellerliste.

Mehr unter www.romane-von-sylvia-lott.de und www.facebook.com/sylvialott.romane

Von Sylvia Lott bei Blanvalet bereits erschienen:

Die Rose von Darjeeling
Die Glücksbäckerin von Long Island
Die Lilie von Bela Vista
Die Inselfrauen
Die Fliederinsel

Besuchen Sie uns auch auf
www.blanvalet.de,
www.facebook.com/blanvalet und
www.twitter.com/BlanvaletVerlag.

Sylvia Lott

Die *Insel*gärtnerin

Roman

Chansime

blanvalet

Sollte diese Publikation Links auf Webseiten Dritter enthalten, so übernehmen wir für deren Inhalte keine Haftung, da wir uns diese nicht zu eigen machen, sondern lediglich auf deren Stand zum Zeitpunkt der Erstveröffentlichung verweisen.

Verlagsgruppe Random House FSC® N001967

3. Auflage
Deutsche Erstveröffentlichung 2018 bei Blanvalet,
einem Unternehmen der Verlagsgruppe Random House GmbH,
Neumarkter Straße 28, 81673 München
Copyright © 2018 by Blanvalet Verlag,
einem Unternehmen der Verlagsgruppe Random House GmbH,
Neumarkter Straße 28, 81673 München
Umschlaggestaltung und -abbildung: www.buerosued.de
Redaktion: Margit von Cossart
JB · Herstellung: sam
Satz: Buch-Werkstatt GmbH, Bad Aibling
Druck und Bindung: GGP Media GmbH, Pößneck
Printed in Germany
ISBN 978-3-7341-0490-9

www.blanvalet.de

1

Feuchtwarme Luft schlug Sonja entgegen, als sie die Tür zum Gewächshaus öffnete. Sie hoffte, dass ihre jüngste Rhododendronzüchtung die Blätter nicht mehr hängen ließ. So viel Liebe und Arbeit steckten schon in dem kleinen Pflänzchen, dem letzten überlebenden einer Versuchsreihe. Es stand ganz hinten in der Ecke für Experimentelles, wo sie immer noch Grünes hegte und pflegte, obwohl sie mittlerweile als Landschaftsarchitektin und nicht mehr als Gärtnerin im Familienbetrieb der Hagemanns arbeitete. Wenn sich mein Rhodo erholt hat, dachte Sonja, dann wird auch sonst endlich alles gut werden. Er ist mein Omen. Quatsch, schimpfte sie gleich darauf mit sich selbst, diese dämlichen Wenn-dann-Verknüpfungen bringen überhaupt nichts. Hör auf damit!

Lisa, die pummelige Azubine, wässerte gerade die Kübelpflanzen. Leise sprach sie auf die Sträucher ein. »Na, fühlt ihr euch wohl? Ihr seid alle ganz wunderschön, macht nur weiter so!«

Sonja musste grinsen. »Die haben sich ja prächtig entwickelt«, lobte sie.

»Sag ich doch«, erwiderte Lisa mit einem breiten Lächeln, das ihre Zahnspange zum Aufblitzen brachte. Die Männer im Betrieb machten sich längst schon lustig über ihre verbale Düngemethode, Lisa aber ließ sich nicht beirren. »Sogar Prinz Charles redet mit seinen Pflanzen. Die spüren das …«

»Na, dann geh ich mal nach hinten, das Unkraut beleidigen.«

Sonja zwinkerte Lisa zu. Auf ihrem Gesicht lag noch ein Lächeln, doch sie fühlte sich seltsam beklommen, als sie durch den kleinen Urwald der lang gestreckten verglasten Halle schritt. Der Geruch torfiger Erde stieg ihr in die Nase. Ach bitte, hoffte sie inständig, sei stark und grün, mein kleiner Rhodo! Sie hatte eine kultivierte Sorte mit einer Wildart gekreuzt. Das Ergebnis könnte eine sensationelle Schönheit werden, vielleicht sogar eine mit Duft. Aber alle Jungpflanzen bis auf diese eine waren inzwischen eingegangen. Sonja bemühte sich, nicht schon von Weitem Ausschau nach dem Sprössling im blauen Übertopf zu halten. Sie hatte wirklich alle Expertenkniffe angewandt – für optimale Bedingungen gesorgt, was Erde, Licht und Temperatur betraf und Schutzmaßnahmen gegen Schädlinge getroffen.

Sonja richtete ihren Blick nach oben. Erst als sie kurz vor dem Rhodo stand, sah sie genau hin – auf einen Strunk, der fast sämtliche Blätter abgeworfen hatte. Drei hingen mehr schlecht als recht gelblich verfärbt an den Zweiglein und betonten deren Nacktheit. Schlagartig spürte Sonja eine unangemessen heftige Enttäuschung. Nur mühsam konnte sie ihre Tränen zurückhalten. Sie zerrte den kleinen Rhodo aus seinem Übertopf und warf ihn in die Schubkarre für den Kompost. Nichts ist gut!, schrie es in ihr, und es wird auch nie wieder gut werden! Mein Vater wird nicht von den Toten auferstehen, und mein Mann wird nicht aufhören, mich zu betrügen! Wenn ich es zulasse, wird Michael mich immer wieder hinhalten. Ich muss mich endlich ganz und gar von ihm trennen, nicht nur räumlich. Ich will nicht mehr an ihn denken, am besten wäre es, jeden Kontakt zu ihm abzubrechen.

Sonja atmete stockend. Bloß nicht heulen im Betrieb! Es war Freitag, sie würde früher Feierabend machen. Nachher, in der kleinen Zweizimmerwohnung im Zentrum von Bad Zwischenahn, wo sie seit zehn Monaten lebte, konnte sie weinen, solange ihr danach zumute war. Sie schüttelte den Kopf, als ihr klar wurde, dass sie sich tatsächlich darauf freute, zu Hause endlich ihren Tränen freien Lauf zu lassen. Sich aufs Weinen freuen … Wie pervers war das denn?

Aber ein bis zwei Stunden musste sie noch durchhalten.

Sonja stöhnte leise auf und ging zurück ins Büro. Ihre beiden Kollegen waren zu Beratungsterminen außer Haus. Erleichtert drehte sie die Heizung höher, bevor sie sich wieder an ihren Computer setzte. Sie fror fast ständig, seit sie von Michaels Affäre mit Jennifer erfahren hatte und Hals über Kopf aus dem gemeinsamen Haus ausgezogen war. Peinlich für eine Gärtnerin, die doch Wind und Wetter trotzen sollte. Wahrscheinlich lag es daran, dass sie von einer strammen Kleidergröße 42 auf eine lockere 40 geschrumpft war.

Hinter ihr lag eine grauenvolle Zeit. Seit vier Jahren folgte eine Katastrophe auf die nächste. Zuerst die Krankheit ihres Vaters, dann sein Tod vor drei Jahren. Anschließend hatte sie geholfen, ihre Schwiegermutter nach einem Schlaganfall bis zu ihrem Ende zu pflegen. Und immer schön die Augen verschlossen vor den Flirts ihres Mannes. Eigentlich hatte sie schon lange so nicht mehr weitermachen können und es dennoch getan – bis zu jenem Tag, als Michael ihr gestanden hatte, dass er »ernsthaft« in Jennifer verliebt sei. Eine Yogalehrerin aus Oldenburg, zehn Jahre jünger als sie, blond und unbekümmert.

Doch kaum war Sonja zutiefst verletzt ausgezogen, hatte Michael angefangen zu zweifeln. Und seitdem schwankte sie mit. Zwischen Liebe und Enttäuschung, Hoffnung und Wut, Selbstkritik und Sehnsucht. Geht's weiter mit uns? Ja … nein … vielleicht? Ganz … halb … teilweise? Liebst du mich noch, lieb ich dich noch? Kann ich dir wieder vertrauen, kannst du mir verzeihen und darauf verzichten, mir ewig Vorwürfe zu machen? Aber wie ernst ist es mit Jennifer? »Du bist mein Lebensmensch«, hatte Michael gesagt, »ich lieb dich mehr als Jenny. Nur – wenn ich sie ansehe, dann spüre ich so einen Schauer im Nacken …«

Wie rücksichtsvoll, dass er es nicht deutlicher formuliert hatte. Sonja wusste es auch so: Mit der Yogalehrerin war der Sex wieder richtig aufregend. Michael wollte allerdings auch die Ehe fortführen, er wollte am liebsten beide Frauen behalten.

In Phasen tiefster Verzweiflung hatte sie die Möglichkeit, Michael zu teilen, tatsächlich in Erwägung gezogen. In französischen Spielfilmen wirkten Dreiecksbeziehungen oft leicht, charmant verrückt und durchaus machbar. Im Anschluss an solche Vorstellungen hatte sie sich jedoch immer übergeben müssen. Was dazu geführt hatte, dass sie jetzt so schlank war, wie sie es sich immer erträumt hatte. Schade nur, dass sie diesen Zustand nicht richtig genießen konnte.

In den vergangenen Jahren war wirklich alles schiefgelaufen. Bis auf die Sache mit Florida. Doch ob sich Florida eines Tages tatsächlich einmal positiv auswirken würde, das stand noch in den Sternen. Sonja malte sich lieber nichts Schönes aus, dann konnte sie auch nicht enttäuscht werden.

Ein Hagelschauer knispelte gegen die Fensterfront. So laut, dass sie beinahe das Klopfen an der Tür überhört hätte.

»Sonja, du sollst bitte kurz vor Feierabend noch beim

Chef reingucken!« Petra, die rechte Hand des Juniorchefs Andreas Hagemann, blieb in der Tür des Planungsbüros stehen. »Du hast die Heizung aber hochgedreht.«

»Findest du?«

»Für die Wechseljahre bist du doch noch viel zu jung.« Petra pustete sich eine rot gefärbte Ponysträhne aus dem Gesicht. »Ich hab ja damals auch viel mehr geschwitzt als gefroren.«

Sonja überhörte die Bemerkung. »Vielleicht hat der Chef sich endlich meinen Entwurf für den Park der Gärten angesehen«, sagte sie hoffnungsvoll.

Fachbetriebe durften für den Park am Ufer des Zwischenahner Meeres Mustergärten gestalten, und Sonja hatte für ihre Firma einen mit Heilpflanzen und essbaren Blüten vorgeschlagen. Sie hatte sich dabei an alten Klostergärten orientiert, aber Hochbeete geplant, sodass Rollstuhlfahrer und Leute mit Rückenproblemen trotzdem darin gärtnern konnten. Dazu inspiriert hatte sie das Schicksal ihrer kranken Schwiegermutter.

»Tja … äh …« Petra, sonst einem Schwätzchen nicht abgeneigt, räusperte sich verlegen. Der Hagelschauer wurde heftiger. »Guck dir das bloß an!«, sagte sie kopfschüttelnd.

Myriaden feinster Körnchen überzogen den gepflasterten Betriebshof ebenso wie die Gewächshäuser des Garten- und Landschaftsbaubetriebs innerhalb von Sekunden mit einer weißen Decke.

Fröstelnd rieb sich Sonja die Arme. »Oder der Chef will über den Gartenentwurf für Familie Brunken reden«, überlegte sie, »der ist fast fertig.«

Die Unternehmerfamilie hatte neu gebaut – drei Generationen in zwei Häusern, verbunden durch einen gemeinsamen Garten. Hoffentlich machte Andreas ihr nicht wieder alles kaputt. Er hatte die grobe Richtung vorgegeben, wie immer. Aber sie war dort gewesen! Sie hatte mit allen Familienmitgliedern geredet, von der dreijährigen Mia bis zum achtzigjährigen Senior. Sie hatte die Ausblicke aus den Neubauten zu verschiedenen Tageszeiten gesehen, das Erdreich des Gartengrundstücks geprüft und, wie üblich, eine Vision gehabt.

Das war eine besondere Gabe, ein Talent, über das Sonja nicht oft sprach. Schon als Jugendliche hatte sie es bemerkt und zunächst für ganz normal gehalten. Während ihrer Ausbildung jedoch hatte sie festgestellt, dass andere Gartenplaner sich schwer erarbeiten mussten, was ihr einfach zuflog – innere Bilder vom perfekten Garten für einen ganz bestimmten Menschen, eine ganz bestimmte Familie, für genau dieses eine Gelände.

Natürlich hörte sie sich auch die Vorstellungen der Kunden an und stimmte alles miteinander ab. Aber sie wusste oft besser als die Auftraggeber selbst, in welcher grünen Umgebung sie am glücklichsten sein würden. Andreas' Vater, der Seniorchef, hatte sie einfach machen lassen. Das war auch der Grund gewesen, weshalb sie nach ihrem Studium der Landschaftsarchitektur aus Hannover zurückgekehrt war in ihren alten Ausbildungsbetrieb. Sein Sohn dagegen …

Sonja versuchte immer, ihre inneren Bilder möglichst gleich aufzuzeichnen, sonst entfleuchten ihr manchmal wichtige Details. Sie brauchte dafür einige Momente der Ruhe. Zuerst musste sie die Augen schließen, um im Geiste alles genau betrachten zu können, dann skizzierte und notierte sie eilig. Ihr seltsames Verhalten hatte schon manchen Kunden irritiert. Meditieren Sie, junge Frau?, war sie früher häufig gefragt worden. Doch inzwischen beherrschte Sonja ihre Technik so weit, dass sie ähnlich wie vor einem Niesanfall spürte, wenn es losging. Beim ersten Kribbeln entschuldigte sie sich, gab vor, noch etwas im Garten nachmessen oder sich die Hände waschen zu müssen.

Erzwingen ließen sich ihre Gartenvisionen allerdings nicht. Manchmal blieben sie aus. Was dann meist daran lag, dass Grundstück und Hausbewohner überhaupt nicht zusammenpassten. Waren die Widersprüche zu stark, legte Sonja den Kunden einen Katalog mit Mustergärten vor oder bat einen ihrer Kollegen, mit ihr den Auftrag gegen einen anderen zu tauschen. Das kam allerdings selten vor. Häufiger baten die Kollegen sie um Rat. Und meist fand sie auf Anhieb eine zufriedenstellende Lösung.

Für die Brunkens würde Sonja am liebsten einen Generationengarten auf zwei Ebenen anlegen, mit einem Bereich zum Spielen für die Kinder, einem zum Grillen und Chillen für die Erwachsenen, außerdem einen Rückzugsort mit Springbrunnen hinter einer halbrunden berankten Backsteinmauer. Doch das ging nicht. Ihr Chef hatte den Kunden einen »coolen und pflegeleichten« Garten eingeredet, mit dem sie nach Sonjas Überzeugung nicht zufrieden sein würden. Also hatte sie auch dieses Mal versucht, wenigstens ein bisschen was zu retten und mit lebendigem Grün, Staudenblumen und Naschobst etwas Lebensfreude in den Entwurf hineinzuschmuggeln.

Sonja nahm ihre Gabe als Geschenk. Nur Andreas Hagemann, falls er überhaupt je etwas davon mitbekommen hatte, würdigte sie kein bisschen. Er war ein glühender Verfechter von Steinwüsten. Vlies auslegen, Schotter drauf, hier und da ein paar Buchskugeln, Koniferen, exotische Formgehölze und Araukarien dazwischen, vielleicht noch als Sichtschutz eine Kieselwand hinter Gittern – fertig.

Vor anderthalb Jahren hatte Andreas nach einem Herzinfarkt seines Vaters die Leitung übernommen, und seitdem musste Sonja Tag für Tag Mondlandschaften planen.

Für öffentliche Grünanlagen ebenso wie für Privatgärten. Wäre die Sache mit Michael nicht eskaliert, hätte Sonja sich längst einen neuen Job gesucht. Aber sie konnte nicht an mehreren Fronten gleichzeitig kämpfen. Aufseufzend fuhr sie sich durch das fingerkurze Haar. Von Natur aus war es dunkelblond, seit dem letzten Friseurbesuch jedoch weckte es Assoziationen an ein Streifenhörnchen.

Petra grinste schief. »Sieht schon wieder besser aus, deine Frisur, das wird langsam.«

»Du bist eine schlechte Lügnerin.«

»Na ja, so schlimm wie am Anfang ist es wirklich nicht mehr. Die seltsamen gülden schimmernden Strähnchen sind ja schon halb rausgewachsen.«

»Danke. Deine Komplimente klingen wenigstens nicht geheuchelt!« Sonja kannte die Büromanagerin des Chefs nun schon so lange, dass sie ihr die direkte Art nicht verübelte. Und die blöde Kurzhaarfrisur hatte sie eindeutig selbst verbockt. Nach einem ihrer gescheiterten Versöhnungsgespräche mit Michael war sie in den nächsten Friseursalon marschiert und hatte ihr langes Haar, das Michael so geliebt hatte, streichholzkurz schneiden lassen. Das klassische Symbol für Neuanfang. Ratzfatz. War aber irgendwie nicht richtig gelungen. Es stand ihr nicht, es sah entsetzlich langweilig aus. Und der anschließende Strähnchenversuch hatte in einem Desaster geendet! Die blonden Highlights, die eigentlich dezent unterm Deckhaar hervorblitzen sollten, hatten sich breitgemacht und waren spröde geworden wie Borstenpinsel. Petra runzelte die Stirn. »Du bist doch allmählich drüber weg, oder?« Sie meinte natürlich die Trennung von Michael.

»Klar«, erwiderte Sonja so lässig wie möglich. »Wir leben mittlerweile schon fast ein Jahr getrennt.«

»Hast du die Scheidung denn schon eingereicht?«

Sonja senkte den Kopf. »Das eilt ja nicht«, murmelte sie. »Geht ja auch erst nach dem Trennungsjahr. Und steuerlich ist es so noch günstiger.«

»Hm ...« Petra schien sich eine Bemerkung zu verkneifen. »Ist er denn inzwischen mit dieser Tussi zusammengezogen?«

»Nein«, sagte Sonja schroff.

Petra verstand. »Na dann ... Also, kurz vor Feierabend, du weißt Bescheid.«

»Alles klar, danke.«

Petra zögerte noch, sie sah sie mitleidig an. »Und was auch kommt, denk daran ... Du hast noch Florida.«

Irritiert sah Sonja hoch. »Ach, so doll ist das auch wieder nicht«, wiegelte sie ab. »Hab schon ewig nichts mehr von drüben gehört.«

»Egal, da wird auf jeden Fall ein bisschen was übrig bleiben. Hach ...«, Petras Stimme bekam etwas Schwärmerisches, »... wenn ich ein Häuschen in Florida geerbt hätte, wäre ich schon längst rübergeflogen und hätte es mir angeguckt.«

»Na ja«, antwortete Sonja leicht genervt. Sie konnte sich noch nicht mal den Flug leisten. Natürlich erinnerte sie sich an ihre Freude, als sie erfahren hatte, dass die ältere Schwester ihrer Mutter, Tante Sandy, ausgerechnet sie als Alleinerbin eingesetzt hatte. Und an die Desillusionierung, die kurz darauf gefolgt war. »Ich glaub's irgendwie gar nicht mehr.«

»Quatsch! Warum hat sie sich wohl für dich entschieden?«, fragte Petra nachdenklich. »Du hast doch vier Brüder.«

»Du, keine Ahnung! Vielleicht aus weiblicher Solidarität. Ich hab sie nur ein Mal in meinem Leben getroffen, da war ich achtzehn. Das war auf ihrer einzigen

Deutschlandreise, nachdem sie Anfang der Fünfzigerjahre ausgewandert ist. Sie hat mir einen silbernen Delfinanhänger mit Kette geschenkt, das weiß ich noch. Aber sonst …«

»Hast du den Delfin noch?«

»Nö …« Sonja schüttelte den Kopf. »Und was die Entscheidung für mich angeht … Meine Brüder sind deutlich älter als ich, die haben alle längst ihr Leben eingerichtet, mit Haus und Familien und so. Vielleicht meinte Sandy ja, ich als Nesthäkchen könnte noch am ehesten Unterstützung gebrauchen.« Sie lachte leise auf. »Als ich mich angekündigt habe, glaubte meine Mutter, sie wäre in der Menopause. Sie hat erst kurz vorm fünften Monat vom Arzt erfahren, dass sie schwanger ist.«

»Was für eine tolle Überraschung!« Petras Augen leuchteten vor Begeisterung. »So etwas kommt heutzutage nicht mehr vor. Und dann nach vier Jungen ein Mädchen! Deine Mutter war sicher total happy.«

»Und wie«, stimmte Sonja zu, »da konnte sie endlich den Vornamen vergeben, den sie schon für das erste Kind ausgesucht hatte. Sonja. Ich meine, wer in meinem Jahrgang heißt schon Sonja? Ein total altmodischer Name.« Sie hatte ihn nie besonders gemocht.

»Sei froh, in meiner Klasse gab's drei Petras, das ist auch nicht so erstrebenswert.« Beide lachten. »Wie war denn der deutsche Vorname deiner Tante?«, fragte Petra.

»Sandra.«

»Und was hat sie drüben gemacht?«

»Ich weiß kaum was über sie. Meine Mutter und sie hatten keinen guten Draht zueinander. Tante Sandy ist unverheiratet geblieben, sie hatte keine Kinder. War wohl mal eine sehr gute Schwimmerin, sie hat in irgendwelchen Shows Geld damit verdient, glaube ich. Angeblich hat sie sogar mal Esther Williams gedoubelt. Sagt dir das was?«

»Meinst du etwa die Badenixe aus den alten Hollywood-filmen? Die hab ich als Kind ja so gern gesehen! Diese unglaublichen Wasserballettnummern!« Petra machte mit den Armen weite, übertriebene Schwimmbewegungen. »Die sah toll aus und lächelte noch unter Wasser!«

Sonja wiegelte ab. »Vielleicht ist das mit dem Doubeln auch nur ein Gerücht.«

»Aber es klingt total spannend!«

»Sie war dann letztlich auch nicht besonders erfolgreich.«

»Wieso?«

»Das Haus, in dem meine Tante gelebt hat, ist eher eine Hütte mit Blechdach, total runtergekommen. Fast unverändert, seit es Ende der Fünfziger gebaut worden ist. Also mit jeder Menge Reparaturstau.«

»Woher weißt du das? Du warst ja noch nicht mal da.«

»Der Nachlassverwalter hat mir Fotos geschickt. Und ein Minivideo, auf dem nichts als Sand und Ödnis zu sehen ist, am Rand Mangroven und Sumpf und ein paar Alligatoren.«

»Uaarr!« Petra schüttelte sich. »Aber du kannst es meistbietend verkaufen.«

»Dieses Land hinter dem kleinen Garten steht zum Teil unter Naturschutz, der andere Teil fällt in so 'ne Kategorie wie Vorstufe zum Naturschutzgebiet. Das bringt also auch nicht viel.«

Petra kam nun doch näher, sie setzte sich mit einer Pobacke auf Sonjas Schreibtisch. »Du bist viel zu gutgläubig, weißt du das eigentlich? Hast du das mal überprüft?«

»Natürlich!«, erwiderte Sonja. »Die Anwaltskanzlei in Oldenburg, die meine Eltern immer vertreten hat, wenn mal was war, hat den Nachlassverwalter gecheckt. Seriöse Kanzlei in Fort Myers, honoriger Mann, haben sie gesagt.«

Und außerdem hatte sie sich das Grundstück mithilfe von Google Maps selbst angesehen. Sogar das gelbe Holzhäuschen und den Kanal mit Bootssteg hatte sie erkennen können. »Ein paarmal hab ich auch mit Mr. Marx telefoniert, sogar per Skype.«

»Kannst du denn so gut Englisch?«, fragte Petra skeptisch.

»Na ja, den Slang der Amis hab ich zwar nicht so drauf, aber ich war doch während des Studiums zwei Mal zu längeren Praktika in englischen Gärtnereien«, erklärte Sonja. »Mr. Marx spricht außerdem Deutsch. Er stammt ursprünglich aus Frankfurt.«

»Und was hat er dir erzählt?«

»Dass deutsch-amerikanische Erbschaftsfälle extrem komplex sind.« Sonja verzog den Mund. »Der Erbe muss an den Gerichten in Florida ein Nachlassverfahren durchlaufen, und das dauert in der Regel Monate.«

»Mist«, sagte Petra, »das kannst du doch von hier aus gar nicht regeln! Wie will du denn dann …«

»Ich hab ja auch Mr. Marx damit beauftragt. Erst muss die Erbschaftssteuer bezahlt werden, vorher darf ich gar nicht über irgendwas verfügen.« Sonja erinnerte sich, wie sie aus sämtlichen Wolken gefallen war, als er ihr umständlich die Gesetzeslage verklickert hatte. »Und diese Erbschaftssteuer, die kann locker fünfzig Prozent übersteigen!«

»Von was?«, fragte Petra.

»Na, vom Wert des gesamten Erbes. Haus, Inventar, Sparkonto, falls vorhanden, et cetera …« Sonja stöhnte auf. »Vielleicht war's am Ende ein großer Fehler, das Erbe überhaupt anzunehmen.« Ihr schwirrte immer noch der Kopf, wenn sie an all die Fachbegriffe dachte, mit denen der Anwalt sie verwirrt hatte. Ausgerechnet in der Phase, als ihre Ehekrise unaufhaltsam dem Höhepunkt zugestrebt war. Erst mussten verschiedene lokale öffentlich-rechtliche Lasten, die auf dem Grundstück liegen könnten, ermittelt und bezahlt werden. Außerdem musste man prüfen, ob der Bruttonachlasswert über oder unter dem gesetzlich festgelegten Freibetrag lag. Der Grad der Verwandtschaft spielte eine Rolle. Und neun Monate nach dem Tod des Erblassers musste der Nachlassabwickler beim US-Finanzamt die Steuererklärung abgeben. Erst wenn diese Steuern ordnungsgemäß entrichtet seien und eine gerichtlich bestätigte Abschrift der Todesurkunde vorliege, werde der Erbschein ausgestellt, hatte Mr. Marx erklärt. Erst dann könne Sonja das Erbe in Besitz nehmen und im Grundbuch eingetragen werden. Und danach endlich dürfe sie verkaufen, was noch übrig geblieben sei, hatte Mr. Marx mit seiner etwas näselnden Sprechweise ausgeführt. Die Immobilienpreise in Florida seien nach der Bankenkrise 2008 gewaltig eingebrochen, mittlerweile würden sie allerdings wieder steigen, und je länger man warte, desto besser.

Es war also klug von Sonja, geduldig zu sein. Jedoch hatte Mr. Marx ihr nicht verschwiegen, dass sie für das Häuschen ihrer Tante – es stand auf Dolphin Island im Lee County am Golf von Mexiko – nicht mit den sonst üblichen Preisen rechnen konnte, weil nach dem Unfall eines Öltankers vor etlichen Jahren immer wieder Ölplacken an den Strand gespült wurden, was natürlich den Wert senkte. Während ihres letzten Telefonats hatte Mr. Marx gefragt, ob er lieber das Boot oder das Auto verkaufen sollte, um irgendeine Inselsteuer zu bezahlen, die gerade fällig war. Da hatte Sonja ihn entnervt gebeten, er möge die Angelegenheit doch bitte einfach mit gesundem Menschenverstand erledigen und sich erst wieder melden, wenn alles in trockenen Tüchern sei.

»Angenommen, dein Erbe ist zweihunderttausend Dollar wert, dann musst du mehr als hunderttausend Erbschaftssteuern bezahlen, bevor du irgendwas zu Geld machen kannst?«, fragte Petra ungläubig. »Wo willst du die denn hernehmen?«

Sonja ärgerte sich inzwischen, dass sie so viel ausgeplaudert hatte. »Keine Ahnung«, sagte sie ungeduldig, »das überlasse ich dem Experten vor Ort, der wird schon irgendeine Zwischenfinanzierung deichseln.«

»Irgendeine Zwischenfinanzierung? Das heißt doch im Klartext, dass du das Haus beleihen oder verkaufen musst, um die Erbschaftssteuer zahlen zu können, oder?« Petra konnte sich gar nicht wieder einkriegen. »Das ist ja absurd!«

»So sieht's aus. Im Moment finde ich das ganze Leben absurd«, antwortete Sonja. Sie hatte nicht vor, jetzt noch weitere Einzelheiten mit Petra zu besprechen, und rang sich ein Lächeln ab. »Na, bis Montag dann, Petra, schönes Wochenende!«

»Tschüs, meine Liebe!« Petra ließ sich, was für sie ungewöhnlich war, zu einer Umarmung mit Wangenküsschen hinreißen, bevor sie entschwand.

Sonja rief das Dokument mit der Gartenplanung für Familie Brunken auf, um die Zeit bis zum Gespräch mit dem Chef sinnvoll zu nutzen, doch nach kurzer Zeit zwitscherte ihr Handy, sie hatte als Klingelton einen Amselruf installiert. Als sie sah, dass es Michael war, beschleunigte sich ihr Puls. Sonja zögerte, holte tief Luft. Sie nahm sich fest vor, freundlich, aber distanziert zu bleiben.

»Ja?«

»Hallo, ich bin's. Wie geht's dir?« Seine Stimme erreichte immer noch zuerst ihr Herz, wärmte es, weckte ihre Sehnsucht nach ihm, nach seiner Umarmung, dem schützenden Mantel seiner Liebe.

»Gut.« Ihr Ton verriet, dass sie log.

»Ich wollte fragen, ob wir uns nicht mal wieder zu einem Essen treffen könnten«, sagte er hörbar bedrückt. »Um in Ruhe zu besprechen, wie es weitergehen soll.«

Sonja atmete schwer aus. »Was soll das bringen?« Das hatten sie schon so oft vergeblich versucht.

»Wenn ich weiß, dass es dir schlecht geht«, setzte ihr Nochehemann nach, »dann geht's mir auch schlecht.« Er meinte es ehrlich, das spürte Sonja, sie kannte schließlich jede Nuance seiner Intonationsbandbreite. Lass dich nicht rühren, werd bloß nicht weich, mahnte sie sich.

»Wie läuft's denn so mit Jennifer?«, fragte sie spitz.

»Müssen wir das am Telefon besprechen?«

»Nee, lieber nicht.«

»Danke übrigens, dass du deine Raten für das Haus immer noch bezahlst.«

»Bin ständig pleite, weil ich jetzt auch noch die Miete hab. Aber es ist schließlich auch mein Haus … und …« Sonja konnte nicht weitersprechen. Und ich würde es nicht ertragen, wenn sich diese Jennifer in mein Nest setzen würde, dachte sie. Ihr kam das Sprichwort in den Sinn: *Die erste Frau schnitzt das Schemelchen, und die zweite sitzt darauf.* Finster zog sie ihre Augenbrauen zusammen. Und ich werde weiterzahlen, um dir keinerlei Rechtfertigung dafür zu liefern, dass du mir meine Ansprüche auf das Haus abspenstig machen kannst.

»Ich hab dir schon mal angeboten, deine Raten zu übernehmen«, sagte Michael milde.

Sonja spürte noch immer einen Kloß im Hals, sie schwieg. Im Moment war sie einfach zu geschwächt, um zu streiten oder zu kämpfen.

»Was hältst du vom alten Spieker?«, fragte Michael. »Wir könnten mal wieder einen Smoortaal essen.« Schon beim

Gedanken an den Räucherfisch, der früher ihre Lieblings-speise gewesen war, verkrampfte sich Sonjas Magen. »Viel zu fett. Lieber einen schönen Salat, vielleicht im Fähr-haus.« Zack, dachte sie dann erschrocken, Falle zuge-schnappt. Schon wieder verabredet.

»Okay«, stimmte Michael sofort zu. »Morgen Abend um sieben?«

»Was, am Sonnabend?«, erwiderte Sonja spöttisch. »Musst du da nicht bei Jennylein sein?«

»Könnten wir das bitte lassen?« Michael atmete ver-nehmbar aus. »Jennifer hat am Wochenende eine Weiter-bildung. Ich hol dich also ab.«

»Okay. Bis dann.« Sonja legte das Handy zur Seite und starrte aus dem Fenster. War das ein Fehler gewesen zuzu-sagen? Meist ging es ihr schlechter, nachdem sie sich mit ihrem Mann getroffen hatte. Aber es stimmt ja, sie muss-ten irgendwie weiterkommen, raus aus dieser Sackgasse.

Andreas Hagemann lehnte sich in seinem lederbezogenen Chefsessel zurück, als Sonja ihm gegenüber Platz genom-men hatte. Er warf einen besorgten Blick auf den Hof, wo sein neuer Audi stand. Doch das Wetter hatte sich beru-higt, die Hagelkörner tauten bereits.

»Ich will es kurz machen, Frau Janssen«, sagte er unge-wohnt förmlich. Früher, bevor er ihr Vorgesetzter gewor-den war, hatten sie sich geduzt, seitdem mieden sie bei-de die direkte Ansprache, wenn möglich. Und jetzt siezte er sie?

Sonja war gefasst darauf, ihren Entwurf verteidigen zu müssen, aber das Gespräch nahm eine unerwartete Wen-dung. »Unser Betrieb wird vom Marktführer GaLaBau Zett übernommen.«

»Was?«, entfuhr es Sonja.

Die Firma Hagemann war ein solides, florierendes mittelständisches Unternehmen. Wie konnte das sein?

»Die haben mir ein Angebot gemacht, das ich nicht ablehnen kann«, erwiderte ihr Chef. Und du hast einen Witz gemacht, über den ich nicht lachen kann, dachte Sonja. »Tja, also ... Ich werde nach der Übernahme Geschäftsführer der Abteilung Außenanlagen für Industrie- und Gewerbebauten. Wir bringen unseren Maschinenpark samt Personal dafür ein, aber leider kann GaLaBau Zett nicht all unsere Festangestellten übernehmen.«

Plötzlich begriff Sonja. Das Blut schoss ihr in den Kopf. Ach, und ich muss dran glauben? Nach mehr als fünfzehn Jahren!

»Ich ...«

Sie öffnete den Mund. Was sollte sie darauf sagen? Sollte sie sich etwa beschweren? Betteln? Nein! Wortlos schloss sie ihren Mund wieder. Andreas Hagemann ruckelte unter ihrem aufgebrachten Blick sichtlich unbehaglich hin und her.

»Es tut mir wirklich leid. So eine Situation ist mir auch nicht gerade angenehm, Frau Janssen ... Sonja ... Ich weiß, Sie haben hier Ihre Lehre gemacht.« Ja, dachte sie fassungslos, damals warst du noch ein pickeliger Jüngling, und dein Vater war mein Chef. Der hat meine Arbeit immer gefördert und geschätzt. »Der Marktführer hat seine eigenen Landschafts- und Gartenarchitekten«, erklärte Andreas. »Aber«, er lächelte hilflos, »ich habe für Sie eine ordentliche Abfindung ausgehandelt.«

Sonja setzte sich ganz gerade auf. Sie drückte das Kreuz durch und versuchte, ihr Entsetzen auch durch ihre Mimik nicht zu verraten. Gefeuert, sie wurde soeben entlassen! Damit hatte sie nie im Leben gerechnet. Sie war doch immer eine der Stützen dieses Betriebes gewesen.

»Eine Abfindung?«, wiederholte sie heiser.

»Ja«, erwiderte Andreas Hagemann fast stolz, »vierzigtausend Euro! Die Höhe zeigt großes Entgegenkommen, das liegt deutlich über dem, was sein müsste.«

Sonjas Hände umschlossen die gerundeten Holzlehnen des Besucherstuhls. »Na dann«, sagte sie spöttisch, obwohl die Wut in ihr hochkochte, »kann ich mich ja nur bedanken.« Sie wollte sich erheben, doch ihr Chef schob ihr Papiere rüber.

»Sie müssten lediglich Ihr Einverständnis erklären und unterschreiben, dass Sie keine Klage erheben. Das sind Formalitäten, die das Ganze erleichtern. Je schneller wir das erledigen, desto eher kommt das Geld. Vierzigtausend.« Er betonte noch mal die Summe, die zugegebenermaßen verlockend klang in Sonjas Ohren. »Sie brauchen dann auch nicht mehr zu kommen. Übergeben Sie den Brunken-Garten Ihren Kollegen. Sie sind ab Montag freigestellt.«

Ach, dachte Sonja gekränkt, auch das noch! Als hätte ich die Portokasse geklaut! »Ich nehme die Papiere mit nach Hause«, sagte sie so ruhig sie konnte, »und lese sie mir in Ruhe durch. So viel Zeit wird ja wohl noch sein.«

2

Sonja ließ die Tränen laufen. Am Freitagabend, in der Nacht, am Samstag. Während des Staubsaugens, beim Bügeln und beim Fernsehen. Dann mischte sich – wie eine kurze Aufheiterung in einem Schauergebiet – immer mal kurz so etwas wie Erleichterung in ihr Gefühlschaos. Okay, neues Spiel, neues Glück! Sie hatte sich ja ohnehin nicht mehr wohlgefühlt mit den Mondlandschaften.

Im Bad spritzte sie sich mit beiden Händen kaltes Wasser ins Gesicht, dann betrachtete sie eingehend ihr Spiegelbild. War sie noch attraktiv? In zwei Jahren wurde sie vierzig. Die Tendenz zum Pausbäckigen, immer leicht Verschmitzten war verschwunden, dafür hatten sich die Andeutung von Schlupflidern verstärkt und die beiden Falten zwischen den dunklen Augenbrauen vertieft. Wenn sie sich selbst als Fremde irgendwo begegnen würde, wie würde sie sich, ganz ohne Eitelkeit, beschreiben? Da stand eine mittelgroße Frau in den besten Jahren, mit ovalem Gesicht, grünbraunen Augen, kräftigem Haar und Stirnwirbel, leichter Stupsnase und vollen Lippen. Sonja lächelte. Ja, ein schönes breites Lächeln, das sympathisch wirkte. Sie zog Grimassen.

Du siehst so süß aus, hatte Michael früher oft gesagt, ich kenne keine Frau, die so süß und so komisch sein kann wie du. Er hatte ihr ins Ohr geflüstert, dass er ihr helles Lachen liebte und ihre besänftigende Stimme. »Du vermutest immer das Beste in anderen«, hatte er einmal halb bewundernd, halb tadelnd behauptet. Mit anderen Worten: Er hielt sie für naiv. Wahrscheinlich hatte er sogar recht.

Und ihre Figur? Sonja trat einen Schritt zurück, damit sie mehr von sich im Badezimmerspiegel erkennen konnte. Nicht mehr so stämmig wie früher, kleiner Busen, breite Hüften. Sie hätte gern mehr Busen, weniger Po und schlankere Oberschenkel gehabt. Aber, na ja, es war schon in Ordnung. Sie bewegte sich wohl eher burschikos, das ergab sich einfach, wenn man mit vier älteren Brüdern auf einem Hof mit vielen Tieren aufwuchs und anschließend unter Gärtnern zeigen musste, dass man mit Schaufeln und Maschinen umgehen konnte. Entschlossen, energisch wirkte sie, jedenfalls nicht wie eine Zuckerpuppe.

»Also dann«, sagte Sonja zu ihrem Spiegelbild, »machen wir das Beste daraus.«

Kurz vor sieben wartete sie gut geschminkt in einer neuen engen Jeans und einem schicken Blazer auf Michael. Er war pünktlich. Das bedeutete, er gab sich Mühe. Rendezvous mit dem eigenen Mann, das hatte trotz allem etwas Prickelndes. Er trug ein blaues Jackett, Oberhemd ohne Schlips. *Smart casual* hätte das wohl auf einer der Einladungen geheißen, die er als Pharmareferent für sein auf Naturheilmittel spezialisiertes Unternehmen oft an Ärzte verschickte. Sein Bauchansatz war verschwunden.

Michael grinste verlegen und fuhr sich mit einer Hand durch das bis auf die Geheimratsecken immer noch volle braune Haar. An den Schläfen schimmerten ein paar neue silbrige Haare, aber gemeinerweise stand es ihm. Seine graugrünen Augen, die ihr so schmerzhaft vertraut waren, leuchteten auf.

»Du siehst fantastisch aus, Sonja. Und deine Figur!« Bewundernd sah er sie an. Ihr Herz klopfte heftiger, als er sie auf die Wangen küsste. »Mein Gott, muss ich ein Idiot sein!«, fügte er hinzu.

Ja, du bist ein Idiot, dachte Sonja, da werde ich dir bestimmt nicht widersprechen. Und ich bin eine Idiotin, weil es mich nicht kalt lässt, wenn du so was sagst. Sie schnupperte ein neues Aftershave, vermutlich von ihrer Nachfolgerin ausgesucht. Das ernüchterte sie und half ihr, sich gegen seinen Charme zu wappnen.

Sie ergatterten einen Tisch am Fenster mit Blick aufs Zwischenahner Meer und aßen Salat mit gegrillten Meeresfrüchten. Lichterketten beleuchteten die wegen Rutschgefahr abgesperrte Holzterrasse. Sonja machte mehrfach einen Anlauf, Michael von ihrer Kündigung zu erzählen. Doch irgendetwas hielt sie jedes Mal kurz vorher davon ab. Sie plauderten über gemeinsame Bekannte und über Belangloses. Sonja fragte sich, was ihren Mann wohl wirklich bewogen hatte, sich mit ihr treffen zu wollen. Bei der Crème brûlée rückte Michael damit heraus.

»Ich möchte dich nicht überfahren, Sonja«, sagte er. »Aber so kann es ja auch nicht weitergehen.« Sonja spannte ihre Bauchmuskulatur an wie ein Boxer, der einen Tiefschlag erwartete. Dann sollten eben alle Horrornachrichten auf einmal kommen! »Jennifer hat eine teure Wohnung in Oldenburg, wir fahren ständig hin und her. Aber das ist reine Geld- und Zeitverschwendung.« Was für eine selten dämliche Begründung, dachte Sonja. Gleich kommt er noch damit, dass Jennylein meinen Garten in Ordnung halten würde! Sie legte das Löffelchen auf den Unterteller neben ihr angenipptes Dessert. »Jennifer könnte ihre Yogakurse auch im Haus geben, dann müsste sie keinen Übungsraum mehr anmieten. Im Sommer ginge es auf der Terrasse und, also, sie würde dafür gerne den Garten pflegeleichter umgestalten.« Am liebsten wäre Sonja aufgesprungen und weggerannt. Doch sie blieb wie gelähmt sitzen. Michael legte seine Hand auf ihre, sie zog sie mit einem Ruck weg. »Ich verstehe ja«, sagte er, »dass du nicht begeistert bist, aber …«

»Dann willst du also die Scheidung«, sagte sie mit zitternder Stimme.

O Gott, dachte sie, Klischee, Klischee! Wieso klingt das auch noch nach tausendmal im Kino gehört und in Romanen gelesen, wenn man es selbst erlebt?

»Willst du denn die Scheidung?«, fragte er leise.

Sie sah ihn nur an, mit Tränen in den Augen. Was sie auch antworten würde, es wäre immer nur die halbe Wahrheit. Sonja fühlte sich entsetzlich hilflos.

»Wenn sie in unser Haus einzieht, dann führt wohl kein Weg mehr daran vorbei!«

»Wir müssen ja nichts überstürzen«, sagte Michael betreten. »Ich wollte nur nicht, dass du es von anderen erfährst.«

»Vielen Dank auch«, antwortete Sonja sarkastisch. »Außerordentlich rücksichtsvoll. Aber du möchtest dir trotzdem noch ein Hintertürchen offen lassen, wenn ich das richtig verstehe, ja? Ich geh jetzt, Michael, ich nehm mir ein Taxi. Und das war's dann wirklich mit uns.«

Sonja unterschrieb die Papiere wie in Trance und fuhr ein letztes Mal in die Gärtnerei, um sie abzugeben und sich von den Kollegen zu verabschieden, die so beschämt waren, dass sie ihr kaum in die Augen sehen konnten. Rasch fuhr sie wieder nach Hause. Was sollte sie jetzt tun? Die Arbeit war ihr Anker gewesen. Im Betrieb hatte sie funktionieren müssen, ordentlich angezogen sein, hatte die Haare gewaschen und ein freundliches Lächeln für die Kundschaft auf den Lippen haben müssen. Jetzt, da sie ohne Verpflichtungen war und sich in aller Ruhe ausmalen konnte, wie ihre Nebenbuhlerin in ihr Haus einzog, ihren Mann, ihr Leben, ihren Bauerngarten übernahm, brach Sonja zusammen.

Sie konnte sich zu gar nichts aufraffen. Stieß Freunde und Bekannte vor den Kopf, die sie zum Weggehen animieren wollten. Fror ständig, sogar im Bett mit zwei Decken und Socken an den Füßen. Wenn sie morgens erwachte, musste sie sich zwingen aufzustehen. Hinzu kam, dass es auch jahreszeitlich bedingt überhaupt nicht mehr richtig hell wurde. Ständig war ihr übel, häufig spürte sie den Drang, einfach die Bettdecke über den Kopf zu ziehen, sich zusammenzukrümmen und hemmungslos zu weinen. Wenn sie dem nachgab, linderte es den Druck für eine Weile.

Um nicht völlig zu verwahrlosen, machte sie sich Zettel mit Tagesordnungspunkten, die sie dann unter Aufbietung großer Willensanstrengung abarbeitete. Sonja fürchtete, dass ihr Körper die Chemie dieses Unglücklichseins bald als Normalzustand speichern könnte. Dabei war sie im Grunde ein lebenslustiger, zuversichtlicher Mensch! Wie hatte es nur so weit kommen können? An welcher Stelle hatte sie nicht richtig aufgepasst? Wann hätte sie anders handeln müssen? Wie ungerecht, dass in seelischen Krisenzeiten der Körper mitlitt und schwächelte! In Romanen und Fernsehfilmen funktionierte es immer schön einfach – Frau wird enttäuscht, heult einmal kräftig, rafft sich wieder auf und schmiedet voller Tatendrang gewitzte Rachepläne. Im wahren Leben lief es ganz anders.

Sonja wollte keine Rache. Na gut, die Vorstellung, dass Michael jedes Mal, wenn er einen Schauer im Nacken spürte und zur Tat schreiten wollte, einen Hexenschuss erlitt, schenkte ihr schon eine gewisse Genugtuung. Aber eigentlich wollte sie nur, dass alles wieder war wie früher. Ihr Gefühl reagierte dümmer als ihr Verstand. Vielleicht merkt Michael, wenn er erst mit der Yogatussi Tag für Tag zusammenlebt, dass er sich furchtbar getäuscht hat, hoffte sie, und dann wird er mich auf Knien anflehen, ihm noch einmal eine Chance zu geben. Und vielleicht werde ich ihm nach einigem Zögern großherzig verzeihen. Diesen Teil malte Sonja sich besonders rosig aus.

In Wirklichkeit lebte sie aus Angst, dass es zu sehr weh tun könnte, nur mit angezogener Handbremse. Vorsichtig, abwartend. Sie verschob es, Bewerbungen zu schreiben – von einem Tag zum nächsten, wieder und wieder. So einfach war es auch gar nicht, in der Gegend etwas geeignetes Neues zu finden. Und warum sollte sie sich nicht eine Auszeit gönnen? Sie war am Ende. Sie fühlte sich fürchterlich. Wer würde sie nehmen, wenn sie eine Ausstrahlung hatte wie ein vergilbter nasser Waschlappen? Sie musste erst wieder zu Kräften kommen und konnte dann aktiv werden. Einen neuen Job suchen, einen neuen Mann.

Sonja besuchte ihre Mutter, die bei ihrem ältesten Bruder und dessen Familie lebte und für ihre zweiundachtzig Jahre erstaunlich rüstig war. Hartmut hatte den landwirtschaftlichen Betrieb, der auch Urlaub auf dem Bauernhof anbot, von den Eltern übernommen. Als Sonja ihrer Mutter beim Ostfriesentee in der gemütlichen Wohnküche vom endgültigen Ende ihrer Ehe berichtete, schüttelte die alte Frau unwillig den Kopf.

»Früher raufte man sich wieder zusammen«, sagte sie streng. »Michael ist zwar ein Filou, aber er bringt gutes Geld nach Hause. Und man rennt auch nicht gleich auseinander, Kind. Es heißt: *Bis dass der Tod euch scheidet.* Dein Vater war mein erster und einziger Mann.«

Sonja ächzte gequält. »Die Zeiten haben sich geändert,

Mama. Heute müssen Frauen nicht mehr um jeden Preis in einer unglücklichen Ehe ausharren.«

»Meine Ehe war doch nicht unglücklich!«, protestierte ihre Mutter.

»Weiß ich, Mama, das wollte ich damit auch gar nicht sagen«, beschwichtigte Sonja. Ihre Eltern waren ein gutes Gespann gewesen. »Du«, sagte sie nachdenklich, »jetzt mal ganz ehrlich, wie war das eigentlich für Papa? Bist du auch seine einzige Frau gewesen?«

Ihre Mutter schnappte empört nach Luft. So was fragt man seine Eltern nicht!, las Sonja in ihren funkelnden blauen Augen, doch sie spürte wohl, wie wichtig die Antwort für ihre Tochter war. Sie sah ihr fest in die Augen und betonte jedes Wort. »Davon. Bin. Ich. Überzeugt.« Sonja seufzte sehnsüchtig. Solche Männer wie ihren Vater gab's gar nicht mehr! Aufrecht, treusorgend, okay, manchmal ein bisschen patriarchalisch. Aber er hatte immer gewusst, was er wollte und was richtig war, und sich entsprechend verhalten. Ihre Mutter wandte den Blick ab, sie schob Sonja ein Porzellanschälchen mit Butterkeksen entgegen. »Schmecken lecker, fast wie selbst gemacht. Greif zu, du wirst noch zu dünn.« Sie nahm selbst einen und biss ein Stück ab. »Da ist nie eine andere Frau gewesen.«

»Du Glückliche!«

Plötzlich schimmerten die Augen ihrer Mutter feuchter. »Ja, ich hab Glück gehabt«, sagte sie leise.

Sonja stand auf, schlang die Arme um ihre Mutter, ihre Wangen schmiegten sich aneinander. »Ich denke auch oft an Papa, mir fehlt er auch so!« Unter Tränen lächelten sie sich an.

Sonja setzte sich wieder, tunkte einen Keks in ihren Tee und schwieg eine Weile. »Warum hat eigentlich Tante Sandy nie geheiratet?«, fragte sie dann unvermittelt.

»Was weiß ich denn?«, antwortete ihre Mutter. »Sie hat manchmal von einem Harry geschrieben, der war wohl so was wie ein Lebensgefährte. Aber ich glaube, sie wohnten nie unter einem Dach.«

»Ihr Schwestern hattet keinen besonders guten Draht zueinander, oder?«

»Das kann man so nicht sagen. Als Kinder waren wir unzertrennlich. Natürlich haben wir uns gekabbelt, wie das unter Geschwistern üblich ist, aber …« Die Mutter verstummte, ihr Blick war in die Ferne gerichtet. Sie holte tief Luft. »Sandra war neugierig, unternehmungslustig. Sie hatte eine besondere Verbindung, so wie du zu Pflanzen, zu Tieren. Und sie war immer eine großartige Schwimmerin, hat bei den ersten Wettbewerben nach dem Krieg Pokale geholt. Einmal durfte sie zu einem Sportfest nach Bremen, da hat sie einen amerikanischen Besatzungsoffizier kennengelernt.«

»Ach, und in den hat sie sich verliebt?« Sonja witterte eine romantische Liebesgeschichte.

»Nee, der war verheiratet, sie waren sich einfach sympathisch, nix Amouröses«, erinnerte sich ihre Mutter. »Er war auch ein begeisterter Schwimmer und hat ihr einen Floh ins Ohr gesetzt. Dass es in Amerika Schwimmshows gibt, und dass in Hollywood Spielfilme mit Wasserballett gedreht werden, und dass Sandra Chancen hätte bei ihrem Aussehen und ihrem Talent.«

»Ja, und wolltest du nicht auch nach Amerika? Wann war das eigentlich genau?«

»Sandra ist Anfang 1952 ausgewandert, gerade volljährig. Damals gab's die erste Auswanderungswelle aus Deutschland nach dem Zweiten Weltkrieg in die USA. Ledige hübsche Frauen hatten gute Chancen, vor allem wenn sie wie wir Flüchtlinge waren.« Aufmerksam lauschte Sonja. Sie schenkte ihnen Tee nach, der Kandis knisterte anheimelnd. Ihre Mutter erzählte so selten von früher, wohl mal allgemein von Ostpreußens schöner Natur und den Wanderdünen, aber kaum von der Flucht und den harten Nachkriegsjahren. »Ich war damals erst siebzehn. Und, nein, ich wollte nicht weg. Dein Vater und ich, wir waren doch frisch verliebt. Wir wollten uns im Ammerland etwas aufbauen, den Hof seiner Familie wieder auf Vordermann bringen.« Sonjas Vater entstammte einem alten Ammerländer Bauerngeschlecht. »Die Sandra hatte immer schon mehr Abenteuerlust im Blut als ich.« Ihre Mutter lächelte. »Ich erinnere mich an ihre erste Postkarte von drüben. Schon nach einer Woche schrieb sie, dass sie nie wieder nach Deutschland zurückkehren werde, weil es ihr in den Vereinigten Staaten so gut gefiele. Dort sei alles so weit, so großzügig.« Die alte Frau machte eine ausladende Armbewegung. »Na, erst hat sie bei Bekannten dieses amerikanischen Offiziers als Babysitterin gejobbt, danach hat sie ein paar Wochen in einer Kartonfabrik gearbeitet. Und dann landete sie tatsächlich ziemlich schnell in Hollywood, ist eingesprungen für eine Frau, die krank geworden war. Aber nur als ... Wie nennt man das noch?«

»Statistin?«

»Ja, genau, für so kleine Rollen, wo man keinen Text sprechen muss. Das war wohl für sie eine aufregende Zeit. Für mich aber auch. Ich wurde bald mit meinem ersten Kind schwanger, dann haben wir den Kontakt irgendwie verloren.«

»Ihr habt euch nur zu Weihnachten, Ostern und den Geburtstagen geschrieben, oder?«

Sonja erinnerte sich an mehr oder weniger freundliche, aber nichtssagenden Tante-Sandy-Luftpostbriefe. Ihre Mutter hatte auf ähnlich standardisierte Art geantwortet.

»Ja, mein Gott, ich hatte fünf Kinder, Sonja!« Ihre Mutter schien sich angegriffen zu fühlen, weil sie sich nicht mehr um ihre unverheiratete Schwester gekümmert hatte. »Dazu kamen die Arbeit auf dem Hof und später unsere Feriengäste. Wo sollte ich die Zeit hernehmen? Sie hätte ja auch öfter schreiben oder zu Besuch kommen können – damals in den Sechzigern, als der Dollar viermal so viel wert war wie die D-Mark!« Mit zittriger Hand ließ sie von einem Schwanenlöffel dickflüssige Sahne in den Tee gleiten.

Nachdenklich betrachtete Sonja das Sahnewölkchen in ihrer Tasse. »Hast du wirklich keine Ahnung, warum sie mich zu ihrer Alleinerbin erklärt hat?«

Ihre Mutter zuckte mit den Schultern, dann hob sie den Zeigefinger. »Da mach dir mal nicht allzu große Hoffnungen! Deine Tante konnte nie besonders gut mit Geld umgehen.« Sie trank einen Schluck und verzog das Gesicht, der Tee war offenbar noch zu heiß. »Vielleicht, weil du ihr ein wenig ähnlich siehst. Sie hat mir ganz früher mal gesagt, sie würde lieber eine Tochter bekommen als einen Sohn. Aber ich weiß es nicht, sie war eben ziemlich eigensinnig. Wahrscheinlich wollte sie genau deshalb keiner heiraten.«

»Vielleicht war sie ja auch ohne Ehe glücklich, ohne Mann«, bemerkte Sonja gereizt. »So was soll's geben! Frauen, die ein erfülltes Leben führen, ganz ohne Kerl und Kinder. Zum Beispiel weil sie für ihren Beruf brennen.«

Ihre Mutter verzog spöttisch die Lippen. »Ich hab immer nur für die Familie gebrannt.«

»Phh! Ich möchte mal wissen, wie du reagiert hättest, wenn dein Mann dir eröffnet hätte: Ich hab mich in eine andere verliebt, ich zieh aus.«

»Ganz einfach! Ich hätte gesagt: Kommt nicht infrage. Du bleibst. Fünf Kinder und ein Hof, der seit Generationen in Familienbesitz ist … Ich bitte dich!« Ihre Mutter reckte das Kinn. Sie konnte manchmal so stolz aussehen. Sonja musste trotz allem in sich hineinschmunzeln.

»Außerdem«, sagte ihre Mutter scharf, »nicht Michael ist ausgezogen, du bist gegangen.«

»Er hat mich doch betrogen!«, erwiderte Sonja empört. Nicht mal ihre eigene Mutter verstand sie! »Also, ehrlich.« Sonja schüttelte den Kopf und sprang auf. »Ich muss jetzt auch wieder! Tschüs, Mama.«

Ihre Mutter begleitete sie wortlos durch die Diele. »Ach komm her, Kleine!«, sagte sie an der Haustür und umarmte sie. »Wie du dich auch entscheidest, ich hab dich lieb. Das weißt du hoffentlich.« Sonja nickte gerührt. »Aber wenn ich dir einen Rat geben darf, Kind: Halte durch. Beende eure Ehe nicht aus einer Laune heraus. Versprich mir das.«

Sonja putzte sich die Nase. »Ich denk drüber nach.«

Sonja schob auch den Gang zur Scheidungsanwältin vor sich her. Und es ging ihr weiter schlecht. Ihre beste Freundin Anna gab sich alle Mühe, sie aufzurichten. Sie kannten sich seit der Kindheit. Anna arbeitete in einer Buchhandlung, war verheiratet mit Lars und hatte schon zwei Fehlgeburten gehabt. Sie schaffte es, trotzdem die Hoffnung nicht aufzugeben. Doch anders als sonst gelang es ihr nicht, Sonja mit ihrem Optimismus anzustecken. Immer häufiger verdrehte Anna ihre schönen rehbraunen Augen, wenn sie sich unterhielten, wickelte ratlos eine dunkle Locke um den Mittelfinger und schickte Sonja schließlich zum Hausarzt. Der diagnostizierte eine reaktive Depression, eine ganz normale gesunde Reaktion auf das Erlebte, kein Grund zur Sorge. Sorgen, so meinte er, müsse man sich machen, wenn sie nicht deprimiert wäre. Er riet ihr zu Sport und frischer Luft. »Sonne tut gut«, sagte er. »Und natürlich ein neuer Mann.« Beides gab es leider nicht auf Krankenschein.

Wenigstens die Abfindung traf ein, was Sonja tatsächlich ein wenig aufmunterte. Es war ein gutes Gefühl, die Zahl 40 000 mit einem Pluszeichen versehen schwarz gedruckt auf dem Kontoauszug zu lesen. Andererseits, wenn sie zusammenrechnete, wie lange der Betrag reichen würde, war es so viel dann auch wieder nicht. Sonja lebte weiter sparsam, sie hatte doch ihre monatlichen Verpflichtungen, die waren nicht zu unterschätzen.

Als sie in der Natur die ersten Anzeichen für den Vorfrühling entdeckte, wuchs auch ihre Zuversicht wieder, und sie beschloss, sich einen kleinen Urlaub irgendwo in der Sonne zu gönnen, bevor sie ins Hamsterrad des Alltags zurückkehrte. Vielleicht fand sie ja ein Reiseschnäppchen auf die Kanarischen Inseln oder eine erschwingliche Mittelmeerkreuzfahrt.

Eines Tages, als Sonja sich gerade zu einem Mittagsschläfchen hingelegt hatte, klingelte es an ihrer Tür. Müde drückte sie den Summer. Lisa, Hagemanns Azubine, eilte mit einem großen Blumentopf im Arm durch den Hausflur auf sie zu.

»Ach, Blumen immer ausgepackt überreichen«, murmelte Lisa, wickelte rasch das Papier ab und knüllte es zusammen. »Guck mal, Sonja!« Sie lächelte. Die Zahnspange fehlte, man konnte auf einmal erkennen, dass Lisa dabei war, eine hübsche junge Frau zu werden. »Ich dachte, das interessiert dich!«

»Das ist nicht meine Züchtung, oder?«, fragte Sonja und bestaunte perplex einen kleinen Rhododendron, der mehrere grüne Triebe aufwies. »Den hab ich doch halb tot auf den Kompost gefeuert.«

»Halb lebendig! Ich hab ihn auf der Schubkarre gefunden und ins Sonnenlicht gestellt«, erklärte Lisa freudestrahlend, »und ihm natürlich jeden Tag gut zugeredet.«

»Ich fass es nicht!«, murmelte Sonja. »Rhodos mögen gar keine Sonne ...« Ob ihre Wildart Yakushimanum-Qualitäten hatte? Diese Rhodos von einer japanischen Insel galten als eine Ausnahme, sie ertrugen Sonne problemlos. Oder war die Wintersonne zu schwach gewesen, um zu schaden? »Jetzt weiß ich es«, sagte Sonja verschmitzt, »es liegt natürlich an deinen *good vibrations*, Lisa. Du hast wirklich den richtigen Beruf gewählt.« Sie bedankte sich herzlich. Allerdings bat sie Lisa, das Pflänzchen wieder mitzunehmen und noch eine Weile zu pflegen. »Ich möchte bald in Urlaub fahren, würdest du dich solange darum kümmern?«

»Kein Problem, mach ich gern«, Lisa zwinkerte. »Ein Standortwechsel wirkt ja manchmal Wunder!«

»Oh, ein Wunder wäre schön!« Sonja blickte gen Himmel. »Aber ich bin schon froh, wenn's keine neuen Katastrophen gibt.«

Am Nachmittag rief Mr. Marx an. »Heute hab ich die Dokumente per Post verschickt«, sagte er. »Die Erbschaftssteuer ist beglichen, der Erbschein ist ausgestellt und dient somit als ordnungsgemäßer Nachweis ....«

»Sie haben also das Häuschen verkauft?«, unterbrach Sonja ungeduldig.

»Nein!« Die Stimme des alten Herrn klang beinahe triumphierend. »Ihre Tante war eine kluge Frau. In weiser Voraussicht hat sie eine Lebensversicherung abgeschlossen. Das habe ich allerdings erst bei gründlicher Durchsicht ihrer ... äh ...«, er räusperte sich, »*well* ... sagen wir mal, nicht sehr übersichtlich geordneten Papiere herausgefunden. Die Lebensversicherung deckt so ziemlich genau den Betrag ab, den wir für die Steuern und mein Honorar benötigen.«

»Ach, das ist … das ist ja Wahnsinn!« Sonja traute sich noch nicht recht, in Jubel auszubrechen.

»Ja, ich musste lediglich das Boot und den kleinen Elektrogolfwagen verkaufen, mit dem Ihre Tante immer zum Einkaufen in die nähere Umgebung fuhr. Das Auto ist noch da, auch das Mobiliar. Ziemlich abgewohnt, sagt Greg, mein junger Assistent, der die Inventarliste erstellt hat.« Mr. Marx machte eine kleine Pause. »Vielleicht möchten Sie die persönliche Hinterlassenschaft, Bilder, Alben und so weiter, noch einmal durchsehen, bevor wir alles zum Verkauf anbieten? Ich habe schon ein Vorgespräch mit einem …«

In dieser Sekunde machte es bei Sonja klick. Erst ihr wiederbelebter Rhodo, jetzt diese Wendung … Das war ein Zeichen! »Halt, warten Sie!«, rief sie. »Unternehmen Sie nichts weiter! Ich komme nach Dolphin Island.«

Irmi, die Mutter einer Schulfreundin, arbeitete schon lange als Reiseleiterin. Sie gab Sonja Tipps für ihren USA-Trip, zum Beispiel für den Leihwagen und die geeignete Prepaid-SIM-Karte für ihr Handy, aber vor allem verhalf sie ihr in Rekordzeit zu einem Visum, das zu einem sechsmonatigen Aufenthalt berechtigte. Eigentlich wollte Sonja nur vier Wochen drüben bleiben. »Ach, man kann nie wissen«, hatte Irmi gesagt, »in deinem Fall ist das sinnvoller als nur ein einfaches Touristenvisum, mach das mal. Dann bist du flexibler.«

3

Vier Wochen später, es war Mitte März, saß Sonja im Flugzeug. Sie konnte es noch gar nicht fassen.

Und endlich nahm sie den Brief, den ihre Mutter ihr kurz vor der Abreise zugesteckt hatte, aus ihrem kleinen Rucksack. »Ich hab unsere Kiste mit den Familienunterlagen durchgesehen«, hatte sie gesagt. »Mir war nämlich so, als hätte Oma alle Briefe von Sandra aufbewahrt. Leider sind die meisten inzwischen unleserlich, wegen der Feuchtigkeit. Du erinnerst dich sicher, da war doch dieser Wasserschaden im Keller vor ein paar Jahren ... Aber der Brief hier ist noch gut zu entziffern.« Sonja hatte ihn nicht sofort gelesen, das wollte sie jetzt in Ruhe machen. Das Luftpostbriefpapier knisterte und müffelte etwas. Hoffentlich störte es die schlummernde Dame neben ihr nicht.

Es waren vier, auf beiden Seiten schwungvoll mit dunkelblauer Tinte beschriebene dünne Bogen aus dem Jahr 1952. Das genaue Datum konnte man nicht mehr erkennen. Offenbar war der Brief abschnittweise an mehreren Tagen geschrieben worden.

Ihr Lieben!, las Sonja. *Dass die Amerikaner, oder sollte man besser sagen die Kalifornier, viel ungezwungener und freier sind als die meisten Deutschen, das habe ich Euch schon berichtet. Es gefällt mir, dass die Menschen hier nicht so steif und streng sind. Das Tiefgründige sucht man hier*

*vergebens. Heute möchte ich Euch ein wenig von
meiner Arbeit schreiben, wenngleich ich das, was ich
mache, überhaupt nicht als Arbeit empfinde, sondern
als ein großes Vergnügen. Ich bin, wie Ihr wisst, in
Hollywood gelandet, und zwar bei Metro-Goldwyn-
Mayer (MGM). Das sind die, bei denen am Anfang
des Films immer der Löwe brüllt. Derzeit darf ich als
eines der Girls im Wasserballett für einen neuen
Musicalfilm mit Esther Williams mitspielen
(bin eingesprungen für ein erkranktes Mädchen).
Unser Regisseur hat letztes Jahr einen Film gemacht,
der nicht nur bei der Oscar-Verleihung ein großes
Gesprächsthema war – Quo vadis, einer von diesen
Sandalenfilmen, die im alten Rom spielen. Wir tragen
aber keine Sandalen, sondern goldfarbene Badeanzüge
und -hauben. Wir »Badenixen« tanzen, plantschen,
schwimmen und tauchen nach einer wunderbaren
Choreografie. Wir bilden große Blüten und andere
schöne bewegte Formen, alles wird in Technicolor von
den Kameras aufgenommen. Es macht riesig viel
Spaß! Ich hoffe, dass der Film irgendwann einmal
auch in Deutschland gezeigt werden wird.
Miss Williams ist wirklich umwerfend, und sie sieht
auch noch fantastisch aus. Man glaubt es kaum, dass
sie schon zwei kleine Söhne hat. Was sie leistet, ist
einfach phänomenal. Sie lächelt zwar immerzu, aber
ich weiß genau, wie anstrengend ihr »Job« ist. Das ist
Hochleistungssport! Sie hat mir erzählt, dass sie 1940
in der US-Olympiamannschaft war, aber die Spiele in
Tokio mussten dann ja wegen des Krieges abgesagt
werden.
Unser Film erzählt die wahre Geschichte der
Australierin Annette Kellerman. Die hat uns übrigens*

neulich am Set besucht. Inzwischen ist sie Mitte sechzig und immer noch gut in Form. Aber sie spricht bis heute mit einem ziemlich unschönen australischen Akzent. Um die Jahrhundertwende war Mrs. Kellerman die beste Schwimmerin der Welt. Sie trat in einem gläsernen Aquarium in einer Wasserschau auf, wurde ein Stummfilmstar und verursachte viele Skandale. Als erste Frau zeigte sie sich öffentlich in einem einteiligen Badeanzug, der Beine und Arme unbedeckt ließ. Das galt 1907 noch als unanständig, sie kam deshalb vor Gericht.

Das Aquariumtheater hieß Hippodrome. Es stand in New York. Sie haben es für unseren Film originalge-treu nachgebaut. Wir drehen die Wasserszenen auf Stage 30. Dort befindet sich ein großer Pool, durch den schon Tarzan (Johnny Weissmüller) gekrault ist. Das Wasser wird immer angenehm temperiert gehalten. Anfangs fühlte ich mich von dem Chlorgeruch und der Wärme ständig benebelt, aber langsam gewöhne ich mich daran. Auf der Sprechbühne nebenan ist es durch eine Klimaanlage auf weniger als zwanzig Grad Celsius heruntergekühlt, was zur Folge hat, dass viele Kollegen erkältet sind. Miss Williams versucht deshalb, so lange wie möglich im Pool zu bleiben. Sie kann sogar im Wasser ein Nickerchen machen. Ich habe es mit eigenen Augen gesehen! Sie klemmt ihre Zehen unter einen Vorsprung am Poolrand, lässt sich auf dem Rücken liegend treiben und döst, ohne unterzugehen.

Auf dem Studiogelände trifft man natürlich auch jeden Tag berühmte Schauspieler. Das ist wirklich aufregend. Ihr glaubt nicht, wen ich schon alles leibhaftig gesehen habe! Clark Gable, Lana Turner,

*Robert Taylor, Rita Hayworth, Lex Barker, Elizabeth
Taylor, Spencer Tracy und Katharine Hepburn.
Ich bitte allerdings nie jemanden um ein Autogramm,
das wäre mir peinlich. (Also schickt mir bitte keine
diesbezüglichen Aufträge aus dem Ammerland!)
Die meisten Stars sind ganz in Ordnung, sogar richtig
nett und kollegial. Aber einige benehmen sich
unerträglich. Joan Crawford zum Beispiel ist eine
richtige Ziege, die schlimmste Diva von allen. Sie
umgibt sich meistens mit einem unterwürfigen
Hofstaat.
Gestern, als ich zum Sprechtraining gehen wollte
(ich spare jeden Penny, um durch den Unterricht
meinen deutschen Akzent schneller loszuwerden), da
wäre ich fast mit Jimmy Parks zusammengestoßen.
Er ist einer von diesen Schönlingen, die sich wer weiß
was einbilden. Nur weil er gut aussieht, weiße Zähne
hat, braun gebrannt und ein bisschen sportlich ist,
glaubt er, er könnte alle Frauen mit seinem angeblich
unwiderstehlichen Charme beeindrucken. Dabei ist er
verheiratet und der arroganteste Mensch, der mir je
begegnet ist. So, für heute muss ich Schluss machen.
Dotty, meine Zimmergenossin, möchte, dass ich sie für
ihr Vorsprechen morgen abfrage.*

Sonja lehnte den Kopf zurück. Meine Güte, was für eine
andere Welt! Wenn sie doch nur damals, als Sandy in
Deutschland zu Besuch gewesen war, schon von deren
Hollywooderfahrungen gewusst hätte! Sie hätte sie gelö-
chert mit Fragen. Was mochte ihre Tante wohl von Kali-
fornien nach Florida gebracht haben? Und weshalb wusste ihre Mutter so wenig über Sandys Leben? Hatte es sie
nicht interessiert? Oder war sie wirklich zu beschäftigt

gewesen mit ihrer jungen Ehe, der wachsenden Familie? Vermutlich Letzteres, überlegte Sonja, immerhin waren drei ihrer Brüder in aufeinanderfolgenden Jahren geboren worden. Gespannt las sie weiter.

Typisch für Hollywood ist, dass hier mehr getratscht wird als auf dem Wochenmarkt in Bad Zwischenahn. Es gibt Magazine, in denen man Berichte von Fans liest (so nennt man hier begeisterte Anhänger), die ihre Lieblinge zu Halbgöttern idealisieren, und andererseits Klatschblätter, die raffiniert böse Gerüchte verbreiten. In den Drehpausen wird nur getuschelt. Heute habe ich erfahren, dass Esther Williams' Mann ein Trinker und Spieler sein soll. Er ist dick wie ein Walross, nicht (mehr) halb so attraktiv wie ihr aktueller Filmpartner Victor Mature, dem man Affären mit vielen Schauspielerinnen nachsagt. Ich habe die beiden heute genau beobachtet, sie waren in der Liebesszene mit außergewöhnlicher Hingabe bei der Sache. Man hörte es förmlich knistern!
Wir Synchronschwimmerinnen hatten eine Nummer, für die wir Badeanzüge trugen, die auf der einen Längshälfte pinkfarben und auf der anderen Seite grün sind. Mit solchen Tricks lassen sich durch Körperdrehungen und bestimmte Abfolgen grandiose Wirkungen erzielen. Heute wurden auch Tauchszenen gedreht. Die sind besonders kräftezehrend. Man muss nämlich unter Wasser nicht nur seine Choreografie im Kopf behalten, sondern auch immer bestimmte Markierungen beachten und jede Bewegung an der richtigen Stelle machen, damit die Kamera vor dem Unterwasserfenster auch alles korrekt aufnehmen

kann. Wenn der Regisseur nicht zufrieden ist, brüllt er
durch den Unterwasserlautsprecher. Dabei sind meine
armen Ohren doch ohnehin schon strapaziert!
Miss Williams sagt, sie habe ihre Trommelfelle längst
MGM geopfert. Ja, witzig ist sie auch noch!
Ich kann übrigens nachmittags doppelt so lange
tauchen wie morgens. Miss Williams geht es ebenso.
Wahrscheinlich weitet sich die Lunge im Laufe des
Tages. Ich glaube, die wichtigste Lektion, die ich hier
gelernt habe, ist, dass man mit seiner Energie
haushalten muss. Oder wie Miss Williams zu sagen
pflegt: Heb dir immer etwas Kraft bis zuletzt auf,
damit du ohne Hilfe aus dem Pool steigen und dabei
noch lächeln kannst. Deshalb geh ich jetzt zu Bett.
Morgen steht eine wichtige und sehr schwierige
Nummer auf dem Drehplan. Wenn eine von uns da
an der falschen Stelle das falsche Bein hebt, ist der
ganze »Take« im Eimer. Miss Williams soll auf einer
winzigen Plattform mit Hydraulikvorrichtung – ver-
borgen hinter Wasserfontänen – langsam über
fünfzehn Meter in die Höhe steigen. Es soll aussehen,
als würde sie auf dem Wasser schweben und dann
muss sie in ihrem glitzernden engen Ganzkörperanzug,
der mit fünfzigtausend goldenen Pailletten bestickt ist,
einen Kopfsprung in den Pool machen. Eine Kamera
wird das aus der Vogelperspektive aufnehmen. Und
ich werde ein Blütenblatt der »Blume« sein, in deren
Mittelpunkt sie kopfüber landet! Da müssen wir alle
ausgeruht sein.

Sonja wendete das Blatt. Schon an der Handschrift, die un-
ausgeglichener wirkte, konnte sie erkennen, dass die letzten Zeilen in größter Erregung geschrieben worden waren.

O Gott! Wir stehen alle unter Schock! Etwas
Schreckliches ist passiert. Miss Williams hat den
gefährlichen Sprung wie erwartet mit Anmut
gemeistert, sich dabei aber schwer verletzt! Es lag an
der vergoldeten Metallkrone, die sie trug, heißt es. Beim
Aufprall mit dem Kopf voran … Keiner von uns hat
etwas gemerkt, denn gleich nach dem Sprung rief der
Regisseur: Okay, Zeit fürs Mittagessen! Und wir sind
schnatternd und lachend in die Umkleideräume
gelaufen, froh, dass die Szene im Kasten war. Miss
Williams aber lag halb gelähmt im Pool. Sie ist nur
nicht ertrunken, weil ihre Garderobenfrau Flossie
kam, um ihr aus dem Kostüm zu helfen.
Flossie hat sofort ein paar Männer, die im
Nachbarstudio arbeiteten, alarmiert. Einer von ihnen
war ausgerechnet Jimmy Parks. Ich werde meine
Meinung über ihn wohl ändern müssen. Sie haben
blitzschnell ihre Schuhe und Jacketts ausgezogen, sagt
Flossie, und sind ins Becken gesprungen, um Miss
Williams vorsichtig herauszuholen. Vor Schmerzen soll
sie laut geweint haben. Miss Williams befindet sich
jetzt im Hospital. Wir beten für sie. Der Unfall bringt
alles durcheinander. Wir wissen nicht, was mit dem
Film oder unserer Arbeit werden wird. Bitte, betet
auch für Miss Williams!
Ich hoffe, Euch allen geht es gut. Ich denke oft an Euch
und umarme Euch in Gedanken ganz fest.
Eure Sandra/Sandy

Sonja ließ den Briefbogen auf ihren Schoß sinken. Versonnen schaute sie über das Licht am Ende des Tragflügels in
das ferne Himmelblau. Arme Sandy! Da hatte sie gerade
eine neue Heimat gefunden, und dann diese Katastrophe.

War die Hauptdarstellerin wieder auf die Beine gekommen? War der Film beendet worden und je in die Kinos gelangt?

Die Frau neben ihr erwachte. Sie fragte etwas auf Englisch, Sonja antwortete ihr. Und konnte es sich nicht verkneifen, sie nach Esther Williams zu fragen.

»Sagt Ihnen der Name etwas? Wissen Sie vielleicht, wie alt sie geworden ist?«

Die Dame lächelte leicht verwundert. »Esther Williams? Natürlich. Die ist über neunzig geworden. Diese Schwimmerinnen werden doch immer uralt.«

Der Himmel glühte! Orangerot und Gold fluteten den Horizont, flammten hoch ins Firmament soweit das Auge reichte. Sonja hatte noch nie einen solchen Sonnenuntergang gesehen. Da fühlte man sich als Betrachter veredelt. Und wie unverschämt türkisfarben das Meer schimmerte! Beim Anflug auf Fort Myers konnte Sonja die schmalen Barriereinseln im Golf von Mexiko erkennen, die wie ein durchbrochener Schutzwall vor der Küste lagen. Und weiter im Süden auch ungezählte tropisch grüne Inselchen, bewohnte und unbewohnte, viele sandstrandgesäumt. Fort Myers, Cape Coral und die anderen Städte, Wohnviertel, Gewerbegebiete, alles wirkte aus der Luft wie am Reißbrett konzipiert. Und tatsächlich war es das ja auch. Sonja hatte während des Fluges im Reiseführer gelesen, dass der südöstlichste Zipfel des US-Festlandes erst vor rund hundert Jahren hatte erschlossen werden können, als Eisenbahnlinien den ersten Urlaubern aus dem Norden eine Reise in den Sonnenscheinstaat ermöglicht hatten. Investoren hatten ganze Landstriche mit Hilfe von Kanälen entwässert und in den ehemals sumpfigen Gebieten Siedlungen angelegt. Nachdem ein Hurrikan in den Dreißigerjahren die Gleise zerstört hatte, waren Schnellstraßen gebaut worden.

Sie landeten mit einer Dreiviertelstunde Verspätung. Bedrückt, bei fast waagerecht auf sie einpeitschenden Graupelschauern war Sonja achtzehn Stunden zuvor in den Flieger eingestiegen. Die beiden Zwischenlandungen des Billigflugs in London und Charlotte hatten sie geschlaucht. Nicht nur das lange Schlangestehen vor der Kontrollstation des Immigration Officers war anstrengend gewesen. Während der ebenso ruppigen wie peniblen Befragung zu ihrer Einreise, gleich bei der ersten Station in den USA in South Carolina, hatte sie sich unter Generalverdacht gestellt gefühlt. Die Angst vor Terrorbedrohung hatte spürbar in der Luft gelegen.

Doch ihre ersten Schritte nach der Landung in Florida empfand Sonja als Offenbarung. Gleich oben auf der Gangway schlug ihr angenehm warme Luft entgegen, neben Flugzeugkerosin erschnupperte sie hier schon das Meer. Sie spürte, wie ihr die Schwüle von unten die Hosenbeine hochkroch und ihre Haut umschmeichelte. Inzwischen war es dunkel. Ein blauer Samthimmel spannte sich über dem von Scheinwerfern erhellten, nicht sehr großen Flugplatz, an dessen Zaun Bougainvilleaen blühten. Trotz ihrer Übermüdung fühlte Sonja sich auf Anhieb wohl und willkommen. In Fort Myers lief alles unkomplizierter. Jetzt war sie ja mit einem Inlandsflug angekommen. Koffer und Reisetasche fand sie noch nicht mal eine halbe Stunde später auf dem Gepäcklaufband wieder. Sie hob sie auf einen der bereitstehenden Trolleys und schob damit, den Ausschilderungen folgend, zum Schalter der Autovermietung.

Laut Mr. Marx würde sie mit dem Auto von hier aus bis zu Sandys Häuschen nur etwa vierzig Minuten benötigen. Aber sie hatte trotzdem ein Hotelzimmer in Flughafennähe gebucht, um sich erst einmal auszuschlafen. Sie nahm auf dem Parkplatz ihren Leihwagen in Empfang, einen günstigen dunkelroten Kia Rio. Eine Mitarbeiterin der Autovermietung zeigte ihr im Schnelldurchgang, wie man das Fahrzeug bediente. Sonja startete beklommen, das Automatikgetriebe irritierte sie. Die wuchtigen amerikanischen Fahrzeuge und die Ausschilderungen der mehrspurigen Straßen trieben ihr den Schweiß auf die Stirn. Nun beruhige dich mal, sagte sie sich, Fort Myers ist nicht Miami, es hat sogar weniger Einwohner als Delmenhorst. Sie folgte den Anweisungen des Navis und hatte schon bald ihr Hotel erreicht.

Sonja trank ein Bier aus der Minibar, um runterzukommen. Ihr Körper glaubte, es wäre zwei Uhr morgens, die Zeit hinkte in den USA jedoch fünf Stunden hinterher – hier war es erst neun Uhr abends. Ende des Monats wurden die Uhren in Deutschland auf die Sommerzeit umgestellt, dann würden es sogar sechs Stunden Zeitunterschied sein.

Sonja schickte ihrer Mutter und Anna eine Nachricht, dass sie gut angekommen war. Todmüde zog sie ihren Pyjama an, rupfte das Laken, das als Bettdecke festgestopft war, unter der Matratze hervor und legte sich hin. Sie schlief schnell ein, aber wachte trotz ihrer Ohrstöpsel immer wieder auf, weil sich der Dauervibrationston einer fernen Klimaanlage in den Metallfedern ihres Bettes verfing. Oder weil sie sich im Kopfkissen mit Synthetikfüllung den Nacken zu verrenken drohte.

Gegen fünf Uhr morgens wusste sie, dass sie nicht wieder einschlafen würde. Frühstück gab's um diese Zeit natürlich noch nicht. Der angerostete Kühlschrank enthielt nur Getränke. Sonja duschte, wobei sie gegen die beharrlichen Annäherungsversuche eines schäbigen Duschvorhangs kämpfen musste. Beim Zähneputzen schüttelte sie

sich, denn das Leitungswasser war stark gechlort. Die Ne-
onröhre über dem Waschbecken flimmerte, es gab keinen
Fön. Das war ja ein schöner Anfang!

Kurz entschlossen checkte sie aus. Erst am Nachmittag
war sie mit Mr. Marx zur Schlüsselübergabe auf Dolphin
Island verabredet. Bis dahin wollte sie sich ein wenig die
Umgebung ansehen, die Küste entlanggondeln und unterwegs etwas essen. Sonja startete in der Dunkelheit. Sie
fuhr einfach in Richtung Küste. Es war noch nicht viel
los, und auf einem langen, von riesigen Königspalmen gesäumten Boulevard legte sich ihre Angst vor dem Stra-
ßenverkehr, denn die Einheimischen kurvten gemächlich,
rücksichtsvoll. Es war ganz easy, wenn man sich erst einmal daran gewöhnt hatte. Sonja registrierte, dass die Ent-
fernungen größer waren, als man sie nach der Karte ein-
schätzte.

An einer Ausfallstraße zwischen Autohäusern und Wer-
beplakaten entdeckte sie ein silbern glänzendes Diner im
Fünfzigerjahrestil und hielt an. Sie frühstückte French
Toast mit Ahornsirup, trank Kaffee und einen köstlichen
frisch gepressten Orangensaft. Freundliche Leute, die
Amis, viele Best Ager, stellte sie fest. Jeder fragte sie, wie
es ihr ging. Sie hob zweimal zu längeren Erklärungen an,
merkte aber rasch, dass ein knappes »*fine*« als Antwort völlig ausreichte. So genau wollte es dann doch niemand wissen, war ja auch in Ordnung.

Gestärkt machte Sonja sich wieder auf den Weg. Vorbei
an Hochhäusern, Apartmentblocks, Hotels, Einkaufzent-
ren, Tankstellen. Sie ließ die Stadt hinter sich und fuhr in
einen blassrosa Sonnenaufgang hinein. Sah in den Seitenstraßen hübsche Einfamilienhäuser, viele aus weiß gestri-
chenem Holz mit grünen Vorgärten. Es war die Stunde
der Rasensprenger.

Und dann endlich – der Golf von Mexiko! Am Strand Hochhäuser, Angler, ein paar Frühschwimmer, riesige Urlaubsresorts mit Pools. Sonja staunte. Über das Weite und Großzügige, über die hohen Brücken, das Licht, die gleißende Sonne auf dem türkisfarbenen Meer. Wie sauber und klar das Wasser wirkte! Manchmal wurde es von blauen Feldern schattiert, manchmal leuchtete es Gummibärchengrün. Die weißen Segel der Boote schienen darüber hinwegzufliegen, Motorboote hinterließen aufgeschäumte weiße Bahnen, Jachten dümpelten träge in gepflegten Marinas. Kein Wunder, dass alle Farben ringsum sich auf dieses transparente Meertürkis bezogen. Pink und Hellgelb und Fliedertöne, Lichtgrün, Weiß, Hellblau. Ein Leben in Softeisfarben. Wie ertrugen die Menschen hier nur so viel Helligkeit? Sonja fühlte sich wie ein Grottenolm, der aus seiner Höhle gekrochen kam. Geblendet und übergossen von Licht.

Aus dem Radio klangen Oldies der Achtziger. Céline Dion, Cher, Whitney Houston – Hits ihrer Kindheit. *How will I know?*, sang Sonja aus voller Brust mit. Auf großen grünen Schildern las sie Namen, die sie alle schon mal gehört hatte, in irgendwelchen Fernsehserien oder Spielfilmen: Sarasota, St. Petersburg, Naples, Orlando. An Kreuzungen, wo nicht rechts vor links galt, sondern die Regel »Wer zuerst kommt, darf zuerst«, entschied sie sich für die Richtung je nach Gefühl und Lichteinfall.

Auf einmal fand Sonja sich auf einer Interstate wieder, autobahnähnlich ausgebaut, aber der Verkehr floss entspannter als auf einer deutschen Autobahn. Sie fuhr einfach weiter auf dieser schnurgeraden Straße, wurde Teil eines Schwarms, vor ihr Autos, hinter ihr Autos, sie ließ sich mit ihnen treiben. Wie merkwürdig, ohne Ziel einfach so dahinzugleiten … Sonja spürte, dass etwas mit ihr geschah.

Die Chemie in ihrem Körper veränderte sich, da schmolz etwas weg. Ihre Seele tankte auf.

Schließlich verließ sie die Interstate, einfach nur, weil der Fahrer vor ihr auch blinkte. Sonja bog dann aber in eine andere Richtung ab. Sie kam durch eine schier endlose Zitrusplantage, das Fahren hatte inzwischen einen Sog, etwas Meditatives entwickelt. Große Werbetafeln boten Früchte zum Selbstpflücken an – Orangen, Grapefruits, Tangerinen, Limetten, Mandarinen eimerweise.

Plötzlich fiel Sonja ein, dass sie es kaum mehr pünktlich zum Treffen mit Mr. Marx schaffen würde, wenn sie nicht sofort die Richtung änderte. Dennoch fuhr sie einfach weiter. Solange sie hinterm Steuer saß, sich auf die Straße konzentrierte oder die Umgebung anschaute, spürte sie die Wackersteine auf ihrem Herzen nicht.

Erst spät bemerkte sie, dass sie inzwischen auf einer Privatstraße fuhr. An einer Schranke musste sie anhalten. Sie schrieb Mr. Marx, dass sie überraschend verhindert sei und sich in den nächsten Tagen wieder bei ihm melden werde. Dann fuhr sie zurück, bis sie erneut auf eine stärker befahrene öffentliche Straße gelangte, die ihr immer wieder Ausblicke aufs Meer ermöglichte. So ließ sie sich im Pulk mit anderen Fahrzeugen bis zum Abend treiben.

Sonja dachte nicht an Michael oder an ihren verstorbenen Vater, den sie immer noch so sehr vermisste. Sie dachte nicht an ihre Kündigung. Sie fuhr weiter und weiter, auch als es schon dämmerte, auch nachdem die Sonne wie am Vortag mit dramatischen glutroten Lichtspielen untergegangen und es recht abrupt dunkel geworden war. Ihr begegneten nur noch wenige Autos, die Gegend wurde immer einsamer. Die Tankfüllung ging auf Reserve zu, und sie hatte kein Quartier für die Nacht. Sie wusste nicht mal, wo genau sie sich befand.

So langsam solltest du dich um ein Nachtlager kümmern, mahnte Sonja sich. Ein Truck blendete sie. Ihr Puls
ging schneller. Las man nicht öfter mal von seltsamen Irren, von gefährlichen amerikanischen Hinterwäldlern? Es
fühlte sich beängstigend und aufregend zugleich an.

Sie wunderte sich über sich selbst. Was machte sie hier,
und weshalb beunruhigte ihr seltsames Verhalten sie nicht
mehr? Ich bin jetzt im Nirgendwo. Es ist völlig egal, was
ich tue. Kein Mensch weiß davon, ich muss niemandem
Rechenschaft ablegen. Ich folge einfach nur – ja, wem eigentlich? Egal, auch das ist völlig egal! Sie hatte noch nie
etwas Ähnliches getan. Mit Michael wäre so etwas völlig
unmöglich gewesen.

Sonja fühlte sich in diesem Moment weder als Ehefrau
noch als Tochter, weder als Gartenarchitektin noch als Er-
bin. Wenn man alles abstreifte, was man für andere und
sich selbst war, blieb nur noch das eigene Ich übrig. Ich bin
da. Ganz nah bei mir selbst. In Kontakt mit meinem inneren Kern. Jetzt. Egal, wie andere über mich denken. Einige Wimpernschläge lang vermochte sie sich von außen zu
betrachten, mit dem Abstand, den vielleicht eine unsterb-
liche Seele auf eines ihrer vielen Leben hatte. In einem
dieser Leben befand sie sich gerade.

Und auf einmal war Sonja durchdrungen von einem
starken Gefühl. Von der Gewissheit, dass sie es schon ir-
gendwie hinkriegen würde. Sie würde eine Lösung finden.
Egal, ob es sich um ein Bett für diese Nacht oder um ihre
Zukunft handelte. Sie konnte sich auf sich verlassen. Ihr
Selbstvertrauen war wieder da.

Kurz nachdem Sonja endlich die *Vacancy*-Leuchtreklame
eines Motels hatte blinken sehen, rollte sie mit den letzten Tropfen Sprit auf den Parkplatz – gerade noch mal gut

gegangen. Erleichtert bezog sie ihr Zimmer, stellte einen Stuhl unter den Türknauf, den wahrscheinlich jeder Holz-fäller mit einem Schulterzucken hätte öffnen können, und sank trotzdem schnell in einen tiefen, traumlosen Schlaf.

Am nächsten Morgen kaufte sie beim Motelbesitzer ein paar Gallonen Sprit. Zum Volltanken hielt sie in Tarpon Springs, anschließend bummelte sie ein Stündchen durch den hübschen Ort. Hier sah es aus wie in einem Grie-chenlandprospekt. Weiß getünchte Häuser mit hellasblau gestrichenen Fensterrahmen, Shops, die Naturschwämme anboten – angeblich von tauchenden griechischstämmigen Einwohnern vom Meeresboden gepflückt. Sonja rief Mr. Marx an, um eine Verabredung für den Nachmittag zu ver-einbaren. Dann kaufte sie einen großen Schwamm, stellte das Navigationsgerät ein und fuhr weiter.

Sie mäanderte durch die wie ein Gittergeflecht ange-legten Straßen von Clearwater, an Shoppingmalls vorbei bis an den Strand, wo hauptsächlich Kettenhotels standen. Hier parkte sie, schlenderte mit einer Tüte Pommes frites den langen hölzernen Pier entlang. Sie sah viele Familien, tobende Kinder, Spezialrollstühle für weichen Sandstrand. Pelikane mit runden hellblauen Augen hockten auf dem Geländer und putzten ungerührt vom Trubel ihr Gefieder.

Sonja schoss von ihnen ihr erstes Foto in Florida. Sie holte sich noch einen Coffee to go, dann zuckelte sie im Auto weiter gen Süden über eine Kette von vorgelager-ten Inseln mit so wohlklingenden Namen wie Sand Key Park, Belleair Beach, Indian Shores oder Treasure Island. Eine gefühlt ewig lange Straße zog sich über Brücken und Dämme von Insel zu Insel. Sie war gesäumt von hässli-chen Urlaubsapartmentblocks, mehrstöckigen Mittelklas-sehotels, gemütlichen Mom-and-Pop-Motels. Schilder bo-ten klapprige Strandhütten, aber auch Luxuswohnungen in Holzhäusern auf Stelzen zur Miete an. Dazwischen lagen die üblichen Shops mit Strandspielzeug, Pizza, *seafood*, T-Shirts. Außerdem Waschsalons, Bars, Restaurants. Elegante Privatvillen. Eine unglaubliche Vegetation, dachte Sonja immer wieder, nur diese Nullachtfünfzehn-Gartenanlagen … Kaum zu glauben!

Und Strände gab es, ohne Unterbrechung säumte feinster Sand von hellbeige bis rosafarben die Seiten zum offenen Meer hin. In Pass-a-Grille endete die Inselstraße.

Das Navi führte Sonja wieder zum Festland und dann auf eine kilometerlange Hängebrücke, den Sunshine Skyway. Sie schaltete die Klimaanlage aus, ließ die Scheiben herunter. Vor ihr, unter ihr, rundherum – überall gleißendes Licht, Meeresglitzern, Weite und Freiheit! Sie sog die frische Luft ganz tief in ihre Lunge hinein. Zwei Tage lang war sie nicht unglücklich gewesen. Einerseits eingelullt, andererseits ungewohnt wach und bei sich selbst. Immer noch kam es ihr vor, als würde sich die Zusammensetzung ihrer Körperchemie ganz ohne ihr Zutun zum Positiven verändern.

Schon allein dafür, dachte Sonja, hat sich die Reise nach Florida gelohnt.

Zweieinhalb Stunden später fuhr Sonja über einen Damm nach Dolphin Island. Sie musste eine Mautgebühr entrichten, um die Straße benutzen zu dürfen. Sechs Dollar, ein teures Vergnügen. Doch als sie nun langsam die palmenbestandene Hauptstraße entlangfuhr, beschlich sie eine Ahnung, dass der Preis als eine Art Eintrittsgeld gerechtfertigt war. Sie hatte nun schon einige Barriereinseln gesehen, aber die Heimat ihrer Tante schien ein besonderer Schatz zu sein. Ein bisschen zurückgeblieben im positiven Sinn. Abgesehen von einem altmodischen weißen Leuchtturm überragte hier kein Gebäude die Bäume. Viele Leute, meist in Shorts und Polohemd oder T-Shirt, waren mit dem Fahrrad unterwegs oder mit kleinen offenen Golfwägelchen. Es gab keine einzige Ampel auf der länglichen Insel, wie eine Tafel verkündete – damit die Schildkröten, die nachts am Strand aus ihren Eiern schlüpften, nicht fehlgeleitet wurden.

Vor Dolphin Island lagen mehrere unbewohnte, begrünte Inselchen. Ein ausgedehntes Naturschutzgebiet erstreckte sich im Hinterland zur Festlandküste hin. Sonja fuhr weiter, bis das Navi ihr sagte, sie solle nach links abbiegen. Geradeaus ging es weiter nach Juno Island, zur einzigen Insel, mit der Dolphin Island durch einen Damm direkt verbunden war. Doch Sonja bog nun in eine Siedlung ab, die von Kanälen durchzogen war. Fingerkanäle nannte man die Wasserzüge, die von einem Hauptkanal abgingen und wie Sackgassen endeten. Das hatte Sonja irgendwo gelesen. Zu beiden Seiten der Allee war immer nur Platz für ein Haus mit Garten, die Grundstücke lagen wie Handtücher nebeneinander – jedes hatte vorn die Straße, hinten den Kanal. »Ziel erreicht«, verkündete die Navistimme. Sandys Haus war das letzte Gebäude vor der Wildnis.

Auf dem Bürgersteig vor dem stark zugewachsenen Grundstück unterhielten sich zwei Männer. »Guten Tag, Sie müssen Mr. Marx sein!«, rief Sonja, kaum, dass sie aus dem Auto gesprungen war. Sie erkannte ihn gleich. Der ältere Herr mit Brille und Panamahut trug trotz der Hitze einen hellen Anzug, ganz korrekt mit blauem Oberhemd und Schlips, unterm Arm hielt er eine Ledermappe. Sein Gesprächspartner trug ein Jachtklubkäppi, Shorts und Polohemd, er mochte Anfang fünfzig sein. Ein kleiner Kerl mit Oberlippenbärtchen und verkniffener Miene.

»Ah, Mrs. Janssen, herzlich willkommen!«, erwiderte der

Nachlassverwalter, während der andere sich nur ein kurzes *Hi* abrang und die linke Seite seines Gebisses entblößte wie ein knurrender Dackel. Sie reichten einander die Hand. »Das ist Ihr Nachbar, Mr. Need.«

»Cyrus Need, angenehm«, sagte der Mann mit quäkender Stimme. »Wird aber auch Zeit, dass sich endlich mal jemand für die Bruchbude verantwortlich zeigt. Mir wehen ständig Unkrautsamen aus dem Garten zu. Sie müssen sich darum kümmern.«

»Sicher doch«, antwortete Sonja höflich, mit einem winzigen Hauch Ironie, »deshalb bin ich ja aus Deutschland gekommen.«

»Das will ich hoffen!«

Cyrus Need entschwand ohne Gruß durch eine Pforte in einem hohen Drahtzaun auf sein Grundstück. Sonja hörte noch, wie er ärgerlich vor sich hin grummelte. Sie verstand etwas wie »Die Alte hatte doch einen Vogel!«, aber sie mochte sich auch täuschen. Was für ein Unsympath! Mr. Marx verdrehte die Augen, als wollte er sagen: Tja, komischer Kauz, aber nicht so schlimm. Er zeigte auf den verwilderten Vorgarten von Sandys Haus.

»Es hat leider so gar keinen *curb appeal*.«

»*Curb*?«, fragte Sonja irritiert.

»Ja, *curb* … Wie sagt man auf Deutsch? Bordstein. Das Haus ist nicht attraktiv, wenn man es von der Straße aus betrachtet.« Hohe Bäume behinderten die Sicht. »Na, kommen Sie!« Mr. Marx setzte sich in Bewegung. Er habe einen Gärtnerservice beauftragt, erklärte er, der reguliere einmal wöchentlich den schlimmsten Wildwuchs oder die größte Trockenheit, je nachdem. »Aber die machen natürlich nur das Nötigste. Ihre Nachbarin von gegenüber, Mrs. Winter, hat dankenswerterweise regelmäßig gelüftet und nach dem Rechten geschaut. Sie ist derzeit für zwei Wochen verreist, zu ihren Kindern nach Baltimore. Sie werden sie dann kennenlernen. Und das ...«, Mr. Marx schob für Sonja, die gerade eine Fächerpalme bewunderte, zwei Bananenblätter zur Seite, damit sie endlich einen freien Blick auf das Haus hatte, »... gehört jetzt Ihnen!«

Sonja blieb stehen. Ihr Bauchgefühl signalisierte: Gefällt mir. Ihr zweiter Eindruck war, dass hier jede Menge Arbeit wartete. Gut, dass ich damit nichts zu tun haben werde!, dachte sie. Das gelbe Holzhaus mit dem grünlichen Dach war heruntergekommen, es brauchte einen neuen Anstrich. Und einen Zimmermann. Ach was! Ein komplettes Handwerkerteam wäre hier bestimmt monatelang mit Arbeit versorgt. Aber das kleine Anwesen strahlte etwas aus – Heimeligkeit, Charakter, Persönlichkeit.

»Es ist stark inspiriert vom Cracker-Stil«, sagte der Nachlassverwalter. »Cracker nannte man die ersten Farmer, die im 19. Jahrhundert als arme Siedler nach Florida kamen. Der doppelte Holzboden auf Stelzen und das Metalldach sind typisch für ihre Häuser.«

Sonja ging näher. Ihr Herz klopfte schneller, und der dritte Eindruck setzte sich durch: Es war einfach zauberhaft!

4

Vor Sonja stand ein kleines zweistöckiges Holzhaus, das sich im Erdgeschoß, wo es eine deutlich größere Grundfläche besaß als oben, ausbreitete wie ein viereckiger Petticoat und ein wenig an ein Laubenganghaus erinnerte. Hellgelb gestrichen, mit weißen Fensterrahmen und Türen, schiefen Fensterläden und einer Veranda, die offenbar fast rundum verlief. Mr. Marx' Erläuterungen erreichten Sonja nicht mehr. Sie folgte einem Impuls und lief los. An der rechten Seite des Hauses führte eine Außenwendeltreppe ins obere Stockwerk. Schlingpflanzen rankten sich daran empor. Auf der Rückseite entdeckte Sonja einen kleinen Garten mit Rasenfläche. Exotische Büsche und Bäume an den Grundstücksgrenzen spendeten Schatten, hier schien es auch gleich ein paar Grad kühler zu sein. Einer der Seitenkanäle mündete in einen breiteren Kanal. Das einzige Blumenbeet erstreckte sich quer vor der rückwärtigen Veranda, zu der einige Holzstufen hochführten. An einem kleinen Teich in Form eines Seerosenblatts stand eine Fünfzigerjahreskulptur, ein schlanker, silbrig glänzender Reiher – ziemlich kitschig, wie Sonja fand. Am Ende des Gartens gab es einen Anleger und eine Bootsgarage. Man sah, wo Sandys Boot immer gegen die Planken gescheuert war. Dort befand sich auch ein umwuchertes und beranktes Häuschen, das Sonja beim Betrachten der Fotos für einen Geräteschuppen gehalten hatte. In natura sah es eher aus wie eine einstöckige Miniaturausgabe des Wohnhauses.

Mr. Marx hatte sie inzwischen eingeholt. »Das Gäste-häuschen«, erklärte er. »Ein Zimmer mit WC und Kochni-sche. Die Dusche befindet sich draußen, ist aber überdacht, da hinter der Saloontür. Sehr praktisch, wenn man vom Strand kommt. Dann schleppt man den Sand nicht ins Wohnhaus.«

»*Sorry!*« Sonja lächelte entschuldigend, es war unhöf-lich von ihr gewesen, den Mann einfach stehen zu lassen.

»Kein Problem, man erbt schließlich nicht jeden Tag«, erwiderte Mr. Marx verständnisvoll. »Ihre Tante hat eine kleine Bed-and-Breakfast-Pension geführt. Die beiden Zimmer im oberen Stockwerk des Wohnhauses und das Gartenhäuschen pflegte sie zu vermieten. Deshalb die nachträglich angebrachte Außenwendeltreppe.«

»Ach«, sagte Sonja nur verwundert. Das hatte sie nicht gewusst. Sie schaute über den breiten Kanal auf die ge-genüberliegende Seite, wo eine mit Wildwuchs gespren-kelte, eher flache Dünenlandschaft nach rechts hin in ein Wäldchen mit Buschwerk, Kiefern, Sägepalmen und ande-ren niedrigen tropischen Bäumen überging. Je näher es an das dahinter angrenzende Naturschutzgebiet heranreich-te, desto sumpfiger wurde es offenbar, denn dort hinter einem kleinen Gewässer dominierten Mangrovenbäume. Aus der Ferne konnte man ihre hohen braunen Stelzwur-zeln erkennen.

Sonja schnupperte an einem betörend duftenden, in Pink und Orange blühenden Geißblatt, dessen Triebe ei-nen der Verandapfosten umschlangen. Der Garten war in diesem ungepflegten Zustand schon hübsch. Was würde man erst daraus machen können!

»Sechshundert Quadratmeter«, schätzte die Gartenar-chitektin mit geübtem Blick.

Sie spürte, wie ihre Fantasie zu arbeiten begann, aber

sie wehrte sich dagegen. Jetzt war nicht die Zeit für Gartenvisionen.

»Plus rund sechs Hektar auf der anderen Seite des Kanals«, ergänzte Mr. Marx. »Wie gesagt, alles unerschlossen. Viel Sand. Das Grundstück reicht bis an den Strand, an dem leider immer noch Ölplacken angeschwemmt werden.«

»Ein Jammer!«, sagte Sonja. »Wie erkenne ich, welcher Teil von Sandys Land unter Naturschutz steht?«

»Es ist ein Streifen von rund fünfundsiebzig Metern landeinwärts, gemessen ab der Flutmarke. Der muss unangetastet bleiben.« Sonja nickte. Sie kannte die Naturschutzregelungen von den Ostfriesischen Inseln, wo die Sandhügel allerdings deutlich höher waren als hier. Der Dünenschutz sicherte das Land gegen Stürme. Deshalb waren Pflanzen, die Salzwasser und scharfen Wind vertrugen, wie der tief wurzelnde Strandhafer, so wichtig. Manche Sträucher fingen auch mit ihrem Geäst Sand auf. So entstanden aus Verwehungen neue Dünen. Aus diesem Grund durfte man dort nicht einfach herumbuddeln, was Landratten oft nicht begriffen. »Das Grundstück soll ja bald ganz unter Naturschutz gestellt werden«, fuhr Mr. Marx fort. »Das hat mir Mr. Need vorhin noch mal bestätigt.«

»Und wie kommt man ohne Boot zum Strand?«, wollte Sonja wissen. »Muss ich durch den Kanal schwimmen?«

Mr. Marx schmunzelte. »Nein, Sie gehen zurück an die Straße und zum Ende der Sackgasse. Dort ist eine Brücke, die müssen Sie überqueren. Auf der anderen Kanalseite folgen Sie einem Sandweg bis an den Golf.«

»Dann besaß meine Tante quasi einen Privatstrand?«, fragte Sonja.

»*Well*«, Mr. Marx rieb sich die Nase, »gewissermaßen. Aber in Florida sind ja alle Meeresstrände öffentlich zugänglich. Es gibt keine eingezäunten Areale.«

Sonja nickte aufmerksam, ihre Augen wurden schmaler. »Und was ist mit den Alligatoren? Schwimmen die auch im Kanal? Kommen sie in den Garten?«

»Äußerst selten«, erwiderte Mr. Marx ungerührt. »Die bleiben in der Regel im Mangrovensumpf im Naturschutzgebiet. Ihnen passiert nichts, wenn Sie ein paar Regeln beachten.«

»Und die wären?«

»Nicht dort schwimmen, wo die Echsen sich aufhalten, besonders nicht dort, wo die Vegetation üppig und das Wasser unklar ist. Nicht füttern, nicht wegrennen, schon gar nicht im Zickzack, wie manche Leute empfehlen.«

»Wieso?«

»Wenn Sie geradeaus laufen, sind Sie schneller!« Jetzt musste der Nachlassverwalter doch ein wenig grinsen. »Fünf Meter Abstand halten, nicht provozieren. Haustiere anleinen.«

Anscheinend machte es ihm Spaß, ein Greenhorn einzuschüchtern. Dieses Verhalten kannte Sonja hinlänglich von ihren großen Brüdern und ihren Gärtnerkollegen. »Kleine Mädchen erschrecken«, das funktionierte bei ihr nicht.

»Na«, sie erwiderte sein Grinsen. »Ich hab kein Haustier, dann kann ja nichts passieren.«

»Doch«, widersprach er. »Haben Sie. Mrs. Winter hat es für Sie in Pflege genommen.«

Bevor Sonja fragen konnte, um was für ein Haustier es sich handelte, wurde ihr Gespräch unterbrochen. Ein Touristenpärchen mittleren Alters kam in den Garten spaziert. In diesem Moment flatterte das, was Sonja für eine Reiherskulptur gehalten hatte, hoch und flog davon. Perplex schaute sie dem großen Vogel hinterher.

»Sorry, wir haben an der Haustür geklingelt. Es machte

niemand auf, aber da hörten wir Stimmen hier draußen ...«, rechtfertigte die Frau ihr Eindringen. »Haben Sie noch ein Zimmer frei?«

Fast gleichzeitig schüttelten Mr. Marx und Sonja den Kopf. »Sandy's B&B ist geschlossen«, beschied der Nachlassverwalter, worauf die Leute enttäuscht kehrtmachten. Er wandte sich Sonja zu. »Sie wissen, dass Sie als Ausländerin nicht einfach Zimmer an Touristen vermieten beziehungsweise ein Gewerbe betreiben dürfen?«

Sonja sah ihn verwundert an. »Das hatte ich auch überhaupt nicht vor. Ich möchte selbst Urlaub machen.« Sie hatte im Gegensatz zu vielen ihrer Freundinnen auch nie davon geträumt, eine Pension oder ein Café zu eröffnen.

Der Nachlassverwalter rückte umständlich seine Brille zurecht. »Selbstverständlich. Ich wollte es auch nur einmal erwähnt haben. Sie dürfen ›kein Geld aus amerikanischer Quelle verdienen‹, so heißt es wörtlich im Gesetz.«

»Danke, ich habe es verstanden.«

»Sehr gut.« Mr. Marx blieb stehen, als Sonja die Verandastufen hochstieg, die Fliegengittertür aufhakte und die abgedeckten Gartenmöbel begutachtete. »Furchtbar, ich krieg immer eine Gänsehaut, wenn ich dieses alte Zeugs sehe«, rutschte es ihm heraus. »So was haben wir schon vor Jahrzehnten auf den Sperrmüll geworfen!«

Sonja fand es spannend, was sie da entdeckte. Unter Plastikhauben verbargen sich eine Sitzgruppe mit rundem Tisch und eine Hollywoodschaukel, original aus den späten Fünfzigerjahren. In der Designabteilung des Hamburger Museums für Kunst und Gewerbe würden die garantiert heute schon einen Ehrenplatz erhalten. Ob es hier noch mehr solcher Vintage-Raritäten gab? Sonja legte eine Hand über die Augen und versuchte, durch die Scheibe ins Wohnzimmer zu gucken.

»Können wir jetzt reingehen?«

»Selbstverständlich, Mrs. Janssen. Allerdings habe ich nur den Schlüssel für den Vordereingang.« Sie liefen auf der anderen Seite um das Haus herum nach vorn, an der Garage vorbei. »Da steht noch ein altes Auto drin, ich hab es abgemeldet. Das Verdeck fehlt, aber vielleicht finden Sie ja einen Verrückten, der Ihnen dafür etwas Geld gibt.«

»Das guck ich mir später an«, sagte Sonja ungeduldig.

Sie wollte endlich ins Haus. Während sie die Veranda zum Vordereingang hochgingen, sah sie ein altes ovales Blechschild, SANDY'S B&B mit einem springenden Delfin. Es war ihr vorher gar nicht aufgefallen.

»Das würde ich abnehmen«, schlug Mr. Marx vor. Er schloss auf und ging voran.

Durch einen Vorraum mit Treppe, von dem es nach rechts in ein kleines Arbeitszimmer und nach links ins Bad ging, führte er sie in das Wohnzimmer mit Essecke, das er den *great room* nannte. Ganz klar, hier war das Zentrum des Hauses. Auf der rechten Seite sah Sonja die nur durch eine Küchentheke mit Barhockern abgetrennte offene Küche, dahinter einen Hauswirtschaftsraum. Links vom Wohnzimmer führte eine Tür in ein relativ großes Schlafzimmer mit Gartenblick. Alles war im Stil der Endfünfziger, Anfangsechziger eingerichtet. Trotz ihres Alters wirkte die Möblierung luftig und leicht, viel Rattan, viel Weiß und Hellgelb, ein Couchtisch in Nierenform, ansonsten modernes gradliniges Design. Ein türkisfarben bezogenes Polstersofa und die passenden Sessel standen auf amerikanische Art mitten im Raum. Unter den Decken hingen altmodische Ventilatoren, an den Wänden Fotos in Schwarz-Weiß und Farbe – von Sandy mit Hollywoodstars, Sandy im Pool, vor einem Pool und beim Synchronschwimmen. Momentaufnahmen ebenso wie gestellte Werbefotos von

Schwimmrevuen, offenbar in einem Vergnügungspark, auf Wasserskiern oder mit Delfinen. Und Filmplakate.

Sonja hätte gern noch länger die Bilder betrachtet, doch Mr. Marx setzte seine Führung fort. Oben befanden sich zwei Gästezimmer, jedes mit Queensize-Bett, kleinem Bad und Kochnische. Und einem wunderbaren Ausblick aufs Meer! Es roch überall abgestanden, daran konnten auch zahlreiche Schalen mit Duftpotpourris nichts ändern. Sonja öffnete die Fenster, die man hochschieben musste. Als sie wieder unten waren, sperrte sie die verglaste Doppeltür zum Garten weit auf, um frische Luft hereinzulassen. Die Zimmer würde sie sich später ganz in Ruhe ansehen.

Auf einmal fühlte sie sich wie erschlagen. Sie setzte sich in der Küche an den Tresen, stützte müde die Ellbogen auf. Mr. Marx hockte sich neben sie. Er holte Unterlagen aus seiner Aktenmappe, die er Sonja mit einigen Erläuterungen überreichte. Die Zahlen und das Fachchinesisch rauschten an ihr vorüber. »Strom ist da, Wasser auch«, sagte der alte Herr, »ohne könnte man ein unbewohntes Haus nicht lange in Schuss halten. Festnetzanschluss und Internetzugang gibt's ebenfalls, Ihre Tante hatte langfristige Verträge abgeschlossen, die erst in diesem Sommer auslaufen.« Er musterte Sonja. »Was haben Sie denn jetzt vor?«

Sie schloss kurz die Augen. Tja, was hatte sie jetzt vor? Nicht sterben vor Liebeskummer. Das war das Wichtigste. Und dann … herausfinden, was sie mit dem Rest ihres Lebens anfangen wollte. Arbeit suchen, sich eine neue Existenz aufbauen. Ohne Mann.

Sonja atmete langsam tief durch. »Erst mal mache ich Urlaub, wie gesagt … Mein Rückflug geht in vier Wochen.«

»Und wollen Sie verkaufen?«

»Ja, selbstverständlich.« Sonja hob die Schultern. Was

denn sonst? »Sie sagten, Sie könnten mir einen Makler empfehlen?«

»Ja.« Er reichte ihr eine Visitenkarte. »Holm & Lill, die sind in der Region am besten vernetzt.«

»Ich danke Ihnen, Mr. Marx. Für die gesamte Abwicklung.«

Nachdem der Nachlassverwalter sich verabschiedet hatte, drängte es Sonja an den Strand. Sie musste sich beeilen, weil sie den ihr unbekannten Pfad nicht in der Finsternis zurückgehen wollte. Aber gerade als sie das Haus verließ, begann es zu schütten. Ein warmer Schauer beklopfte das Blechdach wie ein urzeitliches Instrument, das B&B-Schild quietschte rhythmisch im Wind.

Sonja machte noch auf der Veranda wieder kehrt. Da schlenderte sie doch lieber von Raum zu Raum, von Foto zu Foto. Einige der Filmstars kannte sie mit Namen, echte Berühmtheiten posierten hier neben ihrer Tante. Andere kamen Sonja nur vage bekannt vor. Auf fast allen Fotos war Sandy jünger als sie heute. Sehr hübsch und sympathisch. Zum ersten Mal war Sonja stolz auf die Verwandtschaft mit ihr. Ein gerahmtes Plakat fiel besonders ins Auge: MGM'S MIRACLE TECHNICOLOR MUSICAL stand ganz oben. Es kündigte den Film *Million Dollar Mermaid* an, mit Esther Williams, Victor Mature und zwei weiteren Schauspielern in den Hauptrollen. Die »Millionen-Dollar-Nixe« Esther Williams mit goldenem Krönchen auf dem makellos frisierten Haar bog sich sexy im goldenen Badeanzug. Das musste der Spielfilm sein, von dem Sandy in ihrem Brief geschrieben hatte. Ob sie wohl eine der Meerjungfrauen war, die auf dem Plakat der *Mermaid*-Königin zu Füßen saßen?

Sonja studierte Gregs Inventarliste, die auch ein Tagebuch aufführte. Neugierig sah sie sich im Arbeitszimmer um. Hier war alles in Mahagoni gehalten – Bücherregale, Sideboard, Klappcouch, der kleine Schreibtisch vor dem Fenster. Sonja schaute in Schubladen und Regale, stieß auf etliche Filmrollen, ein staubbedecktes Monster von Projektor sowie auf ein paar Fotoalben, fand jedoch kein Tagebuch.

Eine seltsame Scheu hielt sie davon ab, weiter in Sandys privaten Hinterlassenschaften zu kramen. Es kam ihr irgendwie ungehörig vor, hier herumzuschnüffeln, obwohl die Tante ihr ja alles zugedacht hatte. Es fühlte sich nicht richtig an. Sie nutzte eine kurze Regenunterbrechung, um ihr Gepäck und ihren Rucksack, in dem sich noch etwas Proviant befand, aus dem Auto zu holen.

Als Sonja wieder durch das Haus ging, fiel ihr auf, dass es seltsame Gebrauchsspuren an den Möbeln gab, Einkerbungen, vor allem an den Holzteilen. Sie überlegte, in welchem Zimmer sie schlafen sollte, und sah dann, dass irgendwer schon das Bett im Schlafzimmer unten frisch bezogen hatte. Vermutlich diese Mrs. Winter. Ach, sie hatte ganz vergessen, nach dem Haustier zu fragen! Der Jetlag steckte ihr noch in den Knochen, und so beschloss sie, früh schlafen zu gehen. Sie aß eine Kleinigkeit, dann verriegelte sie sorgfältig alle Türen.

Das bezogene Bett war das größte von allen. Trotzdem stieg Sonja die Treppe hoch und richtete sich in einem der Gästezimmer ein. Die Vorstellung, mit Blick aufs Meer aufzuwachen, reizte sie. Außerdem fand sie es nicht so intim, wie im Bett ihrer Tante zu schlafen. Das rosa-schwarz gefliese Bad oben hatte zwar keine Wanne wie das Bad unten, aber eine Dusche reichte ihr. Ihr Pyjama war viel zu warm, sie zog sich ein weites T-Shirt als Nachthemd an.

Sonja ließ das Fenster im Schlafzimmer geöffnet. Ein Fliegengitter schützte vor Insekten. Die Gerüche des feuchten Gartens drangen in feinen Schwaden herein. Grün, moosig, holzig und süß. Im Bett liegend, schnupperte sie den Duft exotischer Blüten, darunter auch Nachtjasmin. Ich muss mir unbedingt ein Bestimmungsbuch für all die fremden Pflanzen besorgen, nahm sie sich vor. Zunehmend entspannt lauschte sie dem Regen, der nun sanft aufs Dach trommelte. Möwenrufe und das Rauschen des Meeres mischten sich in die Geräuschkulisse.

Im Wegdämmern fühlte Sonja sich seltsam geborgen.

Als sie in der Nacht zur Toilette musste, trat sie im Bad auf etwas, das unter ihrem Fuß knackte. Sie knipste das Licht an und schrie auf. Da stoben Dutzende von Schaben auseinander, verschwanden blitzschnell in dunklen Ritzen oder unter den Schränken. Ihh, wie widerlich! Die Härchen in Sonjas Nacken und an ihren Armen sträubten sich. Stell dich nicht so an, sagte sie sich, beim Gärtnern stößt du auch ständig auf unappetitliches Getier. Aber zurück ins Bett tippelte sie schnell auf Zehenspitzen.

Am nächsten Morgen blieb der Himmel bedeckt. Auf ihre erste Expedition an den Strand nahm Sonja einen Besenstiel mit. Wegen der Alligatoren, für alle Fälle. Es war noch kühl von der Nacht, doch warm genug, um in Shorts und Sweatshirt zu gehen. Der Pfad führte nur ein kurzes Stück durch das Wäldchen, streifte feuchtes Mangrovengebiet, dann wand er sich durch die eher flache, freie Dünenlandschaft.

Hier und da befestigten halb vertrocknete Grasbüschel, Strandhafer und Sträucher den Sand. Ringsum riefen Seevögel. Es roch nach Meer. Unerwartet überfiel Sonja die Erinnerung an ihre Kurztrips mit Michael auf die Ostfriesischen Inseln. Damals waren sie glücklich gewesen. Und albern. Sie hatten sich das Salz von den Lippen geküsst und trotz ihres Sonnenbrands leidenschaftlich geliebt. Die Gedanken daran schmerzten. Denn diese Bilder hatte Sonja nicht im Kopf gespeichert, sondern im Herzen. Die Liebe zu ihrem Mann, dem sie vor Gott ein Leben *bis dass der Tod uns scheidet* geschworen hatte, und ihre Sehnsucht nach ihm steckten tief in ihr. Michael war ein Teil von ihr geworden.

Verdammt, wie konnte sie das alles nur je wieder loswerden? Sie wollte diese Erinnerungen nicht mehr! Wütend schlug sie mit dem Besenstiel gegen eine Düne, zertrampelte die fein geschwungene Linie einer Verwehung.

Ein großer rosa gefiederter Vogel flog über sie hinweg. Dankbar für die Ablenkung legte sie den Kopf in den Nacken. Na, was bist du denn für einer? So was gab's auf Borkum nicht.

Nach wenigen Minuten hatte Sonja den breiten Sandstrand erreicht – übersät mit Muscheln lag er vor ihr. Es ging sehr flach ins Meer. »Hallo«, sagte sie leise, als wollte sie sich vorstellen, zum Golf von Mexiko. Fast spiegelglatt leuchtete er wie von Unterwasserscheinwerfern angestrahlt in durchscheinendem Türkisgrün vor dem mattgrauen Himmel.

Ganz offensichtlich wurde der Strand nicht regelmäßig gepflegt. Auslaufende Wellen hatten Algen, abgerissene Palmwedel und Seegras an Land gespült. Das Zeug stank und lockte in allen Regenbogenfarben schillernde Fliegen an. Doch das tat der Schönheit überhaupt keinen Abbruch. Im Gegenteil. Sonja mochte die ursprüngliche Natur. Ein Stück Wildnis inmitten westlicher Zivilisation, das war doch großartig! Außerdem würde Seegras vermischt mit Grünschnitt einen erstklassigen Dünger abgeben.

Sie lief bis zu den Knien ins Meer hinein. Zu schwimmen traute sie sich nicht, vielleicht gab es hier ja gefährliche

Strömungen. Das Wasser umspülte ihre Waden, schon nach wenigen Schritten fühlte es sich lauwarm an. Sonja watete parallel zum Meeressaum und konnte sich nicht sattsehen an den Farbnuancen.

Nach einer Weile kam ihr eine Frau entgegen – sie bewegte sich in gebückter Haltung vorwärts. Als sie sich kurz aufrichtete, konnte Sonja erkennen, dass sie etwa in ihrem Alter sein musste. Sie trug ein weites, wehendes Hippiekleid, pinkfarben, weiß gemustert. Der Wind drückte es ihr gegen den Leib, ließ eine mollige, gut proportionierte Figur erahnen. Ihre rotblonden Naturlocken hatte sie locker zusammengebunden. Schon bückte sie sich wieder. Die Wellen liefen mit einem leisen Klirren über einem Muschelfeld aus. Ach, die Frau sammelte Muscheln! Als sie aneinander vorübergingen, grüßte sie mit einem freundlichen »Hello«. Auf dem Rückweg, bei ihrer zweiten Begegnung, lächelten sie sich schon an wie alte Bekannte. »Hello again!«

Die braunen Augen der Frau blitzten vergnügt. In diesem Moment wusste Sonja, so wie man manchmal einfach urplötzlich Dinge aus der Zukunft weiß, dass sie sich noch näher kennenlernen und mögen würden.

Als sie zum Haus zurückkehrte, knurrte ihr Magen. In der Garage, neben einem alten weißen Cabrio – einem Modell, das sie nicht kannte –, stand ein Fahrrad. Damit fuhr sie zum Supermarkt, den sie an der Hauptstraße gesehen hatte, und deckte sich erst einmal mit Lebensmitteln ein. Nach einem ausgiebigen Frühstück schlief sie etwas, denn ihre innere Uhr war immer noch durcheinander. Danach begann sie im Garten zu arbeiten. Sie kappte und lenkte Rankpflanzen, schnitt Verblühtes heraus, zupfte Unkraut und harkte. Später genoss sie dick mit Sonnenmilch eingerieben auf dem Rasen ihr erstes Sonnenbad im Bikini.

Der Makler von Holm & Lill war ein junger dynamischer Mann. Er suchte Sonja bald nach ihrem Anruf auf, um Fotos von Haus und Garten zu machen, die erforderlichen Angaben aufzunehmen und ein »FOR SALE«-Verkaufsschild in den Vorgarten zu rammen. Er gab ihr auch die Anschrift eines Kammerjägers.

»Ich weiß, er ist sehr beschäftigt. Sagen Sie am besten dazu, dass ich ihn empfohlen habe. Dann kommt er vielleicht noch, bevor Sie wieder nach Deutschland zurückfliegen.«

»Was, denken Sie«, fragte Sonja bei ihrem Rundgang um das Haus, »ist das alles hier wert? Welchen Verkaufspreis halten Sie für realistisch?«

»Das sind zwei ganz unterschiedliche Dinge. Angebot und Nachfrage … Sie verstehen? Unsere Firma darf derzeit weit über zweihundert Wohnobjekte auf Dolphin Island anbieten.« Der Makler sah Sonja mit einem bedauernden Blick an. »Bei einer Bevölkerung von etwa sechstausend! Tja, wenn das Häuschen auf Sanibel oder auf Captiva Island stünde, würden Sie das Dreifache dafür bekommen! Aber hier? Und in diesem Zustand …« Er hob die Hände gen Himmel. »Man müsste alles modernisieren. Wahrscheinlich wäre es das Beste, es abzureißen und etwas Neues zu bauen. Die Abrisskosten allerdings senken eher noch den Preis.« Und dann hielt er ihr einen kleinen Vortrag darüber, welchen Nachteil es in diesen Breiten bedeutete, wenn ein Swimmingpool fehlte. »Kaufinteressenten maulen heutzutage ja schon, wenn ein Pool nicht bei Bedarf schnell überdacht werden kann.«

»Das ist ja auch wirklich bitter«, warf Sonja mit todernster Miene ein.

Innerlich schüttelte sie den Kopf. Was für Luxusprobleme manche Leute hatten!

»Also, der Sachverständige gibt zwar eins Komma zwei als Schätzwert an«, schloss der Makler, »aber mit mehr als einer Million würde ich lieber nicht rechnen.«

Sonja spürte, wie ihr das Blut eiskalt in die Schläfen schoss. »Äh ...« Sie öffnete den Mund.

»Ja, okay, vielleicht auch zwei- oder dreihunderttausend mehr, es kommt drauf an. Wenn gerade jemand genau so etwas sucht ... Ich kann leider nichts versprechen.«

»Eine ... Million ... Dollar?«, flüsterte Sonja. Sie wagte kaum zu atmen.

»Was denken Sie? Kopeken? Lire?« Der Makler schüttelte amüsiert den Kopf.

Sonja schluckte. Mit so viel hatte sie nie im Leben gerechnet. Damit wäre sie ja sozusagen, gewissermaßen ... richtig reich!

»Puh!«, entfuhr es ihr.

»Aber Sie sollten nicht erwarten, dass wir Ihnen übermorgen einen Käufer präsentieren«, dämpfte der Makler ihre Begeisterung, bevor sie richtig aufwallen konnte. »Manchmal dauert es Monate oder sogar länger als ein Jahr. Wie gesagt ...«

Leicht betäubt ergänzte Sonja seinen Satz »Angebot und Nachfrage ...«

»Genau!«

Der junge Mann verabschiedete sich höflich. Sonja registrierte noch, dass er nicht gleich wegfuhr, sondern ihrem Nachbarn Cyrus Need einen Besuch abstattete. Er war wohl wirklich hervorragend vernetzt.

So viel Geld! Sonja ließ sich auf die Gartenliege sinken, die sie in den Schatten eines Meertraubenbaums gestellt hatte. Was konnte sie damit alles anstellen! Sie brauchte sich nie wieder für einen Vorgesetzten zu verbiegen! Sie könnte allerdings auch wieder in einem Planungsbüro arbeiten und ihren Reichtum verheimlichen. Nur … Würde das Spaß machen? Nö! Sie könnte sich im Ammerland selbstständig machen. Mit einem eigenen Büro für die Gestaltung von Landschaften und Gärten. Aber nur am Schreibtisch zu sitzen – nein, das war auch nicht das Richtige für sie. Sie wollte Pflanzen setzen und wachsen sehen, etwas züchten, wenigstens ab und zu in der Erde buddeln.

Man musste sich allerdings spezialisieren heutzutage, um Erfolg zu haben. Und in ihrer Heimat gab es bereits über dreihundert Baumschulen und Gärtnereien, die seit Generationen Experten für Rhododendren oder irgendwas anderes waren. Harte Konkurrenz. Sie könnte sich auch ein Mietshaus in Oldenburg kaufen und künftig von den Mieten um die Welt reisen. Aber dazu hatte sie überhaupt keine Lust. Und außerdem war das Geld noch lange nicht ihres. Es konnte sogar über ein Jahr dauern, hatte der Makler gesagt.

Die Gedanken rotierten.

Sonja klingelte schließlich ihre beste Freundin Anna aus dem Bett.

»Mensch, weißt du, wie spät es hier ist?«, sagte Anna schläfrig.

»Entschuldige, ich muss dringend mit jemandem reden.« Sonja berichtete ihr von den jüngsten Entwicklungen, vor allem vom zu erwartenden Geldsegen. »Aber bitte behalt das für dich, Anna.«

»Na klar. *Mon dieu*, das ist ja der Wahnsinn! Ach, Sonja, du hast es wirklich verdient! Ich gönn es dir von Herzen!«, sagte die Freundin, nun hellwach. »Was willst du denn damit machen?«

»Das ist es ja gerade«, antwortete Sonja fast kläglich. »Ich weiß es nicht.«

Sie erörterten diverse Möglichkeiten, alberten ein bisschen herum. »Du könntest einen verrückten Traum verwirklichen«, schlug Anna vor. »Wolltest du nicht mal Zauberweltmeisterin in der Sparte Mentalmagie werden?« Sonja musste kichern. Anna wurde wieder ernst. »Weißt, worauf ich die ganze Zeit gucke, während wir telefonieren? Auf eine Postkarte, die du mir vor Jahren einmal aus dem Urlaub geschickt hast.«

»So lange hebst du Postkarten auf?«

»Diese schon. Das Bild zeigt eine Frau, die mit einem vom Wind umgestülpten Regenschirm vor dem Meer herumspringt. Das gefällt mir. Und der Spruch dazu auch, er ist von Rahel Varnhagen. Erinnerst du dich?«

»So vage«, erwiderte Sonja. »Lies mal vor!«

»*Was machen Sie? Nichts. Ich lasse das Leben auf mich regnen.*« Anna machte eine Kunstpause. »Das wär doch mal was ganz Ungeheuerliches, oder?«

»Hab ich noch nie getan«, erwiderte Sonja skeptisch. Dennoch stieg ihre Stimmung. »Ich kann es ja mal zwei, drei Tage ausprobieren. Danke dir, liebste Freundin!«

»Immer gern!« Annas Stimme klang erfreut. »Und falls du dich entscheiden solltest, länger in Florida zu bleiben, besuche ich dich.«

»Sollte der Verkauf wirklich klappen, dann schicke ich dir ein Flugticket, versprochen!«

Sonja schloss eine Art Vertrag mit sich selbst ab. Sie gestattete es sich, einfach ein paar Tage nur im Hier und Jetzt zu leben. Ohne schlechtes Gewissen. Was wohl passierte, wenn sie wirklich einmal nur tat, wozu sie gerade Lust hatte?

Sie schlief viel. Auf der Veranda oder im Garten. Morgens erwachte sie gern im kleinen Gästezimmer mit Meerblick, es hatte so eine helle und freundliche Aura. Die Vögel flöteten ihr Morgenkonzert anders als zu Hause, es war mehr ein Rufen als ein Singen, das durch die Bäume hallte, in der Ferne krähte ein exotischer Hahn. Mit den Kakerlaken lebte Sonja in einer Mischung aus Verdrängung und friedlicher Koexistenz. Da der Kammerjäger trotz Empfehlung von Holm & Lill frühestens in zwei Wochen kommen konnte, stellte sie Flip-Flops vors Bett für den Fall, dass sie nachts aufstehen musste. Und da die Kakerlaken das Licht scheuten, schaltete sie nun immer zuerst die Lampe an und zählte bis zehn, bevor sie ins Bad ging, damit die Viecher Zeit genug hatten, sich zu verkriechen. Schnell hatte sie auch begriffen, dass man in diesen Breiten Lebensmittel nicht ungeschützt herumstehen lassen durfte. Zum Glück gehörte einer dieser amerikanischen XXL-Kühlschränke zur Einbauküche und unten im Geschirrschrank lagerten jede Menge Fliegenhauben.

Sonja arbeitete sich im Garten in Schweiß, das brauchte sie wie andere ihren Sport im Fitnesscenter. Er war komplett engmaschig eingezäunt, was man auf den ersten Blick in dem Dschungel gar nicht erkannte. Ihr Nachbar Cyrus Need hatte noch einen zwei Meter hohen Sichtschutz zwischen seinem und ihrem Grundstück errichtet. Das war Sonja nur recht. Es reichte ihr, dass sie jeden Morgen um halb acht hörte, wie seine Poolpumpe ansprang.

Als sie nahe der Grundstücksgrenze die Veranda hinter Sandys Garage fegte, wo früher einmal etwas Größeres gestanden haben musste, rätselte sie, was es gewesen sein konnte. Vielleicht ein Strandkorb? Aber in Florida brauchte man doch keine Strandkörbe! Vom Schlafzimmer oben konnte sie durch die Palmen einen Blick in den Nachbargarten werfen. Er sah nicht ganz so langweilig aus wie sie angenommen hatte, aber es überwogen Kies, Bromelien und ein Rasen, der kariert glänzte, weil er in Fliesen und in verschiedenen Wuchsrichtungen verlegt worden war. Rund um den Pool hatte Cyrus Need römische Säulen und Büsten gestellt, die teilvergoldet waren, die Glasplatte des Gartentisches und eine Sitzbank ruhten auf Säulen. Offenbar lebte ihr Nachbar allein. Sein Badetuch trug er wie eine Toga, vermutlich wäre er gern ein römischer Feldherr gewesen. Sonja hatte nicht das Bedürfnis noch mehr über Cyrus Need zu erfahren. Sie beschloss, ihn aus ihren Gedanken zu verbannen.

In der Inselbuchhandlung besorgte sie sich Bücher über Floridas Flora im Allgemeinen und über die Wildpflanzen auf Dolphin Island im Besonderen. Schon am zweiten Morgen war sie mit der Muschelsammlerin ins Gespräch gekommen, auf eine selbstverständliche Art, als würden sie sich schon seit einer Ewigkeit kennen. Sie hieß Stormy und erzählte, dass sie aus ihren Beutestücken kleine Objekte und Muschelmosaike fertigte, um sie in ihrem Lädchen in der Nähe des Leuchtturms an Touristen zu verkaufen. Nachdem sie sich als Sandys Nichte vorgestellt hatte, wurde Sonja von Stormy mit Herzlichkeit überschüttet.

Überhaupt mochte sie es, dass wildfremde Leute sich hier immer mit ein paar Nettigkeiten bedachten. Vielleicht lag es daran, dass viele von ihnen schon ein anderes Leben geführt hatten, bevor sie des Klimas wegen nach Florida gezogen waren. Sie waren selbst Zugereiste. Wie geht's dir heute? Woher kommst du? Machst du hier Urlaub? Sobald Sonja *Germany* ins Gespräch brachte, erzählte jeder von einer Urgroßmutter oder einem Freund aus Deutschland oder dass er mal dort stationiert gewesen war oder jemanden kannte, der mal Berlin besucht hatte. Und gleich gab es Anknüpfungspunkte für die weitere Unterhaltung.

Stormy vertraute Sonja bei einer ihrer morgendlichen Begegnungen an, dass sie Sandy sehr gemocht hatte. »Sie war eine originelle alte Lady.« Ein wehmütiges Lächeln huschte über ihr sommersprossiges Gesicht. »Oft fuhr sie mit ihrem kleinen Motorboot auf eine der unbewohnten Inselchen zum Schwimmen.«

»Darf man denn hier am Strand nicht schwimmen?«, fragte Sonja erstaunt.

»Doch, in der Regel schon. Tun ja auch viele Leute. Wenn's nicht zu stürmisch ist. Du kannst dich ganz gut am bewachten Badestrand da hinten orientieren. Wenn sie dort Orange oder Rot flaggen, sollte man hier auch lieber draußen bleiben. Ist allerdings selten. Meist weht Grün. Der Golf ist viel friedlicher als der Atlantik an der anderen Küste Floridas.«

»Warum fuhr Sandy dann auf die Inseln?«

»Keine Ahnung. Eine Marotte, nehme ich an. Vielleicht wollte sie sich als alte Frau nicht mehr gern im Badeanzug zeigen. Oder sie schwamm grundsätzlich lieber ungestört. Ich weiß es nicht.«

»Ging sie denn immer noch schwimmen?«

»Ich habe sie noch eine Woche vor ihrem Tod rausfahren sehen«, versicherte die Muschelsammlerin. »Sandy verkündete immer, ich werde hundert Jahre alt. Und wir haben das auch alle geglaubt. Dass sie dann plötzlich einen Herzinfarkt erlitt, hat jeden, der sie kannte, überrascht.«

»Sie war fünfundachtzig!«

»Na eben! Viel zu jung!« Stormy sagte es entrüstet, ohne eine Spur von Ironie. Die Locken wehten ihr vors Gesicht, sie drehte sich gegen den Wind, um sie mit einer Spange zu bändigen. »Heute Nacht war's ja stürmisch. Und wir haben immer noch Südwestwind. Das ist super!«

»Warum?«

»Da macht man beim *shelling* die beste Beute«, erklärte sie strahlend.

»Lass mich raten«, warf Sonja ein. »Stormy ist ein Spitzname! Weil du so gern bei Sturm rausgehst, richtig?«

»Auf den Punkt! Eigentlich heiße ich Caroline. Aber wer wird schon bei seinem richtigen Namen genannt, liebe Sunny?« Sie lachte laut. »Jetzt haben wir auch noch Niedrigwasser. Das sind ideale Bedingungen! Willst du mal gucken?« Zum Beweis kramte Stormy einige besonders ausgefallene Fundstücke aus ihrer Beuteltasche hervor und beschrieb, wofür sie Kammmuscheln, Engelsflügel, Sanddollars und andere Meeresschätze am liebsten nutzte. »Am seltensten ist die Junonia, ihr braun-weißes Muster erinnert mich immer an einen Fliesenboden!« Sie lachte wieder. »Wenn du so eine findest, kannst du den *Inselboten* anrufen, der veröffentlicht eine große Story darüber. Ich würde alles dafür geben, eine Junonia zu besitzen.«

»Warum? Bringt sie so viel Geld?«

»Nein, für mich ist sie eine unbezahlbare Kostbarkeit, ein kleines Naturwunder. Genau die fehlt mir noch für meine schönste Muschelkette.«

»Na, dann wünsche ich dir viel Glück!«

Sonja gewöhnte sich schnell daran, vor dem Frühstück und spätnachmittags eine Runde im Meer zu schwimmen, schon nach wenigen Tagen fühlte es sich wie eine lieb gewonnene Routine an. Sie ging einfach im Bademantel an den Strand. Nur lange in der Sonne herumliegen, das mochte sie nicht. Sie besuchte STORMY'S SUPER SHELLS, eine niedliche Boutique in einem pistaziengrün gestrichenen Holzhäuschen, dessen Fensterrahmen und Dachtraufe in einem sanften Korallenton abgesetzt waren, und bewunderte die kunstvollen Muschelobjekte, kleinen

Skulpturen, Rahmen und Bilder. Fotos belegten, dass Stormy auch Bäder, Pools und Terrassen mit Muschelmosaiken verschönte.

Ihr eigener Garten war klein, aber voller zum Träumen anregender Ecken. Die hellen Klänge eines Windspiels vermischten sich mit dem Plätschern eines Springbrunnens. In die Kopfbretter der fünf Deckchairs waren witzige Figuren geschnitzt. Stormy hatte sie in verschiedenen Pastellfarben gestrichen. Sonja machte es sich im grünen Ananasstuhl bequem und schaute zu, wie ihre neue Freundin am Waschbecken in einer überdachten Ecke ihre Muscheln mit einer Zahnbürste reinigte. Sie half ihr, die Beutestücke anschließend mit Mineralöl einzureiben.

»Kannst du als Gartenexpertin mir noch einen Rat geben?«, fragte Stormy.

»Ich kann dir nur gratulieren«, antwortete Sonja. »Das ist schon eine wunderbare Übereinstimmung von Mensch und individueller grüner Oase. Allenfalls könntest du noch ein oder zwei Pflanzen setzen, die Schmetterlinge anlocken.«

Sonja erkundete die Insel und begann sich in sie zu verlieben. Jeden Tag weitete sich ihr Blick auf die Welt ein kleines Stückchen mehr. Sie merkte es daran, dass sie in der sandigen Ödnis Schönheiten entdeckte. Sie freute sich an meterlang über den Strand kriechenden Trieben von rosa oder himmelblau blühenden Winden. Oder daran, wie sich die bräunlichen Mähnen des Seehafers, doppelt so hoch wie das Gras, graziös an ihren filigranen Stängeln im Wind beugten und malerische Durchblicke aufs Meer freigaben. Sie nahm das Bestimmungsbuch mit auf ihre Spaziergänge. Immer wieder ging sie in die Knie, um nähere Bekanntschaft mit pflanzlichen Ureinwohnern zu machen. Sie identifizierte Seelavendel und Passionsblume, Weiße Tintenbeere und Salzgras. Eine tolle Entdeckung war die

Pink Moss Rose, ein den Kakteen verwandtes Gewächs mit fleischigen Blättern und zauberhaften zarten Blüten in Rosa bis Lila, die ihr wie ein angemessener Ersatz für die heißgeliebten Wildrosen auf den Ostfriesischen Inseln erschien.

Von den Bäumen gefiel Sonja am besten der mehrstämmige ausladende immergrüne See- oder Meertraubenbaum mit den rundlichen Blättern. Seine länglichen Blüten dufteten, seine Früchte, die wie Weintrauben aussahen, konnte man, so stand es jedenfalls im Buch, sogar essen. Sonja mochte besonders den Teil des Dünenpfads, der durch das Wäldchen von Meertraubenbäumen führte. Durch sein Blätterdach fiel ein fleckiges, bewegtes Licht auf den Boden, auf ihre Haut. Das gab ihr das Gefühl, durch ein impressionistisches Gemälde zu wandeln.

Die Tage waren leicht auszufüllen. Aber nach dem Abendessen langweilte Sonja sich meist etwas. Im Fernsehen konnte sie nur Sender mit aufdringlichen Werbeblöcken empfangen. Und dann bekamen die trüben Gedanken wieder die Oberhand.

An diesem Abend nahm Sonja die Wohnung näher unter die Lupe. Ihre Tante hatte viele Schallplatten gehortet. In ihrer Sammlung gab es Big-Band-Swing von Glenn Miller, deutsche Volks- und Weihnachtslieder, Nachtklubschmusesongs von Tony Bennett und Al Martino, Tanzmusik mit den Andrew Sisters und Perry Como wie *Papa Loves Mambo*, Doris Day und viele Sechzigerjahrehits. Dazwischen waren auch deutsche Schlager von Freddy bis Lolita. Mit den Jackson Five hörte es Anfang der Siebzigerjahre auf, neuere Musik fand Sonja nicht. Sie wählte eine LP von Diana Ross & The Supremes aus. *Where Did Our Love Go? Yeah*, das groovte!

Sonja stellte die Musik lauter. Singend tanzte, sprang und hüpfte sie durch die Räume im Erdgeschoss. *Stop In the Name of Love* … Wann hatte sie zuletzt so getanzt? *I Hear A Symphony, You Can't Hurry Love.* Was für Melodien! Sonja schwelgte mit, weinte ein bisschen, aber das war nicht schlimm, und sie tanzte, bis die Platte mit einem Klack zu Ende gespielt war. Dann legte sie die Rückseite auf und machte sich einen Tee.

Mit der Tasse in der Hand schlenderte sie ins Arbeitszimmer, setzte sich auf die Couch und betrachtete die Reihe mit den Fotoalben. Sie griff nach dem, das ihr vom Einband her als das älteste erschien, schlug es auf – und hätte beinahe den Tee darüber verschüttet! Rasch stellte sie die Tasse ab. Sonja traute ihren Augen kaum. Eines der ersten Fotos zeigte in typischer Nachkriegspartystimmung junge Leute mit kecken Spaßhütchen, irgendwo privat in der guten Stube, auf dem Sofa Sandy und ein junger Mann. Sie saß auf seinem Schoß, die beiden turtelten verliebt. Auf einem anderen Foto küssten sie sich sogar.

Sonja kannte den Mann, obwohl sie ihn selten auf Fotos so jung gesehen hatte, denn … es war ihr Vater! Und ihre Mutter stand daneben. Blutjung, fast noch ein Schulmädchen, strahlend und offenbar kein bisschen eifersüchtig. Das war ja ein Ding! Sonja studierte das Foto genauer, entzifferte an dem Wandkalender neben einem Eichenschrank die Jahreszahl.

1951.

5

Sonja überlegte nicht lange, sondern rief in Deutschland an. Ohne Vorrede legte sie los. »Mama! Ich hab hier gerade ein Foto vor mir liegen, von 1951, das sieht aus, als wären Sandy und Papa ... also, als wären die beiden ...«

Ihre Mutter gab einen seltsamen Laut von sich, es war ein Aufstöhnen aus tiefster Seele, gefolgt von einem »Hach, Kind!« Sonja sagte nichts. Sie wartete. Es raschelte in der Leitung.

»Was bedeutet das, Mama?«, fragte Sonja schließlich doch ungeduldig.

»Ja! Es war so wie auf dem Foto.« Ihre Mutter klang ungehalten, und dann plötzlich eher kleinlaut. »Die beiden waren zusammen, bevor dein Vater mich kennenlernte. Sandra hat ihn angeschleppt. Sie hatten sich auf dem Reiterball kennengelernt und gingen miteinander.« Ihre Mutter atmete schwer ein. »Sandra war natürlich wütend. Sie meinte, ich hätte ihn ihr ausgespannt. Aber so war es gar nicht. Er hat sich damals sofort in mich verliebt. Und dann ...«

»Ja, und dann?«

»... hab ich mich eben auch verliebt. Da kann man nichts machen, wenn's einen so richtig erwischt. Wir wussten ganz schnell, dass wir zusammengehören.«

»Und wer hat es Sandy gesagt?«

»Niemand. Sie hat's ja gesehen.«

»Gott, wie furchtbar! Ich meine, für sie. Für mich natürlich ein Glück ... Sonst gäbe es mich nicht.«

»Es war tatsächlich furchtbar!« Ihre Mutter rang um Fassung. »Es war allerdings auch wunderbar. Jetzt hab ich einen Mann gefunden, dachte ich damals oft, aber eine Schwester verloren.«

»Dann war das der Grund, weshalb Sandy ausgewandert ist!«

»Ja, ich glaub schon.«

Sonja dachte nach. »Meinst du, dass sie deshalb nie geheiratet hat?«

Jetzt brach ihre Mutter in Tränen aus. Erschrocken hörte Sonja, wie sie mit erstickter Stimme antwortete. »Das frage ich mich seit über sechzig Jahren! Es tut mir so leid. Aber ich meine … sie hatte dann doch auch alle Möglichkeiten in Amerika.« Ihre Mutter schluchzte. Das kannte Sonja überhaupt nicht von ihr.

»Ach, Mama!«, sagte sie hilflos. »Habt ihr euch denn nie ausgesprochen?«

»Nein …«

»Auch damals nicht, als sie zu Besuch in Deutschland war?«

»Da war doch ständig Verwandtschaft um uns herum …«

»Na, es hätte sich bestimmt eine Gelegenheit gefunden, wenn ihr beide gewollt hättet!«

»Du hast recht«, gab ihre Mutter zu. »Wir hatten inzwischen eine moderate Art gefunden, wie wir miteinander reden und umgehen konnten. Ich glaube, wir hatten beide einfach Angst, dass da noch was aus dem Ruder läuft.«

»Und Papa?«

»Phh! Du weißt doch, wie er war. Hat sich immer schön rausgehalten, einen Scherz gemacht und über allem geschwebt. Er war überzeugt, es war Bestimmung. Und basta.«

»Verstehe.« Sonja atmete tief durch. »Komm, Mama, gräm dich nicht. Ist doch alles schon so lange her. Vielleicht war es ja auch ganz anders! Ich meine den Grund, warum Sandy allein geblieben ist. Und selbst wenn … Am Ende ist jeder selbst für sein Glück verantwortlich, oder?«

»Da sprichst du weise Worte, mein Kind.« Sonja konnte hören, dass ihre Mutter zu lächeln versuchte.

»Schlaf schön, trotz allem, Mama. Ich wollte dich nicht aufregen. Entschuldige.«

»Nein, ich bin ja irgendwie ganz froh, dass es endlich raus ist«, erwiderte ihre Mutter. »Schlaf du auch gut. Und pass auf dich auf! Iss vernünftig!«

»Ja! Gute Nacht!«

Sonja lehnte sich zurück. Verrückt, dass dieser Schwesternzwist ihre Mutter schon seit einer Zeit vor ihrer Geburt belastet und sie nie etwas davon geahnt hatte! Sie empfand Mitleid, auch mit Sandy, und bereute, dass sie alte Narben aufgerissen hatte. Wer rechnete denn damit, dass die eigenen Eltern solche Geheimnisse hatten?

Sonja suchte noch einmal nach dem Tagebuch, das auf Gregs Inventarliste stand. Aber sie konnte es einfach nicht finden.

Genau wie sie hatte Sandy also eine enttäuschte Liebe nach Amerika geführt. Wie lange mochte sie damals gebraucht haben, bis es nicht mehr schmerzte? Sonja fühlte sich ihrer Tante wieder ein Stückchen näher.

Mit jedem Tag öffneten sich ihre Sinne etwas mehr. Als Sonja schon gut eine Woche auf Dolphin Island war, überkam sie nach dem Schwimmen ein Gefühl großer Erleichterung. Ein lachsrosa Sonnenaufgang versprach einen klaren, sonnigen Tag. Wohlig eingehüllt in ihren Bademantel, inhalierte sie den Geruch von Salzwasser, Ozon und Algen, der frisch übers Meer mit seinen weißen Schaumpferden kam. Sein Aroma konnte sie sogar hinten am Gaumen schmecken. Sie spürte den feinen Sand zwischen ihren Zehen, den Sprühnebel und den Wind auf ihrer Haut. An einem angeschwemmten Baumstumpf schossen wieder und wieder die Wellen empor, lösten sich für Sekundenbruchteile in Millionen Tröpfchen auf, und darin brach sich funkelnd das Licht. Herrlich! Alles Bedrückende fiel von ihr ab. Es war auf einmal unwichtig. Selbst ihre Ehe im fernen Deutschland. Ihre depressiven Verstimmungen schienen wie weggeblasen.

Hoffentlich dauert das noch, bis sich ein Käufer findet, dachte Sonja und setzte sich in den weichen Sand. Sie hielt ihr Gesicht in die Sonne. Unter halb geschlossenen Lidern beobachtete sie zwei Möwen mit schwarzen Punkfrisuren, die aufgeregt vor ihr hin und her liefen und frühstückten, was das Muschelfeld hergab.

»Guten Morgen!«

Stormy ließ sich neben Sonja fallen. An diesem Morgen trug sie ein lichtblaues Leinenkleid. Vorsichtig legte sie ihren halb vollen klirrenden Beutel ab.

»Guten Morgen! Alles okay?«

»Alles wunderbar!« Sie schauten eine Weile friedlich schweigend den Möwen zu.

»Mehr braucht der Mensch doch nicht!«, sagte Sonja, zuerst auf Deutsch, denn es war ihr so herausgerutscht, dann wiederholte sie es auf Englisch.

»Stimmt«, antwortete Stormy mit einem milden Lächeln, »im Prinzip jedenfalls.« Sie beförderte ein großes spindelförmiges Schneckengehäuse aus ihrem Beutel. »Guck mal, hab ich vorhin gefunden. Eine echte Tulpenschnecke«, erklärte sie verschmitzt. »Es gibt männliche und weibliche. Sie haben dreimal pro Woche Sex. Und es dauert jedes Mal locker zwei Stunden, egal ob Ebbe oder Flut ist.«

»Respekt.« Sonja lächelte. »Verstehe, was du dezent anzudeuten versuchst.«

»Bist du schatzlos?«, fragte die Muschelsammlerin. »Ein Single?«

Sonja zögerte mit der Antwort, sie stöhnte nur gequält auf.

»Oh, sorry«, sagte Stormy mitfühlend. »Noch so frisch?«

Sonja nickte. Ihr kamen plötzlich die Tränen, sie konnte nichts dagegen tun. »Er hat eine andere.«

Sonja war dankbar, dass Stormy nicht weiterfragte, sondern ihr nur mitfühlend eine Hand auf den Unterarm legte. Ach, wie hätte jetzt alles traumhaft sein können mit Michael, geradezu perfekt, endlich einmal – wenn er bloß nicht diese Schnepfe kennengelernt hätte! Und in diesem Moment schwante Sonja, dass sie noch lange nicht durch war mit ihrer Trennung.

Stormy reichte ihr wortlos eines der Papiertücher, in die sie besonders kostbare Fundstücke einzuwickeln pflegte.

»Habt ihr Kinder?«, fragte sie. Sonja schüttelte den Kopf. »Ich möchte nicht indiskret sein …« Stormy zögerte einen Moment, Sonja signalisierte ihr aber mit einem Achselzucken, dass sie ruhig weiterfragen konnte. »Wolltet ihr keine?«

»Doch, eigentlich schon. Aber immer war was.« Oder, fragte sie sich plötzlich, hatten sie etwa schon jahrelang unbewusst Gründe vorgeschoben, weshalb es gerade nicht passte, wie Hausbau, Vater krank, Schwiegermutter pflegebedürftig, wichtiges Projekt im Job? Als sie es dann gewollt hatten, war nichts passiert. »Und du?«, fragte Sonja schließlich.

»Ich hab zwei wunderbare Kinder, eine Tochter und einen Sohn. Bin wieder Single. Aus Überzeugung. Mein letzter Lebensgefährte war extrem eifersüchtig. Ich will endlich Spaß!«

Sonja nickte verständnisvoll, schniefend tupfte sie sich die Augen ab. »Scheißmänner! Wie lange ist es denn her, dass ihr euch getrennt habt?«

»Gut ein Jahr«, antwortete Stormy. »Geschieden bin ich auch schon. Das liegt aber schon über zehn Jahre zurück. Wir Mädels müssen selbst auf uns aufpassen.« Sie erzählte, dass ihre Tochter in Miami Tourismus studierte und ihr pubertierender Sohn gerade ein halbes Jahr bei seinem Vater in New Jersey verbrachte. »Diesen Sommer will ich mal so richtig genießen, ohne Verpflichtungen, Essen-kochen-müssen und Elternabende. Endlich kann ich wann ich möchte an den Strand! Jahrelang hatte ich das Paradies zwar direkt vor der Haustür, aber kam kaum mal raus beziehungsweise hinein.«

»Es ist unglaublich schön hier.« Sonja nickte und seufzte. »Dolphin Island tut einfach gut. Am liebsten würde ich meinen Flug umbuchen und länger bleiben.«

»Dann mach's doch.«

»Es kostet aber, wenn ich länger Urlaub mache. Und in der Zeit verdiene ich nichts, es kommt kein neues Geld rein. Ich sollte mich besser um meine berufliche Zukunft kümmern.« Ihre monatlichen Verpflichtungen in Deutschland liefen schließlich weiter, die würden ihre Reserve schneller aufbrauchen, als ihr lieb war.

»Wieso? Nachdenken kannst du auch hier. Du wohnst umsonst. Und wenn du erst das Haus verkaufst …«

»Ja, wenn … Die Frage ist: Wann?« Es arbeitete in Sonja. »Ich möchte auch meinen Notgroschen nicht weiter angreifen. Aber – vielleicht könnte ich irgendwas aus dem Haus verkaufen. Da steht auch noch so ein altes Auto in der Garage.«

»Sag nicht, der Thunderbird ist noch da!« Stormys braune Augen weiteten sich. »Den fand ich immer so herrlich glamourös! In den letzten Jahren hab ich Sandy ja nur noch mit ihrem Golfwägelchen durch die Gegend brausen sehen.«

»Den hat der Nachlassverwalter schon verkauft, und ihr Motorboot auch. Aber das alte weiße Cabrio steht noch in der Garage.«

»Super, annoncier es im Internet!« Mit einem breiten Lächeln sprang Stormy auf. »Heute nach Geschäftsschluss komme ich bei dir vorbei, wenn's dir recht ist. Wir machen Fotos und bieten das Ding in einem Verkaufsportal für Oldtimer an. Was meinst du, wie sich die Fans von Classic Cars danach die Finger lecken werden!«

Sonja wollte auch gerade aufstehen, als etwas über dem Meer ihren Blick fesselte. »Da!«, rief sie überrascht, »Delfine!« Zwei, nein drei Tiere sprangen in eleganten Bogen aus dem Wasser, jetzt waren es sogar vier! Übermütig sah es aus, voller Lebensfreude! Sonjas Herz wurde ganz weit. »Oh, wie toll! Wahnsinn, die spielen! Hast du das schon mal gesehen?«

»Natürlich, das sieht man ständig hier.« Doch auch Stormy freute sich.

»Und immer so viele auf einmal?«

»Die Tiere sind meist mit ein paar Kumpels unterwegs. Und was glaubst du wohl, weshalb diese Insel Dolphin Island heißt?«

Drei Tage später verkaufte Sonja den alten Ford Thunderbird. Die Frauen hatten herausgefunden, dass es sich um ein Fahrzeug Baujahr 1960 handelte, erste Hand, Originallack. Das Verdeck blieb trotz gründlicher Suche verschollen, die türkisfarbenen Ledersitze hatten Risse, eine Heckflosse wies Dellen auf, der Chromgrill, der an ein gefletschtes Gebiss erinnerte, rostete, das Radio funktionierte nicht. Der Motor sprang zwar noch an, aber ein Waschbär hatte irgendeine wichtige Leitung angeknabbert. Das vermutete zumindest der Käufer, ein Enddreißiger namens Nick Winslow, der sich mit dem Problem auszukennen schien. Er besaß ein Wochenendhaus auf Juno Island und sammelte seit Langem Fahrzeuge der Fünfziger- und Sechzigerjahre. Nach einigem Verhandeln einigten sie sich auf sechsundzwanzigtausend Dollar – umgerechnet gut zweiundzwanzigtausend Euro.

»Cash, bar auf die Kralle«, verlangte Stormy mit Pokerface.

Nick Winslow grinste. »Klar, kein Problem.«

Er kam mit einem Freund wieder, der ihm helfen wollte, den Ford per Tieflader zu seinem Wochenendhaus zu bringen. »Der Thunderbird soll hierbleiben. Die Woche über arbeite ich in Orlando«, sagte der Käufer zum Abschied. »Falls Sie das Verdeck oder irgendwelche Ersatzteile, die originale Betriebsanleitung oder das Pflegescheckheft entdecken, rufen Sie mich unbedingt an.«

»Okay, versprochen!« Sonja gab ihm die Hand darauf.

Sie war happy. Mit dem Geld konnte sie es sich noch eine Weile in Florida gut gehen lassen. Und wie toll, dass Irmi das Visum für einen sechsmonatigen Aufenthalt beantragt hatte, obwohl Sonja doch damals gemeint hatte, das sei nicht erforderlich, ein einfaches Touristenvisum genüge ihr.

»Mann, sah der gut aus!«, sagte Stormy, nachdem die Männer weggefahren waren.

»Welchen meinst du?«, fragte Sonja zerstreut. Beide Männer waren sympathisch gewesen, so genau hatte sie nicht hingesehen.

»Na, den Nick Winslow!« Stormy sah sie an, als hätte sie sich gerade eine Livetanzeinlage von Ryan Gosling entgehen lassen. »Der hat diesen Blick ... Ist dir das nicht aufgefallen? Dieses Siegerlächeln! Und gut gebaut ist er auch. Ich wette, der spielt Tennis wie ein junger Gott!«

Sonja musste über Stormys Begeisterung schmunzeln, aber sie zuckte nur mit den Achseln. Das interessierte sie nun wirklich nicht. Wirklich, wirklich nicht.

»Verschon mich mit so was!«, antwortete sie abgeklärt. »*Never ever!*«

Der Makler kündigte für Montag den Besuch mit einem Kaufinteressenten an. Sonja wollte das Wochenende nutzen, um alles noch etwas ansprechender herzurichten. Gerade als sie im Hauswirtschaftsraum den Schrubber aus dem Schrank nahm, klingelte es an der Haustür. Sonja öffnete. Eine Frau, Mitte sechzig, mit schulterlangem silbergrauem Haar und akkurat geschnittenem Pony lächelte sie aus blauen Äuglein an.

»*Hi*, ich bin Lorraine Winter, die Nachbarin von gegenüber. Melde mich von meiner Reise zurück. Sie müssen Sonja sein.« Ihre Stimme klang klar und hell. »Willkommen auf Dolphin Island!«

»Kommen Sie doch herein, Mrs. Winter«, bat Sonja freundlich. »Herzlichen Dank, dass Sie sich so lange um das Haus gekümmert haben.«

Die Nachbarin, mollig und eher klein, in Caprihose mit schicker Bluse, ging ganz selbstverständlich voran. Sie bewegte sich sehr agil. Sonja fand, dass sie einen ebenso warmherzigen wie bestimmten Eindruck machte. Eine Frau, die wusste, was sie wollte, aber dabei gut mit anderen zurechtkam. Jetzt erfahre ich endlich, was für ein Haustier Sandy mir hinterlassen hat, dachte Sonja, als sie Mrs. Winter im Wohnzimmer etwas zu trinken anbot. Doch sie wollte sich nicht setzen, sie sagte, sie müsse gleich wieder gehen.

»Übrigens … Wir sind hier nicht so förmlich. Sag Lorraine zu mir!« Ein verschmitztes Lächeln ließ die Wangen der Nachbarin noch rundlicher aussehen. »Du bist sicher schon gespannt auf Tom und Jerry, oder?«

»Tom und Jerry?« Das klang nach Katze und Maus.

»Ja, Sandys Lieblinge. Bin heilfroh, dass sie die Zeit bei mir gesund überstanden haben. Jetzt können sie endlich wieder nach Hause. Das können sie doch, oder?«

»Äh, was sind das denn für …« Sonja räusperte sich. Sie war nicht sonderlich scharf darauf, die Verantwortung für ein Haustier zu übernehmen, schon gar nicht für zwei Tiere. Zumal sie die ja nicht mit nach Deutschland nehmen würde. »Also … äh … am Montag kommt ein Kaufinteressent. Ich weiß nicht so recht, man soll Tiere ja nicht so oft hin und her …«

»Lass dich überraschen!«, sagte Lorraine fröhlich. »Während ich in Baltimore bei meiner Tochter war, hat sich ein befreundetes Paar um Tom und Jerry gekümmert. Ich erwarte die Bernsteins morgen Nachmittag auf eine Erfrischung bei mir im Garten. Komm doch auch vorbei. So gegen fünf Uhr.«

»Ja, gern.«

Lorraine wandte sich zur Tür. »Ich muss noch meine Sachen auspacken, waschen, einkaufen und ein bisschen backen für morgen«, erklärte sie beim Hinausgehen und blieb vor einem Foto von Sandy stehen. »Schade, dass ihr zwei euch nicht besser kennengelernt habt. Sie hätte dich gemocht.«

Sonja fühlte sich etwas beklommen. »Wie lange habt ihr euch denn gekannt?«

»Gar nicht so lange«, erwiderte Lorraine. »Gut vier Jahre. Ich hab meinen Friseursalon in Baltimore an meine Tochter übergeben, nachdem mein Mann gestorben ist.

Hab das Haus verkauft und bin ganz hierhergezogen. Früher haben wir öfter unseren Urlaub auf Juno Island verbracht. Aber die Insel ist ja so teuer geworden, da hätte ich mir nie ein Häuschen leisten können.«

»Verstehe.« Sonja wies auf ein anderes Foto an der Wand, das ihre Tante in reiferen Jahren mit einem stattlichen Mann zeigte. »War das ihr Lebensgefährte?«

»Gewissermaßen. Das ist Harry. Sie hat mir von ihm erzählt. Sie haben sich kennengelernt, als sie von Cypress Gardens weggegangen und in einen näher gelegenen Themenpark, nach Paradise World, gewechselt ist. Den gibt's nicht mehr. Harry besaß eine große Zitrusplantage und kam nach dem Krieg zu Vermögen, nachdem man dieses Frostverfahren mit dem Orangenkonzentrat für Säfte entwickelt hatte.«

»Sie haben nicht zusammengelebt?«

»Nein, er war verheiratet«, wusste Lorraine. Sie hob die Schultern. »Es gibt eben Frauen, die sich den Mann mit einer anderen teilen müssen. Es läuft nicht immer so, wie wir es uns wünschen, nicht wahr?« Sie zögerte einen Moment. »Sie deutete einmal an, dass sie den Verlust ihrer großen Liebe in jungen Jahren nie verwunden hat.« Sonja empfand ein unbehagliches Magengrummeln. Ihr Vater … »Aber«, fuhr die Nachbarin mit einem Augenzwinkern fort, »vielleicht mochte Sandy inzwischen auch ihre Selbstständigkeit viel zu sehr und wollte gar nicht mehr von morgens bis abends einen Kerl um die Füße haben.«

»Lebt Harry noch?«

»Nein, ich habe ihn schon nicht mehr kennengelernt.« Lorraine musterte Sonja unverhohlen. »Wirklich, du hättest ihr gefallen«, wiederholte sie. »Und bestimmt hättest du sie auch gemocht. Ihr habt sogar Ähnlichkeit miteinander.« Ihr prüfender Blick blieb an Sonjas Frisur hängen, die dringend einen neuen Schnitt benötigte. Das Gespräch stockte. Es schien Sonja, als würde Lorraine sich eine kritische Bemerkung gerade noch verkneifen, und sie errötete. »Du musst mit den Abfällen aufpassen«, sagte Lorraine aber nur. »Es gibt hier Waschbären, die nachts alles, was nicht ordentlich verschlossen ist, durchwühlen. Kannst deinen Müll ruhig bei mir mit in die große Tonne werfen. Ich glaube, Sandys Haus ist nicht mehr bei der Müllabfuhr angemeldet.«

»Oh, vielen Dank«, antwortete Sonja verlegen. Über das Problem hatte sie sich auch schon Gedanken gemacht.

Lorraine lächelte. »Ich schneide übrigens immer noch leidenschaftlich gern«, sagte sie sanft. »Alle Ladys aus unserem Kulturzentrum kommen zu mir, um sich die Haare machen zu lassen. Nur so als Tipp, falls du mal Bedarf haben solltest.«

»Danke«, erwiderte Sonja. Nun musste sie doch grinsen. »Vielleicht komme ich bei Gelegenheit darauf zurück.« Lorraine und sie sahen sich direkt in die Augen. Jede wusste in diesem Moment, was die andere dachte, und sie mussten beide lächeln. »Ich freu mich auf morgen«, sagte Sonja betont liebenswürdig. »Soll ich etwas mitbringen? Wie ist das hier so üblich?«

»Komm einfach wie du bist, alles ganz entspannt«, bat Lorraine. »Brauchst mich nicht zur Tür zu bringen, ich kenne ja den Weg. Also, bis morgen!«

Sonja schrubbte die Veranda, die Rampe zur Garage und die Garage gründlich. Als sie schweißgebadet damit fertig war, fiel ihr auf, dass sich an der Stelle, wo das Auto gestanden hatte, eine Luke befand. Unter Aufbietung ihrer letzten Kräfte gelang es ihr, die Klappe aufzustemmen und hochzuziehen. Das war ja spannend! Den Zwischenraum

zum doppelten Holzboden, der traditionell der Luftzirku-
lation diente, hatte Sandy als Speicherplatz genutzt. Unter
der Garage lagerten ein paar sperrige Gegenstände – vier
Weißwandreifen und das vermisste Cabrioverdeck.

Sonja wollte sofort den Thunderbird-Käufer anrufen.
Das Handy schon in der Hand, stutzte sie. Es ist Sonnabend, er ist in seinem Wochenendhaus, dachte sie, dann
eben Montag. Im nächsten Moment kam ihr eine viel bes-
sere Idee. Sie hatte ohnehin vorgehabt, sich Juno Island
näher anzusehen. Sie konnte Nick Winslow die Teile auch
vorbeibringen. Kurzerhand fuhr sie rückwärts an die Garage heran und verfrachtete Reifen sowie Verdeck in den
Kia. Sie musste die Rückklappe offen lassen, weil das Verdeck zu lang war, aber wenn sie langsam fuhr, würde es
schon gehen. Winslows Anschrift stand im Kaufvertrag.

Sonja duschte, wusch sich die Haare und zog T-Shirt
und Jeans an. Die saß wie eine Boyfriend-Hose, weil sie
ihr inzwischen zu groß geworden war und nur dann nicht
rutschte, wenn sie ihren Nietengürtel ganz eng schnallte.
Sie brauchte unbedingt ein paar passende neue Kleidungs-
stücke. Obwohl sie kaum Appetit hatte, zwang sie sich,
schnell noch eine Kleinigkeit zu essen, bevor sie losfuhr.

Juno Island war kleiner als Dolphin Island und in der Tat
exklusiver. Hier standen luxuriösere Villen, feinere Ferienanlagen, die wenigen Boutiquen führten Designermode.

Als ihr Navi »Ziel erreicht« meldete, haute es Sonja fast
um. Nick Winslow lebte in einer Ferienvilla am Strand,
die ein Musterbeispiel für gelungene moderne Architektur
war – gradlinig, viel dunkles Holz, viel Glas, auf Stelzen gebaut, mit Außentreppen, Veranden, Dachterrasse. Ein paar
Bäume und Sträucher säumten die Auffahrt. Von der aus-
ladenden Terrasse im zweiten Stock aus musste man einen
bombastischen Blick aufs Meer haben.

Aber der Garten! Sonja schüttelte unwillkürlich den Kopf. Er war eine Katastrophe, ließ nicht die Spur eines Plans erkennen. Ringsum nur Sand und Unkraut, sonnenverbranntes Gras, verdorrter Knöterich, ein paar ungepflegte Palmen mit braunen Wedeln – absolut fantasielos. Was Sonja links und rechts der Villa sah, gefiel ihr allerdings ebenso wenig. Hier befanden sich kommerzielle Cottagedörfchen, eingebettet in aufwendig angelegte tropische Gärten. Die Betreiber waren mit Sicherheit gezwungen, täglich stundenlang Sprinkler laufen zu lassen und Unmengen von Wasser zu vergeuden. Anders konnte man die großen Rasenflächen gar nicht grün und die für Florida untypischen Blumen nicht am Leben erhalten.

Mit einem Seufzer stieg Sonja aus. Nick Winslow hatte sie schon erspäht. Er kam, nur mit Shorts bekleidet, um die Hausecke gelaufen und begrüßte sie mit einem breiten Lächeln.

»Haben Sie doch noch was für den Thunderbird gefunden? Ist ja großartig! Und Sie habe die schweren Dinger allein in Ihren Wagen gehievt?«

Sonja nickte.

Hocherfreut nahm er das Verdeck entgegen, rollte dann die Reifen in seine große Garage, in der auch ein bulliger Pick-up stand. Sonja wollte ihm helfen, doch das lehnte er ab. Er lud sie auf einen Drink auf seine Dachterrasse ein. Sie gingen ums Haus herum und nahmen die Außentreppe.

»Suchen Sie sich ein schönes Plätzchen, Sandy!«

»Sunny«, sagte Sonja spontan, »eigentlich Sonja. Sandy hieß meine Tante.«

»Ach, richtig, Sandy war die Vorbesitzerin. Tut mir leid.« Mr. Winslow lächelte entwaffnend. »Mögen Sie ein selbst gebrautes Bier? Nicht von mir, von einem Freund hergestellt. Hervorragend, kann ich nur sagen.«

»Vielen Dank, aber ich bin ja mit dem Auto da. Lieber was ohne Alkohol.« Stormy hatte recht gehabt, Nick Winslow war wirklich ausgesprochen attraktiv. Schöne dunkelbraune Augen, gute Figur, braun gebrannt, selbstsicher. Wieso war ihr das neulich nicht aufgefallen? Die Liebesmuschel auf der Dachterrasse, ein rundes Tagesbett mit Schattenverdeck, sah verführerisch aus, doch Sonja setzte sich lieber in einen der Gartensessel. Der Ausblick war wirklich bombastisch. Endlose Weite, Himmel und Meer voraus! Mit jedem Atemzug inhalierte man das Gefühl von Freiheit. So musste sich ein Kapitän auf seiner Schiffsbrücke fühlen!

Eine hübsche blonde junge Frau, die sich unten am Pool gesonnt hatte, grüßte kurz hoch und rief Nick Winslow zu, dass sie eine Runde im Meer schwimmen wolle. Ein Holzbohlenweg führte durch den Dünenstreifen, der im Anschluss an das Grundstück begann. Gleich dahinter rollten schon die Wellen an einem leicht abschüssigen Sandstrand aus.

Nick Winslow brachte Sonja eine eisgekühlte Fruchtschorle und setzte sich neben sie. »Ich leg noch was drauf«, sagte er, »für die Reifen und das Verdeck.«

»Ach was!« Sonja winkte großzügig ab. »Ich kann damit doch gar nichts anfangen.« Die sechsundzwanzigtausend waren schon ein guter Preis.

»So werden Sie nie reich«, sagte Nick Winslow amüsiert.

»Wahrscheinlich«, antwortete Sonja mit einem feinen Lächeln. Geld war für sie nicht so wichtig im Leben. Für einen typischen Amerikaner vermutlich schon. Sie fragte sich, was der Käufer wohl beruflich machte. »Sie arbeiten in Orlando?«

»Ja, ich bin Manager eines Vergnügungsparks«, antwortete er.

»Aber nicht von dem mit der berühmten Maus, oder?«

Er lachte. »Nein, ein Themenpark, Aquazoo und Spaß rund um den Wassersport für die ganze Familie.«

Aha, dachte Sonja, deshalb wirkt er so sportlich. Sieht ja aus, als würde er selbst den halben Tag im Wasser verbringen. »Ist das nicht viel Fahrerei nach Orlando?«

»Nein, ich liebe es, Auto zu fahren«, antwortete er. »Auf der Strecke kann ich meine Oldtimer bewegen, das ist für mich Vergnügen. Wenn's wirklich zügig gehen muss, nehm ich meinen BMW-Dienstwagen. Und ich liebe dieses Fleckchen am Meer, ich habe es von meiner Mutter geerbt. Hier kann ich mich vom Trubel im Job erholen.« Er lächelte gewinnend. »Was machen Sie beruflich?«, wollte er wissen.

»Ich bin Landschaftsarchitektin, am liebsten gestalte ich private Gärten.«

»Oh, tatsächlich?« Echtes Interesse flammte in seinen Augen auf. »Was würden Sie mir raten?«

Sonja sah sich langsam um, nahm das gesamte Panorama in sich auf. Den fernen Horizont, wo das Türkis des Meeres in ein Dunkelblau überging, die Wölkchen darüber, den sauberen Strand, die unantastbare Dünenzone und davor Winslows ungepflegtes, konzeptloses Grundstück. Sie spürte den lauen Seewind. Ja, dies war ein besonderer Ort, um zur Ruhe zu kommen. Sie stand auf und betrachtete die Sichtachsen vom Haus aus. Den Ausblick vom großen Wohnzimmer vermochte sie sich gut vorzustellen. Daneben lag offenbar ein Schlafzimmer, und wie das Grundstück von dort aus wirkte, ob das Poolhäuschen den Blick aufs Meer störte, das musste sie prüfen.

»Darf ich mal kurz in Ihr Schlafzimmer?«, fragte sie.

»Aber sicher.« Nick Winslows Augen funkelten vergnügt. »Gern auch länger.«

Er ging voran, öffnete die Türen und ließ sie sich in

Ruhe umschauen. Der Kerl wäre die perfekte Besetzung als Liebhaber in einem Hollywoodfilm, ging es Sonja durch den Kopf. Vielleicht stammte eine seiner Großmütter aus Kuba, so eine Spur Latinocharme war jedenfalls nicht zu übersehen. Die hübsche Blonde tat Sonja jetzt schon leid, weil sie unwillkürlich davon ausging, dass Nick Winslow nicht treu war und seine Frau oder Freundin unglücklich machte. Sie selbst war ja jetzt zum Glück immun.

Aber das Verführergen dieses Mannes musste in einem Garten für ihn natürlich berücksichtigt werden. Eine Partyzone gehörte hinein – und eine verschwiegene Ecke für Intimitäten wie einst in den Rokokoirrgärten bei Hofe.

Auf der niedrigen breiten Fensterbank im Schlafzimmer stand ein präparierter Alligator. »Wow«, sagte Sonja, »selbst erlegt?«

»Natürlich«, erwiderte der Hausherr lässig. »Ich hab eine Jagdlizenz.«

Die Einrichtung passte zum äußeren Eindruck des Hauses. Sie war reduziert, modern, aber geschmackvoll, und es gab viele männliche Interieurelemente wie schwarze Fliesen, eine dunkel gestrichene Wand, poliertes Mahagoniholz, schwarz gerahmte Schwarz-Weiß-Fotos mit weißen Passepartouts von Oldtimern, vermutlich von hoch gehandelten berühmten Fotografen. Hier und da verrieten Details wie ein Kühlergrill über dem Kamin oder eine aufgebockte Autositzbank, dass es sich beim Hausherrn um einen Liebhaber von Classic Cars handelte.

Vielleicht ist das Ganze eine Spur zu geschmackvoll, überlegte Sonja. Auf jeden Fall wäre es perfekt für eine Wohnreportage in einer Hochglanzzeitschrift. Es roch frisch nach Limonen und warm nach Holz. Das breite, weiß bezogene Bett war ungemacht. An den Wänden hingen alte Masken.

»Von den Calusa-Indianern«, erklärte der Hausherr, dem die zerwühlten Laken kein bisschen peinlich zu sein schienen. »Die lebten in dieser Region, sind aber schon seit ein paar Hundert Jahren ausgestorben.«

Sonja schaute aus dem Fenster. Prompt setzte das Kribbeln ein, das ihren Gartenvisionen voranging. »Haben Sie was zum Schreiben?«, fragte sie hastig. Winslow holte Block und Kuli. »Danke, ich brauche einen Moment für mich.«

Sie ging rasch nach draußen und setzte sich wieder in den Gartensessel. Diesmal sah sie nicht zuerst das große Ganze, das Gesamtkonzept, diesmal überfluteten sie Dutzende von Einzelideen. Sonja zeichnete einiges, anderes schrieb sie auf.

Und dann plötzlich begriff sie, dass alles, was aus ihr heraussprudelte, nicht nur für Nick Winslow bestimmt war – es betraf ihre berufliche Zukunft. Sie würde am liebsten Dünengärtnerin werden! Sie wollte auf Dolphin Island bleiben und Sandlandschaften gestalten! Strandgrün züchten! Urlaubsgefühl in Gärten pflanzen! Mit Strandhafer, Seetraubenbäumen, Fächerpalmen, Prunkwinden, Agaven und all den Gräsern, die in kleinen Gruppen angeordnet so hinreißend aussahen. Sonja notierte alles, was ihr einfiel, auch Dünenrose und Sanddorn, Strandroggen und Cranberry. Sie würde später überprüfen, was davon in dieser Klimazone gedieh und was sie in ihrer eigenen Inselgärtnerei vermehren konnte.

Sie hatte keine Ahnung, wie viel Zeit vergangen war, als sie hochblickte und bemerkte, dass Nick Winslow sie beobachtete. Er trug jetzt eine Sonnenbrille und ein geöffnetes Hemd mit Dschungelmotiv. Wahrscheinlich war sein Oberkörper dank *Waxing* so glatt.

»Sie machen einen inspirierten Eindruck«, kommentierte er trocken.

»Ja«, Sonja glühte vor Begeisterung. »Ich würde Ihren Garten stärker modellieren. Und nur Pflanzen, die hier heimisch sind, setzen – so, dass es ganz natürlich, aber harmonisch wirkt. Dazwischen sparsam maritime Symbole platzieren wie ein halb aus dem Sand herausragendes verwittertes Holzboot. Das könnte als Sitzgelegenheit dienen. Und große Anker als Pfosten.«

»Erzählen Sie weiter!« Nick Winslow lehnte sich relaxt ans Verandageländer, nahm seine Sonnenbrille ab und lauschte.

»Die Ideen sind noch völlig ungeordnet«, wandte Sonja ein, und es sprudelte gleich weiter aus ihr heraus. »Die Sitz- und Grillplätze würde ich mit Mosaiken aus Natursteinen und Muscheln versehen, vielleicht auch Kacheln. Sie haben diese dunklen Fliesen im Haus. Wenn die witterungsbeständig sind, könnte man sie aufgreifen … Am Hauseingang stelle ich mir Findlinge oder Gruppen von Amphoren vor und dazwischen im Sand versteckt Solarleuchten.« Sie unterbrach sich, sah ihr Gegenüber nachdenklich an. »Auf jeden Fall würde ich die Hügel erhöhen, Erdbewegungen wären schon erforderlich. Und natürlich müsste man an die Entwässerung bei Regen denken. Die Rinnsale müssen geleitet werden, damit sie abfließen können, ohne die Bepflanzung zu zerstören.«

»Was halten Sie von einer Skulptur aus Treibholz?«, warf er ein.

»Super! Sollte man unbedingt integrieren!« Sonja strahlte.

»Ich hab als Student Skulpturen aus Treibholz und anderem Strandgut gebaut, während der *Spring-break*-Zeit, wissen Sie?«, erklärte er eifrig. »Die amerikanischen Studenten treffen sich im Frühjahr zwischen den Semestern für eine Woche in Florida zum Abfeiern am Strand. Und wir haben keineswegs nur gesoffen und geflirtet, sondern auch Kunst gebaut.« Er bedachte sie mit einem verschmitzten Lächeln. »Heute meditiere ich natürlich lieber.«

»Wunderbar!« Sonjas Fantasie arbeitete weiter auf Hochtouren. »Man kann einen Meditationsplatz in den Garten setzen, am besten erhöht auf einem Podest, sodass Sie einen weiten Blick aufs Meer haben.«

»Ja«, fügte der Hausherr hinzu, »und mit Paravents aus Treibholz als Sichtschutz zu den Seiten hin.«

»Das wär's!« Sonjas Augen leuchteten. »Mit einem getönten transparenten Dach. Schattenspendend, regenfest natürlich, aber man müsste die Sterne dadurch sehen können.« Sie schauten sich an.

»Würden Sie mir einen Entwurf anfertigen?«, fragte Nick Winslow. »Im Ernst. Ich denke schon eine Weile über die Außenanlage nach. Hab mir sogar schon mal zwei Entwürfe mit Kostenvoranschlägen machen lassen. Aber das Design war mir zu konventionell und die Pflege durch den örtlichen Gärtnerservice zu aufwendig. Ich bin schließlich nur am Wochenende hier.«

»Darf ich fragen, was die Kollegen hier so veranschlagen?«, fragte Sonja vorsichtig. »Was wollte der Günstigere?« Nick Winslow nannte einmal die Summe für die Gestaltung und dann den monatlichen Preis für die Instandhaltung. Sonja nickte. »Aha.« Ganz schön happig.

»Machen Sie mir einen Entwurf?«, wiederholte er seine Frage. »Das klingt alles großartig.«

Sonja konnte gar nicht anders. Sie war heiß darauf, ihre Ideen zu durchdenken und auszuprobieren. Mit Auftrag, quasi am lebenden Objekt für einen echten Kunden, war es natürlich noch viel reizvoller, als nur in der Theorie zu planen.

»Okay«, versprach sie, »ich hoffe, dass ich Ihnen bis spätestens kommenden Sonnabend einen ausgearbeiteten Vorschlag unterbreiten kann.«

»Perfekt!« Er reichte ihr die Hand, sie schlug ein. Seine Freundin kam vom Schwimmen zurück, es war Zeit, sich zu verabschieden. Nick Winslow begleitete Sonja zum Auto. »Und vielleicht könnten Sie noch mal gucken, ob Sie die alte Betriebsanleitung für den Thunderbird finden.«

6

Sonja brannte so darauf, ihr neues Projekt in Angriff zu nehmen, dass sie sich am Sonntagnachmittag nur widerwillig von ihren Aufzeichnungen trennte und auf den Weg zur Nachbarin machte. Obwohl sie natürlich auch neugierig war zu sehen, was sie dort erwartete. Sie würde kurz Hallo sagen und sich bald wieder verabschieden. Schnell pflückte sie eine hübsche kleine Orchidee aus Sandys Blumenbeet. Stimmen und Gelächter drangen aus Lorraines Garten, so ging sie durch die Pforte um das weiße Holzcottage herum. Es war neuer als Sandys Häuschen, Sonja schätzte, dass es aus den Neunzigerjahren stammte.

Bevor sie um die Ecke schauen konnte, hörte sie auf Deutsch: »Ich liebe dich! Ich liebe dich!« Und eine andere Stimme krächzte: »Küss mich!«

Irritiert ging sie weiter. Lorraine machte sich an einem Gartentisch zu schaffen, auf dem sie ein kleines Büfett aufgebaut hatte. Unter dem vorgezogenen Dach stand eine große Voliere, in der zwei weiße Papageien mit gelben Federn auf dem Kopf saßen. Die beiden wiederholten »Ich liebe dich!« und »Küss mich!«, während sich ein älteres Ehepaar, das vor dem Käfig stand, köstlich amüsierte. Die Frau nickte übertrieben mit dem Kopf, um die Papageien zu ähnlichen Bewegungen zu animieren, ihre kurzen grauen Locken wippten. Ein skurriles *Headbanging* wie beim Rockfestival setzte ein. Mensch und Tier abwechselnd. Und dabei war nicht klar auszumachen, wer hier eigentlich wen nachahmte. Der schlaksige weißhaarige Mann – er trug eine khakifarbene Wildhüteruniform – feuerte beide an und hielt den Vögeln als Belohnung Kerne zum Knabbern hin.

»Ah, da ist ja Sandys Nichte! Willkommen, liebe Sunny!« Lorraine nahm die Orchidee entgegen und stellte sie in ein Wasserglas, dann machte sie Sonja mit den Bernsteins bekannt. »Rufus war Hochschullehrer für Politikwissenschaften, und Etta hat Drehbücher für Fernsehserien geschrieben.«

Weil das Klima in Florida Ettas angeschlagener Gesundheit guttat, erzählte sie, sei das Paar vor wenigen Jahren aus Detroit ganz hergezogen.

»Sag Ranger, jeder hier nennt mich so«, bat Rufus Bernstein, als sie sich die Hände schüttelten. Er sprach nasal mit fast geschlossenem Kiefer, typisch für das beherrschte Auftreten gebildeter weißer Amerikaner. Sonja musste an Woody-Allen-Filme denken, in denen solche Charaktere oft vorkamen. Ranger arbeitete ehrenamtlich als Guide im Naturschutzgebiet.

Seine Frau Etta erinnerte Sonja ein wenig an die Schauspielerin Vanessa Redgrave. Sie hatte etwas Gewitztes, zugleich Fragiles und musterte Sonja mit wachen intelligenten Augen.

»Wir kennen uns vom Kulturzentrum, das auf der anderen Seite von Cyrus Needs Haus liegt«, erklärte Lorraine.

Einer der Papageien verlangte mit lautem Keckern nach Aufmerksamkeit. Es klang eher nach Flipper als nach Lora. Eine Ahnung beschlich Sonja. »Sind das etwa … Tom und Jerry?«

»Ich bin blöd«, antwortete der andere Vogel. Etta konnte sich kaum halten vor Lachen.

»Richtig«, Lorraine lächelte breit. »Tom ist das Männchen, Jerry das Weibchen. Die schönsten Gelbhaubenkakadus weit und breit. Vermutlich auch die ältesten.«

»O mein Gott!«, entfuhr es Sonja.

Bitte nicht! Mit einer Katze oder einem Hund hätte sie sich ja noch anfreunden können. Aber Vögel! Noch dazu mit solch spitzen Schnäbeln! Sie hatte keine Ahnung, wie man mit Kakadus umging – was sie aßen, ob sie gefährlich waren, was sie brauchten.

Lorraine sah ihr die Besorgnis wohl an. »Wir machen eine sanfte Übergabe«, sagte sie in beruhigendem Ton. »Nach und nach, keine Sorge. Nimm doch Platz.« Ranger reichte ihr ein Glas Eistee, und Lorraine empfahl ihr ein Sandwich mit frisch gegrilltem Fisch. »Das ist *grouper*, die Fischspezialität unserer Region«, erklärte sie. Zackenbarsch … Sonja hatte davon gehört, lehnte aber dankend ab. Sie hatte keinen Hunger.

»Dann probier wenigstens Lorraines berühmten Key Lime Pie«, riet Etta. Ihre Stimme klang angenehm tief, etwas rau. »Der ist wirklich Weltspitze!«

Nur aus Höflichkeit nahm Sonja ein Stück von dem flachen Kuchen, der mit einer gelblichen Masse gefüllt war. Doch schon nach dem ersten Bissen hielt sie verzückt inne. »Mmh! Das schmeckt ja göttlich!« Das frische Aroma und die geschmeidige Konsistenz hoben augenblicklich ihre Stimmung. Die Kombination von zitrusfruchtiger Creme mit süßbuttrigem Knusperteig schmeckte sogar besser als der Zitronenpudding ihrer Kindheit, und das wollte etwas heißen. »Was ist das?«

»Eine Limettentarte«, Lorraine lächelte zufrieden, ganz offensichtlich hatte sie keine andere Reaktion erwartet. »Ich nehme immer die kleinen Limetten, die auf den Keys wachsen! Du weißt schon, auf den Koralleninseln vor der

Südspitze Floridas. Die sind besonders intensiv im Geschmack.«

»Mit überbackenem Eischnee schmeckt es auch verboten gut«, warf Etta ein.

Hauchdünne grüne Limettenscheiben als Deko am Tarterand verströmten einen intensiven Duft. Während Sonja den Kuchen genoss, berichteten die Älteren von einem bunten Abend, den sie im Kulturzentrum vorbereiteten. Er fand einmal im Jahr Anfang September statt, gerade waren sie dabei, das Programm zu besprechen.

»Der Schwerpunkt liegt dieses Mal auf Motown-Hits aus den Sechzigern«, erklärte Etta.

»Woher soll das ›Frollein‹ aus Deutschland wissen, was Motown ist, *sweetheart?*«, rügte ihre Mann. »So hieß die Plattenfirma, die ein Arbeiter in Detroit 1959 mit achthundert geliehenen Dollars gegründet hat. Motown brachte dann die großartigsten Songs überhaupt heraus, ein Welterfolg jagte den nächsten!«

Etta nickte. »Der Sound unserer Glanzzeit! Es zuckt heute noch in den morschen Knochen, wenn wir die alten Scheiben hören.« Sonja schaute gern in Ettas sonnengegerbtes, faltiges Gesicht. Es war ein Gesicht zum Darinspazierengehen. Jung und alt, weise und übermütig zugleich. Die Augen, strahlend blau mit schwarzem Lidstrich, waren das Schönste an ihr.

»Diana Ross & The Supremes, Marvin Gaye, Stevie Wonder, The Jackson Five & Co, Lionel Richie und und und …«, zählte Ranger auf.

Lorraine verlas ihre handgeschriebene Liste mit einigen für den Abend geplanten Nummern, dabei stimmte sie jeweils deren Melodie an. Ab und zu fielen Etta und Ranger mit ein und sangen den Refrain. *My Girl!, Stop! In the Name of Love, Papa Was a Rollin' Stone, Dancing in the Street, Never*

Can Say Goodbye, I Want You back, Aint't no Mountain High Enough. Die meisten Songs kamen Sonja bekannt vor. Sie schnipste mit und ließ ihre Unterarme swingen.

»Der Sound gefällt mir auch. Ich hör mich gerade durch Sandys Plattensammlung.«

»Sie gehörte zwar einer anderen Generation an als wir«, sagte Etta, »aber zum Glück war sie sehr aufgeschlossen. Sie mochte auch noch ›unsere‹ Musik.«

»Ach, sie fehlt uns, die gute Sandy!« Ranger seufzte. »In jeder Hinsicht fehlt sie uns. Sie verstand was von Choreografie.«

»Jetzt müssen wir es uns auf YouTube von den alten Filmmitschnitten abgucken«, sagte Lorraine.

»Wie? Ihr tretet mit den Songs auf und tanzt sogar dazu?«, fragte Sonja.

»Aber sicher! Da geht die Post ab!« Etta grinste, sie hob beide Zeigefinger rhythmisch gen Himmel. »Die Bewegungen sind nicht kompliziert. Der Gag liegt darin, dass mehrere Leute sie wirklich genau gleichzeitig ausführen. Und dass alle chic angezogen sind.«

»Das Styling ist schon der halbe Spaß!«, bestätigte Lorraine mit leuchtenden Augen. »Ich kümmere mich um die Haare. Pomade für die Herren, die Damen werden mit *beehives*, diesen Bienenkorbfrisuren, verschönert oder nach allen Regeln der Kunst toupiert.«

»Sandy ist immer mit Tom und Jerry aufgetreten. Sie hat sie kleine Kunststücke vorführen lassen«, ergänzte Ranger. Der Erlös dieses Abends kam dem Kulturzentrum zugute, das viele Kurse dadurch kostenlos anbieten konnte. »Wir sind offen für alle Inselbewohner, das geht bei uns querbeet.«

Viele Ältere arbeiteten unentgeltlich. Sie konnten ihr Wissen weitergeben und waren froh, dass sie damit nebenbei Struktur in ihren Lebensabend brachten.

»Kannst du singen, Sunny?«, fragte Etta. »Wie lange bleibst du überhaupt? Lorraine sagte, du erwartest einen Kaufinteressenten …«

Sonja nippte an ihrem Eistee, um sich die Antwort gut zu überlegen. Sie wollte ihre Geschäftsidee nicht gleich hinausposaunen, das Ganze war ja noch völlig unausgegoren.

»Mein Visum erlaubt mir, bis Mitte September zu bleiben«, erwiderte sie ausweichend. »Alles andere hängt davon ab, wie sich die Dinge entwickeln.« Sie nahm noch einen Schluck. »Und, nein, singen kann ich leider nicht. Choreografien sind auch nicht mein Ding.« Sie kam sich plötzlich dumm und unnütz vor. Hatte sie denn gar nichts anzubieten? »Mit Gärten kenne ich mich aus. Wobei …« Sie hielt inne. Mit mitteleuropäischen Gärten kannte sie sich aus. »Die Botanik hier in Florida lerne ich gerade erst kennen. Aber das Thema interessiert mich sehr.«

»In meinem Garten wirst du nicht viel dazulernen«, meinte Lorraine selbstironisch, »ich mag's pflegeleicht.« Bei ihr war alles rund um einen kleinen Pool mit sandgelben Fliesen gepflastert. Fächerpalmen dienten als Sichtschutz zu den Nachbargrundstücken. Davor blühten in türkisfarben glasierten Kübeln pinkfarbener Hibiskus und weiße Frangipani. Mehr nicht. Lorraines Gärtchen wirkte dennoch heiter und heimelig.

Ranger lud Sonja zu einer seiner Führungen ein. Er empfahl ihr außerdem den *Atlas of Florida Plants* im Internet.

Etta forderte sie auf, sich den Garten des Kulturzentrums einmal anzuschauen. »Der ist gegenwärtig suboptimal, vielleicht hast du eine Idee, was wir da machen können.«

Tom bekam einen Quasselanfall. Er plusterte seine Federn auf, vor allem fächerte er die gelbe Haube mit viel Imponiergehabe von vorn nach hinten auf und wieder zurück, was ziemlich witzig aussah. Wie ein kleiner Kobold hüpfte er mit ausgebreiteten Flügeln, verdrehte den Kopf und würzte seine Darbietung mit englischen Flüchen. Etta lobte ihn ausgiebig, die Aufmerksamkeit beruhigte ihn.

»Hier.« Lorraine reichte Sonja einen Zeitungsausschnitt aus dem *Inselboten*. »Der Artikel über unseren bunten Abend vor knapp zwei Jahren, als Sandy das letzte Mal dabei war.«

Ein Foto zeigte Sonjas Tante im Glitzerjackett mit beiden Kakadus auf der Bühne vor einem stehend applaudierenden Publikum. Die Reporterin hatte auch ein Interview mit Sandy geführt, das neben dem Bericht abgedruckt war.

Wie sind Sie zu den Kakadus gekommen?

Tom und ich waren quasi Kollegen. Wir haben im selben Themenpark gearbeitet, ich war nach meinem Wechsel von Cypress Gardens bis 1973 in Paradise World für das Wasserballett verantwortlich, und Tom begrüßte, natürlich mit seinem Tierpfleger, auf einer Stange neben dem Delfinbecken die Besucher. Sie ließen sich gerne mit ihm und seiner Kakadufrau Tiny fotografieren.

Aber Sie nannten vorhin Ihren anderen Kakadu Jerry …

Ja, Tiny war ein besonders hübsches Kakaduweibchen, leider starb sie. Papageien sind sehr treue Tiere und nach dem Tod ihres Partners oft untröstlich. Tom jedenfalls litt fürchterlich. Er rupfte sich die Federn aus, er verhielt sich so, dass man ihn nicht mehr zur Begrüßung einsetzen konnte. Alle glaubten, dass er nicht mehr lange leben würde.

Und da haben Sie sich seiner erbarmt?

Ja, das kann man so sagen.

Warum haben Sie sich das zugetraut? Hatten Sie Erfahrungen mit Papageien?

Nein, ich hatte Erfahrungen mit dem Alleingelassen-
werden.

Wie haben Sie Tom denn wieder hochgepäppelt?

Ich habe ihm gut zu essen und zu trinken gegeben. Ich
habe ihm gut zugeredet, Zeit mit ihm verbracht, ihn beschäftigt. Kakadus sind so intelligent wie kleine Affen.

*Und sie brauchen mindestens einen Artgenossen, um
nicht Verhaltensstörungen zu entwickeln. Das erwähnten
Sie vorhin auf der Bühne.*

Ja, Papageien sind sehr wählerisch bei der Partnerwahl.
Genau wie bei Menschen gibt es Liebe auf den ersten Blick
oder eine Zuneigung, die langsam über Monate wächst.
Wenn man ihnen irgendeinen Partner in die Voliere setzt,
kann es sein, dass die Fetzen fliegen.

*Wie haben Sie Tom denn wieder unter die Haube ge-
bracht?*

Es gibt in Key West eine Papageienpension, da können
die Vögel in aller Ruhe auf Brautschau gehen. Nach drei
Monaten zeichnete sich ab, dass Tom und Jerry sich auf
Dauer die Futternäpfe teilen und gegenseitig ihr Gefieder
pflegen wollten.

*Und das, obwohl Tom nicht fliegen kann, weil er früh ge-
stutzt wurde.*

Ach, wissen Sie, in dieser Hinsicht sind Kakadus klüger als Menschen. Äußerlichkeiten bedeuten ihnen nichts.

»Nett«, sagte Sonja zurückhaltend. Ihr Gebiet war die Flora, nicht die Fauna. Lorraine hatte unterdessen einen Long-
drink aus Rum, Minze und Limettensaft gemixt. »Magst
du einen Mojito?« Sie reichte Sonja ein hohes Glas. »Und
für dich, Etta, ohne Alkohol.« Alle vier schlürften in stil-
lem Gedenken an Sandy ihren Cocktail.

»Da hab ich meinen anderen Nachbarn doch richtig

verstanden, als er sagte: ›Die Alte hatte doch einen Vogel!‹«, murmelte Sonja nach einer Weile.

»Cyrus Need? Mit Verlaub, der ist ein Arschloch!« Ranger fuhr sich durch sein immer noch volles Haar. »Er hat wirklich nur Dollarzeichen in den Augen. Nimm dich vor dem in Acht!«

Lorraine nickte. »Das Schlimme ist, dass ihm das Grundstück und das Gebäude des Kulturzentrums gehören. Schon seit Langem möchte er uns loswerden, um lukrativere Investitionen anschieben zu können.« Sie lächelte listig. »Er hat damals die Baugenehmigung nur unter der Auflage erhalten, dass ein gemeinnütziges Kulturzentrum Einzug hält. Aber er hofft wohl, das würde allmählich in Vergessenheit geraten.«

Etta zog ihre sorgfältig gestrichelten Brauen zusammen. Ihre langen zierlicher Ohrgehänge baumelten hin und her. »Der Grund und Boden dort befindet sich nämlich wie das Land von Sandy in einer Vorstufe zum Naturschutzgebiet. Aber es gibt Leute, auch in unserem Gemeinderat, die den Schutz der Natur lieber wieder rückgängig machen wollen, statt ihn voranzutreiben.«

»Und ihre Chancen stehen nicht schlecht …«, bemerkte Ranger ärgerlich, »… seit wir einen Mann an der Spitze unseres Landes haben, der behauptet, der Klimawandel sei nicht von Menschen gemacht.«

»Ach Leute!«, Lorraine versuchte, die Stimmung zu retten. »Es ist so ein schöner Abend! Ich bin froh, wieder hier zu sein! Lasst uns anstoßen. *Cheers!*«

Sie prosteten einander zu, das Gespräch nahm eine angenehme Wendung. Etta und Ranger kabbelten sich wie Jungverliebte, sie offenbarten dabei einen seltsam schrägen Humor. Als Etta mit den Kakadus herumalberte, mahnte Ranger scherzhaft: »Benimm dich bitte altersgerecht!«, und sie erwiderte: »Wenn ich das tun würde, wäre ich längst tot.« Wenig später fragte sie ihn mit ernster Miene, aber kokettem Unterton: »*Darling*, wenn ich tot bin, wirst du dann mit einer anderen schlafen?«

»Mein Herzblatt, dafür musst du doch nicht extra sterben«, antwortete er in liebevollem Ton.

Rangers Replik war so schnell gekommen, dass Sonja vermutete, die beiden führten solche Dialoge öfter vor Publikum. Auch bei Etta schien die Freude an der Pointe zu überwiegen, jedenfalls war ihr nicht anzumerken, dass seine Antwort sie gekränkt haben könnte.

Als Ranger noch ein Stück Key Lime Pie nahm, revanchierte Etta sich dann. »Keine Kalorien nach achtzehn Uhr, *darling!*«, flötete sie.

»Aber Etta«, antwortete Ranger, »die Kalorien wissen doch gar nicht, wie spät es ist.«

Ab diesem Wochenende nahm Sonjas Leben wieder Fahrt auf. Von allen Seiten stürmte es auf sie ein, auf einmal gab es tausend Dinge gleichzeitig zu tun. Der Kaufinteressent kam zu einer Besichtigung und kündigte sein Angebot für die nächsten Tage an. Der Kammerjäger ging gegen die Kakerlaken vor. Sonja wollte gar nicht so genau wissen, wie er das machte und welche Mittel er einsetzte. Sie blieb bei ihrer neuen Angewohnheit, zuerst das Licht einzuschalten und erst einige Sekunden später einzutreten. Sicher war sicher.

Sie bat Lorraine, sich weiter um Tom und Jerry zu kümmern, weil sie wirklich überhaupt keine Verbindung zu diesen komischen Vögeln hatte. Sonja bot ihr dafür Bezahlung an, was Lorraine entrüstet ablehnte. »Für ein paar Wochen noch mach ich das gern, dann müssen wir mal sehen, was für eine Lösung wir finden«, sagte die Nachbarin.

Sonja hatte ein schlechtes Gewissen. Das Haus annehmen, aber die Kakadus weggeben, das war nicht nett. Wenn sie sich allerdings nicht richtig um die Tiere kümmern konnte, wäre es auch ihnen gegenüber nicht fair, und das konnte nicht in Sandys Sinn gewesen sein. Sonja verdrängte das Thema, immerhin hatte sie ein paar Wochen Zeit herausgeschunden.

Ihr grober Plan für Nick Winslows Dünengarten stand schon seit Montagabend. Es ergab sich alles so selbstverständlich aus den örtlichen Gegebenheiten. Entwürfe aus einem Guss, das wusste Sonja aus Erfahrung, waren immer die besten, auch wenn sie an Details bis zuletzt feilen konnte. Sie zeichnete den Plan mit Buntstiften auf wie früher während des Studiums. Rund um den Pool setzte sie ein großzügiges rechteckiges Holzdeck. Ein gewundener, mit heimischem Naturstein gepflasterter Pfad führte durch eine hügeliger angelegte Dünenlandschaft zum Strand. Er sollte einmal zu einer Tunnelallee werden, deshalb wollte sie rechts und links Meertraubenbäume pflanzen. Es gab einen Bar-, Grill- und Partybereich nahe dem Haus und im Dünengarten am äußersten Ende hinten rechts direkt vor dem Strand eine zum Meer hin offene überdachte Meditationshütte mit breitem Tagesbett. Sonja war gespannt, ob Nick Winslow den Sichtschutz aus Treibholz selbst anfertigen oder in Auftrag geben würde.

Gruppen von gestaffelt angepflanzten Gräsern unter Fächer- und Sägepalmen wirkten wie Inseln im Sandmeer, einige wollte sie mit ein paar Steinbrocken aus Muschelkalk versehen. Nur einzelne, über den Sand kriechende Triebe von himmelblau blühenden Prunkwinden würden die »Inseln« miteinander verbinden. Am Haus hatte Sonja diverse immergrüne Sträucher und kleine Bäume vorgesehen, die duftende Blüten treiben, Schmetterlinge anlocken

und Schatten spenden sollten. An den seitlichen Grundstücksgrenzen stellte sie sich breite Steifen von Seehafer
vor, davor Kokardenblumen oder eine robuste Enziansorte,
je nachdem, was besser verfügbar war. Und hier und da in
Wellenform angedockt Polster einer lila puschlig blühenden Wildblume, deren Namen sie noch nicht herausgefunden hatte. Der Partybereich und die Meditationshütte
sollten genau wie der Pfad mit Naturstein aus gepressten
prähistorischen Muscheln und Korallen gepflastert werden. Als Umrandung wie bei einem Teppich stellte Sonja
sich Muschelmosaike von Stormy vor.

Bei all ihren Planungen berücksichtigte sie inzwischen
intuitiv die Lehren des Feng-Shui, mit denen sie sich lange
beschäftigt hatte. Man durfte es manch skeptischem Auftraggeber nicht sagen, aber Sonja war überzeugt, dass die
Bewohner eines Hauses und Gartens sich viel wohler fühl-
ten, wenn bei der Gestaltung die Grundregeln der alten
chinesischen Harmonielehre befolgt worden waren. Niemals hätte sie zu dem rechteckigen Haus mit dem rechteckigen Pool auch noch einen schnurgeraden Weg und
rechteckige oder quadratische Blumenbeete und Terrassen konzipiert. Die Lebensenergie musste Lust haben, am
Ort zu verweilen und nicht mit Hochgeschwindigkeit ge-
radewegs hindurchbrausen.

Sonja war zufrieden mit dem Plan. Sie hielt ihn nicht
wie sonst noch ein paar Tage zurück für den Fall, dass ihr
Verbesserungen einfielen – oder damit der Kunde nicht
den Eindruck gewann, sie hätte den Entwurf aus dem Ärmel geschüttelt. Viele glaubten dann, er sei weniger wert,
obwohl nach ihrer Meinung genau das Gegenteil der Fall
war.

Mit Stormys Hilfe scannte sie ihren Plan in deren win-
zigem Arbeitszimmer hinten im Muschelshop ein und

mailte ihn an Nick Winslow, anschließend gingen sie nach draußen. Im Garten bewunderte Sonja Stormys neueste Arbeiten – Mobiles aus Muscheln und getrockneten Seesternen. Doch ihre Freundin war an diesem Tag nicht so gut gelaunt wie sonst. Mit einem Ächzen ließ sie sich auf einen knallgelben Stuhl fallen.

»Das Geld ist immer so verdammt knapp!«, stöhnte sie und raufte sich das lockige Haar, das ihren Kopf umgab wie ein rotgoldener Heiligenschein. »Die Leute sind nicht bereit, einen angemessenen Preis für meine Mosaike zu zahlen. Sie denken, das Material kostet ja nix, das sammelt sie am Strand ein, und das bisschen Basteln …« Ärgerlich kickte sie ihre ausgetretenen Sandalen von den Füßen. »Dabei bräuchte ich dringend neue Schuhe. Aber meine Tochter hat bald Geburtstag, und ihr möchte ich natürlich auch etwas Hübsches schenken …«

Das Klingeln von Sonjas Handy unterbrach sie. Nick Winslow rief an, er hielt sich nicht mit Vorreden auf.

»Super. So machen wir's! Wann können Sie loslegen?«

»Im Prinzip sofort.«

»Wie lange brauchen Sie?«

»Das kann ich schwer einschätzen.«

»Wäre optimal, wenn Sie's bis zum 1. Juli schaffen könnten«, sagte er. »Da habe ich Geburtstag, der wird immer groß gefeiert.«

»Ich werde es versuchen, Mr. Winslow.«

»Nick, bitte. Wie viel verlangst du?«

»Kann ich auch schwer einschätzen, Nick.«

»Ich hab dir schon mal gesagt, Sunny, so kommst du auf keinen grünen Zweig!«

Sie musste lachen. »Du hast dir doch schon mal zwei Kostenvoranschläge machen lassen. Nimm den Mittelwert, schieß mir die Ausgaben für die Pflanzen und das

Baumaterial vor und versprich mir, dass ich später ab und zu mal Kunden durch deinen Garten führen darf.«

»Du vergisst, dass mir beide Kostenvorschläge zu teuer waren.«

»Du vergisst, dass bei mir die Folgekosten viel geringer sein werden.«

»Oha, Madame versteht ja doch was vom Geschäftemachen!« Er lachte. »Top, wir haben einen *deal*.«

»Einverstanden. Ich komme nächsten Sonnabend. Ab wann bist du ansprechbar?«

»Komm um neun Uhr.«

»Okay, bis dann.« Sonja lehnte sich im Gartenstuhl zurück, schaute gen Himmel und blies ihre Wangen auf. Sie freute sich unbändig, gleichzeitig hatte sie das Gefühl, jetzt voll auf Risiko zu spielen. »Puuh!« Geräuschvoll ließ sie die Luft entweichen. »Was hab ich da gerade getan, Stormy? Ich hab … ich hab keine Ahnung, ob und in welcher Zeit ich das realisieren kann!«

»Deine Augen funkeln, wie ich's bei dir noch nicht gesehen hab, Sunny.« Stormy tätschelte ihre Hand. » *Amazing*. Es muss gut sein!«

»Ja«, erwiderte Sonja grinsend, vor Aufregung auf ihrem Stuhl wippend. »Und für dich steckt auch ein bezahlter Job drin. Ich hoffe, du hast Lust!« Sie erklärte ihr, wie sie sich ungefähr die Umrandung für die gepflasterten Gartenplätze dachte. »Lass deiner Fantasie freien Lauf, sei kreativ!«

»*Yeah!* Vielen Dank. Nichts lieber als das!« Stormy beugte sich über den Tisch, um Sonja einen Kuss auf die Wange zu drücken. »Nick Winslow ist unter der Woche nicht auf Juno Island? Dann fahre ich gleich morgen hin. Ich nehme mir eine Kopie deines Plans mit und schau mir das Ganze mal in natura an.«

»Vielleicht können wir die Steine gemeinsam aussuchen. Aber vorher brauche ich unbedingt einen Laptop mit großem Bildschirm. Sandys PC ist uralt und läuft mit einem anderen Betriebssystem, als ich es gewohnt bin.« Sonja platzte fast vor Tatendrang. »Ich muss recherchieren, nach den richtigen Pflanzen, nach Baumschulen, einem guten Natursteinhändler. Ich brauche einen Minibagger, einen kleinen Raupenlader für die Hügel und sicher auch ein paar Hilfskräfte.«

Stormy hängte ein SORRY-WE 'RE-CLOSED-Schild hinter die Glasscheibe ihres Lädchens, und sie fuhren nach Fort Myers. Dort kauften sie einen Laptop und einen Drucker, dann probierten sie sich in einer großen Shoppingmall durch mehrere Läden mit Outlets. Stormy überredete Sonja, sich neben Arbeitskleidung, Badesachen, Shorts und T-Shirts auch mal ein schönes Sommerkleid zu leisten, und Sonja schenkte Stormy ein neues Paar Schuhe, als sie sich selbst schicke Sandaletten leistete. »Einfach so, aus Freude.«

Während einer Kaffeepause bei AUNTIE ANNE'S PRETZELS, wo es warme knusprige Brezel gab, sprachen sie über Sonjas *auntie* Sandy und wie schön es wäre, jetzt hier mit ihr zu sitzen.

»Sandy, Stormy und Sunny«, witzelte Sonja. »Mit den Namen hätten wir ja direkt den Wetterbericht tanzen können.«

»Jedenfalls, wenn ein sandiger Sturm zu erwarten gewesen wäre, auf den Sonne folgte.« Stormy schmunzelte. »Fehlt nur noch der Regen.« Sie setzte Sonja das Käppi auf, das sie sich für die Gartenarbeit zugelegt hatte.

»Bitte nicht zu viel Sonne«, bat Sonja. »Am besten wäre bedecktes Wetter. Ich werde ganz schön ins Schwitzen kommen.«

»Genialität besteht zu einem Prozent aus Inspiration und zu neunundneunzig Prozent aus Transpiration! Weißt du, wer das gesagt hat?«

»Meine Mutter«, erwiderte Sonja.

Stormy lachte. »*Nope*, Mr. Edison. Der hat hier gleich um die Ecke seine Winter verbracht.« Stormy bestand darauf, ihr, da sie schon mal in der Nähe waren, das Ferienhaus des berühmten Erfinders Thomas Alva Edison zu zeigen. Also machten sie vor der Heimfahrt noch einen Abstecher dorthin. Direkt angrenzend an Edisons Haus hatte dessen Freund Henry Ford, Gründer der Ford Motor Company, seine Winterresidenz errichtet. Zwischen beiden Anwesen erstreckte sich ein wunderbarer botanischer Garten. Die Frauen unternahmen einen Rundgang, mussten sich aber bedauerlicherweise beeilen, weil schon bald Feierabend war. »Na, wie findest du den?«, fragte Stormy stolz.

»Wunderbar!«, erwiderte Sonja. »Dieser Garten folgt, jetzt mal abgesehen von seiner Größe, allerdings einer ganz anderen Grundidee, das ist der Stil der Zwanzigerjahre. Guck mal, diese majestätischen Königspalmen zum Beispiel, die stammen eigentlich aus Kuba. Von Natur aus würden sie hier nicht wachsen. Genau wie dieser gigantische Banyan-Baum, der kommt ursprünglich aus Indien. Und überhaupt erfordert so ein Park eine Heerschar von Gärtnern. Versteh mich nicht falsch, ich finde ihn wirklich auch schön. Ich liebe botanische Gärten, in denen man Pflanzen aus aller Welt sehen kann. Aber nach meiner Meinung gehört die Zukunft den naturnahen Gärten.«

Das Treffen mit Nick Winslow verlief ganz geschäftsmäßig. Er hatte ein unglaublich schickes rotes Fünfzigerjahreauto mit weiß lackierten Einbuchtungen an den Seiten vor der Garage stehen. Corvette C1 stand daran, und auf dem Beifahrersitz wartete schon seine blonde Freundin, angezogen wie Minnie Maus mit einem rot gepunkteten Petticoatkleid. Auch Nick war stilecht im Fifties-Look gekleidet. Das Paar wollte zu einem Oldtimertreffen mit Spaßrallye.

Nick bat Sonja kurz ins Haus, um das Geschäftliche zu regeln. Er lobte erneut ihren Entwurf, und sie freute sich darüber. Sie hatten noch einmal telefoniert und vereinbart, dass die Subunternehmer ihre Rechnungen direkt an ihn schicken konnten. Sonja sollte einen Vorschuss erhalten, der Rest war bei Abnahme in bar fällig. Für die Barzahlung gewährte sie ihm noch einen kleinen Rabatt. Nick händigte ihr nun den Vorschuss aus, was sie formlos auf ihrem Entwurf für die Gartengestaltung quittierte. Sonja hoffte, dass sie später eine offizielle Quittung als die Rechnung Nummer 1 ihrer neu gegründeten Firma ausstellen konnte.

Nick gab ihr eine Liste von Adressen örtlicher Handwerker, mit denen er gute Erfahrungen gemacht hatte. Sie war überschaubar. Zudem vertraute er ihr den Schlüssel für das Poolhäuschen und die Doppelgarage an. In das eine konnte sie sich für eine Pause zurückziehen, im anderen wertvolles Material und Werkzeug lagern. Der Pool blieb während der Woche abgedeckt. Die Paravents aus Treibholz sollte Sonja organisieren, dafür, so sagte Nick mit ehrlichem Bedauern, habe er leider keine Zeit. Er ließ ihr freie Hand.

»Hauptsache, der Garten ist bis zu meinem Geburtstag fertig. Dieses Jahr nulle ich, das wird eine besondere Party!«

Es war nicht so leicht, die gewünschten Arbeitsgeräte zu organisieren. Aber schließlich gelang es doch. Sie konnten vom Festland auf die Insel gebracht werden. Sonja fand einen Zimmermeister, der ihr das Holzdeck, die Meditationshütte und das Gestell für das Tagesbett bauen würde. Allerdings dauerte es eine Weile, bis sie im Internet einen Hersteller entdeckte, der ihr die Dachfolie auf Maß anfertigen konnte. Sie wollte in die dunkel getönte Folie ein Paisleymuster oder Seesterne einstanzen lassen. Das Sonnen- oder vielleicht auch Mondlicht würde dadurch ein märchenhaftes Flair zaubern. Sonja stellte sich den Effekt auf der Haut der Ruhenden ein bisschen so vor wie orientalische Hennazeichnungen, bestimmt sähe das verführerisch aus. Der Folienexperte wollte ihr zwei kleine Musterdrucke anfertigen und zuschicken. Nick sollte selbst entscheiden, was ihm am besten gefiel.

Der Kaufinteressent machte sein Angebot für Sandys Haus – fünfhundertfünfzigtausend Dollar. Sonja schlief in der darauffolgenden Nacht sehr unruhig. Sollte sie akzeptieren, noch ein paar Wochen in Florida genießen und dann doch wieder nach Deutschland zurückkehren? Es wäre das Einfachste. Sie wälzte sich hin und her. Schließlich setzte sie sich auf. Gegen das Betthaupt gelehnt, hörte sie das Meer in der Ferne atmen, sah die Schatten von Palmwedeln an der Zimmerwand tanzen. »Papa«, flüsterte sie, »was würdest du mir raten?«

Auf jeden Fall, das wusste sie, würde er sagen, dass sie das Gartenprojekt nicht abbrechen durfte. Man bringt zu Ende, was man anfängt, hatte er immer gepredigt. Doch er war auch zutiefst seiner Scholle verbunden gewesen. Ob er hätte nachvollziehen können, dass seine Tochter auswandern wollte? Du musst selbst herausfinden, was für dich das Richtige ist. Ja, das hätte ihr Vater gesagt. Es ist dein Leben.

Weil sie wusste, dass sie nicht schlafen konnte, stand Sonja auf und wanderte durchs Haus. In Sandys Schlafzimmer fand sie sich wieder. Sie knipste die Deckenleuchte an, die einen hellen Lichtkegel auf die gelb-weiß gemusterte Tagesdecke warf, und öffnete den Kleiderschrank. Bislang hatte sie sich immer davor gescheut, Sandys Garderobe genauer durchzusehen. Wasserfarben und Rosa-Pink-Töne dominierten. Ihr glitzerte manches Paillettenteil entgegen. Sonja nahm ein festliches Jackett und hielt es sich vor. Überhaupt nicht ihr Stil! Dann ein grünblaues Cocktailkleid mit Schulterpolstern, das aus den Achtzigern stammen musste. Könnte sogar passen, dachte Sonja, während die Baumwollhosen und Blusen, die ihre Tante in ihren letzten Jahren wohl hauptsächlich getragen hatte, für sie zu kurz, zu weit und zu altmodisch waren.

Sie probierte einen pink-weiß-grau karierten Wollmantel im Sechzigerjahrelook an. Er stand ihr hervorragend. Dann entdeckte sie ein seidenes Etuikleid im gleichen Muster, elegant und glamourös zugleich. Es saß perfekt. Sonja drehte sich entzückt vorm Spiegel hin und her. Hatte sie selbst je ein so schönes Kleid besessen? Abgesehen von ihrem Hochzeitskleid eigentlich nicht. Wo hätte sie es auch tragen sollen?

Alle Sachen rochen muffig nach Schrank, Körperpuder und fast verduftetem L'AIR DU TEMPS, anscheinend Sandys Lieblingsparfüm. Im Bad standen noch Flakons in verschiedenen Größen, alle mit dem geflügelten Glaspfropfen wie eine Skulpturensammlung. Man müsste den Kleiderschrank bei Tageslicht ausmisten, dachte Sonja. Sie nahm sich vor, sorgfältig zu sortieren, was sie wegwerfen, spenden oder behalten wollte.

Als sie das Kleid und den Mantel zurückhängte, fiel ihr eine große Pappschachtel auf, die unten im Schrank stand, wahrscheinlich ein Hutkarton. Sie zog ihn hervor und nahm den Deckel ab.

»Ach!«, entfuhr es ihr.

Der Karton war bis oben hin gefüllt mit privaten Unterlagen.

Sonja setzte sich aufs Bett und breitete die Papiere um sich herum auf der Tagesdecke aus. Sie schaltete die Nachttischlampe an, um besser lesen zu können. Da war ein handgeschriebener Brief, datiert vom März 1973. Dem Briefkopf war zu entnehmen, dass es sich um den Geschäftsführer von Paradise World handelte, Sandys letztem Arbeitgeber. Er bedauerte, dass sein Themenpark für immer die Pforten schließen musste. Ihr Boss gab Disney World die Schuld am Niedergang seines Parks. Die Leute, so schrieb er, wollten seit Disneys Eröffnung keine botanischen Gärten und Wassershows wie früher mehr sehen, sondern modernes Entertainment mit Micky Maus und Co. *Immerhin, liebe Sandy,* schrieb er zum Schluss, *ist es mir ein Trost zu wissen, dass Du in Deinem Häuschen auf Dolphin Island eine Pension eröffnen kannst und dass Tom Dich an unsere schöne Zeit erinnern wird. Dank Dir für all die Jahre voller Leidenschaft für unser legendäres Wasserballett, voller Spaß und Freundschaft!*

Meine Güte! Sonja rechnete nach. Dann musste der Kakadu wirklich schon ein alter Knabe sein. Um die fünfzig mindestens. Lorraine hatte ihr neulich erzählt, das manche Papageien ebenso alt wie Menschen wurden. Gähnend arbeitete Sonja sich weiter vor und stieß auf die Thunderbird-Betriebsanleitung. Da würde sich aber jemand freuen! Und dann rutschte ihr aus einem Stapel von Garantiescheinen, Briefen aus Deutschland und Versicherungsnachweisen etwas entgegen, das sie sofort hellwach machte – eine angeknitterte Kladde mit schwarzem Kunstlederumschlag und der hellen Prägung DIARY 1952. Sonja holte tief Luft. Sie schaute kurz hinein, es war wirklich Sandys Tagebuch! Die Einträge begannen im März 1952 und reichten bis zum Februar 1953, Sandy hatte darüber immer nur den Monat notiert, nicht den Tag.

Bevor Sonja mit dem Lesen begann, holte sie einen Roséwein aus dem Kühlschrank, schenkte sich ein großes Glas ein und legte eine Langspielplatte von Al Martino auf. Dann machte sie es sich im Schneidersitz auf Sandys Bett gemütlich.

7

März 1952

*Jimmy Parks guckt immer wieder bei unseren Dreharbeiten
zu. Elly (unser Mädchen für alles am Set) meint, er sei in
Miss Williams verknallt. Die beiden haben schon miteinander
gearbeitet, deshalb darf er überhaupt nur rein. Aber ich bil-
de mir tatsächlich ein, dass er meinetwegen kommt. Er spielt
gerade selbst in einem der Studios nebenan als Partner von
Lana Turner. Immer wenn sich unsere Blicke treffen, lächelt
er mich an. Nein, das stimmt nicht. Heute hat er aufgehört zu
lächeln, als ich ihn ansah (obwohl ich mir fest vorgenommen
hatte, es nicht zu tun – ich weiß doch, dass er ein Schürzen-
jäger und verheiratet ist). Er hat mir sehr ernst so tief in die
Augen gesehen, dass mich sogar im geheizten Pool schauderte.
Mir war, als würde er mich genau kennen, als könnte er bis
in den tiefsten Winkel meiner Seele blicken.*

*Ich will nicht an ihn denken. Auf dem Gelände gehe ich
ihm aus dem Weg.*

*Miss Williams soll eine Affäre mit Victor Mature, unserem
Hauptdarsteller, haben. Das finde ich nicht gut. Schließlich
sind beide verheiratet. Elly lacht mich aus. Sie sagt, ich sei
hinterwäldlerisch. Hier in Hollywood würde jeder mit jedem
schlafen, wegen der Karriere und wegen der vielen Gelegenheiten und weil so viele Menschen hier entweder besonders
schön oder besonders mächtig sind. Hier herrschen andere
Regeln als auf dem Lande. Die Scheidungsraten sind aller-*

dings enorm. In Deutschland ist man gesellschaftlich erledigt, wenn man geschieden ist, da gilt man als charakterlich nicht einwandfrei. Hier sind mehrere Ehen fast normal. Und wir alle stürzen uns jede Woche auf die neuen Ausgaben von Variety und Hollywood Reporter, um den Klatsch über echte oder angebliche Romanzen der Stars zu lesen.

Elly sollte etwas für Lana Turner aus der Künstlergarderobe holen. Die liegt genau neben der von Miss Williams, und Elly hat beobachtet, wie sie, also Miss Williams, Victor Mature nebenan nach einem Klopfzeichen schnell heimlich in ihre Garderobe hineinließ. Heute haben die beiden eine heiße Liebesszene gespielt. Das ging dann wohl privat weiter. Elly jedenfalls hat ein leeres Glas gegen die Wand gepresst und gelauscht. Sie schwört, dass die Geräusche eindeutig waren. Es soll sehr leidenschaftlich zugegangen sein.

März 1952

Esther Williams hat sich beinahe das Genick gebrochen! Um ein Haar wäre sie jetzt tot oder gelähmt. Bei dem großen Kopfsprung mit der Krone sind drei Halswirbel angebrochen! Die arme Frau muss nun monatelang ein Gipskorsett tragen.

April 1952

Die Dreharbeiten sind erst mal unterbrochen. Dabei fehlen nur noch wenige Szenen. Der Regisseur hat versucht, sie mit anderen Schwimmerinnen als Double zu drehen. Leider sind Sprechszenen dabei. Sie haben auch Probeaufnahmen mit mir gemacht, aber mich abgelehnt. Mein Englisch klingt immer noch zu ostpreußisch, trotz des teuren Sprachunterrichts. Ich *rolle das R falsch, da kann ich mich noch so abmühen, und die Satzmelodie will auch nicht richtig klingen. Damit dürfte klar sein, dass es nichts wird mit einer Karriere als Schauspielerin. Jedenfalls nicht die nächsten zwanzig Jahre. So lange würde ich nämlich brauchen, bis ich sprechen könnte, als hätte ich eine heiße Kartoffel im Mund. Das ist eine schwere Enttäuschung.*

Arme Sandy! Sonja nahm einen großen Schluck. Der Wein kitzelte ihren Gaumen, machte Appetit auf etwas Pikantes. Sie stand auf, holte sich eine Packung Cracker und etwas gewürfelten Käse auf einem Teller, den sie auf den Nachttisch stellte. Schnell warf sie sich noch ihren Bademantel über. Sie öffnete das Schlafzimmerfenster, um die milde Nachtluft hereinzulassen und während Al Martino zu Mandolinenklängen *I Can't Get You Out of My Heart* schmachtete, setzte sie sich wieder auf Sandys Bett, stopfte sich ein Kissen in den Rücken und las gespannt weiter.

Mai 1952

Inzwischen finde ich das mit dem Sprechen und dass ich nie als Schauspielerin Karriere machen werde, nicht mehr so schlimm. Am liebsten schwimme ich doch. Sobald die Kamera mir zu nahe kommt, fühle ich mich bedrängt. Man muss aber mit ihr flirten mögen, wenn man Erfolg haben will. Hab meine Probeaufnahmen gesehen. Ich bin immer einen Schritt zurückgegangen, ausgewichen, hab den Kopf weggedreht oder künstlich gelächelt.

Wenn ich doch einfach immer nur schwimmen könnte. Am liebsten im Meer, wo es warm ist! Es muss nicht vor der Filmkamera in einem Hollywoodpool sein.

Jimmy Parks hat sich schon eine Weile nicht mehr blicken lassen. Das ist auch gut so.

Zurzeit diverse Statistenrollen und stundenweise Aushilfsjob als Verkäuferin von Donuts.

Juni 1952

War heute mit Dotty und Elly im Commissary. Ist eigentlich zu teuer für uns (aber dann essen wir eben den Rest der Woche Käsetoasts). Ein modernes Restaurant auf dem Studiogelände mit weiß eingedeckten Vierertischen, gewissermaßen die Kantine der MGM-Stars. Hier kann man alle treffen, die wichtig sind oder es werden wollen. Es ist Sitte, dass man nach dem Essen ein Tisch-hopping macht. Also, jeder setzt sich immer mal einen Tisch weiter und begrüßt Bekannte und kommt mit anderen Leuten ins Gespräch. Meist geht's um neue Filme und Besetzungslisten. Ich war leider zu schüchtern und bin an meinem Platz geblieben, Elly und Dotty dagegen haben mitgemacht und sich herrlich amüsiert. Jedenfalls hörte ich die beiden, während ich mich an meiner Coca-Cola festhielt, immer mal wieder in dem großen Speisesaal lachen.

Es kamen auch ein paar Leute an meinen Tisch. Aber sobald sie merkten, dass ich nicht berühmt oder wichtig bin, erlosch das Feuer in ihren Augen, und sie sind weitergehoppt. Dann hörte ich auf einmal eine angenehme Männerstimme hinter mir. »Hallo, Sandy, wie geht's dir heute?« Es war Jimmy Parks! Er hat einfach neben mir Platz genommen. Ich fragte ihn, woher er meinen Namen wüsste, und er sagte, er wisse noch viel mehr über mich. Meine Augen würden es ihm verraten. Wie mein Herz da klopfte! Mir war flau im Magen, und ich bekam Angst, dass meine Lider vor Aufregung flattern.

Ich weiß gar nicht mehr genau, worüber wir uns eigentlich

unterhalten haben. Über Verfilmungen von Hemingway-Romanen, glaub ich. Irgendwas Belangloses. Wichtig war das, was ungesagt blieb.

Juli 1952

Heute mit Dotty und Elly am Strand von Santa Monica. Jimmy Parks und zwei seiner Freunde hatten uns zu einem Motorbootausflug eingeladen. Hab Unterricht im Wasserskifahren bekommen, angeblich bin ich talentiert. Anschließend beim Schwimmen und Sonnen Gespräch mit Jimmy über seine künstlerischen Ansichten. Er ist nicht so oberflächlich wie die meisten Schauspieler in Hollywood. Man sagt ihm nicht zu Unrecht eine Art Magnetismus nach. Als er mir erklärte, wie er sich auf seine Filmrollen vorbereitet, habe ich etwas von dieser Magie gespürt. Da lag aber auch etwas Animalisches in der Luft, das mir Angst macht. Jimmy hat schöne feingliedrige Hände. Oft spielt er in seinen Filmen den Draufgänger. Die wahren Helden allerdings, sagt er, die müsse man mit Demut spielen.

Ich hab ihm von meiner Kindheit in Ostpreußen erzählt, wie die Elche manchmal über die Wanderdüne guckten, wenn wir auf der Kurischen Nehrung nackt gebadet haben. Und von unserer Flucht. Darüber schweige ich sonst hier in Amerika. Jimmys hellgrüne Augen haben mich hypnotisiert.

August 1952

Er wollte mich küssen. Ich habe ihn zurückgestoßen und ihm erklärt, dass ich aus Deutschland ausgewandert bin, weil mir eine andere den Mann ausgespannt hat, mit dem ich schon so gut wie verlobt war. Und dass ich mir geschworen habe, niemals einer anderen Frau, egal ob ich sie persönlich kenne oder nicht, etwas Ähnliches anzutun.

Er sagte, seine Frau neige zur Melancholie. Das sei krankhaft, verlaufe schubweise, und wenn er sie verlassen würde, könne es noch schlimmer werden. Er hat zwei kleine Kinder, die er liebt. Und das Studio vermarktet ihn als den Schauspieler mit der glücklichen Familie. Sein Erfolg steht auf dem Spiel, wenn sich an diesem Image etwas ändern würde. »Ich habe mich in dich verliebt, Sandy«, hat er gesagt. »Und ich verspüre große Lust, dich richtig zu lieben.« Ich höre seine Worte immerzu, egal wo ich bin.

Drei Mal habe ich ihm gesagt, dass es nicht geht. Er soll mich nicht mehr abpassen. Er hat es versprochen. Jetzt sitze ich hier und heule.

August 1952

Es ist passiert. Ich kam nicht dagegen an. Es ist eine Naturgewalt. Ach, mit Worten vermag ich es nicht auszudrücken. Wie kann es sein, dass schon einmal andere Menschen vor mir so etwas erlebt haben? Das müsste man doch in die Welt hinausschreien! Die Menschheit müsste von nichts anderem mehr reden! Es ist so unglaublich. Alles verändert sich. Das Grün ist grüner, die Vögel singen herrlicher, die Häuser, die ich vorher schon tagtäglich gesehen habe, verfügen plötzlich über viel mehr architektonische Finessen.

Es ist nachts am Strand passiert. Erst haben wir getanzt, zu Musik aus dem Autoradio. Jetzt weiß ich, was meine kleine Schwester erlebt hat. Ich kann ihr nicht mehr böse sein.

Sonja unterbrach ihre Lektüre kurz. Was für ein Satz! Er würde ihre Mutter sehr erleichtern. Seit fünfundsechzig Jahren stand er hier, dieser Satz. Fertig, aber nicht abgeholt, sozusagen. Ihn nicht zu kennen hatte ihre Mutter bis zum heutigen Tag an ihrem schlechten Gewissen leiden lassen. Wie traurig das war.

September 1952

Es geht nicht. Er ist verheiratet. Ich will das nicht. Hab ihm gesagt, dass ich ihn nicht mehr sehen möchte.

Oktober 1952

Endlich einmal wieder etwas zum Freuen, aber so richtig spüren kann ich die Freude noch nicht. Miss Williams ist wieder ganz gesund. Sie dreht gerade die letzten Szenen für Million Dollar Mermaid *nach. Und ich bin für den nächsten und übernächsten Film mit ihr gebucht! In* Dangerous When Wet *wollen sie etwas technisch ganz Neues ausprobieren, eine echte Tauchszene mit einem Zeichentrickfilm kombinieren. Der andere Film soll* Easy to Love *heißen und vor allem in Florida gedreht werden. Bin schon sehr gespannt auf Cypress Gardens. Elly war schon mal im Urlaub dort. Sie sagt, es sei paradiesisch. Trainiere jetzt auch regelmäßig auf Wasserskiern.*

Oktober 1952

Er hat mir doch wieder aufgelauert. Ich sah schrecklich aus, weil ich in letzter Zeit so viel weinen musste. Hatte extra

versucht, mir mit einem kleinen Pferdeschwanz und einem
Nickituch um den Hals einen fröhlichen Ausdruck zu verpas-
sen, es war wohl trotzdem nicht zu übersehen. Als Jimmy fragte, ob es mir schlecht ginge, habe ich behauptet, dass ich nur
schlecht geschlafen hätte. »Wenn du nicht schlafen kannst«,
sagte er leise, »dann ist es deshalb, weil du gerade im Traum
eines anderen Menschen lebendig bist.« Seine Frau ist in eine
Nervenklinik eingeliefert worden, sie hat wieder einen melan-
cholischen Schub. Er war bei einem Wahrsager, zu dem viele Stars gehen. Der hat ihm geraten, nichts Unüberlegtes zu
tun. Es kommt angeblich eine schwierige Phase auf ihn zu. Ich
halte nichts von Hellsehern aller Art. Hab nach dem Krieg in
Deutschland zu oft erlebt, wie Scharlatane sich an der Not
und Verzweiflung der Bevölkerung bereichert haben.

November 1952

Eine gestohlene Woche, Liebesnest am Lake Arrowhead. Wir
haben das Bett kaum verlassen. Mal bin ich selig, mal fühle
ich mich schrecklich schuldig.

November 1952

Am liebsten würde ich sie umbringen, diese hinterlistige
Schlange! Eine Journalistin, die sich neulich bei der Studiopar-
ty noch so liebenswürdig mit mir unterhalten und Interesse an
meiner Arbeit geheuchelt hat, wollte mich nur aushorchen! Ich
dumme Kuh erzähle ihr auch noch, wie großartig ich es finde,
Geld fürs Schwimmen zu bekommen, und dass ich nun auch
das Wasserskilaufen für mich entdeckt habe. In der neuen
Variety steht jetzt: »Ein Vögelchen hat mir gezwitschert, dass

ein verheirateter Star, dessen Nachname mit P. beginnt, bei ei-
nem deutschen Starlett mit Schwimmhäuten Privatunterricht
im Kraulen nimmt.« Es ist eine solche Frechheit! Wir werden
beide ständig darauf angesprochen, entweder besorgt oder hä-
misch. Jimmys PR-Agent hat sofort gegenüber der Presse er-
klärt, dass uns nichts anderes als ein freundschaftliches Ver-
hältnis und das Interesse am Wassersport verbindet.

Sonja stellte es sich grauenvoll vor, ständig unter Beobach-
tung zu stehen. Und dieses zuckersüße verlogene Getue
in Hollywood – da lobte sie sich doch ihre Gärtner! Die
waren handfest und geradeheraus.

Dezember 1952

Der Film Million Dollar Mermaid *ist am 5. 12. in New York*
gestartet und kommt beim Publikum riesig an!

Heiligabend 1952

Wir haben uns getrennt. Diesmal wirklich für immer.

Februar 1953

Bin jetzt in Florida. Wir drehen in Cypress Gardens Easy to
Love. *Mit achtundsechzig Wasserskiläufern aus aller Welt,*
die für eine atemberaubende Schlussszene von acht Motor-
booten nebeneinander über den See gezogen werden. Ich bin
auch dabei! Wir umkurven Wasserzypressen und machen
halsbrecherische Sprünge. Dazu donnern Fontänen aus vollen

Rohren. Die neueste Sensation: Miss Williams ist schwanger!
Deshalb sind alle Zeitpläne und Abfolgen geändert worden.
Zuerst sind jetzt sämtliche Szenen im Wasser dran. Sie müssen im Kasten sein, bevor sich bei unserer Hauptdarstellerin das Babybäuchlein abzeichnet. Ihr Sprung aus dem Hubschrauber soll gedoubelt werden.

Sie haben eigens für diesen Film einen riesigen Swimmingpool in der Form Floridas gebaut. Die regulären Aquashows in Cypress Gardens laufen weiter. Jeden Tag kommen Tausende Besucher. Sie setzen sich auf den Rasen und gucken uns bei den Dreharbeiten zu.

Alles ist gigantisch! Die Schönheit dieses botanischen Gartens, der Aufwand für den Film – und meine Sehnsucht nach Jimmy!!! Manchmal habe ich das Gefühl, ich sterbe ohne ihn. Die Unruhe, das Sehnen, Vermissen, Gieren nach dem, was fehlt, es quält mich Tag und Nacht, meinen Leib, meine Seele. Aber ich kann nicht zurück. Es ist aus. Vorbei. Auch seinetwegen muss ich hart bleiben. Denn wenn das mit uns wirklich an die Öffentlichkeit käme, wäre es katastrophal für seine Karriere.

Nur bei der Arbeit kann ich manchmal für kurze Zeit alles vergessen. Der Besitzer von Cypress Gardens sucht ständig gute Schwimmerinnen für seine Aquamaid-Shows. Ich glaube, ich werde mich bewerben und in Florida bleiben. Es ist besser, wenn ich nicht jeden Tag damit rechnen muss, dass ich Jimmy über den Weg laufe. Wieder einmal mache ich einen Schnitt.

Cut!

Hier hörte das Tagebuch auf. Ach, liebe Sandy, dachte Sonja, wie gern würde ich mich jetzt mit dir unterhalten! Wie ist es dir weiter ergangen? Bist du standhaft geblieben? Hast du Jimmy je wiedergesehen? Haben sie *dich* den Sprung vom Hubschrauber ins Wasser machen lassen? Sonja blätterte das Tagebuch vorsichtig bis zu Ende durch, um sicherzugehen, dass ihre Tante tatsächlich nicht weitergeschrieben hatte. Eine Postkarte fiel heraus. Sie war offenbar in einem Briefumschlag verschickt worden, denn die große, energische Männerhandschrift ging auch über das Adressfeld.

Liebste Sandy, Du fehlst mir Tag und Nacht und Tag und Nacht und ewig!, las Sonja. *Ich bin immer noch derselbe Mann, der ich war, als wir uns ineinander verliebt haben. Und jetzt soll ich dafür so grausam bestraft werden? Liebe ist doch das kostbarste Geschenk. Es muss eine andere Lösung geben! Love, Love, Love … Jimmy*

Sonja wischte sich eine Träne von den Wimpern. Ach Sandy, dachte sie, ich kann dich so gut verstehen! Wie tapfer von dir, einen harten Schnitt zu machen. Weißt du, ich versuche auch gerade, meine große Liebe zu vergessen. Dein Jimmy hat dich wenigstens nicht betrogen wie Michael mich. Macht es das leichter oder schwerer?

Der Wein wirkte. Beschwipst schaute Sonja auf die Uhr. Es war fünf Uhr morgens, sie zählte an den Fingern sechs Stunden weiter – elf Uhr vormittags in Deutschland. Da konnte man anrufen. Sie wählte die Nummer ihrer Mutter.

»Mama, Sandy hatte eine ganz andere große Liebe«, fiel sie mit der Tür ins Haus. »Ich hab ihr Tagebuch von 1952 und 1953 gelesen. Ihre große Liebe war ein verheirateter Schauspieler. Jimmy Parks.«

»Ach«, sagte ihre Mutter überrascht. »Ich weiß gar nicht, was ich sagen soll. Bist du dir sicher?«

»Ja. Ich habe es schwarz auf weiß gelesen.«

»Kannst du mir … kannst du mir das Tagebuch vielleicht schicken? Oder fotokopieren?«

»Ja, klar. Das mach ich. Aber ich les dir jetzt schon mal was vor.« Sonja trank das letzte Schlückchen Wein und trug ihrer Mutter langsam die beiden Sätze vor, die ihr wahrscheinlich das Herz leichter machen würden. *»Jetzt weiß ich, was meine kleine Schwester erlebt hat. Ich kann ihr nicht mehr böse sein.«*

Sie hörte einen tiefen Atemzug. Am anderen Ende blieb es einige Sekunden lang still. »Danke, mein Kind«, sagte ihre Mutter dann. »Ich danke dir. Und … ich hoffe, du trinkst keinen Alkohol am Vormittag.«

»Ach, Mama!« Sonja musste lachen. »Du vergisst immer die Zeitverschiebung. Hier ist es fünf Uhr morgens.«

»Solltest du um diese Zeit nicht längst im Bett sein?«, mahnte die Mutter daraufhin, doch es war liebevoll, sogar etwas selbstironisch gemeint.

Es gehörte zur lebenslangen Mutterrolle, so etwas zu sagen. In diesem Moment musste sie wohl selbst darüber lächeln. Sonja kannte jede Nuance in der Stimme ihrer Mutter und hörte jedes Augenzwinkern mit.

»Ich hab dich auch lieb, Mama.«

Noch bevor Sonja ganz wach war, spürte sie es deutlich. Ihr Bauchgefühl sagte Nein. Sie wollte das Kaufangebot nicht annehmen. Zu sehr lockte sie inzwischen das Neue, trotz aller Risiken. Die Idee, Dünengärten zu erschaffen, eine Inselgärtnerin zu werden, ging ihr einfach nicht aus dem Kopf. Wenn sie ans Planen und Gärtnern dachte, vor allem an einem Ort so weit von Deutschland entfernt, dachte sie nicht an Michael. Sie könnte ihre Wohnung vorerst untervermieten – Anna, die ihre Zweitschlüssel hatte, würde das sicher für sie regeln –, und es einfach

ausprobieren. Ob sie für immer bleiben wollte, das konnte sie jetzt noch nicht sagen. Das musste sie ja auch nicht.
Der Tagebuchfund bestärkte sie. Auch ihre Tante hatte einen klaren Schnitt gemacht und woanders ganz neu angefangen. Zwei Mal sogar.

Der Makler konnte ihre Ablehnung des Kaufangebots
gut verstehen, er vertrat auch die Meinung, es ließe sich
mit Geduld ein deutlich besserer Preis erzielen. Sonja
überlegte, ob sie den Verkaufsauftrag ganz zurückziehen
sollte. Aber das erschien ihr dann doch zu überstürzt.

Ebenso wie die Kakadufrage verdrängte Sonja es, ihre
Geschäftsidee konsequent zu Ende zu denken. Angenommen, alles liefe bestens und sie könnte auf Sandys Land
Dünenpflanzen züchten und in Sandys Haus leben, woher
sollte sie dann das Geld für die Investitionen nehmen, für
die laufenden Kosten, für die Mitarbeiter? Anderseits ...
Angenommen, sie würde verkaufen und hätte genügend
Geld, wo sollte sie dann wohnen und wo ihre Gärtnerei
betreiben? Sicherlich bräuchte sie dafür auch eine Arbeits-
genehmigung. Wo bekam man die, und welche Vorausset-
zungen musste sie dafür erfüllen?

In Sonjas Hirn herrschte Aufnahmestopp für Sorgen
und Bedenken. Eines nach dem anderen, sagte sie sich.
Erst einmal wollte sie schauen, wie sich das Winslow-Pro-
jekt entwickelte. Die Koordinierung der Arbeitsschritte
verlangte ihre ganze Aufmerksamkeit.

Lorraine kam jeden Tag kurz vorbei. Manchmal brachte
sie Tom oder Jerry auf ihrem Arm sitzend mit. »Jerry durfte früher immer frei fliegen«, erzählte sie. »Deshalb leider
auch die Nagespuren und Einkerbungen im Wohnzimmer
überall. Die große Voliere stand auf der Veranda hinter
der Garage.«

»Ach, mir sind schon die Spuren dort aufgefallen.«

»Sandy ließ Jerry auch im Garten frei herumfliegen. Sie wusste, das Weibchen würde wieder zu Tom zurückkehren. Aber« – sie warf einen erbosten Blick in Richtung Cyrus Needs Grundstück – »... der liebe Nachbar fühlte sich bedroht oder gestört oder was weiß ich. Er schoss mit einem Gewehr auf Jerry. Sie stürzte ab, konnte sich mit letzter Kraft in Sandys Garten retten. Ihr Flügel ist zertrümmert. Seitdem kann auch sie nur noch hüpfen und klettern. Zwischen Sandy und Cyrus herrschte Feindschaft, absolute Funkstille.«

Zwar fand Sonja die Vögel immer noch etwas unheimlich, aber einfach auf sie schießen, das war ja wirklich die Höhe! Dieser Giftzwerg!

Sonja dachte an ihr nächstes Treffen mit Nick Winslow. Es konnte sicher nicht schaden, wenn sie einen besseren Haarschnitt hätte. Um zu zeigen, dass sie ein Mensch mit Gespür für Ästhetik war. Nicht, dass ihr Auftraggeber noch Zweifel bekam! Und so bat sie Lorraine, ihr die Haare zu schneiden.

»Endlich!«, rief die neue Freundin erleichtert. »Vertrau mir!«

An diesem Tag war die Luft so schwül und drückend, dass sie zum Schneiden lieber in Lorraines klimatisiertes Haus gingen. In ihrer gemütlichen Küche schnitt sie häufiger ihren Privatkunden die Haare. An der Wand neben der Küchentür hing ein großer Spiegel, der Stuhl, auf dem Sonja Platz genommen hatte, ließ sich in der Höhe verstellen.

Lorraine drehte sich das Haar rasch im Nacken zu einer eleganten kleinen Schnecke zusammen, bevor sie Sonja einen Frisierumhang umband. »Dann kann ich besser arbeiten«, erklärte sie. Während sie schnitt, plauderten sie über dieses und jenes. Sonja vertraute ihr in groben Zügen ihre private Situation an. Lorraine erzählte von ihrem früheren Leben in Baltimore. Und ganz unvermittelt sagte sie diesen Satz: »Ich habe meinen Mann nie geliebt.«

»Nie?«, fragte Sonja. »Nicht mal, als ihr geheiratet habt? Warst du schwanger, musstest du ihn heiraten? Oder hast du einen anderen geliebt?«

Lorraine schüttelte den Kopf. »Ich wollte endlich irgendwohin gehören. Ich war schon Ende zwanzig, und die große Liebe …« Sie schnalzte mit der Zunge. »Für mich hat's die nie gegeben. Ich hab gewartet und Ausschau gehalten, aber sie kam einfach nicht. Vielleicht bin ich zu realistisch, vielleicht guck ich zu genau hin.«

Sonja erschütterte dieses Bekenntnis. Wie traurig! Ihr Liebeskummer tat zwar immer wieder höllisch weh, aber die Vorstellung, davon verschont worden zu sein um den Preis, nie dieses Flattern im Bauch, die weichen Knie, die Seligkeit und später dieses tiefe innige Gefühl der Verbundenheit erlebt zu haben, all das, was ihr die Liebe zu Michael doch auch geschenkt hatte … Nein! Sie würde es nicht ungeschehen machen wollen. Es war ein Teil ihres Lebens, eine Bereicherung. Das alles hatte Lorraine nie gehabt. Sonja schloss schnell die Augen, damit Lorraine nicht darin lesen konnte. Sie wollte sie nicht in Verlegenheit bringen.

Ihre Nachbarin redete jedoch munter weiter. »Man liest es immer wieder, man sieht es in Filmen, hört es in Liedern, manchmal sieht man Paare, die sich wirklich lieben so wie Etta und Ranger … Aber ehrlich, *sweetheart*, ich habe trotzdem meine Zweifel daran, dass sie existiert, die große Liebe. Jedenfalls nicht für Frauen wie mich.«

»Man soll niemals ›nie‹ sagen«, erwiderte Sonja ohne große Überzeugung.

Lorraine stutzte kurz, dann lachte sie. »Mach dir keine

Sorgen. Ed und ich waren Kumpel, ein gutes Team, das ist viel wert. Manchmal glaube ich sogar, das ist besser als Leidenschaft, die ja bekanntlich doch nur Leiden schafft.« Sie wuschelte mit fünf Fingern locker durchs feuchte Haar, um den natürlichen Fall zu prüfen.

»Etta und Ranger haben eine putzige Art, sich ihre Liebe zu zeigen«, bemerkte Sonja.

Lorraine arbeitete in das Haar vorn und an den Seiten Schaumfestiger ein, etwas, das Sonja sonst nie machte. »Etta war schwer krank, sie hat sehr gelitten«, vertraute Lorraine ihr an. »Sie war immer eine schlagfertige, geistreiche Frau. Leider ist das beinahe alles, was ihr noch geblieben ist. Sie hasst es, bemitleidet zu werden. Sprich sie bloß nicht auf ihre Krankheit an!«

»Oh! Nein, natürlich nicht. Krebs?«

Lorraine nickte. »Sie ist operiert, hat Chemo und Bestrahlung hinter sich, muss alle drei Monate zur Kontrolle.«

»Oje, das große Zittern …«, sagte Sonja.

»Genau. Dass Ranger mit seinen Witzen keine Rücksicht auf Etta nimmt, ist gerade ein Akt der Liebe. Sie würde es nicht anders wollen.«

»Ach so.« Wie traurig, und wie rührend! Lorraine schob mit sanftem Druck Sonjas Kopf nach unten, um die Frisur in Form zu föhnen. Die warme Luft im Nacken hatte etwas Tröstliches. Schließlich drückte Lorraine ihr einen Spiegel in die Hand und drehte den Stuhl. »Wow!«, sagte Sonja verblüfft. Sie betrachtete sich von hinten. Dieser Schnitt passte perfekt zu ihrer Kopfform, zu ihrem Typ.

»Cool, modern, mit Esprit und dennoch zeitlos elegant«, sagte Lorraine im Tonfall eines Wettkampfrichters beim Frisurenwettbewerb. »Gina Lollobrigida hat den *Italian haircut* in den Fünfzigern nach Hollywood gebracht, kurz und lockig, Liz Taylor trug ihr Haar eine Weile so, dann Kim Novak, Doris Day, später etwas abgewandelt auch Shirley Bassey. Du kannst, wenn du Lust hast, sogar an den Schläfen Herrenwinker formen. Dadurch wird es mehr *Sixties style*.«

»Das Streifenhörnchen ist weg«, stellte Sonja erfreut fest, als sie sich von vorn begutachtete. Das durchgestufte Haar war aus dem Gesicht frisiert, es wirkte voller und welliger als vorher.

»Zum Glück hat dein Haar von Natur aus Spannkraft, brauchst es nur beim Trocknen etwas zu kneten. Wenn du am Hinterkopf toupierst, peppt es noch mehr«, schlug Lorraine vor. »Muss aber nicht sein. Du kannst es auch einfach mit beiden Händen verwuscheln.«

»Ja«, rief Sonja, »das sieht richtig gut aus. Super! Ich danke dir!« Sie fragte Lorraine nach ihrem üblichen Obolus, doch die bat nur, dass Sonja sich einmal ihre etwas mickrigen Frangipani anschaute, die einfach nicht richtig gedeihen wollten.

»Früher haben sie immer so schön geblüht und geduftet. Ich weiß nicht, was ihnen fehlt.«

Sonja verstand in diesem Moment, dass auf Dolphin Island vieles über Tauschgeschäfte lief. Sie ging gleich nach draußen, um die Pflanzkübel zu prüfen.

»Deine Frangipani haben nasse Füße, das mögen sie nicht«, stellte sie fest. »Sind wahrscheinlich während deiner Abwesenheit zu eifrig gegossen worden.« Sie bewegte ihren Kopf vorsichtig nach rechts und nach links, mit der neuen Frisur fühlte er sich leichter an. Vor allem aber fand sie sich zum ersten Mal seit Monaten endlich mal wieder halbwegs attraktiv. »Du kannst deinen Frangipani auch noch etwas phosphatreichen Dünger geben«, riet sie Lorraine, »dann blühen sie wieder fleißig.«

Auf Lorraines Drängen hin nahm Sonja, obwohl sie sich am liebsten nur um das Winslow-Gartenprojekt gekümmert hätte, an der Führung durch das Naturschutzgebiet teil, die Ranger anbot. »Er wird sich bestimmt freuen«, hatte Lorraine gesagt. »Außer in der Hauptsaison kommen nämlich nur wenige Besucher, und es liegt ihm so am Herzen.«

Sonja fand sich pünktlich am Treffpunkt ein. Der frühere Hochschullehrer hatte sich enorm in das Thema Naturschutz eingefuchst. Während sie ihm mit acht weiteren Besuchern auf einem Holzbohlenweg über zahlreiche Brücken in den dichten Mangrovenwald folgte, erklärte er dessen Besonderheiten. Dass es rote, schwarze und braune Mangroven gebe und dass sie mit ihren Wurzeln im Salz- und im Brackwasser stehen könnten und das Land bei Stürmen festhielten. Sonja langweilte sich etwas. Es roch schlammig, nach Sumpf und Moder, aber auch süßlich. Die Moskitos nervten, und sie krempelte die langen Ärmel ihrer dünnen weißen Bluse hinunter. Zwei Alligatoren lauerten in einem Geflecht aus hohen Stütz- und Luftwurzeln – nur mit den Augen überm Wasser. Ranger berichtete, dass seit einiger Zeit Unbekannte illegal Jagd auf die Echsen machten.

»Im vergangenen Jahr ist unser letztes Floridakrokodil verschwunden. Ich vermute, das geht auch aufs Konto der Wilderer! Die Wagenspuren sind identisch.«

»Können die Alligatoren auch im Meer nach mir schnappen, wenn ich bade?«, fragte ein vielleicht zehnjähriger Junge mit großen Augen. Ranger beruhigte ihn. »Sie leben nur im Süßwasser. Fütter sie nie und häng deine Hand nie in einen Tümpel. Dann passiert dir auch nichts.«

Sie beobachteten Schwärme von Kranichen, Reiher, Rosapelikane und sogar einen hoch über ihnen kreisenden Weißkopfadler. Bald klebte Sonja die Bluse am Rücken, zwischen ihren Brüsten lief ein Rinnsal. Die Schwüle brachte alle Teilnehmer ins Schwitzen.

Sie durchstreiften auch jenen Teil des Naturschutzgebietes, der schon trockener war. Er grenzte an Sandys Land. An mein Land, dachte Sonja. Sie sah kräftigen Strandhafer, der sich im Wind wiegte, jede Menge wilder Kokardenblumen, die mit ihren gelb-roten Blüten an Kinderzeichnungen erinnerten. Vorbildlich gewachsen. Das musste sie sich merken. Sie schloss die Augen, hielt ihr Gesicht in die erfrischende Seebrise und atmete tief durch.

Auch auf dem Rückweg durchs Sumpfgebiet kämpften wieder alle, die sich nicht mit Mückenschutz eingesprüht hatten, heftig um sich schlagend gegen Moskitoschwärme.

»In dieser Jahreszeit stechen sie am schlimmsten«, fluchte ein Mann.

Plötzlich blieb seine Frau stehen. »Irgendwo ist Feuer«, sagte sie alarmiert und schnupperte. »Es riecht gewaltig verkokelt!«

Seit Wochen hörte man in den Nachrichten von Waldbränden auf dem Festland. Wegen der großen Trockenheit wüteten inzwischen über einhundert großflächige Waldbrände. Alle holten ihre Handys heraus und recherchierten. Ranger hatte schon das *fire department* am Apparat.

8

Ranger teilte ihnen mit, dass der Gouverneur für ganz Florida den Notstand ausgerufen hatte. »Auf Dolphin Island besteht zum Glück zurzeit noch kein Grund zur Sorge.« Alle Teilnehmer der Gruppe atmeten auf. Während sie weitergingen, entspann sich ein lebhaftes Gespräch. »Aber mittelfristig ist Dolphin Island durchaus gefährdet!« Der ganze Frust des engagierten Umweltschützers brach aus Ranger heraus. »Warum begreifen die Leute das nur nicht? Florida ist eine flache Halbinsel inmitten eines salzigen Ozeans! Das Land liegt in einigen Regionen unterm Meeresspiegel, an den Rändern geht es unter. Deshalb gibt es auch die vielen Inseln und die Everglades.«

»Und was hat das mit den Bränden zu tun?«, unterbrach ihn eine übergewichtige Besucherin verständnislos.

»Feuer entsteht, wo zu wenig Wasser ist«, antwortete Ranger, »ganz einfach gesagt.«

»Was denn nun? Ich denke, wir gehen unter! Das haben Sie gerade noch gesagt.« Die Dicke öffnete mit einem lauten Plopp ihre Cola-Dose. »In den Nachrichten heißt es übrigens, neunzig Prozent der Feuer sind Brandstiftung.«

»Seht doch bitte mal die Zusammenhänge!« Die Zornesader an Rangers Schädel klopfte sichtbar. »In diese Halbinsel Florida hinein hat der liebe Gott vorsichtig einen großen Löffel mit Süßwasser gelegt – ja, wir haben kostbare Süßwasserseen und -quellen. Aber wir Dummköpfe entwässern das Land immer weiter und immer weiter.

Überall entstehen Kanäle, die natürlichen Wasserströme werden umgeleitet.«

»Warum soll das schlecht sein?«, fragte wieder die Dicke. »Unser eigenes Haus steht auch an einem Kanal, wo früher Sumpf war. Das ist doch *fantastic!*«

Ihr Mann fixierte Ranger herausfordernd. »Das ist große Ingenieurskunst.«

»Das ist große Dummheit!«, konterte Ranger. »Denn das Land trocknet aus, es erodiert.« Er schnaufte vor Ärger. »Bei den letzten Wahlen haben siebzig Prozent der Floridianer für mehr Naturschutz gestimmt. Und was passiert? Das Gegenteil!«

»Alle korrupt«, grummelte ein junger Mann. »Die Regierung tut nicht, was das Volk will.«

»Spielen Sie auf den Lake Okeechobee an?«, fragte eine junge Frau.

Sonja sagte dieser Name nichts. Dem nachfolgenden Disput entnahm sie, dass es sich dabei um den größten Süßwassersee Floridas handelte.

»Sein Wasser wird so umgeleitet, dass riesige Zuckerrohrplantagen bewässert werden können, Monokulturen. Konzerne verdienen daran. Aber die Regionen, die das Wasser brauchen und in die es früher von Natur aus gelaufen ist, die trocknen heute aus«, wetterte Ranger. »Dabei gibt es wenige Staaten, in denen die Auswirkungen des Klimawandels jetzt schon so deutlich zu spüren sind wie bei uns.« Der junge Mann nickte beifällig. Ranger redete sich in Rage. »Auf dem Festland ist Florida zu trocken, an den Küsten zu feucht. Der Grundwasserspiegel sinkt, der Meeresspiegel steigt.«

Der Junge meldete sich wieder zu Wort. »Es wird wärmer, weil jetzt auch so viele Chinesen Auto fahren. Und deshalb schmelzen dann die Eisberge.«

»Kluges Kerlchen«, sagte Ranger, »aber du solltest wissen, dass sich die Gletscher nicht darum scheren, ob die Autos in China oder in Amerika fahren. Sie schmelzen, weil es wärmer wird, und die Ozeane müssen immer mehr Wasser fassen. Sie erwärmen sich, was wiederum zu Hurrikans und Starkregen führt. Miami liegt nur einen Meter über dem Meeresspiegel, dort hatten sie so viele Überschwemmungen wie nie in den vergangenen Jahren. Da fangen sie schon an, alles höher zu legen: Parks, Straßen und Häuser. Der Klimawandel wird nirgendwo in den USA teurer als in Florida!« Ein älteres Paar gähnte demonstrativ. Aber nicht alle waren so desinteressiert.

»Hat natürlich auch mit der Bevölkerungsexplosion zu tun«, steuerte der junge Mann bei, vielleicht ein Student oder ein Umweltaktivist, der stolz schien, sein Wissen kundtun zu können. »Alle wollen in den Sonnenscheinstaat. 1950 hatte Florida noch nicht mal drei Millionen Einwohner, heute sind's gut zwanzig Millionen!«

»Richtig, junger Mann!«, bemerkte Ranger. »Immer mehr Einwohner und Urlauber in Florida verbrauchen immer mehr Süßwasser. Sie verschwenden es, sie verunreinigen es!«

Die Tour war beendet, die Stimmung gedrückt. Die Teilnehmer gingen in alle Himmelsrichtungen davon. Nur Sonja blieb noch. Sie fühlte sich im Gegensatz zu den anderen bestärkt.

Ranger entschuldigte sich. »Es tut mir leid, dass ich so heftig geworden bin. Das Thema regt mich wahnsinnig auf!«

Sonja lächelte milde. »Überhaupt kein Problem. Ich muss mich bei dir bedanken. Jetzt bin ich mir nämlich noch sicherer, dass meine Idee goldrichtig ist!«

Sie weihte Ranger in ihre Pläne ein, berichtete von Nick

Winslows Auftrag, von Stormys Mitwirkung. Die grauen Augen des alten Mannes leuchteten.

»Von mir bekommst du jede Unterstützung, die ich dir nur geben kann«, versicherte er freudig erregt.

»Dank dir, Ranger. Ich bin ja ehrlich gesagt nur deshalb draufgekommen, weil ich Dünengärten schön finde, also erst einmal nur aus rein ästhetischen Gründen«, gab Sonja zu. »Und weil sie pflegeleicht sind natürlich. Inzwischen hab ich begriffen, dass sie auch der Umwelt zugutekommen! Es wird weniger Süßwasser verschwendet, man braucht weniger Dünger, weniger Insektenvernichtungsmittel und weniger Gift gegen Pilze, Sporen und so weiter!«

»Großartig!« Ranger klopfte ihr auf die Schulter. »Komm, lass uns was trinken gehen. Ich glaube, ich hab noch ein paar nützliche Tipps für dich.«

Sie holten sich an einem Kiosk Bier und Eistee und setzten sich in eine schattige Picknickecke mit schlichten Holzbänken und -tischen.

Ranger wusste, dass ganz Florida in Zonen mit unterschiedlichen Pflanzengemeinschaften eingeteilt war. »Dolphin Island gehört zu Zone 10. Es gibt ein Verzeichnis, das alles an Bäumen, Sträuchern, Lianen und Blumen aufführt, was hier heimisch ist.« Er konnte Sonja sogar eine Gesellschaft von Baumschulen und Gärtnereien empfehlen, die auf Wildpflanzen und naturnahe Gärten spezialisiert waren. Säuberlich notierte er ihr den Namen auf einem Zettel. »Den Rest kannst du googeln.« Die richtigen Adressen zu kennen würde Sonja eine Menge Zeit ersparen. »Klasse, danke«, sagte sie erfreut. »Wie kann ich mich revanchieren?«

Ranger schob seine Mütze in den Nacken und grinste. »Guck mal rein, wenn wir für den bunten Abend üben.«

»Ich kann doch nicht singen!«, wehrte Sonny ab. »Das würdet ihr bedauern! Und Kunststücke mit Kakadus …«
Sie schüttelte entschieden den Kopf.

»Wir brauchen auch was fürs Auge«, antwortete Ranger vergnügt. »Bring deine Freundin mit, die hübsche Muschelsammlerin.«

»Diese Woche schaffe ich es nicht. Aber ich verspreche dir, dass wir bald mal reinschauen.«

Der Hilfsarbeiter, den Nick ihr empfohlen hatte, kam schon das zweite Mal verspätet, dafür ging er früher. Am dritten Tag kreuzte er erst gegen Mittag auf. Noch dazu mit einem frechen Grinsen. Sonja kochte innerlich, doch sie beherrschte sich. Der Schreiner teilte mit, es könnte knapp werden mit dem Pooldeck bis zum Termin. Sonja wusste nicht, wie man den Minibagger betankte, außerdem funktionierte die Gangschaltung der Raupe anders, als sie es gewohnt war. Nun gut, das ließ sich erlernen, auch wenn es gelegentlich peinlich war, nachfragen zu müssen. Aber sie konnte das, sie war eine Frau. Ein Mann hätte vermutlich alle Knöpfe und Schalter durchprobiert bis zum Kolbenfresser. Schlimmer war, dass einige der Pflanzen, die Sonja brauchte, entweder überhaupt nicht oder nicht in der erforderlichen Stückzahl in den Baumschulen und Gärtnereien der Region verfügbar waren. »Ja, gute Frau, so was müssen Sie Monate im Voraus bestellen. Was denken Sie denn?«, hatte sie ein Pflanzenhändler angemotzt. »Sie können doch Palmen nicht einkaufen wie Usambaraveilchen!«

»Ich denke, das ist hier das Land der unbegrenzten Möglichkeiten«, hatte sie genervt geantwortet und nur Gelächter geerntet. Nun war sie gezwungen, übers Internet bei entfernteren Firmen zu ordern, obwohl sie sich nicht zuerst vor Ort von der Pflanzenqualität überzeugen konnte.

144

Als sich abzeichnete, dass auch Kokardenblumen in ausreichender Menge schwer zu beschaffen waren, fiel Sonja wieder der Bestand auf Sandys Grundstück, das ja nun ihr gehörte, ein. Sie erzählte Stormy davon.

»*No problem*«, sagte die sofort, wie es ihre Art war. »Wir fahren mit meinem Truck hin und graben sie aus.«

»Du hast einen Truck?«

»Na ja, so nennen wir hier 'nen Pick-up mit offener Ladefläche.« Stormy lachte. »Auch wenn er klapprig und schäbig ist wie meiner.«

Sie fuhren mit dem Lieferwagen näher an den Strand heran als erlaubt und gruben in der Dämmerung, denn sie wollten möglichst wenig Aufmerksamkeit erregen. Sie konnten von Glück sagen, dass der zunehmende Mond ihnen leuchtete. Sonja war sich nicht sicher, ob Kokardenblumen unter Naturschutz standen und ob ihre Grabungsarbeiten überhaupt legal waren. Aber es war schließlich ihr Grundstück. Und da sie schon mal dort waren, nahmen sie noch ein paar besonders schöne kräftige Strandhaferpflanzen mit. Die würden sich schon von allein wieder ausbreiten, und falls nicht, das nahm Sonja sich fest vor, würde sie später selbst welche nachpflanzen. Und dann entdeckte sie wunderbare blaulila blühende Ziegenfuß-Prunkwinden, die allerdings möglicherweise schon im Naturschutzgebiet wurzelten. Genau so etwas hatte ihr noch gefehlt!

Als sie fertig waren und sich in den Pick-up setzen wollten, um wieder loszufahren, sahen sie einen Mann am Strand entlangjoggen. Sonja erschrak, sie hatte ein schlechtes Gewissen.

Der Mann kam näher, ein junger Kerl. Er verlangsamte sein Tempo, joggte einmal um sie herum, beobachtete alles genau, grüßte kurz, und dann war er auch schon wieder in der Dunkelheit verschwunden. Stormy atmete heftig aus.

»Das war Marc«, sagte sie abfällig. »Der Sohn vom Bürgermeister. Ehrgeiziger Schnösel.«

»*Shit*. Das war ja irgendwie gruselig. Meinst du, der zeigt
uns an?«

»Weshalb denn? Wegen Herumstehens bei Halbmond
am Strand?«

Sonja musste lachen.

Ihr Rücken schmerzte. Noch eine falsche Bewegung und
sie würde einen Hexenschuss bekommen. Sonja war so
viel körperliche Arbeit nicht mehr gewöhnt. Dann regnete es zwei Tage hintereinander, und in der Küche begann
es von der Decke zu tropfen. Die Warmwasserversorgung
funktionierte nicht richtig, Sonja musste kalt duschen. Sie
bestellte Handwerker, die sie alle vertrösteten. Nick Winslow hatte sie noch nicht wieder zu Gesicht bekommen,
er hielt sich ja an den Werktagen in Orlando auf. Als der
Hilfsarbeiter sich erneut später als vereinbart blicken ließ,
sagte Sonja ihm verärgert, dass er überhaupt nicht mehr
zu kommen bräuchte. Nur ohne Hilfe würde sie es nicht
schaffen. Jetzt lag sie mit einer Wärmflasche auf dem Sofa
und hatte die Nase voll. Was für eine bescheuerte Idee!
Eine Schnapsidee war das gewesen, eine ganz dämliche
Florida-Sonnenstichidee!

In dieser mentalen Verfassung befand sie sich, als der
Makler ihr einen neuen Kaufinteressenten vermittelte.
Sonja telefonierte mit dem Mann namens Blake. Er vertrat eine Firma, die Beach Club Enterprises hieß, und sagte, er habe bereits mit Sandy in Vorverhandlungen gestanden. Als sie fragte, weshalb sie zu keinem Abschluss
gelangt seien, antwortete er nur vage. Sein Unternehmen
baue Strandklubs, die es Touristen ermöglichten, in speziellen Pools mit Delfinen zu schwimmen. Sonja wies ihn

darauf hin, dass ihr Grundstück wahrscheinlich zum Naturschutzgebiet erklärt werden würde. Er antwortete, das sei ihm bekannt, sein Unternehmen plane jedoch langfristig und strategisch. Mr. Blake bot ihr siebenhundertachtzigtausend Dollar. Sonja bat ihn um Bedenkzeit.

Wieder verbrachte sie eine Nacht sehr unruhig. Bestimmt ließ sich das Angebot noch weiter hochhandeln. Sie wäre all ihre Sorgen auf einen Schlag los. Einerseits. Aber andererseits … Erst am frühen Morgen fand sie in den Schlaf.

»Saaandy! Saaaaandy!!« Das Rufen einer tiefen Männerstimme weckte sie. Sonja schreckte hoch. Schon zehn Uhr! »Sandy, wo steckst du? Hey, wo sind Tom und Jerry? Alle ausgeflogen?« Die Stimme wanderte ums Haus herum, rief nach oben. Wahrscheinlich hatte der Mann das geöffnete Fenster entdeckt. »Sandy, ich bin wieder dahaa!«

Sonja warf einen Blick nach unten. Vor dem Blumenbeet stand ein kräftiger, nicht mehr ganz junger Mann, zugewuchert durch Vollbart und längeres Haar, blond mit grauen Strähnen, abgerissene Jeans, verwaschenes blaues T-Shirt. Sonja zog rasch den Bademantel übers kurze Nachthemd, humpelte, so gut es ging mit dem Beinahehexenschuss, die Treppe hinunter und öffnete die Terrassentür.

»*Hi*, guten Morgen.« Verschlafen blinzelte sie gegen die Sonne, eine Hand auf die schmerzende Seite gestützt.

Dass sich dadurch der Bademantel ein Stück öffnete und mehr Einblicke gewährte, als er sollte, wurde Sonja erst am Blick des Mannes bewusst. Sie zog den Mantel enger.

»Guten Morgen«, antwortete der Mann, der größer war, als er von oben gewirkt hatte. Sonja schätzte ihn auf Mitte vierzig. »Wo sind sie denn alle?«

»Tom und Jerry leben jetzt gegenüber bei der Nachbarin.« Sonja war neugierig geworden. »Sie wollen zu Sandy?«

Der Mann stellte seinen Seesack auf der Veranda ab. Er bewegte sich nachlässig, mit leicht schlurfenden Schritten, gerundeten vorgebeugten Schultern. Er hatte einen kleinen Bauch und ein breites Kreuz.

»Machen Sie hier Urlaub?«, fragte er freundlich, während er eine straffere Haltung annahm. »Gestatten, Samuel Culpepper, Philosoph. Aber alle nennen mich Sam.«

Sein Verhalten hatte etwas Altmodisches, das im Widerspruch zu seinem Äußeren stand. Philosoph ... Sonja musste lächeln. Mit einer Geste bot sie ihm an, sich an den Gartentisch zu setzen.

»Angenehm, Sam. Ich bin Sonja, aber mich nennen alle Sunny.« Wenn er Sandy so gut gekannt hatte, dass er sich auf ein Wiedersehen freute, würde ihn die schlechte Nachricht vielleicht treffen. »Ich bin Sandys Nichte aus Deutschland.« Sam nahm Platz, der veränderte Ausdruck seiner Augen verriet, dass ihm Böses schwante. Sonja blieb stehen. »Meine Tante ist ... leider gestorben, schon im vergangenen Jahr.«

»Was?« Entgeistert starrte er sie an. Blaue Augen unter buschigen Brauen. »Aber ... aber sie wollte doch hundert werden! Alle Schwimmerinnen werden mindestens neunzig, hat sie immer gesagt.«

»Tut mir wirklich leid.« Sonja setzte sich ihm gegenüber. »Wenigstens hat sie nicht lange gelitten. Herzversagen.«

Sam lehnte sich zurück, wie erschlagen. Ehrlich schockiert. Nachdenklich begann er über seinen Vollbart zu streichen. »Arme Sandy.« Dann sah er hoch. »Aber sie hat ein schönes Leben gehabt.«

»Das hoffe ich«, erwiderte Sonja.

Nun saßen sie da, beide irgendwie unbeholfen, hilflos in der merkwürdigen Situation. Sam wischte sich über die Augen. Er tat Sonja leid.

»Woher kannten Sie denn meine Tante?«, fragte sie.

»Seit meinen Studententagen verbringe ich jedes Jahr einige Zeit auf Dolphin Island, und ich hab immer bei Sandy gewohnt«, erzählte er mit rauer Stimme. »Nur letztes Jahr nicht. Verschiedene Umstände … äh … eine Familienangelegenheit ist dazwischengekommen.«

»Tut mir leid.«

»Sandy hat mich im Arbeitszimmer wohnen lassen. Übrigens nur mich, sonst keine Urlauber. Deshalb konnte ich kommen, wann ich wollte.«

Na, der kann mir ja viel erzählen, dachte Sonja, auch wenn er keinen unsympathischen Eindruck macht. »Ich bedaure«, sagte sie, »das Bed and Breakfast ist geschlossen, hier wird nicht mehr vermietet. Sie müssen sich eine andere Unterkunft suchen.« Sie verspürte wenig Lust, sich das Haus mit einem Fremden zu teilen.

Entrüstet sah Sam sie an. »Das können Sie mir nicht antun«, sagte er geradezu vorwurfsvoll. »Ich bin in einer Krise.«

Sonja wusste nicht, ob er das ernst meinte. »Philosophisch gesehen sollen Krisen ja besonders produktiv sein«, antwortete sie mit einem feinen Lächeln.

»Ich möchte darüber nicht reden«, erwiderte Sam in einem Ton, der klarstellte, dass es ihm ernst war. »Aber wenn ich hier nicht wohnen kann …«

Mitten im Satz wurde er unterbrochen. Stormy kam durch die Gartenpforte wie die personifizierte Lebensfreude. »Hallo, guten Morgen!«, rief sie fröhlich. Ihr Haar war locker zu einem Knoten verschlungen, sie hatte korallenfarbenen Lippenstift aufgetragen, sonst war sie ungeschminkt. Ausnahmsweise trug sie kein Kleid, sondern eine ausgeblichene Latzhose, und sie schleppte schwer an drei übereinandergestapelten Muschelmosaiken. Sam sprang auf, um ihr die Last abzunehmen. »Danke! Ach, wir kennen uns doch! Sie sind einer von Sandys Stammgästen, nicht?« Sam deponierte die Mosaike vorsichtig auf den Holzstufen und nickte. Stormy setzte sich. »Mal wieder im Lande?«

Während die beiden ein wenig Small Talk machten und über Sams altes Motorrad redeten, das vor dem Haus stand, kam Sonja eine Idee.

»Sag mal, Sam«, fragte sie schließlich, »bist du nur zum Philosophieren nach Dolphin Island gekommen? Oder würde deine Krise es dir auch erlauben, ein paar Stunden am Tag richtig hart zu arbeiten?«

»Philosophie *ist* harte Arbeit, Lady«, erwiderte Sam. »Ich bin allerdings vielseitig.« Mit einem jungenhaften Grinsen spannte er seinen Bizeps an.

»Wie lange hattest du denn vor zu bleiben?«

»Bis zum Hemingway-Lookalike-Wettbewerb, der am 20. Juli in Key West beginnt. Da will ich dieses Jahr mitmachen und gewinnen.«

»Hatte Hemingway nicht braune Augen?«, fragte Stormy, die sich nur mühsam ein Lachen verkniff.

»Die Ausstrahlung und das Wissen zählen mehr als plumpe Äußerlichkeiten«, erwiderte Sam indigniert.

Sonja lag es auf der Zunge zu sagen, bei einem Robinson-Crusoe-Wettbewerb würde er sicher mehr Chancen haben. Doch sie wollte Sam nicht unnötig kränken. Das, was ihr gerade durch den Kopf geisterte, könnte einen wichtigen Teil ihrer Probleme lösen.

»Also, ich hätte da einen Vorschlag«, sagte sie.

Sie waren sich schnell einig. Sam half Sonja jeden Tag zwei bis drei Stunden bei der Arbeit in Nicks Garten – je nach Bedarf auch mal einen Tag lang nicht, ein anderes Mal dann wieder länger. Dafür durfte er umsonst in Sandys Gartenhäuschen wohnen. Außerdem versprachen Stormy und Sonja, ihn für den Lookalike-Contest zu coachen.

»Wir trainieren mit dir, Sam, wir geben dir gute Tipps und fragen dich Wissen über Hemingway ab.«

Stormy hatte in der Highschool ein Referat über Hemingway gehalten und fühlte sich als Expertin. Auch Sonja freute sich auf die Herausforderung. Nur Sam sah nicht so richtig begeistert aus, als die beiden Frauen versicherten, sie würden ihn wirklich gern bei seinen Vorbereitungen unterstützen.

Auch das Angebot von Beach Club Enterprises lehnte Sonja nun ab. Sie informierte den Makler darüber, dass sie inzwischen andere Pläne verfolgte. Es sei nicht ausgeschlossen, dass sie zum Ende des Sommers ihre Meinung ändere, räumte sie ein, aber derzeit sollten keine weiteren Kaufinteressenten gesucht werden. Der Makler reagierte leicht gereizt, was Sonja verstehen konnte, weil er schon viel Zeit und Mühe in die Akquise gesteckt hatte, doch er akzeptierte, dass sie sich anders entschieden hatte. Wohl in der Hoffnung, dass Sonja es sich zum Sommerende ein weiteres Mal überlegen und dann erneut ihn beauftragen würde.

»Nun gut, wir legen es erst mal auf Eis«, sagte er, als er kam, um das Verkaufsschild wieder aus dem Vorgarten zu entfernen.

Sunny stornierte ihren Rückflug und bat Anna, gelegentlich nach ihrer Wohnung zu sehen. Ihre Mutter reagierte alles andere als begeistert. »Das ist Sandys späte Rache«, grummelte sie am Telefon. »Sie will dich mir wegnehmen.«

»Aber, Mama! Das ist doch absurd.«

»Naja, hast recht«, lenkte ihre Mutter schnell ein. Zum Glück war sie eine vernünftige Frau. »Mach, was du für richtig hältst.«

Sam packte ordentlich mit an. Er erledigte seine Arbeit zügig und wortkarg. Ihn schien in der Tat etwas zu bedrücken, aber er redete nicht darüber. Sonja war das ganz lieb. Sie hatte genügend eigene Krisen und Probleme, da brauchte sie wirklich nicht auch noch fremde. Sie frühstückten getrennt. Sam fuhr die knapp zwei Meilen mit seinem Motorrad, Sonja radelte meist zu Winslows Wochenendhaus, obwohl sie sich inzwischen einen gebrauchten Pick-up, einen weißen Dodge Dakota, gekauft hatte. Das war letztlich günstiger als ein Leihwagen, damit ließen sich auch mal größere Sachen transportieren, und am Ende des Sommers konnte sie ihn ja wieder verkaufen.

Sonja und Sam trugen bei der Arbeit meist Shorts und T-Shirt. Wenn die Hitze zu groß wurde, schuftete Sam mit nacktem Oberkörper. Er war definitiv nicht gewaxt. An diesem Tag kündigte sich schon früh an, dass es schwül werden würde, und Sonja warf sich nur ein Tanktop über ihr Bikinioberteil.

»Hallo, schöne Gärtnerin!« Nick Winslow begrüßte sie aus dem Pool heraus. Er war eigens am Vorabend aus Orlando gekommen, um mit ihr über den Stand der Gartenarbeiten zu sprechen. Elegant hievte er sich aus dem Wasser, das an seinem Körper abperlte wie in der Werbung für ein Männerparfüm. »Du wolltest mir die Folien zeigen.«

»Ja, *hi*, Nick!« Sonja lächelte überrascht. »Ich hol sie schnell. Oder, Sam« – sie drehte sich um –, »… könntest du bitte die beiden Entwürfe für die Dachfolie bringen?«

Sam nickte, er trug sein Haar bei der schweißtreibenden Arbeit wie ein Maori am Hinterkopf zusammengeknotet, was ihm ein kriegerisches Aussehen gab. Doch er erfüllte ihre Bitte bereitwillig. Nick trocknete sich rasch ab, warf das Frotteehandtuch über die Schulter, und gemeinsam gingen sie zur Meditationshütte. Dabei unterhielten sie sich über das maritime Zubehör, das noch fehlte. Sonja versuchte zu ignorieren, dass Nick halb nackt neben ihr ging und einfach zum Anknabbern aussah. Das war schließlich nur ein dummer urzeitlicher Reflex, sie scherte sich nicht wirklich darum, ob ihr Auftraggeber nun sexy war oder nicht.

»Die Treibholzparavents sind schon in Arbeit«, berichtete sie schnell. »So, würdest du dich jetzt bitte einmal auf das Holzgestell legen? Die Polster kommen noch, die werden natürlich wetterfest ummantelt.« Das Tagesbett stand mit der breiten Seite zum Meer.

»Deine neue Frisur sieht übrigens super aus, Sunny!«, machte Nick ihr ein Kompliment, während er sich auf seinem Frotteetuch ausstreckte und nach oben blinzelte, wo sie mit den Folien hantierte. »Ach, bevor ich's vergesse …« Er strahlte sie an. »Der Thunderbird ist jetzt komplett überholt und fahrtüchtig. Hast du Lust auf einen Ausflug? Wir könnten bei der Gelegenheit nach alten Bojen und Holzbooten Ausschau halten.«

Sonja hielt die Seesternfolie so, dass die Sonne ihr Licht- und Schattenspiel auf Nicks muskulöse Brust warf.

»Ja, warum nicht? Du kennst dich sicher besser aus als ich und weißt, wo man so was findet«, antwortete sie. »Wie ist diese Folie?«

»Lustig«, antwortete Nick, er ließ abwechselnd seine rechten und seine linken Brustmuskeln zucken, wodurch die Sterne zu hüpfen schienen.

Sam brummte irgendetwas Unverständliches.

»Oder lieber diese mit dem Paisleymuster?«

Die Lichtflecken des orientalischen Dessins fielen auf Nicks Sixpack. Er lachte, als fühlte er sich davon gekitzelt.

»Meine liebe Gartenarchitektin, ich glaube, ich muss die Muster auf weiblicher Haut sehen, um mich entscheiden zu können.« Er klopfte auf den Platz neben sich. »Komm, leg du dich mal hierher.«

Sie lächelte, um darüber hinwegzutäuschen, dass die Aufforderung sie etwas verlegen machte. Aber sie reichte Sam die Folien. »Hier, halt du sie bitte.« Da Nick keine Anstalten machte wegzurücken, legte sie sich gefährlich nah an den Rand. Sam hielt abwechselnd beide Entwürfe über sie. Nick drehte sich seitlich, stützte den Kopf auf und lächelte charmant. »Soso«, er senkte seine Stimme, schaute Sonja in die Augen. »Ich muss mich also entscheiden …«

Irritiert stellte Sonja fest, dass ihr Atem schwerer ging. Trotz des Abstands konnte sie Nicks Körperwärme spüren.

»So richtig?«, rief Sam.

Sonja sah die bei jeder Bewegung wechselnden Muster auf ihrer Schulter, auf ihren Beinen und freute sich. »Ja!«, rief sie.

Es wirkte genau so, wie sie es erhofft hatte. Vor allem das Paisleymuster schuf eine verzauberte Stimmung. Sonja schloss kurz die Augen. Sie sog die frische Salzluft ein, spürte den Wind, hörte die Wellen rauschen – es war wirklich ein himmlischer Platz! Sie öffnete die Lider wieder und sah, dass Nick näher gerückt war. Er hob die Hand, als wollte er mit dem Zeigefinger das Muster auf ihrem Dekolleté nachzeichnen. Doch wenige Millimeter, bevor er ihre Haut berührte, ließ er ihn sinken. Sonja bekam eine Gänsehaut.

»Na, das reicht ja wohl!«, tönte Sam und zog mit einem Ruck die Folie zurück.

Augenblicklich schien wieder pralle Sonne auf die Liege. Sonja rollte sich zur Seite ab und stand schwungvoll auf. Eigentlich war die Entscheidung klar. Orient schlug Seesterne.

»Für welches Muster entscheidest du dich?«, fragte sie trotzdem ihren Auftraggeber.

Nick sprang ebenfalls auf. »Für das Gänsehautmuster«, flüsterte er ihr ins Ohr.

Sonja spürte, dass sie errötete. Doch er meinte offenbar nicht sie, sondern sich selbst. Denn er schaute gebannt auf die gesträubten Härchen an seinem Unterarm.

»Prima«, sagte sie so leichthin, wie sie konnte, »dann wäre das ja geklärt, und ich kann den Auftrag erteilen.«

»*Yep!*« Nick lächelte. »Das kommende Wochenende ist leider schon verplant und das danach leider auch, da haben wir eine besondere Touristenaktion in unserem Park. Aber wie sieht's bei dir am Samstag in zwei Wochen aus? Hast du da Zeit?«

»Ich denke schon.«

»Gut, dann werde ich dich zu einer Entdeckungstour mit dem Thunderbird abholen. So, jetzt muss ich aber schleunigst in meinen Park.«

Er verschwand im Haus. Sonja und Sam bereiteten die nächsten Pflanzlöcher vor. Als Nick eine Viertelstunde später frisch geduscht in einem leichten, akkurat sitzenden Businessanzug mit Schlips in seinen neuen BMW einstieg, winkte er ihnen noch einmal zu. Sonja fragte sich, ob sie sich für den Wochenendausflug mit dem Oldtimer wie Nicks blonde Begleiterin auch passend zum Baujahr stylen sollte. Nein, beschloss sie, schließlich war sie kein Dekorationsstück. Sie suchte nur welche.

9

Sonja und Sam trafen nach der Arbeit ungefähr gleichzeitig vor Sandys Haus ein. Sie fragte ihn, ob er Lust hätte, mit ihr ans Wasser zu gehen. »Ich schwimme immer gern noch eine Runde und guck mir den Sonnenuntergang an. Wir haben heute viel geschafft. Komm mit, ich spendier uns ein Bier.«

Sam trug zwei alte Klappliegestühle durch die Dünen an den Strand. Er entdeckte eine angeschwemmte Orangenkiste und stellte sie als Tischchen dazwischen. Die meisten Urlauber befanden sich schon auf dem Heimweg, nur vereinzelt lagen oder saßen noch Menschen auf Tüchern im Sand. Sonja rannte mit Anlauf ins Meer, Sam folgte ihr. Sie genoss das kühle Prickeln auf ihrer Haut, die tagsüber reichlich Sonne getankt hatte. Sam war ein hervorragender Schwimmer, er tauchte längere Strecken ohne Schnorchel und blieb länger als sie im Wasser.

Endlich lehnten sie sich beide entspannt in den Liegestühlen zurück, tranken ihr Corona und schauten zu, wie die nahende Dämmerung die Farben veränderte. Mit den Zehen im warmen Sand genoss Sonja das wohlige Gefühl nach dem erfrischenden Bad. Sie seufzte vor Erleichterung. Hier auf der Insel schien das Leben so einfach. Alles *easy*, Leute. Selbst die Badesachen trockneten schnell, man brauchte sie nach dem Schwimmen nicht zu wechseln wie an der Nordsee.

»Ich hab bislang noch keinen dieser Ölplacken gesehen,

von denen man mir berichtet hat«, sagte Sonja nachdenklich. »Ist doch merkwürdig, oder?«

»Och, ich erinnere mich gut an die Dinger«, erwiderte Sam. »Ich hab in früheren Jahren schon ein paarmal geholfen, sie zu entsorgen. Vielleicht haben wir gerade Glück. Oder die Strömung hat sich verändert. Das kommt vor.«

»Wäre mir sehr recht.« Relaxt betrachtete Sonja ihr Gegenüber. »Wenn deine Haare nass sind und man mehr von deinem Gesicht erkennt, hast du tatsächlich Ähnlichkeit mit Hemingway.«

»Das hab ich mittlerweile so oft gehört, von Freunden, Kollegen, sogar von Fremden«, sagte Sam, »dass ich's jetzt endlich mal probieren will mit dem Lookalike-Contest.«

»Lorraine würde dir sicher liebend gern die Haare und den Bart stutzen. Besser jetzt schon, damit du zum Termin gleichmäßig braun bist.«

»Hm …« Sam brummelte etwas und hob eine Hand über die Augen. In einiger Entfernung, aber immer noch gut erkennbar, sprangen mehrere Delfine aus dem Wasser.

»Wie toll! Daran kann ich mich nicht sattsehen!« Der Anblick versetzte Sonja jedes Mal in eine angenehme Aufregung. »Warum sie wohl springen? Aus reiner Lebensfreude?«

»Vielleicht …« Sam verschränkte nun die Arme hinterm Kopf. »Große Tümmler sind sehr verspielt. Vielleicht wollen sie auch gucken, wo sich Möwen versammeln und erkennen daran, wo für sie Beute zu holen ist.«

»Glaubst du im Ernst, die sind so schlau?«

»Immerhin haben sie unter ihrer Melone ein besonders großes Hirn«, wusste Sam, »was bekanntlich ein Anzeichen für höhere Intelligenz ist.«

Sonja lächelte frech. »Männer haben auch ein besonders

großes Hirn, es ist jedenfalls größer als das von Frauen. Was beweist das schon?«

»Delfine geben sich außerdem Namen«, fuhr Sam ungerührt fort, »und rufen sich mit diesen Namen. Ein weiteres Indiz.«

»Wie geht das denn?«

»Jeder Name besteht aus bestimmten Pfeiflauten. Innerhalb ihrer Schule …«

Sonja unterbrach ihn, ungläubig lächelnd. »Ihrer Schule?«, wiederholte sie. Wollte er sich über sie lustig machen? Sie kannte wohl die Häschenschule, aber das war eine Ostergeschichte für kleine Kinder.

»Schulen nennt man die Gruppen, in denen Delfine durchs Meer schwimmen. Von mir aus kannst du die auch als Clan oder Gang bezeichnen, ein Team aus Verwandten und Freunden eben … Delfine sind sehr soziale Wesen.«

»Ach, ist ja interessant.«

»Also, innerhalb ihrer Schule hat jeder Delfin eine eigene Abfolge von hohen Pfeiflauten als Name.« Sonja schnalzte im Scherz mit der Zunge und pfiff dann. Sam wurde für seine Verhältnisse direkt redselig. »Delfine können sich sogar im Spiegel selbst erkennen.«

Sonja war beeindruckt. »Das ist mehr als mir manchmal möglich ist …« Sie seufzte wieder. Sam grinste, er nahm noch einen Schluck aus seiner Bierflasche. Wieder hingen sie eine Weile schweigend ihren Gedanken nach. »Schön übrigens, dass du Lorraine ein bisschen Arbeit mit den Kakadus abnimmst«, sagte Sonja irgendwann. Sam gab sich gern mit Tom und Jerry ab, er hatte schon bei früheren Aufenthalten mit ihnen gespielt. Er beschäftigte sie, brachte ihnen Äste zum Knabbern und Hacken in die Voliere und entsorgte hinterher die zerkleinerten Überreste.

»Mach ich gern«, sagte Sam. »Sandy hat Tom und Jerry

manchmal in einem kleinen Käfig mit auf ihre Badeinsel genommen«, erinnerte er sich. »Ich denke, sie hat sie dort freigelassen.«

»Tatsächlich? Warst du mal drüben?«, fragte Sonja mit Blick auf den dunkelgrünen Fleck im Meer vor ihnen. »Ist da irgendwas Besonderes?«

»Eigentlich nicht. Schmaler Sandstrand, versteckt, sonst Mangroven, unbewohnt, noch nicht mal eine Schutzhütte ist da, nur ein kleiner Bootssteg. Allerdings«, sagte er nachdenklich, »ich erinnere mich, dass ich jedes Mal, wenn ich dort war, Delfine gesehen habe. Sandy liebte Delfine! Wir haben uns oft darüber unterhalten.« Er schmunzelte. »Einmal sagte sie einen schönen Satz. Sie sagte: ›Der Delfin verfügt vielleicht über wenig menschliche Intelligenz, aber der Mensch hat auch verdammt wenig Delfinintelligenz zu bieten.‹« Sonja lächelte fragend. Sie war sich nicht sicher, wie sie das verstehen sollte. »Sie meinte wohl, Menschen können wenig von dem, was für Delfine überlebenswichtig ist – zum Beispiel sich im Sprung drehen und damit den Kumpels auch noch eine Botschaft übermitteln.«

»Stimmt, da müsste ich erst noch etwas üben.« Sunny lachte. »Sandy war wohl überhaupt sehr tierlieb.«

Gebannt schaute sie auf den Horizont. Die Sonne versank im Golf von Mexiko. Langsam und doch viel zu schnell. Ein Stück Ewigkeit, das die Vergänglichkeit bewusst machte. Der Himmel glühte wieder so sensationell orangefarben, wie Sonja es in Europa nur selten erlebt hatte. Hier schien diese Intensität fast alltäglich zu sein. Die Farben Floridas öffnen mein Herz, dachte sie. Es klingt kitschig, ich würde es nie aussprechen, aber genauso ist es. Sie schwieg, um diesem Augenblick nichts von seinem Zauber zu rauben, und auch Sam ließ sich Zeit, bis er wieder einen Gedanken kundtat.

»Die Landschaft formt uns«, sagte er.

»Glaubst du das wirklich?« Sonja sah ihn von der Seite an. »Wenn ich mich in eine andere als die gewohnte Landschaft begebe, verändere ich mich?«

»Ja, wenn du nicht völlig zugenagelt bist.«

Wieder schwiegen sie eine Weile. Bis dieser große Vogel mit dem rosafarbenen Gefieder vorüberflog, den Sonja schon einmal bewundert hatte. »Ist der schön!«, flüsterte sie. Er ließ sich in der Brandungszone nieder, drei Artgenossen folgten ihm. Ihre langen Schnäbel waren wie Löffel geformt. Auf scharlachroten Beinen stelzten sie am Meeressaum entlang. »Weißt du, wie die heißen?«, fragte Sonja leise, um die Tiere nicht zu vertreiben.

»Rosalöffler. Wären beinahe ausgerottet worden, aber jetzt gibt's wieder genug davon. Modeschöpfer waren ganz scharf auf sie. Sie haben früher die Federn gegen Gold aufgewogen, die kosteten dreimal so viel.«

»Was du alles weißt!«

»Ich bin Experte für unnützes Wissen.«

»Aha.« Die Vögel hoben sich wie Schattenrisse vor dem lachsrosa bis orangefarben glitzernden Meer ab. »Wie verdient man eigentlich als Philosoph und Experte für unnützes Wissen so seinen Lebensunterhalt?«

»Als freier Journalist«, erwiderte Sam lakonisch. »Hab ursprünglich was anderes gemacht. Was mit Meeresbiologie. Jetzt schreib ich ab und zu Artikel. Das reicht. Bin bescheiden.«

»Das klingt gut.« Sonja drängte ihn nicht, ihr weitere Auskünfte über sein Leben zu geben. »Ach, ich hab übrigens heute Morgen am Strand mit Stormy gesprochen«, fiel ihr da ein. »Sie liest sich gerade wieder ein in die Hemingway-Literatur. Nächstes Mal, wenn sie mich besuchen kommt, will sie ihr Material mitbringen, die

Biografie, ein paar Bücher, Fotos und so weiter. Oder wir besuchen sie mal.«

»Okay.« Sam kniff ein Auge zu.

»Weißt du schon Näheres über den Wettbewerb?«, fragte Sonja.

»Also, es geht über mehrere Tage. Beginnt Donnerstag, endet Sonntag. Am Samstagabend wird der Sieger gekürt, und zwar von den Siegern der vorangegangenen Wettbewerbe. Eine Jury, die komplett aus Hemingway-Doppelgängern besteht!« Sam grinste breit. »Da bewerben sich ungefähr hundertfünfzig Kandidaten. Einige versuchen's schon seit zwanzig Jahren oder länger, immer wieder. In die Schlussrunde kommen um die fünfzehn.«

Sonja lüpfte eine Augenbraue. »Na, wenigstens mangelt es dir nicht an Selbstbewusstsein, wenn du trotzdem glaubst, dass du gewinnen kannst. Das ist sicher schon mal eine wichtige Voraussetzung.«

»*Yes, Ma'am.*«

Sonja malte mit den Zehenspitzen Achten in den Sand. »Sag mal, findest du Hemingway eigentlich gut? Der war doch der Inbegriff eines Machos. Schon fast eine Karikatur seiner selbst, oder nicht? Dieses Männlichkeitsgehabe … Großwild jagen, Abenteuer, Saufgelage und jede Menge Frauen …«

»Was genau findest du davon schlecht?« In Sams Augen blitzte es amüsiert.

»Ach …« Sonja zuckte leicht mit den Schultern. Sie erhob sich und schenkte ihm ein nachsichtiges Lächeln. So richtig wusste sie es im Moment selbst nicht. Sollte Sam doch machen, was er wollte. »Ich glaub, wir gehen jetzt besser zurück, es wird hier immer so überraschend schnell dunkel.«

»Okay.«

Sam versteckte die Liegestühle hinter der nächsten bewachsenen Düne. Er legte ein paar trockene Palmwedel darüber. Auf dem Rückweg unterhielten sie sich weiter. Sam war, wenn er nicht gerade Sonja bei der Arbeit half, las oder döste, viel mit einem Kajak unterwegs, das er sich für einige Wochen ausgeliehen und in der Bootsgarage untergebracht hatte.

»Warum fährst du so gern Kajak?«, fragte Sonja.

»Es ist schön«, antwortete er. »Ich kann in Ruhe nachdenken.«

»Aha. Der alte Mann und das Meer«, witzelte Sonja. »Im Ernst ... Worüber denkst du denn so viel nach?«

Kaum ausgesprochen, hätte sie die Frage am liebsten zurückgezogen. So etwas fragte man nicht. Das war fast so blöd wie nach dem Sex »Wie war ich?« zu fragen.

»Wollen wir etwas vereinbaren, Sunny?«

»Was denn?« Sie ging hinter ihm, weil der Sandpfad schmal wurde und man nicht genau wissen konnte, was für Getier sich in der Dunkelheit rechts und links im Gras oder Gebüsch aufhielt.

»Wir dürfen uns alles fragen, das ist in Ordnung. Wir sind ehrlich. Ich hab nämlich keine Lust mehr, mich mit höflichen Lügen aufzuhalten. Aber wenn einer mal nicht antworten möchte, dann sagt er das, und es ist auch in Ordnung. Einverstanden?«

»Einverstanden. Ganz in meinem Sinne.«

»Gut. Ich möchte auf deine Frage nicht antworten.«

»In Ordnung«, sagte Sonja. »Dann was anderes. Kennst du dich mit alten Filmprojektoren aus?«

»Na klar.«

»Wäre super, wenn du den von Sandy wieder in Gang bringen könntest.«

Sam kam gleich mit ins Haus und schaute sich den

Projektor an. »Er funktioniert wieder einwandfrei«, sagte er nach einiger Zeit. Sie beschlossen, sich einen von Sandys alten Spielfilmen anzusehen. Sonja war für *Million Dollar Mermaid*. Nun, da sie die Hintergrundgeschichte kannte, fand sie den Film besonders spannend. Sam baute alles im Wohnzimmer auf, Sonja machte es sich auf dem Sofa bequem, Sam fläzte sich in den Sessel. Während der Vorführung diskutierten sie darüber, welche der Nixen, die im Hofstaat für Esther Williams schwammen, wohl Sandy war. Bei einer Naheinstellung einigten sie sich.

»Toll! Meine Tante! Und so ein herrlich kitschiger Film«, sagte Sonja schließlich.

»Das muss man auch erst mal hinkriegen!«, fand Sam. Es war gemütlich. Sonja schmierte ein paar Sandwiches, und sie tranken noch ein Bier und unterhielten sich. »Also, da wir uns ja nun alles fragen dürfen …«, setzte Sam an. »Bist du eigentlich verheiratet?«

»Ja, noch«, erwiderte Sonja.

»Ich auch.«

»Ach. Wo ist deine Frau?«

»Keine Ahnung.« Er sank tiefer in den Sessel. »Hat mich verlassen. Benutzt. Anita aus Mexiko. Süße kleine Lady mit braunen Kulleraugen.«

»Oje. Wie kann man dich benutzen?«

»Sie hat mir die große Liebe vorgespielt, dabei wollte sie nur die US-Staatbürgerschaft.«

»Aber das spürt man doch. Ich meine, ob jemand einen wirklich liebt …«

»Tatsächlich? Wo ist denn dein Mann?«

Sonja schoss das Blut heiß in die Wangen. »Du hast recht. Man kann sich verdammt täuschen. Und jetzt?«

»Leck ich meine Wunden.« Sam versuchte ein Grinsen, aber es machte sein Gesicht nur noch trauriger. »Sie ist abgehauen, als ich von heut auf morgen ohne Festanstellung war. Turnt jetzt irgendwo in Miami herum und hofft, dass sie als Sängerin Karriere machen wird.«

»Wieso hast du deine Festanstellung verloren?«

»Auf diese Frage möchte ich nicht antworten.«

»Wo warst du denn fest angestellt?«

»In einem Aquarium, weiter oben im Norden.« Seine Miene verriet Sonja, dass er auch darüber nicht weiter sprechen wollte.

»Ich hab was Ähnliches erlebt«, sagte sie. Vertrauen gegen Vertrauen. »Man hat mich bei einer Geschäftsübernahme eingespart. Das ist auch ein fürchterliches Gefühl.«

Sie stießen miteinander an.

»Schade eigentlich«, sagte Sam.

»Was ist schade?«

»Dass du so gar nicht mein Typ bist.«

»O mein Gott, Hemingway! Das wird mich heute vor Kummer nicht einschlafen lassen!«, spottete Sonja, bevor sie zum Gegenschlag ausholte. »Nein, ganz im Ernst, du bist auch so üüüberhaupt nicht mein Typ. Ich steh mehr auf schlanke dunkelhaarige Männer, weißt du? Dynamische Typen, die auch einen Anzug ganz selbstverständlich tragen können.« Sie sah Sam an, der wie ein Häufchen Elend in seinem Sessel hing. »Und ohne Kraut und Rüben im Gesicht.«

»Jaja, es reicht. Ich hab die Botschaft vernommen!« Sam setzte sich etwas manierlicher hin. »Ist gut, dass wir mal drüber geredet haben, oder?«

»Klar. Ein guter Kumpel im Gartenhaus ist ja auch nicht zu verachten.« Sie lächelte.

»Du stehst auf Nick Winslow, stimmt's?«, fragte Sam mit einem listigen Ausdruck in den Augen. »Da prickelt's, das hab ich doch gespürt …«

»Nein, du täuschst dich«, antwortete Sonja zutiefst überzeugt. »Ich bin auf Jahre, na gut, zumindest auf Monate hinaus bedient! Ganz bestimmt werde ich mich so schnell nicht wieder auf irgendwas mit Liebe einlassen. Ich könnte gar nicht. Mir würde sofort übel werden.« Wahrscheinlich müsste ich mich sogar übergeben, wenn einer versuchen würde, mir nahe zu kommen, dachte sie.

»Aber die Gänsehaut«, widersprach Sam, »die hab ich mit eigenen Augen gesehen.«

Sonja musterte ihn scharf. Immerhin war er ein genauer Beobachter. »Das hatte nichts zu bedeuten. Ein kühler Windhauch.«

»Na, also, ich hätte jedenfalls nichts dagegen«, brummte Sam und machte eine großzügige Handbewegung. »Nur dass du es weißt. Hast du vielleicht irgendwo noch ein Bier?«

»Männer! Ihr seid ja so was von eingebildet!« Sonja schüttelte den Kopf, halb fassungslos, halb belustigt. »Ich glaube, von der mentalen Ausstattung her hast du bei deinem Machowettbewerb wirklich allerbeste Chancen.«

»Ich kann auch gleich in meine Hütte gehen.«

»Quatsch, so war das nicht gemeint.« Sonja stand auf und brachte zwei Flaschen aus dem Kühlschrank.

»Vor einigen Jahren«, erinnerte sich Sam, »da hab ich Sandy mal unabsichtlich überrascht. Ich kam vom Kajaken zurück, und sie saß hier, schaute einen Film und weinte. Sie war ja eigentlich 'ne taffe Lady, aber der Tag damals muss wohl ein besonderer gewesen sein.«

Sonjas Müdigkeit war wie weggepustet. »Weißt du mehr über ihre große Liebe? Über diesen Schauspieler Jimmy Parks?«

Statt zu antworten, stand Sam auf und ging ins Arbeitszimmer. »Da gibt es so eine ganz bestimmte Rolle, ich guck mal, ob ich die finde«, rief er. Sunny folgte ihm. »Ich meine, da waren früher mehr Filme«, murmelte er, während er den Kopf schräg hielt, um die Beschriftungen auf den runden Metalldosen zu entziffern. Endlich zog er eine Filmrolle hervor, auf der *Easy to Love – Making-of/Especially for Sandy* stand. »Das müsste es sein«, sagte Sam und ging zurück ins Wohnzimmer. Wieder lief Sonja ihm hinterher.

»Was ist das?«, fragte sie ungeduldig.

»Ein Abfallprodukt, eine Abfolge von Filmschnipseln. Hat ihr ein Kameramann geschenkt, mit dem sie wohl gut konnte.«

»Versteh ich nicht.«

»Also, der Film, den sie damals in Cypress Gardens gedreht haben«, erklärte Sam, wobei er die Rolle in den Projektor einspannte, »der hatte ja einen Film im Film zum Thema. Und die Parkbesucher durften sozusagen als Statisten dafür zu Tausenden auf den Rasenhügeln sitzen und zuschauen.«

»Ja, davon hab ich in Sandys Tagebuch gelesen«, warf Sonja ein.

Sam knipste das große Licht aus. »Es gab aber auch noch Kameramänner, die für Propagandazwecke oder für die *Wochenschau* Aufnahmen von den Dreharbeiten gemacht haben«, sagte er. »Und da ist durch Zufall eine kleine private Szene mit aufgenommen worden, die Sandy ... Also, sie sagte mir damals, das sei der Grund gewesen, weshalb sie nicht zum Casting für den Sprung aus dem Hubschrauber gegangen ist, das war nämlich am gleichen Tag. Eine Schwimmerin mit einem polnischen Namen hat dann Esther Williams gedoubelt.«

»Komm auf den Punkt!«, sagte Sonja ungeduldig.

»Ach, guck einfach selbst!«

Sam schaltete den Projektor ein, dessen Schnurren

sogleich von der beschwingten Filmmusik von *Easy to Love* übertönt wurde.

Zuerst sah man Motorboote mit abenteuerlich konstruierten Gerüstaufbauten, an deren Enden rechts und links hoch in der Luft je ein Kameramann hockte, um die Wasserskiszenen aus der Vogelperspektive zu filmen. Es folgte ein langer Schwenk an Land – überall Zuschauer in sommerlicher Sonntagskleidung, sie saßen an Tischen vor einem Ausflugslokal und auf den weitläufigen Rasenflächen. Die Aufnahmen hatte den typischen Technicolorfarbstich jener Zeit. Im Vordergrund hinter einer Absperrung stand eine Gruppe von Wasserskiläuferinnen. Sie hatten offenbar eine Pause. Ihre kleinen Badecapes, die ihre schönen Beine freiließen, waren vermutlich der Grund, weshalb der Kameramann sie näher heranzoomte. Eine der jungen Frauen drehte plötzlich den Kopf, als ob sie gerufen worden wäre.

»Das ist doch Sandy!«, rief Sunny und sprang vom Sofa auf.

Umwerfend sah sie aus, ihre Tante, so jung und schön, gebräunt, mit knallrotem Lippenstift! Das Bild ging wieder in die Totale. Esther Williams beendete gerade eine akrobatische Darbietung auf dem See in gewohnter Göttinnenpose, gebannt blickte das Publikum auf den Filmstar. Alle standen auf und applaudierten voller Begeisterung – nur Sandy schaute genau in die entgegengesetzte Richtung. Sie erkannte jemanden, ihre Lippen formten einen Namen, sie ließ ihr Handtuch fallen, sprintete barfuß über den Rasen an den abgelenkten Zuschauermassen vorüber durchs Bild, wo ihr ein Mann mit ausgebreiteten Armen entgegenlief.

Das konnte ja nur einer sein! Jimmy Parks fing seine Geliebte auf, wirbelte sie im Kreis herum, und sie küssten sich so leidenschaftlich, verzweifelt, wie Verdurstende Wasser tranken. Das war besser als jedes Happy End in einem Hollywoodfilm. Nur dieser eine Kameramann hatte erkannt, wo das echte Leben gerade eine zu Herzen gehende Szene bot. Er holte das Bild des Paares näher heran. In den Gesichtern spiegelten sich zuerst ungläubiges Staunen und endlich ein strahlendes Glück. Sandy lachte und weinte zugleich. Kein Zweifel, hier hatte sich ein echtes Liebespaar gefunden.

Mit einem lauten Ratsch endete der kleine Rückblick in die Vergangenheit. Die Spule drehte sich im Leerlauf, bis Sam den Projektor wortlos ausschaltete. Er war taktvoll genug, das Licht nicht sofort wieder anzuknipsen.

»Oh …«, sagte Sunny in schmachtendem Ton.

War das schön, so anrührend! Sie ließ sich rücklings aufs Sofa fallen und drückte ein Kissen vor ihren Bauch. Ihr kamen die Tränen.

Als Sam wieder sprach, klang seine Stimme belegt. »Sandy sagte mir, das sei einer der glücklichsten Augenblicke in ihrem Leben gewesen. Aber zugleich auch ihr ›moralisches Waterloo‹.« Er lachte leise auf in der Erinnerung. »Damals hab ich spontan was von Hemingway zitiert, und ich glaube, das war der Beginn unserer ungewöhnlichen Freundschaft. Ich sagte, dass das moralisch ist, wonach man sich gut fühlt, und das unmoralisch ist, wonach man sich schlecht fühlt.«

Sonja schniefte. »Der Spruch hat ihr sicher gutgetan.«

»Sie hatte ein Faible für Hemingway.«

»Sind Sandy und Jimmy denn dann zusammengeblieben?«

»Wie man's nimmt«, antwortete Sam. »Ich mochte damals nicht nachfragen, Sandy war zu aufgewühlt. Soviel ich verstanden habe, war sie anschließend viele Jahre seine heimliche Geliebte. Jimmy Parks kam, sooft er konnte, nach Florida, aber von seiner Frau hat er sich nie getrennt.«

10

Sonja hatte sich einen Termin beim Bürgermeister der Gemeinde Dolphin Island geben lassen. Der Händedruck von Wallace Botter, einem jovialen Machertyp von vielleicht Mitte fünfzig mit dickem Hals und grauen Schläfen, war so kräftig, dass Sonja ihn noch spürte, als sie ihm schon im Besuchersessel gegenübersaß und von ihren Plänen erzählte.

»Ich habe unterschiedliche Dinge über das Grundstück gehört, das ich von meiner Tante geerbt habe«, sagte sie. »Der größte Teil soll zum Naturschutzgebiet erklärt werden? Was ist denn jetzt wirklich zu erwarten? Wie stehen meine Chancen, eine Genehmigung für eine Strandgärtnerei zu erhalten?« Sie lächelte gewinnend. »Ich möchte noch mal betonen, dass ich umweltfreundlich arbeiten und nur einheimische Pflanzen ziehen will. Es wird auch nicht viel gebaut werden müssen, der Schutzstreifen der Dünenzone direkt am Strand bleibt selbstverständlich völlig unberührt.« Sie wies darauf hin, dass sie ihre Pflanzen ausschließlich mit Wurzelballennetzen versehen würde, die biologisch abbaubar waren. Wallace Botter zeigte sich grundsätzlich erfreut, aber er antwortete ausweichend. Sunny erläuterte ihm weitere Vorteile ihrer Idee für das große Ganze. »Wir wissen ja, dass als Folge des Klimawandels mehr Starkregen zu erwarten ist«, brachte sie schließlich als letztes Argument vor. »Der kann viel besser abfließen, wenn die Gärten naturnah angelegt sind. Und so mancher Hausbesitzer, der seinen Garten zupflastert oder zubetoniert, würde es sich vielleicht überlegen, wenn es eine pflegeleichte Alternative dazu gäbe. Damit sinkt dann die Gefahr von Überschwemmungen, verstehen Sie?«

»Ach was. Klimawandel existiert, seit Gott die Welt erschaffen hat«, entgegnete der Bürgermeister lapidar.

Im Übrigen habe es bereits eine öffentliche Anhörung gegeben. Dabei seien diverse Umwidmungen auf der Insel besprochen worden, auch die von Sandys Grundstück. Doch was der Planungsausschuss nun dem Gemeinderat vorschlagen und wie der Gemeinderat sich im geheimen Teil seiner nächsten Sitzung entscheiden werde, darüber dürfe er ihr keine Auskunft erteilen.

»Können Sie mir denn nicht zumindest sagen, in welche Richtung die allgemeine Meinung tendiert?«, fragte Sonja. »Und könnte ich noch irgendetwas tun, um die Entscheider zu überzeugen?«

»Es tut mir sehr leid«, antwortete Botter, »wenn ich das tun würde, dann würde ich gegen meine Pflichten als Bürgermeister verstoßen. Es wäre außerdem unseriös, weil ich jetzt noch nicht wissen kann, wie sich die Ratsleute in der Sitzung Anfang August entscheiden werden. Aber wenn ich Ihnen einen Rat geben darf ... Klären Sie erst einmal die rechtliche Seite, Sie sind ja Ausländerin.«

Sonja ging nicht besonders glücklich über das Gespräch in ihr Häuschen zurück. Dort setzte sie sich an ihren Laptop und suchte im Internet nach Informationen über Vorschriften für die Gründung einer Gärtnerei.

Gegen Mittag kam Lorraine vorbei. Sie hatte Tom mitgebracht, der bereits freudig durch den Garten hüpfte, abwechselnd »Ich liebe dich!« und hohe Pfeiflaute von sich gab.

»Hallo, macht es euch schon mal bequem«, rief Sonja, »ich komm gleich auf die Veranda!« Sie hatte auf einer offiziellen Regierungsseite auch einen sogenannten Einführungstext über die Nutzung einheimischer Pflanzen gefunden, den sie schnell noch ausdrucken wollte. Doch der Drucker hörte und hörte nicht auf zu rattern. Über dreißig eng beschriebene Seiten spuckte er aus. »Oje, und ich dachte immer, Deutschland sei Weltmeister in Bürokratie«, seufzte sie, als sie sich mit dem Papierstapel in der Hand neben Lorraine niederließ. »Das Gespräch mit dem Bürgermeister hat übrigens nicht besonders viel gebracht.«

Lorraine tätschelte ihr beruhigend die Hand. »Es gibt bei uns eine schöne Redewendung, die mir schon oft im Leben geholfen hat. *I'll cross that bridge when I come to it.* Wenn ich erst mal da bin, komm ich auch über die Brücke rüber. Oder mit anderen Worten: Ich kümmere mich darum, wenn's so weit ist.«

»Ja, du hast recht. Man darf sich nicht verrückt machen.« Sonja lächelte dankbar. »Was möchtest du trinken, Lorraine? Kaffee oder lieber einen gekühlten Fruchtsaft?«

»Gar nichts, meine Liebe, ich wollte dich nur daran erinnern, dass wir heute Abend wieder im Kulturzentrum sind.«

Sonja versprach ihr, zusammen mit Stormy reinzuschauen.

»Du glaubst ja nicht, wie froh ich über dieses Kulturzentrum bin«, sagte Lorraine, als sie Tom herbeilockte, um sich wieder auf den Heimweg zu begeben. »Das ist ein echter Glücksfall. Auch die Leute dort. Ich wüsste nicht, was ich ohne diesen Treffpunkt machen sollte.«

»Ich liebe dich, ich liebe dich«, krächzte Tom und wackelte näher.

»Schade, dass Sam nicht da ist«, sagte Lorraine, sie gab Tom eine Nuss, »er hat wirklich ein Händchen für die Vögel.«

Sonja nickte. Seit sie erlebte, wie zutraulich die Kakadus sein konnten, verlor sie nach und nach ihre Scheu vor ihnen. Eigentlich waren sie wirklich drollig. Sie konnten sich zwar gewaltig aufregen oder sehr bestimmt auftreten, aber selbst dabei wirkten sie putzig. Tom und Jerry schmusten sogar mit Sam, indem sie ihre Hinterköpfe an ihm rieben. Auch wenn man nicht verstehen konnte, was sie sagten, während sie ihre Tiraden krächzten, ließ sich erahnen, was sie sagen wollten. Meist etwas wie: Gib mir zu fressen, ich will hier raus, spiel gefälligst mit mir, ich langweile mich! Unter Sams Regie hatte Tom neulich diverse Kästchen und Schatullen mit dem Schnabel geöffnet und sie wieder zugeklappt. Sonja berichtete ihrer Nachbarin davon.

»Und weißt du, dass Jerry ein Spielzeugauto vorwärtsschieben kann?«, fragte sie. »Wirklich erstaunlich!«

»Ja, das sind zwei der Tricks, die Sandy ihnen beigebracht hat.« Tom hüpfte auf Lorraines Arm und kletterte auf ihre Schulter. Sie erhob sich lächelnd. »Bis heute Abend also.«

Es war schon draußen nicht zu überhören. *Stop! In the Name of Love* klang es live aus dem großen quadratischen Holzhaus mit umlaufender Veranda – die Probe für den bunten Abend lief bereits auf Hochtouren, als sie ankamen. Sonja trug zum ersten Mal das Kleid, das sie neulich in Fort Myers gekauft hatte. Ein rund ausgeschnittenes Hängerchen in Apricot, das ihrer gebräunten Haut schmeichelte. Stormy hatte sich wieder eines ihrer bunten Hippiegewänder übergeworfen. Dieses war blau gebatikt und mit glitzernden Steinchen verziert.

Es roch nach Deos, Parfüms, Schweiß und gegrilltem Essen, nach verbranntem Staub auf Glühbirnen und freudiger Erregung. Ungefähr zwei Dutzend Menschen standen in einem Saal und werkelten geschäftig herum. Ein Mann kümmerte sich um die Beleuchtung.

»Halt, halt! Die Sänger machen bei ›Stop‹ diese Handbewegung, schaut! Wie ein Schülerlotse vor der Schule«, sprach der Übungsleiter ins Mikro seines Headsets. »Bei ›in the name of love‹ dreht ihr euch seitlich und beschreibt mit dem rechten Arm einen großen Kreis von vorn nach hinten. Das ist doch gar nicht so schwer, Leute!« Er führte es selbst vor, die beiden Frauen und die drei Männer, die als Sänger vorn auf der Bühne standen, wiederholten es gemeinsam ohne Musik. »Ja, richtig!«

»*Hi*, Stormy! *Hi*, Sunny!«

Die beiden Neuankömmlinge wurden aus der Entfernung von Etta, Ranger und Lorraine begrüßt. Etta gehörte zu den Sängern, Ranger zur Band. Stormy winkte einigen Musikern zu, die sich hinter den Sängern auf einer zweiten, höheren Ebene mit ihren Instrumenten aufgebaut hatten. Es gab drei Bläser, einen Schlagzeuger, einen Keyboarder, zwei Gitarristen und ganz hinten rechts an großen Bongos Ranger für die Percussion. Tuschelnd und lachend wechselte Stormy ein paar Sätze mit Bekannten, sie stellte Sunny einigen vor. Die meisten Leute waren schon älter. Zum Beispiel Bee, eine resolute Frau, die gern lachte. Die pensionierte Schulleiterin war mit einem Team von Freiwilligen für das Fingerfood verantwortlich. Und die zierliche Rose, die ein selbst bemaltes Seidenshirt trug und sich um die Garderobe kümmern wollte.

»So, und jetzt noch mal in einem Stück durch!«, tönte der Übungsleiter, ein Mittvierziger mit braunem Haar. »Das ist Malcolm, sehr netter Typ«, flüsterte Stormy, »ein Hansdampf in allen Gassen. Er wollte ursprünglich Berufsmusiker werden, heute verdient er sich dumm und dämlich mit Läden, in denen er Waren aus Schadensfällen verkauft.«

»Vergiss nicht, mit den Fingern zu schnipsen, Etta!«, mahnte Malcolm.

Und die Musik setzte wieder ein, laut, an einigen Stellen noch ziemlich schräg beziehungsweise mit unterschiedlicher Geschwindigkeit, was vielleicht damit zusammenhing, dass auf der Bühne alle Altersgruppen von Mitte zwanzig bis über siebzig vertreten waren. Aber der Groove war da! Alle spürten ihn, alle swingten, schwitzen und strahlten übers ganze Gesicht. Die beiden besten Sänger waren ein afroamerikanisches Ehepaar. Sowohl der Mann, Martin, als auch die Frau, Alicia, hatten begnadete Soulstimmen. Als die Bläser – Posaune, Trompete und Saxofon – einsetzten, verstand Sonny, weshalb niemand im Zuschauerraum saß. Es ging nicht! Bei dieser Musik konnte kein Mensch ruhig und gesittet zuschauen. Alle bewegten sich mit. Der Fußboden vibrierte.

Das nächste Übungsstück *My Girl* klappte fast ohne Unterbrechungen. Instinktiv ahmten Stormy und Sonja die Bewegungen der Sänger nach. Anfangs hielten sie die Hände auf dem Rücken verschränkt, dann klatschten sie und traten auf der Stelle. Beim Refrain zeigte abwechselnd jeder Sänger einmal auf, dann zogen alle gleichzeitig das Knie hoch.

»Heyheyhey!«, sang Malcolm vor. Alle machten einen Seitenschritt, eine schwungvolle Drehung. »Jetzt einen Schritt vor, den linken Fuß vor den rechten«, verlangte der Übungsleiter. »Tapp – uuund in die Hände klatschen! *Yeah!*« Malcolms Blick fiel zwischendurch immer wieder auf Stormy und Sunny. »Pause!«, rief er schließlich.

Gelegenheit für ein paar Snacks, die Bee herumreichte, um zu testen, was wohl am besten beim Publikum ankäme.

»Das hier sind Spieße mit gebratenem Thunfischfilet, Speck, Mangostückchen und Kirschtomaten«, erklärte sie. »Und dann gibt es noch Hähnchenfilets mit Ananas-Salsa und Sandwiches mit knusprig gegrilltem Zackenbarsch.«

Zu trinken gab es Bier aus einer nahen kleinen Brauerei, das schien gerade sehr in Mode zu sein, aber auch Cocktails und eisgekühlte Limonade.

Malcolm, der mit seinen lebhaften dunklen Augen und dem scharf geschnittenen Gesicht etwas Italienisches hatte, wischte sich mit einem Taschentuch über die Stirn und begrüßte Stormy erfreut.

»Ihr beiden Mädels seid unser Backgroundchor«, bestimmte er kurzerhand. »Ihr müsst nicht singen können, nur mal *yeahyeahyeah*, *baby-baby* oder *huuuhuu*. Aber ihr habt hübsche Beine und könnt euch bewegen. Keine Widerworte.«

Ehe sie sich's versahen, standen sie, von den Musikern mit Klopfen begrüßt, seitlich auf der erhöhten Ebene hinter den Sängern. Auch Lorraine sprang begeistert auf die Bühne. »Eigentlich bin ich ja mit dem Frisieren schon voll ausgelastet«, rief sie. »Aber bei ein paar Nummern möchte ich wahnsinnig gern im Background singen. Zu dritt kriegen wir das sicher super hin!« Lachend nahmen Sonja und Stormy sie in ihre Mitte.

Die meisten Songs gingen richtig ab. *Where Did Our Love Go? I Can't Help Myself. I Want You Back* oder *Mr. Postman.* Die Bewegungen machten unglaublich viel Spaß, manche Elemente der Choreografien waren klassisch, so klischeehaft, Step-Step-Kick, dass Sonja es schon wieder witzig fand. Manchmal mussten sie nur eine Schulter rollen, sich vor- und zurückbeugen oder die Arme anwinkeln, die Zeigefinger heben oder sich im Rhythmus nach links und nach rechts drehen. Mit Hingabe schmetterte der Hintergrundchor »*Huuuhuu!*«. Als sich die drei Bläser wie auf Kommando eine dunkle Sonnenbrille aufsetzten, erhoben und ganz cool mal vor-, mal zurückbeugten, quietschte das Publikum vor Vergnügen. Obwohl der Posaunist, wenn man ganz ehrlich war, suboptimal spielte.

Es folgte eine Nummer, die mit Drums einsetzte, die wie Herzschläge klangen, und deren Melodie und Text Sonja fast zu Tränen rührten – *What Becomes of the Broken Hearted*. Eine Zeile behauptete *Happiness is just an illusion*. Ja, Glück war nur eine Illusion! Und diese Molltöne! O Gott, ich muss aufpassen, dachte Sonja, ich bin betrunken und werde sentimental!

Beim letzten Song der Probe schwelgte sie jedoch wieder unbeschwert mit – *Aint no Mountain High Enough*. Hach, müsste das schön sein! Eine Liebe wie in diesem Lied besungen, für die kein Berg zu hoch, kein Tal zu tief, kein Fluss zu breit wäre!

Im Anschluss beim gemütlichen Teil des Abends lernte Sonja die meisten Mitwirkenden kennen. Wenn Stormy es ihr nicht gesagt hätte, wäre ihr nie in den Sinn gekommen, dass die schwarze Sängerin Alicia – eine große Frau mit großem Busen und schmalen Hüften – als Polizistin arbeitete. Der bullige Sänger Martin, ihr Ehemann, verdiente seine Sandwiches als Hausmeister einer Apartmentanlage. Der E-Gitarrist und der Keyboarder studierten noch. Der Trompeter, der aussah wie ein alter Hamster, war vor seiner Pensionierung Buchhalter gewesen. Der smarte kleine Saxofonist mit dem schütteren Haar war ein Witwer, der eine Kette von Möbelläden aufgebaut hatte. Der Posaunist entschuldigte seine schwache Darbietung mit Zahnschmerzen.

Sie aßen und tranken. Kleine Grüppchen übten weiter Tanzschritte. Es wurde gelacht und geschäkert. Sonja unterhielt sich kurz mit Ranger, der bei der öffentlichen Anhörung zur Erweiterung des Naturschutzgebiets dabei gewesen war, und ihr gern in Ruhe Auskunft darüber erteilen wollte. Er lud sie ein, ihn und Etta zu besuchen.

Als der Hamster mit der Trompete Lorraine liebevoll »Rainy« nannte, fiel bei Sonja ein Groschen. »Stormy, unser Wetterbericht ist perfekt!«, rief sie quer durch den Saal. Die drei Frauen klatschten sich gegenseitig ab. Für den Rest des Abends stellten sie sich vor als »das heute schon legendäre Backgroundtrio Sunny, Stormy und Rainy« und amüsierten sich königlich.

»Wie heißt du denn nun wirklich?«, fragte Alicia, sicherlich geübt in der Aufnahme von Personalien. »Sonja oder Sunny?« Sonja fühlte sich beschwingt und dankbar für die warmherzige Aufnahme in dieser Runde. Den Namen Sonja hatte sie ja nie besonders gemocht. Beschwipst stellte sie sich auf einen Stuhl und verkündete »Ich bin Sunny. Ab heute bin ich nur noch Sunny! Und ... ich danke euch, dass ihr mich mitspielen lasst!«

Mehrere Leuten stießen mit ihr an, und der Abend endete damit, dass sie am kleinen Springbrunnen im Gärtchen des Kulturzentrums von einer angeheiterten Truppe feierlich »endgültig auf den Namen Sunny« getauft wurde.

Kurz bevor sie ins Bett ging, schaute Sonja noch einmal auf ihr Handy. Das Datum zeigte Michaels Geburtstag an. Sie hatte lange nichts von ihm gehört. Wie es ihm wohl ging? Sollte sie seinen Geburtstag ignorieren? Zum ersten Mal seit über fünfzehn Jahren? Oder vielleicht eine Mail schicken?

Sie überlegte. Würde es nicht sogar von einer gewissen Größe zeugen, wenn sie ihn anriefe und ihm mündlich gratulierte? So konnte sie demonstrieren, dass die Phase, in der sie sich anschrien, anflehten, anklagten und völlig entblößten, endgültig hinter ihnen lag. Sunny mochte noble Gesten. Aber vermutlich war es eher die Sehnsucht danach, Michaels Stimme zu hören, als ihr Wunsch, ihn durch Größe zu beschämen, was sie dazu brachte, seine Nummer zu wählen. Sie war auch nicht mehr nüchtern, das konnte sie ihm gegenüber ja kurz andeuten, damit er nichts Falsches in ihren Anruf hineininterpretierte.

Er meldete sich sofort.

»Hallo, Michael, trotz allem und überhaupt – herzliche Glückwünsche zum Geburtstag!«

»Sonja!« Seine Stimme klang ehrlich erfreut. »Wie geht's dir? Stimmt es, was ich gehört hab? Du willst länger in Florida bleiben?«

»Ja, schon.« Sie versuchte, ein Hicksen zu unterdrücken. »Ist echt schön hier. Und warm! Ich schwimme jeden Tag im Meer.« Sollte er ruhig ein bisschen neidisch werden!

»Ach, Sonja …« Michael atmete tief durch.

»Wo bist du gerade? Störe ich dich?«

»Nein, gar nicht. Bin gerade an der Autobahnraststätte, tanken, die übliche Kundenfahrt.«

»Ach ja, natürlich, klar.«

»Du fehlst mir!«, brach es aus Michael heraus. »Ich frage mich in letzter Zeit immer öfter, ob ich nicht einen Riesenfehler gemacht hab.«

»Hast du.« Sie bemühte sich, es flapsig zu sagen. »Definitiv.«

»Warum …« Michael holte tief Luft, die er heftig durch die Nase wieder ausstieß. »Warum verbinde ich denn immer noch alles Schöne zuallererst mit dir?«

Sonja schossen Tränen in die Augen. »Es war schließlich eine lange Zeit«, konnte sie nur flüstern. Ihr Herz klopfte schneller.

»Ja, das ist wohl der Grund.« Seine Stimme klang ganz weich, am Ende schwebte darin ein kleines Fragezeichen.

Sonja hörte ihren Mann atmen. Sie schwiegen beide, jeder darauf bedacht, jetzt nur nichts Falsches zu sagen, keine neuen Hoffnungen zu nähren, die doch nur wieder enttäuscht werden würden. Dieses Spiel hatten sie inzwischen schon zu oft vergeblich gespielt.

»Also, wie gesagt«, beendete Sonja das Telefonat. »Alles Gute und noch einen wunderbaren Tag heute.« Ein »Lass dich verwöhnen« bekam sie nicht über die Lippen.

»Danke für deinen Anruf, Sonja! Mach's gut!«

Kurz bevor er das Gespräch beenden konnte, fiel ihr noch etwas Wichtiges ein. »Ich bin übrigens nicht mehr Sonja, ich bin jetzt Sunny!«

Am nächsten Morgen erinnerte sie sich dunkel an das Telefonat, an ihre Taufe am Springbrunnen und daran, dass sie vorgeschlagen hatte, dort einen Schulgarten anzulegen – Kinder und Best Ager könnten sich gemeinsam darum kümmern. Verkatert schleppte sie sich an den Strand und hoffte, durch das Bad im Meer wieder einen klaren Kopf zu bekommen. Auch Stormy war mit dem Muschelsammeln später dran als sonst, weshalb sie sich noch begegneten.

»O Gott«, stöhnte Sonja, »ich glaube, ich hab mich gestern fürchterlich blamiert!«

»Quatsch!«, widersprach Stormy. »Die Leute mögen dich, Sunny. Es war doch ein witziger Abend! Ich freu mich schon auf die nächste Probe.« Sie zog ihre Flip-Flops aus und fing an, barfuß auf dem feuchten festen Strand Schritte der *My Girl*-Choreografie zu tanzen.

Na gut, dachte Sonja, dann bin ich ab sofort auch für mich selbst nur noch Sunny – endlich heiterer und unkomplizierter als die alte Sonja.

»Heyheyhey!«, sang sie als Antwort und tanzte mit. Alles *easy*, Leute!

Etta und Ranger bewohnten ein nicht sehr großes, mittelblau gestrichenes Holzhaus mit weißen Fensterläden und einem grauen Schindeldach. Es lag auf der einzigen höheren Düne, einer kleinen Landzunge von Dolphin Island. Von hinten gab es zwar eine Zufahrt, aber Sunny ging lieber auf dem von rosa Winden und strohgelbem Strandhafer gesäumten Sandweg, der parallel zur Brandung durch wildes Gras auf das Haus zulief. Sunny spürte die Wärme vom Trampelpfad aufsteigen, roch das Gras, das Salzwasser, ab und zu stieg eine Schwade von den Algen zu ihr hoch. Der Sand knirschte bei jedem Schritt, der Wind drückte sich in ihre Nasenlöcher. Eine leichte hohe Bewölkung milderte das Nachmittagslicht.

Das blaue Haus war ihr schon früher bei Spaziergängen aufgefallen. Es erschien ihr wie ein Idealbild von Heimeligkeit, das bedroht war. So nah am Meer zu wohnen, dicht an der immer vom Abbruch bedrohten Kante, ganz ungeschützt dem Elementaren, den Stürmen ausgesetzt – das war auch ein passendes Bild für Ettas Situation. Sunny überlegte kurz, ob das eine das andere mitbedingt haben könnte, dann fiel ihr wieder ein, dass die Bernsteins ja erst nach Florida gezogen waren, nachdem Etta erkrankt war. Doch manche Menschen suchten sich ja instinktiv eine Wohnung, deren Schwierigkeitsgrad genau zum Schwierigkeitsgrad ihres Lebens passte. Für Etta existierte keine Pufferzone mehr. Es ging um Leben oder Tod.

Sunny beobachtete einige Seevögel, die mit der Thermik kreisten und lauschte den Möwen. Plötzlich überkam sie ein Gefühl, als hätte sie genau diese Situation schon einmal erlebt, im Traum oder in einem früheren Leben. Sie versuchte, ihre Beklemmung abzuschütteln. Was bedeutete das? Um das Haus herum blühte und grünte nichts, an einer derart exponierten Stelle war es sicherlich auch schwierig, etwas Passendes anzupflanzen.

Als Sunny die ungeschützte, schmucklose Hausfront erreicht hatte, drehte sie sich noch einmal zum Meer und füllte ihre Lunge mit der ozonhaltigen Luft. Das seltsame Gefühl verflog nach einigen tiefen Atemzügen. Ich bin zum ersten Mal hier, sagte sie sich. So viel ist sicher.

»Willkommen!« Etta öffnete ihr die Haustür. »Geh durch, Sunny!« Im Flur und im Wohnzimmer hingen moderne Kunstwerke im Stil von Mondrian, Bilder mit geometrischen Farbflächen. »Gradlinigkeit beruhigt mich«, kommentierte Etta Sunnys Blick darauf.

An der Rückseite des Hauses, dem Meer abgewandt, befand sich eine Veranda, auf der schon eingedeckt war. Es gab Earl-Grey-Tee, selbst gebackene Cookies und mundgerecht geschnittenes Obst.

Ranger legte seine Zeitung zur Seite, er begrüßte Sunny herzlich. »Setz dich doch!«

Auf dem Tisch lagen ein Fernglas und ein abgegriffenes Bestimmungsbuch für Vögel. Die Aussicht reichte über einen aufgegebenen Garten und ein Stück Dünenlandschaft bis zu den grünen Bäumen einer Ferienhaussiedlung.

»Meine Blumen sind mir alle eingegangen«, bemerkte Etta frustriert. »Komisch, was?«

»Na ja«, sagte Sunny.

»Ich sehe es als Experiment und beobachte gespannt die Entwicklung«, kommentierte Ranger. »Welche Pflanzen behaupten sich am besten? Wer trotzt erfolgreich Salzwasser, Sonne und Wind?« Nach ein paar launigen Sätzen über den Übungsabend berichtete Ranger von der Anhörung. »Mein Eindruck war, dass es auf das hinauslaufen wird, was ein Mitglied des Planungsausschusses ›mehr Flexibilität für künftige Entwicklungen‹ genannt hat. Ich wette, dass eher der Plan, das Naturschutzgebiet zu vergrößern, aufgehoben wird, als dass die entsprechenden Grundstücke unter einen noch strengeren Schutz gestellt werden.«

Sunny nickte. Das würde auch das Interesse von Beach Club Enterprises erklären. Von wegen langfristig und strategisch planen! Damit dürften dann aber auch die Chancen für die Genehmigung ihrer Gärtnerei steigen. Insofern war das keine schlechte Nachricht für sie. Vor ihrem geistigen Auge stieg der schwarze Pfeil ihrer Geschäftskurve steil nach oben.

»Mir ist etwas aufgefallen«, sagte Sunny. »Die nächste Gärtnerei, die zwar nicht auf Dolphin Island liegt, sondern auf dem Festland, heißt Botter. Die arbeiten konventionell, aber … Heißt so nicht auch der Bürgermeister?«

Ranger stieß einen Seufzer aus. »Ja. Es handelt sich um Wallace' Bruder.«

»Oh.« Sunny sah ihn betroffen an. Die schwarze Kurve machte soeben einen scharfen Knick nach unten.

»Gib die Hoffnung nicht auf«, mischte sich Etta mit einem aufmunternden Lächeln ein. »Vielleicht sind die Brüder ja heillos zerstritten.«

»Wäre nicht auszuschließen«, meinte Ranger. »Ist eine sehr ehrgeizige Familie. Wallace hat große Ambitionen als Politiker. Er möchte zu gern als Abgeordneter des Repräsentantenhauses ins Florida State Capitol von Tallahassee einziehen.«

»Vater und Sohn sollen auch ein gespanntes Verhältnis haben. Marc, der Älteste, ist trotz seiner Jugend schon ein sehr erfolgreicher Geschäftsmann«, ergänzte Etta. »Seine Firma ist gut vernetzt. Kauft und investiert. Was genau, weiß ich nicht, aber man sagt ihm einen Riecher für alles Geschäftliche nach.«

Sunny dachte mit Unbehagen an die kurze Begegnung im Mondschein zurück, als sie die Pflanzen ausgebuddelt und auf Stormys Truck geladen hatten.

»Aber Wallace hat eine wirklich nette Frau«, räumte Etta ein. »Ich treffe Amy manchmal auf dem Wochenmarkt, wir klönen immer ein wenig. Lorraine macht ihr die Haare. Ich glaube, unsere Bürgermeistersfrau würde am liebsten einfach nur in Ruhe auf Dolphin Island leben.«

Die Bernsteins gaben noch ein paar Anekdoten aus dem Kulturzentrum zum Besten. Eine Weile unterhielten sie sich über ihre erwachsenen Kinder, die als Hochschullehrer und Autoren in die Fußstapfen ihrer Eltern getreten waren. Zum Sonnenuntergang mixte Ranger fruchtige Cocktails.

Ihr Gespräch wurde vertraulicher. Sunny erzählte von ihrem Leben in Deutschland, auch von ihrer gescheiterten Ehe und der Schwierigkeit, ihre Gefühle von der Richtigkeit dessen zu überzeugen, was ihr Verstand schon lange wusste. Die Bernsteins waren gute Zuhörer. Das ermutigte sie zu einer sehr direkten Frage.

»Habt ihr je ernsthaft an eurer Ehe gezweifelt?«

Nach einem kurzen Zögern nickten beide. »Ja«, sagte Etta langsam, »das muss so Mitte der Siebziger gewesen sein. Ich saß zu Hause mit den Kindern und dachte, ich verblöde, wenn ich mich nicht endlich auch tagsüber wieder mit jemandem unterhalten kann, der sich die Hosen schon allein zumachen kann.«

»Sie wollte sich unbedingt selbst verwirklichen und alles ausdiskutieren.«

In Rangers Stimme hallten immer noch Groll, Verletzungen und triefender Spott nach. Sunny konnte sich, ohne dass die Bernsteins es weiter ausführen mussten, vorstellen, in welchem Ton damals das Ausdiskutieren stattgefunden hatte.

»Ja, ich hatte damals ganz doll Feminismus«, gestand Etta selbstironisch ein. »Das grassierte damals überall.«

»Zum Glück fing sie dann mit dem Drehbuchschreiben an«, sagte Ranger.

Sunny wagte es nun, das Thema ansprechen, das sie seit Monaten am meisten beschäftigte. »Seid ihr einander immer treu gewesen?« Leiser setzte sie hinzu: »Kann man hinterher wieder glücklich zusammen sein?«

Etta kam Ranger zuvor. »Diese Frage«, empfahl sie mit einem Augenzwinkern, »solltest du uns lieber getrennt voneinander stellen.«

Sunny lächelte, doch es war ihr ernst. Sie nippte an ihrem Cocktail. »Wie habt ihr wieder zusammengefunden?«

»Wir haben bemerkt, was uns verbindet.« Ranger legte seine Hand auf Ettas kleine, von Altersflecken übersäte Hand. »Liebe.« Er konnte seine Rührung nicht ganz verbergen und räusperte sich.

Etta schwieg eine Weile. »Er hat einen Tanzkurs mit mir besucht«, erinnerte sie sich dann. »Er wusste ja, dass ich trotz allem ein romantisches Huhn bin. Ich hab immer davon geträumt, mit ihm über die Tanzfläche zu schweben. Aber er konnte nicht tanzen, er hoppelte. Schon unser Hochzeitstanz war eine Katastrophe!«

»Und seit dem Tanzkurs?«

»Hoppelt er wenigstens nicht mehr.« Ranger sah sie halb im Scherz gekränkt an. »Also, dein Foxtrott ist Weltklasse, Rufus«, beeilte Etta sich, ihn zu besänftigen.

»Phh!«, machte Ranger herablassend. »Wenn ich den Motown-Groove in meinen Beinen spüre, bin ich nicht zu halten!«

»Zugegeben, du hast da eine Inselbegabung, *darling*.« Ettas Augen sprühten, sie biss sich vor unterdrücktem Giggeln auf die Lippen. »Und erst seine Solotanzeinlagen nach dem dritten Mojito, Sunny! Wie ein Autounfall – schrecklich, aber man muss einfach hinsehen.«

Ranger fixierte sie mit halb gesenkten Lidern, durch seinen Körper ging ein verwegener Schwung. »Ich erinnere mich an Zeiten, Madam, da Sie meine *moves* außerordentlich angeregt haben.«

»Jaja«, Etta rollte amüsiert die Augen. »Wie sagt man noch? In einer guten Ehe hat keiner die Hosen an!« Sie naschte ein Stück Mango und wurde wieder ernster. Nachdenklich sah sie Sunny an. »Seit unserer großen Krise hat er mich schon eher mal demokratisch mitentscheiden lassen. Das war nämlich der Punkt. Er hat alles ohne mich beschlossen.«

»Ach, so schlimm war es doch gar nicht.«

»Und ob!«, widersprach Etta. »Aber nun ist das anders, wir entscheiden partnerschaftlich. Wenn's heute hart auf hart kommt, spielen wir Schnick, Schnack, Schnuck.«

»Richtig!« Jetzt musste Ranger grinsen. »So sind wir überhaupt in Florida gelandet. Wenn's nach mir gegangen wäre, hätten wir uns unseren Ruhesitz irgendwo an den Großen Seen gesucht.«

»Brrrr!« Etta schüttelte sich. »An der kanadischen Grenze wär's mir viel zu kalt gewesen. Mir hätte sonst vielleicht noch eine Gegend mit viel Prärie gefallen.« Sie wollte nachschenken, doch Sunny lehnte ab. »Morgen kommt eine Pflanzenlieferung, die ersten Meertraubenbäume für die Allee. Zum Glück schickt die Baumschule auch eigene Leute mit, die beim Einpflanzen helfen. Da muss ich natürlich früh auf meiner Gartenbaustelle sein.«

»Na klar, das verstehe ich. Hast du vielleicht einen Tipp

für mein Gartendesaster?«, fragte Etta seufzend. »Mich erinnert es ständig an einen Bombentrichter.«

Sunny nahm Stift und Notizzettel aus ihrer Tasche, legte beides auf den Tisch. Sie erhob sich und ging ans Geländer. Die ganze Zeit über hatten schon zwei widersprüchliche Ideen versucht, mit Bildern in ihre Vorstellungswelt vorzudringen. Sie schloss die Augen und konzentrierte sich. Das Kribbeln setzte ein, an den Oberarmen zuerst. Ihre Intuition oder was immer es sein mochte, das ihr die Gartenvisionen brachte, blieb bei zwei Versionen, die eigentlich nicht zusammenpassten.

»Das ist mir noch nie passiert«, sagte Sunny. Die Bernsteins sahen sie mit großen Augen an. »Dass ich zwei gegensätzliche Gärten für ein Objekt empfehlen möchte«, fügte sie erklärend hinzu.

»Oh, nur heraus damit«, sagte Etta aufmunternd. »Ich bin eine gespaltene Persönlichkeit. So was könnte für mich genau das Richtige sein.«

Sunny setzte sich wieder und machte rasch eine Skizze. »Also mein Vorschlag wäre folgender: Vor den Eingang an der Front zum Meer lasst ihr euch eine Ladung Felsgestein setzen. Auf diese erweiterte Fläche kommt eine Holzterrasse mit einem hübschen Geländer. Das würde ich passend zu den Fensterläden weiß streichen.«

»Auf Stein gebaut ...«, sagte Ranger bedächtig.

»An das Geländer hängt ihr Blumenkästen, in die ihr bunte Blumen pflanzt. Sie machen nicht viel Arbeit, sind schnell mal ausgetauscht, und verbreiten eine heitere Stimmung.«

»Zwischen die Felsbrocken könnte man sogar noch Steingartenpflanzen setzen«, schlug Ranger begeistert vor.

»Super Idee!« Sunny fuhr fort. »Und hinterm Haus würde ich komplett auf Strandgräser setzen. Nur zwei oder vier Sorten, und jede in ein klar begrenztes Feld pflanzen. Ich würde eine Sitzecke und Wege aus Steinplatten dazwischen pflastern. So könnt ihr hindurchgehen, vielleicht eine Sitzbank aufstellen. Aus dem Erdgeschoss wird es aussehen wie eine einzige wogende Fläche, ein bisschen wie die Prärie und ein bisschen wie ein bewegtes Mondrian-Bild. Ich glaube, dieser Anblick, wenn der Wind über die Gräser weht und sie sich ducken und wieder aufrichten, der wird euch guttun.« Ihren Gastgebern schien es die Sprache verschlagen zu haben. »Denkt einfach mal in Ruhe darüber nach«, sagte Sunny, als sie aufbrach und sich, dankbar für das offene Gespräch, von den Bernsteins verabschiedete.

Die beiden standen im Schein ihrer Außenlaterne auf der Veranda und winkten ihr nach. Sunny sah noch, wie Ranger seinen Arm um Ettas Schultern legte und sie ihm mit einer zärtlichen Geste das Haar zurückstrich, worauf er sie fester an sich drückte und ihr einen Kuss gab. Diese kleine selbstverständliche Szene rührte Sunny. Was für eine Liebe! Fast fünfzig Jahre hielten die zwei es schon miteinander aus.

Zurück nahm Sunny den Weg durchs Dorf. Sie freute sich, dass man hier so viele Sterne blinken sehen konnte, selbst von der Hauptstraße aus – weil man doch auf Dolphin Island den Schildkröten zuliebe auf Ampeln und übertriebene Beleuchtung verzichtete. Alles war perfekt, wunderschön – nur nicht ihr Leben.

Plötzlich fühlte sie sich furchtbar allein. Ohne Vorwarnung wurde sie von einer heftigen schmerzhaften Sehnsucht überfallen. Wie hatte sie gehofft, dass sie eine andere sein würde, wenn sie sich Sunny nannte – vergeblich! Es tat so verdammt weh, dass sie laufen musste. Immer schneller rannte sie durch die Nacht.

11

Die Hurrikansaison stand bevor, und Baumexperten mussten unbedingt noch im Garten alles abgestorbene Holz aus den Bäumen entfernen. Zwischen Transporten, Handwerkerterminen für das Häuschen, Überwachung der Pflasterarbeiten, Buddeln und Pflanzensetzen in Nicks Garten schaffte Sunny es, eine Rechtsanwältin in Fort Myers aufzusuchen. Sie wollte sich über die Bedingungen informieren, die man erfüllen musste, um als Ausländer eine Gärtnerei eröffnen zu dürfen. Die blonde Mittvierzigerin gewann schnell ihr Vertrauen, weil sie einen freundlichen und kompetenten Eindruck machte. Sie wies Sunny darauf hin, dass sie ein sogenanntes Investorenvisum beantragen könne.

»Sie müssen dazu einen Businessplan vorlegen und ein beträchtliches Investment nachweisen können.«

»Was ungefähr gilt denn als ›beträchtlich‹?«, fragte Sunny.

»Na, so etwa hunderttausend Dollar wären gut.«

Sunny schluckte. Sie bedankte sich und ging gleich auf der Rückfahrt zur Bank von Dolphin Island, wo man natürlich Sandy gekannt hatte und ihr Haus und Grundstück einschätzen konnte. Sie bat um einen entsprechenden Kredit, den sie als Hypothek auf das Haus aufnehmen wollte. Man werde es prüfen, hieß es.

Am Abend begann Sunny damit, ihren Businessplan zu erstellen. Das ging längst nicht so schnell, wie eine

Gartenvision zu skizzieren, und natürlich konnte sie den Verantwortlichen auch nicht von ihrer besonderen Gabe berichten. In den folgenden Tagen füllte sie jede Menge Anträge aus. Von allen Stellen erhielt sie zunächst nur die Auskunft, dass die Bearbeitung dauern würde. Weil die eine Entscheidung oft von einer anderen Entscheidung abhängig war, hatte Sunny mehr als einmal den Eindruck, dass sich die Katze in den Schwanz biss.

Nach der Arbeit ging sie meist mit Sam zum Sonnenuntergang ans Meer, sie tranken ein Bier, unterhielten sich über Gott, Delfine und die Welt oder schwiegen einträchtig. Manchmal massierte Sam Sunny den Nacken, wenn sie von der Arbeit verspannt war. Manchmal fragte sie ihn nach dem ersten oder letzten Satz eines Werkes von Hemingway. Sam meinte, dass bei den Vorentscheidungen des Lookalike-Wettbewerbs auch mit Wissensfragen gesiebt wurde. Er hatte ihr deshalb eine Liste davon gegeben. Sunny vertrat die Ansicht, letztlich werde nur die Aura des Kandidaten über den Sieg entscheiden. Weil sie Sam nicht direkt sagen mochte: »Geh nicht so schlurfend«, gab sie ihm den Rat, seine Körpersprache zu überprüfen.

Gerade weil sie sich einig waren, dass der jeweils andere so überhaupt nicht ihr beziehungsweise sein Typ war, konnten sie auch über ihre vergangenen Lieben sehr offen reden. Für beide hatte das einen therapeutischen Wert. Einmal, als sie an einem heißen Tag nach dem Schwimmen von sanften Wellen umspült in der Brandungszone saßen, vertraute Sam Sunny an, dass er seine Frau Anita bei der Heirat erst zwei Wochen gekannt hatte.

»Wie kann man sich denn bloß so schnell so sicher sein?«, fragte Sunny.

»Mit ihr war es, wie Hemingway es in *Wem die Stunde schlägt* beschreibt.« Sunny bedauerte, dass sie den Roman nie gelesen hatte. Sam sah sie bedeutungsvoll an. »Die Erde unter dir muss beben! Und sie hat gebebt. Anita konnte kein Englisch, ich kein Spanisch. Wir verstanden uns trotzdem.« Er lächelte traurig, sein Brustkorb hob sich schwer. »Das glaubte ich jedenfalls die ersten drei Monate lang.« Sunny empfand Mitleid, aber ein wenig beneidete sie Sam auch. Hatte bei ihr und Michael die Erde gebebt? Vielleicht ganz am Anfang ein paarmal, doch das war schon so lange her, dass sie sich nicht mehr richtig erinnern konnte. Sam schaufelte sich eine Handvoll Wasser ins Gesicht. »Und worin bestand bei dir das Missverständnis?«, fragte er.

Sunny überlegte. Ihre Zehen spielten mit dem feuchten Sand. Diese Frage hatte sie sich noch nie gestellt. »Ich glaube«, sagte sie schließlich, »mein größter Fehler war, dass ich mich zu Michaels Komplizin machen lassen habe. Statt ›entweder sie oder ich‹ zu fordern, hab ich aus lauter Angst, ihn zu verlieren, ewig mit ihm gemeinsam psychologisiert, analysiert und versucht, Verständnis zu zeigen. Ich fühlte mich wohl manchmal dadurch wieder etwas überlegen. Aber nur kurz. Letztlich hab ich mir damit ins eigene Fleisch geschnitten.« Sam hörte aufmerksam zu. Er kommentierte wenig und bewertete überhaupt nicht.

Nachts sah Sunny manchmal noch spät Licht im Gästehäuschen brennen. Ob Sam Artikel schrieb, im Internet surfte oder Western guckte? Sie hätte auch gern noch mehr alte Spielfilme mit ihm zusammen angeschaut, sowohl alte Esther-Williams-Streifen als auch Hollywoodverfilmungen von Hemingway-Romanen, aber es gab einfach zu viel anderes zu tun. Ein Abend in der Woche fiel ja nun auch noch aus, weil sie im Kulturzentrum bei den Motown-Proben mitmachte.

Sunny telefonierte mit Anna, die sich vorbildlich um ihre Wohnung in Bad Zwischenahn kümmerte. Erst hatte sie ja in Erwägung gezogen, die Wohnung unterzuvermieten, aber irgendwie ging ihr das doch zu sehr gegen den Strich. Sie schickte Anna Geld für Flugtickets. Ihre Freundin wollte im August für zwei Wochen zu Besuch kommen. Sie berichtete ihr, dass sie im Bad Zwischenahner Park der Gärten zufällig Lisa, Hagemanns Azubine, getroffen hatte und dass sich die junge Frau im neuen Gartenbaubetrieb gemobbt und unglücklich fühlte. Ihre Rhododendronzüchtung allerdings, das sollte Anna ihr ausrichten, entwickelte sich weiter prima. Für Sunny waren das inzwischen Nachrichten aus einem anderen Leben. Arme Lisa, sie muss weiter Andreas Hagemann ertragen, dachte sie – ich bin den Kerl für immer los!

Sie freute sich schon riesig auf Annas Besuch.

Mit ihrer Geschäftsidee hielt Sunny nun nicht länger hinterm Berg. Mehr als einmal stieß sie allerdings auf Ablehnung oder Skepsis. Etliche Leute bezweifelten, dass eine gewerbsmäßige Anzucht von Dünengrün gelingen könnte und als Gartenbepflanzung ausreichend Kunden finden würde. Das haben wir noch nie gemacht, wir sprengen hier alle unseren Rasen und die Blumenbeete, lautete ein häufiger Einwand. Genau das meine ich, pflegte Sunny zu erwidern, gerade deshalb wird es Zeit umzudenken. Das ist doch nur Unkraut!, erhielt sie dann oft zur Antwort.

Trotzdem ließ sie sich nicht beirren. Sie musste sich eben in Geduld üben. Immer wenn sie fürchtete, sich zu viel vorgenommen zu haben, murmelte sie ihr aktuelles Mantra: *I'll cross that bridge when I come to it.*

Vielleicht machte ja ein offener weißer Thunderbird jeden Mann attraktiver, aber Nick Winslow stand dieses Auto wirklich ausnehmend gut. Das dunkelbraune Haar vom Fahrtwind zerzaust, die Sechzigerjahre-Ray-Ban-Sonnenbrille hochgeschoben, begrüßte er Sunny mit einem strahlenden Lächeln, als sie an ihrem verabredeten Samstag aus der Haustür trat. Er stieg sofort aus, um ihr die Beifahrertür aufzuhalten. Auch noch Gentleman, dachte Sunny angetan.

»Unser erstes Ziel liegt etwa eine Stunde entfernt, auf dem Festland«, sagte er. »Du siehst übrigens super aus!«

In diesem Moment bedauerte Sunny, dass sie nicht das Etuikleid von Sandy angezogen hatte. Vom Stil her hätte es perfekt zum Cabrio ihrer Tante gepasst. Sie war jedoch bei ihrem üblichen Outfit geblieben – helle Shorts, allerdings ihre am besten sitzende, und luftig leichtes Top. Sie hatte noch eine Leinenbluse in ihre Umhängetasche gepackt, für den Fall, dass sie irgendwo hinkamen, wo die Klimaanlage zu kühl blies. Mit Lippenstift und den neuen Sandaletten, die ihre Beine optisch verlängerten, bot sie auch so keinen üblen Anblick. Nick trug ebenfalls Shorts, ein blaues Poloshirt, dazu Mokassins.

»Von mir aus kann's losgehen!« Sunny setzte ihre rote Schirmmütze auf, als Nick startete. Die Sonne brannte bereits etwas. Mit Fahrtwind allerdings fühlte es sich herrlich an, ohne Verdeck unterwegs zu sein. Sogar das alte Röhrenradio funktionierte wieder. Nick fuhr nicht zu schnell. Sie rollten dahin. Das Auto war einfach ein Traum – chromblitzende Armaturen, eine elegante ausladende Motorhaube, Heckflossen. Und erst der Sound! Weil man beim Offenfahren viel mehr hörte und roch, fühlte Sunny sich noch mehr mitten in der Landschaft. »Ach, ist das schön!«, rief sie spontan aus. Nick freute sich über ihre

Begeisterung. Der Square Bird, wie dieser Thunderbird-Typ hieß, erregte überall Aufmerksamkeit, immer wieder winkten Leute ihnen zu. Nick schien das gewöhnt zu sein. Er äußerte sich zufrieden über die Fortschritte in seinem Garten. »Wir wären schon weiter«, sagte Sunny, »wenn da nicht ein paar exotische Pflanzen wären, die sich wohl aus anderen Gärten selbst ausgewildert haben. Die auszureißen war aufwendiger als erwartet.«

»Ja, diese Exoten überwuchern gnadenlos unsere einheimische Vegetation«, bestätigte Nick, »darüber hab ich mal was in der Zeitung gelesen.«

»Ich lerne jeden Tag dazu«, gestand Sunny. »Auch das *panic grass*, das ich anfangs ganz bezaubernd fand, meiden wir besser. Ich habe inzwischen erfahren, dass es wächst wie verrückt.« Sie sah Nick von der Seite an. »Du musst schon damit rechnen, dass nicht alles gedeiht, wie wir es gern hätten. Bestimmt geht irgendeine Pflanze ein, und eine andere will dafür dominieren. Wir werden ab und zu nacharbeiten müssen.«

»So ist das Leben«, antwortete Nick gelassen.

»Ja«, Sunny nickte. »Genau das mag ich auch so an der Gartenarchitektur. In steinerner Architektur sind die Räume irgendwann fertig, aber draußen in der Natur ist alles ständig im Wandel. Es bleibt spannend.«

An der Küste sahen sie alte Florida-Eichen und mit Spanischem Moos behangene Zypressen. »Das hier ist noch ein Stück altes Florida«, sagte Nick stolz.

Als Sunny wenig später neben ihm einen Schrottplatz für Boote durchstreifte und hier und dort in ein marodes Schiffchen kletterte, um es zu begutachten, war sie wieder heilfroh über ihre Kleiderwahl. Doch fündig wurden sie nicht. Es gab kaum noch in Würde gealterte Holzboote. Nick wusste, dass jedes Jahr im Februar ein gigantischer nautischer Flohmarkt in Islamorada auf den Keys stattfand. Er hatte sich beim Veranstalter ein paar Adressen von Ausstellern in ihrer Nähe geben lassen. So landeten sie bei einem Händler für historische Baumaterialien und nostalgische Industrieteile. In dessen Ausstellungshallen verwandelte sich Nick in einen kleinen Jungen. Mit kindlicher Freude stürzte er sich bald auf dieses, bald auf jenes Teil. Sunny war nicht weniger fasziniert, doch sie behielt mehr als Nick das Ziel ihrer Suche im Auge. Während er mit einem alten Erdnussröster liebäugelte, einen Fahrradständer aus den Fünfzigerjahren bewunderte und kurz davor war, ein zweihundert Jahre altes mexikanisches Flussboot zu einem horrenden Preis zu erstehen, fand in ihren Augen allein ein riesiger rostiger Anker Gnade.

»Den solltest du nehmen«, empfahl sie. Nick stimmte zu, und der Händler versprach, das Teil in der folgenden Woche anzuliefern.

Unterwegs aßen sie gigantisch große Burger mit Grillfleisch und Tacos mit karibischen Shrimps. Nick flirtete nicht mit Sunny, wie sie es eigentlich erwartet hatte. Wahrscheinlich lief auf ihrer Stirn ein digitales Spruchband mit dem Warnhinweis »NICHT BERÜHREN! HERZ FRISCH GEBROCHEN!«. Auch wenn ihr ein Annäherungsversuch sicherlich geschmeichelt und ihrem durch Michaels Liebesentzug gedemütigten Ego gutgetan hätte, war sie letztlich erleichtert. Auf dieser Basis ließ es sich entspannter suchen. Beim Essen deutete Nick an, dass er mit mehreren Frauen ausging und kein Interesse an einer festen Bindung habe. Sunny verstand die Botschaft, aber es war ihr zu dumm, darauf zu reagieren. Als Womanizer hatte sie ihn von Anfang an eingeschätzt. Beiläufig wies sie ihn darauf hin, dass sie in einer Geschäftsbeziehung zueinander standen. Nick erzählte, dass er und seine Schwester ein deutsches Kindermädchen gehabt hatten, Frieda, die einen wunderbaren Apfelstrudel hatte backen können. Offenbar, das war auch anderen Andeutungen zu entnehmen, stammte Nick aus einer wohlhabenden Familie.

»Kannst du auch Apfelstrudel backen?«

»Keine Ahnung«, erwiderte Sunny. »Wahrscheinlich. Ich hab's noch nicht probiert. Aber seit Neuestem bin ich ganz wild auf Key Lime Pie.«

Diese Bemerkung brachte Nick dazu, auf dem Rückweg noch einen Zwischenstopp einzulegen. »Hier gibt's den besten Key Lime Pie weit und breit«, behauptete er. Sie hatten Spaß und lachten viel.

Sunny fiel ein, dass sie im Internet die Anschrift eines Fischers entdeckt hatte, der seinen Holzkutter verkaufen wollte. »Der ist aber viel größer als das, was wir suchen.« Sie zeigte Nick rasch Fotos auf ihrem Handy, darunter stand die Anschrift.

»In Cortez. Das ist eines der letzten Fischerdörfer in unserer Region«, wusste er. »Heute schaffen wir das zeitlich nicht mehr. Lass uns doch am kommenden Samstag hinfahren.«

»Okay«, erwiderte Sunny, »wieder um neun?«

»Ich freu mich schon«, sagte Nick, als er vor ihrem Haus anhielt. »Warte«, bat er sie.

Sie blieb sitzen. In einem solchen Auto benahm sich eine Beifahrerin wohl auch wie eine Dame anno 1960. Nick stieg aus, um ihr die Tür zu öffnen, und er schloss sie wieder mit viel Gefühl.

»Ach!«, fiel es Sunny in diesem Moment ein, »ich hab ja noch was für dich! Die Betriebsanleitung!« Sie beförderte die Broschüre, die sie in einen Briefumschlag gesteckt hatte, aus ihrer Tasche hervor und reichte sie ihm mit einem strahlenden Lächeln.

»Was? Echt? Ist ja geil!«

Er nahm den Umschlag wie eine Kostbarkeit entgegen, schaute kurz hinein, dann umarmte er Sunny und drückte ihr einen Kuss auf die Wange. Zu ihrer eigenen Überraschung fand sie es ganz angenehm. Nick roch gut. Meine Güte, wie lange war sie schon nicht mehr von einem Mann in die Arme genommen worden?

»Ich glaub, ich krieg gleich einen Hitzeschlag.« Stormy stöhnte. Sie kniete im Sand und verlegte die letzten ihrer auf Netzen zu länglichen Platten vorgefertigten Mosaike um die gepflasterte Terrasse herum.

»Es sieht märchenhaft schön aus!« Sunny pries das Werk der Muschelsammlerin, aber sie selbst war auch erschöpft. Gemeinsam mit Sam hatte sie neben dem Hauseingang einige Florida-Agaven gepflanzt und dazwischen Amphoren aus Ton platziert. Es war jetzt Sommer, richtig Sommer. Was man auch daran erkannte, dass die *snow-birds* fehlten, jene Dauerurlauber aus dem Norden, die im Herbst wie Zugvögel einfielen, um das Winterhalbjahr in Florida zu verbringen. Und die anderen Floridatouristen bevorzugten in den Sommermonaten den Norden des Landes, die Einheimischen hatten Dolphin Island beinahe ganz für sich.

Zum Glück vertrug Sunny die Schwüle sehr gut. Sie liebte es, wenn sie schon frühmorgens barfuß, nur mit einem leichten Strandshirt bekleidet zur Hauptstraße gehen konnte, um sich gegen etwas Münzgeld die Zeitung aus der *newspaper box* zu ziehen. Sie genoss es jeden Morgen auf Neue, dass sie, ohne zu zaudern, einfach so ins angenehm temperierte Meer gehen und schwimmen konnte. Aber arbeiten in der Hitze war doppelt anstrengend. Sunny nahm ihre Kopfbedeckung ab und ließ Wind an ihren verschwitzten

Schopf. Da entriss Sam ihr das Käppi, hielt es unter die Außendusche, bis es mit Wasser gefüllt war, und setzte es Sunny wieder auf. »Ihh! Das ist ja eiskalt!«, schrie sie. Kreischend sprang sie hin und her, auch ihr Hemd war klatschnass geworden. Doch die unerwartete Abkühlung half.

Sam tränkte auch seine eigene Mütze mit Wasser und setzte sie auf. »Alter Trick, hab ich bei Hemingway gelesen!«, sagte er. Seine feuchten Wimpern wirkten jetzt dunkler, wie feine Pinselchen. Sie ließen seine blauen Augen intensiver strahlen. Rinnsale liefen aus seinem gestutzten Bart auf die behaarte Brust. »Das haben früher die Hochseefischer gemacht, wenn sie einen Marlin an der Angel hatten – du weißt schon, so einen riesigen Sperrfisch, lang wie ein Mann –, und stundenlang an Deck stehen und mit ihm kämpfen mussten.«

»Ohhh!«, sagte Stormy übertrieben bewundernd.

»Sieh an!« Sunny lächelte amüsiert.

Stormy erhob sich ächzend, sie hielt gleich den ganzen Kopf unter die Dusche. »So, mein Teil ist geschafft, Leute! Jetzt müsst ihr nur noch euren Deckbauer auf Trab bringen.«

Das halb fertige Holzdeck um den Pool herum lag seit Tagen verwaist vor ihnen. Der Zimmermann hatte sich mit seinen Aufträgen zeitlich verschätzt.

Sunny seufzte. »Ich glaub, für heute sollten wir auch Schluss machen.«

Stormy setzte sich in den Schatten und wrang ihr nasses Haar aus. »Meine Tochter war zu Besuch da. Ich hab den Kühlschrank noch voll mit leckeren Sachen, die ich allein gar nicht schaffen kann. Kommt doch heute Abend zum Essen zu mir«, schlug sie vor. »Wir müssen ja auch langsam mal ein bisschen Gas geben mit unserem Coaching für Ernest. Immerhin, den neuen Haarschnitt und den Bart hat Rainy schon mal prima hingekriegt. Du hast so wirklich mehr Ähnlichkeit mit Hemingway, Sam!« Sie sah ihn prüfend an. »*Jetzt ist nicht die Zeit, an Dinge zu denken, die du nicht hast*«, sagte Stormy in verändertem Tonfall.

Sie hatten sich angewöhnt, ihm zwischendurch immer mal eine Frage zu stellen, die vielleicht beim Wettbewerb vorkommen konnte, oder ihn mit einem unvollständigen Hemingway-Ausspruch zu testen. Die korrekte Antwort war stets ein verbürgtes Zitat.

Sam nahm eine Haltung an, die er wohl für Hemingway-typisch hielt. Daran müssen wir noch arbeiten, dachte Sunny. Sie hatte sich eines Nachts, als sie wegen des Vollmonds nicht schlafen konnte, auf YouTube einen Dokumentarfilm über den berühmten Schriftsteller angesehen. Er hatte seine Brust viel stärker vorgeschoben, als Sam es tat.

»*Überleg dir, was du mit dem anfangen kannst, was da ist.*«, ergänzte Sam knapp.

»Prima! Hundert Punkte, du darfst dich setzen.«

Sam hob die Augenbrauen, als wollte er sagen: Ach, Mädels, nervt nicht. Ich mach das schon.

»Vertrau uns, Sam«, redete Sunny ihm gut zu. »Du willst doch gewinnen, oder? Wir werden dich ganz bestimmt weiterbringen.«

»Also gut, dann sehen wir uns in zwei Stunden bei mir im Garten!«, verabschiedete sich Stormy.

Ausnahmsweise fuhr Sunny hinten auf Sams Motorrad mit. Das sparte Zeit. Sie schlang ihre Arme um ihn. Hinter seinem breiten Kreuz fühlte sie sich gut geschützt. Die Frau, die ihn eines Tages wirklich lieben wird, dachte Sunny kurz, darf sich glücklich schätzen. Bei aller Brummigkeit war er doch ein lieber, zuverlässiger Kerl.

Sie hatten sich beide so daran gewöhnt, am späten Nachmittag noch mal im Meer zu schwimmen, dass sie auch an diesem Tag nicht darauf verzichten wollten. Nach der belebenden Schwimmrunde gingen sie schnell zurück, um zu duschen, und sie verabredeten, anschließend gemeinsam den Weg am Strand entlang zu Stormy zu gehen.

»*Sugar pie, honey bunch* ...«, hörte Sunny oben im Bad durchs geöffnete Fenster eine Männerstimme tönen. Manchmal, wenn Sam in eine Tätigkeit versunken war, bei der Arbeit oder beim Duschen, vergaß er seine Krise und sang. Er hatte eine kräftige tiefe Stimme. Sunny kicherte leise in sich hinein. In den Pausen bei der Arbeit hatte sie mit Stormy ihre Tanzschritte für den bunten Abend geübt und zur Musik der Playlist ihres Handys gesungen – offenbar war nun auch Sam vom Motown-Virus infiziert. Sunny warf sich das Badehandtuch um, sie huschte in ihr Schlafzimmer, um sich abzutrocknen. Von hier aus konnte sie aus einem bestimmten Winkel heraus Sam unter der Dusche beobachten. Sie hatte den Naturschwamm, den sie in Tarpon Springs gekauft hatte, in seine Hütte gelegt, weil ihr das Teil, so schön es auch aussah, beim Baden zu unhandlich war. Aber Sam schmetterte seine Lieder am lautesten, wenn er sich hingebungsvoll mit diesem Schwamm einseifte. Lächelnd beobachtete sie, wie er sich selbstvergessen eingeschäumt unter der Dusche bewegte und trällerte »*I can't help myself* ...« Ob Singen auch zum Hemingway-Profil gehörte?

Die Sonne ging im Juni für floridianische Verhältnisse spät unter, erst um zwanzig nach acht. Sunny erzählte auf ihrem Fußweg in Richtung Leuchtturm, dass das Einzige, was sie außer ihrer Familie, Schwarzbrot, Ostfriesentee und Kandis wirklich vermisste, die lange Dämmerungsphase sei.

»Manchmal kann man in Norddeutschland bis kurz vor Mitternacht noch ein Leuchten am Horizont sehen. Hier wird es immer so schnell stockfinster.«

Sam schwärmte davon, bei Sonnenaufgang mit dem Kajak im Frühnebel auf Wasserwegen durch einen Mangrovenwald zu gleiten. »Es macht den Kopf klar. Du kannst ja mal mitkommen!«

»Mal sehen«, antwortete Sunny ausweichend. Alligator im Frühnebel – darauf war sie eigentlich nicht scharf. »Und wenn du bei deinen Kajakfahrten denkst, was denkst du dann?«

»Ich bemühe mich, einen Gedanken zu Ende zu denken. Ich knüpfe Gedankenketten«, versuchte Sam zu erklären. »Wir haben das verlernt, wir denken nur noch in kurzen Sprüngen.«

»Aber es gab doch noch nie so viel Wissen wie heute«, wandte Sunny ein.

»Weisheit ist etwas anderes als Wissen«, sagte Sam. »Es stimmt, dass immer mehr Fakten angesammelt werden, das meiste Wissen dient allerdings nur dazu, wie man den Menschen irgendwas besser verkaufen kann. Es geht um Konsum. Das interessiert mich nicht.«

Auf ihrem Weg an der Brandung entlang sahen sie viele Tiere, Sam kannte fast alle.

»Sind hier eigentlich auch Haie?«, fragte Sunny.

»Ja, schon. Aber normalerweise haben die mehr Angst vor uns Menschen, als wir vor ihnen haben müssen«, beruhigte Sam sie. »Außerdem gibt's einen Trick.«

Sunny schaute ihn erwartungsvoll an. »Wieder was aus der Abteilung unnützes Wissen?«

»Im Gegenteil, sehr nützlich, vielleicht sogar einmal lebensrettend.« Die Lachfältchen um seine Augen vertieften sich. »Ich spreche von der Kitzelattacke! Es reicht, einem

Hai die Schnauze zu kitzeln. Damit setzt man ihn zuverlässig außer Gefecht.«

»Du machst dich über mich lustig!«

»Nein, es stimmt. So arbeiten Haiflüsterer. In der
Schnauze der Tiere laufen sämtliche Nerven zusammen,
und wenn sie alle gleichzeitig angeregt werden, wissen sie
nicht, was sie tun sollen. Sie fallen in eine Art Starre oder
Trance.«

»Ach! Vielen Dank für den Tipp«, sagte Sunny vergnügt.
»Ich fand es immer schon ungerecht, dass der Stärkere gewinnt. Nun weiß ich, wie ich ihn austricksen kann.«

Sam lachte leise. »Das wird oft falsch interpretiert. Es
heißt zwar in Darwins Evolutionstheorie: *Survival of the
fittest.* Fit bedeutet hier aber nicht stark, sportlich, durch-
trainiert, sondern angepasst. Du musst nur optimal in eine
bestimmte Nische passen.«

»Na, super! Dann bin ich ja fitter, als ich dachte. Für
Dolphin Island zumindest.«

Kurz vor dem Leuchtturm, der aus einem quadratischen Holzhäuschen mit umlaufender Veranda empor-
ragte, mussten sie den Strand verlassen und nach links abbiegen. Zwei Straßen weiter befand sich Stormys Zuhause.
Sie gingen gleich in den Garten. Ihre Gastgeberin hatte
auch Lorraine eingeladen.

Als Vorspeise servierte Stormy Schinkenröllchen zu
Papayas mit Pfeffer und Zitronenspalten, deren Saft sie
darüberträufelten. »Mmh … himmlisch, das kommt auf
meine Liste der neu entdeckten Lieblingsgerichte!«, sagte Sunny, die endlich wieder einen normalen Appetit entwickelte.

Sie unterhielten sich über dies und das.

Lorraine berichtete mit amüsiertem Unterton, dass ihre
Tochter dem Friseurgeschäft in Baltimore jetzt noch ein

Waxing-Studio angeschlossen habe. »Man muss mit der Zeit gehen. Meine Tochter sagt, bei ihrer männlichen Kundschaft liegt die Altersgrenze bei fünfzig. Wer jünger ist, der will am Körper glatt sein wie ein Kinderpopo, die älteren scheren sich nicht darum.« Sie zwinkerte Sam zu, der ein aufgeknöpftes Baumwollhemd trug. »Bei dir quillt ja noch Wolle. Soll das so bleiben? Du bist doch noch jung.«

Sam verzog einen Mundwinkel. »Kennt ihr nicht die Geschichte von Hemingway und seinem ärgsten Kritiker?«

»Du meinst den Streit mit Max Eastman?« Stormy lächelte erwartungsvoll.

»Ja, der hatte in einem Verriss behauptet, Hemingway mangle es an Vertrauen, ein ganzer Mann zu sein. Er habe deshalb einen literarischen Stil erfunden, der sich mit falschen Haaren auf der Brust schmücke.«

»Männer!«, stöhnte Sunny auf.

»Als sie sich vier Jahre später im Büro von Hemingways Lektor in der 5th Avenue trafen, riss Hemingway sein Hemd auf, zeigte seine Brustbehaarung und forderte Eastman auf, das Gleiche zu tun. Es kam zu einer Schlägerei. Eastman war übrigens nur armselig behaart, damals ein Zeichen für schwächliche Milchbubis, und das war natürlich ein gefundenes Fressen für die Medien. Die haben das genüsslich ausgeschlachtet. Überall in den Staaten sollen sich damals Frauen von brusthaarlosen Männern entlobt haben.« Sam lächelte unschuldig. »Ihr seht, zumindest bis zum Wettbewerb sollte ich in dieser Hinsicht altmodisch bleiben.«

»Na, wenn das so ist …«, sagte Stormy.

Es klang überzeugend, Sunny, Stormy und Lorraine nickten einträchtig.

Als Hauptgericht kam ein pikant duftender Eintopf auf

den Tisch – Hühnchen mit Reis und Erbsen auf südameri-
kanische Art gewürzt. Alle langten kräftig zu.

»Also, mir ist vor ein paar Tagen was passiert …«, hob
Lorraine geheimnisvoll an, nachdem Stormy den Nachtisch serviert hatte: eisbeschlagene Gläser mit Mangosor-
bet. »Ich wollte in einem Lokal hier auf der Insel eine Kleinigkeit essen. Da war aber alles besetzt, bis auf einen Platz
an der Bar neben einem gut aussehenden älteren Herrn.«
Lächelnd wie ein junges Mädchen strich Lorraine über
ihre silbergraue Außenrolle. »Er sah mich an, als ich fragte, ob der Platz frei sei, und sagte: ›Ja, selbstverständlich,
bitte, setzen Sie sich doch.‹ Dann schob er ein Glas zur
Seite und half mir auf den Barhocker. Wir haben uns sehr
angeregt unterhalten!« Sie schlug kokett die Augen nieder.

»Rainy, dein Lächeln erzählt uns mehr als du!«, sagte
Stormy. »Weiter!«

»Nach einigen Minuten kam ein junger Mann – sein
Sohn, der nur draußen eine Zigarette geraucht hatte. Der
Platz war also gar nicht frei gewesen. Wir haben dann alle
drei sehr nett über Gott und die Welt geredet. Der ältere Herr lebte bislang in Tallahassee, er war Anwalt, hatte
dort viel mit Ministerien zu tun, kennt auch den Gouverneur persönlich. Jetzt ist er pensioniert, Witwer und nach
Dolphin Island gezogen.«

»Darauf ein Gläschen Rosé?«, fragte Stormy. Lorraine
nickte mit geröteten Wangen.

»Die Zeit verflog unglaublich schnell! Und zum Schluss,
nachdem ich mich verabschiedet hatte und schon draußen
war, kam der Sohn mir hinterher.«

»Wieso der Sohn?«, fragte Sam irritiert.

»Tja …«, Lorraine biss sich auf die Lippen, weil es sie
wohl einerseits zum Lachen reizte, andererseits so auf-
regte, dass sie nicht Falsches sagen wollte. »Er reichte mir

eine Visitenkarte mit der Telefonnummer seines Vaters und sagte, so habe er seinen Vater schon lange nicht mehr erlebt. Er sei sicher, dass ich seinem alten Herrn richtig gut gefalle, und falls es mir umgekehrt auch so ergehe, dann solle ich ihn, also den Vater, doch einfach mal anrufen.«

»Und?« Stormy gab vorsichtig Eiswürfel in die Weingläser. »Hast du?«

Lorraine schüttelte den Kopf. »Ich bin vierundsechzig!«

»*So what?*«, stieß Sam hervor. »Grönlandwale sind schon zwei Menschenleben alt, wenn sie in die Pubertät kommen. Die werden vierhundert und hören nicht auf, sich fürs andere Geschlecht zu interessieren.«

»Das ist fürwahr ein guter Vergleich, vielen Dank auch. Wirklich ein überzeugendes Argument«, bemerkte Lorraine trocken. »Aber ich bin noch nie einem Mann hinterhergelaufen. Und in meinem Alter mache ich das schon gar nicht.«

Sie erntete strenge Blicke. »Du fandest ihn doch auch sympathisch, oder?«, fragte Sunny.

»Und du würdest ihn schon ganz gern wiedersehen, nicht?«, setzte Stormy nach.

Lorraine nickte verlegen.

»Na, dann«, begann Sam. Sunny und Stormy beendeten den Satz im Chor. »Ruf! Ihn! An!«

»Ehrlich, findet ihr?« Lorraine kühlte ihre Wange mit dem Weinglas. »Hm … ja, wahrscheinlich habt ihr recht.«

»Am besten sofort.« Sam zwinkerte ihr aufmunternd zu. »Was hast du zu verlieren?«

»Also gut.« Lorraine löffelte schweigend ihr Sorbet, dann erhob sie sich. »Aber wenn ich mich blamiere, seid ihr schuld!« Sie verabschiedete sich, weil sie gleich telefonieren wollte, allerdings lieber in Ruhe von ihrem Zuhause aus.

Sie räumten gemeinsam ab, dann breitete Stormy ihre gesammelten Hemingway-Fotos auf dem Gartentisch aus. Sam zündete die Kerzen in zwei tragbaren Laternen an, die er in die Mitte stellte. Sie verbreiteten einen Zitrusduft, der Mücken fernhalten sollte, und ein warmes Licht, das ab und zu etwas flackerte.

»Guck mal«, flüsterte Sunny, »jetzt sehen Hemingways Augen richtig lebendig aus!« Schöne warme Augen hatte er gehabt, das musste sie zugeben. Vielleicht war er gar nicht so schlimm macho gewesen, wie man ihm nachsagte. Zumindest gegenüber den Frauen, die ihm auf Augenhöhe begegneten.

»Hier, als junger Mann«, Stormy tippte mit dem Finger auf ein Foto, »da hat er schon dieses Zwinkern im Auge, ein bisschen versteckt, aber man ahnt es. Er hat einen gewissen Charme, seht ihr?«

»Er war aber auch ein ziemlicher Aufschneider in jungen Jahren«, wusste Sunny aus dem Dokumentarfilm. »Er hat großartige Dinge von sich behauptet, die nicht stimmten oder übertrieben waren.«

Stormy schob ein Foto in den Lichtkegel, das den Schriftsteller als alten Mann zeigte. »Hier wirkt er eher traurig, man möchte ihn direkt in den Arm nehmen und trösten, oder?«

»Weiß doch jeder, dass er später krank war, depressiv und Alkoholiker«, sagte Sam. »Deshalb hat er sich ja erschossen.«

Stormy holte ein drittes Foto hervor. »Hier ist er in seiner Glanzzeit! Damals lebte er auf Kuba und ging jeden Abend in die Bar El Floridita. Er war als Schriftsteller anerkannt, weltberühmt, er sah blendend aus. Guckt nur, wie er strahlt! Er hatte inzwischen als Kriegsreporter den Spanischen Bürgerkrieg miterlebt, er hatte in Paris den

Künstlerkreis um Gertrude Stein kennengelernt. *Ein Fest fürs Leben*, wie er später schrieb. Die Frauen lagen ihm zu Füßen!«

»Zeig her«, sagte Sam. Er studierte aufmerksam das Gesicht Hemingways. »Da muss er so in meinem Alter gewesen sein.«

»Ja, er hatte dunkles Haar und trug nur einen Schnauzbart«, bemerkte Sunny. »Aber das finde ich nicht schlimm. Die Sieger des Wettbewerbs sehen alle älter aus und tragen Vollbart, insofern passt das schon mit deinem Blondgrau.« Sie nahm das Foto in die Hand. »Aber wie er guckt! Mein Gott, so finde ja sogar ich ihn hinreißend. Der Mann hatte wirklich eine besondere Ausstrahlung.«

Stormy nahm ihr das Foto ab. »Ja! Dieses spitzbübische Abenteurerlächeln! Ich finde, hier verbreitet er einfach gute Laune. Man hat das Gefühl, jetzt kommt einer, der verspricht: Leute, heute werden wir alle zusammen eine richtig gute Zeit haben!«

»Stimmt«, pflichtete Sunny ihr bei. »Bei allem Selbstbewusstsein ist da etwas Kumpelhaftes und Charmantes, sogar etwas Gütiges, das ihn echt sympathisch macht.« Sie stupste Sam von der Seite an. »So musst du gucken, Sam. Dann wirst du gewinnen. Mit Sicherheit!«

Sam zog einen Mundwinkel hoch, sein müdes Lächeln wirkte eher resigniert.

»Du musst das verinnerlichen. Du bist der Sieger, du liebst das Leben, du willst Spaß haben.«

»Na gut«, brummelte Sam. »Das üb ich später.«

»Was gefällt dir eigentlich an Hemingway?«, fragte Sunny, während Stormy die Fotos zur Seite schob und ihnen Wein nachschenkte.

Sam zuckte mit den Schultern. »Der knappe Stil. Das Existenzielle. Und seine Abenteuer natürlich.« Sam nahm einen kräftigen Schluck. »In Afrika auf Safari gehen, in Kuba mit Revolutionären trinken, überall hautnah dabei sein, Stierkämpfe, Boxen, Hochseefischen, schöne und kluge Frauen lieben, den Nobelpreis bekommen. Mein Gott, was sollte einem daran nicht gefallen?«

»Na ja, aber wenn's in zwanghaftes, aufgeblasenes Männlichkeitsgehabe ausartet ...« Sunny ließ ihren Satz unvollendet.

Stormy holte einen alten Ringhefter hervor. »Ich musste doch in der Highschool dieses Referat über ihn halten, das hab ich wieder hervorgekramt. Also, meine mit der Bestnote zensierte Quintessenz damals war Folgende ...« Sie las ihren Schlussabsatz vor: *»Es geht in Hemingways Werk darum, dass man tapfer und wortkarg in einer harten Bewährungssituation dem Schicksal trotzt. Dass man beseelt davon ist, Verantwortung für die Gemeinschaft zu übernehmen. Der Mann muss Leid und Schmerz ertragen und ein Risiko eingehen. Ohne gefühlige Worte zeigt der Schriftsteller mit einfachen Dialogen, wie ein Mensch, der vorher feige war, etwas Mutiges tut.«*

Alle schwiegen ein Weilchen. »Seltsam«, sagte Sunny schließlich, »dass solche Gedanken uns heutzutage beinahe peinlich sind. Dabei ist ja etwas Gutes und Wahres daran.«

»Sag ich doch.« Sam leerte sein Weinglas. Er wischte sich den Bart, dann lächelte er breit. »Und beim nächsten Coaching trinken wir doppelte Daiquiri.«

»Wie mixt man denn so was?«, fragte Sunny.

»Du nimmst zwei Teile weißen Rum, einen Teil Limettensaft, dazu Zuckerrohrsirup und Eiswürfel«, erklärte Sam. »Hemingway mochte diesen Cocktail am liebsten aus überfrorenen Gläsern.«

»Einverstanden, wenn's der Lockerung dient«, meinte

Stormy. »Könntest du jetzt bitte mal aufstehen, Sam, und von dort hinten auf uns zukommen, als wärst du Ernest Hemingway persönlich?«

»Och, Mädels, jetzt übertreibt ihr aber!« Sam blieb sitzen.

Sunny fand den Vorschlag ihrer Freundin gut. »Versuch's doch mal. Du bist stark, sicher und humorvoll. Du kommst ganz selbstverständlich an unseren Tisch.«

»Oh, *no!*«, stöhnte Sam. »Heute nicht, habt Erbarmen mit mir!«

»Na, dann wenigstens noch ein paar Wissensfragen«, beschied Stormy ihn. »Was ist Glück?«

»*Glück*«, zitierte Sam, »*ist etwas, das in vielen Gestalten kommt, und wer kann es erkennen?*«

12

Sunny war auf hundertachtzig. Überall lagen Holzbretter und Unterbalken im Wege, aber die Arbeiten um Nick Winslows Pool waren nicht ein bisschen vorangekommen. Endlich schaute auch der Verantwortliche einmal wieder vorbei – allerdings nur, um sein Werkzeug zu holen.

»Mr. Hudson, Sie können mich nicht einfach so hängen lassen!« Sunny stemmte die Hände in die Hüften und sah dem Zimmermeister fest in die Augen. Laut werden, ja, das durfte man gegenüber Handwerkern, aber nicht die Fassung verlieren. »Das Holzdeck muss bis zum 30. Juni fertig sein, das ist Freitag kommender Woche. Besser noch einen Tag vorher«, verlangte sie aufgebracht, doch beherrscht. »Sie haben es zugesagt! Es ist mein erster Auftrag, mein erster Dünengarten. Das ist ungeheuer wichtig für mich, es geht um meine Existenzgründung, verstehen Sie? Am 1. Juli soll hier eine Riesenparty stattfinden.« Sie atmete tief durch. »Im Übrigen würden die Leute dann auch Ihre Arbeit bewundern! Es wäre eine großartige Werbung für Sie.«

»Ich kann nicht«, wiederholte der Mann stumpf. »Zwei meiner Männer sind ausgefallen. Ich hab noch einen anderen aufwendigen Auftrag, der auch besser gestern als morgen fertig sein soll.«

Theatralisch rollte er mit den Augen. »Und dann muss ich mir noch irgendwas Lustiges für die Hochzeit meiner Schwester einfallen lassen. Denken Sie, das ist einfach?«

Völlig perplex ließ Sunny die Arme sinken. War das zu fassen? »Mr. Hudson, Sie sind ja vielleicht ein toller Geschäftsmann«, murmelte sie. In ihrem Hirn ratterte es, sie musste eine Lösung finden. Angeblich waren auf die Schnelle keine guten Arbeiter zu bekommen. »Dann pack ich eben selbst mit an«, schlug sie vor.

Den Zimmerer plagte sichtlich ein schlechtes Gewissen. »Sie haben doch keine Ahnung«, erwiderte er stöhnend. »Da muss schon ein Fachmann ran.«

»Was meinen Sie denn mit ›irgendwas Lustiges‹ für die Hochzeit?« Sunny hockte sich auf einen Bretterstapel. Es hatte keinen Sinn, den Mann zu beschimpfen oder zu bedrohen, sie musste eine konstruktive Lösung finden. »Brauchen Sie einen Sketch, ein kleines Theaterstück oder was in der Art?«

»Ja«, Mike Hudson nickte frustriert. »Ich weiß auch nicht, warum ich das übernommen hab. Meine Geschwister haben mich überredet. Früher, als noch so richtig traditionell Richtfest gefeiert wurde, hab ich oft 'ne launige Rede oben auf dem First gehalten. Die dachten wohl, das würde mir einfach zufliegen.« Er raufte sich das Haar. »Aber ich hab partout keine Idee. Und am Ende bin ich schuld, wenn die Ehe in die Hose geht, weil sie schon mit 'nem schlechten Unterhaltungsprogramm gestartet ist.«

»Na, Sie sind ja ein echter Dramatiker«, sagte Sunny kopfschüttelnd. »Ich mache Ihnen einen Vorschlag: Wir treffen uns Montagmorgen wieder, bis dahin liefern Sie hier alles erforderliche Material an. Sie bringen außerdem genug Werkzeug für fünf Leute mit.« Mr. Hudson guckte sie an wie eine verletzte Seekuh, doch Sunny ließ sich davon nicht aus dem Konzept bringen. »Und dafür verspreche ich Ihnen, dass Sie mit einem brillanten Sketch in Ihre Familiengeschichte eingehen werden.«

Sam hatte seine Arbeitsstunden für diese Woche schon deutlich überschritten. Ihn mochte Sunny kaum mehr bitten anzupacken. Als sie nach Hause kam, ruhte er nur mit Badeshorts bekleidet auf einem Handtuch im Liegestuhl neben der Bootsgarage. Er las nicht, aber er schlief auch nicht.

»Hi«, sagte er, ohne seine Haltung zu verändern.

»Ich verstehe nicht, wie du so ruhig daliegen kannst«, rutschte es ihr heraus.

»Dafür muss man auch lange üben.« Sam öffnete ein Auge halb. »Aber erstens war ich schon bei Sonnenaufgang mit dem Kajak unterwegs, und zweitens: *Verwechsle niemals Bewegung mit Handeln.*«

»Hemingway?«

»*Yep*. Wahrscheinlich wär's von mir, wenn ich vor ihm geboren worden wär.« Er öffnete auch das andere Auge. »Jeder denkende Mensch kommt irgendwann von allein auf eine Weisheit, die vor ihm schon ein Großer formuliert hat.«

»Auch von Hemingway?«

»*Nope*, Samuel Culpepper.« Er betrachtete Sunny nun aufmerksamer. »Ärger gehabt?«

»Kann man so sagen.« Sie erzählte ihm von ihrem Gespräch mit dem Zimmerermeister.

»Ich helf dir«, sagte er. »Ist doch klar.«

»Danke!«, erwiderte sie erleichtert. »Wollen wir schnell noch schwimmen gehen? Heute ist wieder Übungsabend.«

»Meinst du, ich könnte anschließend mit ins Kulturzentrum kommen?«, fragte Sam, während er nach seinem Badehandtuch griff. »Ich hab ein Unterhaltungsdefizit ... und würde zu gern mal das Backgroundtrio in Aktion erleben.«

»Na klar, Zuschauer sind willkommen.«

Sam war nicht nur ein guter Schwimmer, er tauchte

auch gern und lange. Sunny saß schon wieder eingewickelt in ihr Handtuch im warmen Sand, als er mit zwei großen Seesternen, einem in jeder Hand, aus dem Wasser kam.

»Davon liegen Massen auf dem Grund!« Er zeigte sie Sunny und warf sie wieder zurück ins Meer. Ohne sich abzutrocknen, hockte er sich neben sie. »Ich hab Anitas Adresse herausgefunden und heute meine Scheidung eingereicht«, sagte er unvermittelt. »Es hat keinen Sinn mehr.«

Sunny nickte. Sie sah den Schmerz und die Enttäuschung in seinen Augen. »Ein großer Schritt.« Sie selbst scheute immer noch davor zurück.

»Wie sieht's bei dir aus?«, fragte Sam.

Sunny presste die Lippen zusammen und senkte den Kopf.

»Du musst natürlich nicht antworten«, sagte Sam leise.

»Ist schon in Ordnung«, Sunny hob den Kopf wieder, ihre Augen waren feucht. »Nachts in meinen Träumen fantasiere ich immer noch von einer Versöhnung.«

»Tja«, Sam malte große Halbkreise in den Sand, »so was dauert.«

Sunny stand auf. »Komm, ich glaub, wir müssen los. Die Proben beginnen um acht Uhr.«

Alle begrüßten einander herzlich. Auch Sam war willkommen. Und es ging wieder hoch her. Bee brutzelte in der schmalen Küche mit ihrem Team, was der kleine Herd hergab. Malcolm machte zunächst Lockerungsübungen mit den Sängern.

»Den Brustkorb weiten, jaaa, und *do-re-mi-fa-so-la-si-do!*« Lorraine verpatzte bei der Choreografie zu *My Girl* immer den Einsatz zur Drehung. Sie wiederholten die Stelle mehrfach. Aber es war ja noch ausreichend Zeit bis zur Aufführung. Sie begannen, einen weiteren Song einzustudieren – *I'll Be There*, ein echter Ohrwurm, den einst die Jackson Five mit dem kleinen Michael Jackson gesungen hatten. Ein Freiwilliger, der sich als Bühnenbildner sah, befand, Lorraine müsse auf einem Podest stehen, damit die unterschiedlichen Körpergrößen des tanzenden Trios nicht so auffielen. Er wollte bis zur nächsten Woche etwas bauen.

In einer der Pausen diskutierten die Teilnehmer über eine einheitliche Showgarderobe. Rose hatte sich Verschiedenes überlegt und zeigte dazu Fotos. Die Mehrheit der künftigen Bühnenstars entschied sich dafür, während der Show die Kleidung zu wechseln. Weil sie alle ins Schwitzen kamen, weil es professioneller wirkte, aber vor allem, weil es Spaß machte. Anfangs sollten die Damen lilafarbene Schlauchkleider mit Wasserfallkragen tragen und die Herren schwarze Hosen mit Bügelfalte zu lila Hemden mit schmalen schwarzen Schlipsen. Nach der Pause wollten sie in eleganten Anzügen auftreten, die Damen in pinkfarbenen Paillettenkleidern, dazu silberne hochhackige Pumps.

»Oje«, Alicia, die Polizistin, stöhnte, »um darauf stolzieren zu können, brauch ich einen Extrakursus.«

»Also, ich finde das aufregend. Mein Officer in High Heels«, schnurrte Martin und Alicia boxte ihn scherzhaft.

Auch an diesem Abend wurde wieder viel getrunken. Sam erging es ähnlich wie Stormy und Sunny bei ihrem ersten Besuch. Er konnte nicht still zuschauen, sondern musste mitsingen, immer lauter und ungehemmter, wie alle hier, auch das Bodenpersonal, das rund um die Bühne herumwuselte. Anfangs bewegte Sam sich nur leicht im Rhythmus mit, später betanzte er zu Bees Entzücken das gesamte Küchenteam.

Malcolm, der künstlerische Leiter, witterte Verstärkung.

»Du könntest mit auftreten als Sänger, Sam. Was hältst du davon?«, fragte er während einer Pause, in der sie diverse Köstlichkeiten probieren durften. »Nein danke«, lehnte Sam ab, »das klingt wirklich verlockend, und ich war auch immer schon ein Fan von Marvin Gaye, aber bis zu euerm bunten Abend bin ich längst wieder über alle Weltmeere davon.«

»Schade. Ich würde mich freuen, wenn du trotzdem so lange mitsingst, wie du kannst. Auch wenn wir am Schluss auf dich verzichten müssen. Es groovt einfach besser, je stärker die Sänger sind.« Malcolm hob seine Hand.

Sam klatschte ihn ab. »Es ist mir eine Ehre, mitwirken zu dürfen«, sagte er.

Sunny hatte den kurzen Dialog zufällig mitbekommen und musste in sich hineinlächeln. Da war sie wieder, diese niedliche altmodische Art, die ihr an Sam schon bei ihrer ersten Begegnung aufgefallen war.

Im Ofen bräunten mit Kräutern und Parmesan überbackene Austern vor sich hin und verbreiteten einen würzigen Duft. Lorraine kostete von der warmen, mit Käse überbackenen Maisgrütze und war voll des Lobes. Sunny plauderte mit Ranger und Etta. Die beiden beklagten, dass sie bislang vergeblich versucht hatten, größere Mengen an Strandgräsern zu bestellen, was Sunny wieder als Beleg dafür nahm, dass Dolphin Island wirklich dringend eine Strandgärtnerei benötigte. Sie berichtete Etta von Mike Hudsons Problem.

»Er braucht unbedingt einen lustigen Sketch zur Hochzeit seiner Schwester. Und … äh … ich hab ihm etwas großspurig Hilfe versprochen …« Bittend sah sie die ältere Frau an. »Du hast doch früher Drehbücher geschrieben. Hast du nicht eine Idee für mich? Oder eine Gebrauchsanweisung? Es gibt sicher Ratgeber mit Gags für solche

Gelegenheiten, oder?« Etta lächelte breit. »Darf ich dich deshalb noch mal anrufen?«, fragte Sunny erwartungsvoll.

»Etta, du weißt, wie wichtig das Ganze für mich ist. Du hast auch was bei mir gut.«

»Na klar«, antwortete Etta mit ihrer tiefen Stimme. »Könnte mal wieder Spaß machen so was. Ruf mich an.«

»Oh, ich danke dir!« Sunny drückte ihr einen Kuss auf die Wange.

Sie erhielt ein Winkzeichen aus der anderen Saalecke und ging hinüber, um das Backgroundtrio zu vervollständigen.

»Wie ist eigentlich das Telefongespräch mit deiner Zufallsbekanntschaft gelaufen, Rainy?«, fragte Stormy gerade.

Lorraine verschluckte sich an ihrer Maisgrütze und errötete. »Es war unglaublich«, keuchte sie nach einem kleinen Erstickungsanfall. »Wir haben über vier Stunden am Stück geredet. Mein Ohr ist jetzt noch taub.«

»Super!« Stormy freute sich. »Gut, dass du auf uns gehört hast. Braves Mädchen!«

»Andrew ist ein faszinierender Mann«, schwärmte Lorraine. »Als Anwalt hat er nebenbei für gemeinnützige Organisationen gearbeitet, kostenlos. Und musikalisch ist er auch. Er hat hobbymäßig in einer Brassband gespielt.«

Einer der beiden Gitarristen, ein hübscher blonder Mann mit schmalem Gesicht, wandte sich an Malcolm. »Meinem Großvater geht's nicht so gut, er ist schon draußen vor der Tür«, sagte er. »Ich glaube, ich bringe ihn jetzt besser nach Hause.«

»Oh, das tut mir leid, Greg«, erwiderte Malcolm. »Wieder die Zähne? Ja, dann muss er wohl doch mal zum Dentisten. Sag ihm gute Besserung von uns.«

Greg blieb kurz bei Sunny stehen. »*Hi*, ich bin der

Student, der für den Nachlassverwalter Mr. Marx die Inventarliste im Haus Ihrer Tante gemacht hat. War 'ne tolle Frau, wollte ich nur sagen. Zu Lebzeiten kannte ich sie nur flüchtig, aber wenn man alles aufnimmt, also hinterher, dann lernt man einen Menschen auch noch sehr gut kennen.«

»Oh, danke Greg«, sagte Sunny überrascht. »Du hast dir viel Mühe gegeben.«

Greg schien verlegen zu werden. »Ich mach so was ja öfter«, sagte er, »aber das mit Ihrer Tante hat mich besonders beschäftigt. Ich denke heute noch manchmal an sie.«

»Oh, tatsächlich?«

»Ja.« Gregs Augen flackerten unruhig. Schüchternheit und Neugier lagen darin im Wettstreit. Er schien ein besonders sensibler junger Mann zu sein.

»Was studierst du denn?«

»Musik und Theater, an der Bower School of Music in Fort Myers«, antwortete er. »Haben Sie herausgefunden, was Sandys Geheimnis war?«, platzte es aus ihm heraus.

»Sandys Geheimnis?«, fragte Sunny irritiert.

»Ja ... äh ... Ich bin den Eindruck nicht losgeworden, dass diese Frau etwas vor der Welt verborgen hat.«

Verblüfft sah Sunny ihn an. »Kann schon sein«, antwortete sie. Gewiss erklärte sich Sandys Geheimnis damit, dass sie jahrelang die Geliebte eines Hollywoodstars gewesen war. Aber welches Recht hatte sie, es jetzt in der Öffentlichkeit zu lüften? Beachtlich, dass der junge Mann nur aufgrund der Nachlassinventarisierung darauf gestoßen war. »Wie kommst du zu diesem Eindruck?«

»Ach, ist mehr so ein Gefühl.« Vor lauter Unsicherheit machte Greg sich noch schmaler. »Und ich weiß, es geht mich überhaupt nichts an ... Haben Sie ihre alten Filme gesehen?«

»Noch nicht alle.«

»Ich meine nicht die Spielfilme, sondern die privaten Schmalfilmaufnahmen, die Normal-8- und Super-8-Filme.«

»Nein, die hab ich überhaupt nicht gefunden«, sagte Sunny erstaunt. »Wo sollen die denn stecken?«

»Na, im Arbeitszimmer. In der Bettenbox der Klappcouch.«

»Da hab ich nie nachgesehen«, erwiderte sie. »Werde ich aber. Heute Abend noch.«

Von der Eingangstür schallte ein kräftiger Posaunenton zu ihnen herüber. Greg fuhr zusammen. Er lächelte entschuldigend.

»Ja, ich muss dann wohl. Mich um Grandpa kümmern.« Er schaute Sunny aus seinen sanften blaugrauen Augen an. »Der Posaunist.«

»Natürlich«, sagte Sunny verständnisvoll. »Wir können uns ja ein anderes Mal weiterunterhalten. Gute Besserung für deinen Großvater.«

Das waren ja interessante Neuigkeiten! Dann hatte Sam neulich recht gehabt, als er meinte, früher seien mehr Filme im Regal gewesen. Bevor Sunny weiter darüber nachdenken konnte, schoss Bee aus der Küche auf sie zu.

»Hallo, meine Liebe, gut siehst du aus!«, rief sie fröhlich. »Jaja, wer anderen eine Blume sät, blüht selber auf!« Bee nahm sie zur Seite und berichtete, dass sie schon mit ihrer Nachfolgerin in der Schulleitung gesprochen habe wegen Sunnys Vorschlags, einen Garten am Kulturzentrum anzulegen. »Sie will gleich nach den Sommerferien mit dem Kollegium darüber entscheiden, wie das Ganze aufgezogen werden könnte. Wahrscheinlich in einer freiwilligen Arbeitsgemeinschaft. Ich werde dafür plädieren, dass wir bei der Gelegenheit auch noch einen Barbecueplatz einrichten.« Sie strahlte. »Das mit dem Schulgarten ist wirklich eine sehr schöne Idee.«

Sunny bedankte sich. Sie nahm daraufhin all ihren Mut zusammen, stieg auf einen Stuhl und brachte mit einem Löffel ihr Cocktailglas zum Klingen. »Na, das wird ja langsam zur Gewohnheit«, witzelte Rose, die hinter ihr stand.

»Liebe Leute«, begann Sunny, »habt ihr vielleicht eine Idee? Ich brauche ganz dringend ab Montag für ein bis zwei Tage drei zuverlässige Arbeiter. Natürlich werden sie bezahlt.« In knappen Worten erklärte sie den Versammelten ihr Problem und nannte Nick Winslows Adresse auf Juno Island. »Vielleicht kennt ja einer von euch jemanden, der kurzfristig einspringen und mit anpacken könnte. Ich wäre für einen Tipp sehr dankbar. Und falls euch später noch wer einfällt, ruft mich bitte an! Ich pinne meine Telefonnummer hier ans Schwarze Brett.«

Die Leute redeten zwar miteinander, auch darüber, wie schwierig es geworden war, zuverlässige Hilfskräfte zu finden, einige tuschelten und lachten auch. Aber es kam bis zum Schluss niemand zu Sunny, um ihr einen Hinweis zu geben.

Dieses Mal war sie nüchtern, als sie vom Übungsabend heimging. Sie bat Sam mit ins Haus, weil sie sofort nach den Schmalfilmen sehen wollte.

»Vielleicht können wir uns gleich noch etwas angucken!«, sagte sie gespannt.

Dass sie auch nie auf die Idee gekommen war, zur Klappcouch im Arbeitszimmer könnte noch ein Bettkasten gehören! Tatsächlich wurde sie fündig. So viel Stauraum, von dem sie nichts geahnt hatte! Ein Projektor für dieses Filmformat lag dort neben mindestens dreißig, vielleicht vierzig Filmschachteln.

»Och, wirklich heute noch?«

Sam zeigte wenig Begeisterung. Doch er baute alles im Wohnzimmer auf und startete den ersten Film. Der zeigte vor allem Aufnahmen von Cypress Gardens.

»Gibt's das eigentlich noch?«, fragte Sunny.

»Ja, haben sie vor einigen Jahren wiedereröffnet«, wusste Sam, »das ist jetzt Legoland.«

Der Film aus den Fünfzigerjahren zeigte vor allem Sandy vor den Attraktionen. Zunächst war sie im Badeanzug während einer Show der Aquamaids zu sehen. Dann privat, wie sie hier und da vertraut mit jungen Frauen plauderte, die in Reifröcken als Südstaatenschönheiten unter Sonnenschirmen durch die Botanik wandelten oder dekorativ auf dem Rasen saßen und huldvoll winkten – als Fotomotive für die Parkbesucher. Einmal lief eine verliebt strahlende Sandy direkt auf die Kamera zu, offenbar übernahm sie das Gerät. Es gab einen verwackelten Schwenk, und man konnte den ebenso verliebten Jimmy Parks in unscharfer Großaufnahme sehen.

Irgendwie stimmte der Film Sunny melancholisch. Vergangenes Glück, heute nur noch Licht und Schatten auf Zelluloid … Er unterschied sich letztlich nicht besonders von anderen Amateuraufnahmen aus jener Zeit. Sie sahen sich noch vier oder fünf Filme an, die alle nicht lang waren. Zweimal kamen Sunny die Tränen. Einmal, als sie quasi nachträglich Zeugin des Augenblicks wurde, in dem Jimmy Parks seiner Sandy ihr neues Häuschen präsentierte. Das musste um 1958 herum gewesen sein. Jimmy hatte aus dem Auto heraus gefilmt, als sie dort angekommen waren. Und dann ging er mit der Kamera auf die Haustür zu. Sandy schaut ihn ungläubig an. Jimmy sagte wohl ein paar erklärende Sätze, denn daraufhin stürmte sie in das Gebäude hinein. Er lief mit der Kamera immer hinter ihr her. Ab und zu tauchte ihr Gesicht hinter einer Tür auf, Sandy lief die Treppe hoch, kam wieder nach unten gerannt, wirbelte im Wohnzimmer im Kreis um ihre eigene Achse und öffnete juchzend die Verandadoppeltür zu dem Grundstück, das einmal ihr Garten werden sollte. Das andere Mal musste Sunny weinen, als die Kamera die Eröffnung eines feinen Restaurants an einem Hafen mit Fischerbooten dokumentierte. Das Lokal hieß Jimmy's. Hier hatte jemand anderes, vermutlich Sandy, die Aufnahmen gemacht, denn man sah nur Jimmy Parks und allerlei Prominenz und Presse.

»Ich schätze, er hat damals hier in Florida in ein Restaurant investiert.« Sams Stimme klang etwas rauer als sonst. »Das machen ja heute noch viele Hollywoodstars.«

»Ja«, ergänzte Sunny gerührt, »damit hatte Jimmy einen Grund, öfter nach Florida zu kommen und Sandy zu besuchen. Auch wenn sie bei der Eröffnungsfeier offiziell nicht an seiner Seite sein durfte.«

Sam legte den nächsten Film ein. Er enthielt neckische Strandszenen, Spiele mit aufgeblasenen Bällen, wohl Ende der Fünfzigerjahre aufgenommen. Das Erstaunlichste daran war eigentlich, wie wenige Urlauber es damals erst am Strand gab. Sunny gähnte. Nach dem langen Tag kroch ihr nun eine bleierne Müdigkeit in die Knochen. Sie streckte sich auf dem Sofa aus, hörte noch eine Weile das Rattern der Filmspule und sackte schließlich weg.

Sie registrierte gar nicht richtig, dass Sam sie hochhob und wie einen Mehlsack über seine Schulter legte. Schnaufend erklomm er mit ihr die Stufen nach oben. Sunny wurde erst wieder halbwegs wach, als sie kopfüber an seinem Rücken baumelte, dem Geländer gefährlich nahe. Sie versuchte sich zu befreien. Doch Sam hielt sie nur fester, er gab ihr einen Klaps auf den Po.

»Zappel nicht, sonst fallen wir noch beide die Treppe runter.« Im Schlafzimmer warf er sie schwungvoll auf das Bett. Er zog ihr die Schuhe aus und deckte sie zu.

»Schlaf gut.«

»Du auch«, murmelte sie, während er schon die Tür von außen schloss. »Danke, Kumpel.«

13

Nick holte sie am Samstag nicht mit einem Oldtimer ab, sondern mit seinem BMW. Sunny beschloss, ihm vorerst nichts von den Komplikationen mit dem Holzdeck zu sagen. Eine Woche Zeit noch bis zu seiner Geburtstagsparty. Leider hatte sie bislang keinerlei Resonanz auf ihren Aufruf im Kulturzentrum erhalten. Aber irgendwie würde sie das schon hinkriegen. Und wenn sie selbst tagelang auf Knien rutschend hämmern musste.

Nick parkte das Auto schon nach wenigen Minuten vor der Marina von Dolphin Island. »Wir nehmen das Boot«, verkündete er. Beim BMW öffnete er ihr nicht die Beifahrertür, dafür half er ihr galant auf seine Motorjacht. Zum Glück war sie wieder sportlich salopp gekleidet und kletterte mühelos hinein. Sunny kannte sich nicht aus mit Motorjachten, aber billig war so ein Exemplar wie dieses sicher nicht. Es hatte quasi drei Stockwerke, Kabinen im Schiffsbauch und einen Freiluftaufbau, auf dem man erhöht sitzen, steuern und sich wie der Herrscher der Weltmeere fühlen konnte. Ausgerechnet jetzt begann es zu regnen. »Wird nicht lange dauern«, schätzte Nick, »wir gehen trotzdem besser rein.« Sunny folgte ihm ins Ruderhaus, wo er auf einem barhockerähnlichen weißen Ledersitz Platz nahm – das metallene Steuerrad vor sich, ein Sideboard mit Seekarten rechts neben sich. Fast wie in einem Flugzeugcockpit ließ Nick nun Monitore mit digitalen Anzeigen aufleuchten. »Setz dich doch«, sagte er.

Sunny zog ihre Sandalen aus, bevor sie es sich in der Sitzecke hinter ihm bequem machte.

Nick bediente das Schiff allein. Er nannte technische Daten, die ihr nichts sagten, als sie allerdings 500 PS hörte, war sie doch beeindruckt. Sie fuhren langsam aus dem Hafen hinaus, Nick schaltete die Scheibenwischer ein, und dann gab er Gas. Oder richtiger gesagt Diesel. Sicher heftig umweltschädlich, schoss es Sunny durch den Kopf, ebenso wie seine Oldtimerautos.

Schnell schob sie diese Gedanken wieder zur Seite. Sie wollte keine Spaßbremse sein, es war einfach zu aufregend. Ihr Magen machte kleine Loopings, als sie mit einer unglaublichen Power durch das Meer pflügten. Sunny hatte vorhin durch die geöffnete Tür einen Blick in die großzügige Schlafkabine werfen können, und obwohl sie es nicht wollte, musste sie darüber nachdenken, wie viele Frauen Nick hier wohl schon verführt hatte. Und wie sie am besten reagieren sollte, falls er es bei ihr auch versuchen würde. Sie nahm sich vor, ihn charmant und diplomatisch zurückweisen.

Sunny stand auf, um nach draußen zu gehen. Der Fahrtwind peitschte ihr Haar, der warme Regen trommelte ihr ins Gesicht – es war herrlich! Das Schiff zog eine aufgewirbelte Wasserschleppe hinter sich her.

»Halt dich fest!«, rief Nick.

Er fuhr einen Kreis, so eng, dass die Jacht sich neigte, noch einen Kreis, und noch einen. Sunny lachte, ihr wurde auf eine kribbelige Art schwindelig wie früher beim Karussellfahren. Aber sie war auch froh, als sie wieder geradeaus fuhren und Nick das Tempo auf die, wie er sagte, durchschnittliche Reisegeschwindigkeit drosselte. Immer noch reichte die Motorstärke aus, schäumende Spuren im Wasser zu hinterlassen. Es hörte tatsächlich wie angekündigt auf zu regnen, die Sonne brach durch die Wolken. Sie beschien die Ufer der Barriereinseln, die an Steuerbord lagen, leuchtend helle Strände, grüne Wälder, pastellfarbene Häuser und mehrstöckige Ferienanlagen. Sunny sah, dass einige aufwendige Gärten mit Rasenflächen beinahe bis ganz ans Wasser heranreichten.

Plötzlich erregte etwas anderes ihre Aufmerksamkeit – aus den Heckwellen sprangen direkt vor ihren Augen Delfine in die Luft! Sunny wagte im ersten Moment kaum zu atmen, ihr Herz setzte einen Schlag aus. Die stromlinienförmigen Tümmler wirkten schwer und muskulös, zugleich bewiesen sie mit ihren akrobatischen Drehungen um die eigene Achse eine perfekte Körperbeherrschung. Sie spielten offenbar, denn sie folgten der Jacht. Wieder und wieder, nur wenige Meter entfernt, schossen sie aus dem Wasser und warfen sich mit einer Begeisterung in die Heckwellen wie ein urlaubsreifer Mensch, der sich am Ziel seiner Träume in die lang herbeigesehnten Wellenkämme stürzte. Drei Delfine tauchten unter den Wellen hindurch, sprangen darüber hinweg, ließen sich zurücktreiben und platschten erneut mit Karacho ins strudelnde, brodelnde Wasser. Und sie schienen immerzu zu lächeln.

Der Anblick hatte etwas, das Sunny tief berührte. Während sie zuschaute, atmete sie in ein beglückendes Gefühl hinein. Es war umgeben von Aufgeregtheit, im Kern jedoch ruhig und zufrieden, ja befriedigt – als wäre für diesen kurzen Moment wieder alles in einer uralten göttlichen Ordnung. Bezaubert stand Sunny da, regungslos für einige kostbare Augenblicke.

Sie wagte nicht zu rufen. Auf Zehenspitzen tapste sie schließlich zu Nick. »Sieh mal.«

Er war nicht überrascht. »Ja, das passiert oft. Delfine

mögen das.« Als die Tiere wieder verschwunden waren, holte Sunny auf Nicks Bitte hin gekühlte Limonade aus der Kombüse und setzte sich zu ihm. Er erzählte, dass man Delfine an den Einkerbungen an ihren Schwanzflossen unterscheiden könnte. »In der freien Wildbahn erleiden sie oft Verletzungen. Am schönsten sind die jungen Weibchen«, er lächelte, »wie bei den Menschen. Deshalb nimmt man für Dreharbeiten nur Delfinmädchen. Auch Flipper, hab ich mir sagen lassen, war in Wirklichkeit weiblich. Wir haben auch Delfine in unserem Park, die Besucher lieben sie!« Nick plauderte weiter über seine Arbeit. Er war schon seit acht Jahren Manager des Parks. Sein Vertrag lief immer nur vier Jahre lang, demnächst stand wieder die Verlängerung an. »Jedes Mal werden die Bedingungen neu ausgehandelt.« Er gab ihr zu verstehen, dass die Party für ihn auch deshalb wichtig war, weil er Entscheidungsträger jenes Konzerns erwartete, zu dem der Aquapark gehörte. »Du wirst doch fertig bis Freitag, oder?«, fragte Nick.

»Na klar«, Sunny bemühte sich um eine feste Stimme und unterdrückte ein Aufstöhnen.

»Die Caterer beginnen am Samstag schon vormittags, alles herzurichten. Sie bringen auch Stehtische, Geschirr, Gläser und so weiter. Ich erwarte etwa neunzig Gäste.«

»Wow! Es wird bestimmt ein wunderbares Fest«, sagte Sunny. So langsam wurde ihr mulmig zumute. Was, wenn die Leute nicht, wie Nick sich das vorstellte, um seinen Pool herumstehen und mit Gläsern in der Hand plaudern konnten?

»Du bist natürlich auch eingeladen, das ist ja wohl klar«, setzte Nick hinzu. »Du und dein Gehilfe und die Mosaikkünstlerin.«

»Ach … äh …«, stammelte Sunny. Damit hatte sie nicht

gerechnet. »Wie nett.« Ihr nächster Gedanke war: Hilfe, was zieh ich bloß an?

Nick wandte zu ihr um, und ihr fiel auf, dass er wirklich besonders schöne braune Augen hatte. »Ich kann dich mit interessanten Leuten bekannt machen, Sunny. Das wird deiner Geschäftsidee nützlich sein.«

»Super.«

Tonlos memorierte Sunny ihren Spruch. *I'll cross the bridge, when I come to it.* Nur jetzt funkte ihr ständig ein anderer Satz dazwischen: Alarm, Alarm, stehe direkt vor der Brücke – was nun?

Der Ort Cortez lag zwischen dem Festland und Anna Maria Island. Es gab keine Hochhäuser, dafür einfache Cottages und Schuppen auf Stelzen, hier roch es nach Räucherfisch und Netzen, die zum Trocknen ausgespannt waren. Auf mehreren Piers standen bis zur Dösigkeit entschleunigte Angler. Nick legte routiniert an, und sie aßen an einer Bude frisch gefangene Meeräschen, die Spezialität der Region, mit Pommes frites. Nick schäkerte mit der Bedienung. Gestärkt erkundeten sie das Dorf. In einem Trödelladen stießen sie auf alte Rettungsringe, Bojen, dicke Schiffstaue, ausrangierte kugelförmige Schwimmer für Fischernetze, Teller in Muschelform und ähnliche Dinge.

Wieder war Nick kaum zu bremsen. »Sieh dir das an!«

»Also weißt du, das ist mir zu viel maritimes *hullaballoo*«, gab Sunny schließlich zu bedenken, »das könnte deinen Garten überfrachten. Es würde nicht mehr zum puristischen Stil deines Hauses passen.«

»Ach«, erwiderte Nick leichthin, »eingerichtet hat es das Innenarchitektenbüro, das auch für unsere Parks die Restaurants designt. Das ist nicht unbedingt mein persönlicher Geschmack.«

Als sie wenig später, jeder mit einem rot-weißen Rettungsring um den Hals, durch den Ort zu dem Fischer, der den Kutter verkaufen wollte, spazierten, entdeckten sie neben einer Bretterbude ein hölzernes Ruderboot, das schon halb von Schlingpflanzen überwuchert war. Die Farbe blätterte in mehreren Schichten ab.

»Guck mal«, rief Sunny entzückt, »das ist ja schon Kunst!«

Auch Nick war begeistert. Sie machten den Besitzer ausfindig, einen nicht mehr aktiven Fischer, dem vorn ein Zahn fehlte und der auch sonst einen ziemlich verwahrlosten Eindruck machte. Sein Atem roch bereits jetzt, kurz nach Mittag, alkoholisiert. Nach kurzem Handel, bei dem Nick und Sunny sich ganz ohne Absprache die Bälle zuwarfen, einigten sie sich auf einen Preis. Der Mann grinste verschlagen, als er ihnen half, das Boot vom Unkraut zu befreien und auf einem Trailer zur Jacht zu rollen. Er glaubte wohl, einen dummen Städter übers Ohr gehauen zu haben. Dabei war es nicht zu übersehen, dass sein Boot ein Leck hatte. Dass dieser Umstand den Käufer nicht im Geringsten störte, hätte der Alte sicher kaum verstanden.

Nick konnte das Boot allerdings wegen des Lecks nicht einfach hinten anhängen und nach Dolphin Island schleppen. Er befürchtete nun, seine Neuerwerbung würde beim Transport, mehr noch beim Auf- und Abladen, die edle Jacht zerschrammen.

Sunny hatte eine Idee. »Warte ein paar Minuten!«

Sie trabte zurück in den Ort. An einer Wäscheleine hatte sie eine große Fleecedecke gesehen. Sie klingelte an der Tür und kaufte der Hausbewohnerin den Überwurf und einige ausgediente Bettlaken kurzerhand ab. Im Hafen halfen ihnen ein paar Arbeiter einer Fish Company für kleines Geld bereitwillig beim Verladen. Vorsichtig hievten sie das Ruderboot auf das nun durch die Textilien geschützte Deck.

Während der Rücktour unterhielten sie sich über Nicks Garten und über verschiedene Wassersportarten. Nick fragte Sunny nach ihrer Heimat. Sie plauderte ein wenig über das Ammerland und die vielen Baumschulen, die Rhododendronparks und den See, in dem sie schwimmen gelernt hatte. Nick war in einem schicken Wohnviertel von Miami aufgewachsen, sein Vater hatte in den Achtzigerjahren ein Vermögen mit Immobilien gemacht. Nick hätte bei ihm in die Verwaltung einsteigen können, doch er hatte sich nach dem Betriebswirtschaftsstudium lieber etwas gesucht, das ihn geschäftlich unabhängig sein ließ.

»Du weißt ja vielleicht, wie das ist mit starken Vätern.« Sunny nickte verständnisvoll. Nick schaute auf den Ehering, den sie immer noch trug. »Aber du bist allein nach Amerika gekommen, stimmt's? Bist du wieder Single?«

Verlegen strich sie über das schlichte goldene Schmuckstück. »Tja, schwer zu sagen«, druckste sie. »Lass es mich so ausdrücken: Mein Herz hat noch anderswo zu tun.« Nick vertiefte das Thema nicht weiter.

»Erzähl mir von der Straße, in der du aufgewachsen bist«, bat er sie.

Und Sunny beschrieb ihm die Bauernhöfe in ihrer Nachbarschaft und die Gärtnerei an der nächsten Kreuzung. Deren Senior, der alte Frerich, hatte einst mit vollen Händen Margeritensamen auf dem Flussdeich ganz in der Nähe ausgestreut.

»Schon als kleines Kind habe ich es geliebt, wenn diese Margeriten blühten!«, schwärmte sie. »Es sah so wild und natürlich aus! Ich glaube, das war auch das Samenkorn dafür, dass ich Gartenarchitektin geworden bin.«

»Ist doch immer wieder erstaunlich, wie sehr uns Erlebnisse in der Kindheit prägen«, erwiderte Nick.

Er erzählte von der Jagd, die er als eine der letzten Herausforderungen in seinem zivilisierten Leben betrachtete. Er hegte eine besondere Abneigung gegen Alligatoren, seit er als Fünfjähriger hatte mit ansehen müssen, wie einer seinen Hund totbiss.

»Das muss ja traumatisch gewesen sein«, sagte Sunny mitfühlend.

»Die Riesenechsen haben keine Zunge, deshalb zerreißen sie ihre Beute«, erklärte Nick, während er mit zusammengekniffenen Augen in Richtung Horizont schaute. »Am besten erledigt man sie mit einem Schuss. Aber zur Not reicht auch ein gezielter Schlag auf die Wirbelsäule.«

»Ich finde die Viecher unheimlich«, sagte Sunny, »man sieht ja im trüben Wasser in den Mangrovenwäldern auch immer nur ihre Augen und hat keine Ahnung, wie viel Körper da noch dranhängt.«

»Sie sind schon faszinierend«, meinte Nick. »Sie signalisieren ihren Artgenossen durch Rufe, wie groß sie sind. Am lautesten in der Paarungszeit, da geben sie ein extrem tiefes Grummeln von sich. Das geht einem durch Mark und Bein!« Sunny rieb sich schaudernd die Oberarme.

Nick sah sie lächelnd an. »Witzig, dass Florida in aller Welt ausgerechnet mit einer kleinen Maus in Verbindung gebracht wird, oder?«

»Du meinst Disneys Micky Maus?«

»*Yep.*« Er hob amüsiert die Augenbrauen. »Dabei leben bei uns in der freien Natur einige wirklich gefährliche Tiere.«

»Ja«, erwiderte Sunny mit einem breiten Lächeln, »eure Moskitos sind echt nervig.«

Nick lachte. »Hast du schon unsere *manatees* gesehen, die floridianischen Seekühe? Im Prinzip sind sie harmlos, aber sie werden bis zu drei, vier Meter groß, und es ist gar nicht schön, wenn sie in die Schiffsschrauben geraten. Man muss verdammt aufpassen. Vor allem im Winter, wenn sie sich in die wärmeren Flussmündungen zurückziehen.« Er fuhr sich mit einer Hand durchs Haar. »Ich überlege, ob ich nicht bald wieder in den Everglades Jagd auf Tigerpythons mache.«

»Klar, warum nicht?«, konterte Sunny trocken. »Immer nur Alligatoren, das wird sicher irgendwann langweilig.«

»Im Ernst. Die Biester haben überhandgenommen. Deshalb können sich ganz normale Bürger als Schlangenjäger registrieren lassen.«

»Cool!« Sunny nickte anerkennend, dann zog sie die Nase kraus. »Aber ich glaub, für mich wär das irgendwie nicht das Richtige.«

»Es gibt sogar Prämien für jedes Exemplar. Natürlich mach ich es nicht deshalb. Es ist ein Dienst für die Gemeinschaft. Selbst unser Vizegouverneur zieht Pythons aus ihren Erdlöchern.«

»Hast du schon mal eine erwischt?«, fragte Sunny.

»Ja, vergangenes Jahr. Sie war vier Meter fünfzig lang.«

Sunny wollte sich die Begegnung mit einer Python lieber nicht vorstellen und versuchte, das Thema ins Lächerliche zu ziehen.

»Hast du einen Jagdtipp für mich, falls ich es mir doch noch überlege?«

»Die Beute darf nicht merken, dass sie gejagt wird«, sagte Nick mit einem gefährlichen Glitzern in den Augen, »das ist das Wichtigste bei der Jagd.«

»Soll ich mich jetzt fürchten?«

»Ja.«

Ihre Blicke trafen sich. Zwischen ihnen schwang plötzlich eine Spannung wie ein magnetisches Feld. Sunny bekam schwerer Luft. Sie spürte ein erotisches Prickeln, das sie irritierte. Es waren nur wenige Sekunden, in denen alles möglich schien. Nick schätzte offenbar ab, wie bereit sie für ein kleines Abenteuer war. Sie spürte mittelschwere Panik in sich aufsteigen. Nein, so weit war sie noch nicht!

»Hör auf!« Spontan machte sie eine abwehrende Geste. »Sonst kann ich heute Nacht nicht schlafen.«

Nick atmete einmal tief durch, dann lächelte er nonchalant. »Ach, die Everglades sind doch weit entfernt«, sagte er beruhigend. In seinen dunklen Augen funkelte es. Er wandte sich wieder nach vorn und nahm Kontakt mit einem Bekannten im Hafen von Dolphin Island auf.

»Du, Hank, wir brauchen Hilfe beim Abladen eines Ruderbootes und jemanden, der das Ding zu mir transportiert. Kannst du dich darum kümmern? Danke dir.«

Auch wenn Sunny versuchte, es sich nicht anmerken zu lassen – sie war beeindruckt. So lässt es sich leben, dachte sie. Einfach anrufen und Leute beauftragen. Warum krieg ich das mit diesem blöden Holzdeck nicht geregelt?

»Ich guck mal, ob ich wieder Delfine sehe«, sagte sie und blieb bis zur Ankunft draußen an Deck.

Um den Transport des Ruderbootes brauchte sie sich tatsächlich nicht zu kümmern. Nick überwachte das Abladen, dann fuhr er sie nach Hause. Während der Fahrt sprachen sie wenig.

»Wie schön, dass wir das Boot gefunden haben«, sagte Sunny beim Aussteigen, »da hat sich der Ausflug doch gelohnt.«

»Das hätte er auch ohne Boot«, erwiderte Nick mit samtiger Stimme.

»Stimmt, wir haben ja auch noch die beiden Rettungsringe entdeckt!« Sunny lächelte verschmitzt.

»Bis Samstag!«

Sie schlief schlecht. Nicht wegen knurrender Alligatoren oder irgendwelcher Tigerpythons, sondern weil sie sich ausmalte, was passieren würde, wenn Nicks Garten an seinem Geburtstag immer noch eine Baustelle war. Seine Gäste würden empört oder spöttisch tuscheln, einige aufgebracht sofort wieder wegfahren, Nick würde seine Vertragsverlängerung nicht erhalten, arbeitslos werden, er würde toben und sie für alles verantwortlich machen. Sie hätte keine Chance mehr mit ihrer Geschäftsidee, weil man überall an der Golfküste sagen würde: Ach, diese Deutsche, die kriegt ja nichts geregelt!

Auch am folgenden Tag drückte das Problem gewaltig auf Sunnys Stimmung. Sie hätte am liebsten sofort selbst Hand angelegt, um es zu bewältigen. Aber sie konnte jetzt nicht in den Garten, weil Nick doch am Wochenende immer auf Juno Island war – vielleicht sogar mit einer seiner Gespielinnen. Ein kleiner fieser Ärger begann an Sunny zu nagen. Hoffentlich lieferte Mr. Hudson bis Montagmorgen wenigstens das gesamte Material und das erforderliche Werkzeug an.

Am Montag erwachte Sunny später als sonst. Sie verzichtete deshalb aufs Schwimmen. Sams Motorrad war schon fort. Ob er überhaupt noch wusste, dass er ihr heute helfen wollte? Ohne zu frühstücken, machte sie sich mit dem Fahrrad auf den Weg. Als sie Nicks Haus erreichte, sah sie, dass an der Straße und in der Einfahrt viel mehr Autos parkten als sonst. Eilig ging sie in den Garten – und traute ihren Augen nicht. Dort erwarteten sie mehr als ein Dutzend Leute, alles Bekannte aus dem Kulturzentrum! Lachend, schwatzend, in verwegenen Arbeitsklamotten und zu allen Schandtaten bereit, standen sie neben dem Pool. Einige begutachteten und kommentierten den

Dünengarten. Andere richteten schon die Bretter aus. Offenbar war jeder, der einen Hammer tragen konnte und Zeit hatte, mitgekommen.

Selbst Etta, obwohl zu schwach zum Handwerken, fehlte nicht. Sie saß neben dem Zimmerermeister auf dem Rand des Ruderboots, das neben dem Poolhaus abgeladen worden war. »Erzählen Sie mir noch eine Familienanekdote!« Sie löcherte Mike Hudson, der gar nicht wusste, wie ihm geschah, und machte sich Notizen.

»Lady, ich muss jetzt mit anpacken. Wenn die Bretter nicht richtig zugesägt werden, können wir das hier komplett vergessen«, sagte Mr. Hudson zu Etta, als er Sunny sah. »Eigentlich muss ich auch gleich wieder los.« Er sprang auf. »Wollen Sie mich nicht morgen Abend bei mir zu Hause besuchen? Dann hab ich mehr Ruhe, mich zu erinnern, und meine Frau kennt bestimmt auch noch einige Schwänke.« Etta willigte verständnisvoll ein.

Auch Sam war längst hier. »Hallo, Sunny!«, schallte es von allen Seiten.

»Hallo, Leute! Guten Morgen!« Sunny standen Tränen in den Augen. »Ihr seid ja unglaublich!«

Ranger griente erfreut. »Sag schon! Was sollen wir tun?«

Mit vereinten Kräften machten sie sich nun nach Sunnys und Mike Hudsons Anweisungen ans Werk – Malcolm, Bee, Ranger, Sam, Stormy, Lorraine, der Trompeter, der Saxofonist, der Keyboarder, etliche Damen aus dem Küchenteam, der Beleuchter, Rose und der Leadsänger Martin. »Alicia wäre gern mitgekommen«, sagte Martin, »aber leider hat sie Dienst. Ich kann als Hausmeister auch nur ein Stündchen wegbleiben.« Doch das, was er allein in dieser Zeit schaffte, ließ Mr. Hudson vor Ehrfurcht erstarren.

»Wenn ich solche Leute hätte!«, sagte er seufzend. »Sorry,

aber jetzt muss ich wirklich … Meine andere Baustelle wartet auf mich.«

Lorraine stellte ihren neuen Bekannten Andrew Mortimer vor. Sunny mochte den grauhaarigen, nicht mehr ganz schlanken Mann, er hatte eine einnehmende Ausstrahlung und gütige Augen. Ein wenig umständlich reichte er die Bohlenbretter an.

»Könnte vielleicht noch jemand helfen, das Ruderboot einzubuddeln?«, fragte Sunny.

Malcolm und sie schoben es in die gewünschte Position an den Rand der rund gepflasterten Grillterrasse, Malcolm grub ein Loch, das Boot verschwand zu einem Drittel leicht schräg im Sand. Der Keyboarder versetzte die Sitzbretter im Boot der neuen Neigung entsprechend. Stormy dekorierte ein Netz mit Kugeln, sogenannten Schwimmern, über dem Heck. Sam pflanzte, wie auf Sunnys Entwurf eingezeichnet, noch einige Büschel Strandgras auf den kleinen Sandhaufen hinter dem Boot.

Sunny prüfte das Ergebnis mit etwas Abstand. Ein aufgeregtes Kribbeln erfüllte sie. Ja, so hatte sie es sich vorgestellt! Malerisch sah es aus, das Boot, das mit seinen abblätternden Farbschichten von vielen Ausfahrten, harter Arbeit und Abenteuern auf See kündete. Ganz selbstverständlich lag es da, wie in einer Düne verweht. Überhaupt wirkte der gesamte Garten sehr natürlich, wie gewachsen, nicht wie gerade erst frisch angelegt. Sunny ließ ihren Blick bis an die Grundstücksgrenzen schweifen. Die rankenden Prunkwinden hatten bereits ihre schnell wachsenden Triebe ausgestreckt. Okay, der Strandhafer musste noch kräftiger werden, um richtig schön im Wind wogen zu können, aber die gestaffelten Palmengruppen, die Kokardenblumen und der gewundene, von Seetraubenbäumen gesäumte Pfad in Richtung Meer machten Eindruck.

Sunnys Herz tanzte vor Freude, es fühlte sich ganz leicht an. Und zugleich war sie jedes Mal, wenn sie bei der Arbeit verstohlen innehielt und ihre Helfer betrachtete, tief gerührt. Zum Mittagessen bestellte sie mehrere Riesenpizzen bei einem Lieferservice. Am späten Nachmittag konnte sie das fertige Holzdeck fegen und war rundum glücklich.

»Leute, ihr seid einfach großartig!«, rief sie. Sie überlegte, ob sie jedem Einzelnen den üblichen Stundenlohn geben oder vielleicht eine Pauschale als Spende für das Kulturzentrum anbieten sollte. »Jetzt zur Bezahlung«, begann sie.

»Wir wollen keine Bezahlung«, unterbrach Ranger.

Sunny schaute in die Runde. Die anderen nickten zur Bestätigung oder lächelten sie einfach nur an.

»Wie kann ich mich denn dann bei euch bedanken?«

»Ich wüsste schon, wie. Ich möchte auch einen neuen Garten!«, rief Rose. »Kannst du nicht mal vorbeikommen und dir den alten anschauen? Vielleicht hast du eine Idee, was ich damit anfangen kann.«

»Nichts lieber als das!« Sunny strahlte. »Also, wer von euch möchte, dem gebe ich gern eine kostenlose Gartenberatung.«

»Super!«, bekam sie zu hören.

»Ich melde mich!«

»Genial!«

»Wir nehmen dich beim Wort!«.

Sunny lächelte. »Ich bitte darum!«

»Wenn noch was ist, ruf mich einfach an, und ich komme«, sagte Martin, der nach Dienstschluss noch einmal zurückgekehrt war, um letzte Hand mit anzulegen. Er begann zu singen. »*Just call my name and I'll be there …*« Ranger stellte sein Handy auf den Gartentisch, er hatte den Song aufgerufen und ließ die Musik in voller Lautstärke laufen. Nun fielen auch die anderen ein und sangen den Hit der Jackson Five laut mit. »*Whenever you need me, I'll be there* ...« Stormy und Lorraine tanzten die Choreografie noch etwas fehlerhaft, aber voller Hingabe. Sunny lief zu ihnen, um sich singend einzureihen.

Am Ende umarmte sie jeden der Helfer und bedankte sich noch einmal.

»Ach, Leute!« Ihr fehlten die Worte.

Dieses Mal wusste Sunny sofort, was sie anziehen würde – Sandys kariertes Seidenkleid. Fehlten noch schicke Schuhe. Die Bühnengarderobe hatte Rose inzwischen als Sammelbestellung mit Rabatt geordert. Was nicht passte, wollte sie später maßgerecht ändern. Nur die Schuhe, so war es ausgemacht, sollte sich jeder selbst besorgen, weil es da wegen der Passform häufig schwierig wurde. Stormy schloss ihren Laden am Mittwochnachmittag, es kamen derzeit ohnehin nicht viele Touristen. Sie und Sunny fuhren mit deren Pick-up nach Naples, um sich im historischen Viertel nach silbernen Pumps umzuschauen. Sie hatten auch Lorraine mitnehmen wollen, doch die war schon anderweitig verabredet und bat sie, ihr einfach ein Paar in ihrer Größe mitzubringen. Die beiden Frauen wurden schon nach kurzer Zeit fündig. Stormy überredete Sunny zu einer Variante mit höheren Absätzen. Für sich und Lorraine nahm sie das gleiche Modell. Dank des Mosaikauftrags hatte sich ihre finanzielle Situation endlich wieder ein bisschen entspannt. Nun benötigten sie noch ein Geschenk für Nick.

Auf dem Rückweg machten sie einen Abstecher nach Matlacha. Das Inselchen zwischen Fort Myers und Pine Island galt als ein Ort, der besonders Künstler, Kunsthandwerker und Freigeister anzog.

»Es war einmal ein Fischerdorf«, erzählte Stormy, als sie

von einer kunterbunt gestrichenen Boutique zum nächsten Galeriecottage bummelten. »Doch in den Achtzigern ist der Fisch, den die Männer hier seit Generationen gefangen haben, unter Schutz gestellt worden. Damit verloren sie ihre Existenzgrundlage, und eines Nachts haben sie aus Wut sämtliche Fischerboote angezündet. Man konnte das Feuer weithin lodern sehen.«

»Wie traurig!«

»Wie man's nimmt. Nach und nach haben Aussteiger und Künstlernaturen die Fischerhäuser übernommen, sie bunt bemalt, Läden eröffnet und den Charakter des Ortes verändert.«

Stormy kannte einige dieser Leute, in einem Shop bestückte sie regelmäßig ein Mietregal mit ihrer Muschelkunst. In einer Boutique stießen sie auf historische Taucherglocken aus Kupfer, die zu Lampen umfunktioniert worden waren.

»Das gefällt Nick bestimmt!«, rief Sunny. Sie kaufte das größte Exemplar, das auf ein hohes Stativ geschraubt war. Eine dicke, in die vergitterte Taucherglocke hineinmontierte Glühbirne spendete ein warmes gelbliches Licht. Es gab auch eine Variante mit einer kleineren Taucherglocke als Tischlampe. Die erwarb Stormy für Nick.

Sie kehrten noch in ein Lokal am Wasser ein, vor dem Pelikane auf den Pfosten hockten, und gönnten sich ein gerade frisch zubereitetes Hummersüppchen. Sunny hatte das Gefühl, mit einer uralten Freundin zu plaudern. Auf der Rückfahrt wurde ihr erstmals bewusst, wie sehr sich ihr Leben in den vergangenen drei Monaten verändert hatte. Wenn ich das gewusst hätte, dachte sie, ich wäre schon früher viel weniger unglücklich gewesen. Ich will es mir für schlechte Zeiten merken, wie schnell sich alles wieder zum Guten wenden kann.

Am Donnerstag genoss Sunny das Gefühl, dass Nicks Garten tatsächlich fertig geworden war und sie nichts Dringendes zu erledigen hatte. Sie suchte aus Sandys Büchersammlung einen vielversprechenden Titel aus, zog ihren Bikini an, stellte eine Gartenliege auf den Rasen in den Schatten der Bäume und machte es sich darauf mit ihrer neuen Lektüre behaglich. Das Buch gab einen für Laien verständlichen Überblick über den Stand der Delfinforschung. Die Tiere, die zur Familie der Wale gehörten, schwammen mehrere Hundert Kilometer am Tag. Sie sendeten durch Klicklaute Schallwellen aus, und das Echo darauf ermöglichte ihnen, sich ein Bild zu machen. Sie hörten bis in den Ultraschallbereich hinein, also sehr viel besser als Menschen. So konnten sie auf ihre Art nicht nur in trüben Gewässern sehen, sondern auch in Körper hineinblicken. Einige Experten vertraten die Ansicht, dass Delfine unter den Menschen besonders Mädchen und noch mehr Schwangere mochten. Sie schrieben, dass die Säugetiere an inneren Organen erkennen konnten, wenn sie sich in Stresssituationen verkrampften, und damit in der Lage waren, Gefühle zu erkennen. So verriete etwa der Herzschlag eines Menschen ihnen etwas über seinen Gemütszustand. Das fand Sunny besonders spannend.

War es nur esoterisches Wunschdenken, oder reagierten Delfine dann darauf? Sendeten sie den Menschen etwas zurück? Vielleicht lag darin eine Erklärung für das Glücksgefühl, das sie beim Anblick der Delfine empfunden hatte. Aber auch vieles andere war hochinteressant. Es gab ein kulturhistorisches Kapitel, das beschrieb, wie Delfine in der Antike als Götter verehrt und als Reittiere oder Retter Schiffbrüchiger gerühmt worden waren. Sunny las sich fest in diesem Sachbuch und vergaß die Zeit.

Am frühen Nachmittag kehrte Sam, wie immer in abgerissenen Jeans und T-Shirt, von einer Einkaufstour zurück. »Ich brauchte ja sowieso Klamotten für den Contest«, kommentierte er die beiden Einkaufstüten, als müsste er sich dafür entschuldigen. »Hab mir 'ne neue Hose und zwei Guayaberas besorgt.«

»Was ist das denn?«

Sam erklärte ihr, dass man so das traditionelle Hemd aus Baumwolle oder Leinen nannte, das auch Hemingway am liebsten getragen hatte. Es stammte aus Mexiko oder Kuba und hatte sich schon seit mindestens einem Jahrhundert bewährt.

»Man trägt es schön luftig über der Hose. Seit einigen Jahren ist es auf Kuba sogar das offizielle Bekleidungsstück für staatliche Empfänge.« Sam packte seine Beute aus, zuerst ein cremeweißes Hemd mit geradem Schnitt, diversen Längsnähten, kurzen Ärmeln und vier aufgesetzten Taschen. Dann hielt er sich das andere Hemd vor. »Und dieses hier ist die edlere Version für Strandhochzeiten und Partys.« Es war weiß, hatte lange Ärmel und nur zwei aufgesetzte Taschen.

»Zieh mal an!«, bat Sunny. Sam verschwand im Gästehäuschen. Nach kurzer Zeit kehrte er zurück – als Ernest Hemingway! Sam drehte sich wie ein Model. Diese edlere Guayabera war leicht tailliert. Mit der neuen Hose wirkte das Outfit wie ein klassischer Leinenanzug. Das eigentlich Verblüffende an der Vorführung aber war, dass Sam anders ging als sonst – den Brustkorb rausgestreckt, die Schultern zurückgenommen, trotzdem lässig. Eine Augenbraue hochgezogen und mit einem selbstbewussten Lächeln bewegte er sich auf Sunny zu. »Yes«, jubelte sie, ließ sich absichtlich vom Liegestuhl plumpsen und rollte über den Rasen. »Geht doch. Umwerfend, Ernest!«

Sam lächelte geschmeichelt. Ganz selbstverständlich machte er es sich auf ihrer Gartenliege bequem.

»Sorry«, sagte er von oben herab, wobei er die Bügelfalten über dem Knie ein Stückchen höher zog, »ich muss den Anzug schonen. Das verstehst du sicher.«

»Frechheit!« Sunny rollte sich auf den Bauch. Sie stützte einen Ellenbogen auf, legte ihre Wange auf die Faust und blinzelte vergnügt zu ihm hoch. »Dann stell ich dir gleich mal ein paar Fachfragen.«

»Bitte sehr.« Sam lehnte sich entspannt zurück.

»Vollende dieses Zitat: *Die Welt ist so schön …*«

»*… und wert, dass man um sie kämpft.*«

»*Yep.* Das könnte ich glatt zu meinem Firmenmotto erklären. Ich glaube, das werde ich auf meinen Briefbogen drucken lassen!« Sunny überlegte, was ihr denn noch einfiel. »*Verreise niemals mit jemandem …*«

»*… den du nicht liebst.*«

»Richtig. Und wie lautet Hemingways Botschaft mit deinen eigenen Worten in einem Satz?«

»Was getan werden muss, muss getan werden.«

»Ich finde, das kann man gelten lassen.« Sunny wischte sich den Schweiß von der Stirn, allmählich wurde es auch im Schatten sehr heiß. »Puuh!«, stöhnte sie. »So tropisch muss es ja auch nicht unbedingt sein.«

An diesem Tag würde selbst ein Bad im mittlerweile lauwarmen Meer keine Erfrischung bringen. Besser, sie duschte gleich kalt.

»Hoffentlich gibt's zur Party kein Gewitter«, sagte Sam.

»Hoffentlich gibt's kein Gewitter vor der Party«, korrigierte Sunny. »Stell dir bloß vor, Regenfluten würden unseren schönen Dünengarten einen Tag vor der Präsentation zerstören. Und überhaupt, ich hab echt Angst, dass mir einer von diesen Hurrikans alles kaputt macht.«

»Die Gefahr besteht hier leider immer.«

Sunny räkelte sich träge. »Gegen einen sanften Regen hätte ich allerdings nichts. Ich mag die Tropfen sogar gern auf der Haut, ich hör sie auch gern aufs Dach prasseln. Nach einem Schauer duftet alles so süß und fruchtig, und die Luft ist wieder klar und verheißungsvoll …« Sie seufzte sehnsüchtig.

Sams Blick veränderte sich. »So ist das hier. Das Klima am Golfstrom spricht alle Sinne an, und das macht eben sinnlich. Allein das viele Schwimmen, die Sonne auf der Haut … Das spürst du doch sicher auch, oder?«

Sunny widersprach nicht. Mit einem kleinen Lächeln, kokett und spitzbübisch, gab sie ihm recht. Es stimmte ja.

Und seit sie auf der Jacht mit Nick nach langer Zeit wieder einmal erotische Schauer empfunden hatte, dachte sie auch wieder häufiger an Sex. Sie hatte das Thema verdrängt, ihre körperlichen Spannungen mit der Gartenarbeit abreagiert. Aber natürlich hatte sie Bedürfnisse. In einem Workshop, den sie während ihrer schlimmsten Liebeskummerphase besucht hatte, war Sexualität einmal als Kundalini-Schlange beschrieben worden, eine Vorstellung aus der altindischen Lebenslehre. Diese Schlange konnte zusammengerollt lange Zeit schlafen. Aber wenn sie erwachte, entwickelte sie sich mit aller Naturgewalt.

Sunny entfuhr erneut ein kleiner Seufzer.

Sam schaute sie offen an. »Es ist doch so«, er atmete langsam tief ein und wieder aus, bevor er weitersprach, »du bist eine Frau und ich bin ein Mann. Warum sollten wir beim Sex immer allein sein? Man kann doch auch mal verzichten auf das ganze Drumherum – Balzphase, Liebe, Drama, große Gefühle – und sich gegenseitig zu Diensten sein.«

»Das ist nicht gerade das romantischste Angebot, das ich je erhalten hab.« Sunny musste lächeln, aber sie erwiderte

Sams Blick ebenso offen. »Im Prinzip hast du recht, Sam«, sagte sie. »Nur … irgendwie bin ich zu altmodisch. Nicht weil ich prüde wäre. Ich weiß deinen Vorschlag zu schätzen. Nur, da muss noch etwas dazukommen, so ein Fünkchen irgendwas … und ehrlich gesagt, zugewachsene Männer sind so gar nicht mein Fall. Küssen durch Gestrüpp törnt mich ab.«

»Schade«, sagte Sam. »Na, hab ich mir fast schon gedacht. Und falls, dann nähmst du lieber Nick Winslow, richtig?«

»Och«, Sunny antwortete mit einem unschuldigen Blick gen Himmel, der »Na, ich weiß nicht« ausdrücken sollte. Insgeheim gab sie Sam jedoch recht. »Sollte ich meine Meinung ändern«, versprach sie freundlich, »bist du der Erste, der es erfährt.«

»Mein Angebot steht«, sagte Sam.

Sie mussten beide über diesen schönen Schlusssatz schmunzeln.

Sam erhob sich, dann stutzte er. »Was liegt denn da?« Überrascht griff er nach dem Delfinbuch, blätterte darin. »Das hab ich vor Jahren mal Sandy geschenkt. Ein Kapitel darin stammt von mir.«

»Ehrlich? Welches denn?« Sunny setzte sich auf. »Ich hab's noch nicht ganz durch.«

Sams Miene verdüsterte sich. »Ist alles längst überholt.« Abrupt warf er das Buch in den Liegestuhl und wandte sich zum Gehen. Sunny verstand, klare Ansage – darüber wollte er nicht reden. Über die Schulter hinweg sah er sie noch einmal unmissverständlich an. »Behalt es bitte für dich.« Ohne ein weiteres Wort der Erklärung verzog sich Sam ins Gästehaus.

Wahrscheinlich, dachte Sunny, haben sie ihn auch eingespart. Und wer wird schon gern an seinen Rauswurf erinnert? Achselzuckend nahm sie Buch und Handtuch. An Tagen wie diesen schätzte sie die Klimaanlage im Haus. Statt zu duschen, warf sie ihr Badehandtuch im Wohnzimmer übers Sofa, fläzte sich darauf und las das Kapitel, unter dem der Name Samuel Culpepper stand. Sie verschlang es. Es handelte davon, wie man Delfine für die Marine trainierte, um Seeminen zu entschärfen, und wie man ihnen Kunststücke für Vorführungen in Delfinarien oder für Filmaufnahmen beibrachte. Sunny staunte. Sam war als studierter Meeresbiologe offenbar ein renommierter Experte auf dem Gebiet. Oje, und sie hatte ihn die ganze Zeit über eher für einen spleenigen Tierpfleger gehalten!

14

Wenige Stunden später bei der Probe für den bunten Abend war Sam die Verstimmung vom Nachmittag nicht mehr anzumerken. Sunny erwähnte ihm gegenüber ihre Lektüre nicht, um ihm nicht wieder schlechte Laune zu bereiten. Es gab auch jede Menge Ablenkung und Neuigkeiten im Kulturzentrum. Sie hatte das Gefühl, in einen summenden Bienenkorb einzutauchen.

Sie wiederholten die Songs, die sie schon einstudiert hatten, und begannen zwei neue zu üben. In den Pausen machte Sunny mit etlichen Leuten Termine für ihre versprochenen Gartenberatungen aus. Sie erfuhr, dass Gregs Großvater sich einer Zahnwurzelbehandlung hatte unterziehen müssen und erst mal ausfallen würde. Das bedauerten alle. Zum einen, weil der Posaunist ein netter Kerl war, weshalb ihm Bee auch täglich eine warme pürierte Mahlzeit ins Haus brachte. Zum anderen, weil damit ein wichtiger Mann für ihre Bühnenshow fehlte. Sie brauchten unbedingt Ersatz.

Lorraine verpatzte wieder den Einsatz für ihre Drehung bei *My Girl*, das neue Podest irritierte sie. Sie klagte außerdem über Bauchflattern und Appetitlosigkeit, sagte, dass sie seit Tagen schlecht schlafe und oft grundlos schweißnasse Hände bekomme. Darum verabschiedete sie sich früher als sonst. Ranger regte sich darüber auf, dass wieder Wilderer, ausgerechnet zur Brunftzeit, im Naturschutzgebiet unterwegs waren. Spuren deuteten darauf hin, dass mehrere Rosalöffler geschossen und mindestens zwei Alligatoren erlegt worden waren. Ein Alligator hatte zwar abtauchen können. Aber ihn hatten sie töten müssen, weil er verletzt eine Gefahr für Besucher hätte werden können. Ranger erkundigte sich, ob es in Sunnys geschäftlichen Angelegenheiten Fortschritte gab. Leider konnte sie ihm nichts Erfreuliches berichten. In letzter Zeit verfiel sie öfter, vielleicht zu oft, in ihre »Ich nehme keine Probleme mehr an«-Haltung. Dann machte sie die Tür zum Arbeitszimmer mit dem ganzen Behördenkram zu und verschob alles auf später. Das muss anders werden, nahm sie sich vor.

Doch nun nutzte sie erst einmal die Gelegenheit, sich weiter mit Greg zu unterhalten. Sie fragte ihn, ob er denn Sandys private Schmalfilme angesehen habe. Da lief er rot an. Nein, das würde ja die Privatsphäre verletzen und während der Arbeitszeit dürfe er das sowieso nicht, er werde schließlich nach Stunden bezahlt, erwiderte er.

Tony, der Saxofonist, stand während ihrer Unterhaltung neben ihnen und schnappte den Namen Jimmy Parks auf. Er wusste zu berichten, dass seine Eltern immer gern in das Restaurant des Hollywoodstars gegangen waren, wenn es etwas zu feiern gegeben hatte. Das elegante Jimmy's mit weißen gestärkten Tischdecken habe sich in den Fünfzigern bis Anfang der Sechzigerjahre am Hafen von Dolphin Island befunden. Tony war als einer der wenigen Aktiven im Kulturzentrum auf der Insel aufgewachsen.

Er erinnerte sich auch an manche Auseinandersetzung zwischen Sunnys Tante und Cyrus Need. Vor allem war der Nachbar ständig sauer gewesen, weil sie die Kakadus in einer Voliere auf der Hausseite nahe seinem Grundstück untergebracht hatte. Da die Vögel gelegentlich ihre Kreischanfälle bekamen, hatte Cyrus sich immer wieder über die Lärmbelästigung beschwert, was Sandy nur belustigt hatte. Außerdem sei Sandy dafür eingetreten, das Naturschutzgebiet zu erweitern, während Cyrus für das Gegenteil gekämpft und auf enorme Wertsteigerungen gehofft hatte. Sunny merkte an, dass sie den Nachbarn schon länger nicht mehr gesehen hatte, und erfuhr, dass er sich im Sommer auf seiner Ranch in Idaho aufzuhalten pflegte. Tony hob gerade an, eine weitere Anekdote zu erzählen, als sie in die Schminkecke der Umkleide gerufen wurde.

Dort roch es nach Puder und Parfüm. Pat, eine hochgewachsene junge Frau mit schwarz gefärbtem Bob, kurzem französischem Pony und knallrot geschminktem Mund, probierte an diesem Abend an einigen Mitwirkenden das Bühnen-Make-up aus. Auch Sunny kam nun in den Genuss ihrer Verschönerungskunst. Pat redete ununterbrochen, während sie ihr einen perfekten Lidstrich zauberte, die Wangenknochen mit schimmerndem Rouge modellierte, die Augenbrauen betonte und mit einem Pinselchen die Lippen ausmalte. Der Bassgitarrist, ein Studienkollege von Greg, war seit zwei Jahren ihr Freund, und er werde sicher einmal Karriere machen, sagte sie. Sie lebten in einer Fünfer-WG. Pat arbeitete als Kosmetikerin in einem Wellnesshotel, wollte aber Visagistin für Film und Fernsehen werden. Motown sei auch bei jungen Leuten gerade wieder total angesagt. Und Greg sei ein lieber, sehr feinfühliger, schüchterner Junge, der unbedingt eine feste Freundin bräuchte.

Endlich durfte Sunny sich in Ruhe im Spiegel anschauen – der Vorher-nachher-Effekt war beachtlich. Normalerweise schminkte sie sich kaum, ließ sich nur regelmäßig die Wimpern blauschwarz färben und benutzte ab und zu Lippenstift. Sie nahm sich vor, gleich am kommenden Morgen ein paar Beautyprodukte zu kaufen. Schließlich wollte sie gut aussehen auf Nicks Party.

Als Nächste sollte Etta an die Reihe kommen. Sunny bot sich an, sie zu holen. Von allen Seiten flogen ihr bewundernde oder auch flapsige Kommentare zu, als sie durch den Saal zur Bühne ging. Dort diskutierte Etta angeregt mit Sam über den Sänger Marvin Gaye, der so viele Motown-Hits gesungen hatte und zu dessen Stimmlage Sams Organ nach ihrer Meinung sehr gut passte. Er dagegen fand, dass seine Stimme viel tiefer war.

Etta folgte Sunny und berichtete stolz, dass sie den Sketch für Mike Hudson an einem Tag fertig geschrieben und dass ihr die Arbeit so viel Spaß gemacht habe, dass sie wieder anfangen wolle, ein richtiges Drehbuch zu schreiben. Nicht für eine TV-Serie, sondern für einen Spielfilm, das sei immer schon ein großer Traum von ihr gewesen, den sie jedoch nach ihrer Diagnose aufgeben habe. Es sollte eine Komödie werden, die in einem Kulturzentrum spielte.

Eine Frau aus dem Küchenteam bot ihnen etwas Alkoholisches an, aber sie lehnten beide ab. »Ich hab am Dienstagabend bei den Hudsons ein bisschen viel gehabt«, gestand Etta lachend. »Bin ja nichts mehr gewohnt. Eine Dose Bier reicht mir schon, um Lust aufs Schunkeln zu bekommen.« Sie lächelte selbstironisch. »Wir hatten viel Spaß, als er und seine Frau mir die alten Familienschwänke der Hudsons erzählt haben. Und weißt du übrigens, von wem der andere große Auftrag kam, der ihn dann so ins Schleudern gebracht hat?«

»Nein«, antwortete Sunny, »woher soll ich das wissen?«

»Es tut Mike übrigens wirklich wahnsinnig leid, dass er dich beziehungsweise Mr. Winslow so hängen lassen musste. Aber er sagt, er hätte gar keine andere Wahl gehabt.«

»Wieso?«

»Tja, also … Nicht nur, weil der andere Kunde ihm doppelt so viel Geld geboten hat, wenn er ihm bis zum 1. Juli ein Holzdeck verlegt.« Etta kicherte unterdrückt in Erinnerung an den Abend. »Mike hatte schon einen Kleinen im Tee, als er mir das verraten hat …«

»Also, nun spann mich nicht länger auf die Folter, Etta! Wer war's?«

»Marc Botter, der Sohn vom Bürgermeister.«

»Ach, nee«, sagte Sunny verblüfft auf Deutsch. »Was für ein Zufall!«

Am folgenden Vormittag fuhr Sunny in den Ort, um sich in einem Drugstore mit Rouge, Lidschatten, Wimperntusche, Kajal und neuem Lippenstift einzudecken. Die Bank lag gleich gegenüber. Kurz entschlossen ging sie hinein und erkundigte sich, wann sie mit einer Antwort auf ihren Kreditantrag rechnen konnte. Sie wollte endlich die nächsten Schritte aufeinander abstimmen, Pflanzen vorbestellen, sich nach Mitarbeitern umsehen und vieles mehr.

Der Filialleiter wand sich vor Unbehagen. Er redete eine Weile um eine klare Antwort herum, gab schließlich zu, dass er aktuell keine Zusage machen könne. Sunny war schockiert. Damit hatte sie nicht gerechnet. Auf ihre Frage, weshalb, redete er sich heraus, schob die Verantwortung auf den Chef der nächsthöheren Instanz auf dem Festland. Alle Gründe, die er nannte, wie Folgen der Finanzkrise, unsichere Zeiten und strengere Vorschriften gerade bei Ausländern, klangen in ihren Ohren nur vorgeschoben. Es war ihm offenbar peinlich, ihr diese Abfuhr erteilen zu müssen.

Sunny fühlte sich wie vor den Kopf geschlagen. Sie verließ die Bank mit versteinerter Miene. Erst als sie in ihrem Häuschen ankam, begriff sie das Ausmaß der Ablehnung. Ohne den Kredit kein Investment, ohne Investment kein Investorenvisum, ohne Investorenvisum keine Inselgärtnerei, ohne Gärtnerei keine Zukunft für sie in Amerika.

Sunny spürte eine maßlose Enttäuschung und dann große Wut. Warum machte man es ihr so schwer? Sie öffnete die Wohnzimmertür zum Garten, weil sie plötzlich das
Gefühl hatte, ersticken zu müssen.

»So. Ein. Mist!«, schrie sie auf Deutsch in den Garten
hinaus.

Sam kam aus dem Bootshaus geschossen, offenbar kehrte er gerade von einer Kajaktour zurück. Er erkundigte
sich, was geschehen war, und nachdem Sunny ihn, durch-
setzt mit ein paar deutschen Schimpfwörtern, darüber in
Kenntnis gesetzt hatte, beruhigte er sie.

»Du kannst dich doch an eine andere Bank wenden.«

»Aber die würden sich sicher wundern, wieso mir die
Bank am Ort nicht vertraut!«, wandte sie ein.

»Mach dir mal nicht so viel Gedanken«, sagte Sam. »Es
findet sich eine Lösung. Das Haus und das Land sind ein
Vielfaches wert. Dahinter muss irgendetwas anderes stecken …«

Sunny sah ihn mit großen Augen an. »Meinst du, dass …
dass vielleicht jemand gegen mich arbeitet? Jemand, der
verhindern will, dass ich mich hier niederlasse und ein Geschäft eröffne?«

»Möglich«, erwiderte Sam. »Aber deine Idee ist super,
das wird schon. Entspann dich. Morgen feiern wir erst mal
deinen ersten Dünengarten. Da erscheinst du so strahlend,
dass Sandy stolz auf dich wäre.«

Bereits am Samstagnachmittag brachten Sunny und Stormy, beide noch in Freizeitkleidung, ihre Geschenke nach
Juno Island, damit sie später nichts zu schleppen hatten.
Sunny wollte auch den Garten ein letztes Mal überprüfen. Sie zupfte hier, ordnete dort, es war alles okay – sogar mehr als das. Nachdem sie einige Fotos gemacht hatte,

setzte sie sich im Schneidersitz zur Probe auf das *daybed* in der Meditationshütte. Sie genoss den Blick aufs Meer, den Schutz durch die niedrigen Fächerpalmen auf der Rückseite und freute sich an den beiden Treibholzkunstwerken rechts und links. So konnte sie ihr Gesamtkunstwerk dem Hausherrn mit einer gemeinsamen Begehung ganz offiziell übergeben. Sie gingen in Nicks Wohnzimmer, wo er ihr den Rest des Honorars in bar zahlte. Sunny quittierte den Empfang wieder formlos auf ihrem Gartenentwurf.

»So«, sagte Nick verschmitzt. »Dann können wir ja jetzt zum privaten Teil übergehen.« Er freute sich tatsächlich sehr über die Taucherglockenlampen. »Ihr habt genau meinen Geschmack getroffen!«

Einige seiner Freunde von außerhalb, die bei ihm übernachten würden, trudelten bereits ein, und er musste sich wieder um seine Gäste kümmern. Die Leute vom Partyservice stellten Windlichter auf, Sunny hängte auch welche in die Palmen und Sträucher. Sie war sehr gespannt, wie das Ganze am Abend wirken würde.

Zu Hause nahm Sunny sich Zeit fürs Zurechtmachen. Sie pflegte sich mit einer duftenden Körperlotion, die ihre gebräunte Haut verführerisch schimmern ließ. Die Haare erhielten eine Glanzkur und wurden am Hinterkopf leicht toupiert. Sie schminkte sich, natürlich nicht so stark wie für die Bühne, aber ihr gelang sogar ein feiner Lidstrich. Die Mascara machte ihre Wimpern länger, die Augen wirkten größer und ausdrucksstärker als sonst. Sie malte sich einen dunkelroten Kussmund und betonte die Brauen. Beim letzten Blick in den großen Spiegel erkannte sie sich selbst kaum wieder. Dass sie so elegant, so ladylike wirken konnte! Sandys glamouröses Etuikleid aus Seide betonte ihre Taille, es schmeichelte den Hüften und hatte genau den weiten Rundausschnitt, der ihr Dekolleté am besten zur Geltung brachte. Der kniebedeckende Rock verlief nach unten hin so eng, dass sie ohne den kleinen Schlitz hinten Tippelschritte hätte machen müssen. Doch für große Schritte eigneten sich die neuen Silberpumps ohnehin nicht. Dafür verlängerten sie ihre Beine optisch, und sie fühlte sich darin herrlich sexy. Es war ungewohnt, so zu gehen, sie hoffte, man merkte ihr das nicht an. Denn das Wichtigste für einen großen Auftritt war ja, dass er ganz selbstverständlich und lässig rüberkam.

Als sie mit Sam und Stormy zur Party erschien, kündigte sich der Sonnenuntergang bereits an. Eine Liveband spielte entspannte Loungemusik. Sam strahlte in seinem Leinenoutfit eine ungewohnte Würde aus, während Stormy mit dem offenen rotgoldenen Haar zum meergrünen Chiffonkleid mit Glitzersteinchen am Bustier wie eine üppige, niedliche Nixe aussah.

Nick stand an der Bar neben dem Pool, um die eintreffenden Gäste zu begrüßen. Seine Augen weiteten sich, als er Sunny erblickte.

»Wow!« Er musterte sie von oben bis zu den Silberpumps runter und wieder hoch, besann sich jedoch schnell und sagte zu Stormy: »Du siehst natürlich auch atemberaubend aus!« Er knuffte Sam, der ihm eine Flasche Whiskey überreichte, kameradschaftlich gegen die Schulter. »Super, dass ihr kommen konntet!« Der Barkeeper bot ihnen einen Cocktail an, und sie prosteten einander zu. Nick trug eine silbergraue leichte Anzughose, darüber ein pastellfarbenes Partyhemd. Hinter ihnen drängten schon weitere Neuankömmlinge. Sunny ging weiter. Es roch nach Grillfleisch und Holzkohle, nach Meeresbrise, Chlorwasser und teuren Parfüms. »Wir müssen nachher unbedingt auf den Garten anstoßen!«, rief Nick ihnen nach, während sie sich unters Partyvolk mischten.

Unverkennbar, dieses Fest war ein gesellschaftliches Ereignis! Die Reichen, Wichtigen und Schönen der Insel, aber auch viele Leute aus Orlando und von anderen Lebensstationen des Gastgebers hatten sich eingefunden. Sunny erkannte unter ihnen auch Marc Botter. Er befand sich im Gespräch mit dem Makler von Holm & Lill und zwei Männern, die wahrscheinlich die angekündigten Entscheidungsträger waren. Zumindest legte ihre joviale, businessmäßige Art diesen Verdacht nahe. Sunny überlegte einen Moment, ob sie Botter Junior auf die Sache mit Mike Hudson ansprechen sollte. Aber sie entschied sich dagegen. Erstens war hier nicht der richtige Ort, und zweitens bekam sie immer noch leichte Bauchschmerzen, wenn sie an ihre erste Begegnung am Strand dachte. Dass er nun ausgerechnet mit dem Typen vom Maklerbüro aus Fort Myers sprach … Andererseits war es wohl normal, dass sich solche Leute innerhalb einer Region untereinander kannten.

Sunny schaute weiter in die Runde. Sie wollte sich den schönen Abend nicht verderben.

Der Sonnenuntergang tauchte jetzt alles in ein wundervolles, warm glühendes Licht. Ihr Brustkorb weitete sich vor Freude und Stolz. Es ist wirklich vollendet! Mein erster Strandgarten – ein wahr gewordener Traum!

Nick hielt eine kurze launige Rede. Zum Schluss wies er darauf hin, dass er neben seinem Geburtstag auch die Einweihung seines neuen Gartens feierte, und er erwähnte lobend ihren Namen. Ein bisschen vom Applaus, den er erhielt, galt wohl auch ihr, der Gartenarchitektin.

»Was für ein Meisterwerk!«, sagte eine elegante ältere Lady später zu Sunny. »Ich interessiere mich sehr für Gärten, habe auch schon etliche Gartenreisen nach Europa und nach Mexiko und Brasilien gemacht, aber so was wie hier habe ich bislang noch nicht gesehen!« Sie reichte ihr die Hand, um ihr zu gratulieren. »Man fühlt sich gleich zu Hause, es ist so durch und durch Florida«, versuchte die Dame ihr Gefühl in Worte zu fassen. »Es hat etwas Modernes, Strukturiertes … und doch übt es einen Zauber aus … etwas Poetisches und Märchenhaftes … Noch dazu umweltfreundlich und pflegeleicht. Wirklich großartig!«

Mehrere Leute sprachen Sunny im Laufe des Abends an, auch eine Journalistin vom *Inselboten*, die eifrig Fotos machte. Sie alle wollten Sunnys Visitenkarte. Sie musste sie vertrösten, aber sie kündigte an, dass sie wahrscheinlich ab dem Herbst auf Dolphin Island ihre Strandpflanzengärtnerei und ihr Gartenarchitekturbüro eröffnen werde. Die Firma sollte SUNNY'S BEACH GREEN heißen. Was für ein Abend!

Sunny genoss die positiven Reaktionen auf ihr Werk. Der Cateringservice war vom Feinsten. Sie probierte jede Köstlichkeit und ließ sich die tropischen Cocktails schmecken. Die hübsche Blonde, die sie schon mehrfach mit Nick zusammmen gesehen hatte, versuchte sich ein paarmal als die Frau an seiner Seite aufzuspielen. Es gab jedoch etliche andere gut aussehende Frauen, die sich bemühten, ihr diesen Rang streitig zu machen. Das zu beobachten amüsierte Sunny.

Die Band verlegte sich auf Hits der Achtziger- und Neunzigerjahre, und die anfängliche Zurückhaltung verwandelte sich in ausgelassene Feierstimmung mit viel Gelächter. Das meiste spielte sich rund um den Pool ab. Um das alte Holzboot herum, das ständig besetzt war, bildete sich eine Traube lustiger Leute. Einige Paare spazierten durch den Garten. Auch das Haus war festlich illuminiert, alle Türen standen offen, und so verteilten sich hier ebenfalls Gäste in Grüppchen auf Wohnzimmer und Dachterrasse. Mit dem Wetter hatten sie Glück, obwohl in der

Ferne gelegentlich ein Grollen zu hören war. Doch das Gewitter zog an Juno Island vorüber.

Sunny ging ins Haus, um sich frisch zu machen. Das Gästebad und das Bad oben waren besetzt, davor hatten sich schon kleine Schlangen gebildet. Jemand gab Sunny den Tipp, dass es im Spa auch noch ein WC gebe. An Nicks Fitnessraum, der im Erdgeschoss zur Nordseite hin lag, schloss sich ein schicker halb offener Ruhebereich an, mit exklusiven Marmorkacheln gefliest. Doch etwas anderes fesselte Sunnys Aufmerksamkeit: Auch hier stand ein präparierter Alligator vor dem Fenster. Dieses Exemplar war mindestens zweieinhalb Meter lang und sah etwas anders aus als diejenigen, die sie bislang gesehen hatte, denn es besaß eine spitz zulaufende Schnauze mit unglaublich vielen Zähnen und schien, obwohl ihm ein Stück des Unterkiefers fehlte, richtig zu lächeln. Sunny fand es ziemlich schräg, sich solche Trophäen ins Haus zu holen.

Ob der Anblick Nick zu höheren sportlichen Leistungen antrieb? Vielleicht lief er ja schneller auf seinem Laufband oder konnte mehr Gewichte heben, wenn er sich an die bedrohliche Situation kurz vor dem Schuss, Auge in Auge mit dem Ungeheuer, erinnerte. Na ja, ihr Vater hatte sein Jagdzimmer und die Diele auch mit Hirschgeweihen und Keilerköpfen dekoriert. Sunny zuckte mit den Achseln. Es war nicht ihr Problem. Sie wusch sich die Hände, zog die Lippen nach und ging wieder nach draußen.

Stormy tanzte, Sam schaute lächelnd zu. Niemand außer ihm trug eine Guayabera. Er wirkte rührend altmodisch, wie aus einer anderen Zeit.

»Hat Hemingway eigentlich getanzt?«, fragte Sunny, als sie wieder zu dritt, jeder mit einem Glas in der Hand, beisammenstanden.

»Jedenfalls war er Stammgast in der Tanzakademie in Havanna«, antwortete Sam vieldeutig, die Lachfalten um seine Augen vertieften sich. »Er hatte einen ausgeprägten Hang zu Akademikerinnen.«

Stormy kicherte. Sunny lächelte, doch sie verstand nicht ganz, was man ihr anzusehen schien.

»Prostitution war nach der Revolution in Kuba verboten«, erklärte Stormy. »Aber man konnte sich in diesen Tanzakademien eine Tänzerin mieten, ab zehn Pesos pro Tanz – nach oben gab's kein Limit. Deshalb war ›Akademikerin‹ auf Kuba ein anderes Wort für Prostituierte.«

»Oha!« Sunny bewegte sich leicht zur Musik.

Jetzt spielte die Band *Stop! In the Name of Love*. Der Rhythmus fuhr Sunny sofort in die Glieder, auch Stormy und Sam gingen ab wie sonst erst gegen Ende der Proben, wenn sie alle richtig locker waren.

»*Before you break my heart*«, schmetterte Sam theatralisch, und die Frauen machten gleichzeitig die Armbewegungen ihrer einstudierten Choreografie.

»*Think it o-ho-ver!*«

Nick gesellte sich zu ihnen. »Ihr scheint euch ja prima zu amüsieren!« Sunny und Stormy swingten lächelnd weiter. »Übrigens«, wandte Nick sich an Sam, »was ich die ganze Zeit schon sagen wollte … Du hast eine unglaubliche Ähnlichkeit mit Hemingway! Du solltest mal an dem Contest teilnehmen.«

Die Frauen brachen in schallendes Gelächter aus.

»Er ist schon angemeldet, in drei Wochen in Key West!«, sagte Sunny.

»Wir sind seine Coaches!«, verriet Stormy.

»Fahrt ihr mit?«, fragte Nick mit leuchtenden Augen.

Sunny und Stormy sahen sich verblüfft an, darüber hatten sie noch gar nicht nachgedacht. »Hey, Leute«, Nick schaute begeistert in die Runde, »was haltet ihr davon, wenn wir vier gemeinsam dorthin fahren? Mit einem Oldtimer! Das hat Stil, das Auto kriegt mal wieder Strecke, und es wird bestimmt ein Riesenspaß.«

»Ich war noch nie in Key West«, sagte Sunny. »Würdest du uns denn dabeihaben wollen, Sam?«

Sam schenkte ihr ein breites Lächeln. »Na klar. Ihr seid schließlich meine Betreuerinnen, Ladys!«

Sunny blinzelte übermütig. »Kannst du es einrichten, Stormy?«

»Ich fänd's großartig.« Die Freundin strahlte. »Du weißt doch, diesen Sommer will ich endlich mal das süße Leben genießen! Natürlich komm ich mit.«

Nick streckte seine Hand aus. »Top. Dann ist es ausgemacht.« Alle schlugen ein, sie legten ihre Hände übereinander.

»Super!«, rief Sunny voller Vorfreude. Das klang nach Abenteuer, Freundschaft, Aufbruch!

»Ich kümmere mich um die Unterkünfte«, versprach Nick. »Hab einen Freund, dem ein Ferienhaus in Key West gehört.«

»Der Wettbewerb dauert vier Tage«, überlegte Sunny. »Wie lange würden wir denn für die Fahrt brauchen?«

»Ich denke, wir sollten für An- und Abreise je einen Tag extra mit Übernachtung einkalkulieren«, sagte Nick. »Dafür reservier ich uns auch was.«

Er wurde von anderen Gästen angesprochen und verabschiedete sich mit einem Augenzwinkern. Sam holte noch etwas zu trinken. Sunny und Stormy tanzten mit verschiedenen Unbekannten, sie flirteten und unterhielten sich prächtig. Irgendwann sprangen die ersten Mädchen in den Pool, einige in voller Montur, andere trugen einen Bikini unter dem Kleid, das sie publikumswirksam auszogen.

Ein ganz mutiges Partygirl hüpfte nur mit Slip bekleidet ins Wasser. Das war das Signal für die ersten Männer. Sie legten ab und sprangen in Boxershorts hinterher. Die übrigen Gäste klatschten und johlten. Sunny hätte zwar Lust auf einen Sprung ins Wasser gehabt, aber sie dachte daran, dass sie halb offiziell hier war und deshalb besser nicht mitmachen sollte. Außerdem trug sie keinen Bikini, das Kleid wollte sie auf keinen Fall ruinieren, und sie scheute den Praxistest ihrer wasserfesten Mascara.

Aber die Füße taten ihr weh. Sie zog die Pumps aus und wandelte barfuß durch die frisch gepflanzte Meertraubenallee in Richtung Strand. Über ihr blinkten die Sterne. An der Meditationshütte ließ sie ihre Schuhe stehen. Auf dem Weg durch die Dünen spürte sie geradezu lustvoll den weichen warmen Sand zwischen den Zehen und unter ihren Fußsohlen.

Als sie auf die Brandung zulief, blies ihr der Wind entgegen und streichelte ihre Haut. Sie tauchte ihre Füße in die lang auslaufenden Wellen. Entzückt atmete sie durch. Was für eine Wohltat! Der zunehmende Mond spiegelte sich im Wasser. Er goss seine silbrig schimmernde Spur bis auf den feuchten Strand. Im Norden beleuchtete er Gewitterwolken, die sich weit entfernt von Juno Island auftürmten. Man konnte dort Regen niedergehen sehen. Das Meer atmete. Ein und aus. Plötzlich hörte Sunny über Muscheln knarzende Schritte und fast im selben Moment in gedämpftem Ton eine vertraute Stimme.

»Was für eine Verschwendung an Romantik!« Sam kam näher. Auch er ging barfuß, die Hosenbeine bis zu den Knien hochgekrempelt. »So was sollte Liebespaaren vorbehalten bleiben.«

»Ach, du bist's«, sagte Sunny. »Ist doch trotzdem schön.«

»Komm mit, ich muss dir was zeigen«, flüsterte er, nahm

ihre Hand und zog sie zwei- oder dreihundert Meter weiter. Über den Strand bewegte sich etwas, dort herrschte eine wuselige Unruhe. Sunny sah genauer hin, vorsichtig ging sie in die Hocke. Viele kleine ovale Körperchen strebten zum Wasser. Es waren Schildkröten, frisch aus den im Sand versteckten Eiern geschlüpft! Schweigend beobachteten Sunny und Sam das Naturschauspiel. Nach einer Weile bummelten sie wieder zurück. Die Spur des Mondes begleitete sie. Egal wo sie gerade gingen, der magische Pfad von der Erde übers Meer zum Himmel begann immer genau vor ihnen. Wie eine Einladung, dachte Sunny. »Du siehst übrigens richtig klasse aus«, sagte Sam.

»Danke, du auch, Hemingway.«

»Ich bin nicht Hemingway«, betonte Sam. »Ich bin Samuel. So wie du nicht Sandy bist, sondern Sunny. Oder doch immer noch Sonja?«

»Ich hab mich verändert. Ich bin jetzt Sunny.«

»Ich mag dich, Sunny.« Sams Zähne schimmerten weiß im Mondlicht.

»Ich mag dich auch. Und ich freu mich schon auf Key West!«

Sie sprachen über die Tour in den äußersten südlichsten Zipfel Floridas und über das Touristenstädtchen, das immer noch vom Mythos Hemingway zehrte. Sam hatte vor Monaten bereits ein günstiges Quartier für sich gebucht.

»Ich werde mit meinem Motorrad fahren und euch eskortieren«, kündigte er an. »Nach dem Contest breche ich ja wieder auf zu neuen Ufern.«

»Hast du einen Job?«, fragte Sunny neugierig. Sam schüttelte nur den Kopf. Aha, dachte sie, erlaubte Frage, aber Antwort verweigert. »Wende dich doch mal an Nick deswegen«, schlug sie vor. »In seinem Aquapark sind auch Delfine, und heute hat er ein paar Typen von ganz oben aus dem Konzern zu Gast, denen gehören ja noch mehr Parks. Vielleicht …«

»Nein«, antwortete Sam harsch. »Das möchte ich nicht.«

Sunny schwieg. Was für ein Dickkopf! Wie konnte man solch eine günstige Gelegenheit ungenutzt lassen! Schweigend gingen sie weiter. Trotz der späten Stunde war die Luft noch schwülwarm. Vor den dunkelblauen Gewitterwolken in der Ferne zuckten Blitze auf.

»Ich hab über dich nachgedacht.« Sam blieb stehen. »Und über deine Ehe. Es ist vorbei, wenn es vorbei ist. Zieh einen Schlussstrich, sieh nach vorn. Wage nichts halbherzig, sondern alles ganz.«

Das kam sehr plötzlich. Sunny war gerade eben noch in einer ganz anderen Stimmung gewesen. Sams Worte versetzten ihr einen feinen Stich, irgendwie fühlte sie sich verletzt.

»Das musst du gerade sagen!«, erwiderte sie gereizt. »Du wagst doch selbst nichts, leckst nur deine Wunden, liegst faul herum. Wie kommst du eigentlich dazu, mich zu kritisieren?«

»Ach, plötzlich Mimose! Du gibst mir doch ständig irgendwelche Ratschläge!«, konterte Sam. »Ich soll meine Haare schneiden, den Bart stutzen, am besten ganz weg damit. Ich muss meine Körperhaltung überprüfen und was noch alles!«

»Das bezieht sich nur auf den Contest«, verteidigte Sunny sich. »Ich will dir helfen, damit du gewinnst.«

»Sei ehrlich, es bezieht sich sehr wohl auch auf mich.«

»Ppff!« Aufgebracht spritzte Sunny mit dem Fuß Wasser hoch. Vielleicht lag es am Alkohol, dass sie es aussprach. »Was ist das auch für ein albernes Ziel, ehrlich gesagt! So einen blöden Wettbewerb zu gewinnen. Du bist Meeresbiologe, hast studiert, kennst dich auf deinem Gebiet richtig gut aus. Und was tust du? Nichts! Ich schätze, du machst dir selbst etwas vor. Philosoph! Dass ich nicht lache!« Sie schnaubte zornig. »Immer nur denken, da muss doch am Ende auch mal was bei rauskommen! Du verleugnest vor dir selbst, dass du dich ausbremst. Du bleibst hinter deinen Möglichkeiten zurück!« Sie trat auf eine zerbrochene Muschel. »Autsch!«

»Entschuldige«, Sams Stimme klang gekränkt. »Ich wollte dir keineswegs zu nahetreten. Aber ich brauche auch ganz gewiss von dir keine Analyse!«

»Ach!«

Ärgerlich ließ Sunny ihn einfach stehen. Sie lief ein Stück, bis sie aus der Puste war. Was hatte sie da gerade geritten? Wie hatte die Stimmung so plötzlich umschlagen können? Schnaufend blieb sie stehen und presste ihre Hand gegen die Stelle mit den Seitenstichen. Am meisten erstaunte sie, dass sie sich offenbar schon viele Gedanken über Sam gemacht hatte, ohne es zu merken. Oder richtiger, ohne sie zuzulassen. Was sollte das denn überhaupt? Sie untersuchte die schmerzende Stelle am Fuß. Nicht so schlimm.

Und dann beschloss sie, zur Party zurückzukehren und weiterzufeiern.

Als Sunny in die Nähe der Meditationshütte kam, erkannte sie Nick. Er saß im Schneidersitz auf dem Tagesbett, neben sich ihre silbernen Pumps.

»Cinderella?«

»Ich bin's, Sunny.«

»Ich warte schon die ganze Zeit auf dich«, sagte er mit seiner samtig dunklen Stimme. »Es ist noch besser, als ich gehofft hatte. Komm her, schau dir das Mondlicht an, wie es durch die Dachfolie scheint.« Das ist nicht wirklich, dachte Sunny. Sie ging langsam auf Nick zu, er stand auf und wies auf seinen Platz. Sie setzte sich. Nick lächelte charmant. »Nun wollen wir doch mal sehen ...« Sunny sah ihn ungläubig an. Er wird nicht vor mir niederknien, dachte sie, das wäre viel zu abgenudelt. Nicht diese Nummer, bitte! Aber genau das geschah. Und ihr Herz schlug schneller. In seinem Haar tanzten kleine Streulichter vom Mondschein, das Meer schimmerte im Hintergrund, und dazu wehte noch eine betörende Schmusemusik, mal lauter, mal leiser von der Party zu ihnen herüber. Sunny spürte eine kribbelige Anspannung – in ihren Pobacken, in den Fingern, überall im Körper. Hilfe, das halt ich nicht aus, schoss es ihr durch den Kopf, wahrscheinlich krieg ich gleich einen hysterischen Lachanfall! Nick hob ihren linken Fuß, strich etwas Sand ab und streifte ihr den Schuh über. »Perfekt«, murmelte er. Das Gleiche wiederholte er mit dem anderen Schuh. Dieses Mal streichelte er wie zufällig ihre Wade. Die Berührungen lösten in Sunny lustvolle Schauer aus. Unwillkürlich neigte sie den Kopf nach hinten und stützte sich ab. Nicks Hand glitt über die Seide ihres Kleides, ihre Oberschenkel entlang. Er kam höher, beugte sich vor und berührte mit den Lippen die Haut ihres Dekolletés. Ihre Brüste wölbten sich ihm erwartungsvoll entgegen. Er setzte kleine züngelnde Küsschen auf das Spitzenmuster, das der Mond durch die Folie warf, wobei seine Hände weiter über den glatten Stoff wanderten und ihre Körperformen nachzeichneten. Sunny sank nun ganz auf den Rücken und überließ sich ihren wohligen Empfindungen. Plötzlich umfasste Nick sie, hob sie schnell und geschickt wie ein Judokämpfer hoch und bettete sie der Länge nach auf das Polster. »Ich hab mich noch gar nicht richtig bei dir bedankt, schöne Gärtnerin«, raunte er, während er sich neben ihr ausstreckte.

Sein Mund kam näher – und dann küsste er sie.

Es war ein schöner Kuss. Nick konnte küssen, vor Aufregung zog es ihr die Schuhe wieder aus. Ein Kuss wie aus dem Lehrbuch für Fortgeschrittene, dachte sie. Er schmeckte ein bisschen nach Rum, Sahne und Ananas. Nick duftete nach einem Eau de Toilette, auch eine Spur nach Grillfeuer und Abenteuer. Und dann dachte Sunny nichts mehr, sondern fühlte nur noch und erwiderte den Kuss. Ewig schon hatte sie nicht mehr so geküsst, aber ihr Körper erinnerte sich.

15

Sehr lange dauerte dieser Kuss allerdings nicht.

»Nick! Ni-hi-ck? Wo bist du?« Die blonde Lady, die sich als Dame des Hauses aufspielte, lief suchend durch den Garten. Ihre Stimme näherte sich der Meditationshütte. Nick unterbrach sein lustvolles Dankeschön. »Nick? Wo zum Teufel steckst du?« Zum Glück gab es den Sichtschutz. Nick setzte sich seufzend auf und fuhr sich durchs Haar.

»Sorry«, sagte er zu Sunny.

Sie war noch ganz benommen.

Nick stand auf und zog sein Hemd zurecht. Dann reichte er ihr die Hand und half ihr, ebenfalls aufzustehen.

»Hier bist du!« Die Blonde tauchte auf.

Bevor sie weitersprechen konnte, klopfte Nick gegen die Holzkonstruktion. »Alles in allem ist das gut gelungen, Sunny«, sagte er in geschäftsmäßigem Ton. »Ich denke, dies ist wirklich ein Ort geworden, an dem ich zur Ruhe kommen kann. Aber wir sollten vielleicht noch über eine Truhe oder etwas in der Art nachdenken, in der man bei Regen Dinge wie Handtücher, Zeitungen oder Decken verstauen kann.« Mit unschuldiger Miene schaute er zwischen Sunny und der jungen Frau hin und her. »Kennt ihr euch eigentlich schon? Das ist Sunny, die Gartenarchitektin, und das ist Mona.«

Mona wer?, fragte sich Sunny. Mona, meine Dauerfreundin? Oder Mona, meine Ex? Mona, meine Eine-von-vielen? Oder vielleicht Mona, meine lesbische Assistentin?

Mona guckte säuerlich. Ihr hatte die Vorstellung

offenbar auch nicht gefallen, doch es gab wohl Wichtiges zu vermelden. »Deine Chefs wollen sich verabschieden. Wäre günstig, wenn du persönlich …«

»Oh … Ja, danke, Mona«, sagte Nick. Er bot Sunny einen Arm und Mona den anderen. »Dann lasst uns mal die Herren verabschieden.«

Am nächsten Morgen erwachte Sunny mit einer postalkoholischen Depression. O Gott, was hatte sie angestellt? Sie fühlte sich schlecht, ohne sofort zu wissen, weshalb. Dennoch gab es etwas Schönes in ihrem Gefühlschaos.

Allmählich fiel ihr alles wieder ein. Ja, das Schöne gestern, das war das positive Feedback auf ihren Garten gewesen! Ach, und der Kuss mit Nick! Der war auch schön gewesen. Nichts, was sie bereute.

Auf Monas Auftritt hätte sie verzichten können. Aber was soll's?, dachte Sunny, ich will schließlich keine ernsthafte Beziehung mit Nick Winslow.

Dann kam ihr wieder in den Sinn, was Sam gesagt und was sie ihm an den Kopf geworfen hatte. Aha, da lag der Grund für ihr schlechtes Gefühl. Sam hatte bei ihr einen wunden Punkt getroffen, und sie hatte prompt zurückgeschlagen und ihn gekränkt. Das tat ihr leid.

Ach, und sie hatten vereinbart, zu viert nach Key West zu fahren. Ob die Vereinbarung noch galt? Sie hatte Sam wirklich ziemlich vor den Kopf gestoßen. Völlig überflüssig war das gewesen. Sunny überlegte, und plötzlich kam ihr eine Idee, die sie aufmunterte. Damit würde sie Sam hoffentlich wieder versöhnlich stimmen.

Im Gartenhäuschen waren die Vorhänge noch vorgezogen. Sunny schleppte sich an den Strand, auch von Stormy weit und breit keine Spur. Sie schwamm, danach fühlte sie sich, wie immer, besser. Was für ein Glück, dass ihr diese Möglichkeit zur Verfügung stand, dass sie im wahren Wortsinn direkt vor ihrer Haustür lag!

Nach dem Duschen ging Sunny zu Lorraine hinüber. Lorraine stand vor der Voliere und hüpfte. Sie zählte bis zwanzig. »Guten Morgen, entertainst du die Kakadus?«, fragte Sunny grinsend.

»*Nope*«, erwiderte Lorraine schneller atmend. »Ich hab mal gehört, dass Frauen, die jeden Tag zwanzigmal auf der Stelle hüpfen, im Alter glücklicher sind als andere.«

»Ach, super Tipp! Das stärkt die Knochen, schätze ich. Morgen fange ich auch damit an.« Sunny begrüßte Tom und Jerry, die immer mehr Zutrauen zu ihr fassten und sie mit einem Nicken und Auffächern ihrer Haube würdigten. »Ich würde gern einen Key Lime Pie backen. Kannst du mir bitte dein Rezept verraten, Rainy?«

»Klar, gern!« Lorraine erwartete Besuch von Andrew. Sie hatte deshalb ohnehin vorgehabt, ihren Paradekuchen zu backen und schon alles vorbereitet. »Bleib doch, wir backen jeder einen«, schlug sie vor. »So lernst du es am besten. Ich hab mir gestern auf dem Wochenmarkt extra mehr Limetten besorgt, weil Bee mich gebeten hat, nächste Woche zum Übungsabend meinen Key Lime Pie mitzubringen.«

»Wunderbar«, freute sich Sunny, »ich bringe dir natürlich gleich morgen die Zutaten zurück. Geht's dir inzwischen besser?«

Lorraine schob ihren Friseurstuhl auf den Flur, damit sie in der Küche mehr Platz hatten. Im Hintergrund lief der Fernseher. Lorraine lächelte mädchenhaft. »Weißt du was?«, sagte sie in vertraulichem Ton, während sie Haferkekse in einen Gefrierbeutel gab und mit einem Nudelholz zerkleinerte. »Ich war beim Arzt wegen meiner Beschwerden – Schlaflosigkeit, kein Appetit, Herzklopfen, du weißt schon. Und der hat irgendwann nur noch gegrient und gesagt, das sind typische Verliebtheitssymptome.« Lorraine lachte auf. »Ist das nicht verrückt? Ich glaub, es hat mich auf meine alten Tage noch erwischt!«

»Nein!«, rief Sunny begeistert. »Wie toll! Und er? Ich meine, Andrew … Geht's ihm genauso?«

Lorraine spitzte den Mund und flötete ein paar schräge Töne. »Ich hoffe es«, sagte sie schließlich voller Inbrunst. In ihren blauen Äuglein blitzte es. »Aber ich glaub schon, dass er mich mag.« Sie gab geschmolzene Butter zu den Bröseln und drückte die Masse auf den Boden und gegen den Rand einer Tarteform. Sunny machte es ihr nach. Lorraine stellte beide Formen in den Kühlschrank, dann gab sie Sunny zwei Limetten. »Und hier ist noch eine Küchenreibe.« Aufmerksam beobachtete Sunny, wie Lorraine vier Eigelb in eine Schüssel gleiten ließ und darüber die Schalen von zwei grünen Limetten abrieb – sofort erfüllte ein herrlich frischer Zitrusduft die Küche.

»Müssen die Limetten ausgepresst werden? Das kann ich machen«, bot Sunny an. »Wie viele brauchen wir?«

»Das ist die einzige Schwierigkeit bei diesem Pie«, erklärte Lorraine. »Man darf sich nicht strikt an eine Regel halten. Manchmal muss man nämlich nur eine Frucht auspressen, und manchmal braucht man den Saft von fünfen. Schau besser, dass es etwa 120 Millimeter werden.« Sie tippte ihren Zeigefinger in den Saft und kostete. »Diese Früchte sind schön frisch und besonders aromatisch, davon reicht sogar weniger.« Nachdem Lorraine die Eigelbe mit gesüßter Kondensmilch verrührt und bis auf einen kleinen Rest den Limettensaft in die Schüssel gegeben hatte, probierte sie mit einem Löffelchen die Creme. »Mmh, ja … Manchmal, wenn's noch ein bisschen langweilig schmeckt, geb ich einen Spritzer Saft mehr rein. Aber das hier ist perfekt!« Lorraine nahm beide Tarteformen aus dem Kühlschrank. Sunny tunkte schnell einen Finger in die weiche zitronige Masse und leckte ihn ab. »Ich hab auch hinten Augen«, rief Lorraine in strengem Ton, doch sie lächelte, als sie sich wieder umdrehte. Sunny bereitete dieselbe Creme für ihre Tarte zu, nahm eine Kostprobe, die zufriedenstellend ausfiel, und ließ sie auf den vorbereiteten Boden gleiten. Lorraine schob beide Formen in den Backofen, dann gab sie Kaffeepulver in ihre Espressomaschine. »Du verträgst doch sicher eine starke Bohne, oder? Jetzt haben wir Zeit zum Plauschen, bis der Pie fertig gebacken ist. Er braucht ungefähr zehn Minuten, aber wir lassen ihn noch in Ruhe auf dem Rost auskühlen.« Sie reichte Sunny Kaffeebecher aus dem Schrank. »Du kannst später zur Deko etwas von der abgeriebenen Schale drüberstreuen. Ich male auch gern Schlagsahnerosen in die Mitte.« Die Frauen machten es sich am Küchentisch gemütlich. Während des Wetterberichts sprach ein Experte von einem Hurrikan, der sich über dem Atlantik zusammenbraute und auf die karibischen Inseln zusteuerte. »Hast du genügend Vorräte im Haus?«, fragte Lorraine.

Sunny sah sie erstaunt an. »Keine Ahnung. Meinst du, es wird so schlimm? Ich könnte zur Not noch ein paar Sachen besorgen. Aber ich finde, die übertreiben hier immer ziemlich bei den Wettervorhersagen. Alles wird so unglaublich aufgebauscht. Am Anfang dachte ich immer, morgen kommt die Sintflut, und in Wirklichkeit war es dann nur ein stinknormales Gewitter.«

»Na ja, meistens haben wir Glück.« Lorraine goss etwas Milch in den Kaffee. »Aber manchmal eben auch nicht. Besser, du bist vorbereitet.«

»Okay, ich werde mich kümmern«, versprach Sunny und zeigte auf den Pie im Backofen. »Wie lange muss er dann noch in den Kühlschrank?«

»Einige Stunden mindestens. Am besten über Nacht.«
Lorraine musterte sie. »Wie war denn die Party gestern?«

»Puuh!« Sunny presste die Fingerspitzen gegen die Schläfen, ihr Schädel brummte immer noch. »Sowohl als auch. Jedenfalls viel Lob für den Garten. Erzähl ich dir ein anderes Mal, ja?«

Lorraine lächelte verständnisvoll. Sie hatte auch nicht mehr viel Zeit, bis ihr Besuch eintraf. »Ach, das weißt du ja noch nicht«, sagte sie aufgekratzt, »Andrew hat sich bereit erklärt, bei uns die Posaune zu spielen! Er hat doch früher in so einer Brassband mitgewirkt. Hach, hoffentlich harmoniert das auch alles!«

»Da bin ich ja doppelt gespannt auf unseren nächsten Probenabend!«

Als der Lemon Pie einigermaßen abgekühlt war, bedankte Sunny sich und ging wieder rüber. Sie stellte ihn in den Kühlschrank, aß ein halbes Käsesandwich und döste ein wenig auf dem Sofa. Am frühen Nachmittag war ihr Kopf endlich wieder klar.

Sam hatte recht. Sie musste endlich ganz abschließen mit ihrer Ehe. Sie bremste sich sonst nur selbst aus, behinderte sich, obwohl sie sich doch endlich einmal etwas traute und mit Wagemut ein Ziel verfolgte. Und abgesehen davon … Die Scheidung würde ihr auch Geld bescheren. Dass ihr das nicht schon früher eingefallen war! Wenn sie und Michael ihr gemeinsames Haus verkauften, stünde ihr die Hälfte zu, und bei den derzeitigen Immobilienpreisen dürfte ihr Anteil, abzüglich dessen, was sie der Bank noch schuldeten, um die hundertfünfzigtausend Euro liegen. Dann brauchte sie bei keiner amerikanischen Bank mehr zu betteln.

Sunny schrieb eine Mail. Am Telefon würde sie das alles

nicht ohne einen Gefühlsausbruch sagen können. Vielleicht wäre ein Brief stilvoller, aber sie wollte keine Zeit mehr verlieren.

Lieber Michael,
hoffe, es geht dir gut. Vermutlich ist deine Freundin
inzwischen in unser Haus eingezogen. Wie auch
immer, wir beide wissen mittlerweile, dass es nichts
mehr wird mit uns. Auch wenn es wehtut, möchte ich,
dass wir uns scheiden lassen. Bitte, können wir
das schaffen, ohne dass wir uns noch weitere
Schmerzen zufügen? Ich habe mich endgültig
entschieden, in den USA zu bleiben, und möchte mir
hier in Florida eine neue Existenz aufbauen.
Dafür brauche ich alle Kraft und Ressourcen.
Deshalb schlage ich dir Folgendes vor:
Wir nehmen uns einen Anwalt und nicht zwei,
das spart schon mal Geld. Wir lassen uns
einvernehmlich scheiden. Ich verzichte auf Unterhalt
oder Sonstiges, was ich vielleicht durch juristische
Winkelzüge erstreiten könnte – unter der Bedingung,
dass du unser Haus so schnell wie möglich verkaufst
und ich so schnell wie möglich die Hälfte von
dem Geld erhalte. Mitte September werde ich nach
Deutschland fliegen, um meine Wohnung in
Bad Zwischenahn aufzulösen und alle nötigen
Formalitäten dort zu erledigen.
Viele Grüße
Sunny

Nach kurzem Zögern drückte sie mit einem Kloß im Hals auf »Senden«. Danach atmete Sunny tief durch. »Weiter geht's«, murmelte sie.

Sie nahm den Key Lime Pie aus dem Kühlschrank und schlug die Sahne steif, die Lorraine ihr samt einer Limette für die Dekoration mitgegeben hatte. Einer plötzlichen Eingebung folgend malte sie mit der Spritztüte einen Sahnesmiley auf den Kuchen. Er geriet etwas schief, er schien Locken und einen Vollbart zu haben, in die Sahnetupfer für die Augen krümelte sie grünen Schalenabrieb, als Ohren steckte sie links und rechts zwei Limettenscheiben in den Sahnerand. Sie musste lächeln, als sie ihr Werk betrachtete. Hoffentlich reagierte Sam ähnlich.

Vorsichtig ging sie damit zum Gartenhäuschen und klopfte an. Sam öffnete, er sah ganz verknautscht und verwuschelt aus. Ein Blick in den Raum verriet typische Junggesellenunordnung. Auf dem Bett und auf dem Sofa lagen Klamotten, überall auf dem Boden Zeitungen und Bücher.

»Ja?«, brummelte er.

Vielleicht packt er gerade, überlegte Sunny. Der Gedanke war ihr unangenehm. Verlegen hielt sie ihm den Kuchen entgegen.

»Da, den hab ich für dich gebacken. Mit Lorraine zusammen. Äh …«, sie trat von einem Fuß auf den anderen, »… also … ich …äh …« Der Ausdruck in Sams Augen wechselte von abweisend über erstaunt zu erfreut und leicht amüsiert. Offenkundig weidete er sich an ihrem dilettantischen Versuch, sich zu entschuldigen. Aber da musste sie nun durch. Sunny holte Luft und machte einen neuen Anlauf. »Manchmal, wenn ich was getrunken hab, sag ich Dinge, die ich gar nicht so meine. Es tut mir leid.« Sie kam sich ziemlich dumm vor, wie sie jetzt Sam mit ausgestreckten Armen ihre Limettentarte darbot. »Könntest du mir vielleicht das Ding mal abnehmen?«, fragte sie gereizt. Sam nahm die Tarte entgegen und sah sie weiter erwartungsvoll an. Ganz der Biologe, der eine fremde Lebensform studiert, dachte Sunny. Doch sie wollte die Sache ja wieder in Ordnung bringen. Deshalb fuhr sie fort. »Es geht mich überhaupt nichts an, wie du dein Leben lebst. Und selbst wenn du am liebsten den ganzen Tag in der Hängematte verbringen wolltest, wäre es nicht an mir, das zu kritisieren.« Sunny atmete schwer aus. Erkannte sie mittlerweile sogar etwas wie Mitleid in seinen Augen? »Du hast mir beim Dünengarten mehr geholfen als vereinbart war, insofern muss ich dir sogar danken. Du hast auch recht, was meine Ehe angeht. Ich hab Michael übrigens vorhin eine Mail geschickt und die Scheidung verlangt.« Sunny fand, dass sie nun schon ziemlich lange redete und er langsam mal etwas Freundliches von sich geben könnte. »Und außerdem«, sie versuchte ein kleines Lächeln, »außerdem finde ich die Idee, dich nach Key West zu deinem Contest zu begleiten, wirklich witzig. Vielleicht ist da gestern mal kurz die Spießerin in mir … Ach, ich meine, warum soll man nicht mal bei so einem Riesenspaß für Erwachsene mitmachen?« Ihr kamen nun bald die Tränen. Warum erlöste er sie nicht endlich? »Zumal, da du wirklich viel Ähnlichkeit hast mit …« Hilflos brachte sie ihren letzten Satz vor. »Wenn du Lust hast, können wir ja mal wieder abends einen alten Esther-Williams-Film gucken oder ein paar von Sandys Schmalfilmen oder sonst was.«

Sam räusperte sich. »Gute Idee«, sagte er. »Solange es kein Märchenfilm von Walt Disney ist.«

Spielte er etwa auf Cinderella an? Sunny spürte, dass sie rot wurde. Sie biss sich auf die Unterlippe.

»Danke!« Interessiert betrachtete Sam den Pie. »Wie lange hält sich so was?«

»Eigentlich sollte er eine Nacht im Kühlschrank stehen, sagt Lorraine.«

»Dann bring ich ihn morgen zum Kinoabend mit, okay?«
Sunny nickte betreten. »Wirklich … danke«, wiederholte
Sam. »Ich wollte dich auch auf keinen Fall kränken. Und
das mit der Scheidung find ich richtig.« Sein Mund lächelte, nur seine Augen blickten noch etwas besorgt.

»Ja«, erwiderte Sunny einfältig.

»Man sollte auch nie kurz vor einem Wettkampf seinen Coach wechseln«, sagte Sam nun schon etwas lässiger.

»Denk ich auch«, bekräftigte Sunny mit einem Aufat-
men, »das kann nicht gut sein.«

»Die Ähnlichkeit ist übrigens unverkennbar«, bemerkte
er mit Blick auf den Smiley.

»Mit wem jetzt?«, fragte sie. Hoffentlich glaubte er
nicht, dass sie ihn damit hatte karikieren wollen, und war
deshalb beleidigt.

»Na, mit Hemingway! Besonders um die Augen herum.«

»Genau«, sagte sie erleichtert. »Freut mich, dass du es
erkennst.«

Sie lächelten sich an, verschmitzt und kameradschaftlich. Alles war wieder in Ordnung.

Am folgenden Montagmorgen passte Sunny nach dem
Schwimmen Stormy am Strand ab. Ihre Freundin hatte
die Partynacht bei Nick durchgefeiert und sich erst zum
Sonnenaufgang mit dem Shuttleservice, den Nick für seine Gäste eingerichtet hatte, nach Hause fahren lassen. »Ich
freue mich schon so auf Key West«, sagte sie. »Und wie
war's bei dir?«

»Och …«

»Raus damit!«

»Nichts Besonderes …« Sunny lachte leise. »Na ja, so
ein wenig und ganz kurz haben wir auch die Meditationshütte eingeweiht.«

»Oh … Erzähl!«

Stormy fragte nicht, wer denn der zweite Mitwirkende gewesen war. War es etwa so offensichtlich?

»Nur ein Kuss«, sagte Sunny. Sie blinzelte versonnen. »Ein schöner Kuss. Nicht mehr. Und wirklich nur ein einziger.«

»Na, das kann ja nur besser werden.« Stormy lächelte. »Ich hab übrigens gestern mit meinem Sohn telefoniert. Der Junge ist gut drauf, er versteht sich mit seinem Dad. Und mir geht's dank Nicks Auftrag momentan auch mal finanziell gut. Es ist ein wunderbarer Sommer, finde ich.« Sie umarmte Sunny. »So, jetzt will ich weiter, meine Junonia suchen.«

»Viel Erfolg!«

Michael antwortete per Mail.

Liebe Sonja,
du hast also deine Entscheidung getroffen. Was soll ich
noch sagen? Was deinen Vorschlag zum Finanziellen
angeht, erlaube mir bitte, mich bei einem Anwalt
kundig zu machen, bevor ich mich dazu äußere. Leider
ist gerade Urlaubszeit, es wird wahrscheinlich alles
nicht so schnell über die Bühne gehen. Aber ich kann
dir versichern, dass auch ich kein Interesse an einer
Schlammschlacht habe. Im Gegenteil, ich wünsche dir
aus tiefstem Herzen ein glückliches Leben.
Viele Grüße
Michael

Sunny weinte, nachdem sie seine Zeilen gelesen hatte. Das war wieder typisch für ihn! Er versuchte, sie zu manipulieren. Einerseits tat er so, als wäre letztlich alles ihre Schuld, weil sie ja nun beschlossen hatte, die Scheidung einzureichen. Andererseits erweckte er den Eindruck, ihr Schicksal läge ihm immer noch am Herzen. Was vermutlich stimmte. Ach, es war einfach traurig! Aber Hauptsache, es ging endlich voran.

Am Nachmittag rief Nick an, um mitzuteilen, dass sie tatsächlich im Ferienhaus seines Freundes Wallace auf Key West wohnen konnten. »Es hat zwei Stockwerke, vier Schlafzimmer und ein Atrium mit einem kleinen Pool. Es wird dir gefallen.« Als Sunny nach den Kosten fragte, beruhigte Nick sie. »Dafür leih ich Wallace mal meine Motorjacht, das ist kein Problem.«

»Ich möchte dir aber kein Geld schulden.«

»Sind alle deutschen Frauen so?« Nick lachte. »Also, wenn es dich beruhigt, können wir uns die Kosten für die Unterkünfte auf dem Weg hin und zurück teilen.«

»Und das Benzingeld.«

»Ach, das sind Peanuts, Sunny! Es ist mein Vergnügen, mit dem Oldtimer zu fahren.«

»Na gut. Selber schuld.«

Sunny kam sich etwas albern vor. Sie sprachen noch über die Party und dass einige Gäste erst sonntagmittags gegangen waren und über das allgemeine Lob zu seinem neuen Garten. Über sein »Dankeschön« und über Mona sprachen sie nicht.

»Hast du nächsten Samstag schon was vor?«, fragte Nick. »Hättest du Lust auf einen Paraglidingflug zu zweit? Wir könnten auch ein bisschen Speedboot fahren. Anschließend gehen wir chic essen.«

»Das klingt verlockend«, Sunnys Puls erhöhte sich bei der Vorstellung, sie versuchte dennoch, cool zu klingen. »Gern.«

Was zum Teufel zog man zu einem Paraglidingflug an? Und sie brauchte unbedingt noch ein neues Kleid. Ob sie erneut in Sandys Schrank fündig wurde?

»Dann hol ich dich wieder ab«, kündigte Nick an. »Ist dir neun Uhr recht oder möchtest du ausschlafen?«

»Neun ist okay.«

»Ich freu mich auf dich, Cinderella!«

»Ach, weißt du schon Bescheid wegen Sam?«, fragte sie noch schnell.

»Ja, er hat mich angerufen und gesagt, dass er uns mit seiner Maschine begleitet und in Key West schon eine Unterkunft hat. Aber das ändert ja nichts an unserem Plan.«

»Stimmt. Ich freu mich auch schon – erst mal auf nächsten Sonnabend.«

Egal wohin Sunny in den nächsten Tagen kam – ob zu ihren ersten Gartenberatungen in die Wohnungen von Malcolm oder von Bee, ob in den Boutiquen, wo sie nach einem neuen Kleid schaute, oder zu Besuch bei Ranger und Etta –, überall lief der Fernseher mit aktuellen Informationen zum Hurrikan. Sunny blieb gelassen. Diese Amis, fand sie, waren manchmal doch schnell ein bisschen hysterisch. Schließlich war sie selbst in Küstennähe aufgewachsen, hatte viel Lebenszeit an der Nordsee verbracht, und so schnell ließ sie sich nicht umpusten. Als aber auch Alicia in ihrer Funktion als Inselpolizistin während der Proben am Donnerstagabend auf die drohende Gefahr hinwies und Handzettel mit Anweisungen für die Vorbereitung auf den Hurrikan verteilte, wurde ihr langsam doch mulmig zumute.

Am Freitag stand Sunny in einer langen Schlange von Leuten mit Einkaufswagen vor dem Supermarkt. Als sie endlich hineinkonnte, waren die Trinkwassergalonen längst ausverkauft. Sie deckte sich mit Batterien, Klopapier, Lebensmitteln, Vogelfutter, Kerzen, Konserven und Getränken ein. In ihrem Häuschen überprüfte sie Sandys Medikamentenschrank, füllte Leitungswasser in leere Flaschen ab und packte sogar einen Notfallkoffer. Vor den Tankstellen auf dem Festland warteten Autofahrer ewig, bis sie an die Reihe kamen, es gab nur noch Super-Premium-Benzin.

Sam lieh sich Sunnys Pick-up und schaufelte einige Dutzend Plastiksäcke voll Sand, die das Gästehaus gegen eine mögliche Überschwemmung schützen sollten. Er half auch Stormy und Lorraine. Im Baumarkt waren die Sperrholzplatten zum Vernageln von Fenstern ausverkauft. Sam erinnerte sich, dass Sandy früher einmal verzinkte Eisenbleche besessen hatte, die man vor die Fenster schrauben konnte. An den Außenwänden befanden sich noch die Ankerbuchsen dafür. Sie fanden die Bleche im doppelten Boden unter der Loggia. Mit Sams Hilfe befestigte Sunny die *shutters*. Dadurch war es im Haus stockfinster, sie musste tagsüber das Licht anmachen und konnte von drinnen nicht sehen, wie das Wetter sich entwickelte.

Nick rief an, er hatte seine Jacht aus dem Wasser geholt und sein Haus auf Juno Island verrammeln lassen, war aber gleich wieder nach Orlando gefahren, wo er das Wochenende über bleiben wollte, weil der Aquapark am Rande des Gebietes lag, in dem der Hurrikan am schlimmsten wüten sollte.

»Wir müssen unsere Verabredung leider verschieben, Sunny«, sagte er. »Wenn es hier sicherer wäre, hätte ich dich nach Orlando mitgenommen.«

»Sei bitte vorsichtig!«, bat sie ihn.

»Du auch. Wir sehen uns auf der anderen Seite des Sturms, Cinderella!«

Sunny bat Sam, nicht im Gästehaus zu bleiben. Er stellte dort alle beweglichen Möbel aufs Bett und brachte das Schlafzeug und seinen Seesack rüber ins große Haus. Aus alter Gewohnheit zog er es vor, im Arbeitszimmer zu wohnen statt in Sandys großem Schlafzimmer. Am Nachmittag setzten heftige Schauer ein, es waren die ersten äußeren Regenbänder, die um das Auge des mehrere Hundert Kilometer breiten Hurrikans herum wirbelten. Sobald sich eines abgeregnet hatte, folgte nach kurzer Pause das nächste Regenband mit noch höherer Geschwindigkeit.

Sunny und Sam vertrieben sich die Zeit bis zum Abend mit Quizfragen und Leseproben zu Hemingway. Nebenbei lief der Fernseher. Moderatoren stemmten sich kamerawirksam gegen Sturmgewalt und peitschenden Regen. Wetterexperten, Sheriffs und Bürgermeister gaben aktuelle Statements ab. Zwischendurch telefonierte Sunny mit Lorraine und Stormy, die sich ebenfalls so gut wie möglich gerüstet hatten und hofften, dass es nicht allzu schlimm wurde. Sie besprachen sicherheitshalber den Evakuierungsplan, sollten die Behörden sie zum Verlassen der Insel auffordern. Die nächsten offiziellen Schutzräume befanden sich auf dem Festland. Sunnys Mutter rief aus Deutschland an, Anna machte sich ebenfalls Sorgen.

Sunny versuchte sie – und sich selbst – zu beruhigen. Es war schließlich nur ein Hurrikan der Kategorie 1, und ganz genau konnten selbst Experten weder seine Verlaufsbahn noch die Entwicklung seiner Stärke vorhersagen. Vielleicht würden sie außer Regen und ein bisschen Überschwemmung kaum etwas abbekommen, vielleicht stand ihnen aber auch, wie einer der Bürgermeister befürchtete, »ein Schlag ins Gesicht unserer Heimat« bevor. Im Fernsehen zeigten sie die unterschiedlichen Berechnungsmodelle mit mehrfarbigen kreiselnden Darstellungen des Wirbelwinds, dem Auge des Sturms und den Regenbändern drumherum wieder und wieder, er zog Bahnen von der Karibik bis Florida und weiter nach Georgia. Sunny konnte schon nicht mehr hinsehen, weil diese rotierenden Farbkreise sie ganz kirre machten.

Sie bereitete einen Salat und Steaks zu. Man brauchte schließlich Kraft. Für sich brühte sie einen starken Ostfriesentee auf, den sie für Krisensituationen hortete. Ihre Mutter hatte ihr letztens erst ein Päckchen Grünpack geschickt. Mit Kandis und Sahne würde er ihre Nerven beruhigen.

»Was möchtest du trinken?«, fragte sie Sam. »Ein Bier?«

»Nein danke, keinen Alkohol. Wir müssen einen klaren Kopf bewahren. Schenk mir mal auch von deinem Tee ein.«

Schon seit Stunden wehte ein starker Wind mit Sturmböen. Gegen elf Uhr abends begann das Haus zu klappern. Es machte seltsame Geräusche, die Sunny in den zurückliegenden Wochen noch nicht gehört hatte. Der Wind heulte, das Meer klang, als könnte es nur noch ausatmen – hastig, röhrend, röchelnd. Im Garten krachte es, vermutlich war ein Baum umgeknickt. Sunny schlich zur Tür. Völlig idiotisch, dachte sie, wieso schleiche ich? Das wird dem Sturm ganz egal sein! Sie wollte die Tür einen Spalt öffnen und nachsehen, aber Sam riss sie zurück.

»Spinnst du? Du kriegst die Tür nie wieder zu! Und da kann sonst was wie ein Geschoss durch die Luft fliegen!«

»Ist das Haus eigentlich versichert?«, fragte Sunny.

Sie ging ins Arbeitszimmer und blätterte einen der dicken Ordner mit Papierkram durch. Dabei entdeckte sie unter anderem, in einer Plastikhülle abgeheftet, zwischen mehreren Garantiescheinen einen alten Briefumschlag. Sunny legte ihn heraus, um ihn später zu lesen. Ein Stein fiel ihr vom Herzen, als sie den Versicherungsschein entdeckte, samt einem Beleg darüber, dass Mr. Marx den zuletzt fälligen Beitrag noch ordnungsgemäß entrichtet hatte. Vielleicht sollte sie die Papiere besser in ihren Notfallkoffer packen.

»Das ist nur die ganz normale staatliche Versicherung«, sagte Sam, nachdem er einen kurzen Blick darauf geworfen hatte. »Wenn's schlimm kommt, können sie vielleicht nicht genug oder nicht schnell genug zahlen. Besser wäre eine Privatversicherung. Ist aber sehr viel teurer.«

»Ich liebe Leute, die einen in Krisensituationen aufbauen«, bemerkte Sunny spöttisch. »Na ja, das wusste schon meine Oma. Sie sagte immer, in der Apokalypse zeigt sich der wahre Charakter eines Menschen!«

Sie setzte sich wieder aufs Sofa, um den Brief zu lesen. Er stammte von Jimmy Parks und war datiert auf den 6. August 1956. Da hatten Sandy und er sich immerhin schon vier Jahre gekannt.

Meine geliebte Sandy,
bin erst seit fünf Stunden wieder in Hollywood, und
schon sterbe ich vor Sehnsucht nach Dir. Wenn es nach
mir ginge, wäre ich immer bei Dir in unserem kleinen
gelben Häuschen, würde mich nur ab und zu als
Grüßaugust im Jimmy's zeigen und ansonsten die Zeit
mit Dir am Strand und im Bett verbringen. Na gut,
vielleicht würden wir auch gelegentlich einen kleinen
Kunst- und Kulturausflug nach St. Petersburg machen
oder zum Shoppen fahren.
Es tut mir weh, meine Liebste, dass ich Dir jedes Mal
wieder Schmerzen zufügen muss, wenn ich weggehe.
Glaubst Du, ich spüre es nicht, nur weil Du tapfer
lächelst? Du verstehst aber doch, dass es nicht anders

geht, nicht wahr? Ich trage für viele Menschen Verantwortung, nicht nur für meine Kinder und meine kranke Frau, sondern auch für eine Reihe von Mitarbeitern im Studio, die ohne mich keinen Job hätten. Aber ich stehe zu meinem Wort: Sobald es Helen besser geht und allerspätestens, wenn die Kinder aus dem Haus sind und mich nicht mehr brauchen, lasse ich mich scheiden. Ich werde meine Karriere an den Nagel hängen und für immer zu Dir nach Dolphin Island kommen.

Vielleicht ist es dann auch noch nicht zu spät, um Deinen geheimsten Wunsch Wirklichkeit werden zu lassen. Dir zuliebe würde ich alles noch einmal auf mich nehmen.

Du sagst, ich könnte ohne Hollywood nicht sein. Aber da irrst Du Dich. Ich hab dieses eitle, aufgeblasene Tun so satt! Außerdem werde ich älter, und bald müssen andere den jugendlichen Liebhaber spielen (das ist ein SCHERZ!). Werde nächste Woche wieder meinen Hellseher aufsuchen. Ich höre, wie Du schimpfst und sagst, ich solle ihn nicht ernst nehmen, Darling, nur hat er schon so oft richtig gelegen, und es gehen viele Stars mehr oder weniger heimlich seit Jahren zu ihm. Meinst Du, er wäre derart erfolgreich, wenn er nicht über eine besondere Gabe verfügen würde?

Es war sehr heiß in den vergangenen Tagen. Ich denke darüber nach, ob wir einen Pool in den Garten bauen lassen sollten. Was meinst Du? Ja, Du sagst immer: Was soll ich im Chlorwasser, wenn ich zu den Delfinen ins Meer kann? Für eine rasche Abkühlung zwischendurch wäre es aber vielleicht doch ganz angenehm.

Merkst Du was? Ich unterhalte mich ständig mit
Dir, auch wenn wir getrennt sind. Denn in Wahrheit,
mein Herz, kann Liebende nichts trennen.
Millionen Küsse, all over …
Dein Lover forever
Jimmy

Sunny seufzte tief. Ach, solche Briefe schrieb heutzutage kein Mann mehr. Was mochte Jimmy mit dem geheimsten Wunsch gemeint haben? Vermutlich ein Kind. Ein wunder Punkt, auch für Sunny. Schnell schob sie den Gedanken zur Seite. Sie reichte Sam den Brief.

»Guck mal, was ich gerade gefunden hab.«

Er las ihn, setzte eine beeindruckte Miene auf. »Rührend. Nicht gerade Hemingway-Stil, was?«

Bevor Sunny antworten konnte, flackerte es plötzlich, und dann gingen alle Lichter aus. Vorsorglich hatte sie überall im Haus Kerzen und Feuerzeuge deponiert, nur den Tisch neben dem Sofa hatte sie vergessen. Sie stand auf und stolperte über die Gartenmöbel, die sie schnell noch im Wohnzimmer gestapelt hatten, ganz oben drauf lag das Kajak. Sam schaltete die Taschenlampen-App seines Handys ein und leuchtete ihr, machte sie aber gleich wieder aus, um Energie zu sparen. Nachdem Sunny mehrere Kerzen und Windlichter im Wohnzimmer angezündet hatte, wirkte es fast gemütlich. Zur Ablenkung erklärte sie Sam die Feinheiten der ostfriesischen Teezeremonie.

»Die UNESCO hat sie inzwischen als Weltkulturerbe anerkannt.«

Doch die Atmosphäre blieb auch beklemmend. Der Sturm rüttelte weiter am Haus. Sunny fragte sich, wie das Gebäude angesichts solcher Naturgewalten jahrzehntelang hatte standhalten können. Sie sehnte sich nach den soliden unterkellerten Klinkerhäusern ihrer Heimat. Wieder krachte es ganz in der Nähe, dann knallte und schepperte es draußen auf der Straße. Ein Tier schrie in Todesangst, Sunny fuhr zusammen. Wenigstens waren Tom und Jerry in Lorraines Wohnung in Sicherheit! Jetzt steigerte sich der Starkregen noch, unbarmherzig prasselte er aufs Blechdach, schlug gegen die *shutter*. Zu laut, um sich noch in normaler Lautstärke unterhalten zu können. Als würde ein ICE mit Rekordgeschwindigkeit direkt am Haus vorbeifahren, dachte Sunny.

Ihr Herz hämmerte. Sie saß wie in einer Dose, den Naturgewalten ausgeliefert. Warum nur war sie nicht weggefahren? Weil die Straßen gen Norden schon seit Stunden verstopft waren, gab sie sich selbst zur Antwort, und weil das Benzin nicht gereicht hätte. Sie riss sich zusammen, kauerte sich mit einem Kissen vorm Bauch auf das Sofa. Sam holte ein altes batteriebetriebenes Radio aus der Küche und stellte den lokalen Notfallsender ein. Angestrengt lauschten sie. Das mache ich nicht noch einmal mit, schwor sich Sunny mit einem ganz flauen Gefühl im Bauch. Bei der nächsten Sturmwarnung werde ich sofort meine Sachen packen und irgendwo hinfahren, wo ich mich sicher fühle. Die stickig-schwüle Luft trieb ihr den Schweiß aus allen Poren.

Die Zeit schlich. Sam saß schweigend im Sessel, die Beine auf einem Hocker ausgestreckt. Sunny, seit fünfzehn Jahren Nichtraucherin, verspürte plötzlich den Drang, das beruhigende Nikotin einer Zigarette zu inhalieren. Aber erstens hatte sie keine im Haus und zweitens würde der Rauch die Luft nur noch dicker machen. Von Minute zu Minute fühlte sie sich hibbeliger. Während Sam irgendwann seine Stirnlampe aufsetzte, um die Nick-Adams-

Kurzgeschichten von Hemingway zu lesen, begann sie hin und her zu laufen. Schließlich rannte sie mehrfach die Treppe hoch und wieder runter.

Irgendwann blickte Sam kurz hoch. »Wenn du Hilfe brauchst, sag Bescheid.«

Sunny zog eine Grimasse und fläzte sich mit einem schweren Seufzer wieder aufs Sofa. Sie hatte das Gefühl, dass nicht nur ihre Kleidung an ihr klebte, sondern auch alle Gegenstände von einem klebrigen Film überzogen waren.

Gegen drei Uhr nachts verkündete der Wetterexperte im Radio, dass der Hurrikan, seit er an der Ostküste, der Atlantikseite Floridas auf Land getroffen war, an Power verloren habe. Und seine Zerstörungskraft verringere sich weiter. Deshalb sei er zurückgestuft worden.

»Wir haben es jetzt nur noch mit einem tropischen Wirbelsturm zu tun«, hörten sie.

Erleichtert sah Sunny Sam an. »Gott sei Dank!«

»Na ja«, sagte Sam, »ganz ohne ist das auch nicht, ist immer noch wie bei euch in Europa ein Orkan mit Windstärke 12.«

»Ehrlich?« Beeindruckt presste Sunny das Kissen wieder fester an sich. »Warst du schon mal bei einem Orkan am Meer?«

»Klar, als Student der Meeresbiologie. Wir sind überrascht worden.« Sam schenkte sich Tee nach. »Die See brüllt, ist vollkommen weiß! Nur Gischt und Schaum in der Luft, du hast keine Sicht. So'n Orkan kann auch locker noch Bäume entwurzeln.«

Sunny schluckte schwer. »Also keine Entwarnung?«

»Nicht direkt. Gefährlich bleibt's ja auch hinterher – die abgerissenen Stromleitungen, Versackungen in den Straßen … Aber im Vergleich zu einem Hurrikan …« Sam zuckte mit den Achseln, er gähnte tatsächlich. »Wir sollten zusehen, dass wir eine Mütze voll Schlaf kriegen.«

»Ja.« Sunny stand auf, nahm ein tragbares Windlicht und wies auf Sandys früheres Schlafzimmer. »Ich leg mich lieber unten hin. Falls das Dach abhebt.«

»Okay. Ist besser. Gute Nacht.«

16

Sobald Sunny die Augen schloss, sah sie die kreiselnden bunten Hurrikandarstellungen aus den Wetternachrichten im Fernsehen. Statt zu schlafen, driftete sie immer nur kurz weg, ständig drangen das Heulen des Sturms, der Regen und die Geräusche umherwirbelnder Gegenstände in ihr Bewusstsein. Nach vielleicht zwei Stunden fuhr sie schwer atmend hoch. Ihr Puls raste, ihre Eingeweide waren vor Angst verkrampft. Der Luftdruck schien sich extrem verändert zu haben, Sunny spürte es im Kopf. Alles in ihr schrie Gefahr, Gefahr! Aber sie konnte nicht einfach weglaufen. Zum Ausharren verdammt zu sein, nichts tun zu können – das zerrte gewaltig an den Nerven.

Wann ließ dieser Tropensturm endlich nach?

Sunny setzte sich auf. Hoffentlich ging es den Freunden gut. Wie es jetzt wohl ums Haus herum aussah? Und wie mochte ihr Dünengarten schon gelitten haben? Im Sitzen beruhigte sich ihr Herzschlag wieder. Sunny atmete einige Atemzüge lang bewusst ein und aus.

Sie entzündete das Windlicht auf dem Nachtisch und stand auf, weil sie einfach nicht ruhig liegen konnte. Vielleicht gab es Neuigkeiten im Radio. Nur mit ihrem übergroßen T-Shirt bekleidet, tapste sie ins Wohnzimmer und suchte im flackernden Kerzenschein nach dem Hörfunkgerät, doch offenbar hatte Sam es mitgenommen.

Die Tür zum Arbeitszimmer stand eine Handbreit offen, auch dort brannte noch Kerzenlicht. Um Sam nicht zu wecken, schlich Sunny auf Zehenspitzen näher, was wegen des Getöses ringsum eine völlig überflüssige Rücksichtnahme war. Als sie die Tür weiter öffnete, sah sie, dass Sam nicht schlief. Er lag mit nacktem Oberkörper im Bett und hielt das Kofferradio ans Ohr. Gleichzeitig bediente er mit einer Hand sein Smartphone.

»Du bist ja auch wach«, sagte Sunny.

»Das muss an deinem komischen Tee liegen.« Sam grinste. Er zeigte ihr eine Meldung auf seinem Handy. »Wir haben es inzwischen mit einem orkanartigen Sturm, Windstärke 11, zu tun!«

Dann machte er das Handy aus und stellte das Radio lauter. Sunny setzte sich auf seinen Bettrand, sie lauschten gemeinsam den Nachrichten der lokalen Notfallrundfunkstation.

»Halleluja!«, rutschte es Sunny heraus. »Aber es ist immer noch gefährlich, richtig?«

»*Yep.*«

Der Sprecher mahnte die Einwohner von Lee County, in ihren Häusern zu bleiben und abzuwarten. Sam schaltete das Radio wieder aus.

In diesem Augenblick knallte ein schwerer metallischer Gegenstand gegen das Schutzblech vor dem Fenster. Sunny schrak zusammen, und Sam breitete seine Arme aus. Instinktiv flüchtete sie sich an seine Brust, kroch unters Laken, verharrte so ein paar Schrecksekunden lang. Als ihr die Situation bewusst wurde, drehte sie Sam den Rücken zu.

Sam umschloss sie mit seinen starken Armen, ihre Wange ruhte auf seiner Armbeuge. Und das Verrückte war, dass es sich ganz und gar selbstverständlich anfühlte.

Unwillkürlich schmiegte Sunny sich an Sam. Er streichelte sie. »Hab keine Angst!«

Sie empfand auch plötzlich keine Angst mehr. Sondern Geborgenheit. Wärme. Und dann noch etwas. Sein erigiertes Glied. Ups. Das Angebot steht, dachte Sunny und unterdrückte ein nervöses Kichern. Wie sollte sie reagieren? Sie tat, als würde sie es überhaupt nicht merken. Es lag sich gerade so gut. Eigentlich war es auch nicht unangenehm. Eher wie ein Kompliment. Sunny rührte sich nicht.

Sie spürte Sams Atem in ihrem Nacken. Und nun seine Lippen, die zärtliche hauchzarte Küsse auf ihre Haut setzten, vom Haaransatz bis zur Schulter. Schön fühlte es sich an, wohlig kribbelig. Sam umfasste sie ein wenig fester und zog sie noch enger an sich. Er liebkoste ihre Brüste, züngelte an ihrem Ohr und jagte ihr damit lustvolle Schauer bis in die Zehenspitzen.

»Da teilen wir uns ausgerechnet das schmalste Bett im ganzen Haus!«, murmelte Sunny.

Sam machte mit ihr eine Drehung, frech blickte er aus einer Art Liegestütz auf sie herunter. »Wenn ich auf dir liege, ist es breit genug.« Seine Augen leuchteten intensiver blau als sonst, die Lachfältchen an den Seiten vertieften sich.

»Macho!«, fuhr sie ihn an.

»Natürlich kannst du dich auch gern auf mich setzen!«, bot er großzügig an.

»Phh!« Sunny bäumte ihr Becken gegen ihn auf. Sam packte sie an der Taille, warf sie auf die Seite, und sie balgten eine Weile miteinander.

»Oder soll ich lieber ganz aufhören?«, fragte er mit dem Mund dicht an ihrem Ohr. Der Bart kratzte sie etwas, doch seine Hände erkundeten geschickt und feinfühlig ihren Körper. »Bitte, du brauchst nur laut und deutlich Stopp zu sagen.« Sunny schnurrte wohlig. »Ich deute das mal als Weitermachen«, raunte Sam.

Er beugte sich über sie hinweg zu seinem Seesack und angelte etwas aus der Vordertasche – ein Kondom.

»Allzeit bereit, was?«, fragte Sunny leicht ironisch, doch auch froh darüber, dass sie sich um dieses Thema nun keine Gedanken mehr machen musste. Sie strich über seinen nackten Oberkörper. Schöner, muskulöser Rücken, stark, wahnsinnig männlich, Sommerhaut, funkte ihr Tastsinn direkt an ihr Lustzentrum. »Aber es hat nichts zu bedeuten«, flüsterte sie benommen. Unruhig wand sie sich.

»Natürlich nicht«, Sam rieb genussvoll seine nackte Haut an ihrer, »alles ganz unverbindlich.«

»Und wenn ich ›Aufhören‹ sage, hörst du tatsächlich auf?« Sunny legte ihre Arme hinter den Kopf und blinzelte ihn neckisch an.

»Ja.«

»Aufhören!«, verlangte sie.

Sam hörte auf. Sekundenlang, eine Ewigkeit, blieb er regungslos. Bis auf sein Glied, das inzwischen ein Eigenleben führte und seinen einmal eingeschlagenen Kurs so schnell nicht verlassen wollte. Aber kein Kuss, keine Berührung, keine Bewegungen mehr. Und – das fühlte sich überhaupt nicht gut an. Auch Sunnys Körper befand sich längst in einem ganz anderen Modus.

Sie begann, Sam mit kleinen kreisenden Bewegungen ihres Beckens zu provozieren, reckte ihre Brüste vor, drückte sie wie Geschenke in seine Hände. Und schon war es vorbei mit Sams Beherrschung, er streichelte und küsste sie hingebungsvoll.

»Na gut …«, keuchte Sunny in einer Atempause. »Du hast es wenigstens versucht.«

»Wenn du willst, werd ich anschließend alles leugnen!«

»Egal!«, Sunny schlang ihre Beine um ihn. »Hauptsache … eines ist klar. Wir sind nicht verliebt.«

»Muss ja nicht unbedingt … Hab ich schon mal gesagt.«

Sam lächelte unverschämt. Seine Finger drangen in tropische Körperregionen vor und bereiteten ihr äußerst angenehme Gefühle.

»Aber … ich möchte nicht, dass du dich hinterher benutzt fühlst«, brachte sie noch hervor. »Ich brauch nur was zur Beruhigung.«

Sam lachte auf, er betrachtete sie lüstern und hob eine Braue. »Da bin ich ziemlich genau das, was du suchst!«

Sunny stöhnte erregt. »Sorry, dass ich bei so 'nem kleinen Tropensturm nicht einfach cool bleibe …«

»Coolsein … wird … völlig … überschätzt«, murmelte Sam. »Reden … übrigens … auch.«

Er verschloss ihr mit einem Kuss den Mund, gleichzeitig drang er in sie ein. Und Sunny gab sich hin. Ohne Scham, mit größtem Vergnügen. Es war einfach nur Sex. Herrlicher, satter Sex. Oh, wie sie das vermisst hatte!

Dass die Wände wackelten und der Boden bebte, nahm Sunny irgendwann nicht mehr wahr. Schwitzend, völlig losgelöst überließ sie sich ihrer Leidenschaft. Die Zeit bekam eine andere Dimension. Schließlich nahte die Erlösung, und sie flog. Ein kräftiger Orgasmus pulsierte durch ihren Körper.

Ermattet blieben sie liegen, dann ruckelten sie sich zurecht. Wieder in Löffelchenstellung, anders passten sie nicht zu zweit auf die schmale Matratze. Sam legte die Arme um sie, eine Hand auf ihrer Brust, eine auf ihren Venushügel. Als Sunny schon halb eingenickt war, drückte er zwei Finger auf die empfindsame Stelle zwischen ihren Schenkeln und löste damit weitere lang auslaufende Wellen der Lust aus. Noch im Ausklingen dieses Gefühls sackte sie ganz weg.

Nach der ersten Schlafphase wechselte Sunny in ihr breites Bett, um ruhiger und ohne Kampf ums Laken auszuschlafen. Gegen Morgen ließ der Sturm hörbar nach. Da der Strom und damit auch die Klimaanlage ausgefallen war, herrschten fast unerträglich hohe Temperaturen, als Sunny erwachte. Sie entzündete ein Windlicht und ging ins Bad. Zum Glück funktionierte wenigstens die Wasserversorgung, wenn auch nur mit geringem Druck. Ihr Spiegelbild zeigte eine strahlende Frau mit rosigem Teint – und rötlichen Reizungen am Kinn, die sie Sams Bart zu verdanken hatte. Sunny wagte noch nicht, die Fenster wieder zu öffnen. Sie schnupperte. Es roch nach Kaffee. Hoffentlich wurde es jetzt nicht furchtbar peinlich, wenn sie Sam begegnete!

Im Wohnzimmer schien Tageslicht durch zwei Fenster, ganz offensichtlich hatte Sam hier schon die Schutzplatten abmontiert. Auf einem kleinen Campingkocher, den er auf seine Kajaktouren mitzunehmen pflegte, brutzelten Eier und Speck.

»Guten Morgen, Sunny, hast du die Nacht gut überstanden?« Er lächelte freundlich, als wäre nichts Besonderes vorgefallen.

Sie ging auf seinen Ton ein. »Alles okay, und bei dir?«

»Wunderbar!« Während sie an der Küchentheke Platz nahm, tauschten sie doch einen verschwörerischen Blick wie zwei, die gemeinsam einen Streich ausgeheckt hatten. Dieser Blick sagte aber auch: Es bleibt bei unserer Vereinbarung, alles easy, wir machen keine große Sache draus. Sam schob Sunny einen Teller mit knusprigem Bacon und Rührei hin. »Magst du Kaffee zum Frühstück oder brauchst du den Zaubertrank aus deiner Heimat?«

»Meinen Ostfriesentee bewahre ich mir für besondere Situationen auf«, antwortete Sunny erleichtert.

Der erste Umgebungscheck ergab: Der Sturm hatte sich verheerender angehört als er gewirkt hatte, es war alles noch glimpflich abgelaufen. Oben im zweiten Gästezimmer tropfte es durch die Decke. Im Vorgarten lagen ein abgebrochenes Stoppschild – wahrscheinlich jenes Metallteil, das in der Nacht gegen den *shutter* geknallt war – und Dutzende von Palmwedeln. Im Gästehaus stand das Wasser zwanzig Zentimeter hoch. Ein Element des Gartenzauns zum Kanal hin lag flach.

Nach dem Gang ums Haus begannen das Telefonieren und der Austausch über die sozialen Netzwerke mit ihren Handys. Sunny gab Entwarnung nach Deutschland. Lorraine, Etta und Ranger sowie Stormy ging es gut. Auch deren Bekannten war nichts Schlimmes passiert.

»Nichts, was man nicht reparieren könnte«, versicherte Ranger. Stormy konnte sich sogar kaum beherrschen, an den Strand zu eilen, um nach selten angespülten Muscheln zu suchen. Lorraine hatte die Nacht gemeinsam mit Andrew überstanden. Es gab etliche umgeknickte Bäume, vor allem hohe Palmen und Australische Pinien, Zerstörungen durch Kokosnüsse, die zu Geschossen geworden waren, und viele teilweise abgedeckte oder demolierte Dächer. Ein Insulaner hatte sich den Arm gebrochen, als er in der Marina zu Boden geworfen worden war. Er hatte ein Selfie vor den ungewöhnlich hohen Wellen machen wollen. Einige Jachten waren beschädigt, mehrere Autos standen unter Wasser – doch gemessen an dem, was man von einem Hurrikan befürchten musste, konnten sie auf der Insel froh und dankbar sein, dass nicht mehr kaputtgegangen war.

Nick meldete sich aus Orlando. Er hatte sich Sorgen um Sunny gemacht. Sein Wochenendhaus, das wusste er von einem Nachbarn und den aktuellen Satellitenaufnahmen, die von der Regierung ins Internet gestellt worden waren, hatte keinen ernsthaften Schaden genommen. »Nur mein Garten ist nicht wiederzuerkennen. Alles überschwemmt, zwei Palmen liegen flach«, sagte Nick.

»O nein!« Nun waren doch Sunnys schlimmste Befürchtungen wahr geworden.

»Auf den Nachbargrundstücken ist auch Land unter. Aber sei nicht traurig, Sunny, das Wasser wird zurückgehen, und dann pflanzen wir eben neue Palmen.« Nick seufzte. »Hier in Orlando haben wir leider größere Probleme. Die Riesenwasserrutschbahn ist umgestürzt. Die Reparaturen sind aufwendig, ich werde bis zu unserer Reise nach Key West hierbleiben müssen.«

»Das tut mir leid.« Was für ein Mist! Ihr schöner Strandgarten! Am liebsten wäre Sunny sofort losgefahren, um ihn sich anzusehen. Genau genommen, lag er nicht mehr in ihrer Verantwortung, sie fühlte sich trotzdem irgendwie in der Pflicht. »Bist du sicher, dass du überhaupt wegkannst?«, fragte sie. »Sollen wir den Trip in die Keys lieber streichen?«

»Auf keinen Fall, darauf freue ich mich schon die ganze Zeit«, protestierte Nick entschieden. »Wir werden das hier schon hinbekommen. Ich kann nur nicht so lange wie ursprünglich geplant wegbleiben. Es wäre besser, wenn wir die Übernachtungen auf der Hin- und Rückfahrt streichen würden. Das bringt mir zwei Tage. Wäre das für dich okay?«

»Natürlich«, erwiderte Sunny. »Dann fahren wir einfach durch. Sam kann ja schon vorher mit seinem Motorrad losbrausen, er will sicher nicht auf den letzten Drücker ankommen.« Im Grunde war ihr diese Regelung sogar viel lieber.

»Gut, dann power ich das nächste Wochenende hier durch und komme am übernächsten Donnerstag um neun bei dir vorbei. Wir holen noch Coach Stormy ab und dann geht's los!«

»*Yes*, Sir!«

Sunny freute sich nach den Aufregungen der letzten Stunden und angesichts der anstehenden Aufräumarbeiten auf ein paar unbeschwerte Urlaubstage.

»Ach, eines noch«, sagte Nick, »ich weiß gar nicht, ob ich es schon gesagt habe … Mona kommt auch mit.«

Sunny verschluckte sich. Sie hustete. War Minnie Maus nun seine Freundin oder nicht? Sunny überlegte, ob sie Nick das einfach mal ganz unauffällig nebenbei fragen sollte. Aber wie bitte schön stellte man eine solche Frage nebenbei? »Mona? … Äh …«, stammelte sie. »Na klar … Warum nicht? Wir brauchen jede Stimme für unsere Fangruppe, um Sam beim Contest anzufeuern!«

Bevor sie sich daranmachte, die Spuren des Wirbelsturms zu beseitigen, rief Sunny gleich noch mal bei Stormy an, und dann informierte sie Sam über die neuen Pläne.

Am Nachmittag klarte es auf, es war auch schon sehr viel ruhiger geworden. Strom hatten sie noch nicht wieder. Das Gästehaus musste, nachdem sie das Wasser ausgeschippt hatten, gründlich geschrubbt werden. Sam übernahm das, während Sunny nachsah, welche Pflanzen im Garten ihre Hilfe benötigten. Dabei entdeckte sie nicht weit vom Kanal im Dickicht etwas Ungewöhnliches, das sie zunächst nicht identifizieren konnte. Es war bräunlich, bewegte sich und dann erkannte sie … einen Alligator! Nur wenige Schritte von ihr entfernt. Auf einen Schlag floss Eiswasser durch ihre Adern. Wie lauteten noch mal die Ratschläge, die ihr der Nachlassverwalter bei der Ankunft erteilt hatte? Haustiere an die Leine. Und weiter? Sunny erinnerte sich nicht mehr. Aber instinktiv hielt sie den Atem an, ging in Zeitlupe mehrere Meter rückwärts, drehte sich dann blitzschnell um, rannte ins Gästehaus und knallte die Glastür hinter sich zu. Sam stemmte sich erstaunt auf den Schrubberstiel.

»Schon so schnell wieder Sehnsucht?«, flachste er.

»Da draußen ist ein Alligator!« Sie keuchte entsetzt. »Im Garten am Kanal! Wir müssen den Alligator-*Trapper* von der Bürgerwehr alarmieren!« Sam schaute durch die Tür. Er konnte das Tier wohl nicht richtig sehen und ging nach draußen. »Bleib hier!«, zischte Sunny. Doch Sam ließ sich nicht abhalten, er schlich näher an den Alligator heran. Mit dem Schrubber gab er ihm einen sanften Schubs, um ihn in die richtige Richtung zu lenken. Wieder hielt Sunny den Atem an. Wie konnte er es wagen? Wenn doch nur Nick da wäre! Sam beugte sich vor, verpasste dem Tier noch einen Stoß, dabei rutschte ihm sein Handy aus der Brusttasche. Es flog direkt vor die Schnauze des Alligators, und er schnappte zu. »Nein!«, schrie Sunny.

Sam fluchte. Doch nun setzte sich der Alligator in Bewegung, trottete zum Kanal, glitt ins Wasser und tauchte ab.

Sunny ging nach draußen. »Na toll, jetzt hast du sogar 'ne Direktleitung zu dem Viech.« Ihr saß der Schreck in den Gliedern, aber sie fand das Ganze auch irgendwie absurd komisch. »Soll ich mal anrufen? Vielleicht klingelt es ja ganz in der Nähe.«

»Armer Kerl«, sagte Sam, als er zurückkehrte. Er lehnte sich gegen die Außenwand des Gästehäuschens.

»Meinst du dich oder den Alligator?«

»Na ja, ist schon verdammt schade um mein Handy, nur schlimmer für den Kleinen. Hoffentlich kriegt er kein Bauchweh.« Sam lächelte mitleidig. »Der hatte sich nur verirrt. War gerade mal einen Meter lang. Wenn sie noch so jung sind, tun sie nichts, die Alligatoren, Sunny. Er war noch nicht mal geschlechtsreif.«

»Ja, aber …«

»Vor ein paar Jahren haben sie mal auf Sanibel Island innerhalb kurzer Zeit hundertfünfzig Alligatoren abgeknallt«, erklärte Sam. »Und weißt du, was die Folge war? Es gab bald deutlich weniger Vögel! Die Waschbären, diese alten Nesträuber, die normalerweise von den Alligatoren gefressen werden, hatten sich nämlich wie verrückt vermehrt und fast alle Vogeleier gefressen.«

»Hm …« Sunny verstand, was Sam ihr sagen wollte – das biologische Gleichgewicht im Ökosystem musste erhalten bleiben. »Du verblüffst mich immer wieder!«

»Tja«, Sam kratzte sich nachdenklich im Nacken, »ich werd dir sicher ganz schön fehlen.«

Sunny musste lachen. »Ein bisschen bestimmt«, gab sie zu. »Aber im August kommt meine beste Freundin aus Deutschland, Anna. Dann wird sie im Gästehäuschen wohnen.«

17

Es waren fünfeinhalb Stunden reine Fahrzeit von Dolphin Island bis Key West. Sunny saß an diesem strahlend sonnigen Tag vorn neben Nick, Stormy und Mona hatten es sich hinten bequem gemacht. Alle trugen Schirmmütze und Sonnenbrille. Beim Einsteigen hatte Sunny Herzklopfen bekommen – Nick, in Polohemd und Shorts, sah einfach blendend aus. Natürlich ahnte sie seit Langem, dass sich zwischen ihnen in Key West mehr ergeben könnte. Obwohl sie sich über Monas Rolle noch immer nicht im Klaren war. Bis zum Einsteigen war Sunny sich ja nicht einmal im Klaren darüber gewesen, ob sie auf eine Vertiefung ihrer Beziehung zu Nick wirklich Lust hatte. Als er ihr mit einem umwerfend charmanten Lächeln die Beifahrertür eines roten Cabrio-Oldtimers aufgehalten hatte, war sie sicher gewesen. »Ihre Kutsche, Madam!«, hatte er mit diesem tiefen Wohlklang in der Stimme gesagt. Seitdem spürte Sunny ein aufgeregtes Kitzeln im Bauch, und es fiel ihr schwer, normal zu atmen.

»Ein Chrysler New Yorker Deluxe Convertible, Baujahr 1955«, stellte Nick stolz vor. »Ich dachte mir, das passt perfekt! Genauso ein Modell besaß Hemingway nämlich, als er auf Kuba lebte.«

Sunny befühlte das weiße Leder der durchgehenden Sitzbank. »Sehr edel! Und so viel Chrom!« Gut, dass sie sich noch ein schönes Sommerkleid gekauft hatte, das sie heute zum ersten Mal trug. Es war aus weißem Leinen mit aufgedruckten blauen Hibiskusblüten, Spaghettiträgern und einem Cache-Cœur-Ausschnitt, der ein sexy Dekolleté zauberte. Die offene weiße Batistbluse darüber sollte ihre Schultern während der Fahrt vor einem Sonnenbrand schützen. Stormy, im bunt gemusterten Hippiegewand, und Mona, dieses Mal als sportliches *All-American Girl* mit Pferdeschwanz, Hotpants und Glitzertanktop, quatschten und lachten in einer Tour. Die beiden kannten Promiklatsch, der Sunny nichts sagte, ihnen aber offenbar amüsanten Gesprächsstoff bis nach Havanna liefern würde. Nick hatte einen Oldiesender eingestellt.

Die Strecke auf dem Highway 41 quer durch die Everglades in Richtung Miami führte durch eine eintönige flache Landschaft. Rechts und links Gebüsch, mal ein Kanal mit trübem dunkelgrünem Wasser, ansonsten nur Mangrovenwälder, so weit das Auge reichte.

»Das ist der Tamiami Trail«, erklärte Stormy und beugte sich vor, damit Sunny sie besser verstehen konnte. »Diese Trasse haben Sträflinge, Einwanderer und Tagelöhner durch die Sümpfe getrieben.«

»Und immer standen Männer mit Waffen am Rand, um ihnen Feuerschutz zu geben«, ergänzte Nick. »Wegen der Alligatoren.«

Sunny bekam eine Gänsehaut. »Eigentlich haben wir es bei den Everglades mit einem megabreiten, meganiedrigen Grasfluss zu tun«, steuerte nun auch Mona ihr Quäntchen Heimatkunde bei. »Er fließt nur so langsam, dass man es mit bloßem Auge nicht erkennen kann.«

Na, meine Landschaft ist das hier sicher nicht, dachte Sunny. Ihr fielen alte Schwarz-Weiß-Filme mit Humphrey Bogart ein, die in einer beklemmenden Atmosphäre spielten.

»Danke«, sagte Nick, der Sunny immer wieder mit

Blicken streifte, »danke, dass ihr euch nach dem Sturm um meinen Garten gekümmert habt!«

»Du weißt doch, er ist mein Vorzeigegarten«, Sunny lächelte bescheiden, »da muss er gut in Schuss ein.« Nachdem das Wasser, das der Sturm vom Meer ins Land gedrückt hatte, wieder abgeflossen war, hatten sie und Sam in Ordnung gebracht, was man in Ordnung bringen konnte. Sie hatten sogar die Wurzeln der umgekippten Palmen abgespritzt, um das Salzwasser abzuspülen. Die Bäume waren nicht abgeknickt, sie hatten in der kurzen Zeit, seit sie gepflanzt worden waren, noch nicht richtig Wurzeln schlagen können. »Wir haben die Palmen einfach wieder eingepflanzt. Ist einen Versuch wert.« Die sandige Hügellandschaft war durch das Wasser verändert, was aber eigentlich gar nicht schlecht aussah. Natürlich waren alle Blüten hinüber gewesen. Die Gartenmöbel hatten den Sturm im Pool versenkt überstanden. »Bin froh, dass wir deine Palmen nicht zerhacken mussten. Seit wir wieder Strom haben, hört man ja überall nur noch das Heulen von Kettensägen und das Knattern von Häckselmaschinen.«

»Besser als das Heulen des Sturms, oder? Wie ging es denn die Tage ohne Strom?«, wollte Nick wissen.

»Och, wir haben viel improvisiert. Eigentlich war es ganz lustig. Man sah die Sterne noch besser, wir haben Leute im Kulturzentrum getroffen, uns gegenseitig geholfen und abends bei Kerzenschein mit den Nachbarn Karten gespielt. Ich glaube, viele habe sich nach langer Zeit mal wieder unterhalten, statt fernzusehen.« Sunny wusste natürlich, dass einige Leute sehr darunter gelitten hatten, dass ihre Klimaanlage nicht funktionierte oder dass die Tiefkühltruhen beim Auftauen zu stinken anfingen. Aber der Ausnahmezustand hatte nur zwei Tage und drei Nächte gedauert. »Nachts war's wirklich ruhig«, erzählte sie.

»Ich glaube auch, das Gehirn erholt sich auf eine gewisse Weise, wenn es mal eine Zeit lang nicht auf flackernde Bildschirme guckt.«

Sie schwiegen eine Weile. Sunny dachte daran, wie Sam sich unentbehrlich gemacht hatte, weil er den Trick zum Handyaufladen ohne Strom kannte. Er montierte die Feder aus einem Kugelschreiber seitlich in den Adapter, den man zum Aufladen des Handys in den Zigarettenanzünder eines Autos steckte, und verband ihn mit einer Neun-Volt-Batterie. Im Kulturzentrum hatte er es für alle Nachbarn demonstriert.

»Und Sam ist schon in Key West?«, fragte Nick.

»Müsste eigentlich«, antwortete Sunny. »Er ist am Wochenende losgefahren, weil er unterwegs noch irgendwo auf einem der anderen Keys Station machen wollte.« Vor seiner Abreise hatten sie Lorraine, Stormy, Ranger und Etta bei einigen Reparaturen geholfen. Und mit den Leuten vom Kulturzentrum hatten sie am Probenabend, statt zu singen, in Gemeinschaftsarbeit das Gelände um das Zentrum herum aufgeräumt und jede Menge abgebrochener Äste zu Mulch verarbeitet. Aber zwischen ihr und Sam war es nun doch nicht mehr so wie vorher. Nuancen im Verhalten, ihrem eigenen ebenso wie seinem, kamen ihr verändert vor. Sobald sie nur zu zweit waren, schwang etwas Gekünsteltes, Gespieltes oder Angestrengtes in den vordergründig flapsigen Ton ihrer Unterhaltung. Sunny hatte deshalb Erleichterung empfunden, als Sam vorzeitig gen Key West aufgebrochen war. »Und außerdem«, fügte sie zu Nicks Information hinzu, »hat gestern schon das erste Treffen aller Bewerber und Fans im Sloppy Joe's stattgefunden: *Meet the Papas*. Da konnte Sam auf keinen Fall fehlen.«

»Davon hab ich gehört«, sagte Nick. »Die Sieger der vergangenen Jahre sind auch alle da.«

»*Yep*. Ich staune übrigens, was da sonst noch alles los ist.«
Sunny hatte sich das Veranstaltungsprogramm für die Hemingway-Tage ausgedruckt. Insgesamt dauerte die Festwo-
che »zu Ehren des Sportsmanns und Schriftstellers« rund
um seinen Geburtstag von Dienstag bis Sonntag, und dazu
gehörte weit mehr als nur der Lookalike-Contest. Es gab
ein dreitägiges Marlin-Wettfischen, Lesungen, Vorträge
und diverse andere kulturelle Veranstaltungen, einen Steh-
paddelwettbewerb und ein Wettrennen durch das Dreißig-
tausend-Einwohner-Städtchen. »Der Höhepunkt ist aber
mit Sicherheit der Contest, wir müssen unbedingt heute
um halb sieben zur ersten Vorentscheidungsrunde im Sloppy Joe's sein!«

»Das schaffen wir locker«, versprach Nick.

Sie hielten nur einmal kurz zum Tanken an. Vor Miami
bogen sie in südliche Richtung ab, und in Key Largo begann eine Autofahrt, von der Sunny schon nach wenigen
Meilen wusste, dass sie ihr auf ewig unvergesslich bleiben
würde.

»Wir haben aber auch wirklich einen Traumtag erwischt!«, rief Stormy von hinten. »Blauer Himmel, acht-
undzwanzig Grad und freie Fahrt!«

»Im Winter fährt man hier oft Stoßstange an Stoßstange«, ließ sich Mona vernehmen. »Nicky, wenn wir gut
durchkommen, sollte wir unbedingt in Bahia Honda eine
Runde schwimmen gehen.«

»Gute Idee!«, sagte Nick.

Sunny staunte einfach nur. Sie kannte ja bereits die
Golfküste, aber das hier war noch mal etwas anderes. Weite! Endloser strahlender Himmel, gleißendes glitzerndes
Meer, grüne Inselchen, Sandbänke, Mangrovenhaine. Und
nun im Oldtimer durch diese Landschaft dahinzugleiten, durch kleine Orte, deren Namen nach Legenden von

Piraten und Schmugglern klangen, mit Cottages, versteckten Resorts, Tauchstationen, Bars … Dazu diese Ausblicke, vor allem von den lang gezogenen Brücken aus, die sie nun zwei Stunden lang über mehr als dreißig Keys in den Süden führten – das war einfach grandios.

Sunny empfand das maximale Gefühl von Freiheit und Leichtigkeit. Von der Sonne geküsst! Übermütig streckte sie beide Arme in die Lüfte, stand immer wieder halb auf, um sich den Fahrtwind um die Nase wehen zu lassen. Auch die Frauen hinter ihr waren bester Stimmung, alberten und juchzten wie Teenager. Manchmal, wenn es auf einer der irren Stahlkonstruktionen aufwärts ging, bildete Sunny sich ein, sie würden gleich direkt in den Himmel hineinfahren.

In Bahia Honda, nicht mehr weit von ihrem Ziel entfernt, hielten sie an. »Eine Stunde können wir uns hier aufhalten«, verkündete Nick, »dann schaffen wir es immer noch rechtzeitig.« Sie nahmen ihre Badesachen aus dem Gepäck, Mona hängte sich eine Taucherbrille mit Schnorchel um, sie zahlten Eintritt in den State Park und gingen an einem einsamen weißen Sandstrand schwimmen.

»Dies ist definitiv der schönste Strand der Keys«, behauptete Mona, als sie ihr Badelaken ausbreitete.

Nick telefonierte mit seinem Stellvertreter in Orlando, dann zog er sich um und ging in Badehose los, um an einer Strandbude Eistee zu besorgen.

Sunny nutzte die Gelegenheit. »Wie hast du Nick eigentlich kennengelernt?«, fragte sie Mona möglichst beiläufig.

Die blonde junge Frau lächelte breit. »Den Kerl kenne ich schon, solange ich lebe! Er ist mein großer Bruder.«

»Ach!« Sunny konnte nicht verhindern, dass sie erleichtert klang. »Darauf wäre ich nicht …«

Mona ließ sie nicht ausreden. »Weil wir wenig Ähnlichkeit haben?«

»Na, immerhin hat er so dunkles Haar, und du bist blond.«

»Hey, Sunny!« Mona grinste. »Mal unter uns Mädels, du weißt doch sicher, dass Blond nicht in erster Linie eine Haarfarbe ist, sondern eine Lebenseinstellung. Außerdem haben wir verschiedene Mütter.«

Sunny schmunzelte. »Verstehe. Und auch ganz unter uns Mädels … Hat dein Bruder eine feste Freundin?«

Mona schüttelte den Kopf. Sie schob ihre Sonnenbrille hoch und kniff ein Auge zu. »Er liebt es zu erobern.«

»Danke für die Warnung!«

Sie sprangen in die Fluten, bespritzten sich gegenseitig, tauchten, hatten Spaß. Mona schnorchelte. Nick kehrte mit den Getränken zurück. Sunny musterte seinen attraktiven Körper. Sie verließen alle drei das Wasser, setzten sich auf ihre Handtücher, plauderten miteinander und tranken ihren Eistee. Mona erzählte, dass sie in Key West Freunde treffen wolle, die jedes Jahr am Marlin-Wettfischen teilnahmen.

»Ich kann dem Hochseeangeln nichts abgewinnen«, sagte sie.

»Was ist denn das für ein seltsames Relikt?«

Sunny zeigte auf eine verrostete Brücke, der Teile fehlten wie einzelne Zähne in einem Gebiss. Sie verlief parallel zum Overseas Highway, der einzigen Straßenverbindung nach Key West.

»Das ist eine alte Eisenbahnbrücke, über hundert Jahre alt, von Henry Morrison Flagler erschaffen, in den Dreißigern von einem Hurrikan zerstört und nie wieder aufgebaut«, erklärte Nick.

»Irgendwie gruselig«, fand Sunny. »Immer diese verdammten Hurrikans …«

»Das ist der Preis, den man für das Leben im Paradies zahlen muss«, erwiderte Nick.

»Schade«, sagte Sunny, »wenn man dafür bezahlen muss, dann ist es wohl doch kein richtiges Paradies, oder?«

Nick sah sie ernst an. »Ganz ohne Sünde wär's auf Dauer auch langweilig, oder?« Sunny bekam eine Gänsehaut, als sie das Glühen in seinen Augen erkannte.

Stormy mischte sich ein. »Immerhin sind die Frühwarnsysteme viel besser heutzutage. Man kann sich wappnen.«

Nick stand auf, er griff nach Monas Taucherbrille. »Man muss die Launen der Natur akzeptieren. Echte Floridians tun das«, sagte er, bevor er abtauchte.

Sunny döste im Halbschatten einer Palme, als Nick aus dem Wasser zurückkehrte. Stormy und Mona waren gerade zu den sanitären Anlagen aufgebrochen. Tropfnass legte er sich neben sie.

»Nächstes Mal solltest du dir die Korallen auch ansehen.«

Sie wandten sich einander zu, jeder aufgestützt auf den Ellbogen – und sahen sich nur an. Ein kleines Lächeln umspielte Nicks Lippen. Sein Blick war eindeutig. Ich hab Lust, mit dir zu schlafen, sagte er. Ihr Blick sagte … vielleicht.

Am Ende der sogenannten »schönsten Sackgasse der Welt« erwartete sie ein Verkehrsstau. In Key West drängten sich wegen der Hemingway-Tage Menschen, Motorräder und Autos. Nicks Oldtimer wurde sofort umringt. »Ist das etwa das Original? Papas Auto aus Havanna?« Einem der Aficionados fielen fast die Augen aus dem Kopf.

»Leider nicht«, Nick klopfte auf das große Lenkrad, »aber das gleiche Modell!« Aus einem Lokal klang Livemusik mit Steeldrums. Sie kamen nur im Schritttempo weiter und erkannten schon aus der Ferne, dass sich vor dem Sloppy Joe's Menschen drängten. »Wir werden auf normalem Weg nicht mal mehr Stehplätze in der Bar ergattern«, konstatierte Nick. »Aber ich hab eine Idee.«

Schnell brachten sie ihr Gepäck in das Ferienhaus von Nicks Freund, das ein paar Seitenstraßen hinter der Duval Street lag – ein schlichtes, weiß gestrichenes Cottage im karibischen Stil mit Fächerpalmen und einem weißen Bretterzaun davor, luxuriös und geschmackvoll eingerichtet. Alles war konsequent in Weiß, Creme und Grün gehalten, die antiken Betten bestanden aus poliertem dunkelbraunem Holz mit hohen gedrechselten Pfosten.

Ruckzuck waren sie geduscht und umgezogen, dann eilten Stormy, Mona und Sunny zu Fuß ins Zentrum. Als sie vor Hemingways legendärer Lieblingsbar angekommen waren, rollte Nick wie verabredet ganz langsam mit seinem roten Chrysler New Yorker vorüber.

»Oh, guckt doch nur!«

Dutzende Neugierige strömten aus der Bar, die einem Saal glich und drei große Doppeltüren zur Straße hin geöffnet hatte, nach draußen. Nick hob den Daumen.

»Bestellt mir schon mal 'ne Piña Colada«, rief er dem Frauentrio zu.

Mit einem breiten Lächeln drängten Sunny, Stormy und Mona durch die abgelenkte Menge in den großen Raum, der seit Jahrzehnten unverändert war, und machten sich an der hufeisenförmigen Theke in der Mitte breit. Von hier aus hatten sie einen guten Blick auf die Bühne. Der Laden brummte, die meisten Besucher standen. Über vierhundert Menschen redeten, lachten, johlten und applaudierten, im Hintergrund lief Musik. Als Nick ein Weilchen später erschien, stand sein Cocktail bereits auf dem Tresen, und es hatte schon die ersten Kandidatenvorstellungen gegeben.

»Aber Sam war noch nicht dran«, sagte Sunny mit erhobener Stimme gegen den Lärm an.

Sie hatten Sam schon ausgemacht im Pulk der mehr als hundertfünfzig Bewerber und ihm lebhaft zugewinkt. Direkt vor der Bühne saß die Jury – vierzehn Hemingway-Doppelgänger, alle gleich angezogen, mit grauem Vollbart, Bauch, Khakihemd, Shorts und Siegermedaille am v-förmigen rot-weiß-blauen Band um den Hals.

»Wir sind in der Jahreshauptversammlung der Weihnachtsmanngewerkschaft gelandet«, lästerte Mona. Innerhalb der Jury sah man eindeutig die gewitzteren Typen. Bei den Bewerbern musste noch gesiebt werden.

»Grüße aus … T… Tennessee!«, stammelte gerade einer.

Der Nächste hatte schon reichlich getankt und lallte, der übernächste fand es witzig, mit nacktem Oberkörper und großer Angelroute ins Rennen zu gehen, ein Kandidat trat mit Damenperücke und schriller Sonnenbrille auf, einer hielt eine Art Wahlrede im Trump-Stil, der nächste verkündete, dieser Wettbewerb sei seine ganz, ganz große Leidenschaft und er sei schon zum zwölften Mal dabei. Manche Möchtegernpapas schafften es kaum aus eigener Kraft auf die Bühne und wieder herunter, so alt und steif waren sie.

»O Gott …« Stormy, die sich sonst nicht schnell fremdschämte, stöhnte. »Wo ist der Restalkohol, wenn man ihn mal braucht?«

»Um die erste Auswahlrunde zu bestehen, reichte es ja wohl schon, nicht peinlich aufzufallen«, sagte Sunny. »Ganz klar, dass Sam weiterkommt.« Nicht wenige Kandidaten nahmen seit Jahren immer wieder an diesem Wettbewerb teil. Für viele handelte es sich offenbar um eine Art Kameradschaftstreffen mit begleitendem Schönheitswettbewerb für abenteuerlustige alte Männer. So nach und nach begriff Sunny, dass die Regel Nummer eins lautete: *Have fun!*

Endlich kam Sam an die Reihe, er war einer der Jüngsten und Attraktivsten. Leider konnte Sunny nicht verstehen, was er sagte, als er seine fünfzehn Sekunden für die Eigenwerbung hatte, weil an der Bar gerade mehrere Bestellungen gleichzeitig aufgegeben wurden und die altmodischen Ventilatoren an der Decke viel Wirbel machten. Aber wie er da so stand – aufrecht, ohne Bauch, mit einem wahrhaft virilen Charme –, wusste sie, dass er mindestens ins Finale kommen würde. Stolz schauten Stormy und sie sich an.

»Das haben wir super hingekriegt!«, rief Stormy. Und dann johlten und winkten sie und riefen mit Nick und Mona im Sprechgesang: »Sam-u-el! Sam-u-el!«

Die Piña Colada wirkte auch bei Sunny, und zwar heftiger als erwartet. Das merkte sie allerdings erst nach dem zweiten oder dritten Glas. Es lag wohl an der langen Anreise, der ungewohnten Umgebung, der Hitze, und sie hatte auch völlig vergessen, etwas zu essen.

An den Rest des Abends erinnerte sie sich am nächsten Morgen nur ungenau. Irgendwann hatten sie alle zusammen Sam gefeiert, dann war er aber zu den anderen Papas gerufen worden und der Verbrüderung wegen gegangen. Mona hatte Kontakt zu ihren Freunden vom Marlin-Angelwettbewerb aufgenommen und erfahren, dass diese nach einer Cocktailparty noch eine Poolbar besuchen wollten. Sie hatte Stormy überredet mitzukommen. Und plötzlich war Sunny mit Nick allein gewesen.

Was war da passiert?

Mit hämmernden Kopfschmerzen richtete Sunny sich am Freitagmorgen in ihrem antiken Bett auf. Nach einer wilden Liebesnacht sah das Laken nicht aus. Nein, jetzt fiel es ihr wieder ein, sie waren noch auf einer Liege neben dem kleinen Pool gelandet, der zum Ferienhaus gehörte, und hatten wild geknutscht. Und Sunny hatte Lust bekommen, ins Wasser zu springen, da doch Poolpartys gerade so angesagt waren in Key West. Aber Nick hatte sie abgehalten, weil sie viel zu beschwipst gewesen war. »Du ertrinkst mir noch.« O nein, wie megapeinlich! Sie schämte sich und brachte es nicht über sich, nach unten zu gehen.

Stattdessen suchte sie in ihrem Kulturbeutel nach einer Alka-Seltzer. Sie warf sie in den Zahnputzbecher, ließ Wasser hineinfließen, würgte das sprudelnde Zeug, das ständig ihre Nase kitzelte, herunter und kroch zurück ins Bett. Nach einer Stunde Dämmerzustand wurde sie wieder wach. Ihr Kopf schmerzte nicht mehr so schlimm, aber ihr Auftreten vom Vorabend war ihr immer noch peinlich.

Sunny hörte die Haustür klappen und Geräusche aus der Küche im Erdgeschoss. Ein Blick auf ihr Handy verriet ihr, dass es schon nach zehn war. Höchste Zeit, sich blicken zu lassen. Sie duschte, zog Shorts und T-Shirt an und ging nach unten.

Stormy und Mona saßen am Küchentisch, nicht weniger verkatert als sie. »Morgen«, brummelte Sunny.

Stormy hielt sich entsetzt die Schläfen. »Nicht so laut!«

Mona regte sich überhaupt nicht. Sie lehnte mit geschlossenen Augen im Küchenstuhl, der Kaffeebecher vor ihr war noch randvoll. Auf dem Tisch stand zum Frühstück eine Pappschachtel mit einem Dutzend unterschiedlich verzierter Donuts. Sunny schenkte sich einen Kaffee ein und ließ sich schweigend Mona gegenüber nieder. Kurz darauf betrat Nick in Latschen und Bademantel die Küche, rieb sich mit einem Handtuch die Haare trocken.

»Na, endlich ausgeschlafen?«, fragte er fröhlich in die Runde. Seine Schwester zuckte zusammen. »Oh, es lebt!« Nick grinste.

Mona öffnete vorsichtig die Augen. »Sag bloß, du hast dein Sportprogramm schon hinter dir?«, murmelte sie mit angewidertem Gesichtsausdruck. »Er widmet seinem Six-pack konsequent jeden Morgen exakt 16,5 Minuten«, ergänzte sie an Sunny gerichtet.

»Echt?« Stormy war beeindruckt. »Ich nehm mir so was immer nur vor.«

»Sein Lebensmotto: Disziplin und Action.« Mit einem Augenrollen beugte Mona sich vor. »In meinem Genpool fehlt das Dings für Disziplin leider völlig.«

Sunny dachte an das alkoholisierte Ende des Vorabends. »Es tut mir wirklich leid«, sagte sie unvermittelt.

»Was sollte dir leidtun?«, fragte Nick mit unschuldigem Blick. Sie sah ihn erstaunt an. Wie konnte er nur so munter sein? Mona hielt sich stöhnend die Hände vor den Magen. Sunny holte Alka-Seltzer für die Leidensgenossinnen. Nick telefonierte mit Orlando, weil es Probleme mit der Hurrikangarantie gab, die sein Park Besuchern gegeben hatte. Die kostenlosen Umbuchungen überforderten das Buchungssystem oder sein Personal. Er regte sich darüber auf und gab Anweisungen. Nach einer Weile waren sie dann doch alle wieder ansprechbar und unternehmungslustig. »So, Mädels«, verkündete Nick, »heute haben wir ein strammes Programm. Sunny ist das erste Mal in Key West, da wollen wir ihr ein paar typische Touristenattraktionen nicht ersparen.«

»Hier könnte ich morgen einziehen«, sagte Stormy, als sie Hemingways Haus besichtigten. Das zweistöckige Gebäude im spanischen Kolonialstil lag in einem schattigen

Palmengarten mit einem Pool zwischen Bambus und Hibiskus und war noch eingerichtet wie damals, als der Schriftsteller hier mit seiner zweiten Ehefrau Pauline, einer *Vogue*-Moderedakteurin, und zwei Kindern gelebt hatte. In seinem Arbeitszimmer hing eine Antilopentrophäe, die Nick besonders interessierte.

»Das Haus hat er 1931 ganz günstig in einer Zwangsversteigerung erstanden«, wusste er.

»Und zehn Jahre später ist er nach Kuba umgezogen – mit Ehefrau Nummer 3«, ergänzte Mona. »Oh, schaut nur, da sind ja sogar noch seine Katzen!«

»Quatsch, die sind längst im Katzenhimmel!« Stormy versuchte, eine zu fangen. »Ich will mal nachzählen, ob die auch sechs Zehen hat.«

Eine Aufsichtsperson bat sie höflich, dies zu unterlassen, erklärte jedoch, dass es sich bei den Fellnasen wirklich um echte Abkömmlinge der sechszehigen Hemingway-Katze handle und um die wahren heutigen Herrschaften des Anwesens.

Nach der Besichtigung schlenderten sie durch den Ort bis zum Mallory Square, dem Platz am Ende der Hauptstraße, dem südlichsten Punkt der kontinentalen USA, wo sich allabendlich Einheimische, Freaks und Touristen einfanden, um den Sonnenuntergang zu feiern.

»Schade, wenn die Sunsetparty steigt, sind wir schon im Sloppy Joe's«, sagte Mona.

Beim Mittagessen in einem Lokal direkt am Wasser wehte eine angenehme Brise, und Sunny beobachtete entspannt die Leute ringsum. Key West zog neben Touristen auch verschrobene Typen aller Art an, Künstler, Aussteiger, verkrachte Existenzen, liebenswerte Sonderlinge, Millionäre, Lesben und Schwule. Das hispanisch-karibische Lebensgefühl war hier deutlicher zu spüren als an der

Golfküste. Allein, wie die dicke dunkelhäutige Frau dort drüben über die Straße geht, dachte Sunny. Sie balancierte eine Schale mit Obst auf dem Kopf, bewegte sich aufreizend langsam mit trägem Schwung aus der Hüfte heraus. Und wie sie jetzt eine Strähne zurück in ihren Haarknoten steckte – unnachahmlich erotisch. Sunny stellte sich vor, wie sie sich fühlen würde, wenn sie auf diese laszive, schaukelnde Weise ginge.

»So, genug gefaulenzt«, unterbrach Nick ihre Gedanken. »Wir haben noch Zeit. Wer kommt mit an den Strand?«

Stormy wollte sich die Boutiquen ansehen. »Muss mal checken, was die Konkurrenz zu bieten hat, vielleicht komm ich ja auf neue Ideen.« Mona hatte auch irgendwas anderes vor, bot aber an, früher ins Sloppy Joe's zu gehen, um Plätze für sie alle freizuhalten. Sie verabredeten sich um halb sechs an der Theke.

»Ich hab meine Badesachen aber nicht dabei«, wandte Sunny ein, als Nick mit ihr in Richtung Strand aufbrechen wollte.

»Macht nichts«, sagte er, »die brauchst du nicht. Ich hab eine Überraschung für dich.« Gespannt folgte sie ihm.

Und schon wenige Minuten später schwebte Sunny neben Nick in der Luft. Sie saßen nebeneinander auf einem Paragliding-Tandemsitz direkt unter einem Fallschirm, ein Motorboot zog sie übers Meer – sie stiegen hoch und immer höher.

»Das ist ja der Wahnsinn!«, rief Sunny lachend.

Das Adrenalin schoss durch ihren Körper und schäumte ihr Blut auf. Ringsum war nur strahlend blauer Himmel mit vereinzelten weißen Wölkchen. Das türkisblaue Meer unter ihnen reichte bis zum Horizont. Als sie ihre vorgesehene Flughöhe erreicht hatten, wurde es auf einmal ganz ruhig und friedlich.

»Da ist der Golf von Mexiko! Da der Atlantik!« Nick zeigte gen Südost. »Und dort hinten liegt Kuba!«

Als Sunny den Kopf drehte, griff Nick nach den Seitengurten ihres Sitzes, zog sie näher an sich heran und küsste sie. Tausend Gedanken schossen ihr durch den Kopf. Hilfe! Wo ist oben, wo unten? Gleich stürzen wir ab, kopfüber ins Meer, das wird bestimmt ein harter Aufprall aus dieser Höhe! Aber sie fielen nicht, sondern schlingerten nur leicht, lediglich Sunnys Magen drehte sich. Der Kuss fühlte sich so schwindelerregend und wundervoll an, dass sie dachte: Ach sei's drum, dann stürzen wir eben ab – sie werden uns schon retten! Der Mann vom Paraglidingteam gab ein Warnsignal. Dann noch eines. Und der Kuss endete. Nick lachte nur. Bei uns käme man dafür bestimmt ins Gefängnis, dachte Sunny. Aber als alte Frau werde ich was zu erzählen haben!

Die Typen unten schienen das alles auch nicht so ernst zu nehmen. Langsam verloren sie wieder an Flughöhe. Sunny umklammerte ihre Seitengurte, fühlte sich noch immer wie berauscht und hielt die Augen geschlossen.

»Achtung!«

Die Männer vom Team ließen sie absichtlich bis zu den Knien ins Meer sinken, Sunny und Nick rauschten weiter durchs aufspritzende Wasser und juchzten vor Vergnügen. Man ließ sie wieder etwas höher steigen, wenig später schließlich wurden sie bei der Landung auf der Starterfläche des Bootes sicher in Empfang genommen. Sunny strahlte übers ganze Gesicht.

»Was für eine Idee, Nick! Vielen Dank!«

Er nahm sie in die Arme. »Was genau meinst du? Das Paragliding oder …« Er küsste sie noch einmal, aber dieses Mal war es nur ein kurzer Kuss. Er machte Sunny etwas verlegen, weil die Crew direkt neben ihnen stand und zuguckte. »Ich hab den kleinen Ausflug schon vor Tagen gebucht. Freut mich, dass es dir gefallen hat.« Nick zwinkerte ihr zu. »Dann könnten wir morgen ja mal ein bisschen was Aufregendes unternehmen.«

»Oha«, antwortete Sunny. »Vielleicht 'ne Partie Tischtennis?«, witzelte sie.

»Knapp daneben.« Nick lächelte nachsichtig. »Es gibt eine neue Wassersportart, Water Jet Pack. Die will ich mal testen. Ich überlege nämlich, ob ich die nicht auch zu uns in den Aquapark hole. Du musst den Leuten ja ständig was Neues bieten. Ich zeig's dir kurz.« Wenig später, als sie das Boot verlassen hatten und am Strand entlanggingen, sahen sie einen jungen Mann mit Schwimmweste, der samt einem futuristischen Gestell, das halb Sitz, halb Rucksack war, ins Wasser sprang und plötzlich wie von Zauberhand mehrere Meter hoch in die Luft stieg. »Guck, das ist Raketenantrieb mit Wasser!«, rief Nick begeistert. »Wie in einem James-Bond-Film, oder?« Verblüfft beobachtete Sunny den behelmten Mann. Er variierte seine Flughöhe gegen alle Gesetze der Schwerkraft. Mal hob ihn der Wasserantrieb, der aus zwei Rohren an beiden Seiten seines Gestells powerte, fast zehn Meter empor, mal schien er nur wenige Zentimeter über der Meeresoberfläche zu laufen. Der Mann lachte. Offenbar war es einfach. Für ihn jedenfalls. »Da, der Typ auf dem Boot lenkt mit«, wusste Nick, »das ist der Anbieter.«

»Und der Mann, der da gerade Karlsson auf dem Dach spielt, ist ein professioneller Artist, nehme ich an.«

»Karlsson auf dem Dach? Den kenn ich zwar nicht, und den Kerl da vorn auch nicht. Aber ich weiß, dass sie jetzt diese Raketenrucksäcke an Touristen vermieten, jeweils eine halbe Stunde lang. Jeder, der es sich zutraut, darf sich das Ding umschnallen. Cool, oder?«

»Ziemlich verrückt!«

Sunny wusste nicht recht, wie sie das Ganze finden soll-te. So viel Krawumm. Musste das sein?

»Ich hab für morgen Mittag eine Stunde gebucht«, ver-kündete Nick stolz. »Dann kannst du den neuen Freizeit-spaß auch gleich ausprobieren!«

Für Sunny sah das Ganze eher nach einem Hollywood-stunt aus. »Mir würde eigentlich schon ein aufblasbares Krokodil reichen«, sagte sie. »Ich bin leicht zu unterhal-ten.«

»Probier's aus!«, lockte Nick, seine braunen Augen fun-kelten. »Trau dich!«

»Morgen Mittag? Hm … Tut mir wirklich leid«, Sunny war direkt ein bisschen froh darüber, dass ihr dieses Argu-ment einfiel, »da müssen Stormy und ich unbedingt Sam unterstützen. Um zwölf ist doch der Fototermin für alle, und um eins beginnt das Bullenrennen!«

»Ach, wie schade. Aber ich verstehe, Publicity ist wich-tig.« Nick lächelte vielversprechend, als wollte er sagen: Ich krieg dich trotzdem.

18

Bester Laune trafen sie frisch geduscht und umgezogen zur verabredeten Zeit vor dem Sloppy Joe's ein. Alle Türen waren weit geöffnet, Mona winkte ihnen von der Theke aus zu. Stormy hatte zwanzig gelbe T-Shirts mit blauem SAM-Aufdruck anfertigen lassen und verteilte sie. Sunny zog ihres über ihr Spaghettiträgerkleid. Die Lookalike-Bewerber feierten den Geburtstag ihres Idols auf der Straße vor der Bar, indem sie seiner Büste ein Ständchen darbrachten. Anschließend wurde draußen eine riesige Torte angeschnitten. Ein Doppelgänger drückte seinem Konkurrenten ein großes Stück mitten ins Gesicht und verrieb es unter allgemeinem Gelächter, das gehörte offenbar zu den Ritualen.

Sam ging wie die anderen Kandidaten mit einer Geldbox durch die Menschenmenge. Die Lookalike-Gesellschaft sammelte Spenden für die Community von Key West, um sich für deren Gastfreundschaft zu bedanken. Sams Augen leuchteten auf, als er Sunny und Stormy entdeckte. Er begrüßte sie mit Küsschen auf die Wangen.

»Der Mob ist also auch schon da!«, sagte er in Anspielung auf die Bezeichnung, die man hier einst der Clique um Hemingway gegeben hatte. Fotos an den Wänden der Bar belegten, dass zu seinem Mob nicht nur Schluckspechte, sondern auch berühmte Autoren wie John Dos Passos gehört hatten. Sam klapperte laut mit seiner Box. »Für einen guten Zweck! In den vergangenen Jahren sind schon

Spenden von mehr als hundertfünfzigtausend Dollar für Stipendien am College der Florida Keys verteilt worden!« Jeder steckte brav ein paar Scheine oder etwas Münzgeld hinein.

»Du siehst echt stark aus, Sam!« Stormy sprach begeistert wie ein Trainer mit seinem Boxer kurz vor dem Kampf. »Die anderen Weihnachtsmänner steckst du locker in die Tasche!«

»Sam-u-el!«, intonierte Sunny ihren Schlachtruf und klopfte ihm auf die Schulter. »Vergiss nicht zu lächeln, dann haust du sie alle um. Wir stehen gleich wieder direkt an der großen Theke.« Als sie erneut »Sam-u-el!« rief, fielen auch schon ein paar Fremde mit in den Sprechgesang ein. Stormy ging schnurstracks auf sie zu, beglückwünschte sie zu ihrem guten Geschmack und schenkte ihnen ihre letzten bedruckten T-Shirts.

Eine Stunde später begann in der Bar die zweite Auswahlrunde. Die Konkurrenz war nicht schlecht. Es gab durchaus Kandidaten, die eine Aura von Charme und Abenteuerlust verbreiteten. Sie hatten nun auch etwas mehr Zeit als am Vorabend, sich auf der Bühne zu produzieren. Viele tanzten oder sangen, einer blies in ein Muschelhorn, einer brachte eine mechanische Schreibmaschine mit, ein anderer wies darauf hin, dass er wie Hemingway viermal geheiratet hatte. Und der Moderator stellte ihnen Fragen. So konnte der Kandidat vor Sam damit brillieren, dass er Hemingways liebste Art, Whiskey zu trinken, vormachte – zuerst den Whiskey pur und dann die gleiche Menge Wasser hinterher.

»Es soll sich erst im Magen mischen!«, erklärte er. Überall im Saal stießen die Leute miteinander an, es waren bestimmt wieder mehr als vierhundert.

Dann kam Sam an die Reihe. Der Moderator wollte

wissen, welche Übereinstimmungen es denn zwischen ihm und dem Sportsmann Hemingway gebe.

»Hemingway war bekanntlich der Meinung, einzig Autorennen, Stierkampf und Bergsteigen verdienten die Bezeichnung Sport«, erwiderte Sam mit tiefer, ruhiger Stimme. »Alles andere nannte er Spielkram.« Sam machte eine Kunstpause. »Keine dieser drei Sportarten übe ich aus, keine reizt mich besonders. Und trotzdem empfinde ich eine starke Verbundenheit mit Hemingway. Besonders am Meer, wenn ich mit dem Kajak unterwegs bin, tauche oder surfe.« Etliche Juroren blickten aufmerksamer über ihren Brillenrand zur Bühne hoch.

»Inwiefern?« Der Moderator wirkte irritiert.

»Dabei empfinde ich die Natur und die Intensität eines Augenblicks ähnlich wie er, auch wenn ich es nicht so beschreiben kann.« Sam sah ernst ins Publikum.

»Würdest du uns ein Beispiel nennen?«, fragte der Moderator mit leicht spöttischem Unterton. »Angenommen, du könntest schreiben wie er, welchen Augenblick würdest du literarisch verwerten?«

Sunny hielt den Atem an, sie starrte auf die Kerben im Holz des alten Tresens. Hoffentlich blamierte Sam sich jetzt nicht! Es wurde ungewöhnlich still im Saal.

»Vor vielen Jahren habe ich einmal auf der gleichen Welle gesurft wie ein Delfin«, begann Sam. »Er tanzte mit seiner Schwanzflosse auf der Welle, wir hatten sekundenlang Augenkontakt – ich konnte die pure Lebensfreude in der anderen Kreatur erkennen, und ich bin überzeugt, das beruhte auf Gegenseitigkeit.« Einige Atemzüge lang hörte man nur das Klirren von Gläsern und das Rattern der Ventilatoren.

»Wie meinst du das?«, fragte der Moderator begriffsstutzig.

»Ihm ging es wie mir«, erklärte Sam. »Ich glaube, für einen Moment haben wir unsere Gefühle geteilt. Die Lebensfreude und die Neugier auf das seltsame Wesen, das da neben uns auf der Welle reitet.«

Warum hast du mir das nie erzählt?, dachte Sunny. Sie war gerührt, wie offenbar viele Leute im Publikum. Alle spürten, dass soeben die klamaukige Ebene des Abends verlassen und etwas Tiefes, Wahres berührt worden war.

»Respekt«, murmelte Nick, »das hat er echt gut gebracht.«

»Das haben wir überhaupt nicht geübt«, flüsterte Stormy.

Jetzt schien Sam sich an Sunnys Ermahnung zu erinnern. Er setzte ein charmantes Lächeln auf. »Ich denke, diese Geschichte wäre perfekt gewesen für Hemingway.« Das Publikum applaudierte zustimmend. Und der nachfolgende Kandidat hatte es schwer mit seiner Anekdote.

Sunny war erleichtert und froh über Sams gelungenen Auftritt. Sie bestellte sich eine Portion Conch Fritters, karibisch gewürzte Kroketten aus Muschelfleisch, die mild nach Austern schmeckten, mit Limonensenf. Mit den Cocktails hielt sie sich dagegen zurück, sie wollte nicht das Gleiche wie am Abend zuvor erleben. Als sie später mit Stormy in der Reihe vor der Damentoilette wartete, vertraute die Freundin ihr an, dass sie ein Auge auf einen der Männer geworfen hatte, die zu Monas Clique gehörten.

»Er fischt beim Marlin-Wettbewerb mit, die Jungs feiern heute Abend ihre eigene Party. Mal sehen, vielleicht nehme ich sein Angebot an, mit ihnen zurückzureisen.«

»Von woher kommen sie denn?«

»Sie haben einen Liegeplatz in Sarasota, deshalb könnten sie mich ganz unkompliziert bei einem Zwischenstopp in Dolphin Island abliefern. Jedenfalls haben sie noch eine

Einzelkoje frei. Mona reist auch mit der Jacht zurück, die gehört nämlich ihrem Freund Jayjay, er ist der Skipper. Außerdem ist noch eine Freundin von ihr an Bord, Leslie, eine sehr nette Frau.« Stormy lächelte verschwörerisch. »Sieht so aus, als hättest du Nick auf der Rücktour ganz für dich allein.«

»Das soll mir recht sein.« Sunny erwiderte ihr Lächeln. »Jedenfalls, wenn du dich auch gut amüsierst!«

»Die Winslows müssen übrigens Kohle bis zum Abwinken haben«, plauderte Stormy in vertraulichem Ton weiter. »Mona hat Psychologie studiert, aber ohne Abschluss, glaub ich. Sie arbeitet nicht. Sie sagt, sie sei von Beruf Tochter. Und wenn ihr Bruder nicht so dickköpfig wäre und ihrem alten Herrn irgendwas beweisen wollte, könnte er auch in Freuden leben, ohne sich über umgestürzte Riesenrutschen oder blöde Buchungssysteme ärgern zu müssen.«

Nick stieg noch in Sunnys Achtung.

Wie nicht anders erwartet, gehörte Sam zu denjenigen, die für die Schlussrunde nominiert wurden. Nach der Verkündung der Finalisten konnte Sunny kurz mit ihm sprechen.

»Dein Mob möchte gern mit dir durch die Bars von Key West ziehen«, sagte sie. »Kommst du mit?«

Sam schüttelte den Kopf. »Tut mir leid, muss noch Wahlwerbung für morgen machen.« Er lächelte verschmitzt. »Letztlich geht's doch darum, dass die alten Herren aus der Jury sich einen neuen Spielkameraden auf Lebenszeit auswählen. Du weißt ja, wer einmal gewonnen hat, wird Mitglied und bleibt es bis an sein seliges Ende. Deshalb werde ich heute Nacht mit ihnen feiern und versuchen, Sympathiepunkte zu sammeln.«

»Bin ich froh, dass der Lärm vorbei ist!«, sagte Sunny, als sie und Nick in das stille Ferienhaus zurückkehrten.

Mona und Stormy feierten noch mit den Hochseefischern, die ihnen per WhatsApp spaßige Fotos von einer Strandbar und die Wegbeschreibung geschickt hatten.

Einige Sturmlampen erleuchteten das Atrium, ihr Licht spiegelte sich stimmungsvoll im Pool. »Wollen wir da weitermachen, wo wir gestern aufgehört haben?« Nick zog Sunny an sich, sein Mund berührte ihre Schläfe. »Oder möchtest du zuerst noch etwas trinken?«

Sunny lachte leise. »Du meinst, wir sollten endlich nachts im Pool schwimmen?«

»Wunderbare Idee!«

Ruckzuck hatte Nick sein Hemd ausgezogen und seine Hose abgelegt. Bis auf seidene Boxershorts stand er nackt vor ihr. Langsam schob er nun Sunnys T-Shirt mit dem SAM-Aufdruck über ihren Kopf, wischte die Spaghettiträger zur Seite. Mit einem Ruck zog er sie an sich und küsste sie. Sunny merkte kaum mehr, wie ihr Kleid zu Boden glitt. Nicks Kuss elektrisierte sie, er wurde immer drängender, auch ihr Körper wollte jetzt nur noch eines.

»Wir können das mit dem Schwimmen auch überspringen«, brachte sie zwischen den Küssen hervor.

Nick presste sie noch enger an sich, Sunny spürte seine Erregung, nahm seinen Duft wahr und schmolz dahin. Wie glatt sich seine Haut anfühlte! Und was für ein wunderbar breiter Rücken, Sunny spürte unter ihren Händen das Spiel seiner Muskeln und Sehnen.

Nick lächelte. »Zu dir oder zu mir?«, fragte er mit rauer Stimme.

»Was liegt näher?«

Nick nahm ihre Hand, und sie liefen die Treppe hoch. Sein Zimmer war das erste, vor der Tür küsste er sie, als könnte er die Sekunden, die es bis zum Bett noch dauern würde, sonst nicht überstehen. Dann stieß er die Tür auf, sie taumelten ins Zimmer, zerrten sich gegenseitig die Unterwäsche vom Leib, drehten sich dabei, landeten weich auf seinem Kingsize-Bett und fielen leidenschaftlich übereinander her. So lange hatten sie getändelt, die Gelüste angefacht, deren Erfüllung immer wieder aufgeschoben, dass sie jetzt beide den direktesten Weg anstrebten.

Im letzten Moment fiel Sunny ein, dass sie unbedingt ein Kondom benutzten sollten – just, als Nick die Leselampe neben dem Bett anknipste und ein geschnitztes Holzkästchen auf dem Nachtisch öffnete, das mit Kondomen gefüllt war. Der hat aber viel vor, dachte sie kurz. Nick ließ das Licht brennen, es war ein warmes, angenehmes Licht. Dieser Mann sah aus wie ein griechischer Gott!

Nick war der perfekte Liebhaber. Er probierte viele unterschiedliche Stellungen aus, achtete noch in höchster Erregung auf eine gewisse Ästhetik. Was Sunny einerseits angenehm fand, weil nichts ihren Sinn für Schönheit beleidigte, er schien nicht einmal besonders zu schwitzen. Andererseits hatte es zur Folge, dass sie auch darauf bedacht war, möglichst vorteilhaft zu wirken und sich nicht so richtig gehen lassen konnte.

Bis zum nächsten Morgen hatte Nick das Holzkästchen noch zweimal aufgeklappt. Obwohl Sunny nur wenig Schlaf bekommen hatte, fühlte sie sich beim Aufwachen ausgeruht und gestärkt. Wie nach einem intensiven Work-out. Tatsächlich hatte sie sich in der Nacht gelegentlich an ein Zirkeltraining erinnert gefühlt.

Sie horchte in sich hinein. Hatte sie einen Orgasmus erlebt? Nein, soweit sie sich erinnern konnte, nicht richtig, nur sehr lustvolle Phasen, die irgendwann einfach abgeflacht waren. Nick hatte sich am Ende noch intensiv bemüht, ihr die höchste Befriedigung zu verschaffen. Aber sie war da einfach schon über den Punkt hinaus gewesen und hatte ihn sanft zurückgewiesen. Es war gut gewesen so. Seine Haut hatte sich kühl angefühlt. Als er sie fragte: »Wie war ich?«, hatte sie lachen müssen über seinen Sinn für Humor und erwidert: »Höchste Punktzahl in Pflicht und Kür, besonders gute Haltungsnote!« Nach den vielen Erlebnissen der vergangenen Tage war sie nur noch müde gewesen und nach einem zärtlichen Guten-Morgen-Kuss schlaftrunken in ihr Zimmer gewankt.

Sunny trug ihr SAM-T-Shirt zu einem kurzen Jeansrock, als sie gegen Mittag mit Stormy über das karibische Straßenfest in der Duval Street bummelte. Es roch nach gegrillten Meeresfrüchten und Maisbrot, überall lief laute Partymusik. Tausende von Besuchern schoben sich durch das Zentrum des Städtchens.

»Wann bist du eigentlich nach Haus gekommen?« Sunny blieb vor einem Stand mit handgemachtem Hippieschmuck stehen und hielt ihrer Freundin eine große Kreole ans Ohr. »Die steht dir!«

»Ja, ich weiß. Leider hab ich keine Ohrlöcher. War immer zu feige, mir welche stechen zu lassen.« Stormy lächelte zufrieden. »Zurückgekommen bin ich erst heute früh. Ich hab diese Nacht in der Koje Probe gelegen und geschlafen wie ein Murmeltier.« Während sie das übrige Schmuckangebot prüfte, beschrieb sie, wie schön einschläfernd das Klackern der Fahnen im Jachthafen auf sie gewirkt hatte. »Mein Entschluss steht, ich werde per Schiff zurückzureisen. Mona will übrigens heute den Tag an Bord verbringen und erst zum Finale zu uns stoßen. Wo steckt eigentlich Nick?«

Sunny bestellte sich am nächsten Stand ein Brötchen

mit Hummerstücken. »Nick unternimmt gerade seinen ganz persönlichen Raketentest, er kommt aber auch heute Abend.«

Stormy stupste sie von der Seite an. »Na, was gelaufen gestern?« Sunny lächelte nur vielsagend. »Gratuliere! Bei mir nicht.« Stormy stibitzte ein Hummerstück von ihrem Brötchen. »Wir hatten einfach nur Spaß, haben gequatscht und viel gelacht. Mmh … lecker! Warte, ich hol mir auch so'n Brötchen.«

»War ganz gut, dass wir das Haus für uns allein hatten«, sagte Sunny, »wir hätten euch womöglich gestört.«

»So laut?«

»So lange.«

»Er ist schon ein toller Typ. Hat was Umwerfendes, finde ich.«

»Wer?«

»Dein Nick.«

»Ja. Er ist allerdings nicht ›mein Nick‹.«

»Na ja …« Stormy biss begierig in ihr Hummerbrötchen. »Wirklich köstlich! Weißt du übrigens, dass er als Kind mit ansehen musste, wie ein Alligator seinen Hund gefressen hat?«

Sunny nickte. »Ja, die Geschichte kenne ich. Armer Junge!«

»Mona erzählte, dass er ganz furchtbar geweint hat. Ihr Vater hat ihn damals als kleine Memme beschimpft und verlangt, dass er mehr Mut zeigen sollte.«

»Ach, hat Mona etwa deshalb Psychologie studiert?«, fragte Sunny eine Spur aggressiv.

Sie fand es nicht in Ordnung, dass eine Schwester in Abwesenheit ihres Bruders anderen Leuten von dessen traumatischen Kindheitserlebnissen erzählte. Sie erreichten das Sloppy Joe's. Dort, an der Ecke Greene Street/Duval

Street, herrschte besonders viel Trubel. Dutzende von »Papas« ließen sich mit Touristen fotografieren und sammelten dafür wieder Spenden. Alle Hemingway-Doppelgänger trugen weiße Kleidung, ein rotes verknotetes Halstuch und eine rote Baskenmütze wie jene Spanier, die in Pamplona seit Generationen als Mutprobe mit den gefährlichen, für den Stierkampf ausgewählten Bullen durch die Gassen liefen.

Hemingway war fasziniert gewesen vom Stierkampf. Deshalb starteten seine Jünger in Key West nach dem Fototermin zu einem Bullenrennen. Allerdings in der Spaßversion mit künstlichen Stieren aus Holz oder Metall auf Rollen. Einige alte Herren saßen auf und ließen sich, laut *Olé, olé, olé* singend, im Pulk durch die Straßen ziehen. Fast alle waren noch oder schon wieder angeheitert, einer schwang ein mittelgroßes Rumfass über seinem Kopf. Sam schritt inmitten der Meute, aufrecht und gut gelaunt grüßte er die Zuschauer auf den überfüllten Bürgersteigen. Ihre Reaktionen zeigten, dass er weitere Fans dazugewonnen hatte. Zum ersten Mal empfand Sunny etwas Wehmut darüber, dass dieser Mann bald ganz aus ihrem Leben verschwinden würde. Sie hatte sich doch sehr an ihn gewöhnt.

Beim Finale war es brechend voll. Stormy umklammerte eine der schlanken weißen Säulen im Sloppy Joe's und drückte ihre Stirn dagegen, weil sie die Spannung kaum mehr ertragen konnte. Ein Kandidat war aufgetreten, der Sam gefährlich werden konnte. Er pflegte in karibischen Gewässern auf Marlin-Jagd zu gehen, genau dort, wo schon Hemingway beim Hochseeangeln gewesen war, und hatte überzeugend dargelegt, weshalb er sich als Seelenverwandter seines verehrten Vorbilds fühlte. Der Kandidat, der jetzt auf der Bühne stand, war schwarzhaarig und machte in Boxershorts und offenem Boxermantel optisch einen sehr guten Eindruck.

»Es wird Zeit, dass mal ein jüngerer Mann gewinnt!«, verkündete er, wobei er ein Fotoplakat hochhob, das Hemingway in ähnlicher Kluft als Boxer zeigte. »Hier ist der Beweis, dass Papa damals, als er in Key West lebte, noch einen dunklen Schnauzbart trug, genau wie ich. Deshalb bin ich ihm am ähnlichsten!« Beifall brandete auf, vor allem die Frauen im Publikum pfiffen und kreischten vor Vergnügen. Die Jurymitglieder machten Notizen auf ihren Bewertungsbogen.

»Jetzt kommt unser Mann!«

Stormy drückte ihre Fingernägel in Sunnys Oberarm. Sam näherte sich dem Mikrofon mit einem umwerfenden Lächeln.

»Kennst du den kürzesten Roman, den Hemingway je geschrieben hat?«, fragte der Moderator.

»Ja.«

»Wie heißt er?«

Mona knabberte ununterbrochen scharfe Nachos, Sunny fixierte die altmodischen Bodenfliesen und schlürfte mit dem Strohhalm nervös Reste ihres Caipirinha. Nick, der hinter ihr stand, hielt ihre Taille umfasst.

»Er hat keinen Titel«, behauptete Sam. »Aber ich kann ihn auswendig.«

»Den ganzen Roman? Na dann, bitte …«

»Zu verkaufen: Babyschuhe, ungetragen.«

Ups. Wieder hatte Sam es geschafft, innerhalb kürzester Zeit die Stimmung im Saal zu verwandeln.

»Was lernen wir daraus?« Der Moderator machte es Sam nicht eben leicht.

»Gerade das, was nicht ausgesprochen wird, ist das Interessanteste.«

»Jawohl, Sam! Das ist es doch, was wir alle am Schriftsteller Hemingway lieben, nicht wahr?« Mit großer Geste wandte sich der Moderator ans Publikum. »Die Kunst des Weglassens! Das regt unsere Fantasie an! Und noch eine Frage, Sam, da du ja offenbar zu den Kandidaten gehörst, die den Nobelpreisträger auch gelesen haben: Wie lautet der letzte Satz seines Romans *Inseln im Strom?*«

Sam öffnete den Mund und schloss ihn wieder. Langsam blies er die Wangen auf. Entweder hatte er mit dieser Frage nicht gerechnet oder gerade ein Blackout. Sunny aber erinnerte sich, schließlich hatte sie ihn wochenlang mit ersten und letzten Sätzen abgehört! Sie kannte sogar den gesamten Schlussdialog, der mit *Ich versteh schon ...* begann.

Ungeduldig sah sie Sam an, inständig hoffend, er möge zu ihr rüberblicken, als würde es ihm dann schon einfallen. Und jetzt sah er sie tatsächlich an. *Ich versteh schon*, sagte Sunny tonlos mit übertriebenen Lippenbewegungen. Sie drehte den Zeigefinger an ihrer Schläfe, um ihm auf die Sprünge zu helfen – Hirn arbeitet, verstehen ... Ein Jurymitglied musterte sie scharf, rasch machte sie ein unschuldiges Gesicht und umwickelte mit dem Finger eine Haarsträhne. Das Aufleuchten in Sams Augen verriet ein Begreifen. Die Luft aus seinen Backen entwich. In bester Hemingway-Manier zog er eine Augenbraue hoch.

»*Ich versteh schon, Willie*«, sagte er. Sam wartete wie ein guter Schauspieler einen Moment, um die Antwort besser wirken zu lassen. Gespannte Stille erfüllte den Raum. »*Oh, shit*‹, *sagte Willie.*« Noch einmal holte Sam Luft, bevor er den letzten Satz zitierte. Er schaute dabei Sunny über alle Köpfe hinweg in die Augen – ein erstaunter Ausdruck lag plötzlich darin, als würde ihm in genau diesem Moment etwas klar werden, und dann wechselte der Ausdruck erneut, alles innerhalb von Sekunden, die Sunny wie in Zeitlupe wahrnahm. Und auf einmal funkelten in seinem Blick Zärtlichkeit und eine ganz große Freude. Sam ging näher ans Mikrofon, aber er ließ ihren Blick nicht los. *»Du verstehst nie einen, der dich liebt.«*

Sunny blieb fast die Luft weg. Während das Publikum ergriffen von der Wortkunst Hemingways schwieg, fühlte sie sich mitten ins Herz getroffen. Sie spürte ihre Augen feucht und den Hals eng werden.

»Puh!«, entfuhr es ihr. Sie musste schlucken. »Ich geh mal eben an die frische Luft!« Benebelt drängte Sunny sich durch die Menge nach draußen.

Nick folgte ihr.

»Sam-u-el, Sam-u-el!«, skandierten unterdessen viele Leute im Saal, irgendwo ließen Fans sogar Quietscheentchen ertönen. »Wir lieben dich, Sam!«, riefen einige.

Vor dem Gebäude standen Schaulustige, ein Stück weiter tanzten Menschen in Karnevalstimmung auf der Straße. Sunny ging ein Stück weiter. Ihr Herz klopfte immer noch zu schnell. Was war da gerade passiert? Dieser Blick! Sie atmete tief durch.

»Geht's dir gut?«, hörte sie Nicks Stimme hinter sich.

Sunny drehte sich zu ihm um. »Ja, alles okay«, sagte sie. »Ich musste nur mal 'ne Minute raus aus dem Trubel.«

»Ich glaub langsam, dein Gärtnergehilfe hat echte Chancen«, sagte Nick gönnerhaft. Er ist nicht mein Gärtnergehilfe, wollte Sunny spontan erwidern. Aber was war er eigentlich? Samuel Culpepper, Philosoph. So hatte er sich bei ihrer ersten Begegnung vorgestellt. Samuel Culpepper hatte soeben mit seinen Augen von Liebe gesprochen. Er hat mich gemeint, dachte Sunny aufgewühlt. Doch das konnte sie Nick jetzt unmöglich erklären. Nick legte sanft den Arm um sie. »Wir sollten ein bisschen die Nebenstraße auf und ab gehen«, schlug er vor.

Sunny nickte. Je länger sie gingen, und je mehr sie sich wieder beruhigte, desto absurder erschien ihr die Wahrnehmung vorhin während Sams kleinem Vortrag. Sicher waren ihre Hormone nach der langen Nacht mit Nick durcheinander, kein Wunder, dass sie sich irgendetwas eingebildet hatte. Aber sie wollte keine Komplikationen. Sie wollte sich nicht schon wieder den Kopf zermartern über einen Mann und die Liebe!

Vor einem unbeleuchteten Häuschen mit Veranda nahm Nick sie in die Arme und küsste sie. Aus dem Vorgarten schwebte süßer Frangipaniduft zu ihnen herüber. Sunny erwiderte Nicks Küsse und ließ sich einfach fallen in das schöne Gefühl.

Doch schon bald störten sie zwei Halbwüchsige mit Tröten. Sie machten sich offenbar einen Spaß daraus, Liebespaare aufzuschrecken.

Sunny brachte ihr Haar in Ordnung. Sie hatte sich noch gar nicht mit Nick über den Tag unterhalten können.

»Wie war's denn eigentlich heute mit dem Raketenrucksack?«, fragte sie.

»Suuuper!« Nick war schwer begeistert. »Man fühlt sich erstaunlich sicher, das Ding lässt sich einfach und präzise steuern. Das wird die nächste Sensation im Aquapark!« Er begann wieder, mit ihr zu schmusen. Aber auch diesmal wurden sie nach kurzer Zeit unterbrochen. Eine Gruppe Betrunkener wankte auf sie zu.

»Lass uns zurückgehen«, sagte Sunny, »sonst versäumen wir noch die Siegerehrung.«

»Ja, du hast recht.« Nick legte wieder den Arm um sie, und sie schlenderten zurück zum Sloppy Joe's.

»Läuft's inzwischen mit dem Buchungssystem, wie es soll?«, fragte Sunny.

»Leider nicht. Muss mich unbedingt sobald wie möglich

selbst drum kümmern.« Nick blieb kurz stehen und sah sie an. »Hey, was hältst du davon, wenn du morgen mitkommst?« Sofort kam der Manager in ihm durch, im Weitergehen entwickelte er einen Ablaufplan. »Wir könnten zuerst nach Orlando fahren, ich kümmere mich um die Software, dann zeig ich dir den Park. Hinterher kann ich das Auto in meiner Oldtimergarage bei Orlando abstellen. Ich bring dich am Montagabend schnell mit dem BMW nach Hause, und Dienstagmorgen fahre ich dann von Juno Island aus wieder zur Arbeit. Was meinst du?«

»Super, gern!« Sunny war neugierig auf seinen Park. Und darauf zu erfahren, wie er sonst so lebte. Außerdem kam es für sie auf einen Tag mehr oder weniger nicht an. »Klingt nach einem guten Plan!«

»Großartig!« Nick nahm sein Handy und schickte seinem Stellvertreter eine Mitteilung. »Wenn wir um zehn losfahren«, überlegte er anschließend, »sind wir selbst mit einer Stunde Pufferzeit spätestens um fünf im Park, er liegt ja südlich, etwas außerhalb der Stadt. Wir schließen sonntags um sieben, das bedeutet, du kannst dort alles noch voll in Betrieb erleben.«

»Ja, und … äh …« Sunny stockte. Und wo sollte sie von Sonntag auf Montag schlafen?

»Dann lernst du auch mein Penthouse kennen!« Damit beantwortete Nick ihre unausgesprochene Frage.

Beschwingt erreichten sie die Bar. Sie kamen gerade noch rechtzeitig zur Siegerehrung. Aus den Boxen dröhnte *We are the Champions*, als sie sich an ihren Thekenplatz durchdrängelten, das Publikum war jetzt schon außer Rand und Band. Der Moderator heizte die Spannung weiter an. Er betonte, dass sich die meisten Sieger erst jahrelang immer aufs Neue hatten bewerben müssen, bevor sie gekürt worden waren.

»Der Gewinner des diesjährigen Hemingway-Look-alike-Contests ist aber einer, der kam, sah und siegte! Sein Name lautet … Samuel Culpepper!«

Jubel brandete auf. Stormy und Sunny fielen sich vor Freude hüpfend um den Hals, dann umarmten sie andere Fans.

Der Sieger durfte eine kleine Dankesrede halten. Sam stellte sich einfach nur vors Mikro und blickte eine Weile strahlend in die applaudierende Runde.

»Liebe Freunde«, sagte er schließlich, »lasst uns die Kameradschaft und die Liebe feiern! Ich danke euch und wünsche uns allen miteinander eine richtig schöne Zeit. *Have fun!*« Sunny und Stormy drängelten sich nach vorn durch, um ihm zu gratulieren. Sam drückte sie und küsste sie auf die Wangen. »Danke, ihr ward die besten Coaches, die man sich nur vorstellen kann!« Und dann herzten ihn die anderen Finalisten auf raue Männerart. Sie knufften ihn, schlugen ihm auf die Schulter, verwuschelten ihm das Haar, hoben ihn hoch und trugen ihn zur Theke. Es folgten Horden von Gratulanten und Journalisten, die erste Interviews wollten. »Wir sehen uns morgen um zehn wieder. Genau hier bei 'ner Bloody Mary!«, rief Sam Sunny zu.

Sie wollte ihm erklären, dass sie um die Uhrzeit bereits zur Rückfahrt starten mussten. Doch da war der Sieger des Abends schon zu umlagert, um sie noch zu verstehen. Na, sicher ergibt sich später eine Möglichkeit, dachte Sunny, jetzt wird gefeiert!

Nick forderte sie zum Tanzen auf, sie war entzückt. Ein Mann, der tanzen konnte! Sogar diese lateinamerikanischen Salsa- und Merengue-Tänze, die sie so hinreißend fand, hatte Nick drauf. Er brachte ihr die Grundschritte bei, nach einem weiteren Cocktail klappte es schon ganz wunderbar. Sunny fühlte sich bald wie *the sexiest woman alive.* Sie tanzte und verbrüderte sich mit Fremden. Einmal spielten sie einen Motown-Song, zu dem sie und Stormy die tanzenden Backgroundsängerinnen gaben – *Papa was a Rolling Stone.* Immer wieder zog Nick sie in die Arme, um sie zu küssen.

Es war ein Fest fürs Leben!

19

»Ich setz mich erst mal nach hinten«, sagte Sunny zu Stormy und kletterte verkatert auf die Rückbank des zweitürigen Chryslers. »Du steigst ja gleich am Hafen schon wieder aus.« Nick reichte ihr Stormys Reisetasche an, sie stellte sie neben sich. Ihr Schädel brummte. »Mit zwanzig hab ich so 'ne Nacht besser verkraftet!«, stöhnte sie. Zum Frühstück hatte Sunny ihre letzten Alka-Seltzer verteilt und selbst eine genommen. Hoffentlich wirkte das Zeug bald! Mona befand sich bereits an Bord, sie hatte die Nacht wieder bei ihrem Freund verbracht. Nick machte einen erstaunlich fitten Eindruck. »Darfst du überhaupt schon wieder fahren?«, fragte Stormy ihn.

»Na klar«, antwortete er lapidar und startete. Der Hafen war schnell erreicht. »Ich bleib mal sitzen«, sagte Nick.

Also schwächelt er doch ein bisschen, dachte Sunny, während sie Stormy die Reisetasche reichte. Dann fiel ihr ein, dass sie sich ja noch von Mona verabschieden wollte. Also stieg sie auch aus. Stormy warf die Beifahrertür nach zwei Fehlversuchen mit viel Schwung zu, und Nick verzog schmerzvoll das Gesicht.

Mona winkte ihnen schon. »Das kann er ja gar nicht ab, mein lieber Bruder«, feixte sie. »Dass jemand die Tür seiner geliebten Oldies zuknallt.«

»Oh, und ich dachte, er hat Kopfweh!« Stormy schwankte zwischen Betroffenheit und dem Drang zu kichern.

»Nein, das ist doch auch der tiefere Grund, weshalb er

sonst immer den Gentleman spielt«, sagte da eine gut aussehende Frau mit kurzen dunklen Haaren, die aus der Kajüte heraustrat. »Feigling! Er bleibt nur meinetwegen im Auto.«

»Das ist Leslie, Sunny«, stellte Mona kurz vor, »Leslie, das ist Sunny.«

»Hallo!«

»Freut mich.«

Die beiden Frauen musterten einander beim Händeschütteln neugierig.

»Ich bin Nicks Ex«, sagte Leslie mit einem spöttischen Zug um den Mund, »eine der vielen.«

»Aber wir beide sind immer noch gut befreundet«, ergänzte Mona.

»Du passt ja genau in Nicks Beuteschema!« Leslie legte den Kopf etwas schräg. »Pass gut auf dich auf, Sunny. Nick ist ein One-Trick-Pony. Hat er schon geflüstert: ›Erzähl mir von der Straße, in der du aufgewachsen bist?‹ Als Nächstes kommt Parasailing zu zweit und dann die Penthousenummer. Wetten?«

Betroffen mühte Sunny sich ein Lächeln ab. Sie wusste nicht, was sie darauf antworten sollte. Nun erschienen auch der attraktive Skipper Jayjay, Monas Freund, und ein langer Lulatsch mit rotem Haar. Vermutlich war das der Typ, der Stormy so gut gefiel. Doch bevor sie sich miteinander bekannt machen konnten, hupte Nick ungeduldig. Er zeigte auf seine Armbanduhr.

»Sorry«, sagte Sunny verlegen, »ich muss los! Wir wollen nämlich bis fünf in Orlando sein. Ich wünsche euch einen herrlichen Törn. Mast- und Schottbruch! Und … Ihr werdet ja sicher gleich beim Bloody-Mary-Trinken auf Sam treffen. Bitte erklärt ihm, weshalb ich schon weg bin.« Sie hatte Sam in der Nacht nicht mehr gesprochen. Rasch umarmte sie Mona und Stormy. »Er wird hoffentlich bald von sich hören lassen! Und er soll sich endlich ein neues Handy anschaffen! Grüßt ihn von mir!«

»Tschüs, Sunny! Pass auf, dass du nicht ins Wasser fällst!«

Vorsichtig ging sie von Bord, achtete auf ihre Schritte und winkte allen zu, bevor sie wieder ins Auto stieg und die Beifahrertür betont vorsichtig schloss.

Was waren das für Gemeinheiten gewesen, die Nicks Ex von sich gegeben hatte! Das Dröhnen in Sunnys Kopf hielt an. Die meiste Zeit während der Autofahrt schlief oder döste sie. Einmal hielten sie zum Tanken an und aßen einen Burger. Nick telefonierte mit seinem Stellvertreter.

»Ist dein Vertrag eigentlich schon verlängert worden?«, fragt Sunny.

»Nein, traditionell passiert das immer erst nach der ersten Vorstandssitzung nach der Sommerpause.«

»Ich warte auch darauf, dass der Gemeinderat von Dolphin Island nach der Sommerpause endlich wieder tagt«, sagte Sunny. Was sollte sie bloß tun, wenn er gegen ihre Pläne entschied? Sie mochte gar nicht darüber nachdenken, jedenfalls nicht jetzt.

»Erinnerst du dich an die Journalistin vom *Inselboten*, die auf meiner Geburtstagsparty war?«, fragte Nick.

»Ja klar, sie hat doch so nett in den Gesellschaftsnachrichten darüber berichtet.«

»Richtig. Sie hat an dem Tag auch den Garten fotografiert«, sagte Nick, »schon nachmittags, und mich gefragt, ob sie mal einen größeren Artikel über ihn schreiben dürfe. Ich hab ihr mein Okay gegeben.«

»Schade. Ich meine, es wäre natürlich toll«, erwiderte Sunny zweifelnd, »aber inzwischen hat ja der Tropensturm gewütet. Ob das jetzt gerade …«

Sunny ließ den Satz unvollendet. Der Burger bekam

ihr nicht sonderlich gut. Das fehlte noch, dass sie sich auf Nicks feines Lederpolster übergeben musste! Während der Weiterfahrt kämpfte sie darum, dass ihr nicht noch übler wurde. Und irgendwann nickte sie zum Glück wieder ein.

»Aufwachen, Cinderella!« Sie hatten den Aquapark erreicht. Nick hielt auf dem Managerparkplatz gleich am Haupteingang, an das sich ein Bürogebäude anschloss. Direkt davor befand sich eine Bushaltestation. Gerade stieg eine aufgekratzte Besuchergruppe in einen Shuttlebus ein, der zwischen Park und Flughafen pendelte.

»Echt? Wir sind schon da?« Es war halb fünf. Nick stieg aus und hielt ihr die Beifahrertür auf. Dann reckte und streckte er sich. »Meine Güte, hast du was genommen, dass du immer noch so fit bist?«, fragte sie ungläubig.

Nick lächelte. »Autofahren ist für mich Erholung.«

Sunny studierte das große Firmenschild aus poliertem Edelstahl. »Da steht ja auch Beach Club Enterprises«, sagte sie erstaunt.

»Ja, das ist eine Tochterfirma unserer Unternehmensgruppe«, erklärte Nick, »eine von insgesamt fünf. Die sind gerade fleißig auf Expansionskurs.«

»Ach, weißt du eigentlich, dass die …« Sunny wurde unterbrochen.

»Oh, Mr. Winslow, wie gut, dass Sie da sind!«, rief ein junger Mann, der aus dem Büro geeilt kam.

»*Hi*, Steve! Ich hab jetzt noch keine Zeit, erst zeige ich der Dame hier unseren Park.«

»Nein, nein«, wehrte Sunny ab. »Du solltest dich unbedingt zuerst um den Betrieb kümmern, das geht doch vor.«

»Na, dann kann Steve dir alles zeigen.«

»Um Gottes willen, keine Umstände! Ich werde mir alles allein ansehen. Das mach ich gern.«

Nick überlegte einen Moment. »Also gut, du hast dein Handy dabei, oder? Dann kümmere ich mich jetzt sofort um die Software, und wir treffen uns anschließend im Park. Steve, bitte besorgen Sie der Dame ein All-inclusive-Presseticket!« Er sah Sunny fragend an. »Damit kannst du alles umsonst nutzen. Willst du eher in den Spaßbereich mit Schwimmen, Rutschen, Toben? Dann nimm auch deine Badesachen mit. Oder möchtest du lieber die Show mit den Delfinen sehen?«

»Oh, die Delfine bitte!«

»Okay, Steve, geben Sie ihr einen Plan und … Ich ruf dich an oder finde dich.«

»In Ordnung«, sagte Sunny, die froh war, dass sich ihr Unwohlsein gelegt hatte. »Hetz dich bloß nicht meinetwegen.«

Entspannt bummelte sie mit ihrem Plan in der Hand durch den Park. Sie kam an ein Betonbecken, in dem kleine Mantarochen schwammen. Eigentlich sah es aus, als würden sie mit ihren trapezförmigen Schwimmflügeln durchs Wasser fliegen, elegant und etwas unheimlich. Am nächsten Becken drängten sich Besucher, um Delfine nicht nur zu beobachten, sondern auch zu streicheln! Die Tiere steuerten längs die Poolwand an und schienen auf Streicheleinheiten der Besucher geradezu zu warten. Wie seltsam! In dem Moment, wo es zur Berührung kam, wurde von der anderen Seite des Pools aus ein Foto gemacht, das man kaufen und mit nach Hause nehmen konnte.

Sunny stand etwas ratlos am Beckenrand und überlegte. Ein Paar neben ihr kämpfte sich rabiat mit den Ellbogen weiter vor. Ein Stück weiter rastete ein kleines Mädchen vor Begeisterung schier aus, es hing weit über dem Beckenrand, und sein Vater versuchte einen Delfin an der Flosse festzuhalten, damit das Töchterchen ihn noch besser sehen konnte. Er erhielt eine Verwarnung von einer Aufseherin.

Andere Leute brüllten sich etwas zu, aus Lautsprechern schallte fröhliche Musik. Sunny fiel ein, dass die Meeressäuger viel besser hörten als Menschen. Wie mochte der Trubel auf sie wirken?

Reglos stand sie da. Wollte sie das überhaupt? »Nun mach schon!«, forderte sie ein Mann auf, die Leute hinter ihr drängten und schoben sie weiter. Zwei Delfine schwammen heran, einer atmete laut durch sein Luftloch aus, es klang wie ein kurzes, heftiges Schnäuzen. Die Tiere hatten wirklich intelligent und neugierig wirkende Augen. Sunny musste an Sams Surferlebnis denken. Und an ihre eigene Freude neulich, als sie von Nicks Jacht aus die frei lebenden Delfine hatte spielen sehen.

Trotz der völlig anderen Umstände löste auch die Begegnung jetzt ein starkes Gefühl in ihr aus – Freude konnte man es nicht nennen, schließlich befanden sich die Tiere hier in Gefangenschaft. Aber da existierte irgendeine Verbindung von Kreatur zu Kreatur, das bildete sie sich nicht ein. Es hatte zugleich etwas Beglückendes und etwas sehr Trauriges. Zaghaft hielt Sunny ihre Hand über den Rücken eines Delfins. Und dann berührte sie ihn. Die Haut fühlte sich kühl, feucht und straff an, bei aller Glätte auch etwas rau. Durch die Fingerspitzen vermittelte sich zudem eine Ahnung von der Schwere des Körpers. Ein paar Wimpernschläge später war das Tier schon weitergeschwommen.

»Früher durfte man sie füttern«, sagte eine Besucherin zu ihrer kleinen Tochter, »da kamen sie viel schneller.«

Verwirrt ging Sunny weiter. Sie schaute auf ihren Plan. Der Besucherweg schlängelte sich durch tropische Botanik von Attraktion zu Attraktion, von einem Lokal zum nächsten. An einem Kiosk deckten sich viele erschreckend dicke Menschen mit riesigen Portionen Eis oder Chips ein. Sunny schloss kurz die Augen.

Wie von Nebel umgeben sah sie erneut den Blick, mit dem Sam sie am Vorabend aus der Fassung gebracht hatte. Sie schüttelte sich. Darauf musste doch irgendetwas folgen, oder? Sunny schaute auf ihr Handy, es war geladen und hatte Empfang.

Am liebsten würde sie diese Nacht allein in ihrem Bett auf Dolphin Island verbringen. Sie war einfach zu geschafft vom Feiermarathon in Key West. Sunny setzte sich auf eine Parkbank und recherchierte per Handy, ob am Abend noch Flüge von Orlando nach Fort Myers gingen. Es gab einen Direktflug nach neun Uhr, den sie erreichen konnte. Sollte sie ihn buchen oder nicht? Sie entschied sich dagegen, stand auf und spazierte weiter.

Ein Papagei auf einer Stange sang *La Cucaracha*. Er war kein Gelbhaubenkakadu wie Tom. Der hatte ja damals in dem Themenpark, in dem Sandy zuletzt aktiv gewesen war, Delfinlaute aufgeschnappt, die er immer noch gelegentlich keckerte. Sunny fragte sich, ob ein Delfin wohl verstehen könnte, was der Vogel von sich gab.

Die große Show eine Station weiter lief bereits. Die Arena war voll besetzt. Auf einer Zuschauerbank in der ersten Reihe entdeckte Sunny noch ein paar freie Plätze. Bald verstand sie auch, weshalb – bei den Sprüngen schwappte öfter mal ein ordentlicher Schwall Wasser bis in diesen Teil der vorderen Reihe. Auch sie wurde nass gespritzt. Das Publikum amüsierte sich darüber ebenso wie über die Kunststücke. Männer klopften sich auf die Schenkel.

Sunny war nicht zum Lachen zumute. Gebannt und bedrückt verfolgte sie die Darbietungen. Eine Trainerin stand mit je einem Fuß auf der Nasenspitze zweier Delfine. Fünf Delfine sprangen mehrfach synchron in einer Reihe, während in der Mitte zwei Artgenossen genau gegenläufig durch die Luft sausten. Als Belohnung gab's zwischendurch immer mal was zu fressen. Noch ein Programmhöhepunkt: Ein Delfin winkte mit beiden Flossen. Sunny empfand zunehmend Entsetzen. Das war doch erniedrigend! Der nächste Delfin machte Loopings mit einem Dreher um die eigene Achse. Zum Schluss hängte sich der Trainer an die Schwanzflosse eines Tiers und ließ sich mitziehen. Tosender Applaus begleitete die beiden.

Sunny stand auf. Sie trieb mit der Besucherschar weiter und erreichte ein großes Becken, in dem Schwimmen mit Delfinen angeboten wurde. Das allerdings nur im Rahmen eines Ganztagespakets, zu dem auch ein Einführungsseminar gehörte. Doch dafür war es jetzt schon zu spät. So schaute Sunny nur zu, wie eine aufgeregte Großfamilie, von der Großmutter bis zum Kind in Neoprenanzüge gehüllt, im Wasser stand und auf ihre Begegnung mit Delfinen wartete. Der Supervisor, der sie anleitete, erklärte, dass die Schwanzflosse auch Fluke genannt wurde. Begeistert redete er von der bevorstehenden grandiosen Interaktion. Jedes dritte Wort von ihm lautete Interaktion. Was bedeutet das noch mal genau?, fragte sich Sunny. Wechselseitiges Reagieren aufeinander. Kommunikation zwischen Lebewesen auch ohne Sprache. Pingpong. So ungefähr.

Der Supervisor führte seiner Gruppe vor, welche Gesten alle Teilnehmer auf sein Kommando machen sollten – und schwupp, vollbrachte der Delfin auf dieses Zeichen hin seine Kunststücke. Er sprang auf eine bestimmte Art, er klatschte mit den Brustflossen Beifall, wedelte kopfüber im Wasser mit der Schwanzflosse in der Luft, er ließ sich sogar auf die Schnauze küssen. Der Supervisor zog einen Behälter mit toten Heringen vor dem Delfin her und lenkte ihn nah genug an der Großfamilie vorbei. Jeder konnte ihn einmal streicheln. Der Delfin posierte auch mit ihnen für Erinnerungsfotos. Der Gipfel war, dass sie sich nacheinander mit einer Hand an der Rückenflosse vom Delfin durchs Wasser ziehen lassen konnten.

»Wie bei Flipper!«, rief die Großmutter entzückt.

»Ah, hab ich's mir gedacht, dass ich dich hier finde!«, hörte Sunny plötzlich Nicks Stimme neben sich. »Was sagst du, wie gefällt's dir?« Sichtlich stolz beschrieb er mit seiner Rechten einen Halbkreis.

Sunny holte langsam tief Luft und stieß sie dann mit einem Aufstöhnen wieder aus. Eigentlich fand sie es furchtbar! Obwohl sie sich einer gewissen Faszination nicht entziehen konnte. Und sie wollte Nick auch nicht kränken.

»Es … äh … lässt einen nicht unberührt«, antwortete sie ausweichend.

»Ja, nicht? Für die meisten Besucher ist es eine jener Erfahrungen, die man nur einmal im Leben macht und nie mehr vergisst. So bewerben wir unser Angebot auch.«

Sunny lag heftiger Protest auf der Zunge, aber sie beherrschte sich und versuchte, von diesem gefährlichen Thema abzulenken.

»Hast du das Softwareproblem lösen können?«, fragte sie.

»Ach, diese Idioten!« Ungeduldig kramte Nick in seiner Hosentasche, erstmals sah Sunny ihn übellaunig. »Es war kinderleicht, das hätten sie schon vor Tagen erledigen können! Alles muss man selbst …«

Er beförderte schließlich ein Medikamentenschächtelchen zutage. Die Verpackung rutschte ihm aus der Hand, als er mit zittriger Hand eine Pille aus der Alufolie herausdrückte. Sunny fing sie auf. Sie las einen pharmazeutischen Namen, den sie sich nicht würde merken können.

»Was ist das? Ein Aufputschmittel?«

Nick lächelte nervös. »Man nimmt ja auch Vitamine und

Mineralien, oder? Ich setz meine *smart pills* sehr bewusst ein, ich hab das voll unter Kontrolle.« Er warf sich zwei Pillen ein. Damit war das Thema für ihn beendet.

Sie steuerten auf dem Pfad, der durch einen kleinen Dschungel führte, ein Lokal an. Herrlicher Vogelgesang begleitete sie. Auch Musik, Mainstream, erklang weiterhin aus verschiedenen Richtungen. Und doch hatte Sunny ein alarmierendes Gefühl, und ihr dämmerte, dass daran nicht ihr Kater schuld war. Irgendwas lief hier grundlegend falsch.

Sie blieb stehen, um sich aufmerksamer umzusehen. Jetzt erkannte sie, dass etliche der Palmen und Tropenpflanzen ringsum künstlich waren. Nick sagte etwas, Sunny hörte nicht richtig zu, denn ein seltsames Phänomen fesselte ihre Aufmerksamkeit – der Vogel, der in einem Baum direkt über ihnen tirilierte, unterbrach seinen Gesang nicht. Obwohl zwei Menschen in seiner Nähe laut redeten, kümmerte er sich nicht um sie, er brach nicht vorsichtshalber ab, weil vielleicht Gefahr drohte. Er sang nicht einen Piep anders. Das war doch im wahren Leben nicht so! Sunny schaute hoch.

»Wo ist dieser seltsame Vogel?«, fragte sie.

»Versteckter Lautsprecher«, erwiderte Nick. »Alle Vogelstimmen kommen vom Band. Die Leitungen laufen durch die künstlichen Bäume. Ist zuverlässiger. Und pflegeleichter.«

»Wie furchtbar!«, rutschte es Sunny heraus. Jetzt konnte sie sich nicht länger zusammenreißen. »Das ist fake, alles fake hier! Plastik, XXL-Fast-Food-Portionen, übergewichtige Menschen, die ihren eigenen Sinnen nicht mehr trauen. Und von wegen Interaktion!«

Nick nahm ihre Hand und zog sie weiter in Richtung Lokal. »Komm, wir wollen doch kein Aufsehen erregen.«

»Nein, jetzt mal ehrlich, Nick. Hier ist die Natur nur noch ein einziger Betrug!«

»Die Leute mögen das. Wenn sie es wollen, dann bekommen sie es auch. Eine goldene Regel: Der Markt hat recht.«

»Aber wie die Delfine hier gehalten werden, das ist schrecklich! Du weißt, wie sie in Freiheit leben, und hier werden sie wie im Streichelzoo betatscht, müssen sich zum Affen machen! Wie viele Krankheitserreger mögen die Leute wohl mitbringen?«

Nick schob ihr einen Stuhl zurecht, bestellte zwei Cokes und setzte sich ihr gegenüber. »Das ist eine gute Frage, Sunny«, erwiderte er konzentriert. »Ich höre das oft. Dass Delfine ja sonst hundert Meilen am Tag schwimmen und in ihren sozialen Verbänden leben, und dass sie beim Streicheln verletzt, dass Bakterien übertragen werden können.« Er setzte sein Managerpokerface auf. »Ich nehm das auch ernst. Ich bin *fine* damit.«

»Ja, und?« Angriffslustig funkelte Sunny ihn an.

»Wir machen längst nicht mehr diesen Zirkus wie früher mit Lichteffekten und durch den Reifen springen«, betonte Nick. »Unsere Begegnungen zwischen Mensch und Delfin werden von wissensvermittelnden Kommentaren begleitet.«

»Du redest wie ein Politiker!« Sunny schnaubte verächtlich.

Nick antwortete mit einem scharfen Blick. »Wild lebende Delfine werden übrigens viel häufiger krank als unsere – es gibt Studien, die das beweisen. Weil die Meere mittlerweile so belastet sind.«

»Das ist doch krank! Als Begründung, meine ich.«

»Bedenk bitte auch Folgendes: Ein paar Delfine in Gefangenschaft bringen Hunderttausende von Menschen dazu, mehr Sympathien für diese Spezies zu empfinden und sich für ihr Wohl einzusetzen. Du hast sie bestimmt vorhin gesehen, diese Begeisterung in den Gesichtern! Allein deshalb finde ich es in Ordnung.«

»Du verdienst ja auch super dran!«

Auf einmal wurde ihr bewusst, dass sie sich wie Gegner gegenübersaßen. Unglücklich sah Sunny zur Seite. An den Tischen ringsum pickten freie Vögel Krümel auf, wie Spatzen in Deutschland, doch sie waren größer. Irgendeine Art zwischen Dohle und Star. Einer dieser Vögel hüpfte näher, er gab schrille Laute von sich. Es kam Sunny vor, als wollte er sich gegen die künstliche Dauerbeschallung mit dem gleichen Grad an Hässlichkeit wehren.

»In China und Russland, da werden die Tiere gequält«, behauptete Nick aufgebracht. »In China will jetzt jede Stadt ihr eigenes Delfinarium.« Er sah Sunny beschwörend an. »Aber hier bei uns ist alles hundertprozentig auf die Bedürfnisse der Tiere ausgerichtet! Unsere Trainer sagen oft, eigentlich sind ja wir diejenigen, die von den Delfinen abgerichtet werden. Wir liefern ihnen jeden Tag Fressen und spielen mit ihnen, damit sie sich nicht langweilen.«

Sunny schüttelte den Kopf. Die kleinen Becken, das Sich-betatschen-lassen-müssen für Futter … »Nein, tut mir leid, Nick. Ich werde das nie gutheißen können.«

»Und das bedeutet?«

»Dass ich heute Abend den Flug von Orlando nach Fort Myers nehme.«

Sunny fühlte sich elend. Sie wollte nur noch nach Hause und die Bettdecke über den Kopf ziehen. Vielleicht machte sie jetzt einen schlimmen Fehler. Nick kam dem Ideal eines Märchenprinzen schon ziemlich nahe. Aber sie konnte einfach nicht anders. Traurig sah sie ihn an. Er erwiderte ihren Blick. Ärger und gekränkte Eitelkeit lagen darin. Nick drückte sein Kreuz durch.

»Es ist deine Entscheidung. Ich fahr dich zum Flughafen.«

Sunny schüttelte den Kopf. »Nein, lass mal. Da fährt ja der Shuttlebus. Damit kann ich's noch rechtzeitig schaffen.«

»Okay, dann hol ich dein Gepäck aus dem Auto.« Nick stand auf und ging voran. Nachdem sie auf dem Parkplatz mit knappen Worten Abschied voneinander genommen hatten, drehte Nick sich noch einmal um. »Mich würde mal interessieren«, sagte er zynisch, »welche Rolle dabei dein Gärtnergehilfe spielt.«

»Wie bitte? Was meinst du?«, fragte Sunny konsterniert.

»Seine rührende Geschichte vom Surfen mit dem Delfin! Und sein Blick gestern Abend … Glaubst du etwa, den hab ich nicht gesehen?«

Als Sunny Stunden später aus dem Taxi ausstieg, das sie vom Flughafen in Fort Myers nach Hause gebracht hatte, begegneten ihr Lorraine und Andrew bei einem späten Abendspaziergang. Sie gingen eingehakt wie ein altes Ehepaar.

»Schön, dass du wieder da bist! Und Glückwunsch!« Lorraine umarmte sie begeistert und küsste sie auf die Wangen.

»Hallo, ihr zwei«, sagte Sunny matt.

»Unser Sam hat gewonnen«, freute sich auch Andrew. »Wir haben einen Bericht im Fernsehen gesehen.«

»Ja, einfach großartig!« Lorraine strahlte. »Und sonst? Wie war's?«

Sunny nahm das Gepäck entgegen, das der Taxifahrer aus dem Kofferraum hob, und riss sich zusammen. »Eine

Riesenparty!« Sie lächelte gequält. »Allerdings auch ein Riesenkater.«

Andrew sah sie mitfühlend an. »Das wird schon wieder.« Er nieste.

»Ach«, seufzte Lorraine. »Wir haben herausgefunden, dass Andrew eine Vogelallergie hat. Anfangs wussten wir nicht, woher es kam, dass er immer niesen musste und Atemprobleme hatte, wenn er bei mir zu Hause war …«

Sunny schaltete nicht sofort, erst Lorraines bedeutungsvolles Schweigen brachte sie darauf, dass die Nachbarin eine Reaktion von ihr erwartete.

»Oje!«, sagte sie betroffen. »Tja, dann … äh … hole ich Tom und Jerry morgen wieder rüber, samt der großen Voliere.«

Sie beobachtete sich wie von außen. Was versprach sie da gerade? Genau das hatte sie immer vermeiden wollen! Aber irgendwie fühlte sie sich schuldig, und ihr Hirn funktionierte nicht richtig. Sie spürte nur, dass Lorraine jetzt dieses Angebot von ihr erhoffte. Schließlich hatte sie sich schon lange genug um Sandys Lieblinge gekümmert. Ach, und eigentlich ist es auch egal, dachte Sunny, irgendwie sind die gefiederten Trolle ja auch putzig. Sie gehören eben zur Erbschaft dazu.

»Bist du dir sicher?«, erkundigte sich Lorraine.

»Ja, klar«, antwortete Sunny. »Es wird wirklich langsam Zeit.«

»Also, dann wäre es in der Tat eine Erleichterung für uns«, sagte Lorraine aufatmend. »Wir helfen dir natürlich, die Voliere rüberzuschaffen.«

»Dein netter Nachbar ist übrigens zurück«, warf Andrew ein. »Ich hatte bereits das Vergnügen.«

»Sie sind gleich aneinandergeraten!« Lorraine kicherte, sie schien direkt stolz auf ihren neuen Freund zu sein.

»Dabei ist Andrew wirklich die Geduld in Person. Aber Cyrus Need bringt ja jeden auf die Palme!«

Andrew verdrehte die Augen. »Als Mensch zu dumm, als Schwein zu kleine Ohren«, grummelte er in sich hinein.

Auch das noch, dachte Sunny und trottete zum Hauseingang.

20

Stormy tauchte erst am Donnerstagmorgen wieder am Strand auf. Schon aus der Ferne war sie nicht zu übersehen, in einem orangegelben Wallegewand bewegte sie sich wie ein seltsames vierbeiniges Wesen in der gebückten Muschelsucherhaltung näher. Sunny war bereits schwimmen gewesen. Sie zog rasch den nassen Bikini aus, kuschelte sich in ihren Bademantel und ruckelte sich eine gemütliche Sitzmulde in den Sand. Die letzten Tage hatte sie damit verbracht, ums Haus herum aufzuräumen und am Gebäude kleinere Reparaturen auszuführen. Ein wenig hatte sie auch geweint, ohne ganz genau zu wissen, weshalb. Aber sie sah nach vorn. Putzte das Gästehaus für ihre Freundin Anna. Plante genauer, was sie wo in ihrer Gärtnerei pflanzen wollte.

Für Tom und Jerry trug sie nun tatsächlich die volle Verantwortung. Sie hatte die Voliere nicht wieder an die Seite zu Cyrus Needs Haus auf die Veranda gestellt, um ihn nicht unnötig zu reizen, sondern auf der entgegengesetzten Seite, wo es keine Nachbarn, sondern nur den Kanal und Natur gab.

Als Stormy sie erblickte, hörte sie auf, nach Muscheln Ausschau zu halten, und lief eilig auf sie zu. »Huhu!«

Die Freundinnen umarmten sich, und Stormy ließ sich mit einem großen »Hach!« neben Sunny fallen. Sie berichtete von der gemächlichen Seefahrt zurück, Sunny schilderte ihre Erlebnisse im Aquapark und die Auseinandersetzung mit Nick.

»Ups. Das war's dann mit euch beiden?«, fragte Stormy, und drehte, wohl ohne sich dessen bewusst zu sein, ihre Anspannung in einen dicken Seitenzopf.

»Ja, es hätte einfach keine Zukunft«, antwortete Sunny entschieden. »Und was ist bei dir mit dem Rothaarigen an Bord gelaufen?«

Stormy lächelte. »Nichts Körperliches, aber wir haben uns sehr gut unterhalten. Erst war's nur Blödelei, dann ging's auch über das Leben an sich. Lustig, tiefsinnig und schön.« Sie ließ ihren Zopf unten los und er entrollte sich langsam wie eine Kordel. »Ich werde Eric sicher mal wiedertreffen. Er lebt in Sarasota, ist ja nicht so weit entfernt. Mal schauen, ob mehr daraus wird. Vielleicht ja, vielleicht nein …«

»Na, du suchst ja auch nicht dringend. Dann ist das doch perfekt.« Sunny beschäftigte eigentlich eine ganz andere Frage. »Was ist denn mit Sam? Er hat sich bei mir noch nicht wieder gemeldet.«

»Och, der war am Sonntagvormittag ganz schlecht drauf!« Stormy riss die Augen weit auf. »So kenn ich ihn gar nicht. Also erst mal war er natürlich ständig von Fans, Groupies aller Altersstufen und Journalisten umlagert. Und von seinen neuen Freunden unter den Lookalikes.« Stormy lachte laut auf. »Das war ein irres Bild – all diese Doppelgänger an Sloppy Joe's Bar beim Bloody-Mary-Trinken! Kaum einer nüchtern. Insgesamt 'ne super Stimmung. Nur der Sieger war grantig.«

»Oh, tatsächlich?« Sunny legte das Kinn auf ihre Knie, sie nahm eine Handvoll Sand und ließ ihn langsam auf ihren Fußrücken rieseln.

»Beim Armdrücken«, erzählte Stormy weiter, »das gehört ja wohl auch traditionell dazu, da hat er sie alle bis auf so einen Herkules besiegt. Ich hatte den Eindruck, dass Sam total sauer war.«

»Hast du ihm meine Grüße ausgerichtet und ihm erklärt, weshalb ich nicht gekommen bin?«

»Ja, hab ich. Auch, dass er sich ein neues Handy anschaffen soll.«

»Und? Hat er gesagt, was er jetzt machen will? Ich meine, Hemingway-Doppelgängersein ist ja kein tagesfüllender Job.«

»Nein«, Stormy zuckte ratlos mit den Schultern. »Also, ich hab ihn schon gefragt. Aber er sagte nur so was wie: Ein Mann muss tun, was ein Mann tun muss. Es würde ihn nun weiterziehen oder irgendwas in der Art. Echt machomäßig. Er war sicher noch voll auf dem Papa-Trip!«

Sunny schluckte. »Hast du … hast du eigentlich seinen Blick gesehen, als er beim Finale den letzten Satz aus *Inseln im Strom* zitiert hat?«

Stormy schüttelte den Kopf. »Ich war so hibbelig, dass ich nicht hingucken mochte.« Sie kramte in ihrem Muschelbeutel. »Schau mal, heute hab ich einen Haifischzahn gefunden! Und sehr schöne Wendeltreppen.« Sunny nahm den Zahn zwischen zwei Finger und bewunderte dann die hübschen gedrehten Meeresschneckengehäuse. »Toll! – Aber immer noch keine Junonia dabei?«

»*Nope.*« Stormy schob bedauernd ihre Unterlippe vor, »Das Beste kommt eben noch!« Sie hielten ihre Gesichter in die Sonne und lauschten den Wellen. Einige Pelikane ließen sich über dem Meer elegant im Aufwind treiben. Sunny fuhr mit der Zungenspitze über ihre trockenen Lippen, sie schmeckte das Salz darauf. Ihr Körper fühlte sich nach dem Schwimmen herrlich an, es prickelte und strömte. Das Leben konnte auch ohne Männer schön sein. »Trotz allem«, sagte Stormy schließlich, »es war ein unglaubliches Fest, oder?«

»Auf jeden Fall!« Sie lächelten sich an, mit einem

Leuchten in den Augen, das bereits den sentimentalen Glanz ankündigte, der künftig diese Erinnerung umstrahlen würde. Damals in Key West … Wieder schwiegen sie eine Weile. »Findest du, ich hab einen Fehler gemacht?«, fragte Sunny nach einer Weile leise. »Wegen Nick, meine ich.«

Stormy schüttelte den Kopf. »Nein, ich bin sogar froh darüber. Hab mir die ganze Zeit Gedanken gemacht, ob ich es dir sagen sollte oder nicht …«

»Was?«, fragte Sunny verwundert.

»Leslie hat mir anvertraut, dass Nick Amphetamine nimmt und so gestrecktes Zeug, Speed oder so was. Chemie eben für dieses ›Schneller, höher, weiter‹.«

»Ehrlich?« Sunny hatte den kleinen Zwischenfall mit den *smart pills* nicht erwähnt. Dann war es wirklich umso besser! Manches sah sie nun auch mit anderen Augen. Vielleicht hatte Nick sogar seine »Wie war ich?«-Frage nach dem Sex nicht witzig gemeint, sondern völlig ernst.

»Ist das schlimm für dich?«, fragte Stormy einfühlsam.

Sunny horchte einige Atemzüge lang in sich hinein. »Das Einzige, was ich wirklich bedauere«, sagte sie dann ehrlich, »ist, dass ich nun nicht mehr erfahre, was es mit der Penthousenummer auf sich hat.«

Stormy grinste. »Ich kann Leslie anrufen und fragen.«

»Nein, bitte nicht! Ich möchte dieser Episode nicht nachträglich jeden Zauber nehmen. Es waren doch auch schöne Stunden.«

Sam rief nicht an und schickte keine Mail. Sunny war enttäuscht. Sie fand sein Verhalten albern. Sie googelte, um alles zu erfahren, was über den Hemingway-Lookalike-Contest berichtet wurde, und sich kein Interview mit Sam entgehen zu lassen. Er sprach viel über den Schutz der Meere, besonders über den der Delfine. In einer regionalen

Fernsehsendung merkte ein Journalist ironisch an, dass Hemingway doch ein großer Hochseeangler und sehr stolz auf seine beim Big Game Fishing erbeuteten Blue Marlins gewesen sei.

»Wie kann es sein, dass ausgerechnet einer wie Sie diesen Wettbewerb gewinnt?«

»Erstens sehe ich ihm verdammt ähnlich«, erwiderte Sam gelassen, »und zweitens geht es nicht darum, den Fisch zu fangen, sondern den Spirit! Es geht darum, in Hemingways Sinne glaubwürdig zu sein, zu handeln und seine Botschaft weiterzutragen – passend zur heutigen Zeit. Ich glaube nicht, dass Papa sich heute exakt so wie damals verhalten würde.«

Der Journalist wurde ganz klein und nickte beeindruckt.

»Gut gebrüllt, Löwe!«, murmelte Sunny, als sie das Gerät ausschaltete. Na, vielleicht hatte Sam aktuell einfach noch zu viel um die Ohren. Er würde sich später sicher bei ihr melden.

Auch ihr Nochehemann ließ mit seiner Reaktion auf ihren Vorschlag zur einvernehmlichen Scheidung auf sich warten. Dieses Wartenmüssen zerrte an den Nerven. Es ging Sunny alles nicht schnell genug. Außerdem trieb sie die Neugier um, wie sich wohl inzwischen ihr Dünengarten entwickelte hatte.

Sunny fuhr nach Juno Island. Sie wusste ja, dass Nick in Orlando war, schlich um sein Haus herum, und … ihr ging das Herz auf. Die Palmen standen aufrecht und grünten, der tief wurzelnde Strandhafer wogte, sogar einige Strandwinden blühten! Erfreut kniete Sunny davor nieder. Das Blau, der unglaubliche Überlebenswille und die Kraft dieser zarten, geradezu poetischen Trichterblüten rührten sie zutiefst.

»Gut gemacht«, flüsterte sie. »Weiter so!«

Sie erhob sich und ging prüfend durch den Garten bis an das rechte Nachbargrundstück. Der Rasen nebenan wies große gelbe und braune Flächen auf, etliche Bäume waren entlaubt wie im Herbst, Büsche verdorrt, die Stauden vom Salzwasser verbrannt, kurz, es sah traurig aus! Eine Frau fotografierte das Elend. Jetzt bemerkte sie Sunny.

»Hallo, sind Sie nicht die Gärtnerin?«

Sunny zuckte zusammen. Sie fühlte sich ertappt. Durfte sie denn noch hier sein nach dem Streit mit Nick? Die Frau kam näher, Sunny erkannte sie als die Redakteurin des *Inselboten*.

»Hallo«, antwortete Sunny. »Ja, das bin ich. Und Sie sind die Journalistin, richtig?«

»Was für ein Zufall, dass ich Sie treffe. Ich wollte in unserer Gartenbeilage, die einmal im Monat erscheint, über Mr. Winslows wundervolle neue Strandoase berichten«, sagte die Frau. »Aber jetzt, da wir sehen, was das Salzwasser bei den Überschwemmungen angerichtet hat, bekommt die Story noch mal einen ganz anderen Dreh!« Sie lächelte gewinnend. »Wären Sie bereit, mir ein paar Dinge zu Ihrer Idee des naturnahen und umweltfreundlichen Gartens im Allgemeinen und über Strandgärten im Besonderen zu erzählen?«

Sunny fühlte sich ein wenig überrumpelt, andererseits war die Gelegenheit günstig. Sicher würde solch ein Artikel gute Werbung für sie sein und hoffentlich auch die Ratsmitglieder von Dolphin Island positiv beeinflussen.

»Natürlich, gern«, antwortete sie. »Was möchten Sie wissen?«

Als Sunny am Abend zur Probe ins Kulturzentrum kam, wussten natürlich alle längst, dass Sam den Wettbewerb in Key West gewonnen hatte. Und sie waren stolz, als hätte jeder Einzelne von ihnen ihn wochenlang vorbereitet. Etta bedauerte besonders, dass er nicht wieder mit zurückgekommen war. Aber allen fehlte Sams kräftige, sichere Stimme. Malcolm meckerte an diesem Abend ständig an den Sängerinnen und Sängern herum. Es war Sunny peinlich, dass sie auf die Fragen, wo Sam denn nun stecke und was er mache, keine Antworten geben konnte.

Der Artikel mit den Vorher-nachher-Fotos diverser Gärten, die auf Juno Island von Meerwasser überschwemmt gewesen waren, schlug ein wie eine Bombe. DER NEUE TREND: DÜNENGÄRTEN – MEHR ALS SANDKÄSTEN FÜR ERWACHSENE stand als Headline darüber. Ob beim Bäcker, im Supermarkt oder beim Optiker, wo Sunny sich eine neue Sonnenbrille aussuchte, überall wurde sie darauf angesprochen. Die meisten Leute waren hocherfreut, wie unversehrt »ihr« Garten im Gegensatz zu allen anderen den Wirbelsturm und seine Folgen überstanden hatte. Viele mochten aber auch, unabhängig davon, ihr ungewöhnliches Gartendesign. Es riefen sogar Interessenten an, die sich von ihr beraten lassen wollten. Sunny vertröstete alle, notierte deren Anschriften, betonte allerdings, dass ihr Betrieb noch nicht offiziell eröffnet sei. Selbst dann, so erklärte sie ihnen, werde es noch Monate und Jahre dauern, bis sie alle gewünschten Strandpflanzen aus eigener Anzucht liefern könne. Aber sie wolle sich solange durch ausgewählte Gärtnereien vom Festland beliefern lassen.

Sogar Cyrus Need war plötzlich freundlich zu ihr. Sunny traf ihren Nachbarn, als sie vom Einkaufen mit dem Rad nach Hause kam. Er stand an seinem Gartentor, als hätte er sie schon erwartet.

»Guten Tag, Mr. Need«, sagte sie höflich und wollte

schnell weiter, bevor er zu einer neuen Tirade über Unkrautsamen oder Kreischanfälle der Kakadus ansetzte.

Doch er grüßte nicht nur in freundlichem Ton zurück, sondern begann auch eine Art Small Talk. Na gut, dachte Sunny verblüfft, vielleicht weiß er zu würdigen, dass ich aus Deeskalationsgründen Tom und Jerry nicht zu seiner Gartenseite hin untergebracht habe. Oder es imponiert ihm, dass mein Schaugarten und meine Idee in der Presse so gut weggekommen sind.

»Das ist ein fortschrittlicher Ansatz«, dozierte Cyrus Need, »diese Sache mit den heimischen Pflanzen, die Umwelt schützen, alles natürlich und pflegeleicht und so weiter.« Geschmeichelt stimmte Sunny ihm zu. Sie lächelte zaghaft.

»Wissen Sie übrigens, wo Sie derzeit kostenlos richtig gutes Pflanzenmaterial finden können?«, fragte er.

»Nein«, antwortete Sunny. »Es ist sogar sehr schwierig, ausreichend Strandpflanzen in den bestehenden Gärtnereien aufzutreiben.«

»Da kann ich Ihnen einen Tipp geben. In der Sackgasse Culver Street zum Strand hin steht ein altes Anwesen auf einem großen Grundstück. Da ist über die Jahre alles verwildert. Das Gebäude wird gerade abgerissen, weil dort eine neue Hotelanlage errichtet werden soll.«

»Ach.« Sunny überlegte. Die Culver Street lag abseits ihrer Spazierpfade, sie hatte nur eine vage Vorstellung von dem Objekt.

Cyrus Need schob seine Schirmmütze höher. »Das Grünzeug wird über kurz oder lang von den Baumaschinen zerstört und entsorgt. Also, ich an Ihrer Stelle würde mich da mal umschauen.«

»Das klingt interessant«, sagte Sunny. »Danke für den Hinweis. Schönen Abend noch, Mr. Need.«

Sunny fütterte die Kakadus, telefonierte mit ihrer Mutter, und dann sie rief Anna an. »Ach, Sonja!«, eröffnete ihre beste Freundin das Gespräch. »Du glaubst es nicht! Ich will dich schon seit gestern dauernd anrufen. Es ist so irre, so wahnsinnig!«

»Was ist los? Du bist ja völlig aus dem Häuschen. Macht dich etwa die bevorstehende Reise derart nervös?«

»Nein! Sonja, ich bin schwanger! Endlich!« Annas Stimme überschlug sich fast.

Sunny brauchte einen Moment, um die gute Nachricht zu begreifen. »Anna! Wie toll! Das ist ja wunderbar, ich freu mich für dich – für euch!« Sie dachte daran, wie schmerzhaft die Fehlgeburten für ihre Freundin gewesen waren. »Ich drück ganz fest die Daumen!«

»Danke dir. Ich bin so froh. Aber auch wahnsinnig aufgeregt. Du verstehst doch sicher, dass ich jetzt nicht kommen kann, oder? Der Arzt sagt, ich soll jedes überflüssige Risiko vermeiden.«

»Oh …«, entfuhr es Sunny enttäuscht. Trotzdem verstand sie Anna. »Selbstverständlich, auf jeden Fall! Sei bloß vorsichtig, Anna. Du besuchst mich dann einfach irgendwann später mal.«

»Wahrscheinlich nach der Einschulung«, witzelte Anna. »Es tut mir so leid, sicher hast du dich genauso wie ich auf unser Wiedersehen gefreut. Hoffentlich hast du dir nicht schon zu viel Arbeit gemacht.«

»Ach, Unsinn. Ist natürlich schade, dass wir jetzt nicht gemeinsam Dolphin Island unsicher machen können – klar. Aber ich freu mich mit dir! Das Baby geht ja wohl vor.«

»Danke dir.« Anna atmete hörbar auf. »Es muss passiert sein, als wir im Frühjahr unsere Radtour auf der Deutschen Fehnroute unternommen haben. Wir haben ständig an diesen ostfriesischen Teezeremonien teilgenommen und konnten abends nicht einschlafen.« Anna lachte vielsagend. »Du, Sonja, mir schwirrt da eine Idee im Kopf herum … Du erinnerst dich doch an Lisa, oder?«

»Die Azubine aus meinem alten Betrieb?«

»Genau! Die hab ich vor ein paar Tagen wiedergetroffen. Es geht ihr gar nicht gut. Sie leidet immer noch in der Firma, man sieht es ihr inzwischen richtig an.«

»Gott, die Arme!«

»Sie hat sich jetzt ihren ganzen Jahresurlaub am Stück genommen, sagte sie, um sich zu berappeln. Was wäre denn, wenn wir mein Ticket umbuchen lassen würden und sie an meiner Stelle käme? Ich kann es ihr ja zum halben Preis verkaufen.«

»Oh …«, entfuhr es Sunny. »Das kommt jetzt gerade ein bisschen plötzlich.« Sie atmete tief durch und überlegte. »Aber eigentlich hast du recht. Warum nicht? Von mir aus.«

»Super! Das ist bestimmt eine gute Tat. Lisa wird sich so freuen.«

»Sag ihr nur, dass ich keine Zeit hab, mich um sie zu kümmern. Ich meine, sie ist schließlich keine Freundin. Sie kann im Gästehäuschen wohnen, da ist sie willkommen, aber sonst soll sie für ihren Spaß selbst sorgen.«

»Alles klar, das werde ich ihr ausrichten«, erwiderte Anna erfreut, »vielleicht mit etwas anderen Worten. Sie meldet sich dann bestimmt bald bei dir, wegen der Anreisedaten und so. Ach, Sonni, fühl dich umarmt!«

»Du dich auch, Anna. Ich hab dich lieb, alte Freundin.«

»Hey, so alt bin ich nun auch wieder nicht.«

»Dann eben mittelalte Freundin. Tschüs!«

»Tschühüs!«

Sunny legte das Handy zur Seite und schaute auf Tom,

der wichtigtuerisch auf sie zuwatschelte und das Köpfchen schief legte. »Ich liebe dich, liebe dich«, krächzte er.

»Na, wenigstens einer!«

Sunny hielt ihm den Unterarm hin, er kletterte darauf und rieb seinen Hinterkopf an ihrer Schulter.

»Hier ist Amy Botter«, sagte die Frau am Telefon. »Ich habe von Ihren hinreißenden Gartenplänen gelesen und gehört.«

»Oh, guten Tag, Mrs. Botter.« Sunny schaltete sofort. Die Frau des Bürgermeisters rief sie an! »Das ist schön. Was kann ich für Sie tun?«

»Ja, wissen Sie, mein Mann ist immer furchtbar beschäftigt. Und wir mögen beide die Gartenarbeit nicht sonderlich.« Mrs. Botter lachte. »Aber um ehrlich zu sein, ich kann es auch nicht ausstehen, wenn die Leute vom Gartenpflegeservice stundenlang im Garten rackern und rattern.«

Sunny lachte höflich mit. »Dann brauchen Sie also einen pflegeleichten Garten.«

»Ja, und nicht nur das.« Amy Botters Stimme klang plötzlich ganz eifrig. »Ich hab das Meditationshäuschen von Nick Winslow gesehen. Und die Strandhaferfelder, diese wogenden Quader, bei Etta und Ranger. Die haben ja etwas himmlisch Beruhigendes. Genau das bräuchte mein Mann auch. Damit er zu Hause zur Ruhe kommt, verstehen Sie?«

»Ja, ich verstehe, was Sie meinen, Mrs. Botter.«

»Könnten Sie nicht mal zu uns kommen, wenn mein Mann nicht da ist, und sich alles ansehen? Und dann den neuen Garten anlegen? Auch, wenn er nicht da ist, damit ich ihn überraschen kann.«

»Also, Mrs. Botter, im Prinzip ginge das natürlich«, hob Sunny an, »aber noch ist meine Firma nicht …«

Mrs. Botter ließ sie nicht aussprechen. »Wallace ist in der zweiten Septemberwoche auf Reisen, erst ein Parteikongress, dann politische Weiterbildung, und wenn Sie es in dieser Woche einrichten könnten, wie gesagt, möglichst pflegeleicht, eben mit heimischen Pflanzen, das ist ja zu Recht jetzt auch wahnsinnig trendy und dabei doch eigentlich ganz traditionell, und deshalb möchte ich das auch unterstützen, man hat ja eine Vorbildfunktion, nur in Modern mit irgendwas zum Abschalten, Meditieren, Zusichkommen. Verstehen Sie?«

»Ja, ich verstehe, Mrs. Botter«, wiederholte Sunny und begann noch einmal von vorn. »Aber wie ich vorhin schon versucht habe, deutlich zu machen, darf ich jetzt noch nicht offiziell …«

»Sie haben doch auch meiner Freundin Rose schon einen Plan für ihren Kolibrigarten gemacht und etliche andere Leute aus dem Kulturzentrum beraten, und alle sind begei…«

»Ja, das war allerdings rein privat«, bremste Sunny, »als Dank für deren Unterstützung. Es war auch immer nur ein grober Entwurf zur Orientierung, und keine Ausführung.«

Mrs. Botters Stimme nahm einen ungeduldigen Unterton an. »Sie wissen schon, dass mein Mann der Bürgermeister ist, oder?«

»Ja, natürlich, Mrs. Botter.«

»Bitte verstehen Sie mich nicht falsch, meine Liebe. Vielleicht kommen Sie einfach mal vorbei, so von Angesicht zu Angesicht lässt sich doch vieles leichter besprechen.«

Manchmal ist Angriff die beste Verteidigung, dachte Sunny. »Wie wäre es jetzt gleich?«, fragte sie deshalb.

»Wunderbar, ja! Wallace ist den ganzen Tag in Meetings. Sie wissen, wo wir wohnen?«

Mrs. Botter gab ihre Anschrift an, Sunny kannte die Straße. »Okay, ich schwinge mich auf mein Fahrrad und bin in einer halben Stunde bei Ihnen.«

Amy Botter war klein und kräftig, hatte kurzes graues Haar, einen großen Busen und kleine Füße, die in geschlossenen Schuhen mit Absätzen steckten, wodurch sie Sunny an Miss Piggy und an ihre frühere Mathematiklehrerin erinnerte. Sie besaß jedoch eine mütterliche Ausstrahlung und eine Herzenswärme, die während des Telefonats nicht so rübergekommen war.

»Sagen Sie Amy zu mir«, bat sie und führte Sunny durch den großen Garten mit Pool, Rasen, konventionellen Blumenrabatten und aufwendig zu pflegenden Pflanzen. Das sei das Werk ihres Schwagers, der auf dem Festland eine Gärtnerei betreibe, erklärte Amy. »Ich hab seinen Stil noch nie gemocht, ich finde ihn spießig, aber mein Mann traut sich nicht, seinen Bruder vor den Kopf zu stoßen.«

»Na, das kann man ja verstehen«, sagte Sunny. »Wer riskiert schon gern einen Krach in der Familie?«

»Ist mir in diesem Fall egal«, sagte Amy Botter. »Ich mag meinen Schwager nicht sonderlich.« Sunny sah sich um. Es konnte durchaus ein interessantes Projekt werden. »Deshalb muss ich Wallace ja vor vollendete Tatsachen stellen, er kann dann mir die Schuld zuschieben.« Die Hausherrin lachte. »Wir brauchen natürlich eine Ecke, in der man schön sitzen kann, mein Mann bringt oft wichtige Leute mit nach Hause. In erster Linie soll er sich hier allerdings erholen.«

Sunny nickte. »Ich kann mir Ihren Mann irgendwie nicht im Lotussitz vorstellen. Heizen Sie Ihren Außenkamin eigentlich mit Holz?«

Mrs. Botter sah sie verblüfft an. »Ja, das lassen wir uns immer anliefern. Teurer Spaß übrigens.«

»Meinen Sie, Ihr Mann würde es gern selbst hacken?«

»Ja ... äh ... vielleicht ... äh ... Ja, doch, ich glaube schon.«

»Mrs. Botter, ich mache Ihnen einen Vorschlag. Ich beschäftige mich mit Ihrem Wunsch und mit diesem Grundstück. Dafür müsste ich noch einige Male zu verschiedenen Tageszeiten kommen und mehr über die Bewohner und ihre Wünsche erfahren. Und ich zeichne Ihnen eine Skizze, aber ich kann den Plan noch nicht ausführen.«

Die Bürgermeistergattin sah sie enttäuscht an. »Wie schade. Es wäre so schön, wenn Sie ...«

»Entweder beauftragen Sie eine andere Firma, oder Sie warten, bis ich meine aufmachen darf.«

»Was würde es kosten, wenn Sie alles machen könnten?«

Sunny nannte ihr einen durchschnittlichen Quadratmeterpreis.

»Und nur der Entwurf?«

»Ich möchte keine Schwierigkeiten bekommen ...«

»Wir könnten das doch unter der Hand regeln.«

»Ich weiß nicht ...«

Sunny saß plötzlich in der Zwickmühle. Sie wollte auf keinen Fall die Frau des Bürgermeisters ihrer neuen Heimat verärgern, und es wäre bestimmt eine erstklassige Werbung für sie, wenn sie deren Garten gestalten würde, aber sie musste aufpassen, dass sie sich an die Regeln hielt.

»Ich mache Ihnen auch einen Vorschlag, Herzchen«, erwiderte Mrs. Botter mit einem milden Lächeln. »In der Woche, wenn Wallace in Tallahassee ist, schauen Sie sich nach Herzenslust hier um. Sie machen einen Plan, und wer weiß ... Vielleicht dürfen Sie dann ja auch schon loslegen.«

Sunny sah sie skeptisch an. »Und wenn nicht?«

»Na ja ...«

Sie überlegte, ob sie anbieten sollte, den Entwurf

kostenlos zu machen. Doch das ging ihr gegen den Strich. Außerdem würde man das als Bestechungsversuch auslegen können. Grübelnd und mit einem unbehaglichen Gefühl im Magen ging sie weiter.

Mrs. Botter wechselte geschickt das Thema und plauderte über Unverfängliches. Dass sie als Kind immer von Bauerngärten geschwärmt habe und dass sie gern mit Kräutern koche, dass das Haus eigentlich zu groß sei, seit ihre Kinder ausgezogen seien, dass ihr Mann hervorragend Schach spiele, aber deshalb zu viel im Haus hocke, dass ihr Sohn Marc ein großartiger Geschäftsmann sei, sich leider nicht so gut mit seinem Vater verstünde, weil sie beide ehrgeizige Dickschädel seien und sich im Grunde doch so ähnlich, dass sie dennoch hoffte, dass ihr Mann, wenn Marc erst seinen nächsten geschäftlichen Coup gelandet habe, dem Sohn endlich die gebührende Anerkennung zollen und alles gut sein würde.

Während sie redete und redete, begannen sich in Sunnys Fantasie erste Bilder des künftigen Gartens zu formen. Kreisrund musste man ihn anlegen. Und in den durch Hecken abgetrennten vier Ecken würde sie einen rustikalen Holzhackplatz einrichten, eine Kräuterspirale, einen Sitzplatz und einen versteckten Rückzugsort. Sie sah vor ihrem geistigen Auge schon ein begehbares Schachfeld aus hellen und dunklen Natursteinen. Sunny zwang sich, den kreativen Prozess zu unterbrechen. Sie schüttelte sich.

»Amy, ich denke, wir warten jetzt erst mal zwei Dinge ab. Erstens die Entscheidung des Gemeinderats über die Nutzung des Grundstücks. Und zweitens, ob ich das Investorenvisum überhaupt erhalte.« Was voraussetzte, dass Michael sich endlich mit ihren Vorschlägen einverstanden erklärte und ihr schleunigst Geld schickte. Aber dieses Detail behielt sie lieber für sich.

Die Bürgermeistergattin machte eine wegwerfende Geste. »Ach, wir wollen doch nicht päpstlicher sein als der Papst. Ich kann Ihnen unter der Hand den Gartenentwurf bezahlen, und Sie versteuern später alles ordnungsgemäß. Wir finden schon eine Regelung.« Sie begleitete Sunny an die Gartenpforte. »Also, ich erwarte Sie dann in der zweiten Septemberwoche. Rufen Sie an, wann es Ihnen passt.«

Sunny sagte weder Ja noch Nein. Es würde knapp werden, weil sie Mitte September nach Deutschland flog, doch nicht unmöglich. »Mal sehen. Es war sehr interessant, vielen Dank, Amy.« Sie verabschiedete sich mit einem Lächeln.

Auf dem Rückweg radelte sie am Gemeindehaus vorbei und hielt an, um sich über die nächste Ratssitzung zu informieren. Vielleicht gab es schon irgendetwas Neues. Aufmerksam studierte Sunny den Aushang mit den Tagesordnungspunkten im Schaukasten. Sie fand »ihren« Punkt, die Entscheidung über die Umwidmung diverser Grundstücke, nicht. Irritiert betrat sie das Gebäude und marschierte direkt ins Vorzimmer des Bürgermeisters.

»Mr. Botter ist nicht da«, gab seine Mitarbeiterin Auskunft.

»Das weiß ich. Können Sie mir vielleicht erklären, weshalb der Beschlusspunkt über Naturschutzgebiet oder nicht bei der nächsten Sitzung plötzlich fehlt?«, fragte Sunny beunruhigt.

»Soweit ich das mitbekommen habe, hat unser Präsident gerade ein Bundesgesetz zur Sicherung der Küsten und zum Flutschutz geändert«, erwiderte die Gemeindesekretärin. »Da sollen nun wohl erst mal Juristen klären, was das genau für uns im County und für unsere Inselgemeinde bedeutet. Deshalb ist der Punkt verschoben worden.«

»Wie … verschoben?«, fragte Sunny begriffsstutzig.

»Na ja, auf die übernächste Ratssitzung oder auf dann, wenn die Fragen zuverlässig geklärt sind.«

»Und wie lange dauert das?«

»Na ja … vielleicht ein paar Wochen oder … Monate.«

O nein, bitte nicht!, dachte Sunny entsetzt. Sie biss sich auf die Unterlippe.

»Danke für die Auskunft.«

»Es ist so eine Sch…«, fluchte Sunny auf Deutsch.

Sie saß in Lorraines Wohnzimmer auf dem Sofa und berichtete der Freundin und Andrew von ihrer Entdeckung. Beide lauschten teilnahmsvoll, man hörte nur die Klimaanlage summen und den Regen gegen die Fensterscheiben tröpfeln. »Mir läuft die Zeit davon.« Sunny war den Tränen nahe. Warum rollte das Schicksal ihr denn schon wieder ein Stolperstein auf den Weg? Vielleicht steckte noch etwas anderes hinter der Verzögerung? Wenn sie doch mit Sam darüber reden könnte! »In ein paar Wochen läuft mein Visum aus!«

Lorraine legte den Arm um Sunnys Schulter. »Es wird sich schon eine Lösung finden, da bin ich mir sicher«, sagte sie tröstend. »Nimm erst einmal ein Stück Lime Pie, ganz frisch.«

Sunny schüttelte den Kopf.

Andrew schenkte ihr Kaffee ein und stellte Fragen zu ihrem derzeitigen Visum. »Na, das ist doch kein Problem«, sagte er dann und schob sich den ersten Bissen seiner Tarte in den Mund. »Wieder ganz wunderbar, Rainy, ein Traum!«

»Wieso kein Problem?«, fragte Sunny.

»Weil du dein Halbjahresvisum noch einmal um ein halbes Jahr verlängern lassen kannst, ohne dass du die USA verlassen musst.«

»Ehrlich?« Sunny schöpfte neue Hoffnung.

»Ja, mit einem einfachen Touristenvisum wäre das nicht möglich gewesen, mit deinem schon.«

»Hach!« Erleichtert setzte Sunny sich aufrechter hin. »Ich glaub, jetzt nehm ich doch ein Stück.«

»Wie gut, dass wir einen Juristen in unserer Mitte haben.« Lorraine lächelte verliebt.

»Und zum bunten Abend werden es noch mehr«, ergänzte Andrew vergnügt. »Mein alter Juristenstammtisch aus Tallahassee hat sich für einen Ausflug angekündigt. Die Jungs stehen auf Motown und wollen mich spielen hören!« Er lachte gutmütig. »Sind ein paar großartige Kerle dabei, einige schon pensioniert, andere in interessanten Positionen bei Gericht und in den Ministerien.«

»Oje«, Lorraine wibbelte in ihrem Sessel, »hoffentlich blamieren wir uns nicht. Ich muss diese dumme Drehung bei *My Girl* endlich hinkriegen.«

»Komm her, steh auf!«, forderte Sunny sie auf. Beide gingen in die Ausgangsposition, Sunny begann zu singen, Lorraine fiel ein, Andrew produzierte nur mit Lippen und Stimme die Posaunentöne. »Und jetzt« – Sunny gab vor dem entsprechenden Takt ein Zeichen – »drehen. *My girl, my girl, my girl!*« Beide drehten sich. »*Yeah!* Gar nicht übel, Rainy«, lobte Sunny.

»Juchhu!«

Lorraine schien es verstanden zu haben. Glücklich wiederholte sie die Drehung immer wieder, sogar noch, als sie Sunny beim Aufbruch zur Terrassentür begleitete. Es regnete nicht mehr, die Steinplatten draußen dampften.

»Tschüs, ihr zwei«, sagte Sunny lächelnd, »und herzlichen Dank!«

Auch sie swingte noch auf dem Weg über die Straße mit den Fingern schnipsend und *My Girl* singend. Vor ihrem Haus blieb sie verblüfft stehen. Dort parkte ein

Leihwagen, und da lief jemand in ihrem Garten umher. Die Kakadus auf der Veranda fingen an zu schimpfen. Jetzt kam ein Mann hinter der Bananenstaude hervor. Er hielt einen großen Strauß roter Rosen im Arm. Sunny kannte diesen Mann. Ihr fiel der Unterkiefer herunter, und sie spürte einen tiefen schmerzhaften Stich in ihrem Herzen.

»Michael!«, rief sie überrascht. »Was machst du denn hier?«

21

So hatte Sunny sich das immer ausgemalt – ihr Mann, reumütig mit roten Rosen, scheute keinen Weg und reiste um die halbe Welt, um sie zurückzuerobern! *Ain't no mountain high enough*, summte es kurz in ihrem Kopf. Schnell lief sie ihm entgegen. Bei den letzten Schritten verlangsamte sie das Tempo, schließlich stockte sie einen Moment. Dann umarmten sie sich ungeschickt, wobei die Rosen im Weg waren, und küssten sich auf die Wangen.

Michael machte einen erschöpften Eindruck. Er musterte sie von oben bis unten. »Toll siehst du aus, *my girl!* Schon richtig amerikanisch.«

»Ach, Quatsch …« Verlegen fuhr Sunny sich mit einer Hand durchs Haar und sah an sich herunter. Sie trug doch nur Shorts und ein T-Shirt. Aber sie hatte eine gepflegte Bräune, und durch das tägliche Schwimmen war sie nicht nur schlank geblieben, sondern auch straffer geworden. »Komm erst mal rein!« Sunny schloss die Haustür auf, ging voran und öffnete im Wohnzimmer die Verandatür zur Gartenseite.

»Das ist also die Hütte!« Michael übergab ihr die Blumen und sah sich neugierig um.

»Sehr schöne Rosen, vielen Dank.«

Michael versuchte, einen lockeren Ton anzuschlagen. »Hast du 'ne Ahnung, wie schwierig es ist, in Florida rote Rosen zu bekommen?«

»Wär ja nicht nötig gewesen.« Sie entdeckte eine

Glasvase, füllte am Spülbecken Wasser hinein und stellte sie mit dem Strauß auf den Küchentresen. »Was kann ich dir anbieten? Bist du hungrig?«

»Nichts zu essen. Irgendwas Kühles, ohne Alkohol, bitte. Bei diesen Temperaturen köpft einen ja schon ein Bier. Wie hältst du das bloß aus? Ich schwitze permanent.«

Sunny spürte, dass ihre Aggressionen erwachten. Sie stellte Gläser, Saft, Mineralwasser und etwas Knabberzeug auf ein Tablett. »Was treibt dich nach Amerika?«, fragte sie, während sie es auf den Gartentisch stellte und ihnen einschenkte. »Bitte, mach's dir doch bequem.«

Sie setzten sich über Eck, sodass sie sich nicht direkt ansehen mussten. Um Michael ihre Aufregung nicht spüren zu lassen, bewegte Sunny sich konzentriert, vielleicht eine Spur zu langsam.

»Nicht schlecht«, sagte er mit Blick auf den Garten anerkennend, »nettes Fleckchen.« Er nahm einen Schluck Fruchtschorle und räusperte sich. »Ja, also, die Firma hat zu einem internationalen Pharmakongress in Miami eingeladen, mein Spezialgebiet, und da dachte ich, wenn ich schon mal da bin …«

Ach, so war das. Die Enttäuschung legte sich wie eine schwere Decke über sie. Er kam nicht nur ihretwegen hierher.

»Na, dann hoffe ich, dass die Firma trotzdem deinen Rückflug bezahlt.«

»Klar doch, klar, das haben wir schon so hingedeichselt.« Erst als er den Satz beendet hatte, ging Michael auf, dass sie es ironisch gemeint hatte. Er seufzte. Nun sah er sie mit seinen schönen graugrünen Augen an und schenkte ihr einen erstklassigen Dackelblick. »Sonja, ich bin gekommen, um noch einmal in Ruhe mit dir über alles zu reden.«

»Ja?«, sagte sie nur und wartete dann ab.

»Ich weiß nicht, ob deine Informanten es dir schon durchgetrommelt haben ... Jenny und ich sind nicht mehr zusammen.«

»Oh!« Das hatte ihr niemand gesagt. Ihre Mutter hatte es wahrscheinlich überhaupt nicht mitbekommen, und Anna war jetzt mit anderen Dingen beschäftigt. »Warum?«

»Sie ist bei mir eingezogen, aber es hat einfach nicht funktioniert. Sie fühlt sich auf dem Land nicht wohl, ihre Yogaleute in der Stadt haben ihr gefehlt, und wir ... Na ja, also, ich will jetzt auch nicht zu intim werden.«

»Nein. Bitte nicht.« Sunny empfand Schadenfreude, und sie schämte sich nicht mal dafür. »Ach, da hast du gedacht, versuch ich's halt wieder mit der alten Frau, oder was?«

»Sonja, das ist jetzt ungerecht! Wenn du in diesem Ton reagierst ... Weißt du, es fällt mir auch nicht leicht, hier so zu Kreuze zu kriechen ...« Sie tauschten einen verletzten Blick. Michael ergriff ihre Hand. »Können wir nicht einfach ganz ehrlich miteinander sein? Ohne Vorwürfe?«, bat er. Seine Augen schimmerten feucht. Plötzlich war es Sunny, als wäre in ihr ein Schalter umgelegt. Auch sie spürte ja den Wunsch, sich ehrlich und offen mit dem Mann auseinanderzusetzen, der jahrelang der wichtigste in ihrem Leben gewesen war. Sie nickte. »Ich wollte dich nie hintergehen, ich wollte dich nicht belügen und betrügen«, versicherte Michael.

Sunny schluckte. Eine Träne lief ihr die Wange hinunter. »Michael, das glaub ich dir sogar. Ich kenne dich so gut ...«

Sie schwieg. Aber er hatte es eben doch getan. Nicht nur einmal. Ihr Herz schmerzte.

»Du glaubst mir, weil das die tiefere Wahrheit ist. Weil du mich liebst«, sagte Michael leise. »Und ich liebe dich auch immer noch, ich hab nie aufgehört damit.«

»Du hast es nur ein bisschen vergessen.«

Sunny wischte sich die Träne weg. Dummerweise fing ihre Nase an zu laufen. Sie lächelte trotzdem.

Michael hob ihre Hand und legte sie an seine Wange. »Du bist mir so vertraut, Sonja. Es geht nicht auf Dauer, dass du auf einem anderen Kontinent lebst als ich. Ich kann mir mein Leben nicht vorstellen ohne dich.« Jetzt strömten ihre Tränen nur so, Sunny konnte nichts dagegen tun. Es war schön, dass Michael das sagte. Es tat gut. Fühlte sich heilsam an, wie Balsam auf der kaum vernarbten Wunde. Sunny senkte den Blick. »Stell dir mal vor«, begann Michael sich ihre gemeinsame Zukunft auszumalen, »wir könnten die Winter hier in Florida verbringen und die Sommer im Ammerland – das wäre doch ein Traum, Sonja!«

Sie schniefte und schaute ihn wehmütig an. »Ja, genau das ist es. Nur ein Traum!«

»Aber wieso denn?«

»Erst mal ganz praktisch. Wir müssen doch beide weiter arbeiten. Wie sollte das wohl gehen?«

»Na gut, dann verbringen wir eben nur die Urlaube hier und vermieten das Haus die übrige Zeit. Und das mit dem halben Jahr machen wir dann als Rentner.« Michael legte seine ganze Überzeugungskraft in seine Worte. »Aber ich liebe dich und du liebst mich. Das wird ganz sicher immer so bleiben.«

»Und wohin bringt mich das? Es stimmt, dass ich dich auch immer noch liebe. Aber das reicht nicht«, sagte Sunny mit erstickter Stimme. »Das macht es ja so schwer. Ich wünschte, ich könnte einfach nur denken: Was für ein Arschloch. So wie andere Frauen, wenn sie sich trennen und ihren Männern für immer den Rücken zu kehren.«

Michael beugte sich vor. »Nachts, im Schlaf, da träum ich oft von dir«, sagte er beschwörend. »Dann ist alles wie früher, schön und harmonisch. So sehr hab ich dich verinnerlicht.«

Sunny nickte. »Ich kenn das. Ab und zu hab ich auch einen besonders tiefen, intensiven Traum, in dem wir so glücklich sind und so selbstverständlich miteinander umgehen wie früher.« Sie konnte nicht weitersprechen. Michael reichte ihr ein Papiertaschentuch. »Aber ich träume auch manchmal von meinem Vater. Meist sitzen wir dann zur Teestunde zusammen. Alles ist friedlich, ich staune auch nicht, dass er lebt, sondern finde es ganz normal, ich kann ihn beinahe riechen und berühren, die ganze Atmosphäre ist wie früher, ich seh sogar die Staubkörnchen im Sonnenlicht schweben, und mein Vater ist mir ganz nah.« Sie putzte sich die Nase und sah Michael mit blanken Augen an. »Doch wenn ich aufwache, ist er tot. Er ist eben tot! Und wenn ich aus meinen Träumen mit dir aufwache, dann ist da ein Riss. Du hast mein Vertrauen missbraucht, hast mich enttäuscht. Du bist nicht mehr der Mann, der du warst. Und ich hab mich auch verändert.«

Michael war blass geworden. »Jetzt bin ich echt geschockt«, gab er in seltener Offenheit zu.

Sunny trocknete ihre Tränen. Ihr wurde gerade etwas klar. »Hier gibt es Hurrikans in fünf Abstufungen«, erklärte sie. »Stufe 5 hat fünfhundertmal so viel Zerstörungskraft wie Stufe 1. Wusstest du das? Alles dreht sich beim Hurrikan um das Auge des Sturms. Was unter Stufe 1 liegt, wird zum tropischen Wirbelsturm herabgestuft.«

»Was willst du mir damit sagen?«

»Im vergangenen Jahr, als ich begriff, dass es dich richtig erwischt hat mit dieser Jennifer, da ist das über mich hereingebrochen wie ein Hurrikan der Kategorie 5. Chaos, Verzweiflung, es hat mir den Boden unter den Füßen weggezogen. Ich hab gedacht, das wär das Ende der Welt. Alles drehte sich nur um dich, du warst das Auge meiner Gefühlsstürme.«

Betreten schaute Michael weg. »Es tut mir leid«, murmelte er hilflos.

»Und jetzt«, brachte Sunny ihren Vergleich zu Ende, sie war verblüfft, wie gut er tatsächlich ihrem Gemütszustand entsprach, »jetzt merke ich, dass ich den Hurrikan runterstufen kann, auf weniger als einen ganz normalen Tropensturm, denn da ist keine Auge des Sturms mehr.« Sie sagte es langsam und betonte jedes Wort: »Du bist nicht mehr mein Zentrum.«

Michaels Gesichtsausdruck verriet ihr, dass er verstanden hatte und sich geschlagen gab. Er stöhnte laut auf. Sie tranken beide einen Schluck. Schweigend blickten sie in den Garten. Die Dämmerung setzte ein. Irgendwo begann ein Baumfrosch zu quaken.

»Hast du jetzt Hunger?«, fragte Sunny nach einer Weile. »Möchtest du hier übernachten? Ich hab gerade das Gästehäuschen hergerichtet.«

Michael erhob sich, er vertrat sich die Beine, atmete ein paarmal tief durch. »Nein danke. Unter diesen Umständen halt ich es für besser zurückzufahren.«

»Möchtest du noch einen Spaziergang machen? Vielleicht den Sonnenuntergang am Meer ansehen?«

»Mit meiner künftigen Exfrau? Lieber nicht.« Er lachte unfroh auf. »Aber wir sollten noch das Finanzielle regeln.«

»Setz dich doch wieder«, sagte Sunny, »es macht mich nervös, wenn du dabei herumläufst.«

»Also, deinen Vorschlag mit der einvernehmlichen Scheidung find ich gut«, sagte Michael. »Wir müssen unser sauer verdientes Geld nicht den Scheidungsanwälten in den Rachen werfen.«

»Gut.« Sunny nickte erleichtert.

»Die Hälfte von unserem Haus willst du also«, fuhr ihr Mann fort, er blieb stehen. »Tja, ich möchte auch die Hälfte von deinem, also diesem Haus, und von dem Grundstück. Auf wie viel kämen wir denn da so in etwa?«

»Spinnst du?« Sunny sprang entsetzt auf.

»Wieso?«, gab Michael achselzuckend zurück. »Wir leben in einer Zugewinngemeinschaft. Da wird alles geteilt.«

»Moooment!« Sunny drückte ihr Rückgrat durch. »Ich hab mich damals, gleich als es mit deiner Yogatussi losging und ich die Nachricht von der Erbschaft erhalten hatte, bei einem Anwalt erkundigt. Und der hat mir versichert, dass eine Erbschaft auch in einer Zugewinngemeinschaft nur demjenigen gehört, der geerbt hat.«

»Ach, ist das so?«

»Ja«, ergänzte Sunny aufgebracht, »der Ehepartner kann allenfalls die Hälfte vom Zugewinn der Erbschaft beanspruchen. Also, falls Sandys Haus seit dem vergangenen Jahr im Wert gestiegen wäre, stünde dir von diesem Zugewinn die Hälfte zu.« Sie wies auf die reparaturbedürftigen Fensterläden und das lädierte Dach. »Hier dürfte der Wert aber eher gesunken sein, weil der Sturm eine Menge Schäden angerichtet hat. Willst du dich ernsthaft auf einen Streit darüber einlassen?«

Lächelnd machte Michael zwei Schritte auf sie zu. »Nö!« Er umfasste ihre Taille. »Ich dachte nur, versuchen kann ich's ja mal.«

»Ach, du!« Sunny wollte gegen seine Brust trommeln, doch er hinderte sie daran.

»Ich hab mit meiner Bank gesprochen«, sagte Michael nun wieder ernsthaft. »Sie geben mir einen Kredit, damit ich dich ausbezahlen kann. Wir lassen das Haus von einem unabhängigen Sachverständigen schätzen. Ich will es nicht verkaufen.«

»Echt?« Jetzt war Sunny ziemlich durcheinander.

»Ja. Du bekommst deine Hälfte, abzüglich deines Anteils

an unserem noch nicht abbezahlten Kredit. Die Bank schuldet das um. Hundertzwanzigtausend werden wohl mindestens für dich übrig bleiben, vielleicht auch mehr. Und das Geld wird ziemlich zügig auf dein Konto überwiesen.«

Schon wieder trieb es Sunny Tränen in die Augen. »Ehrlich?« Das bedeutete, sie würde bald ihr Investorenvisum beantragen können! Ihr Floridatraum würde sich erfüllen! »Danke, das ist eine große Erleichterung für mich«, flüsterte sie.

Michael versuchte sichtlich, seine Rührung zu verbergen. »So, ich sollte dann jetzt auch losfahren.«

Sunny begleitete ihn zum Ausgang. »Tschüs, Sonja!« Ihr Nochehemann umarmte sie ein letztes Mal. »Eine Kammer in meinem Herzen wird immer für dich reserviert sein«, sagte er leise.

Sein Anblick verschwamm vor ihren Augen.

»Mach's gut!« Sunny öffnete ihm. Sie wartete ab, bis sie sein Auto starten hörte. »Arschloch!«, sagte sie dann und ließ die Tür ins Schloss fallen.

Einen Tag nach Michaels Abgang traf spätabends Lisa mit einem Leihwagen ein. Sie hatte abgenommen und trug das blonde Haar inzwischen schulterlang. »Du bist hübscher geworden«, sagte Sunny, als sie ihr das Gästehäuschen zeigte.

»Danke, dass ich hier wohnen darf!«, antwortete Lisa mit vor Aufregung rosigen Wangen. »Ich möchte mich gern dafür erkenntlich zeigen. Also, wenn es etwas gibt, wobei ich dir helfen kann …«

»Ich glaube nicht, aber vielen Dank für das Angebot«, erwiderte Sunny lächelnd. »Erhol dich einfach gut. Wenn du Lust hast, kannst du mich am Donnerstag zum Probenabend in unser Kulturzentrum begleiten.«

»Ja, sehr gern!«

Lisa verhielt sich diskret und war pflegeleicht. Als Gast-geschenk hatte sie Ostfriesentee und Kandis mitgebracht. Sicher ein Tipp von Anna, dachte Sunny, und lud Lisa zu einem Tee auf der Veranda ein. Sie plauderten über ge-meinsame Bekannte und die Gärtnerei. Ihre Rhodozüch-tung, so erfuhr Sunny, hatte sich weiter gut entwickelt.

Beim Probenabend stellte Sunny ihren Gast einigen Leu-ten vor und überließ Lisa dann sich selbst. Schließlich musste sie auf die Bühne. Doch man hätte blind sein müs-sen, um nicht mitzubekommen, dass es zwischen Lisa und dem schüchternen Greg vom ersten Blick an gefunkt hat-te. Die beiden kamen in einer Pause schnell ins Gespräch und verabredeten sich zu gemeinsamen Unternehmungen.

Sunny arbeitete weiter ihre Gartenberatungen ab, was ihr viel Freude bereitete. Die meisten wollten keinen komplett neuen Garten, sondern nur ein paar persönliche Tipps. Und es war sehr nett und gemütlich bei den Mit-gliedern des Kulturzentrums – eine wunderbare Methode, die Leute näher kennenzulernen, fand Sunny. Sie lernte selbst viel dazu, konnte aber auch fast jedem eine Anre-gung geben. Bee, die so gern Sirup und Säfte selbst zube-reitete, half sie mit Vorschlägen für ihre Beerensträucher und das Spalierobst. Ausführlich tauschten sie sich über die Möglichkeiten aus, die Früchte von Meertraubenbäu-men zu Marmelade und Wein zu verarbeiten.

Einer sehr nervösen Frau aus der Nähgruppe schlug sie vor, aus ihrem Hintergarten eine Oase zu machen – silb-rige Sägepalmen zu pflanzen, drumherum weiß blühende Schönlilien und mitten hinein eine Meditationsschale mit stetig überlaufendem Wasser zu stellen. Der Bassgitarrist besaß nur eine kleine Terrasse, keinen Garten, und wollte einen natürlichen Sichtschutz. Ihm riet Sunny augenzwinkernd zum schnell wachsenden Long Tom, einem Leierholzbäumchen, dessen Beeren essbar waren und aus dessen Holz man Geigen und Gitarren herstellte.

Lediglich Alicia und Martin wünschten sich tatsächlich ein komplett neues Gartendesign. Sie lebten in einer Reihenhaussiedlung, und ihr eingezäuntes kleines Gärtchen war ebenso wie die Grundstücke ihrer Nachbarn vernachlässigt, weil auf dem sandigen Boden einfach nichts wuchs. Alle beklagten sich darüber, sie verstanden sich aber gut. Ihnen entwarf Sunny einen Gemeinschaftsgarten ohne trennende Zäune mit modellierten Dünen, einem Spielschiff für die Kinder, drei versetzt gepflanzten Inseln aus heimischen Palmen und über den Terrassen große Sonnensegel.

Tony, der Saxofonist mit dem schütteren Haar, gestand Sunny, dass er überhaupt keinen Garten hatte. Er war froh darüber, dass die Grünanlagen um das Gebäude, in dem sich seine luxuriöse Eigentumswohnung befand, von Fachleuten in Schuss gehalten wurden.

»Ich wollte nur gern Besuch bekommen«, sagte er verschmitzt. Tony erzählte ihr, dass er einmal pro Woche in ein Krankenhaus aufs Festland fuhr, um in der Frühchenabteilung Babys zu »bemuttern«. So entlastete er deren Eltern, die nicht rund um die Uhr dort sein konnten. »Es sind meist zwei Stunden«, sagte er mit vor Freude hellen Augen. »Ich halte die Babys nur im Arm, streichel über ihre Köpfchen, manchmal rede ich ein bisschen. Mehr tu ich nicht.«

Auf dem Rückweg fiel Sunny ein, dass die Culver Street ganz in der Nähe lag, und sie machte einen Abstecher dorthin. Cyrus Need hatte recht gehabt! Auf dem verwilderten Grundstück um die Baustelle herum gediehen etliche botanische Schätzchen, zwischen denen sich auch einige Strandpflanzen ausgebreitet hatten. Sunny erkundigte sich nach dem Bauleiter. Als sie ihn ausfindig gemacht hatte, fragte sie ihn, ob es in Ordnung sei, wenn sie einige der Pflanzen ausgraben und mitnehmen würde.

»Offiziell müssten Sie wohl erst den Bauherrn fragen, aber der sitzt in Miami«, antwortete der Mann. »Nächste Woche wird sowieso alles plattgemacht für das neue Gebäude. Da können wir nicht auf jeden Grashalm achtgeben.« Er zwinkerte ihr zu. »Ich sag mal so, Lady: Wo kein Kläger, da kein Richter. Sie müssen nur aufpassen, dass Sie nicht hinfallen oder sich verletzten, und Sie dürfen die Arbeit nicht behindern. Aber ich sitz hier bestimmt nicht nach Feierabend und kontrolliere, wer Blumen pflückt.«

Sunny lächelte. »Ich verstehe. Danke für Ihre Auskunft.«

An diesem Abend war sie mit Lisa verabredet. Sie sahen sich im Wohnzimmer gemeinsam den Esther-Williams-Spielfilm *Dangerous When Wet* an. Das Musical von 1953 machte einfach gute Laune. Es gab eine für damalige Zeiten supermoderne kombinierte Schwimm- und Zeichentrickszene, in der Esther Williams gemeinsam mit Tom und Jerry, der berühmten Katze und der Maus, unter Wasser tanzte.

»Ach, jetzt verstehe ich, weshalb deine Tante ihre Kakadus Tom und Jerry genannt hat«, sagte Lisa am Ende. »Ich finde es so krass, dass ich hier sein darf«, fügte sie glücklich seufzend hinzu. »Es ist eine ganz andere Welt hier. Kann ich dir nicht doch irgendwie helfen?«

»Ob da eventuell ein gewisser junger Mann eine Rolle spielt?«, zog Sunny sie auf. Lisa errötete und sah richtig niedlich aus. Es war schön, mit anzusehen, wie sie jeden Tag mehr aufblühte. Sie sprach immer noch mit Pflanzen. Sunny hatte sie beobachtet – Lisa war eine Naturbegabung, sie besaß den sprichwörtlichen grünen Daumen. Außerdem zeigte sie sich sehr lernbegierig. »Aber weißt du was? Ich könnte tatsächlich deine Unterstützung gebrauchen, um ein paar Pflanzen zu retten. Hast du morgen schon was vor?«

Gemeinsam buddelten sie am nächsten Tag abends, gleich nachdem die Bauarbeiter verschwunden waren, etliche Pflanzen aus. Immergrüne Sträucher mit gelblich weißen Blüten waren dabei – ihr betörender Geruch erinnerte an Jasmin. Außerdem erbeuteten sie Strandbohnen und Kletterastern, mehrstämmige Sägepalmen, diverse Gräser, Honeysuckle und Meertraubenbäumchen. Zweimal beluden sie die Ladefläche ihres Pick-ups. Zum Schluss schleppte Lisa noch zwei kräftige Büsche mit roten Beeren an, die Sunny nicht kannte.

Am folgenden Tag pflanzten sie die ersten Reihen auf dem Gelände, das als Gärtnerei vorgesehen war. Cyrus Need ließ sich einmal kurz vom Nachbargrundstück aus blicken und nickte wohlgefällig. Am Abend stießen Sunny und Lisa mit einem kühlen Rosé auf ihre Leistung an.

»Falls du mal eine feste Mitarbeiterin suchst«, sagte Lisa ernst, »nach meiner Abschlussprüfung will ich weg. Ich könnte mir echt vorstellen, auch nach Florida auszuwandern. Denk bitte an mich.«

Sunny hob ihr Glas. »Versprochen!«

Wenige Tage später stand am Vormittag Alicia uniformiert und in Begleitung eines Kollegen vor Sunnys Haustür. »Es tut mir leid, Sunny«, sagte sie freundlich, doch auch betont dienstlich korrekt. »Es liegt eine Anzeige gegen dich vor.«

Sunny wollte lachen, das konnte ja wohl nur ein Scherz

sein. Aber eigentlich machten weder Alicia noch ihr junger Kollege den Eindruck, dass sie zu Späßen aufgelegt waren.

»Wie bitte? Was soll ich denn ausgefressen haben?«

»Auf deinem Grundstück befinden sich Brasilianische Pfefferbäume. Ihr Besitz ist in Florida strafbar«, sagte Alicia.

Sunny schüttelte den Kopf. »Das kann nicht sein.« Dann erst überlegte sie. Wie sahen solche Bäume eigentlich aus? »Wo sollen die stehen?«, fragte sie. »Und wer hat mich überhaupt angezeigt?«

»Wer dich angezeigt hat, dürfen wir dir nicht sagen«, antwortete Alicia. »Aber du weißt doch wohl, dass der Brasilianische Pfefferbaum bei uns als Pest gilt, oder? Er verbreitet sich wie verrückt, überwuchert alles, zerstört die heimische Natur.« Vorwurfsvoll schüttelte Alicia den Kopf. »Gerade du als Gärtnerin solltest doch sensibel für so was sein! Wir bekämpfen das Zeugs auf Dolphin Island seit Jahren und haben es unter größter Mühe fast ganz ausgerottet. Und nun willst du es wieder züchten?«

»Züchten? Wer sagt das?« Auf einmal hatte Sunny ein mulmiges Gefühl im Bauch. Ihr dämmerte, dass ihr bei der nicht ganz legalen Rettungsaktion ein Fehler unterlaufen war.

»Am besten sehen wir uns an Ort und Stelle um«, schlug Alicias Kollege vor. Sie gingen durch den Garten, wo aber alles in Ordnung zu sein schien. Dann marschierte der kleine Trupp wieder zurück zur Straße, machte einen Bogen über die Brücke und nahm den Pfad am Kanal entlang in Richtung Strand. Dort, wo Sunny und Lisa erst einige Tage zuvor die ersten Reihen für die künftige Gärtnerei gepflanzt hatten, wurden die Polizisten fündig. »Da stehen sie ja!« Alicias Kollege wies anklagend auf die beiden immergrünen Büsche mit den kleinen roten Beeren.

O nein! Das waren genau die Pflanzen gewesen, die Sunny nicht gekannt hatte. Obwohl sie schon vom Brasilianischen Pfefferbaum gehört hatte. Da man daraus Rosa Pfefferkörner gewann, hätte sie sich aber viel kleinere rosafarbene Beeren vorgestellt und größere Bäume. Dies waren ja nur Büsche. Vor Ärger stieg ihr eine Hitzewelle ins Gesicht. Da hatte sie jemand reinlegen wollen, und es war ihm gelungen. Dieser Cyrus Need – einmal Mistkerl, immer Mistkerl! Aber letztlich, das musste Sunny sich auch eingestehen, war sie durch ihre eigene Dummheit in diese Situation geraten.

»Mein Fehler!«, sagte sie. »Ich hab nicht gewusst, was es mit den Büschen auf sich hat.« Betreten befühlte sie deren feste Blätter. »Ich werd sie natürlich sofort vernichten.«

Alicia nickte. »Und sämtliche Beeren auch! Du wirst trotzdem um eine Geldstrafe nicht herumkommen«, sagte sie ernst, »aber in diesem Fall wohl kaum mit einer Gefängnisstrafe rechnen müssen. Die steht in schweren Fällen auch auf den Besitz.«

Als sie wieder im Vorgarten angekommen waren, füllte Alicias Kollege ein Formular aus, und Sunny musste es unterschreiben. Wie zufällig spazierte Cyrus Need mit einem breiten Grinsen vorbei. Das tat er sonst nie. Weder spazieren gehen noch grinsen. Mühsam unterdrückte Sunny ihre Aggressionen.

»Cyrus, diese Kakerlake!«, stieß sie hervor. »Der steckt doch dahinter. Er hat Anzeige erstattet, stimmt's?« Alicia verzog keine Miene, aber als ihr Kollege damit beschäftigt war, das Formular wegzustecken, deutete sie ein Kopfschütteln an und sagte mit den Augen ganz klar: Nein. Die Ordnungshüter verabschiedeten sich.

Aber wenn nicht Cyrus, wer dann?, fragte sich Sunny ratlos. Einen Moment lang fühlte sich wie in einem

Psychothriller – beobachtet, ohne zu wissen, von wem. Als hätten sich geheime Mächte gegen sie verschworen. Dann atmete sie tief durch. Sie riss die gefährlichen Büsche aus und verbrannte sie. Die Geldstrafe würde schon nicht so schlimm ausfallen. Mehr Sorge bereitete ihr der Gedanke, dass dieser Zwischenfall sich negativ auf ihre diversen Anträge auswirken könnte. Nicht einmal das Schwimmen im Meer half ihr anschließend, ihre Stimmung zu verbessern.

Sunnys Laune heiterte sich erst wieder auf, als sie einen Tag später im Internet einen deutschstämmigen Anbieter für »Pinkel« entdeckte, wie man die geräucherte grobe Grützwurst im Norden nannte. Der auf *German Wurst* spezialisierte Schlachtereibetrieb verschickte sie sogar über Nacht. Sunny plante nämlich, ihre neuen Freunde, bei denen sie schon so oft gut gegessen hatte, zu einem typisch norddeutschen Essen einzuladen. Sie hatte bereits seit Längerem die Idee gehabt, Grünkohl mit Kasseler, Mettwurst und Bremer Pinkel zu kochen, aber nicht zu hoffen gewagt, dass es ihr gelingen würde, in Florida alle Zutaten dafür aufzutreiben. Grünkohl hatte sie allerdings schon auf dem Wochenmarkt entdeckt. Da er wohl kaum wie in ihrer Heimat erst verkauft wurde, nachdem er eine Frostnacht auf dem Acker erlebt hatte, würde sie ihn vor der Zubereitung einfach ein paar Stunden ins Tiefkühlfach stecken. Dort lagen bereits Packungen mit tiefgefrorenen Beeren für die Rote Grütze, die sie als Dessert vorgesehen hatte.

Sunny hatte gerade mühsam die Voliere wieder auf die andere Verandaseite geschafft, als ihr Telefon klingelte.

»Guten Tag, Mrs. Janssen. Hier ist John Blake von Beach Club Enterprises.«

»Guten Tag, Mr. Blake«, erwiderte Sunny misstrauisch.

»Mrs. Janssen, wie ich höre, läuft's bei Ihnen gerade nicht so rund.«

»Ach, was meinen Sie denn damit?« Unverschämter Kerl, dachte Sunny. Was geht ihn das an?

»Nun ja … Noch immer wissen Sie nicht, ob auf Ihrem Grundstück eine Gärtnerei betrieben werden darf.« Er heuchelte Mitgefühl. »Und Ihnen läuft doch sicher die Zeit davon. *Time is money.* Und die Botanik in Florida hält, wie Sie inzwischen vielleicht festgestellt haben, auch so manche Überraschung bereit, entspricht jedenfalls nicht der deutschen.«

»Möchten Sie mit mir über Botanik sprechen?«, erwiderte Sunny angriffslustig.

Steckte dieser Blake hinter der Anzeige? Und falls ja, wie hatte er das hingedeichselt?

»Ich versuche lediglich, mich in Ihre Lage zu versetzen, Mrs. Janssen«, sagte er ruhig. »Das gehört zu meinem Job. Sie wissen ja bereits, wir planen strategisch und langfristig. Und da könnte ich mir vorstellen, dass Sie Ihre Pläne inzwischen geändert haben. Vielleicht möchten Sie jetzt ja doch verkaufen?«

»Nein. Vielen Dank der Nachfrage, Mr. Blake.« Sunny antwortete ebenso ruhig. »Ich habe es mir nicht anders überlegt.«

»Ach, wie bedauerlich. Nun, möglicherweise hält Ihre Pechsträhne weiter an.« Er hob seine Stimme am Ende des Satzes.

Sunny lachte kurz auf. »Pechsträhne? Ich weiß wirklich nicht, wovon Sie reden, Mr. Blake!«

»Es ist ja immer doppelt schwer, wenn's privat *und* geschäftlich schlecht läuft.« In schleimigem Tonfall gab er weiter vor, Interesse an ihrem Wohlergehen zu haben.

»Es ist wirklich reizend, dass Sie sich Sorgen um mich machen«, beschied Sunny ihn. Sie lächelte, obwohl er sie nicht sehen konnte, aber sie hoffte, dass er ihr Lächeln hörte. »Es geht mir ganz hervorragend. Und ich verfolge weiter mit großem Enthusiasmus meine Pläne.«

»Gut, gut«, antwortete Mr. Blake abwiegelnd. »Sollte Ihnen in nächster Zeit der Enthusiasmus abhandenkommen, zögern Sie bitte nicht, Kontakt mit mir aufzunehmen.«

»Ich wünsche Ihnen noch einen guten Tag, Mr. Blake!«

Unverschämtheit! Was für ein Ekelpaket! *Never ever* würde sie sich bei diesem Mann melden.

»Auf Wiederhören, Mrs. Janssen.«

Als Sunny das Gespräch beendet hatte, sah sie, dass sich die Härchen an ihren Unterarmen sträubten. Der Typ war ja richtig unheimlich! Blake kämpfte mit unsauberen Mitteln. Das spürte sie. Natürlich hatte er versucht, ihr zu drohen. Aber sie würde sich nicht einschüchtern lassen. Kein Mensch konnte sie zwingen, etwas gegen ihren Willen zu tun.

Auf einmal wurde ihr bewusst, wie sehr sie einen guten Freund vermisste, mit dem sie über alles reden konnte. Über wirklich alles, was sie belastete. Am liebsten eine ganze Nacht lang. Angefangen bei ihrem Rausschmiss aus der Firma Hagemann über das Ende ihrer Ehe bis zu ihrer Kinderlosigkeit, die ihr seit Annas Schwangerschaft nun doch immer häufiger als etwas Endgültiges und nicht mehr als etwas Vorübergehendes bewusst wurde. Über das plötzliche Ende ihrer Affäre mit Nick hatte sie keine Lust zu reden, aber vielleicht über die Leere, die Sams Verschwinden in ihrem Alltag hinterlassen hatte.

Kurz bevor sie trübsinnig wurde, fiel Sunny wieder der Besuch bei Tony, dem Saxofonisten, ein. Statt darüber zu jammern, wie einsam er sich fühlte, half er anderen, die schwächer waren als er selbst. Sie ging rüber ins Kulturzentrum. An diesem Tag war keine Probe, aber sicher würde sie dort ein paar Bekannte treffen und auf andere Gedanken kommen.

22

Schon beim Betreten des Gemeinschaftsraums schlug Sunny eine ungewöhnlich miese Stimmung entgegen. Überall sah sie betretene Mienen.

»Hi, Sunny!«, wurde sie von allen Seiten eher trübe begrüßt.

»Was ist los?«, fragte sie und zog sich einen Stuhl an den Tisch, an dem auch Ranger saß. »Wir müssen raus!«, sagte er. Sein Gesicht war vor Empörung gerötet. »Cyrus Need hat uns gekündigt. Damit ist das Kulturzentrum am Ende.«

»Wieso? Warum?«

»Er hat das Grundstück verkauft oder will es verkaufen. Und der Käufer will es nur ohne das Gebäude. Deshalb müssen wir raus.«

»Ach!« Sunny ahnte etwas. »Der Käufer heißt nicht zufällig Beach Club Enterprises?«

»Nein«, wusste eine Frau, die Sunny nicht näher kannte, »der Käufer ist ein Geschäftsmann von der Insel, heißt es. Er will aber nicht, dass sein Namen bekannt wird.«

»Und wie sieht's mit einem Ausweichquartier aus?«, fragte Sunny.

Dann mussten sie sich eben ein anderes Gebäude als Kulturzentrum suchen.

»Kannst du vergessen!«, sagte Malcolm aufgebracht. »Ich kenne die Insel wie meine Westentasche. Da ist nichts Ähnliches frei. Ich wüsste nicht, wo wir noch einmal alles so ideal vorfinden würden wie hier.«

Rose begann zu weinen. »Wenn ich nicht mehr hierher-
kommen kann, das wär … das wär … als wenn man mir
meine Familie wegnehmen würde.«

»Ach, Rosie!« Sunny legte tröstend den Arm um ihre
Schulter. »So schlimm wird's schon nicht kommen. Die
Menschen sind doch alle noch da. Wir brauchen nur einen
anderen Treffpunkt.« Plötzlich redeten alle durcheinander.

»Ich schlage vor«, Ranger erhob seine Stimme und
brachte wieder etwas Ruhe in die Runde. »Wir sammeln
erst einmal Informationen. Jeder erkundigt sich, und dann
treffen wir uns wieder zu einer Krisensitzung.«

Sunny konnte nicht schlafen. Wie würde es für das Kulturzentrum ausgehen? Sie wusste, dass viele Mitglieder
die Kündigung als eine Katastrophe empfanden. Sunny
stand in ihrem übergroßen Micky-Maus-T-Shirt, das sie
als Nachthemd benutzte, oben am Fenster und schaute
auf das verwaiste Gästehäuschen. Alles war dunkel, Lisa
unternahm einen Kajakausflug mit Greg. Die zwei wollten zelten und eine urige Kneipe auf einer der Ten Thou-
sand Islands besuchen, in der es üblich war, einen signier-
ten Dollarschein an die Wand zu pappen, um schon mal
das Bier für den nächsten Besuch anzuzahlen. Angeblich
klebten Banknoten im Wert von über siebzigtausend Dollar an den Wänden, viele von Prominenten unterschrieben.
Sam hatte Sunny auch schon davon erzählt und sie zu einer Kajaktour dorthin überreden wollen.

Warum war sie damals eigentlich nicht darauf eingegangen?

Sie vermisste Sam. Es war viel passiert in den vergange-
nen Wochen. Erst jetzt kam sie ein wenig zur Besinnung.
Sunny sperrte das Fenster weit auf. Vor ihrem geistigen
Auge sah sie Sam dort unten, wie er sich beim Duschen

mit dem Schwamm einschäumte und sang. Weshalb nur fand er es cool, einfach nichts mehr von sich hören zu lassen?

Eigentlich fehlte Sam ihr jeden Tag mindestens einmal. Sie hatte sich an ihn gewöhnt. Sam, kannst du schnell mal dies, schnell mal das? Sam, was meinst du dazu? Sam, hast du Lust, mit mir schwimmen zu gehen?

Lust.

Tief sog Sunny die milde Nachtluft ein, das Funkeln der Sterne weckte Sehnsüchte. Ihre Kundalini-Schlange, einmal, oder richtiger zweimal geweckt, dachte nicht daran, sich brav einzurollen und wieder wegzudämmern. Ganz unverbindlich. Ja, sie hätte auch jetzt nichts dagegen, einfach mal so mit Sam … Dass damals dabei die Wände gewackelt hatten und beinahe das Dach davongeflogen war, hatte natürlich nur am Tropensturm gelegen. Ach, sie wollte nicht ins Grübeln geraten. Besser, sie machte sich eine heiße Milch mit Honig, damit sie wieder einschlafen konnte.

Unten im Wohnzimmer musste sie doch wieder an Sam denken, an den Sex, bei dem die Erde gebebt hatte. Damit hatte er sich auf Hemingway bezogen.

Es war nicht mehr allzu viel Milch da. Sunny machte den letzten Rest heiß, goss ihn in einen Becher mit verblasstem Flamingomotiv und schaute zu, wie der Honig langsam vom Löffel hineinfloss. In welchem Roman hatte Hemingway das noch gleich geschrieben? Nachdenklich stellte sie den Becher auf den Couchtisch. In *Wem die Stunde schlägt*, wenn sie sich richtig erinnerte, dem Roman über den Spanischen Bürgerkrieg. In der Verfilmung hatten Gary Cooper und Ingrid Bergmann die Hauptrollen gespielt.

Sunny ging ins Arbeitszimmer und musterte Sandys

Büchersammlung. Sie war ja überschaubar. Ihr Finger glitt über die Buchrücken und stoppte an einem mit beigefarbenem Leinen bezogenen Hardcover. Das war es. *For Whom the Bell Tolls*, schwarze Schrift auf rosafarbenem Untergrund. Sunny zog das Buch hervor, ging zurück ins Wohnzimmer und kauerte sich damit in eine Sofaecke. Sie nahm einen Schluck Milch, verbrannte sich fast die Zunge. Auf der ersten Seite stand ein mit Tinte geschriebenes Zitat als Widmung.

Weihnachten 1952
Für Sandy
»Aber wir haben es jetzt wenigstens gehabt.«
Jimmy

Das muss sein Geschenk an jenem Heiligabend gewesen sein, als sie sich getrennt haben, überlegte Sunny. Als sie weiterblätterte, bemerkte sie, dass hinten im Buch Papiere steckten – ein Telegramm, ein Zeitungsausschnitt und ein dünner Brief. Ihr Puls beschleunigte sich. Rasch stellte sie den Becher ab. Zuerst las sie das Telegramm.

L.A., 4.11.1960
Der Hellseher kann mich mal. Komme – dieses Mal für immer!
Love, Jimmy

Was für eine Botschaft!, dachte Sunny. Sandy ist bestimmt vor Glück durchs Haus gehüpft! Dass ihr Jimmy sich nach acht Jahren heimlicher Liebe tatsächlich noch von seiner Frau trennte, sogar gegen den Rat seines geschätzten Wahrsagers, dass er damit ja wohl auch seine Karriere aufgab und für immer zu seiner Geliebten zog ... Ob Sandy damit noch gerechnet hatte? Vielleicht, überlegte Sunny, wahrscheinlich sogar. Schließlich hatte Jimmy ihrer Tante versprochen, sich spätestens, wenn seine Kinder aus dem Haus waren, scheiden zu lassen. Wie wunderbar musste dieser 4. November 1960 für Sandy gewesen sein!

Neugierig entfaltete Sunny nun den vergilbten Zeitungsausschnitt. Ein großes Schwarz-Weiß-Foto sprang ihr ins Auge, es zeigte einen Autounfall. Die Limousine im Vordergrund war bis zur Rückbank zusammengedrückt wie eine Ziehharmonika, schräg davor stand ein demolierter Lastwagen. Die fett gedruckte Überschrift lautete: JIMMY PARKS KILLED IN CAR CRASH!

In einer längeren Bildunterschrift hieß es, der beliebte Schauspieler sei am Samstag in Tampa mit einem Lastwagen kollidiert und sofort tot gewesen. Der Lkw-Fahrer, der überlebte, sei betrunken gewesen und habe ein Stoppschild missachtet. Es folgte eine Aufzählung der erfolgreichsten Spielfilme, in denen Jimmy mitgewirkt hatte. *Der umschwärmte Star, der nie in Skandale verwickelt war, hinterlässt seine langjährige Ehefrau Helen und zwei gemeinsame Kinder,* las Sunny.

Der Artikel war am Montag, 7. November 1960, erschienen. Erschüttert legte Sunny den Ausschnitt zurück ins Buch. Arme Sandy! Auf den sicherlich glücklichsten Tag ihres Lebens war der furchtbarste gefolgt. Einfach so, aus der Traum. Zack. Unwiderruflich.

O Gott, wie hatte sie diesen Schock nur überstanden? Sunny legte die Hände vors Gesicht.

Wahrscheinlich hatte Sandy deshalb nicht viel im Haus verändert. Weil alles eine Erinnerung an Harry war – die Einrichtung, die sie gemeinsam ausgesucht hatten, das Auto, das er ihr geschenkt hatte. Sunny dachte daran, wie schwer es ihrer Mutter fiel, sich von Dingen zu trennen, die ihrem Vater gehört hatten. Im gemeinsamen Kleiderschrank hingen immer noch seine Sachen.

Sunny streckte sich auf dem Sofa aus, bettete den Kopf auf ein Samtkissen. Dann fiel ihr ein, dass ja noch ein Brief in dem Hemingway-Roman lag. Sie griff im Liegen danach. Er trug Sandys Anschrift, war abgestempelt im November 1960. Der Umschlag enthielt nur einen Briefbogen mit einem kurzen handgeschriebenen Text.

An Sandy Neumann

Sie haben mir meinen Mann im Leben so oft genommen. Mancher meiner Klinikaufenthalte wäre ohne Sie nicht erforderlich gewesen. Bitte haben Sie so viel Anstand, mir Jimmy wenigstens im Tode ganz zu lassen. Ich war seine Ehefrau. Ich bin seine Witwe. Treten Sie nicht an die Öffentlichkeit, kommen Sie nicht zu seiner Beerdigung. Stören Sie den Frieden unserer Familie nie wieder.
Mrs. Jimmy Parks

Was für ein Albtraum. Für beide Frauen! Aber Sandy hatte zum Schmerz über den Tod ihres Geliebten auch noch die Last der Schuld aufgebürdet bekommen. Sunny stöhnte auf. Sie umarmte das Kissen und rollte sich ganz klein zusammen.

Eigentlich hatte sie keine Zeit, weil sie für den Abend zum Grünkohlessen eingeladen hatte. Zugleich war es Lisas letzter Abend in Florida. Ihr Gast half ihr beim Vorkochen, der Kohl dünstete bereits mit Kassler, Mettwurst und Pinkel in einem großen Topf vor sich hin. Sie musste noch aus den Himbeeren, Erdbeeren, Brombeeren, Blaubeeren und Kirschen die Rote Grütze kochen, Kartoffeln schälen, die Vanillesoße zubereiten und den Tisch decken. Aber Alicia hatte Sunny telefonisch um einen Besuch ersucht und so merkwürdig geklungen. Deshalb ließ sie Lisa allein und radelte schnell zur Polizeistation, die an der Hauptstraße von Dolphin Island lag.

»Hi, wie geht's?«, grüßte sie freundlich, als sie das Büro betrat. Alicia goss einen kleinen Kaktus auf der Fensterbank, ihr Kollege machte hinten im Raum Fotokopien und schaute nur kurz hoch, um den Gruß zu erwidern. »Na, schon nervös, Alicia? Bald ist ja dein großer Auftritt«, sagte Sunny munter.

»Deiner doch auch, Sunny«, antwortete die Polizistin ungewöhnlich ernst.

»Ach, das Wettertrio schwingt ja nur ein bisschen im Hintergrund die Beine.« Sunny versuchte, locker zu bleiben, obwohl ihre Beklemmung wuchs. »Aber du bist schließlich unsere Leadsängerin!«

Alicia nahm hinter ihrem Schreibtisch Platz. Sie wies Sunny den Besucherstuhl zu und klappte eine Akte mit mehreren Schriftstücken auf. »Gut, dass du gleich gekommen bist. Es geht um eine Anzeige.«

Irritiert sah Sunny sie an. »Aber das weiß ich doch, die Pfefferbäume sind längst vernichtet.«

»Um die geht's nicht.« Alicias setzte eine amtliche Miene auf, in ihren großen dunklen Augen lag eine Spur aufrichtigen Bedauerns. »Diesmal ist es ernster. Es tut mir leid.«

Sunnys Magen verkrampfte sich. Was sollte sie denn, bitte schön, noch Schlimmes angestellt haben? Ihr Herz schlug schneller.

»Diesmal wirst du mit einer Geldstrafe nicht davonkommen.«

Sunny hob die Schultern. »Aber was …?«

»Du hast gearbeitet, obwohl du nur ein Touristenvisum hast. Es ist US-Geld geflossen. Es gibt einen Zeugen und einen schriftlichen Beweis.« Alicia setzte sich aufrecht, sie zog ihre Uniformjacke glatt. »Die Immigrationsbehörde wird dich rigoros abschieben.«

Erschrocken legte Sunny sich eine Hand an den Hals, ihre Kehle fühlte sich an wie zugeschnürt. Ihr war, als würde alles Blut aus dem Kopf weichen und in die Eingeweide schießen. Ihre Schläfen waren plötzlich eiskalt. Sie räusperte sich.

»Es geht um den Garten von Nick Winslow?« Ihre Stimme klang viel zu hoch. Sie räusperte sich noch einmal. »Wer … wer hat mich angezeigt?«

»Wie ich dir schon vor ein paar Tagen gesagt habe, darf ich darüber keine Auskunft geben«, erwiderte Alicia betont sachlich. Dann beugte sie sich mit einem kleinen Seufzer etwas vor. »Es stand doch sogar im *Inselboten*, dass du den Garten angelegt hast«, ergänzte sie leise.

»Ja, aber nur, dass die Idee …«, hob Sunny an und wurde gleich unterbrochen.

»Sunny, wenn's nach mir ginge, würde vieles auf der Welt anders laufen. Spar dir deine Worte. Du erhältst noch ein offizielles Schreiben, die Staatanwaltschaft wird sich melden. Unter diesen Umständen, denke ich, ist eine Verlängerung deines Visums absolut illusorisch.«

»Mein Visum läuft schon Mitte September aus«, rief Sunny fassungslos. In ihren Schläfen hämmerte es jetzt, ihre Hände wurden schweißnass. »Wenn ich den Menschen kennen würde, der mich angezeigt hat, könnte ich ihn vielleicht überzeugen …«

»Der Beweis liegt offiziell vor«, erwiderte Alicia. »Das Schriftstück geht mit der Anzeige an die Staatsanwaltschaft.«

Sunny kämpfte mit den Tränen. »Und man kann gar nichts machen?«, fragte sie ungläubig. Sollte es ihr etwa ebenso ergehen wie Sandy? Aus der Traum, aus heiterstem Himmel? Gerade jetzt, da sich in ihrem Leben so vieles zum Guten gewendet hatte? »Ich hab doch niemandem geschadet«, flüsterte sie. In ihrem Hirn ratterte es. Wer konnte dahinterstecken? Eigentlich ziemlich klar, oder? Vor Aufregung brachte Sunny verschiedene Möglichkeiten durcheinander, entwickelte Ansätze für Verschwörungstheorien, aber sie hatte sich neulich mit Cyrus Need auch getäuscht, sie wollte nicht wieder voreilig falsche Schlüsse zu ziehen. »Und ich hab gerade angefangen, daran zu glauben …« Sie sackte in sich zusammen. Der Schock war groß. Sekundenlang starrte sie apathisch vor sich hin.

»Hey, Craig!«, rief Alicia ihrem Kollegen zu. »Ich spendier uns Donuts zur Kaffeepause gleich. Gehst du mal rüber zum Bäcker und holst uns frische? Wir sind ja auch fertig, nicht, Sunny?«

»Welche willst du?«, fragte Craig auf dem Weg zum Ausgang. »Wieder die mit Schokoguss?«

»Ja genau, zwei Stück für mich, bitte.«

Sunny erhob sich langsam, wie betäubt. Kaum war Craig verschwunden, klappte Alicia die Akte zu, in der wohl auch die Anzeige abgeheftet war. »Es tut mir wirklich leid. Möchtest du vielleicht ein Glas Wasser trinken, Sunny? Du bist ganz bleich geworden.« Alicia stand auf. »Warte noch. Ich hol dir was zu trinken. Es dauert einen Moment, weil ich auch gleich frischen Kaffee aufsetzen will.«

Bildete Sunny sich das ein? Oder war das eine indirekte Aufforderung, sich die Papiere in Alicias Abwesenheit genauer anzuschauen? Sunny entschied sich, ohne weiter nachzudenken, für Letzteres. Alicia ging nach hinten in die Kaffeeküche, und während sie sich dort zu schaffen machte, schlich Sunny um den Schreibtisch herum. Mit zitternden Händen öffnete sie die Akte und überflog Blatt für Blatt die Papiere, darunter befand sich auch die andere Anzeige wegen der Brasilianischen Pfefferbäume. Die neue Anzeige wegen der illegalen Arbeit verdankte sie einem John Blake aus Orlando. Dieser Intrigant! Das Beweisstück war beigeheftet. Es handelte sich um jene Seite ihres Angebots für den Dünengarten, auf der sie Nick Winslow mit ihrer Unterschrift den Empfang des Bargelds bestätigt hatte.

Sunnys Wangen glühten. Sie hatte Mühe, ihre Pupillen ruhig zu halten. Hastig las sie noch, wer sie wegen der botanischen Pest angezeigt hatte – Marc Botter.

Alicia klapperte laut vernehmlich mit Löffeln und Geschirr. Sunny wich ein paar Schritte zurück. »Du, Alicia, es ist schon besser!«, rief sie, obwohl es in ihrem Kopf dröhnte. »Ich geh dann. Danke!«

Draußen vorm Eingang stieß sie mit dem zurückkehrenden Polizisten zusammen. Sie stammelte irgendetwas und schwang sich auf ihr Fahrrad. Erst mal an den Strand! Sie musste ans Meer und sich abreagieren.

Nach einem langen Spaziergang am Wasser hatte Sunny sich wieder gefasst. Aber ihr Herz war immer noch schwer. Sie fand keinen Ausweg aus dieser vertrackten Situation. Nie hätte sie damit gerechnet, dass Nick ihr derart in den Rücken fallen könnte. War ihm klar, dass er damit all ihre Zukunftspläne zerstörte? War er ein so schlechter Verlierer? So gekränkt? Ob sie versuchen sollte, noch einmal mit ihm zu reden? Vielleicht, aber nicht jetzt. Sie musste eine Nacht darüber schlafen.

Als Sunny wieder klarer denken konnte, fiel ihr ein, dass sie ja Lisa vor Stunden in der Küche allein gelassen hatte – die Ärmste!

Hoffentlich sah man ihr nicht mehr an, dass sie geweint hatte. Sunny stellte das Rad in der Garage ab und ging durch den hinteren Garten ins Haus. Abgeschlossen hatte sie nicht, weil ja Lisa noch in der Küche weiterwerkeln wollte. Dort fand sie ihren Gast nicht, sie hörte allerdings Geräusche aus dem Arbeitszimmer. Als sie es betrat, sah sie Lisa vor der hochgeklappten Gästecouch stehen, eine Schmalfilmrolle in der Hand.

»Lisa, was zum Teufel machst du da?«

Die junge Frau zuckte zusammen und lief rot an. »Schiet«, entfuhr es ihr auf Plattdeutsch. Dann rollte sie mit den Augen. »Ich hab Greg gleich gesagt, ich bin nicht gut in so was«, sagte sie beschämt. »Entschuldige, Sunny.«

»Ich versteh nicht, was das soll!«

Wollte Lisa etwa alte Filme stehlen? Und wenn, weshalb dann private Aufnahmen und nicht die mittlerweile wertvollen Esther-Williams-Originalkopien?

Lisa reichte Sunny die Rolle, die sie in der Hand hielt, und warf den Bettkasten zu. Es quietschte, als sie sich plumpsend darauf niederließ, um zu beichten.

»Greg macht doch schon seit Jahren nebenbei Inventarisierungslisten für so einen Nachlassverwalter«, erklärte sie. Nun huschte sogar ein kleines Lächeln über ihr Gesicht. »Er hat mir erzählt, wie spannend das ist. Man lernt einen Menschen nachträglich sehr gut kennen, sagt er, wenn man genau guckt, welche Bücher er gelesen hat und welche Kleidung er bevorzugte und wenn man seine Fotoalben anschaut oder auf seine Korrespondenz stößt. Man entdeckt auch fast jedes Mal Geheimnisse wie zum Beispiel, dass er Perücken oder ein Toupet trug oder man findet Belege über Unterhaltszahlungen für uneheliche Kinder.«

»Ja, und?« Sunny setzte sich neben Lisa.

»Na ja, also, man lernt dann eben auch intime Seiten der Verstorbenen kennen, ob man will oder nicht.« Lisa grinste. »Greg sagt, fast alle hatten irgendwo etwas versteckt – erotische Literatur oder Fotos oder Sexhefte, Sexspielzeug oder Pornofilme … Meistens lässt er so was nach Absprache mit seinem Boss dezent verschwinden.«

Gebannt schaute Sunny sie an. »Das dürfte wohl im Interesse der Verblichenen sein.«

Lisa zupfte an ihrem Rocksaum. »Ich glaub, Greg sammelt Vintage-Sexfilme oder findet die zumindest besonders spannend. Er hat mir das zwar nicht direkt gesagt, aber ich weiß, dass ihn das reizt. Offiziell darf er ja nicht die Intimsphäre der Verstorbenen verletzen. Und er hat natürlich auch Schiss, dass ihn jemand dabei ertappt, wenn er sich solche Hinterlassenschaften zu genau ansieht.«

»Nur wird er sicher nicht die ganze Zeit über kontrolliert«, bemerkte Sunny nüchtern.

»Nö, wohl kaum. Jedenfalls hat Greg sich einen privaten Film von Sandy ausgeliehen.« Lisa lächelte entschuldigend, wobei das Glitzern in ihren Augen verriet, dass sie die ganze Angelegenheit trotz allem auch ziemlich komisch fand. »Er hat bei sich zu Hause Projektoren aus der Steinzeit, um das Zeugs zu gucken. Und von diesem Film hatte er vorher einen Streifen mit einigen Bildern gegen das Licht gehalten. Er hat 'ne schöne Frau im Bikini gesehen und gehofft, es könnte was Prickelndes drin vorkommen.«

»Blödmann!«, schnaubte Sunny.

»Dann hat er's nicht mehr geschafft, diesen Film rechtzeitig unbeobachtet zurückzulegen. Seitdem plagt ihn das schlechte Gewissen, denn stehlen würde er nie etwas. Das ginge gegen seine Ehre, sagt Greg.« Lisa stieß einen lauten Seufzer aus. »Deshalb hat er mich gebeten, das zu übernehmen. Ich wollte es eigentlich nur im Gästehäuschen liegen lassen, aber weil du so lange weggeblieben bist, dachte ich …«

»Verstehe«, kürzte Sunny den Satz ab.

Lisa legte ihre Handflächen aneinander. »Er war echt zerknirscht deshalb. Sei ihm bitte nicht böse!«

Sunny überlegte. Sie hatte genug Probleme. Sollte sie sich auch noch mit einem ja offenbar spätpubertierenden, verklemmten Studenten auseinandersetzen?

»Ach«, sie seufzte. »Was zeigt denn nun der Film?« Auf der Rolle stand lediglich *März 1975, S. m. D. und Harry.* Harry war Sandys letzter Freund oder Lebensgefährte gewesen, der Orangensaftbaron, aber wer oder was mochte S. m. D. sein?

»Das sind hauptsächlich Badeszenen, sagt Greg.« Bittend sah Lisa Sunny an. »Ich hoffe, du verrätst seinem Boss nichts davon. Sonst ist Greg seinen schönen Nebenjob los.«

»Puh!« Sunny legte ihre Hand auf Lisas Unterarm. »Weißt du was? Ich hab gerade echt andere Sorgen. Lass uns so tun, als wäre ich zehn Minuten später nach Hause gekommen. Ich hab nichts gesehen und nichts bemerkt. Du sprichst mit niemandem drüber, auch nicht mit Greg, und ich auch nicht, okay?«

Lisa fiel ihr um den Hals. »Ach, das ist super!«, rief sie erleichtert. »Danke dir!«

Müde und etwas steif erhob sich Sunny. »Ich glaub, ich leg mich noch mal kurz aufs Sofa.«

Sie war gerade eingenickt, als das Telefon klingelte.

»Hallo«, meldete sie sich verschlafen.

»Hallo, Mrs. Janssen.«

Beim Klang der Stimme wurde Sunny schlagartig hellwach. »Mr. Blake!«

Wie konnte er es wagen! Sie anzuzeigen und dann auch

noch anzurufen. Obwohl sie ihm schon beim letzten Gespräch deutlich zu verstehen gegeben hatte, dass sie keine Geschäfte mit ihm machen würde. Niemals.

»Mrs. Janssen, ich möchte Sie nicht lange stören«, sagte John Blake mit unüberhörbarer Süffisanz. »Mir ist zu Ohren gekommen, dass Sie unser Land nun doch schneller als erwartet verlassen werden. Oder soll ich sagen: müssen?«

Verächtlich schnaubte Sunny durch die Nase. Was sollte sie darauf antworten? »Und?«, fragte sie barsch.

»Nun«, Mr. Blake legte eine bedeutungsvolle Pause ein. »Möglicherweise gäbe es eine Lösung für Ihr Problem.«

Sunny war so wütend, dass sie kaum klar denken konnte. »Was nur lässt mich vermuten, dass nach Ihrer Meinung die Lösung darin bestünde, Ihnen meinen Grund und Boden zu verkaufen?«

»Oooh! Ich sehe, wir verstehen uns, Mrs. Janssen«, antwortete Mr. Blake. »Sie sind ein kluges Mädchen. Unter gewissen Umständen könnte ich mir vorstellen, dass ich die Anzeige gegen Sie zurückziehe.«

Nun hatte er es also selbst ausgesprochen, dass er sie angezeigt hatte. »Was meinen Sie mit ›gewissen Umständen‹?«, fragte Sunny, obwohl sie das Gespräch am liebsten sofort beendet hätte. Aber vielleicht war es klüger, gegen ihren Impuls anzukämpfen und Blake erst mal anzuhören.

»Nach all den Schwierigkeiten, die Sie uns bereitet haben …«, begann der Manager. Sunny presste die Lippen fest aufeinander, um ihn nicht anzubrüllen. Wenn hier einer Schwierigkeiten machte, dann ja wohl er! »Nach all den Verzögerungen, die für unser Projekt daraus folgen, kann ich Ihnen natürlich nicht mehr den Preis anbieten, den ich Ihnen vor Monaten genannt habe.«

»Wie viel?«, knurrte Sunny mit zusammengebissenen Zähnen.

»Fünfhunderttausend Dollar«, sagte Mr. Blake.

Eine Wutflamme loderte aus Sunnys Mitte hoch bis unter ihre Schädeldecke. »Das ist ja wohl …« In der Empörung fielen ihr nicht die richtigen englischen Worte ein. Sie war einfach fassungslos über diese Frechheit. »Warum sollte ich wohl so weit unter Wert gehen?«

»Weil Sie sonst schon in wenigen Tagen ihr geliebtes Florida für immer verlassen müssen, Mrs. Janssen. Unsere Immigrationsbehörden sind leider fürchterlich humorlos, wenn man einmal versucht hat, sie zu hintergehen.« Blake lachte schadenfroh. »Denken Sie nach, Mrs. Janssen. Sie müssen sich nicht in dieser Minute entscheiden. Schlafen Sie eine Nacht darüber oder ein paar mehr und machen Sie sich in aller Ruhe die Konsequenzen Ihrer Entscheidung bewusst. Ich rufe Sie wieder an. Einen schönen Abend noch.«

Sunny bekam Schnappatmung, mit beiden Händen griff sie nach dem Stapel Kompottschalen, der schon für die Rote Grütze bereitstand, und feuerte ihn mit aller Kraft auf die Küchenfliesen. Dann brach sie in eine Tirade mit allen deutschen und amerikanischen Schimpfworten aus, die ihr einfielen.

»Du-verdammtes-Arschloch-*sun-of-a-gun*-Mistkerl-*fucking-jerk-bloody-hell-bitch-drop-dead!*«

Wütend und fassungslos starrte sie auf den Scherbenhaufen zu ihren Füßen. Es konnte doch wohl nicht angehen, dass so ein mieser Charakter all ihre Pläne ruinierte!

23

Es passten gerade acht Leute um den runden Tisch draußen auf der Veranda. Sunny hatte überall im Garten, auch in den Bäumen, Glaskugeln mit Teelichten aufgehängt. Eine Gruppe von Laternen spiegelte sich im Teich, auch die Veranda war romantisch erleuchtet. Aus dem Wohnzimmer ertönten von einer alten Langspielplatte norddeutsche Seemannslieder. Alle Gäste lobten das Essen, doch nur Greg, Stormy und Andrew langten richtig zu. Etta sah aus, als hätte sie mehrere Nächte hintereinander schlecht geschlafen. Lisa quälte bereits der Abschiedsschmerz und wohl auch die Furcht vor dem, was sie wieder in Deutschland in dem neuen Unternehmen erwartete. Sie und Greg füßelten ununterbrochen. Rangers Stirn war sorgenzerfurcht, auch Lorraine bekümmerte das bevorstehende Ende des Kulturzentrums sichtlich. Trotzdem sprach keiner über das, was ihn am meisten beschäftigte. Sunny hatte lediglich zur Begrüßung erfahren, dass bislang alle Versuche, ein geeignetes neues Quartier für das Kulturzentrum zu finden, gescheitert waren.

»Ich glaube, eure norddeutsche Küche ist der urfloridianischen *southern kitchen* gar nicht so unähnlich«, bemühte Stormy sich, Konversation zu machen. »Mächtig, fett und viel Fleisch. Wir haben hier *collards green*, Blattkohl. Den kochen die Freunde der Südstaatenküche auch gern mit Schweinebacke.«

»Südstaatenküche?«, fragte Lisa erstaunt.

»Ja, bei Südstaaten denken die meisten Leute zwar an South Carolina, Georgia oder Alabama«, sagte Stormy, wobei sie den Grünkohl gründlich mit Kartoffeln und der aufgeschlitzten Pinkelwurst vermanschte, »aber natürlich ist Florida DER Südstaat schlechthin.«

Eine Weile unterhielten sie sich nun über regionaltypische Gerichte, wie man sie zubereitete und wo es die besten *southern* Geschäfte oder Restaurants gab. Alle schienen erleichtert zu sein, ein unverfängliches Gesprächsthema gefunden zu haben.

Von der Roten Grütze nahmen sogar die zuvor Appetitlosen nach. »Ich glaub, Rainy, dein Key Lime Pie hat Konkurrenz bekommen«, kommentierte Etta und gab noch etwas Vanillesoße über ihren Nachtisch.

»Sunny, *darling*, entschuldige, dass ich es anspreche«, sagte Lorraine, »aber du siehst überhaupt nicht gut aus. Was ist los?«

»Ach«, seufzte Sunny, »lasst uns erst essen, ich will euch nicht den Appetit verderben.«

»Ist es wegen des Kulturzentrums?« Ranger kratzte mit dem Löffel die letzten Früchte aus dem Glas. Er wartete Sunnys Antwort nicht ab. »Also, ich gebe euch jetzt eine Zusammenfassung der Nachforschungen. Auf einer Insel wie dieser kann nichts lange verheimlicht werden.« Er lächelte grimmig. »Das Grundstück mit dem Kulturzentrum ist vom Sohn unseres Bürgermeisters gekauft worden, von Marc Botter. Und zwar schon vor einigen Wochen. Man hatte sich nur auf einen späteren offiziellen Vertragstermin geeinigt.«

»Ach!«

Sunny hob zwei Finger vor den Mund. Welchen Sinn ergab denn in diesem Zusammenhang seine Anzeige wegen der Brasilianischen Pfefferbäume?

»Pfui!«, stieß Lorraine aus. »Wie kann er nur, als Sohn des Bürgermeisters, eine Stätte der Gemeinschaft zerstören!«

»Das wird seiner Mutter nicht gefallen«, meinte Etta.

»Seit wann kümmern sich erwachsene Söhne um das, was ihre Mütter meinen?«, murmelte Andrew.

»Und nicht nur das«, fuhr Ranger fort. »Marc Botter hat auch das Wohnhaus von Cyrus Need gekauft, samt Grundstück, versteht sich.«

»Was?«, Lorraine fiel der Dessertlöffel aus der Hand.

»Woher weißt du das?«, wollte Stormy wissen.

»Ich mache von meinem Zeugnisverweigerungsrecht Gebrauch«, antwortete Ranger mit einem listigen Blinzeln. »Ich kenne eben Leute, die Leute kennen. Bei der Bank, beim Grundbuchamt …«

»Freu dich doch«, sagte Andrew zu Lorraine, »dann bist du … dann sind wir alle dieses Ekelpaket von Nachbar endlich los.«

»Ja, aber warum?«, fragte Stormy erstaunt. »Was will Marc damit?«

»Vermutlich das Gleiche, was ein Kaufinteressent von Sandys Haus und Grundstück will«, überlegte Sunny laut. Die anderen sahen sie erwartungsvoll an. »Ich werde, seit ich hier bin, von einer Firma bedrängt, die Beach Club Enterprises heißt. Sie will hier eine Ferienanlage errichten, die als besondere Attraktion für Touristen in speziellen Pools das Schwimmen mit Delfinen anbietet.«

»Das ist ja interessant!« In Rangers Augen funkelte es gefährlich.

Andrew setzte seinen sezierenden Anwaltsblick auf, während Sunny weitererzählte.

»Ja, ich hab immer abgelehnt. Aber jetzt bin ich vom Manager des Unternehmens, einem Mr. Blake, angezeigt worden.«

»Waaas?« Lorraine starrte sie entgeistert an. »Das wird ja immer abenteuerlicher! Warum?«

»Weil ich gearbeitet habe, statt nur faul in der Sonne zu liegen«, sagte Sunny gekränkt, wohl wissend, dass diese Darstellung nicht ganz gerecht war.

»Mr. Blake?«, echote da mit etwas Verspätung der schüchterne Greg. »Etwa John Blake?«

»Ja«, gab Sunny zurück. »So hat er sich am Telefon vorgestellt.«

»Ich kenn den Typen!«, sagte Greg aufgeregt. »Mr. John Blake spielt Golf mit Mr. Marx.«

»Dem Nachlassverwalter?«, fragte Lorraine.

Greg nickte. »Und mit Marc Botter und seinem Kumpel, der einer der Geschäftsführer bei Holm & Lill ist. Die vier treffen sich häufig.«

»Ups«, rutschte es Sunny heraus. »Warum spielen die alten Herren Golf mit Marc Botter und seinem Freund? Die könnten doch vom Alter her ihre Söhne sein!«

»Warum wohl?«, fragte Ranger mit grimmigem Spott. Man sah geradezu, wie es in seinem Kopf arbeitete. »Marc Botter ist der Sohn des Bürgermeisters. Er verfügt vermutlich früher als andere über interessante Informationen.«

Andrew schob die Unterlippe vor und schloss ein Auge. »Insiderinformationen«, sagte er langsam und bedeutungsvoll. »Er hat sich ausgerechnet, dass er ein gutes Geschäft machen kann. Wahrscheinlich brauchen sie für ihr Projekt alle drei Grundstücke, die nebeneinander liegen«, kombinierte er. »Und deshalb soll Sunny weggeekelt werden.«

»Marc Botter hat mich übrigens auch angezeigt«, bestätigte Sunny seine These. »Weil ich verbotene Sträucher auf meinem Grundstück gepflanzt hatte. Allerdings verdanke ich den Tipp, wo ich sie von einem Baugrundstück retten konnte, meinem lieben Nachbarn.«

»Cyrus?« Lorraine kicherte nervös. »Einen Tipp von dem darfst du noch nicht mal mit der Kneifzange anfassen! Der ist doch garantiert vergiftet!«

»Dann steckt Cyrus unter einer Decke mit Marc?«, fragte Stormy unsicher. »Gehört der auch zu den Golfern, Greg?«

Der junge Mann schüttelte den Kopf, seine Ohrläppchen glühten.

»Aber Marc plant gerade geschäftlich ein großes Ding!«, fiel es Sunny wieder ein. Sie erinnerte sich an ihren Besuch bei Amy Botter. »Seine Mutter hat es mir neulich gesagt, als ich mir ihren Garten angesehen sollte. Sie wünscht sich einen neue Anlage, in der ihr Mann sich besser von seinen Bürgermeisterpflichten erholen kann.«

»Das sind ja Verwicklungen!«, sagte Andrew belebt und schenkte allen bis auf Etta, die ihre Hand über das Glas hielt, eine Runde Schnaps ein.

»Ich hab Amy gesagt, dass ich offiziell noch keine Aufträge annehmen darf«, beeilte sich Sunny zu erklären. »Aber sie meinte, man könnte da ruhig was unter der Hand regeln.«

»Na, das ist mal 'ne Aussage!« Ranger schlug mit der flachen Hand auf den Tisch, bevor er sein Schnapsglas in einem Zug leerte.

»O Gott!«, stieß Sunny hervor, Tränen stiegen ihr in die Augen. »Das Schlimmste wisst ihr ja noch gar nicht!« Sie selbst hatte es für kurze Zeit vergessen. »Ist ja alles noch viel komplizierter!«

»Ach, Kind!« Lorraine legte ihre Hand auf Sunnys Arm. »Sag doch endlich … Was ist los?«

Sunny gab nun so genau wie möglich ihr letztes Telefonat mit Mr. Blake wieder. »Ich glaube, er hat mich völlig schachmatt gesetzt«, schloss sie resigniert. »Entweder ich verkaufe unter Preis und er zieht die Anzeige zurück, was bedeuten würde, ich kann bleiben, aber nicht hier! Oder ich muss zurück nach Deutschland, kann hoffen, dass ein Makler irgendwann alles für mehr Geld verkauft, aber darf nie wieder in die USA einreisen.«

»Oh«, sagte Lorraine. Sonst nichts.

»Was für eine Ratte!«, stieß Stormy erbost hervor.

»Es gibt immer noch eine dritte Möglichkeit«, dozierte Ranger. In ihm kam der alte Hochschullehrer und Experte für Verhandlungskunst durch. »Wir wissen nur nicht immer sofort, wie sie aussieht. Lasst uns nachdenken und kreativ sein.«

»Zuweilen gewinnt man einen Fall auch durch viele kleine Schlachten«, steuerte Andrew bei.

»Ich hätte schon eine Idee.« Sunny verzog das Gesicht. »Ich könnte meinen Bausparvertrag kündigen und einen Profikiller auf Mr. Blake ansetzen.« Sie versuchte zu lächeln. »Es gibt nur ein Problem – ich hab gar keinen Bausparvertrag mehr.« Er war für ihr Haus im Ammerland draufgegangen.

Andrew kniff die Augen zusammen. »Es würde reichen, den Zeugen zum Schweigen zu bringen.«

»Du meinst, ich soll lieber Nick Winslow umbringen?«, fragte Sunny sarkastisch.

»Ich persönlich bin gegen *overkill*«, sagt der Jurist. »Es würde reichen, wenn er seine Aussage widerrufen beziehungsweise nicht mehr als Zeuge auftreten würde.«

»Aber das Beweisstück«, gab Etta zu bedenken, »das liegt bereits vor.«

»Muss er zurückziehen.«

»Ja, Mensch, Sunny, red doch noch mal mit Nick!«, sagte Lorraine. »Ich hatte den Eindruck, ihr harmoniert ganz gut miteinander.«

»Phh!«, machte Sunny. Sie spürte, wie ihr der Schnaps zu Kopf stieg. »Das ist Vergangenheit.« Sie war so enttäuscht von Nick. »Nein, nein, ich hab auch meinen Stolz! Mit ihm reden … Das tu ich mir nicht an.«

Stormy pflichtete ihr bei. »Er nimmt regelmäßig Amphetamine. Das hat mir seine Ex erzählt.«

»Hab ich auch selbst gesehen«, ergänzte Sunny.

»Das Zeug führt zu Veränderungen der Persönlichkeit«, betonte Stormy, »so Doktor-Jekyll-und-Mr.-Hyde-mäßig.«

»Ich komm mir langsam vor wie in einem Krimi«, flüsterte Lisa.

»Ich bitte dich«, Sunny wandte sich ihr zu, »behalte das alles für dich, Lisa! Erzähle zu Haus im Ammerland nichts davon herum, ja?«

»Natürlich!«, erwiderte Lisa. »Ich werde nur Dinge berichten, die alle neidisch machen.«

»Recht so.« Sunny atmete tief durch. »Wisst ihr, was mir gerade durch den Kopf geht? Es kann doch kein Zufall sein, dass der Aquapark, den Nick leitet, zum selben Mutterkonzern wie Beach Club Enterprises gehört. Und Nick wartet in diesen Tagen auf die Verlängerung seines Vertrages.«

»Du meinst, der böse Feind, also dieser Mr. Blake«, kombinierte Ranger, »oder vielleicht ein gemeinsamer Boss der beiden hätte Nick Winslow unter Druck gesetzt?«

»Könnte sein. Vielleicht war Nick einfach nur feige …«, überlegte Sunny. »Ach, ich hätte gleich Verdacht schöpfen sollen! Ein Mann, der sich einen ausgestopften grinsenden Alligator vor sein Laufband stellt, der muss doch …«

»Halt! Was sagst du da?« Ranger hob alarmiert die Augenbrauen.

»Da steht so ein ekelig lächelndes Exemplar in seinem Work-out-Raum«, Sunny schüttelte sich, »der Länge nach auf der Fensterbank. Ziemlich gruselig. Der hat sein spitzes Maul geschlossen, aber du kannst trotzdem all seine Zähne sehen. Dem Tier fehlte auch noch ein Teil des Unterkiefers. Ich meine, wer guckt sich schon gern jeden Tag bei seinen Fitnessübungen so was an?« Mit angewiderter Miene leerte sie ihr Schnapsglas. »Und er hat noch einen zweiten selbst erlegten Alligator in seinem Wochenendhaus. Das präparierte Viech steht im Schlafzimmer.«

Die anderen schwiegen bedrückt.

Eine Motte hatte es irgendwie durchs Fliegengitter geschafft und flatterte immer wieder gegen das Windlicht auf dem Tisch. Eine traurige Stimmung legte sich über die Runde. Jeder grübelte schweigend vor sich hin. Das Ende der Schallplatte, die Sunny zuletzt aufgelegt hatte, war längst erreicht, nur das gleichmäßige Rotieren der Abspielnadel erklang aus dem Wohnzimmer.

»Unsere Immigrationsbehörden sind in der Tat sehr humorlos«, sagte Andrew sorgenvoll.

»Ach, verdammt!«, fluchte Stormy. »Dann verkaufst du eben an diesen Blake! Hauptsache, du kannst bleiben, Sunny! Du hast hier doch wirklich eine neue Heimat gefunden.«

Lorraine nickte mit feuchten Augen. »Schlimm genug, dass wir das Kulturzentrum verlieren. Da wollen wir dich nicht auch noch … Ich meine, du bist schon so mit uns allen vertraut und wir mit dir.«

Sunny schloss die Augen. Sie seufzte tief. Es stimmte, sie fühlte sich wohl auf Dolphin Island, genau am rechten Fleck als Teil einer Gemeinschaft, verwoben mit den Schicksalen so vieler liebenswerter Menschen.

»Wir müssen etwas unternehmen«, forderte Etta.

»Ich gründe hiermit eine Sonderkommission«, verkündete Ranger, nicht mehr ganz nüchtern, aber mit vollem

Ernst. »Man sollte nie den Erfahrungsschatz alter Profis unterschätzen, nicht wahr, Andrew, Etta, Rainy? Wir kümmern uns.« Er legte seine geöffnete Hand in die Tischmitte, alle Genannten schlugen ein. Auch Stormy.

»Ich bin zwar noch nicht so lange Profi wie ihr«, bemerkte sie grinsend, »aber ich mach natürlich auch mit!«

Sunny lächelte melancholisch. Was sollten die Freunde schon ausrichten können? Sie hatten es ja noch nicht einmal geschafft, eine neue Unterkunft für das Kulturzentrum zu finden. Aber ihr Elan rührte sie.

»Tja, und ich werde über alles in Ruhe nachdenken«, sagte sie.

Lisa war wieder nach Deutschland abgereist. Sunny wechselte ihre Meinung beinahe stündlich. Und ständig fürchtete sie, dass Blake anrief und sie ihm die falsche Antwort geben würde. Wenn sie sich vorstellte, sie müsste wieder in ihre alte Heimat zurückkehren, Michael und ihren alten Betrieb in der Nähe wissen und trotzdem wieder bei null anfangen – nein, das gefiel ihr ganz und gar nicht.

Sie beschloss zähneknirschend, doch auf Blakes Angebot einzugehen. Immerhin hätte sie dann genug Geld, um sich zumindest ein nettes Apartment leisten zu können. Und ein Büro. Sie könnte ohne eigenes Land und ohne Gärtnerei arbeiten, zunächst nur als Gartendesignerin am Computer. Aber wenn sie sich dann wiederum vorstellte, wie selbstgefällig dieser schreckliche John Blake seinen Triumph feiern würde, dann sträubte sich alles in ihr, und sie war gleich wieder fest entschlossen, seinem Erpressungsversuch niemals nachzugeben. Falls die Vermutung richtig war, dass er für sein Projekt unbedingt alle drei Grundstücke brauchte, könnte er nach ihrer Absage seine Pläne auf Cape Canaveral ins All schießen lassen! Dann brauchte womöglich auch das Kulturzentrum nicht abgerissen zu werden, müssten die bisherigen Mieter nicht mehr ausziehen und alles könnte bleiben, wie es war! Vielleicht könnte sie sich ja auch erst mal in Deutschland gründlich juristisch beraten lassen, alle Formalitäten erledigen und eines Tages dann doch als Inselgärtnerin nach Dolphin Island zurückkehren …

Sunny fragte sich, was Sam von alldem halten würde. Sam, der Abgetauchte. Seit sie aus Key West zurückgekehrt war, sah sie manchmal kurz vorm Einschlafen wieder den Blick, der sie atemlos gemacht hatte. Diesen Blick voller Liebe, Güte und Zärtlichkeit über das grölende Publikum im Sloppy Joe's hinweg. Einige Sekunden lang hatte die Welt stillgestanden. Sunny sehnte sich zurück in dieses Gefühl, sie wollte baden darin! Wieder spüren, wie ihr Herz sich öffnete, ganz weit … Noch einmal die Verheißung von Glück empfinden, gegen alle Erfahrung auf eine wundervolle Zukunft hoffen, golden umstrahlt wie die Umrisse einer Wolke bei Sonnenuntergang. Tagsüber gelang es ihr nie, sich Sams Blick zu vergegenwärtigen. Tagsüber war da nur ein matter Abglanz, eine Ahnung, die sie anzweifelte.

Das Handy klingelte. Die Nummer des Anrufers war unterdrückt. Sunny ging nicht ran, sie starrte nur auf das Display, der Anrufer hinterließ keine Nachricht. Sie grübelte weiter.

Wenn sie also das Angebot ablehnte und nach Deutschland zurückkehrte, dann hätte sie nur noch etwa zwei Wochen Zeit. Am kommenden Samstag würde endlich der bunte Abend steigen, quasi ihre Abschiedsveranstaltung.

Wem kann ich nur die Kakadus anvertrauen?, fragte sich Sunny plötzlich. Was mache ich mit Sandys persönlichen Sachen? Wie erkläre ich meiner Mutter, den Freunden und Michael meine Rückkehr? Und, ach herrje, sie werden mich alle wieder Sonja nennen. Nein, dachte Sunny, das geht überhaupt nicht!

Erneut vollzog sie eine argumentative Kehrtwende – dann würde sie das erpresserische Angebot eben doch akzeptieren! So ging es zwei Tage lang hin und her. Immer mal wieder versuchte der Anrufer mit der unterdrückten Nummer sie zu erreichen, doch sie ging nicht ran.

Auf dem Tisch im Wohnzimmer lag noch immer der Roman *For Whom the Bell Tolls*. Sunny blätterte darin, sie las quer, las sich hier und da fest. Aus alter Gewohnheit schaute sie auf den ersten und den letzten Satz. Beide Male lag der Held, der Amerikaner Robert, mit einem Gewehr im Anschlag in den spanischen Bergen auf einem von Piniennadeln übersäten Waldboden. Im Schlusssatz aber fühlte er sein Herz gegen den Boden pochen. Das war der Unterschied. In der drei Tage dauernden Handlung, die zwischen diesen beiden Sätzen stattfand, lernte er die Grausamkeiten des Spanischen Bürgerkriegs kennen und verliebte sich in eine geschorene, erst kürzlich vergewaltigte Partisanin namens Maria. Nein, es war mehr als Verliebtheit – er erlebte mit ihr die Liebe. Er entdeckte sein Herz. Und sinnierte darüber, dass manchem die Liebe wohl nur kurze Zeit vergönnt war, was ihren Wert aber nicht minderte.

Sunny dachte an Sams Blick. Vielleicht hatte ihre Liebe nur diesen kurzen Augenblick lang gedauert. Oder hatte sie Sam schon beim ersten Sex geliebt, ohne es zu wissen?

In Hemingways Roman hatte es beim ersten Sex im Schlafsack ein Erdbeben gegeben, und Maria glaubte nun, die Erde müsse dabei jedes Mal beben. Sunny lächelte. Sie verschlang die Liebesszenen, sie waren zärtlich und intensiv. Allerhand, dachte sie, dass Maria trotz der

Vergewaltigungen, die sie kurz zuvor erlitten hatte, Glück in der körperlichen Vereinigung empfinden konnte. Robert jedenfalls glaubte Maria, als sie ihm versicherte, das Vergangene spiele nun für sie keine Rolle mehr. Eigentlich ziemlich sentimental von Hemingway, fand Sunny, auch rührend, was er der Kraft männlicher Liebe zutraute. Vielleicht konnte er das aber auch nur, weil die Zeit für sie, die Liebenden, begrenzt war. Denn Robert musste seinen Auftrag ausführen, eine Brücke sprengen, um die Feinde aufzuhalten, auch wenn es ihn das Leben kosten würde. Sunnys Blick blieb an einem Satz hängen. Ins Deutsche übersetzt würde er etwa lauten: *Solange du dir im Klaren bist darüber, was du zu tun hast, musst du es tun.*

Ihr Gedankenkarussell machte Sunny wahnsinnig. Sie griff zum Spaten und grub ein Blumenbett um, jätete Unkraut, harkte. Anschließend fegte sie ums Haus herum. Dann ging sie noch einmal schwimmen. Am Abend holte sie, um sich abzulenken, den von Greg »entliehenen« Schmalfilm hervor. Er lief mit Originalton. Die anderen älteren Filme hatten keine Tonspur gehabt oder waren nachträglich mit Musik unterlegt worden.

Der Film aus dem Jahr 1975 begann in der Bootsgarage. Sandy, im zweifarbigen Bikini à la Ursula Andress, stieg in ein kleines Motorboot und hob vom Holzdeck erst einen mit Früchten und Flaschen gefüllten Picknickkorb, dann einen Vogelkäfig mit Tom und Jerry darin an Bord. Sie winkte der Kamera zu. Sandy musste damals Mitte vierzig gewesen sein. Sie sah gut aus, sportlich. Das Schwimmen hatte ihrer Figur gutgetan, allerdings konnte man der Haut schon die jahrelang genossene Floridasonne ansehen. Sandy trug das Haar inzwischen blond gefärbt als kinnlang durchgestufte Föhnfrisur.

»Na, komm schon, Harry!«, rief sie fröhlich. »Wir wollen endlich in unser Paradies!«

An Bord übernahm Sandy die Kamera. Sie filmte Harry, einen schon etwas älteren stattlichen Mann, der den Motor anschmiss, erwartungsvoll lächelte und sie durch den Kanal steuerte. Die nächste Einstellung zeigte den menschenleeren Strand einer kleinen Insel, dahinter nur grüne Wildnis, Büsche und Mangroven. Sandy ließ die Kakadus frei. Jerry konnte noch fliegen und flatterte hoch in den nächsten Baum, Tom hüpfte an der schwachen Brandung entlang. Sandy ging schwimmen. Sie kraulte elegant, ab und zu winkte sie dem Kameramann zu. Sehr aufregend war das nicht. Sunny dachte schon daran abzuschalten, doch sie hatte alle anderen Filme angesehen, und aus einem zwanghaften Gefühl heraus gab sie dem Impuls nicht nach. Sie wollte nun auch diesen letzten Film komplett anschauen.

Sandy kam aus dem Wasser zurück. Sie setzte sich lächelnd tropfnass in die Hocke, so nah vor die Kamera, dass man die Sommersprossen auf ihrer Nase erkennen konnte.

»Und jetzt, Harry, verraten wir dir unser Geheimnis. Es ist wirklich *top secret*.« Sie wurde ernst. »Diese Wesen haben mich gerettet, als ich völlig verzweifelt war. Ich glaub ganz ehrlich, dass ich ihnen mein Leben verdanke.« Geübt hielt Sandy Tom den Unterarm hin. »*Allez, hopp!*«

Der Kakadu kletterte darauf, und sie ging mit ihm wieder ans Wasser, dorthin, wo in der Nähe des einfachen Bootsstegs, an dem sie festgemacht hatten, ein umgestürzter Baumriese von Wellen umspült wurde. Die Kamera folgte ihnen. Durch Harrys Bewegungen leicht verwackelt sah man, wie Sandy sich auf den Stamm setzte und der Kakadu neben ihr über die Rinde spazierte, in die er ab und zu mit dem Schnabel hackte. Plötzlich ertönten seltsame

Laute. Mal ein Zwitschern, mal ein Keckern und Schnattern. Dann hohe Pfiffe und Geräusche, die Assoziationen an eine quietschende Gummitür hervorriefen. Sie kamen Sunny bekannt vor. Tom erzeugte heute noch manchmal solche Laute. Aber zu ihrem großen Erstaunen beherrschte auch ihre Tante diese Kunst. Frau und Kakadu zwitscherten, keckerten und quietschten um die Wette. Bald jedoch schien es Sunny, als wäre Sandys Aufmerksamkeit nicht in erster Linie auf den Vogel gerichtet, sondern als wollte sie ganz andere Besucher herbeilocken. Und wenn Sunny es jetzt nicht mit eigenen Augen gesehen hätte, dann hätte sie es sicher nicht geglaubt – dunkle Schatten schossen unter Wasser herbei. Delfine! Drei, vier, mindestens sechs schwammen neugierig näher an Sandy heran. Einige sprangen hoch in die Luft, machten Drehungen, andere tanzten auf ihrer Fluke rückwärts, gaben wie zur Begrüßung Töne von sich, und nun hielt Sandy nichts mehr. Sie glitt ins Wasser.

»Vorsicht!«, rief Harry, er filmte vom Bootssteg aus. Doch Sandy winkte nur noch einmal kurz, bevor sie abtauchte. Die Kamera wurde verrissen, danach hielt Harry weiter auf das Schauspiel und dokumentierte unglaubliche Szenen – wie Sandy Purzelbäume im Wasser machte, von Delfinen umgeben, wie sie mit ihnen schwamm, tollte, sie sogar berührte. Mit großer Eleganz fügte sie sich immer wieder für kurze Strecken in die Delfinschule ein. Dabei legte Sandy, die Synchronschwimmerin, beide Arme eng an, sodass ihr Körper stromlinienförmig wirkte, sie bewegte sich vorwärts wie eine Nixe. Dann wieder ließ sie sich auf der Stelle treiben und von den Tieren umkreisen. Sie wedelte mit einem Zweig Seegras im Wasser, neckte einen Delfin damit und überließ es ihm schließlich lachend. Er trug es über seine Schnauze gelegt davon. Kein Zweifel, sie spielten miteinander.

Das also war Sandys Geheimnis gewesen – sie schwamm mit wilden Delfinen!

Die nächsten Aufnahmen zeigten eine glückliche Sandy, die dem Meer entstieg. Ihre Augen leuchteten. Harry hatte offenbar den ersten Überraschungsschreck überwunden, er kam ihr mit der Kamera entgegen. Man sah seinen Arm, der ihr eine Mango wie ein Mikrofon entgegenstreckte, und hörte ihn im Tonfall eines Sensationsreporters reden.

»Mrs. Neumann, das ist unglaublich! Sie sind ein weiblicher Dr. Dolittle, die Welt wird erschüttert sein. Sie sprechen delfinisch!« Sandy antwortete mit einer Abfolge von Pfiffen, dann stieß sie ein Keckern und schnatternde Laute aus. »Madam, was bedeutet das? Könnten Sie es bitte unseren Zuschauern übersetzen? Was haben Sie den Tieren gesagt? Und was haben die Delfine Ihnen geantwortet?«

»Kei-ne Ah-nung!« Sandy strahlte. »Vor langer Zeit hab ich mir einige Laute beigebracht. Aber ich mach sie einfach nur nach wie mein Kakadu auch. Die Delfine finden das amüsant, glaub ich. Sie kommen, weil sie neugierig sind. Und weil sie mich inzwischen kennen.« Sie lachte herzhaft. »Wer weiß, vielleicht erzähle ich ihnen seit Jahren, dass es dahinten besonders leckere Tintenfische gibt. Oder dass ich die allertollsten Loopings kann.«

Der Film endete mit der Aufnahme eines Sonnenuntergangs. Sunny machte das elektrische Licht nicht sofort wieder an. Sie blieb im Dunkeln sitzen und ließ die Bilder nachwirken.

Wie einmalig! Und wie wunderbar, dass Sandy es geschafft hatte, ihr Geheimnis zu bewahren. Ganz bestimmt wäre sie entsetzt gewesen über die Pläne der Beach Club Enterprises. Jetzt wusste Sunny ganz sicher, welche die richtige Entscheidung war.

Nicht für zwei Millionen würde sie an Mr. Blake verkaufen!

Am nächsten Morgen wartete Sunny nach dem Schwimmen am Strand auf Stormy, um ihr alles zu erzählen. Und um sie zu fragen, ob sie mit ihr und den Kakadus auf die kleine Insel fahren würde, die ihre Tante früher immer aufgesucht hatte. Stormy besaß zwar kein Motorboot, aber sie kannte bestimmt jemanden, der ihnen eines leihen würde. Vor ihrer Abreise wollte Sunny unbedingt herausfinden, ob es heute noch klappte mit dem Anlocken – das wäre ja wirklich unglaublich. Sie selbst beherrschte zwar keine Delfintöne. Aber Tom.

Stormy allerdings ließ sich nicht blicken. Sie trafen sich auch sonst nicht jeden Tag, sondern mehr oder weniger zufällig zwei- oder dreimal pro Woche. Es hing immer davon ab, wie stürmisch es nachts gewesen war und um welche Uhrzeit die Ebbe kam. Sunny wartete länger als sonst, sie ging am Strand auf und ab. Blieb stehen, fühlte den Wind auf ihrer Haut, schmeckte das Salzwasser und atmete tief durch. Es würde verdammt hart werden ohne das Meer, das angenehm temperierte Wasser, den weiten Horizont und die lichten Farben. Aber ihre Entscheidung war richtig. Wieder hielt Sunny Ausschau nach der Freundin, vergeblich. Frustriert senkte sie den Blick. Und sah im Sand direkt vor ihrem großen Zeh eine braun gescheckte Muschel, die sie nur von Fotos kannte. Sie beugte sich hinunter, nahm sie in die Hand. Unglaublich, das musste eine Junonia sein! Das gedrehte Gehäuse der Meeresschnecke, größer als Sunnys Daumen, war unbewohnt.

»Warum finde *ich* sie?«, rief Sunny gegen den Wind. »Und warum ausgerechnet jetzt?«

Am Donnerstag zur Generalprobe brummte es im Kulturzentrum wieder vor Emsigkeit. Zu Beginn des Abends informierte Sunny die Freunde über ihre Entscheidung.

»Ich gehe nicht auf die Erpressung ein, dann muss ich eben nach Deutschland zurück. Bitte versucht gar nicht erst, mich zu was anderem zu überreden«, endete sie. »Mein Entschluss steht fest.« Sie wollte die Betroffenheit, die sie damit auslöste, nicht sehen und wandte sich schnell ab.

»Aber willst du nicht erst noch …«, hörte sie Lorraine.

Sunny verzog sich hastig in die Garderobe zu Rose. Die sollte ihr das Schlauchkleid am Ausschnitt noch etwas ändern. Sunny zog es aus und setzte sich in Unterwäsche auf eine ausgediente Turnbank. Während Rose nähte, schwärmte sie von den seltenen Kolibris, die durch ihren Garten schwirrten, seit sie auf Sunnys Rat hin mehr leuchtend rote und orangefarbene Blüten, vornehmlich amerikanische Klettertrompete, Feuerbusch und Hibiskus, gepflanzt hatte.

»Das ist viel besser, als diese mit Zuckerwasser gefüllten Kunststofffutterhäuschen aufzuhängen! Hauptsache, die Blüten sind wie eine Röhre geformt – da fliegen die Bienenelfen drauf! Bin gespannt, was die Pergola mit Honeysuckle noch bringt.«

Es klopfte an der Tür, Stormy lugte um die Ecke. »Hey, Süße«, sagte sie leise.

»Rein oder raus!«, verlangte Rose resolut.

Stormy huschte in die Garderobe und setzte sich neben Sunny. »Ich wollte dir nur mitteilen: Die Sonderkommission, SoKo Sunny genannt, arbeitet auf Hochtouren. Triff bitte keine voreiligen Entscheidungen!«

Sunny antwortete nicht. Was sollte eine harmlose Rentnerband schon gegen durchtriebene *dealmaker* wie Blake und Botter junior ausrichten können? Dies war aber auch nicht der richtige Ort, um Stormy in Sandys Geheimnis einzuweihen und sie wegen der Bootstour zur kleinen Insel zu fragen.

»Ich hab dir was mitgebracht«, sagte Sunny stattdessen, griff nach ihrer Tasche und holte eine kleine Dose hervor. »Das hat heute Morgen an unserem Strand auf dich gewartet.«

Stormy nahm den Deckel ab. »*Yeah!*«, jauchzte sie. »Die Junonia! Unglaublich! Aber sie gehört dir, du hast sie gefunden. Ach, Sunny … Das ist ein Zeichen!«

»Ja, dafür, dass ich die richtige Entscheidung getroffen hab.«

»Nein, dafür, dass du bleiben musst!« Zärtlich strich Stormy mit den Fingerspitzen über das Gehäuse. »Das Meer legt dir seine Schätze zu Füßen!«

»Stell dir mal vor, ich verkaufe an Blake und bleibe«, erwiderte Sunny. »Es würde mich krank machen, mit ansehen zu müssen, wie sie auf Sandys Grundstück Delfinaquarien bauen und dann für Touristenhorden Ringelpiez mit Anfassen veranstalten.« Doch gleich darauf lächelte sie. »Es ist wirklich deine Junonia. Ich hab mir nie eine gewünscht. Nimm sie für deine Halskette.«

Stormy bekam feuchte Augen. »Danke.«

Die Generalprobe lief nicht besonders gut. Andrew verpatzte zweimal seinen Einsatz mit der Posaune. Ettas Stimme klang gepresster als sonst. Lorraine stolperte vom Podest und hätte sich beinahe den Knöchel verstaucht. Gregs Anzug saß fürchterlich. Alicia war überhaupt nicht bei der Sache. Und Malcolm, der Dirigent, wurde mit jeder Programmnummer grantiger.

»Wenn wir am Samstag nicht mehr zu bieten haben als dieses dilettantische Gehopse und Gesinge«, schimpfte er, »dann muss der Verein zu Recht schließen.«

»Leute, wir sind ausverkauft, alle hundertzehn Plätze!«, mahnte Bee nach der Probe. »Strengt euch ein bisschen mehr an!«

Zwar hatte ihr Küchenteam noch unerwartet Verstärkung durch Gregs Großvater erhalten, der sich als begnadeter Barmixer entpuppte und behauptete, nur dank dieses Talents die Folgen seiner Zahnwurzelbehandlung überlebt zu haben. Aber Bee war trotzdem nervös. Sie hatte noch nie Fingerfood für so viele Gäste zubereitet.

Auch bei Pat, der angehenden Visagistin, flatterten die Nerven. »Ich kann euch nicht alle gleichzeitig schminken. Kommt Samstag bitte früh genug, bringt Zeit und Geduld mit!«

Ranger stieß mit einem Löffel an sein Glas.

»Und die Sonderkommission trifft sich vor der Premiere um halb sieben zu einer Besprechung im Nebenzimmer! Du auch bitte, Sunny.«

24

»Gemeinsam erlebtes Lampenfieber schweißt ja zusammen wie Blutsbrüderschaft«, sagte Pat. Sunny hielt die Lider geschlossen, während die junge Frau ihr mit kitzelnden Pinselstrichen Puderrouge unter die Wangenknochen setzte und bis zu den Schläfen hoch ausstrich. Das Makeup auf ihrer Haut entfaltete einen angenehmen Duft. Sunny versuchte, sich zu entspannen. Sie wollte ihren letzten Abend in der vertrauten Runde genießen, auf keinen Fall sentimental werden, sondern noch einmal richtig feiern! »So, fertig!«, sagte Pat zufrieden.

Sunny öffnete die Augen und sah in den Spiegel. Dieser raffinierte Lidstrich! Und dieser volle rote Mund! »Hey, wer ist das denn?«

»Wenn schon Glamour, dann auch richtig«, postulierte Pat. Lorraine hatte Sunny schon eine freche Sechzigerjahrefrisur toupiert und mit Glitzerhaarspray fixiert. Jetzt war ihr Styling perfekt.

»Sieht klasse aus! Danke, Pat!«

»Es ist halb sieben. Wir liegen super im Zeitplan. Du kannst mir jetzt Alicia reinschicken«, sagte die Visagistin.

Sunny informierte die Leadsängerin, dann ging sie weiter ins Nebenzimmer, wo bereits die SoKo versammelt war. Alle standen, denn jeder verfügbare Stuhl war in den großen Saal geschafft worden.

»Würdest du bitte die Tür schließen?«, bat Ranger.

Auf der Bühne machte ein Techniker nervige Soundchecks, am Getränkestand dekorierten Freiwillige mit viel Geklirr Gläser und Flaschen, aus der Küche waberten die ersten Duftwellen von gegrillten Meeresfrüchten mit Kräutern und Knoblauch. Sunny schloss die Tür, gleich war es ruhiger. Alle hatten sich bereits für den Auftritt umgezogen und schminken lassen, auch die Männer. Die Frauen in ihren kurzen, ärmellosen Schlauchkleidern mit Wasserfallkragen, die Männer in schwarzer Hose und lilafarbenem Hemd. Lorraine hatte sich selbst und Stormy das Haar zu beeindruckenden *beehives* hochgesteckt.

»Ihr seht umwerfend aus«, sagte Sunny. »Wie echte Stars.«

»Wir sind Stars«, antwortete Etta gespielt lasziv.

Ranger klatschte kurz in die Hände. »So, dringende Lagebesprechung. Ich fang mal an.« Alle sahen ihn erwartungsvoll an. Sunny ahnte jetzt erst, dass die anderen etwas getan hatten und mehr wussten als sie. »Ich war bei Nick Winslow«, sagte Ranger. O nein!, dachte Sunny, wie peinlich! Doch bevor sie sich die Szene ausmalen konnte, sprach Ranger schon weiter. »Sunny, als du mir neulich von dem besonderen Alligator in Winslows Spa berichtet hast, von dem spitzen Maul und dass er so beängstigend viele Zähne hatte und aussah, als würde er lächeln, da läuteten bei mir sämtliche Alarmglocken! Die Beschreibung trifft nämlich genau auf das floridianische Spitzkrokodil zu. Bekanntlich wurde ja das letzte Exemplar dieser Art in unserer Gegend von Wilderern erlegt und geraubt.« Sunny sah ihn ungläubig an.

»O nein!«, stieß Lorraine entgeistert aus.

»Unserem Krokodil fehlte ein Teil des Unterkiefers, schon zu Lebzeiten. Hatte es wohl im Kampf verloren. Es war also für mich überhaupt kein Problem, das Tier zu identifizieren.«

»Wie, du warst in Nicks Spa?«, fragte Stormy beklommen.

»Nicht direkt. Ich bin um sein Haus herumgegangen und konnte es durchs Fenster sehen. Und dann habe ich vor seiner Garage die Reifenspuren seines Pick-ups genommen und mit denen verglichen, die der Wilderer in unserem Naturschutzgebiet hinterlassen hat. Sie sind identisch.«

»Hast du Nick damit konfrontiert?«, fragte Sunny.

Jetzt glich Rangers Lächeln dem grimmigen Grinsen eines Alligators. »Zunächst hab ich ihm erklärt, in welchen Schwierigkeiten du seinetwegen steckst. Er wirkte ehrlich betroffen deshalb.«

»Ach, du meine Güte!«, stöhnte Sunny.

»Mr. Winslow behauptet, er habe das Dokument, das jetzt als Beweisstück gegen Sunny vorliegt, nicht in der Absicht weitergegeben, ihr zu schaden. Er sagt, Mr. Blake, der als Manager im gleichen Konzern ja quasi ein Kollege von ihm sei, habe im *Inselboten* von seinem Dünengarten gelesen. Und weil er sich eine ähnliche Anlage für den nächsten Beach Club vorstellte, habe er ihm das Papier mit der Aufstellung samt Skizze als Anregung überlassen.«

»Wer's glaubt, wird selig«, spottete Etta.

Sunny wusste nicht recht, was sie glauben sollte. Gespannt lauschte sie weiter Rangers Ausführungen. »Mr. Winslows Vertrag ist inzwischen verlängert worden. Ich hab ihn gefragt, ob dabei vielleicht eine entscheidende Rolle gespielt hat, dass er Mr. Blake das Beweisstück gegen Sunny ausgehändigt hat. Das bestreitet er energisch.«

»Kann ja auch gut sein, dass nicht ...«, murmelte Sunny zaghaft.

»Quatsch!«, widersprach Ranger. »Einer, der unser letztes Spitzkrokodil erlegt und Alligatoren wildert, muss ein

Feigling sein! So einer versteht nur eine Sprache.« Sunny wurde schwindelig, sie umklammerte Stormys Arm und lehnte sich mit dem Rücken gegen die Wand. »Ich habe ihm gesagt, wir verzichten auf eine Anzeige wegen Wilderei, wenn er das Beweisstück von Blake zurückfordert und nicht als Zeuge auftritt.« Ranger schaute triumphierend in die Runde. »Das hat er akzeptiert.«

»Echt?«

Sunny fiel ein Stein vom Herzen. Aber Nick tat auch ihr schon wieder leid. Da hatte er nun sein Leben lang darum gekämpft, besonders mutig zu sein – und dann so was!

»Echt!«, antwortete Ranger. »Nun zu dir, Lorraine. Was hast du erreicht?«

Lorraine errötete vor Aufregung. »Ja, also, ich hab mit Amy gesprochen. Zwei Mal. Gleich am Tag nach unserem Grünkohlessen und gestern. Ich hab ihr ja für heute Abend die Haare gemacht.«

»Wie, Bürgermeisters kommen zu unserer Aufführung?«, empörte sich Stormy. »Wo ihr Sohn schuld daran ist, dass wir rausmüssen?«

»Moment, keine Sippenhaft!«, mahnte Lorraine. »Amy wusste von nichts. Sie findet auch, es ist eine Schande, dass Marc das Kulturzentrum abreißen lassen will. Und sie hat sich ihren Sohn zur Brust genommen!« Sunny, die Etta gegenüberstand, konnte in ihren Augen erkennen, wie sehr sie diese Vorstellung erheiterte, sie mussten beide leise kichern. »Gestern beim Schneiden sagte mir Amy, Marc habe Stormy und Sunny mal in der Dunkelheit am Strand dabei beobachtet, wie sie unter Naturschutz stehende Pflanzen ausgegraben hätten.«

»Das stimmt«, gab Stormy zu. »Das war aber zu achtundneunzig Prozent auf Sunnys Grundstück.«

»Er hatte keinen Fotoapparat dabei, für ein Handyfoto

war's zu dunkel. Damals ist er allerdings auf die Idee mit dem Brasilianischen Pfefferbaum gekommen. Er hat dann später Cyrus verleitet, Sunny auf das Grundstück mit den verbotenen Pflanzen zu locken. Es war also wirklich eine gemeine Falle.« Alle schüttelten den Kopf. Sunny verzog den Mund. Das bestätigte nur, was sie schon ungefähr vermutet hatte. Aber es brachte sie nicht weiter. Die Geschichte war ihr nach wie vor unangenehm, weil sie sich einfach dumm verhalten hatte. Lorraine tupfte sich vorsichtig mit einem Papiertuch den Schweiß von der Stirn.

»Marc hat außerdem gestanden, dass er bei seinen Besuchen im Elternhaus gern mal auf dem Schreibtisch seines Vaters herumschnüffelt. Deshalb konnte er schon vor etlichen Wochen in streng vertraulichen Unterlagen des Planungsausschusses lesen, dass er in der nächsten Ratssitzung empfehlen wollte, die Grundstücke für gewisse gewerbliche Nutzungen freizugeben.«

»Ach, und ich hab mich immer gefragt, warum Mr. Blake schon vor der offiziellen Abstimmung so heiß auf Sandys Grundstück war«, sagte Sunny. »Sein Kaufangebot war doch ein ziemliches Risiko für ihn. Denn wenn es zum Naturschutzgebiet ernannt geworden wäre …«

»Blake hat wohl auch getobt, als er erfuhr, dass Marc Botter schon zwei der erforderlichen drei Grundstücke gekauft hatte«, erklärte Lorraine. »Marc hat das seiner Mutter sogar ganz stolz berichtet, weil er sich für so clever hält. Dadurch ist es dann nämlich erst zur Kooperation mit Beach Club Enterprises gekommen.«

»Wie?«, sagte Sunny. »Das versteh ich nicht.«

»Marc wusste schon früh durch seinen Freund von der Maklerfirma Holm & Lill, dass die Beach Club Enterprises ein geeignetes Areal sucht. Er hat ihnen zwei der Grundstücke weggeschnappt, und Mr. Blake hat ihm dann im

Gegenzug eine lukrative Beteiligung am Beach Club auf Dolphin Island angeboten«, half ihr Andrew auf die Sprünge. »Aber ihnen fehlte immer noch Sandys Grundstück.«

»Deshalb all die kleinen Gemeinheiten dir gegenüber!«, warf Etta ein.

Sunny atmete tief durch. So langsam begriff sie, wie alles zusammenhing.

»Na ja, und außerdem hab ich noch versucht, Amy moralisch auf unsere Seite zu ziehen«, ergänzte Lorraine lächelnd. »Sie selbst wünscht sich doch einen von Sunny entworfenen Garten und hat ihr vorgeschlagen, ›ein bisschen was unter der Hand‹ zu regeln.«

Sunny nickte zur Bestätigung.

»An diesem Punkt habe ich den Fall übernommen«, sprach Andrew weiter, und seine grauen Augen funkelten vor Vergnügen. »Ich hab Bürgermeister Botter einen Besuch abgestattet. Hab ihn darauf hingewiesen, dass es für seine weitere politische Karriere keinen guten Eindruck macht, wenn erstens seine eigene Frau der angezeigten Inselgärtnerin genau das ›unter der Hand‹ anbietet, weshalb jene nun das Land verlassen soll. Und wenn zweitens sein Sohn dem Gemeinwohl schadet, indem er ein florierendes Kulturzentrum ohne Alternative schließen und abreißen lassen will, aber vor allem, dass er ganz offenkundig Insiderwissen genutzt hat, um Geschäfte zu machen.«

»Autsch!«, sagte Stormy schadenfroh.

»Er hat natürlich erst mal alles abgewehrt, zurückgewiesen – mit Ekel, Abscheu und Empörung«, Andrew schmunzelte. »Wie Politiker das eben so machen. Botter senior sagte, er könne nichts für das, was sein Sohn mache. Oder was seine Frau hinter seinem Rücken anleiere. Aber er hat versprochen, dass er sich bemühen wird, die Angelegenheit zu regeln, zum Wohle der Allgemeinheit.«

»Zu seinem Wohl, meint er natürlich«, korrigierte Etta.

»So ist es«, sagte Andrew. »Ich habe ihn für heute Abend eingeladen. Hab ihm gesagt, dass auch wichtige Leute aus dem Umfeld des Gouverneurs, alte Freunde von mir aus Tallahassee, kommen.« Er sah auf seine Armbanduhr. »Oh, so spät schon! Ich muss nachschauen, ob sie schon da sind.«

»Wir sind auch gleich durch.« Ranger klopfte Stormy auf die Schulter. »Du hast deinen Job ebenfalls erfolgreich erledigt, das weiß ich ja längst.«

Auf Sunnys fragenden Blick antwortete Stormy mit einem betont unschuldigen Augenaufschlag. »Och, ich sollte nur eine Telefonnummer herausfinden. War nicht weiter schwierig.«

Sunny fühlte sich, als hätte sie gerade eine Fahrt mit der Achterbahn hinter sich. »Leute, ich bin so aufgeregt! Das sind so viele Nachrichten, Neuigkeiten. Ich weiß überhaupt nicht, wo mir der Kopf steht, was ich sagen soll, wie ich euch danken kann ...« Wenn man alle Ergebnisse kombinierte, würde doch wohl so eine Art Freispruch für sie herauskommen, oder? Sunny versuchte, einige Gedanken vernünftig zu bündeln. Sie würde auf Dolphin Island bleiben können, oder? »Ich bin völlig durcheinander. Und gleich beginnt die Show. Wie soll ich denn da noch auftreten?«

Etta legte ihr lächelnd einen Arm um die Schulter. »Ich hab übrigens in unserer Kommission auch einen kleinen Part übernommen. Komm mal mit mir auf die Veranda, *Darling*.«

Ranger öffnete die Tür. Der Saal war schon zur Hälfte mit Gästen gefüllt. Etta schob Sunny sanft durch die Menschenmenge nach draußen. Vor dem Eingang standen Grüppchen herausgeputzter Besucher, die sich die Zeit bis zum Beginn der Show vertrieben, indem sie etwas tranken, plauderten und neu hinzukommende Bekannte begrüßten. Die laue Abendluft tat Sunny gut. Andrew, der ihr und Etta gefolgt war, entdeckte seine Juristenfreunde, und auch das Bürgermeisterpaar traf ein. Andrew machte Mr. Botter und Gattin mit den Männern aus Tallahassee bekannt. Joviale Sprüche flogen hin und her.

»Lass uns nach hinten gehen«, schlug Sunny Etta vor. »Ich würde mich gern einen Moment irgendwo in Ruhe hinsetzen.« An der Rückseite des Gebäudes stand eine Gartenbank.

»Geh schon mal«, sagte Etta. »Ich besorg uns was zu trinken. Was möchtest du?«

»Irgendeine Fruchtschorle, bitte.« Ein paar Besucher, die in Ruhe miteinander reden wollten, standen auf der hinteren Veranda, sie erkannten Sunny an ihrer Aufmachung als Mitwirkende und grüßten sie voller Vorfreude. Abwesend lächelte Sunny zurück. Gelbliches Licht fiel durch die Fenster aus dem Saal auf die Veranda.

Die Bank war leider schon besetzt. Sunny trat ans Holzgeländer und schaute in den dunkelblauen Himmel, an dessen Horizont noch das Orangerot des Sonnenuntergangs glomm. Aber man konnte schon die ersten Sternbilder erkennen.

»Mangoschorle mit Limette«, sagte eine vertraute Männerstimme, »ich hoffe, das ist recht?«

Sunny fuhr zusammen, sie drehte sich um. Sie kannte den Mann im dunklen Anzug natürlich. Und sie kannte ihn auch nicht.

»Sam!«, rief sie ungläubig. »Samuel Culpepper!«

»*Hi*, Sunny!«

Er sah blendend aus. Und viel jünger als Sunny ihn in Erinnerung hatte. Sie versank in seinen blauen Augen, die ihr so unglaublich vertraut waren. Diese Lachfältchen, dieser gütige, leicht spöttische Blick! Es fühlte sich an wie Nachhausekommen. Aber Sam wirkte auch fremd, denn – er war rasiert. Offenbar schon seit Längerem, denn sein Gesicht wies eine gleichmäßige Bräune auf. Er reichte Sunny das Glas, und ihr Herz schlug Trommelwirbel.

»Ich hätte dich fast nicht erkannt«, sagte Sam, »in dieser Aufmachung.«

Sunny musste lachen. »Was machst du hier?«

»Etta hat mich angerufen und gebeten, einen Song zu präsentieren.«

»Ach, es gibt eine Programmänderung? Davon weiß ich ja gar nichts.«

Sam zuckte mit den Achseln, in seinen Augen aber funkelten Sternchen, als führte er etwas im Schilde.

»Du bist ja rasiert«, rutschte es Sunny heraus.

Sam strich sich über die glatten Wangen. Er lächelte leicht anzüglich. »Nicht nur da. Hat ganz schön wehgetan.«

»Och, ich mochte es eigentlich. Abgesehen vom Bart.« Am liebsten hätte Sunny ihre Wange schnell mal an seine gehalten und mit geschlossenen Augen gespürt, wie es sich anfühlte.

»Das sagst du mir jetzt?«, erwiderte Sam mit gespielter Verzweiflung.

Sunny unterdrückte ein Lächeln. »Wieso kennt Etta deine Telefonnummer?«

»Weil Stormy bei der Hemingway-Look-Alike-Society angefragt hat.«

»Du siehst gar nicht mehr aus wie ein Lookalike.«

»*No*, ich bin Samuel Culpepper. Das muss reichen.«

»Und warum, Samuel Culpepper, hast du dich nicht gemeldet?«

»Diese Woche hab ich bestimmt zehnmal vergeblich

versucht, dich anzurufen. Na gut, wahrscheinlich eher zwanzigmal. Aber du bist nie rangegangen.«

»Ach!« Und Sunny hatte immer geglaubt, der Anrufer mit der unterdrückten Nummer wäre Mr. Blake gewesen! »Warum hast du keine Nachricht hinterlassen?«

»Ich bin eben mehr für das Unmittelbare.« Sam kam näher, und Sunny wurde ganz kribbelig zumute.

»Aber … aber warum hast du es denn nicht längst vorher mal versucht?«

Sam schnalzte verächtlich. »Du warst doch gut beschäftigt mit Nick Winslow.« Gekränkt schaute er in die Ferne. »Ihr konntet ja kaum voneinander lassen. Ich hab euch knutschen sehen nach meinem Sieg im Sloppy Joe's.«

Ach, jetzt sollte es auch noch ihre Schuld sein, dass er sich nicht gemeldet hatte? Sunny fühlte sich hin- und hergerissen zwischen Verlegenheit und Trotz. War sie Sam gegenüber etwa zur Rechenschaft verpflichtet?

»Du wusstest doch, dass sich da was anbahnt«, antwortete sie eine Spur schnippisch. »Das zwischen uns, Sam, war ganz unverbindlich. Hast du selbst gesagt.«

»Na ja, man sagt so einiges …«

»Eigentlich, finde ich, hast du gerade vieles nicht gesagt.« Sunny dachte an seinen Blick und bekam eine Gänsehaut. »Mit Worten jedenfalls nicht.«

»Deshalb bin ich hier«, sagte Sam ernst. »Um dir endlich alles zu erklären.« Die Veranda leerte sich, immer mehr Gäste gingen in den Saal. Sunny und Sam setzten sich auf die frei gewordene Gartenbank. »Ich hab jahrelang als Delfintrainer gearbeitet. Für die Navy und für den Film. Eines Tages ist ein Delfin, zu dem ich eine wirklich intensive Verbindung aufgebaut hatte, in meinen Armen gestorben. Und ich hatte das absolut sichere Empfinden, dass es Selbstmord war.«

»Wie? Du glaubst, dass Delfine Selbstmord begehen?«

»Ich kann es nicht wissenschaftlich beweisen, aber ich bin davon überzeugt. Dieses Delfinweibchen, Whoopy, musste ziemlich isoliert leben, ohne ihren sozialen Verband, sie ertrug das Leben im Betonbecken nicht mehr.«

»O Gott, wie furchtbar!«

»Ja, das war ein Schock. Und für mich ein Wendepunkt. Ich hatte schon vorher zunehmend Zweifel an meinem Job. Manchmal fühlte ich mich mit dem, was ich da Tag für Tag im Aquarium machte, selbst wie ein abgerichtetes Tier.« Sunny schwieg, mitfühlend legte sie ihre Hand auf Sams. Doch er schob sie sanft weg. »Bring mich nicht auf Ideen. Ich will erst alles erklären.« Mit klopfendem Herzen hörte Sunny weiter zu. »Ich fühlte mich mitschuldig«, sagte Sam, »hab alles hingeschmissen, von heute auf morgen. Darauf folgte dann die Sache mit Anita. Dass sie mich verließ. Deshalb die Krise. Deshalb hab ich mein Bündel geschnürt und bin nach Dolphin Island gekommen.«

Sunny nickte verständnisvoll. »Warum war es für dich in so einer Situation reizvoll, beim Hemingway-Lookalike-Contest zu gewinnen?«

»Keine Ahnung«, sagte Sam. »Ich wollte Spaß. Und die tröstende Gemeinschaft richtiger Kerle. Ich wollte wohl auch den Einfluss nutzen. Als Sieger kannst du die Aufmerksamkeit der Öffentlichkeit auf ein Thema lenken. Delfinschutz. Und ich dachte, man hat ein Wörtchen mitzureden bei der Vergabe der Stipendien.« Sunny sah Sam skeptisch an. Er breitete die Arme aus. »Okay, am Anfang war es einfach nur 'ne Schnapsidee. Die hehren Ziele ergaben sich dann später. Aber daran hast du einen ganz erheblichen Anteil!«

»Ich? Wieso das denn?«

»Dein Coaching hat da plötzlich was Ernsthaftes reingebracht, wichtige gute Gedanken. Ich hab … ich hab wieder Mut gefasst, etwas zu wagen. Hab alte Kontakte wiederbelebt. In der Zeit bei dir hab ich nachts im Gästehäuschen an einem Pamphlet geschrieben, das die Öffentlichkeit wachrütteln soll.«

Sunny hörte kaum, dass jemand ihren Namen rief. »Sunny, beeil dich, es geht bald los!«

»Worum geht es in deinem Pamphlet?«, fragte sie gespannt.

»Gegen Delfinarien in Zoos und gegen Dressur.« Sam holte tief Luft. »Ich war bei der Anreise nach Key West bei einem Unternehmen, das Schwimmen mit frei lebenden Delfinen mit wissenschaftlicher Forschung verbindet.«

»Ach, dazu muss ich dir unbedingt was erzählen«, fiel Sunny ihm ins Wort. »Ich hab einen privaten Film von Sandy gesehen, wie sie mit wilden Delfinen schwimmt. Das muss sie jahrelang gemacht habe. Das war ihr Geheimnis. Wusstest du davon?«

»Nein!« Sams Augen leuchteten vor Begeisterung.

»Aber jetzt red du erst mal weiter«, sagte Sunny, nicht minder enthusiastisch. »Ich erkläre es dir später genauer.«

»Sunny, verdammt noch mal!«, brüllte jemand. Gregs Großvater bog heftig gestikulierend um die Ecke. »Hier steckst du also und poussierst. Mädchen, die Show beginnt! Alle sind schon auf der Bühne, nur du fehlst!«

»Oje!« Sunny sprang auf. »Wo sitzt du denn, Sam?«

»Vorn, in der ersten Reihe.«

Eilig liefen sie in den Saal, das Publikum tuschelte. Sam nahm vorn in der Mitte auf einem reservierten Stuhl Platz, während Sunny auf die Bühne stürmte. Sie versuchte, sich unter den vorwurfsvollen Blicken der anderen Interpreten wegzuducken und nahm ihre Grundposition auf der mittleren Ebene ein. Lorraine und Stormy zischte sie schnell noch »Selber schuld!« zu.

Etta zwinkerte ihr zu, Ranger grinste zufrieden. Malcolm pfiff einmal scharf, und los ging's mit dem Eröffnungssong – *Sugar Pie Honey Bunch*.

Sunny war froh, dass die Musik ihr sofort in die Glieder fuhr, sie brauchte nicht zu denken, diese Choreografie würde sie noch als Greisin beherrschen. Viele Zuschauer wippten und schnipsten auf Anhieb mit. Auch Sam sang mit. Sunny wurde von Scheinwerfern so geblendet, dass sie das Publikum nur schemenhaft erkennen konnte. Aber es machte sie glücklich, Sams Stimme zu hören.

Nach dem gelungenen Auftakt hielt Malcolm als Conférencier eine kleine Ansprache. Er stellte im weiteren Verlauf dann immer drei oder vier Songs mit ein paar Worten vor. Und es lief fantastisch. *Good Vibrations* erfüllte den Saal. Bei *Dancing in the Streets* sprangen die ersten Besucher von ihren Sitzen, auch Mr. und Mrs. Botter machten mit den Armen kräftige Lokomotivbewegungen. Bei *My Girl* gab's kein Halten mehr. Sam bewegte sich so, dass Sunny sehen konnte, wie er beim Refrain immer die Rechte auf sein Herz legte und sie anstrahlte. Sunny schwebte. Stormy lächelte sie froh an, Lorraine gelang ihre Problemdrehung genau im richtigen Moment.

»Und jetzt machen wir eine Pause«, kündigte Malcolm nach einer knappen Stunde an. »Liebe Gäste, genießen Sie die Köstlichkeiten, die Bee mit ihrem Team vorbereitet hat!«

Helfer rissen die mit Fliegengitter versehenen Fenster auf, um frische Luft hereinzulassen. Die Besucher stürzten sich auf Fingerfood und Getränke. Sunny wollte sofort zu Sam, doch Etta hielt sie fest.

»Ich versteh dich ja, Süße. Aber bitte erst umziehen.«

»Ach ja!«

Schneller als je ein Formel-1-Rennwagen beim Boxen-stopp betankt wurde, hatte Sunny sich mit einem Deo-tuch erfrischt, ihr pinkfarbenes Paillettenkleid angezogen und die Lippen nachgeschminkt. Sam wartete schon unge-duldig vor der Garderobentür auf sie. Auf dem Weg nach draußen setzten sie ihr Gespräch fort.

»Es gibt also bei dieser Art von Unternehmen Gehe-ge im Meer mit offenen Türen«, fuhr Sam fort, als hätte überhaupt keine Unterbrechung stattgefunden. »Die Del-fine können kommen, wieder verschwinden oder mit Men-schen schwimmen, wann und wie sie es wollen. Gleichzei-tig erforschen Meeresbiologen ihr Verhalten, und Tierärzte können ihnen, falls erforderlich, helfen.«

»Das klingt perfekt«, sagte Sunny, noch etwas atemlos.

Sie gingen auf dem asphaltierten Parkplatz vor dem Kul-turzentrum auf und ab, weil sie nicht in der Menschen-menge stehen wollten.

»Ich suche jetzt Unterstützer und ein geeignetes Areal für ein solches Gehege am Golf von Mexiko. Es soll auch Bildungs- und Forschungsprogramme anbieten.«

»Zum Beispiel auf Dolphin Island?«, fragte Sunny. Nicht nur im Bauch spürte sie ein ungewohntes Flirren.

Sams Augen lächelten. »Sie haben mich gefragt, ob ich das übernehmen will. Ich kenne einige der Leute von frü-her, sie schätzen meine Arbeit.«

Sunny riss die Augen weit auf. »Nun mach es nicht so spannend!«

»Mir ist zu Ohren gekommen, dass auf Dolphin Island gerade ein geplantes Großprojekt gescheitert ist«, sagte Sam.

»Wollt ihr mein Grundstück?«, fragte Sunny aufgeregt. »Ich mach euch einen guten Preis!«

430

Sam schüttelte den Kopf. »Nein, wir werden uns um die beiden Nachbargrundstücke bemühen, ich hab schon eine Verabredung mit Marc Botter.«

Sunny spürte Enttäuschung. »Und das Kulturzentrum?«

»Das wird natürlich als Begegnungsstätte integriert«, sagte Sam.

»Aha.« Na immerhin, dachte Sunny. Malcolm stand vor dem Eingang und winkte sie hinein. Sie machten sich auf den Weg zurück. »Ja, aber«, Sunny fühlte sich überrollt, sie kam gar nicht mehr hinterher mit all den Wendungen, die dieser Abend ihr bescherte, »ihr hättet auch wirklich gut mein Grundstück nehmen können«, sagte sie patzig.

Vor ihrem Strandabschnitt lag schließlich auch die kleine Insel, von der aus vermutlich Sandy einst mit den frei lebenden Delfinen geschwommen war.

Sam legte seinen Arm um Sunnys Taille, als sie durch den schmalen Gang am Publikum vorbei in Richtung Bühne strebten. Vor der ersten Reihe blieben sie stehen.

»Sunny, denk mal nach«, sagte Sam nachsichtig. »Dein Grundstück brauchst du doch noch. Für deine Gärtnerei.«

Sunny sah ihn verwirrt an. Natürlich. Nach allem, was ihre Freunde ausgehandelt hatten, würde ja die Anzeige unter den Tisch fallen und sie wohl doch die Erlaubnis für die Gärtnerei erhalten.

»Stimmt«, antwortete sie kleinlaut.

»Und ich heirate dich«, fügte Sam hinzu, in einem Ton als würde er über seine Einkaufsliste für den nächsten Marktbesuch sprechen, »dann kriegst du ganz schnell dein Visum.«

Fand er das witzig? Oder etwa romantisch? Sunny verschränkte die Arme vor der Brust.

»Du willst den gleichen Fehler zweimal machen, Samuel Culpepper? Ich muss dich nicht heiraten. Wenn die

Anzeige zurückgezogen wird, nicht.« Mit hochgerecktem Kinn sah sie über seine Schulter auf die Bühne. »Ich bekomme das Geld für das Investorenvisum von meinem Mann, also, demnächst Exmann.«

Deshalb brauchte Sam sich nicht als aufopferungsbereiter Retter aufzuspielen. Die Musiker und die umgekleideten Sänger nahmen ihre Plätze ein, die letzten Zuschauer setzten sich.

»Ich will aber«, sagte Sam laut.

Das Licht im Zuschauerraum wurde gedimmt. »Ich muss auf die Bühne«, flüsterte Sunny.

Doch Sam schob sie kopfschüttelnd sanft rückwärts und drückte sie auf seinen Sitzplatz. Malcolm und er wechselten einen Blick, sie nickten einander zu.

»Und jetzt, *Ladies and Gentlemen*«, sagte Malcolm ins Mikrofon, »präsentiere ich Ihnen unseren Überraschungsstargast des Abends mit einem Song, den er heute speziell für eine ganz besondere Frau singen wird.«

Verblüfft lehnte Sunny sich zurück. Erst jetzt fiel ihr auf, dass Sam den gleichen Anzug trug wie die Männer ihrer Musikgruppe, dazu ein weißes Hemd und einen schmalen Schlips. Sie mussten den Auftritt vorbereitet haben. Wieso war ihr nichts aufgefallen? Etta machte auf der Bühne Platz für Sam und nahm Sunnys Position im Backgroundchor ein.

Die Musik begann mit einem Trommelwirbel, dann erklangen Gitarre und Keyboard.

»*Sunny!*«, sang Sam. »*Yesterday my life was filled with rain.*« Seine Stimme, so stark, sicher und zärtlich traf sie mitten ins Herz. Ich bin gemeint, dachte sie überwältigt, er meint wirklich mich! »*Sunny, you smiled at me and really eased the pain. The dark days are gone, and the bright days are here.*«

Er erzählt ihre Geschichte … Dabei war dieser Hit viel älter als sie selbst. Am Anfang konnte man noch die Traurigkeit vergangener Regentage heraushören, die Musik begann getragen, doch dann drang immer mehr die Freude darüber durch, dass ihr Lächeln seinen Schmerz gelindert hatte und nun endlich die strahlenden Tage angebrochen waren.

Als Sam *Sunny, thank you for the love you brought my way* sang, erhoben sich die Bläser – Posaune, Trompete, Saxofon –, alle drei mit Sonnenbrille, und schmetterten los. Wie sie dabei synchron ihre Instrumente nach rechts und links, nach oben und unten schwenkten, das kam wahnsinnig cool rüber. Jetzt flog die Melodie mit himmlischer Leichtigkeit durch den Saal, der Song wurde schneller, fröhlicher, leidenschaftlicher. Die Zuschauer standen auf, viele sangen mit. Die Musik und das Gefühl schraubten sich immer höher. Nur Sunny saß mit weichen Knien da, völlig überwältigt, nur vom Stuhlrücken gehalten. Intuitiv legte sie die Hand auf ihr Herz, es konnte ja jede Sekunde zerbersten.

»*Sunny, thank you for the truth you let me see.*«

Tränen liefen ihr die Wangen hinunter, zogen Bahnen in Pats Make-up, aber das war jetzt völlig egal. Sunny erhob sich mit wackligen Beinen. Sie sah nur Sam. Während er weiter von der Liebe sang, die ihn erlöst hatte, blieben ihre Blicke verbunden, und auch sie fühlte sich befreit. Ihr Brustkorb wurde weit, das ganze Weltall hatte darin Platz.

»*Sunny one so true, I love you!*«

Nachwort

Heute vor ziemlich genau zwanzig Jahren, an einem deprimierenden Novembertag, bekam ich einen Rappel. Ich packte meinen Laptop ein und flog nach Florida. Nicht nur, weil ich sonnenhungrig war, sondern auch, weil ich dachte, wenn ich jetzt nicht endlich mit dem Romanschreiben anfange, dann wird das nie was! Nach Tagen ziellosen Herumfahrens lernte ich in Indian Shores am Golf von Mexiko eine alleinstehende Dame kennen. In ihrem »Hintergarten« mit Meerblick stand eine heruntergekommene Strandhütte, dort mietete ich mich für vier Wochen ein und begann zu schreiben.

Ab und zu nahm meine Vermieterin mich mit zu einem Treffpunkt, mehr Bar als Kulturzentrum, wo sich spätnachmittags ein bunter Mix aus Einheimischen, Singles und meist älteren *snowbirds* zusammenfand. Ganz selbstverständlich bezogen diese Leute mich in ihre Runde ein. Ihre Offenheit sorgte dafür, dass ich mich nicht einen Tag einsam fühlte. Außer an meinem Geburtstag, den ich allein am Strand verbrachte, ziemlich nachdenklich – bis ich mein schönstes Geschenk erhielt: Direkt vor mir sprangen Delfine aus dem Meer und vollführten die tollsten Loopings!

Das habe ich damals einfach als gutes Zeichen interpretiert und weitergeschrieben. Mit der Fertigstellung von *Die Inselgärtnerin* schließt sich für mich also gewissermaßen ein Kreis. Am Ende staunt man ja selbst, was sich da an Erlebtem und Fantasiertem aus mehreren Jahrzehnten zu einer runden Geschichte zusammengefügt hat.

Bei jedem meiner Floridabesuche trug ich eine andere »Brille«. Einmal reiste ich frisch verliebt mit meinem Freund durch den Sunshine State. Einige Tage wohnten wir auf Sanibel Island bei einer sehr alten Lady namens Sandy – in einem gelben Fünfzigerjahrehäuschen mit altmodischem Garten ... Mit dieser Vermieterin hab ich nicht viel gesprochen, doch sie beschäftigte meine Fantasie. Irgendwie dachte ich, sie wäre bestimmt einmal ein Showgirl gewesen.

Solche Erinnerungsschnipsel sind ebenso in den Roman eingeflossen wie die lockere, freundliche Kommunikation von Indian Shores, die sich im Umgang der Romanfiguren rund um das Kulturzentrum von Dolphin Island wiederfindet.

Aber jetzt die bittere Wahrheit: Dolphin Island und Juno Island gibt es nicht. Ganz grob hab ich mich an Sanibel Island und Captiva Island orientiert, aber meine fiktiven Inseln unterscheiden sich doch in vielerlei Hinsicht von diesen. Real sind natürlich Orte aus dem weiteren Umkreis wie Fort Myers, Clearwater, Matlacha oder Key West.

Bei meinem dritten Florida-Aufenthalt dann war ich als freie Journalistin unterwegs, um für ein Touristikmagazin über die Vergnügungsparks in und um Orlando zu berichten. Vieles fand ich großartig, manches gefiel mir weniger. Meine Kritik kommt nun am Beispiel des Aquaparks von Nick Winslow zum Ausdruck – der jedoch ist ebenfalls fiktiv.

Erfunden sind alle Personen und Firmen im Roman, mit Ausnahme von Esther Williams. Die allermeisten

Informationen, die sie betreffen – auch über ihre Affäre mit Victor Mature oder die Umstände ihres verhängnisvollen Kopfsprungs mit der Metallkrone –, verdanke ich ihren bemerkenswert offen verfassten Memoiren. Sie sind leider nur auf Englisch erschienen (Esther Williams, Digby Diehl: *The Million Dollar Mermaid. An Autobiography*, Simon & Schuster, London, 1999). Die erwähnten Esther-Williams-Spielfilme kamen auch in deutsche Kinos, und zwar unter folgenden Titeln: *Million Dollar Mermaid (1952) – Die goldene Nixe. Dangerous When Wet (1953) – Die Wasserprinzessin. Easy to Love (1953) – Du bist so leicht zu lieben.*

Eine große Inspiration zum Thema Delfin war Richard O'Barry, einst Trainer der TV-Flipper, der nun aber schon seit Jahren für die Freiheit von Delfinen kämpft. Auch seine Erinnerungen sind leider nur auf Englisch erschienen (Richard O'Barry, Keith Coulbourn: *Behind the Dolphin Smile*, Renaissance Books, Los Angeles, 2000). Sam ist dennoch eine erfundene Figur, was ich sehr bedauere, denn ihn würde ich zu gern einmal treffen.

Zwar war ich in Key West, aber nicht beim Hemingway-Lookalike-Contest. Die Umstände sind so gut wie möglich recherchiert, nur in einem Punkt habe ich mir dichterische Freiheit erlaubt – bei den Prüfungsfragen an die Wettbewerber in Sloppy Joe's Bar. Und natürlich hat Samuel Culpepper nie den ersten Platz gemacht, schließlich ist er ja erfunden. Ich hoffe, der richtige gekürte »Papa« des Jahres verzeiht diesen Ausflug in die Fiktion. Wer mehr über die HEMINGWAY LOOK-ALIKE SOCIETY und den Contest erfahren möchte, wird hier fündig: www.papalookalikes.com und https://sloppyjoes.com/papa-look-alike-contest.

Die erste Idee für einen Dünengarten kam mir bei einem Besuch im Park der Gärten am Zwischenahner Meer (LeserInnen von *Die Rose von Darjeeling* kennen ihn bereits) im kleinen Mustergarten Fishermen's Friends mit seinem halb versenkten Ruderboot und den vielen Minzepflanzen im Muschelsand. Erst im Laufe der Recherchen wurde mir klar, wie sinnvoll naturnahes Gärtnern mit heimischen Pflanzen überall auf der Welt für den Umweltschutz ist. Wie aktuell dieses Thema angesichts des Klimawandels gerade in Florida ist, machte der Hurrikan Irma im September 2017 überdeutlich.

Allen, die zur Entstehung von *Die Inselgärtnerin* beigetragen haben, danke ich ganz herzlich, besonders:

– meiner wunderbaren Literaturagentin Petra Hermanns

– meiner Lektorin bei Blanvalet, Johanna Bedenk, die auch dieses Projekt wieder von Anfang an professionell und menschlich aufs Angenehmste unterstützt hat

– der Textredakteurin Margit von Cossart, die nun schon meinem sechsten Roman mit Sorgfalt, kritischen Nachfragen und viel Einfühlungsvermögen den letzten Schliff verliehen hat

– der Anwältin Sonja K. Burkard, Fort Myers, die mir geholfen hat, die juristischen Aspekte innerhalb der Romanhandlung realistischer darzustellen (dennoch bitte ich, die entsprechenden Passagen auf keinen Fall als rechtsverbindlich zu betrachten, und sollte sich trotz allen Bemühens ein Fehler eingeschlichen haben, dann geht er auf mein Konto)

– meiner früheren Kollegin Claudia Stock Bryan, die heute in Tampa lebt und mir zum Beispiel verraten hat, wie man in Florida ein zünftiges norddeutsches Grünkohlessen auf den Tisch bringen kann

– Gabriele Kuminek, Senior PR Consultant bei Global Communication Experts, Frankfurt/Main, für *The Beaches of Fort Myers & Sanibel*

– Dr. Elke von Radziewsky, Journalistin und Expertin für Gartenkultur, für die anregenden Gespräche über Landschaftsarchitektur

– natürlich wieder meinen Testlesern Daniel, Johanna und Tjalda für ihre Kritik, Begeisterungsfähigkeit und Leselust

– und nicht zuletzt den Delfinen im Golf von Mexiko

Sylvia Lott, Hamburg, 20. November 2017

Key Lime Pie

250 g Vollkornhaferkekse
110 g Butter (und etwas Butter zum Ausstreichen
der Form)
400 ml gesüßte Kondensmilch (z.B. Milchmädchen)
4 Eigelb (mittelgroß)
6 unbehandelte Limetten (wenn möglich Key Limes)

1 Becher Schlagsahne

Teig
Kekse zerkrümeln (z.B. in Plastikbeutel geben, mit Teigrolle drüberrollen). Butter erwärmen, bis sie flüssig ist, und mit den Krümeln in einer Schüssel vermischen. Mit dieser Masse Boden und Rand einer Tarteform (26–28 cm Durchmesser) auskleiden, festdrücken und kühl stellen.

Backofen auf 180 Grad vorheizen

Creme
Schale von 1–2 Limetten abreiben (ca. 2 TL), ein wenig davon für die Deko zur Seite stellen. Limetten auspressen (ca. 120 ml Saft wird benötigt). Eier trennen, die 4 Eigelb und den Limettenabrieb in eine Rührschüssel geben und verrühren. Kondensmilch hinzugeben, 3 Min. weiterrühren. Limettensaft hinzugeben, vorsichtig unterrühren.

Die Masse in die Tarteform geben, eventuelle Luftbläs-chen zerstechen.

Im vorgeheizten Backofen ca. 10 Min. backen (die Creme darf beim Herausnehmen in der Mitte noch wabblig sein). In der Form auf einem Rost abkühlen lassen. Vor dem Genuss für mind. 2–3 Std. in den Kühlschrank stellen.

Schlagsahne steif schlagen, in einen Spritzbeutel mit Sterntülle füllen und nach Belieben dekorieren – z. B. nach Sunnys Art einen Smiley spritzen, seitlich je eine Limettenscheibe als Ohr in den Sahnerand stecken und die Zestenreste in die Sahneaugen streuen oder nach Lorraines Manier Schlagsahnerosen aufsetzen, mit ein wenig Limettenschalenabrieb bestreuen und mit hauchdünnen Limettenspiralen verschönern.

Zitatnachweis

S. 71: »Was machen Sie? Nichts. Ich lasse das Leben auf mich regnen.« (aus: Rahel Varnhagen, Gesammelte Werke, Band 9 © Matthes & Seitz, München 1983)

S. 168: »Bisher weiß ich nur soviel über Moral, dass das moralisch ist, wonach man sich wohlfühlt, und dass das unmoralisch ist, wonach man sich schlecht fühlt [...]« (aus: Ernest Hemingway, Tod am Nachmittag © Rowohlt, Reinbek b. Hamburg, 1953)

S. 198: »Jetzt ist nicht die Zeit, an Dinge zu denken, die du nicht hast. Überlege dir, was du mit dem anfangen kannst, was da ist.« (aus: Ernest Hemingway, Der alte Mann und das Meer © Rowohlt, Reinbek b. Hamburg, 8. Aufl. 2017)

S. 208: »Glück ist etwas, das in vielen Gestalten kommt, und wer kann es erkennen?« (aus: Ernest Hemingway, Der alte Mann und das Meer © Rowohlt, Reinbek b. Hamburg, 8. Auflage 2017)

S. 211: »Verwechsle niemals Bewegung mit Handeln.« (So – Never confuse movement with action – zitierte Marlene Dietrich ihren Freund Hemingway laut: Aaron E. Hotchner, Papa Hemingway – Ein persönliches Porträt © Econ & List, München 1999)

S. 240: »Die Welt ist so schön und wert, dass man um sie kämpft [...]« (aus: Ernest Hemingway, Wem die Stunde schlägt © Fischer Verlag, Frankfurt a. M., 2. Auflage 2015)

S. 240: »Verreise niemals mit jemandem, den du nicht liebst.« (aus: Ernest Hemingway, Ein Fest fürs Leben © Rowohlt, Reinbek b. Hamburg, 11. Auflage 2012)

S. 324: »Zu verkaufen: Babyschuhe, ungetragen.« (So – FOR SALE, BABY SHOES, NEVER WORN – Hemingway zugeschrieben laut: Peter Miller, Get Published! Get Produced! © Shapolsky Publishers, New York 1991, eigene Übersetzung der Autorin)

S. 325: »›Ich versteh schon, Willie‹, sagte er. ›Oh, shit‹, sagte Willie. ›Du verstehst nie einen, der dich liebt.‹« (aus: Ernest Hemingway, Islands in the Stream © Bantam Books, New York, 1970; eigene Übersetzung der Autorin)

S. 386: »Aber wir haben es jetzt wenigstens gehabt.« (aus: Ernest Hemingway, Wem die Stunde schlägt © Fischer Verlag, Frankfurt a.M., 1983)

S. 409: »Solange du dir im Klaren bist darüber, was du zu tun hast, musst du es tun.« (aus: Ernest Hemingway, Wem die Stunde schlägt © Fischer Verlag, Frankfurt a.M., 1983)

S. 432 f.: Sunny, Lyrics: Bobby Hebb © Universal Music Publishing Group

Playlist zum Mitgrooven

Diana Ross & The Supremes
  WHERE DID OUR LOVE GO?

Diana Ross & The Supremes
  I HEAR A SYMPHONY

Diana Ross & The Supremes
  YOU CAN'T HURRY LOVE

Temptations
  MY GIRL

Diana Ross & Supremes
  STOP IN THE NAME OF LOVE

Marvin Gaye & Tammi Terrell
  AIN'T NO MOUNTAIN HIGH ENOUGH

Jimmy Ruffin
  WHAT BECOMES OF THE BROKEN HEARTED

Martha and The Vandellas
  DANCING IN THE STREETS

The Jackson Five
  I WANT YOU BACK

The Jackson Five
  NEVER CAN SAY GOODBYE

The Four Tops
  I CAN'T HELP MYSELF (SUGAR PIE, HONEY BUNCH)

The Marvelettes
  PLEASE MR. POSTMAN

Michael Jackson & The Jacksons
  I'LL BE THERE

The Temptations
  PAPA WAS A ROLLING STONE

Bobby Hebb & Ron Carter
  SUNNY

**LESEFESTIVAL ♥ MÜNCHEN
10. & 11. November 2018**

Treffen Sie Sylvia Lott live auf der lit.Love – das Lesefestival für alle, die sich für Liebesromane begeistern

Am 10. & 11. November 2018 verwandeln sich die Räume der Verlagsgruppe Random House in einen Treffpunkt für Menschen, die Bücher und das Lesen lieben. Im kreativen Austausch mit deutschen und internationalen Autoren sowie mit zahlreichen Kollegen aus den Random House Verlagen können die Besucher der lit.Love einen Blick hinter die Kulissen eines Verlagshauses werfen. Dabei haben sie zwei Tage lang die Gelegenheit, die Autoren ihrer Lieblingsbücher persönlich kennenzulernen, spannende Podiumsdiskussionen und Lesungen zu erleben, neue Stoffe zu entdecken, in Workshops praktische Tipps und Tricks zu sammeln sowie in Meet & Greets die Geschichten hinter den Geschichten zu erfahren.

Alle Informationen zur lit.Love finden Sie unter: www.litlove.de und www.facebook.com/lit.love.de

Tickets erhalten Sie auf: www.eventim.de

lit.Love – Das Lesefestival der Verlage Blanvalet, cbj, Diana, Goldmann, Heyne, Heyne fliegt, der Hörverlag, Penguin und Random House Audio